Le roi vert

Paru dans Succès du Livre :

HANNAH
L'IMPÉRATRICE (Hannah 2)
LA FEMME PRESSÉE

Cette édition de *Le Roi Vert* est publiée par
les Éditions de la Seine,
avec l'aimable autorisation des Éditions nº 1/Stock.

Paul-Loup Sulitzer

Le roi vert

Roman

Succès du Livre

Ont été changés dans cette histoire, pour des raisons évidentes, les noms réels de ceux appelés les Hommes du Roi.

Soit, par ordre alphabétique :

— Tudor Anghel
— Henry Chance
— Emerson et Nelson Coëlho
— Ethel Court
— Roger Dunn
— Kim Foysie
— Ernie Gozchiniak
— Hang
— Aloïs Knapp
— Anthony et Nicholas Petridis
— Ubaldo Rocha
— Jaime Rochas
— Francisco Santana
— Nessim Shahadzé
— Jorge Socrates
— Paul Soubise
— Thadeus Töpfler
— Philip Vandenbergh
— Jubal Wynn

Et, de façon encore plus évidente : David James Settiniaz, Georges Tarras *et* Diego Haas.

Ont été également modifiées toutes les indications topographiques relatives à l'Amazonie,

modifiées les raisons sociales des sociétés ici citées,

modifiés les noms de certains intervenants, tels David Fellows,

modifiés enfin les noms réels de ceux appelés les Chiens Noirs.

Some say he's mad; others that lesser hate him
Do call it valiant fury :
But for certain,
He cannot buckle his distemper'd cause
Within the belt of rule.

Certains disent qu'il est fou; d'autres, qui le haïssent moins,
Appellent cela une agressive fureur,
Mais la vérité est
Qu'il ne parvient pas à maintenir la démesure de ses ambitions
Dans la limite de la règle.

Shakespeare
Macbeth (V, 2).

A mon père,
à ma mère
à ma sœur Dominique
à ma fille Olivia

A Milly

A mes amis J.-R. Hirsch
et J.-P. Rein

A mon oncle Paul,
mort en déportation.

Les fluctuations importantes du cours des changes ne pouvant être prises en compte, il est convenu que pour toutes les opérations financières évoquées ci-après, le taux du dollar est fixé à 5 FF.

Prologue

Je n'étais pas à Munich depuis une heure quand le capitaine Tarras m'apprit que des éléments avancés de la VIIe armée venaient de découvrir un autre camp : en Haute-Autriche, près de Linz ; l'endroit s'appelait Mauthausen. Tarras insista pour que je parte immédiatement ; il m'avait obtenu trois places dans un avion militaire. Lui-même nous rejoindrait sous deux ou trois jours. J'avais quantité de bonnes raisons d'obéir à Georges Tarras : il était capitaine et je n'étais que sous-lieutenant ; il avait été jusqu'à l'été 1942 mon professeur de droit international à l'université de Harvard ; et enfin c'était lui qui, me rencontrant par hasard à Paris deux semaines plus tôt, m'avait enrôlé sous ses ordres, à la Commission des Crimes de Guerre. Si cela n'eût pas suffi, j'avais de l'affection pour lui, bien qu'ayant quelque peine à reconnaître, sous l'uniforme vert-olive, le sarcastique et sémillant professeur pérorant sous les vertes frondaisons de Harvard Yard.

Nous sommes donc partis à trois. J'étais accompagné de Mike Rinaldi, sergent, et de Roy Blackstock, photographe. Pas plus avec l'un qu'avec l'autre, je n'avais, comme on dit, d'atomes crochus. Rinaldi venait de Little Italy, Manhattan New York, Blackstock était virginien. Parfaitement dissemblables au physique — petit, trapu, fine moustache noire quasi cirée pour l'un, deux mètres d'une masse molle et déjà bedonnante pour l'autre — ils me semblaient posséder également une impressionnante et cynique nonchalance qui m'apparaissait comme la preuve d'une maturité, d'une expérience de la vie dont j'étais quant à moi dépourvu.

On était le 5 mai 1945. Je ne savais que peu de choses de la guerre en train de s'achever en Europe, hors la nouvelle de la prise de Berlin par les Russes, trois jours plus tôt, et l'imminence d'une totale et officielle capitulation du Troisième Reich. La guerre s'achevait et je n'avais tué personne, et pas davantage assisté à un quelconque combat. A deux mois de mon vingt et unième anniversaire, j'étais comme un adolescent entrant pour la première fois dans un théâtre, juste à temps pour y voir tomber le rideau. A Paris, retrouvant l'Europe pour la première fois depuis six ans, j'avais revu ma grand-mère française, et que je fusse devenu américain, abandonnant la nationalité paternelle pour celle de ma mère, l'avait assez peu affectée ; au vrai, elle avait passé sur la nouvelle avec une notable indifférence, trop préoccupée de me décrire Paris, et sa Provence, sous l'occupation allemande...

Sitôt à Linz, Rinaldi réussit à nous faire embarquer sur un camion à destination de Vienne, où était l'Armée Rouge depuis le 13 avril. Vers deux heures de l'après-midi, nous franchîmes le Danube à Enns. Rinaldi y intercepta une jeep et en persuada le conducteur, italo-américain comme lui, de nous emmener. Nous nous rendîmes tout d'abord à la gare de Mauthausen et de là, au prix de nouvelles pressions frisant le chantage pur et simple, le chauffeur nous fit parcourir les six kilomètres nous séparant encore du camp.

Ainsi pour la première fois, je mis mes pas dans ceux de Reb Michael Klimrod.

Parmi les souvenirs d'une netteté étincelante que j'ai gardés de cette journée, il y a d'abord cette légèreté de l'air autrichien, ensoleillé et doux, embaumé des parfums d'un printemps en apparence figé pour l'éternité.

Ensuite seulement vint l'odeur.

Elle atteignit mes narines alors que nous étions encore à deux ou trois cents mètres du camp. Un grand charroi de camions bâchés nous contraignit à stopper et notre chauffeur improvisé en profita pour proclamer avec une détermination rageuse qu'il n'irait pas plus loin. Nous dûmes descendre et poursuivre à pied. L'odeur se fit plus perceptible, elle stagnait en nappes successives et immobiles. « Fours crématoires », dit Blackstock avec son traînant accent du sud, et le ton placide, cet accent même, dépouillèrent les mots de presque toute leur horreur. Nous passâmes les portes larges ouvertes. Des chars étaient venus, puis repartis, on distinguait sur le sol les traces fraîches de leurs chenilles. En leur lieu et place, des camions, qui continuaient d'arriver en une noria incessante, déchargeant vivres, médicaments et literie, en renfort des antennes médicales déjà sur les lieux. Mais ce fleuve, sitôt le grand porche franchi, se perdait aussitôt dans une mer immense et muette de cadavres vivants, étrangement peu mouvante, telle une marée soudainement figée. L'entrée des chars, cinq ou six heures plus tôt, avait sans doute fait frissonner cette mer et l'avait animée, mais à présent la fièvre était retombée, la joie de la liberté semblait éteinte, les visages n'étaient plus que des masques rigides. Il semblait qu'on fût entré dans une deuxième phase, passé les premiers instants, maintenant qu'était admise cette réalité nouvelle de la fin du cauchemar. Au fond des regards hallucinés se posant sur moi, sur Rinaldi et sur Blackstock qui de sa masse d'homme bien nourri nous ouvrait un passage, je lus une étrange apathie et une sorte de démission, mais aussi de la haine, un reproche haineux : « Pourquoi n'êtes-vous pas venus plus tôt ? »

— Et ils puent, dit Blackstock, ce qu'ils peuvent puer, c'est pas croyable.

Le géant avançait sans douceur, irrésistiblement, entre les épouvantails en haillons zébrés qu'il écartait de notre route avec une indifférence puissante.

L'officier américain en charge du camp portait sur son collet les feuilles d'érable en or indiquant un commandant d'infanterie. Il était petit, roux, noueux et s'appelait Strachan. Il me dit que s'il y avait une chose qui pour l'heure le préoccupât moins que les crimes de guerre, il eût été intéressant de la connaître. Pour l'instant, il tentait de mettre de l'ordre dans ce bordel immonde, dit-il. Il avait fait entreprendre une répartition des anciens détenus en trois catégories : irrécupérables, état critique, hors de danger. Les irrécupérables étaient légion : « Il va m'en mourir deux ou trois mille dans les prochains jours, ils crèveront libres et c'est toujours ça. » Il me fixa de ses yeux marron presque jaunes :

— Comment avez-vous dit que vous vous appeliez ?

— David Settiniaz.

— Juif ?

— Non.

— C'est quoi votre nom ? D'origine ?

— Française.

— Ça sonne polonais.

Il s'était déjà détourné, assenait des ordres secs. Rinaldi me faisait des signes. Nous entrâmes dans des bâtiments qui avaient servi de bureaux au détachement S.S. « Cette pièce-ci », me dit Rinaldi. « Ou celle-là ? » Je choisis la première, qui comportait une petite salle d'attente meublée de trois ou quatre chaises. Blackstock était hors de vue, quelque part en train de se servir de ses appareils photo. Rinaldi quant à lui avait ramassé une pancarte de carton et la fixait au battant de la porte. Il inscrivit à la main, passant méthodiquement sur les traits pour les épaissir : *Crimes de guerre.*

Je ne bougeais pas, écrasé par les puanteurs et l'étrange et vibrant silence de Mauthausen pourtant peuplé de milliers et de milliers de survivants. J'étais en proie à un tel sentiment de honte et de désespoir qu'à presque trente-sept années de distance, je peux encore le revivre, éprouver à nouveau cette nausée et cette humiliation.

Je dus sortir, à un moment. Je me revois marchant au milieu de la foule compacte qui s'écartait à peine devant moi. Je traversai un baraquement puis un autre et dans ce dernier, les équipes médicales n'étaient pas encore parvenues. Il y régnait une semi-pénombre, par endroits jaunie par le poussiéreux soleil printanier. Des morts de deux jours s'y trouvaient, allongés sur les bat-flanc aux côtés de certains qui survivaient encore, gisant à trois ou quatre par couchette. Des formes squelettiques, amas de vieux chiffons et d'os, bougèrent et rampèrent à mon passage. La pestilence s'accrut. On me frôla, on me crocha. Je pris peur et je m'enfuis. Je me retrouvai dehors sous le soleil, secoué par les spasmes de la nausée. Je parvins à une cour étroite, enserrée entre des bâtiments en dur. J'y étais tout à fait seul, ou je crus l'être. Je vomis et alors seulement, à la façon dont on éprouve une brûlure, je sentis le regard posé sur moi...

La fosse était à quelques pas. Elle ne mesurait guère que deux mètres sur deux. La terre qu'on avait ôtée pour la creuser était très soigneusement établie en une mini-colline triangulaire, dans quoi une pelle était restée plantée. Quelques poignées de cette terre avaient pourtant été jetées avec négligence sur le trou mais la couche de chaux vive placée au préalable avait d'ores et déjà rongé les mottes...

... et de même les corps nus des hommes qu'on avait voulu enterrer à la hâte. On devinait ce qui s'était passé : les huit ou dix cadavres dévêtus lancés dans la fosse, enfoncés à coups de crosse ou de talon jusqu'à présenter une surface plane. Et ensuite la soude, puis la terre. Mais les morts remontaient insensiblement à la surface. Je vis des mains, des abdomens, des sexes d'homme, des bouches et des narines calcinés et troués par l'oxyde de sodium, les os parfois à nu et déjà attaqués.

Et au beau milieu de cet enchevêtrement cauchemardesque, je vis surtout un visage, effroyablement creusé, maculé des taches noires du sang séché, mais où brûlaient avec une effarante acuité des yeux clairs...

... qui suivirent mes mouvements quand je m'écartai du mur de ciment contre lequel j'avais pris appui. Et je me rappelle avoir pensé à la fixité d'un regard que la mort aurait figé. J'avançai de deux pas vers la fosse. Et la voix monta, s'exprimant dans un français à peine teinté d'un léger accent, disant du Verlaine :

— Mon Dieu, mon Dieu, la vie est là, simple et tranquille...

Ce que je fis alors tient du rêve éveillé. *Cette paisible rumeur-là vient de la ville...*, les vers suivants me vinrent inconsciemment aux lèvres et il paraît que je les prononçai.

Je sais simplement que je fis les autres pas me séparant encore de la fosse. Je m'accroupis au bord de celle-ci, allongeai mon bras et mes doigts touchèrent la grande main décharnée du garçon de dix-sept ans qu'on appellerait plus tard le Roi.

1

Le photographe de Salzbourg

1

Le Roi dit plus tard qu'il avait ouvert les yeux et vu apparaître le soldat. Il n'avait pas reconnu l'uniforme, qui n'était pas celui des S.S., et pas davantage celui de la Volksturm, qui non plus ne ressemblait en rien à ceux des contingents roumains, italiens ou français ayant durant les dernières années combattu aux côtés de la Wehrmacht. Et moins encore pouvait-il s'agir d'un Russe. Il avait déjà vu des Russes, soit prisonniers, soit abattus par l'Obersturmbannfürher[1] Hochreiner, toujours prêt à améliorer son record personnel d'hommes, de femmes ou d'enfants abattus d'une balle dans la nuque. (Le 4 mai 1945, l'Obersturmbannführer en était à deux cent quatre-vingt-trois exécutés d'une balle dans la nuque et une évidente tristesse avait marqué ses traits quand il avait annoncé à Reb que lui, Reb, serait sa deux cent quatre-vingt-quatrième victime homologuée, quelque regret qu'ils en eussent l'un et l'autre, qui avaient vécu ensemble, si tendrement, les vingt derniers mois.)

Le Roi dit qu'il avait en réalité repris connaissance plusieurs minutes avant l'arrivée du soldat. Il ignore combien de minutes. Ce fut une émergence lente, progressive, aux premières secondes marquée par l'extraordinaire découverte de ce qu'il était encore vivant. Vinrent alors, comme autant de remontées successives vers la pleine conscience, d'abord le dernier souvenir précis enregistré par sa mémoire — celui de l'Obersturmbannführer le baisant une ultime fois à pleine bouche avant de placer sur sa nuque le canon du Lüger —, puis la révélation encore obscure de sa situation d'enterré vivant, visage quasi à l'air libre, dont le séparait pourtant une mince couche de terre. Ensuite seulement, les douleurs se manifestèrent : à

1. Lieutenant-colonel.

la base du crâne, mais cette douleur-là était sourde, et surtout en maints endroits de ses épaules, de ses avant-bras et même de son abdomen, partout où la chaux vive l'avait atteint. Il constata qu'il ne pouvait bouger d'aucune manière, hormis le cou et la main gauche. Tout le reste de son corps se trouvait comme enchâssé dans l'enchevêtrement des cadavres nus. En travers de lui-même et l'ayant largement protégé était Zaccharius, le Lituanien de quatorze ans, que l'Obersturmbannführer avait extrait du camp de Grossrosen pour l'adjoindre à son harem de gitons.

Il remua le cou. Un peu de la terre et le bras de Zaccharius glissèrent, ce qui suffit pour qu'il vît le soleil. Il n'entendit pas le soldat arriver. A un moment, il le vit, lui tournant le dos et en train de vomir. Sa conscience des choses n'était pas encore assez nette, il s'en fallait, pour qu'il opérât un rapprochement entre cet homme vomissant dans un uniforme inconnu et l'abandon subit de la journée précédente, si c'était bien la journée précédente, du camp de Mauthausen par l'Obersturmbannführer et son détachement spécial. Il ne pensa pas que le soldat pût être américain. Simplement, il eut l'intuition que le nouveau venu faisait partie d'un monde étranger. Et pour cette seule raison, il crut bon de ne pas parler allemand. Il choisit parmi les autres langues qu'il connaissait : le français.

Il parla et l'homme lui répondit, en fait poursuivit la récitation du poème que Reb avait mécaniquement entreprise, tout se passant comme s'il s'agissait d'un signal depuis longtemps convenu, d'une phrase de reconnaissance échangée par deux hommes ne s'étant jamais vus jusque-là, mais appelés à se rencontrer. L'homme avança vers la fosse, s'agenouilla, tendit la main et toucha la main gauche de Reb. Il prononça quelques mots incompréhensibles, revint aussitôt au français :

— Etes-vous blessé ?

— Oui, dit Reb.

Il voyait distinctement le visage du soldat, à présent. L'homme était très jeune, il était blond avec des yeux bleus écarquillés. Une sorte d'étoile en or brillait sur le col de sa chemise. Il n'avait aucune arme apparente. Il demanda :

— Vous êtes français ?

— Autrichien, dit Reb.

L'homme le tirait à présent, mais sans succès. Sinon que la couche de terre et de soude mêlées s'éboula un peu plus, mettant à nu le corps blanc de Zaccharius dont les fesses et le dos étaient entièrement rongés par la chaux vive. « *O God !* » s'exclama l'homme en se remettant à vomir. Les immenses yeux gris de Reb le suivirent dans chacun de ses mouvements. Reb demanda à son tour :

— Et vous ? Quelle est votre nationalité ?

— Américaine, répondit le jeune soldat.

Ses hoquets avaient cessé. Il réussit à se redresser et surtout à soutenir le surprenant regard gris :

— Il y a peut-être d'autres survivants que vous...

— Je ne le pense pas, dit Reb. Ils nous ont tiré à tous des balles dans la nuque.

Sa voix était extraordinairement lente et calme. Sa main gauche bougea : « Vous ne réussirez pas à me dégager seul », reprit-il. « Je ne suis pas couché. En réalité, ils m'ont enterré presque debout. Y a-t-il quelqu'un d'autre avec vous ?

— L'armée des Etats-Unis, répondit David Settiniaz sans avoir le moins du monde conscience du grotesque de sa réplique et dans tous les cas sans la moindre intention de faire preuve d'humour. Le calme de son interlocuteur l'effarait et lui faisait presque peur. Mais, aussi incroyable que cela lui parût, il crut déceler un éclat de gaieté dans les prunelles claires :

— En ce cas, vous devriez pouvoir aller chercher du secours. Quel est votre nom ?

— Settiniaz. David Settiniaz. Mon père était français.

Silence. Le sous-lieutenant hésitait.

— Allez, ordonna Reb Klimrod avec la même hallucinante douceur. Hâtez-vous, je vous prie. Je respire très difficilement. Merci d'être venu. Je n'oublierai pas.

Le regard gris avait une fantastique acuité.

2

David Settiniaz revint avec Blackstock, un médecin et deux soldats d'infanterie. Blackstock prit des photos de la fosse telle qu'elle était au moment de sa découverte. Ces clichés ne furent jamais publiés, ni même utilisés dans quelque dossier. En revanche, ils furent rachetés, treize ans plus tard, par le Roi, à Roy Blackstock et à son épouse.

L'opinion de Blackstock est que si le garçon survécut, ce ne fut pas seulement le fait d'un stupéfiant concours de circonstances. La position même du corps de Reb Klimrod, à mesure qu'on le dégagea, montra qu'il avait dû, aux premières secondes de son ensevelissement, tandis qu'il était encore inconscient, entamer une féroce reptation vers la surface. Il s'était frayé un passage au travers des cadavres de ses huit compagnons avec d'autant plus de difficultés qu'il avait été parmi les premiers lancés dans la fosse et que la surface de celle-ci avait été piétinée par les bottes des S.S., avant d'être recouverte de chaux vive, puis de terre.

La fosse enfermait donc neuf corps, tous de jeunes garçons d'un âge variant entre douze et dix-sept ans, Reb Klimrod étant le plus âgé et le seul qui fût encore vivant.

Il était à nouveau inconscient quand on finit par l'extraire de la gangue. Settiniaz fut stupéfait par la taille de l'adolescent, qu'il estima à six pieds, soit un mètre quatre-vingts, et par sa maigreur — il évalua le poids à une centaine de livres.

Il se trompait doublement. Le 5 mai 1945, Reb Klimrod était âgé de seize ans et huit mois, il mesurait un mètre quatre-vingt-quatre et pesait trente-neuf kilos.

On lui avait tiré une balle de pistolet dans la nuque, derrière l'oreille gauche. Le projectile avait très légèrement écrêté le lobe inférieur, il avait fendu la base de l'occipital et labouré les muscles du cou au-dessous de la nuque, effleurant simplement les vertèbres. De sorte que les autres plaies étaient en fin de compte plus graves, et sans doute plus douloureuses. Le garçon portait deux autres balles qu'on dut extraire, l'une dans la cuisse droite, l'autre au-dessus de la hanche ; et la chaux vive l'avait atteint en une trentaine d'endroits ; enfin son dos, ses reins et son bas-ventre arboraient les traces de centaines de coups de fouet et de brûlures de cigarettes, certaines cicatrices étant anciennes et remontant à plus d'un an. Seul le visage avait été finalement épargné.

Et ce visage bouleversa non seulement Settiniaz qui avait été le premier à le voir, mais tous ceux qui eurent l'occasion d'y poser le regard. Ce n'était pas qu'il fût véritablement beau, car il manquait par trop de régularité dans les traits ; mais il exprimait une dramatique et presque monstrueuse tension interne, jointe à un mutisme total. Ce n'était en aucun cas, dans un camp où les masques de mort et d'abandon étaient innombrables, le visage de quelqu'un ayant renoncé. Surtout il y avait ces yeux, d'un gris très pâle piqueté de vert en son centre, fixant hommes et choses avec une très impressionnante profondeur.

Au cours des journées qui suivirent, il dormit presque sans discontinuer. Il fut au centre d'un incident. Une délégation d'anciens détenus était venue se plaindre à Strachan, au nom, dirent ceux qui la composaient, de tous leurs camarades : ils refusaient la cohabitation avec « un giton de S.S. ». Le mot utilisé avait été beaucoup plus cru. L'exigence laissa de marbre le petit major rouquin venu du Nouveau-Mexique, il avait d'autres problèmes : on continuait de mourir à Mauthausen, par centaines chaque jour. Pour le garçon, il fit venir Settiniaz :

— Sans vous, ce gosse serait mort, paraît-il. Occupez-vous de lui.

— Je ne sais même pas son nom.

— Votre problème, répliqua Strachan de sa voix haut perchée. A compter de cette minute. Démerdez-vous.

Cela se passait dans la matinée du 7 mai. Settiniaz fit transporter le garçon dans le baraquement où étaient réunis les kapos dont le sort n'avait pas encore été réglé. Il s'en voulut. L'idée même d'une quelconque culpabilité du jeune inconnu le révoltait. Par trois fois, il alla lui rendre visite, ne le trouva qu'une fois éveillé, voulut l'interroger, ne reçut pour toute réponse que l'étrange regard grave et rêveur. « Vous me reconnaissez ? Je vous ai retiré de la fosse... » Pas de réponse. « Je voudrais au moins connaître votre nom. » Pas de réponse. « Vous m'avez dit être autrichien, vous avez sans doute une famille à prévenir. » Pas de réponse. « Où avez-vous appris le français ? » Pas de réponse. « Je ne veux que vous aider... »

Le garçon avait refermé les yeux, s'était retourné face à la cloison.

Le lendemain 8 mai, le capitaine Tarras arriva de Munich, en même temps que la nouvelle de la capitulation allemande.

Georges Tarras était géorgien, natif non de la Géorgie américaine, mais de celle d'U.R.S.S. A Harvard, on avait affirmé à Settiniaz que Tarras était un aristocrate russe dont la famille avait émigré aux Etats-Unis en 1918. En 1945, il avait quarante-quatre ans et s'était visiblement donné pour mission personnelle de convaincre un nombre maximal d'habitants de la planète Terre de se prendre moins au sérieux. Il avait la sensiblerie en horreur, une impavidité naturelle (ou en tout cas simulée à merveille) devant les plus extrêmes manifestations de l'imbécillité humaine, et le sarcasme en permanence à fleur de lèvres. Outre l'anglais, il parlait couramment une dizaine de langues, dont l'allemand, le français, le polonais, le russe, l'italien et l'espagnol.

Son premier soin à sa prise de fonctions à Mauthausen fut de faire tapisser les murs de son bureau d'une sélection des photographies les plus horribles prises par Blackstock à Dachau et Mauthausen : « Au moins, quand nous interrogerons ces messieurs qui vont nous faire tous les mensonges du monde, nous pourrons leur mettre sous les yeux les résultats de leurs espiègleries. »

Il expédia avec un entrain féroce les quelques dossiers que Settiniaz avait commencé de préparer, menant lui-même les interrogatoires...

— Du menu fretin, élève Settiniaz. Autre chose ?

Settiniaz lui parla du garçon enterré vivant.

— Et vous ignorez jusqu'à son nom ?

Ce que l'on avait pu recueillir sur le compte du jeune inconnu était mince : il ne figurait sur aucune liste allemande, il n'avait fait partie d'aucun convoi acheminé dans les derniers mois de 1944 et les premiers de 1945, au moment où l'on avait commencé à ramener vers l'Allemagne et l'Autriche des dizaines de milliers de détenus, en raison de l'avance soviétique. Et, plusieurs témoignages le confirmaient, il se trouvait à Mauthausen depuis trois, quatre mois au plus. Tarras souriait :

— L'histoire me semble tout à fait claire : des officiers S.S. de haut rang — un seul officier n'aurait pas eu besoin de neuf jeunes amants, sauf à être un surhomme — se sont repliés sur l'Autriche afin d'y organiser une défense jusqu'à la mort. Ils seront ainsi parvenus à Mauthausen, y auront bénévolement renforcé la garnison et, devant l'approche de notre Septième Armée, se seront à nouveau repliés, cette fois en direction des montagnes, de la Syrie voire des Tropiques. Non sans avoir au préalable, avec le souci de l'ordre caractérisant cette race admirable, soigneusement rangé sous quelques pelletées de chaux vive et de terre les ex-élus de leur cœur désormais encombrants.

A Harvard, Tarras avait reçu de quelque lecteur de Gogol le sobriquet au demeurant logique de Boulba. Loin de s'en irriter, il s'en était fait gloire, allant jusqu'à signer ainsi des articles de revue, voire ses commentaires au bas d'une copie d'examen. Derrière ses lunettes cerclées d'or, ses yeux vifs coururent sur les horreurs tapissant le mur :

— Bien entendu, mon petit David, nous pouvons toutes affaires cessantes nous intéresser à votre jeune protégé. Somme toute, nous n'avons guère que quelques centaines de milliers de criminels de guerre attendant fébrilement les manifestations de notre sollicitude. Bagatelle. Sans parler de ces millions d'hommes, femmes et enfants déjà morts, mourants ou à mourir.

Il avait ainsi le goût des péroraisons et le sadique besoin de clouer n'importe quel interlocuteur par le sarcasme. Néanmoins, l'histoire du jeune Autrichien dut l'intéresser. Deux jours plus tard, le 10 mai, il rendit au garçon une première visite. Avec les kapos qui se trouvaient là, il parla russe, allemand, polonais, hongrois. Il n'accorda à l'inconnu qu'un regard volontairement rapide.

Qui lui suffit.

Il éprouva au vrai le même sentiment que David Settiniaz. Avec une différence de taille : s'il fut pareillement impressionné, lui sut pourquoi. Il découvrit une très frappante ressemblance entre les yeux du miraculé et ceux d'un homme avec qui il avait échangé quelques phrases, à Princeton, lors d'un déjeuner chez Albert Einstein : le physicien Julius Robert Oppenheimer. Mêmes prunelles pâles, à l'identique profondeur insondable, ouvertes sur un rêve intérieur inaccessible au commun des mortels. Semblable mystère, semblable génie…

« A cela près que ce gamin a tout au plus dix-huit ou dix-neuf ans… »

Les jours suivants, Georges Tarras et David Settiniaz se consacrèrent à la mission qui les avait amenés à Mauthausen Travail de policiers menant enquêtes sur dénonciation, la plupart du temps. Ils s'efforcèrent d'établir la liste de tous ceux qui, à divers titres, avaient eu des responsabilités dans le fonctionnement du camp. Et, ayant dressé cette liste, de l'assortir de témoignages appelés à être utilisés plus tard, devant une cour martiale jugeant en particulier les crimes de guerre à Dachau et Mauthausen. Nombre d'anciens gardiens du camp de Haute-Autriche s'étaient, à l'approche des troupes américaines, contentés de chercher un refuge aux alentours immédiats, sans précautions particulières, conservant leurs noms véritables, s'abritant derrière la vertu d'obéissance — *Befehl ist Befehl,* un ordre est un ordre — qui pour eux expliquait tout. En manque de moyens et de personnel, Tarras engagea d'anciens détenus. Dont un architecte juif survivant de plusieurs camps, Simon Wiesenthal.

Après quelque temps, sur l'insistance de David Settiniaz (du moins fut-ce le prétexte qu'il se donna à lui-même), Tarras repensa au garçon enterré vivant, dont il ne savait toujours pas le nom. La petite délégation de détenus venue protester à son sujet auprès du major Strachan ne s'était plus manifestée et d'ailleurs trois de ses membres les plus ardents — des Juifs français — avaient quitté le camp pour la France. En sorte que les accusations portées étaient presque tombées d'elles-mêmes. Un dossier avait cependant été constitué, suffisant à une action.

Tarras décida de procéder lui-même à l'interrogatoire. Bien des années plus tard, recevant en plein visage, mais en de toutes autres circonstances, le regard de Reb Klimrod, il devait se souvenir de l'impression que lui laissa cette première rencontre.

3

Le garçon marchait, ne boitait même plus. Il avait, sinon grossi — le terme aurait été grotesque, appliqué à un survivant de la sorte — du moins repris quelques couleurs et sans doute aussi quelques kilos. Tarras jugea qu'il devait peser une centaine de livres.

— Nous pouvons parler allemand, dit-il.

Le regard gris, iris très pâle et pupille nettement plus sombre et verte, s'enfonça dans celui de l'Américain puis, avec une lenteur délibérée, fit le tour de la pièce :

— Votre bureau ?

Il s'exprimait en allemand. Tarras acquiesça. Il éprouvait un sentiment bizarre, proche de la timidité, et cette sensation très nouvelle l'amusait.

— Avant, dit le garçon, c'était le bureau du commandant S.S.

— Et vous y êtes assez souvent venu.

Le garçon contemplait les photographies sur le mur. Il fit quelques pas, s'approcha des clichés :

— Où ont été pris les autres ?

— Dachau, dit Tarras. C'est en Bavière. Comment vous appelez-vous ?

Silence. Le garçon était maintenant derrière lui, toujours à examiner les photos. « Il le fait exprès, pensa Tarras par une intuition soudaine, il a refusé de s'asseoir face à moi et à présent veut me contraindre à me retourner, façon de me faire comprendre qu'il entend mener à sa guise cet entretien. »

D'accord. Il dit doucement :

— Vous n'avez pas répondu à ma question.

— Klimrod. Reb Michael Klimrod.

— Né en Autriche ?

— Vienne.

— Date de naissance ?

— 18 septembre 1928.

— Klimrod n'est pas un nom juif, que je sache.

— Ma mère s'appelait Itzkowitch.

— *Halbjude*[1] donc, dit Tarras, qui avait déjà relevé l'association des deux prénoms, l'un chrétien et l'autre, Reb, très répandu dans les familles juives, de Pologne notamment.

Silence. Le garçon se remit en mouvement, suivant le mur, passant derrière Tarras qu'il acheva de contourner, réapparaissant dans le champ de vision de l'Américain à la gauche de celui-ci. Il se déplaçait très lentement, s'arrêtant longuement devant chaque photo. Tarras s'autorisa à tourner un peu la tête, et vit alors que les jambes du garçon tremblaient. La seconde suivante, il fut envahi par un bouleversant sentiment de pitié : « Cette espèce de pauvre morveux tient à peine debout ! » Il voyait Reb Klimrod de dos, pieds nus dans des brodequins sans lacets probablement trop petits pour lui, de même que le pantalon et la chemise dérisoirement courts qui flottaient sur ce corps décharné, gauche, mille fois tordu par la torture mais qui pourtant, par la force de la volonté, ne perdait pas un millimètre de sa haute taille. Tarras remarqua aussi les mains, longues et fines, à la peau tavelée par les cicatrices maintenant brunies des brûlures de cigarette et de chaux vive ; ces mains pendaient sur les côtés du corps, sans aucune crispation et, par expérience, Tarras savait ce que cette apparente mais fausse nonchalance révélait de

1 Demi-juif, selon la terminologie nazie.

contrôle sur soi-même — dont très peu d'hommes adultes étaient capables, lui le premier.

A cette minute, il comprit mieux encore ce qui avait à ce point impressionné le jeune Settiniaz : de Reb Michael Klimrod émanait une sorte d'aura étrange, inexplicable.

Il revint à son interrogatoire comme à un refuge :

— Quand et comment êtes-vous arrivé à Mauthausen ?

— En février dernier. Je ne sais pas le jour exact. Au début de février.

La voix était déjà grave, et très lente.

— Avec un convoi ?

— Pas un convoi.

— Qui était avec vous ?

— Les autres garçons qu'on a enterrés avec moi.

— Quelqu'un vous a bien amené ici.

— Des officiers S.S.

— Combien en tout ?

— Une dizaine.

— Commandés par ?

— Un Obersturmbannführer.

— Qui s'appelait ?

Reb Klimrod se trouvait maintenant dans l'angle gauche de la pièce. A hauteur de son visage, il y avait l'agrandissement d'une photo de Roy Blackstock, montrant la porte ouverte d'un four crématoire ; le flash avait éclairé d'un blanc cru des cadavres à demi carbonisés.

— Je ne sais pas les noms, dit Reb Klimrod d'une voix très tranquille.

L'une de ses mains bougea, monta. Les longs doigts touchèrent le papier glacé du cliché et parurent presque le caresser. Après quoi il pivota, s'adossa au mur. Il était impassible, regard perdu dans le vide, neutre. Ses cheveux qui commençaient à repousser se révélaient châtain assez sombre.

— De quel droit me posez-vous ces questions ? Parce que vous êtes américain et avez gagné la guerre ?

Au nom du Ciel ! pensa Tarras, interloqué, pour une fois dans l'incapacité de répliquer.

— Je ne crois pas avoir été vaincu par les Etats-Unis d'Amérique, reprit Reb Klimrod de la même voix lointaine. En réalité, je ne crois pas avoir été vaincu par quiconque...

Ses yeux se portèrent sur une petite armoire vitrée dans laquelle, à côté d'entassements de dossiers, Tarras avait placé quelques livres. « Et ce sont les livres qu'il regarde...

— A notre arrivée ici au début de février, dit Reb Klimrod, nous venions de Buchenwald. Nous étions vingt-trois garçons avant Buchenwald, mais cinq ont été brûlés à Buchenwald et deux autres sont morts entre Buchenwald et Mauthausen. Les officiers à qui nous servions de femmes ont abattu ces deux-là dans les camions et je les ai enterrés. Ils ne pouvaient plus marcher, ils pleuraient tout le temps et ils n'avaient plus de dents, ce qui les rendait moins attrayants. Il y en avait un qui avait neuf ans et l'autre était un peu plus âgé, peut-être onze ans. Les officiers étaient dans une voiture et nous dans un camion, mais de temps en temps, ils nous faisaient descendre et marcher, parfois courir, en nous tenant par des cordes attachées à notre cou. Cela pour nous ôter la force et même l'idée de nous enfuir. »

Il se décolla légèrement du mur contre lequel il s'appuyait, s'aidant d'une petite pression de ses mains. Il regardait les livres avec une intensité presque hypnotique. Mais il ne cessa pas pour autant de parler, à la façon — songea Tarras — dont un enseignant récite son cours tout en conservant son attention sur un oiseau au-dehors, avec la même intonation lointaine et comme indifférente :

— Mais avant Buchenwald, où nous sommes arrivés un peu avant Noël, nous sommes restés un moment à Chemnitz. Avant Chemnitz, nous étions au camp de Grossrosen. Avant Grossrosen, au camp de Plaszow — c'est en Pologne, à côté de Cracovie et c'était l'été.

Il se décolla tout à fait du mur et commença d'avancer très lentement en direction de la petite armoire.

— Mais nous ne sommes restés que trois mois à Plaszow, où des garçons sont morts, presque tous de faim. Six. Je ne sais pas leurs noms. Avant Plaszow, nous avons marché très longtemps dans des forêts... Non, d'abord, nous étions à Przemyzl... mais nous avons marché avant et après, très longtemps. Nous venions du camp de Janowska. J'ai été deux fois à Janowska. Cette fois-là, en mai de l'année dernière, et puis une autre fois en 1941, quand j'avais douze ans et demi.

Sa façon de raconter était curieuse. Il dévidait ses souvenirs en partant de la fin, à la façon dont on rembobine un film. Il fit trois pas de plus et se trouva exactement en face des livres, dont seule une vitre le séparait.

— Ces livres sont à vous ?

— Oui, dit Tarras.

— A mon second passage au camp de Janowska, je venais de Belzec. C'est à Belzec que ma mère Hannah Itzkowitch et ma sœur Mina sont mortes, le 17 juillet 1942. Je les ai vues mourir. On les a brûlées vives. Est-ce que je peux ouvrir l'armoire et toucher les livres, s'il vous plaît ?

— Oui, dit Tarras oppressé.

— Ma sœur Mina avait neuf ans. Je suis absolument sûr qu'elle était vivante quand ils l'ont brûlée. Mon autre sœur, Katarina, était de 26, elle avait deux ans de plus que moi. Elle, elle est morte dans un wagon de chemin de fer, où j'aurais normalement dû monter, moi aussi. Elle est montée dans un wagon où il y avait de la place pour trente-six hommes. Ils en ont mis cent vingt ou cent quarante, les derniers allongés sur les têtes des premiers. Sur le plancher du wagon, ils avaient étalé de la chaux vive. Ma sœur Katarina est entrée parmi les premiers. Ensuite, quand ils n'ont plus pu faire entrer qui que ce fût, même un enfant, ils ont fait coulisser les portes et les ont verrouillées, ils ont amené le wagon sur une voie de garage et l'ont laissé au soleil pendant sept jours.

Il lut à haute voix :

— Walt Whitman. Il est britannique ou américain ?

— Américain, dit Georges Tarras.

— C'est un poète, n'est-ce pas ?

— Comme Verlaine, dit Tarras.

Le regard gris toucha son visage, revint sur le livre : *Autumn Leaves,* dans sa version évidemment originale, c'est-à-dire en anglais. Tarras posa la question et crut un instant qu'il allait devoir la répéter, tant la réponse fut longue à venir. Mais le garçon finit par secouer la tête :

— Pas encore, quelques mots seulement. Mais je vais l'apprendre. Et l'espagnol aussi. Et peut-être d'autres langues. Le russe par exemple.

Tarras baissa la tête, la releva. Il se sentait tout à fait désemparé. Assis à son bureau, il n'avait pas bougé vraiment depuis l'entrée de Reb Klimrod, sinon pour griffonner. Il dit soudain :

— Gardez le livre.

— Il me faudra du temps.

— Gardez-le le temps nécessaire.

— Je vous remercie infiniment, dit Reb Klimrod, regard à nouveau posé sur l'officier américain. Il reprit : « Avant Belzec, nous étions à Janowska depuis le 11 août 1941. Et encore avant, à Lvov, chez le père et la mère de ma mère Hannah Itzkowitch. Nous étions venus à Lvov le samedi 5 juillet 1941. Ma mère souhaitait revoir ses parents et elle avait obtenu à Vienne des passeports pour nous quatre. Nous avons quitté Vienne le 3 juillet, un jeudi, parce que Lvov n'était plus occupée par les Russes mais par les Allemands. Ma mère avait une grande confiance dans les passeports. Elle avait tort.

Il s'était remis à feuilleter le livre mais le geste était visiblement machinal. Il pencha un peu la tête de côté de façon à pouvoir lire les titres des autres ouvrages :

— Montaigne. Je connais.

— Prenez-le également, dit Tarras que l'émotion forçait d'ouvrir la bouche.

Entre la vingtaine de livres qu'il avait emportés avec lui, pour tenter de combattre l'horreur, s'il avait dû en choisir un, ç'aurait été le Montaigne.

— Pour moi, dit Reb Klimrod, j'ai survécu.

Cherchant à se reprendre, Tarras relut les notes qu'il avait prises. Il récita la liste des camps, cette fois dans l'ordre chronologique : « Janowska, Belzec, à nouveau Janowska, Plaszow, Grossrosen, Buchenwald, Mauthausen... » Il demanda :

— Vous êtes vraiment passé par tous ces endroits ?

Le garçon acquiesça avec indifférence. Il referma les portes vitrées de l'armoire, tenant à deux mains, contre sa poitrine, les deux livres. Tarras :

— Quand avez-vous rejoint ce groupe de jeunes garçons ?

Reb Klimrod s'écarta de l'armoire, fit deux pas vers la porte :

— Le 2 octobre 1943. A Belzec. L'Obersturmbannführer nous a rassemblés à Belzec.

— Cet Obersturmbannführer dont vous ne savez pas le nom ?

— Celui-là, dit Reb Klimrod en faisant un nouveau pas vers la porte.

« Il ment, bien entendu », pensait Tarras de plus en plus déconcerté. En admettant que fût véridique le reste du récit — et Tarras le croyait — il était invraisemblable que le garçon qui avait une aussi fantastique mémoire ignorât le nom d'un homme avec qui il avait vécu pendant vingt mois, d'octobre 1943 à mai 1945. « Il ment et sait que je le sais. Et ça l'indiffère. Pas plus qu'il ne prend la moindre peine de se justifier, ou d'expliquer comment il a survécu. Pas plus qu'il ne semble en éprouver de la honte, ou de la haine. Mais peut-être est-il tout simplement en état de choc... »

Cette dernière explication étant pour Georges Tarras la moins vraisemblable. Il n'y crut pas. La vérité est qu'à l'occasion de cette première rencontre avec Reb Michael Klimrod, rencontre dont la durée n'excéda pas vingt minutes, Tarras eut l'intuition de ce qu'il y avait chez ce gamin décharné, ayant à peine la force physique de se tenir debout, une monstrueuse aptitude à dominer l'événement, quel qu'il fût. Supériorité, le mot s'imposa à Tarras. Tout comme il ressentit, physiquement, le poids écrasant de l'intelligence brûlant derrière les yeux pâles et profonds de Reb Klimrod.

Le garçon fit un autre pas vers la porte. Son profil avait une beauté un peu cruelle. Il s'apprêtait à partir. Si bien que les dernières questions que posa Tarras eurent essentiellement pour but de prolonger l'entretien :

— Et qui vous a fouetté et brûlé avec des cigarettes ?

— Vous connaissez la réponse, répondit Reb.

— Le même officier, pendant vingt mois ?

Silence. Encore un pas en direction de la porte.

— Vous m'avez dit que l'Obersturmbannführer avait formé le groupe à Belzec, le...

— 2 octobre 1943.

— Combien y avait-il d'enfants ?

— Cent quarante-deux.

— Rassemblés dans quel but ?

Léger mouvement de tête : il l'ignorait. « Et cette fois, il ne ment pas. » Tarras en était à s'étonner de ses propres certitudes. Il posa de nouvelles questions, avec presque de la précipitation :

— Comment a eu lieu le départ de Belzec ?

— Par camions.

— Pour Janowska ?

— Seulement trente sont allés à Janowska.

— Et les cent douze autres ?

— Majdanek.

Le nom n'était alors en aucune façon familier à Tarras. Par la suite, il devait apprendre qu'il s'agissait d'un autre camp d'extermination sur le sol polonais, au même titre que Belzec, Sobibor, Treblinka, Oswiecim ou Chelmno.

— Et c'est l'Obersturmbannführer qui a choisi ces trente garçons ? Il n'y avait que des garçons ?

— Oui aux deux questions.

Reb Klimrod accomplit les deux derniers pas le séparant encore de la porte, gagna le seuil de celle-ci. Tarras le voyait de profil.

— Je vous les rendrai, dit Reb. Il bougea légèrement les mains jointes sur le Whitman et le Montaigne : « Les livres. Je vous les rendrai. » Il sourit : « Ne me posez plus de questions, s'il vous plaît. L'Obersturmbannführer nous a amenés à Janowska. Il a commencé à se servir de nous comme de femmes à ce moment. Ensuite, quand les Russes ont beaucoup avancé, lui et les autres officiers ont fait croire à l'armée allemande qu'ils étaient en mission spéciale, chargés de nous convoyer. C'est pour cela qu'ils ne nous ont pas tués, sauf quand nous ne pouvions plus suivre.

— Vous ne vous souvenez du nom d'aucun de ces hommes ?

— Aucun.

« Il ment. »

— Combien d'enfants sont arrivés avec vous à Mauthausen ?

— Seize.

— Vous n'étiez que neuf, dans la fosse où le lieutenant Settiniaz vous a retrouvé.

— En arrivant à Mauthausen, ils en ont tué sept. Ils n'ont gardé que leurs préférés.

Cela dit d'une voix toujours aussi paisible et détachée. Il passa le seuil, s'immobilisa une dernière fois :

— Puis-je vous demander votre nom, s'il vous plaît ?

— Georges Tarras.

— T, a, deux r, a, s ?

— Oui.

Un temps.

— Je vous rendrai les livres.

On avait divisé l'Autriche en quatre zones militaires. Mauthausen se retrouva dans la zone soviétique. Un très grand nombre des anciens détenus furent transférés dans un camp pour personnes déplacées à Leonding, près de Linz, en zone américaine, dans les bâtiments d'un collège sur les bancs duquel Adolf Hitler s'était assis, et en face d'une petite maison où le père et la mère d'Adolf Hitler avaient longtemps vécu. George Tarras, David Settiniaz et leur section des Crimes de Guerre s'installèrent à Linz. Le déménagement occupa d'autant plus les deux hommes qu'ils n'en interrompirent pas pour autant, entre-temps, leurs missions de recherche des anciens gardiens S.S. se cachant aux alentours.

De sorte qu'ils ne constatèrent qu'après plusieurs jours la disparition du jeune Klimrod.

4

Ce matin-là, la présidence de l'Inner Stadt, la Cité Intérieure de Vienne enclose par le Ring, revenait à l'armée américaine, chargée pour tout un mois d'assurer la sécurité. Dans la Kärtnerstrasse, devant la porte éclairée du poste de police militaire, ce fut donc un M.P. originaire du Kansas qui prit place à côté du chauffeur. Les trois autres hommes de la Patrouille Internationale — un Britannique, un Français et un Soviétique — s'installèrent à l'arrière. Le véhicule démarra pour sa quatrième ronde de la nuit, en direction de la cathédrale Saint-Etienne dont les deux tours carrées dominées par des clochetons verts commençaient à se dessiner dans les premières lueurs de l'aube.

Il se mit à rouler très lentement, occupant le milieu de la chaussée vide de toute circulation. On était le 19 juin 1945 et il était cinq heures cinquante du matin.

La jeep déboucha sur le quai Franz-Joseph. Sur la rive opposée du canal du Danube, par-delà les Bains de Diane à demi détruits et la mer encore sombre des immeubles écrasés par la guerre, se dressa dans le ciel rose le cercle noir et squelettique de la Grande Roue du Prater. La jeep prit à gauche. Elle traversa la place Morzin, suivit la Gonzagagasse, redescendit au sud vers Notre-Dame du Rivage. Les baroques splendeurs de la Chancellerie de Bohême apparurent.

Apparut aussi le garçon.

L'Anglais le premier le vit et se tut. L'Anglais boudait. Il avait en abomination l'âcre odeur du Caporal fumé par le Français ; il exécrait l'Américain qui l'exaspérait par ses sempiternels récits de matches de base-ball et de conquêtes féminines durant son séjour à Londres avant juin 1944 ; et enfin il méprisait tout à fait le Russe, qui d'ailleurs n'était même pas russe puisqu'il avait les yeux bridés, le faciès nettement mongol et la vivacité intellectuelle d'un pudding. Quant au chauffeur autrichien et, pis encore, viennois de souche, son constant cynisme et surtout son refus de se considérer comme un ennemi vaincu le rendaient plus insupportable encore.

L'Anglais se tut mais dans les secondes suivantes, l'Américain à son tour leva la tête et s'exclama. Les regards des cinq hommes se portèrent alors sur la façade.

C'était celle d'un hôtel particulier. Il s'agissait d'un petit bâtiment à deux étages plus les combles, six fenêtres de rang par étage, balcons aux deux premiers niveaux ; le plus bas et le plus central de ces balcons surmontait la monumentale porte d'entrée juchée en haut de marches de marbre et encadrée de deux colonnes, à quoi s'adossaient des atlantes ; le style d'ensemble était d'assez pur baroque viennois ; l'hôtel avait été construit par un élève de Johann Lukas von Hildebrandt, l'un des architectes de la Hofburg, près de deux siècles plus tôt.

Autant de notations qui laissèrent d'une indifférence minérale les cinq hommes dans la jeep. Eux ne virent que la silhouette, épinglée bras et jambes en croix sur la façade, à hauteur du deuxième étage, dix à douze mètres au-dessus du vide, leur faisant face, à la façon d'un crucifié. Cette dernière image-là, aussitôt, s'imposa. Tout y concourait : l'incroyable maigreur du grand corps écartelé, sur lequel flottaient un pantalon et une chemise à la fois trop larges et trop courts, les pieds nus, le visage émacié que trouaient deux yeux immenses, si clairs qu'ils en parurent blancs, dans le pinceau du projecteur mobile, et la bouche entrouverte sur un rictus trahissant l'effort et la souffrance à leur paroxysme.

La scène en réalité ne dura que quelques secondes. S'aidant de la clé et du claveau d'une fenêtre, crochant les harpes d'un trumeau, la silhouette avait bougé. Le faisceau lumineux la capta une dernière fois à l'instant où elle escaladait les balustres d'un balcon. On entendit un bruit de verre brisé, le très léger grincement d'une porte-fenêtre qui s'ouvrait et se refermait. Le silence revint.

— Un cambrioleur, dit le chauffeur viennois avec flegme. Mais ce n'était qu'un gosse, malgré sa taille.

L'allusion était claire : la patrouille internationale n'avait le droit d'intervenir dans une affaire que pour autant qu'y fût impliqué un représentant des forces d'occupation. Les délits ordinaires relevaient de la police autrichienne. On alerta le commissariat central. Il s'écoula dix bonnes minutes avant l'arrivée d'un inspecteur escorté de deux agents.

Ce délai suffit amplement à Reb Klimrod.

Pendant vingt, peut-être trente minutes, les deux sortes de bruits lui parvinrent en une étrange surimpression.

En premier lieu, les bruits réels, ceux faits par les policiers entrant dans la maison et la fouillant de fond en comble, ouvrant et fermant des portes, marchant sur les dalles de marbre du rez-de-chaussée ou sur les parquets jadis si soigneusement cirés, à points de Hongrie, des étages ; et parlant, dans leur doux et nonchalant allemand de Vienne aux idiolectes familiers. Comme il l'avait prévu, ils se laissèrent abuser par la piste qu'il leur avait tracée, y consacrant ses dernières forces : ils finirent par repérer les empreintes de son pied ensanglanté, gagnèrent en les suivant le troisième étage, les combles, trouvèrent l'œil-de-bœuf ouvert, conclurent naturellement qu'il s'était enfui par là, par les toits, redescendirent, parlant plus fort, exécutèrent une dernière inspection, s'en allèrent...

. . Ces bruits-là et puis les autres, imaginaires, remontant de sa mémoire avec une acuité qui le fit trembler : le *tap-tap* primesautier de Mina courant ou sautillant dans les corridors, le piano de Katarina jouant Schubert, la voix d'Hannah leur mère teintée de cet accent de Pologne qu'elle n'avait jamais pu perdre tout à fait, la voix calme d'Hannah, sa voix apaisante créant autour d'elle le calme comme une pierre jetée dans l'eau d'un étang étend successivement ses cercles concentriques, et disant, dans la soirée du mercredi 2 juillet 1941 : « Nous irons à Lvov, Johann, les enfants et moi, grâce aux passeports que nous a obtenus Erich. Nous serons à Lvov demain soir, y resterons jusqu'à lundi. Et mardi, nous serons de retour à Vienne. Johann, mon père et ma mère n'ont jamais vu leurs petits-enfants... »

Reb Michael Klimrod avait très exactement les yeux de sa mère Hannah Itzkowitch-Klimrod, née à Lvov en 1904, où son père était médecin. Et elle aurait presque rêvé de lui succéder, hors le double handicap d'être femme et juive. Elle avait commencé des études de lettres à Prague, où le quota des étudiants juifs était moins limité et pour finir, sous le vague prétexte d'un sien oncle tenant commerce à Vienne, y était allée pour reprendre le droit. Johann Klimrod y avait été son professeur pendant deux ans. Il avait quinze ans de plus qu'elle ; les yeux venus de la steppe avaient accroché son regard professoral, l'exceptionnelle vivacité intellectuelle, et l'humour, de la Gallicienne avaient fait le reste. Ils s'étaient mariés en 1925, Katarina naissant en 1926, Reb en 1928, Mina en 1933...

De deux étages plus bas monta le claquement de la lourde porte d'entrée, que les policiers refermaient en partant. Arrivèrent ensuite les échos indistincts d'un conciliabule entre les Autrichiens et la patrouille internationale. Puis le grondement des moteurs remis en route, dont le bruit décrut. Le silence revint dans la maison. Reb entreprit de se déplier. Il dut se tordre, très lentement, centimètre après centimètre. Cent fois, étant enfant, il s'était ainsi tapi, recroquevillé dans ce réduit, tirant une mystérieuse jouissance de sa claustration volontaire, les premières fois contraint de lutter contre une innommable panique et n'ayant justement de cesse qu'il ne l'eût vaincue, s'obligeant à se plaquer contre ce mur de pierres nues, vaguement humide, froid, où rampaient des choses blanchâtres. Du moins qu'il imaginait blanchâtres, puisqu'il s'était interdit toute lumière, pour en préserver l'énigme et surtout, la capacité de l'effrayer — et par la suite de se dominer.

Sous ses doigts, la planche céda enfin. Il passa une jambe puis une épaule, il se glissa par l'ouverture, se retrouva dans la penderie et de là, dans la chambre qui avait été la sienne et qui maintenant était vidée de tous ses meubles. Il sortit dans le corridor. A droite, la chambre de Mina, plus loin celle de Kati. Les pièces étaient pareillement vides, il n'y restait rien. De même dans ce qui avait été la salle de jeu, le salon de musique et ce qu'Hannah lui avait assigné comme bureau, à lui, Reb...

... Et aussi les trois chambres d'amis, les deux pièces affectées à la gouvernante française, où l'on avait ôté jusqu'aux gravures encadrées représentant la place des Vosges et le pont des Arts à Paris, une vue de la Loire aux abords de Vendôme (où Mademoiselle était née), une autre d'une ria bretonne, une enfin des Pyrénées.

Un étage plus haut, un seul des logements des domestiques révélait qu'il était encore habité, ou l'avait été récemment. Il y découvrit deux lits de camp, et un paquetage très soigneusement fait. Dans l'air flottait une faible odeur de tabac blond. Des sous-vêtements kaki avaient été mis à sécher sur un fil dans la salle d'eau.

Il redescendit et gagna le premier étage.

C'était celui où ses parents avaient toujours vécu. Du très large corridor dallé de marbre, Hannah avait fait une frontière qu'enfants ou domestiques n'eussent pas osé franchir sans sa permission expresse. Sur une rive, celle dont les fenêtres donnaient en façade, s'alignaient les pièces communes : les deux salons, la salle à manger allongée à angle droit par un office immense et la cuisine et, à l'autre extrémité, faisant pendant aux salles de service, la bibliothèque, si vaste qu'elle touchait aux deux rives et en quelque sorte les unissait.

Il poussa les portes à sa droite. Ici avait été l'appartement personnel d'Hannah, territoire prohibé. Et à présent totalement vide. On en avait même arraché la tapisserie, avec soin. Le grand lit d'Hannah s'était trouvé là, entre ces deux fenêtres donnant sur la cour intérieure. Reb était né dans ce lit et ses sœurs de même. Avançant parallèlement au corridor, il entra dans le boudoir. Vide. Puis dans le bureau d'Hannah où, entre sa propre naissance en 1928 et celle de Mina en 1933, Hannah avait préparé, évidemment avec succès, un doctorat de philosophie. Vide encore.

La pièce suivante au-delà de la salle de bain intermédiaire avait été la chambre de son père. Elle était meublée entièrement. Mais il ne reconnut pas le mobilier. Le lit d'ailleurs n'eût pas convenu à son père, il était trop haut, l'infirme n'aurait pu s'y allonger sans aide.

Il ouvrit une armoire, puis une autre. A l'intérieur, des uniformes, plusieurs, identiquement chamarrés d'étoiles et de décorations. Du linge de corps et des chemises méticuleusement repassées étaient empilés sur des étagères. Il vit des chaussures de toutes sortes, certaines basses, à lacets. Sur deux portemanteaux à part, des vêtements indiscutablement civils. Il les toucha...

... mais son regard était déjà sur la dernière porte, celle ouvrant sur la bibliothèque.

Il en tourna la poignée mais n'en fit pas tout de suite pivoter le battant. Pour la première fois depuis qu'il était entré dans la maison, son visage exprima quelque chose. Les prunelles s'élargirent, ses lèvres s'entrouvrirent comme si soudain le souffle lui manquait. Il apposa sa tempe, puis sa joue contre le chambranle. Il ferma les yeux, les traits contractés par le désespoir. Il entendit, sans doute bien plus nettement que si le bruit avait été réel, le son familier et doux, à peine chuintant, des roues de caoutchouc du fauteuil roulant de Johann Klimrod, dont une attaque d'hémiplégie avait paralysé les jambes en 1931, au printemps — Reb Michael n'avait alors même pas trois ans. Il entendit la voix de son père parlant au téléphone, ou s'adressant à son associé Erich Steyr, ou à l'un des quatre assistants, ou à l'une des trois secrétaires. Il entendit cliqueter le petit monte-charge par lequel son père franchissait un étage, quittant son cabinet d'avocat au rez-de-chaussée pour la bibliothèque et son appartement privé.

... Entendit Johann Klimrod son père dire à Steyr : « Erich, j'ai peur de ce voyage à Lvov. En dépit de ces laissez-passer que vous leur avez procurés... »

Il rouvrit les yeux, poussa la porte, entra. La pièce de dix-huit mètres sur huit enfermait en tout et pour tout la longue table de chêne ciré qu'il avait toujours connue, un vieux tapis, une chaise bancale. Les murs tendus de soie grenat au-dessus des lambris portaient encore les traces des tableaux qui y avaient été accrochés. On avait même arraché certains des rayonnages par endroits s'élevant à quatre mètres de haut et desservis par une galerie à balustres de chêne. Il ne restait aucun des quinze ou vingt mille livres assemblés par Johann Klimrod en quarante ans et avant lui par les quatre ou cinq générations de Klimrod dont l'un avait été haut fonctionnaire sous Joseph II, empereur d'Allemagne et d'Autriche, roi de Bohême et de Hongrie. Et rien ne demeurait non plus de la merveilleuse collection de madones en bois polychrome, graciles, souriantes, vêtues de brocart, vieilles de quatre siècles et demi...

Dans la bibliothèque dépouillée, fantastiquement sonore, le jour commençait à s'inflitrer au travers des volets clos. Il marcha jusqu'au petit monte-charge à la façon dont on va à une ultime ressource...

Pour parvenir à Vienne en cette aube du 19 juin, il avait parcouru à pied les quelques cent soixante kilomètres entre Mauthausen et la capitale, ne progressant que la nuit, dormant le jour, volant dans les fermes pour s'alimenter, coupant le Danube à Saint-Polten et traversant pour finir la forêt viennoise ; il avait abattu d'une traite les trente-cinq derniers kilomètres et vers deux heures du matin était passé très près du parc et du château de Schönbrunn. Bien des années plus tard, à David Settiniaz lui demandant les raisons de cette frénétique et solitaire ruée — alors que Settiniaz tout aussi bien que Tarras l'auraient très certainement aidé à regagner Vienne — il devait simplement répondre, avec son air habituel d'absence : « Je voulais retrouver mon père, et le retrouver par mes seuls moyens. »

Quand on avait construit le monte-charge, pour le dissimuler, on avait apposé contre la grille, sur un premier panneau de bois ordinaire, l'un de ces volets de tabernacle — un *schrein* — provenant de quelque église paroissiale du Tyrol ou de Bohême ; il datait du XVe siècle et ceux qui avaient dépouillé l'hôtel particulier du moindre de ses trésors ne s'y étaient pas trompés : le volet avait disparu, ne demeurait que le panneau de frêne.

Il l'ouvrit. La cage métallique était étroite, en fait aux dimensions exactes du fauteuil roulant. Et le fauteuil était là, déserté.

Reb Klimrod eut la certitude que son père était mort. Il pleura, devant ce fauteuil vide.

5

La librairie se trouvait dans la Schenkengasse, qui est une petite rue à angle droit dans le premier arrondissement de Vienne, ancrée entre la cavalcadante statuaire du palais Daun-Kinsky et le Burgtheater.

On y accédait en descendant trois marches, aujourd'hui disparues. On trouvait trois pièces voûtées en enfilade, chacune éclairée par un soupirail. L'homme s'appelait Wagner, il avait plus d'une soixantaine d'années, avait pendant vingt ans travaillé à la Bibliothèque nationale de la Hofburg avant de s'établir à son compte. Non sans raison, il se targuait d'être parmi les trois ou quatre meilleurs spécialistes de Vienne en matière d'éditions rares et d'incunables.

Il ne reconnut pas tout d'abord Reb Michael Klimrod.

Ce n'était pas si surprenant : quatre années et plus s'étaient écoulées, tant de choses étaient arrivées depuis le dernier passage du gamin en culottes courtes, mèche dure sur le front haut, trop petit pour son âge ; il effectuait ses visites à peu près tous les mois, toujours un jeudi en période scolaire ; il parcourait en silence les rayonnages, examinait les vitrines, ressortait le plus souvent sans un mot. Plus rarement, il s'immobilisait devant un ouvrage, toujours récemment acquis par Wagner, avec une infaillibilité qui, à la longue, n'étonnait même plus le libraire. Alors, il secouait doucement la tête, l'air de dire : « Nous l'avons déjà » ; ou bien il s'enquérait des origines du livre ou du manuscrit, de sa date, de son prix. Questions conclues par un inévitable : « Je vais en parler à mon père. Pourriez-vous je vous prie le conserver jusqu'à jeudi prochain ? » Et sept jours plus tard, il était de retour, énonçant le verdict de sa voix douce, encore fluette mais curieusement lointaine, yeux rêveurs : maître Klimrod achetait ou n'achetait pas. Le cas échéant, il ne restait plus à Wagner qu'à se rendre à l'hôtel particulier, afin de conclure la transaction avec l'infirme, dont la fabuleuse bibliothèque l'émerveillait.

La silhouette qui apparut à Wagner n'évoquait en rien celle du gamin d'autrefois. Elle avait trente bons centimètres de plus, était vêtue d'une veste de tweed à l'évidence britannique, d'un pantalon couleur de brique — l'une et l'autre légèrement trop courts —, chaussée de superbes chaussures basses à la Richelieu, comme on n'en trouvait plus à Vienne depuis des années. Wagner crut à quelque Anglais, plus qu'à un Américain.

Sur quoi, Reb Klimrod acheva de descendre la troisième marche et cessa d'être à contre-jour. Les yeux aussitôt évoquèrent quelque chose. Puis la façon dont le nouveau venu commença de déambuler entre les livres accentua l'impression de déjà vu. Wagner demanda, en anglais :

— Vous cherchez quelque chose en particulier ?

— Les livres de mon père, répondit Reb en allemand.

Il s'arrêta au même instant devant les trente-deux volumes d'un Voltaire édité en 1818. Wagner se leva, très soudainement... et puis s'immobilisa, comme s'il avait pris conscience de la trop grande précipitation de son geste.

— Vous êtes le jeune Klimrod, dit-il après de longues secondes de silence. Caleb Klimrod.

— Reb.

— Vous avez incroyablement grandi. Quel âge avez-vous donc ?

Reb s'écarta du Voltaire et poursuivit sa ronde. Un peu plus loin, il ne marqua aucun temps d'arrêt devant, successivement, des éditions en cuir bleu des *Chants de Soldats* de Castelli, de *Doolin de Magenza* de von Alxinger, des *Liaisons Dangereuses* de Laclos et du rarissime Santa-Clara : *Judas der Erzschelm.* La tranche de ce dernier arborait un K gravé à l'or fin, presque invisible à quiconque n'aurait su où chercher, ou ne se serait pas servi d'une loupe.

Il s'éloigna.

— Pourquoi aurais-je des livres de votre père ? demanda Wagner. Je lui ai toujours vendu, jamais acheté.

— Récemment ?

La question avait été posée avec le plus grand naturel. L'hésitation du libraire fut nette, même si elle ne dura que deux ou trois secondes :

— Pas récemment. Pas du tout, même. A y bien réfléchir, il y a bien trois ou quatre ans que je n'ai plus rien vendu à votre père. Et presque autant de temps que vous n'êtes pas venu. Vous étiez absent de Vienne ?

— Je voyageais avec ma mère et mes sœurs, dit Reb.

Il se retourna, souriant : « Je suis très heureux de vous revoir, monsieur Wagner. Vous avez toujours d'aussi beaux livres. Je n'en ai pas le temps maintenant mais j'aimerais repasser chez vous, parler un peu. Ce soir ?

— Je ferme à sept heures, dit Wagner.

Il était trois heures de l'après-midi.

— Je serai ici avant, dit Reb. Ou alors demain matin. Mais plutôt ce soir. Toutefois, je m'en voudrais de vous obliger à rester ouvert. Ne m'attendez pas en cas de retard, je vous prie...

Wagner lui rendit son sourire : « Venez quand il vous plaira. Ce soir serait parfait. Vous ne me dérangerez jamais. Et faites toutes mes amitiés à monsieur votre père. »

Dans la Schenkengasse, Reb partit de son grand pas tranquille. Il n'eut même pas à se retourner : la vitrine d'un horloger lui envoya l'image furtive d'un Wagner, visible à mi-corps au bas des premières marches, sorti sur le seuil pour le suivre des yeux. Reb marcha jusqu'à être hors de vue, alla même jusqu'à l'église des Frères Mineurs, revint par la Lowelgasse, jusqu'au Burgtheater, où il se retrouva en vue directe de l'entrée de la librairie. Il attendit, trente à quarante minutes, vit enfin les hommes arriver. Ils étaient trois, dans une voiture noire, strictement inconnus et n'ayant d'aucune façon les visages de gens à s'intéresser à des livres rares ou anciens. D'ailleurs Wagner, qui devait les guetter, sortit sitôt qu'ils apparurent, discuta avec eux, fit des gestes dont un au moins, même à distance, fut suffisamment explicite : aux nouveaux arrivants qu'il avait dû prévenir par téléphone, Wagner était en train de décrire Reb Klimrod. Deux des hommes entrèrent dans la librairie, le troisième garant sa voiture puis allant se poster dans le couloir d'une maison, en face du magasin. A l'affût.

La Vienne de 1945 n'était assurément plus celle de Johann Strauss et des guinguettes de Grinzing, *das goldene Wienerherz,* le célèbre cœur d'or viennois n'y battait plus sur un air de valse ; c'était une ville semi-morte, à demi en ruine et, même sous le soleil de juin, lugubre ; le parc du Prater se trouvait en zone russe, les chars d'assaut détruits commençaient tout juste d'y rouiller, déjà en partie digérés par les herbes ; la Kärtnerstrasse qui avait été l'équivalent de la rue de la Paix ou de la Cinquième Avenue ne subsistait plus que par quelques chicots d'immeubles noircis, dont on entreprenait à peine de relever les premiers étages. Et peu de gens étaient où ils avaient été, les hommes éparpillés dans toute l'Europe, prisonniers quand ils n'étaient pas morts, blessés ou sur le lent chemin du retour.

Ressurgissant dans le petit hôtel particulier des Klimrod près de la Chancellerie de Bohème, le retrouvant debout et réquisitionné par un général britannique, Reb Klimrod ne put rencontrer aucun des domestiques du passé. Il ne les avait jamais connus qu'habitant le troisième étage, ne savait d'eux que ce que peut savoir des employés de ses parents un gamin de moins de treize ans, âge qu'il avait à son départ pour Lvov en juillet 1941.

Il ne s'adressa pas à la police autrichienne (et moins encore aux autorités d'occupation). Il n'avait aucun papier d'identité, ce qui à la limite n'eût pas été un obstacle majeur — bien qu'il eût commis un vol en s'appropriant certains des vêtements civils du général britannique. Peut-être pensa-t-il que dans la police même pouvaient se trouver d'autres Wagner.

David Settiniaz est convaincu que Reb Klimrod sut à la première minute que son père était mort et qu'il eut l'intuition, du rôle joué par Erich Steyr dans cette mort. En juin 1945, Steyr se trouvait très probablement encore à Vienne, à l'instar d'innombrables criminels de guerre qui, la guerre officiellement terminée, étaient tout bonnement rentrés chez eux ; certains, tels Mengele, rouvrant leur cabinet médical d'avant-guerre, à Günzburg. Pour Settiniaz la visite de Reb à Wagner fut un coup de sonde. Le garçon choisissant Wagner et nul autre en raison de relations anciennes, avant 1940, connues par lui, entre Steyr et Wagner. Le résultat obtenu le confirma dans sa conviction : il vit dans l'apparition des trois hommes de main à la librairie une tentative de Steyr pour le capturer et le faire disparaître.

Mais il n'avait encore d'autre objectif que de retrouver la trace de Johann Klimrod. Reb passa deux, ou trois jours à Vienne, se cachant quelque part, dans l'hôtel particulier ou dans une maison en ruines. Le 23 juin, il retrouva la femme de Reichenau…

Par laquelle il remonta jusqu'au photographe de Salzbourg…

Et à l'horreur.

6

Il descendit à Payerbach de la charrette tirée par un seul cheval. Le paysan n'allait pas plus loin. Reb secoua la tête en souriant : « Merci infiniment. Et j'espère que votre petit-fils rentrera bientôt. Je suis sûr qu'il rentrera. — Dieu vous entende, mon garçon », répondit le vieil homme.

Il partit sur la route en lacets. Droit devant lui et sur la droite, se dressaient les sommets de la Rax et du Schneeberg à plus de deux mille mètres d'altitude. Reb ne portait plus les vêtements et les chaussures du général britannique, il les avait vendus et en échange, outre un peu d'argent, avait obtenu un pantalon et une chemise bleue, qui lui allaient à peu près, tout comme les gros brodequins de marche dont le droit était fendu sur deux ou trois centimètres au-dessus des orteils.

Il arriva à Reichenau vers la fin de la matinée du 23 juin. Parti de Vienne à l'aube, il avait pu trouver une place à bord d'une jeep qui l'avait débarqué sur la place de la cathédrale de Wiener Neustadt, où la guerre avait laissé des traces impressionnantes. Le paysan à la charrette l'avait recueilli quatre kilomètres avant Neunkirchen, alors qu'il marchait sur le bord de la route, les pieds en sang.

Reichenau n'était guère qu'un village. Dès la première maison, on lui indiqua où il pourrait trouver Emma Donin. Il s'y rendit et, ayant traversé un petit alpage, parvint à une cabane de semi-rondins, surélevée par un soubassement de pierres. Apparemment assez grande pour qu'on pût y loger à plusieurs : trois enfants de deux à six ans, cheveux blonds et yeux bleus, se tenaient assis côte à côte, bizarrement sages et immobiles, mains posées à plat près de leurs genoux nus, sur le rebord d'une grande auge de pierre, tous trois d'une saleté repoussante. Dans l'air, s'ajoutant à la senteur de la terre humide au printemps, il y avait une odeur de fumée. Reb sourit et parla aux enfants, qui ne lui répondirent pas, le regardant d'un même air effrayé. Il contourna la ferme et découvrit la femme, qui était très grosse et très massive, avec des mains puissantes au dos marqué par d'épaisses veines bleues. Elle ne réagit d'aucune manière quand il lui dit qui il était, Reb Michael Klimrod de Vienne, le fils de maître Johann Klimrod, l'avocat. Ses doigts épais et spatulés à leurs extrémités continuèrent à décortiquer le maïs dont elle faisait à mesure tomber les grains dans un chaudron empli déjà d'eau, de quelques pommes de terre et de navets. Debout devant elle, Reb apercevait le sommet de son crâne à demi chauve, où la transpiration collait de rares mèches gris jaunâtre.

— Vous avez travaillé dans la maison de mon père, dit Reb. Je voudrais savoir ce qui lui est arrivé.

Elle demanda pourquoi il venait la voir, elle. Il expliqua qu'il avait obtenu son nom d'un marchand de bois dans la Schultergasse, qui est une rue derrière la Chancellerie de Bohême. Elle digéra l'information tout le temps qu'elle mit à achever de dégarnir les deux épis, à empoigner le chaudron — refusant l'aide de Reb —, à le porter à l'intérieur de la cabane et à le placer au-dessus du feu. Elle dit enfin :

— Jamais j'ai travaillé pour un monsieur Klimrod.

— Mais dans sa maison, si, dit Reb. A partir de septembre 1941.

Pour la première fois, elle releva la tête et le regarda fixement : « Vous venez pour les trois gosses, c'est ça ?

— Non.

— Vous venez pour eux. Elle se sera encore plainte, cette putain. Elle fait la putain à Vienne avec les Américains, elle me donne ses enfants à garder et presque pas d'argent, et elle voudrait que je les traite comme des rois.

Léger bruit de pieds nus. Reb se retourna : les trois petits garçons venaient d'apparaître. L'un d'eux portait une ecchymose bleuâtre sur la pommette ; tous les trois avaient leurs jambes zébrées par les coups de fouet.

— Je suis aussi venu pour eux, dit Reb. Elle m'a demandé de voir comment ils allaient. Vous allez répondre à mes questions maintenant, s'il vous plaît.

Elle baissa les yeux la première et dit avec rancœur : « Je pourrais mettre un peu de lard dans la soupe.

— J'allais vous en prier, dit Reb en souriant et continuant à la regarder.

Il se mit à poser ses questions. Qui l'avait engagée, en septembre 1941, comme femme de charge dans l'hôtel particulier Klimrod ? Un homme appelé Epke, dit-elle. Cet Epke était-il le propriétaire de la maison ? Non. Dans ce cas, qui était au-dessus d'Epke et lui donnait des ordres ? Elle ne se souvenait plus du nom. Reb sourit, bougea la tête : « Tttttt... » Elle ne se souvenait vraiment pas, dit-elle. Du moins, pas du nom. De l'homme, oui. Du patron.

— Un homme très grand et très beau. Blond.

— En uniforme ?

— De S.S., dit la femme. Il était au moins général. Il ne venait pas souvent.

Et en septembre 1941 y avait-il encore dans la maison des domestiques se trouvant là depuis longtemps ? Depuis des années ? Par exemple un très vieil homme à cheveux blancs appelé Anton ?

— Oui.

Et savait-elle où se trouvait Anton, aujourd'hui ?

— Il est mort, dit-elle. Un peu avant la Noël de cette année-là. Il a été écrasé par un camion militaire.

Et personne d'autre de l'ancien personnel ? Personne d'autre. Elle et les quatre autres domestiques avaient été engagés en même temps. Par Epke ?

— Oui.

Elle avait décroché une pièce de lard à une poutre du plafond, en avait coupé une tranche puis, après une hésitation, une deuxième.

— Un autre, s'il vous plaît, dit Reb. Une par enfant. Et je crois qu'ils mangeraient trois ou quatre pommes de terre de plus...

Et comment était meublée la maison Klimrod au jour où elle y était entrée pour la première fois ? Elle ne comprit pas la question. « Meublée ? »

— Evidemment que oui, dit-elle, sincèrement surprise.

— Les pommes de terre, je vous prie, dit Reb. Pas trop petites.

Et se rappelait-elle les livres, par milliers ? Oui. Et les tableaux ? Oui, il y avait des tableaux, beaucoup, si on pouvait appeler ça des tableaux ; et aussi des machins en tissu, accrochés aussi aux murs, oui, des tapisseries. Et des statues.

Reb bougea. Sa dernière marche, entre Payerbach et Reichenau, l'avait conduit au bout de ses forces. Il craignit que cet épuisement, transparaissant sur son visage, n'affaiblît sa position à l'égard de la femme. Il gagna un endroit plus sombre et, pour se grandir encore, leva les bras, crochant la même poutre qui soutenait les salaisons.

— Dans la bibliothèque, là où étaient tous les livres, il y avait un petit ascenseur. Vous vous le rappelez ?

Elle achevait d'éplucher trois autres pommes de terre. Sa grosse main qui tenait le couteau pointu, pouce appuyé à la naissance de la lame, s'immobilisa. Elle fronça les sourcils, fouillant ses souvenirs : « Un truc comme un monte-charge ? Qui était caché derrière une planche avec des dessins dessus ? »

La « planche » étant le volet de tabernacle. « Oui », dit Reb.

Elle s'en souvenait. Elle l'avait même ouvert une fois, par hasard, avait été stupéfaite de découvrir l'appareil, dont personne ne lui avait jamais parlé.

— Quand était-ce ?

— Avant Noël.

— De 1941 ?

— Oui.

— Quand exactement ? En décembre ?

— Avant.

— Novembre, octobre ?

— Novembre.

Quelques semaines après son entrée en service. Les doigts de Reb se crispèrent sur la poutre.

— Il y avait quelque chose, dans l'ascenseur ?

Elle dit aussitôt : « Un fauteuil avec des roues. »

Silence. L'eût-elle regardé à cette minute qu'elle aurait sans doute deviné à quel point il était faible, et désarmé, et désespéré. Mais elle s'affairait sous le chaudron, ranimant les braises et ajoutant du bois. Il sortit.

Après un moment, il appela les enfants et quand ils l'eurent docilement rejoint, il les fit mettre nus devant l'auge qu'alimentait un mince filet d'eau claire amenée par une succession pentue de troncs évidés. Il les lava un par un.

— Avez-vous du savon, s'il vous plaît ?

— Et puis quoi encore ? ricana-t-elle sur un ton qui prouva qu'elle était en train de se reprendre.

Il nettoya les plaies du mieux qu'il put, les fit se rhabiller. Revint à la femme :

— Quand avez-vous quitté cet emploi à Vienne ?

— Février. A la fin du mois.

— Et les meubles, les livres, les tableaux étaient encore là ?

On les avait enlevés la veille de son propre départ, dit-elle. Trois camions de l'armée conduits par des S.S. étaient venus et avaient tout emporté. Enfin, presque tout. Le lendemain, des brocanteurs de Vienne étaient arrivés à leur tour et avaient pris le reste. Sauf une table, trop grande et trop lourde pour passer par les portes.

— Epke était là ?

— C'est lui qui commandait.

— Décrivez-le-moi, je vous prie.

Elle s'exécuta. Il pouvait fort bien s'agir de l'un des trois hommes qui étaient arrivés à la librairie Wagner, après sa propre visite.

— Et celui que vous appelez le patron ? L'homme grand et très beau ?

Il est venu le soir dans une voiture avec un drapeau dessus. Il a dit à Epke : « Emportez ça et ça », et il a dit à Epke de nous payer nos gages et de nous faire partir.

— Où est Epke, à présent ?

Elle haussa les épaules, une lueur d'ironie méchante se faisant maintenant jour dans ses prunelles. Il dut presque la repousser quand il revint dans la maison. A nouveau ses bras se dressèrent et il repassa ses longs doigts autour de la poutre.

— Vous êtes jamais qu'un gosse, remarqua-t-elle. Pourquoi j'aurais peur de vous ?

Il sourit : « Vous avez peur de moi, dit-il avec douceur. Regardez mon visage et mes yeux et vous verrez que vous avez très peur de moi. Et vous avez raison d'avoir peur. » Sa main redescendit, tenant la serpe. « Je vais revenir, Emma Donin. Dans une semaine ou dans deux mois. Je vais revenir et j'examinerai les enfants. Et s'ils portent une seule trace de coup de fouet, je vous couperai la gorge et les mains. D'abord les mains et puis la gorge. Vous avez parlé avec le vieil homme aux cheveux blancs qui s'appelait Anton et qui a été écrasé par un camion de l'armée ? »

Elle considérait la serpe et, peut-être plus encore que la lame courbe, la grande main de Reb tendue vers elle, avec des yeux terrifiés. Elle acquiesça. Ajouta : « Pas souvent. Il parlait pas beaucoup.

— Je sais, dit Reb. Mais il vous a peut-être dit quelque chose, à vous ou à un autre des nouveaux domestiques, au sujet de Johann Klimrod mon père. Essayez de vous souvenir, je vous prie.

Les trois petits garçons entrèrent et s'assirent à la table d'un même mouvement furtif, leurs trois regards allant de la serpe au visage apeuré de la femme, sans que la scène parût le moins du monde les intéresser. La présence, les attitudes, le silence, les grands yeux bleus très graves des trois petits garçons dans cette ferme-cabane en pleine forêt faisaient penser à l'une de ces histoires du folklore germanique, emplies d'ogres et de fées.

— Une fois, dit Emma Donin, il a parlé d'un sanatorium.

— Où on aurait emmené mon père entre juillet et septembre 1941 ?

— Oui.

Près de Linz, dit-elle. Anton avait prononcé un autre nom mais elle ne s'en souvenait plus. De sous sa chemise, Reb retira la carte d'état-major volée au général britannique. Cela prit du temps : il lut un à un tous les noms de la carte, y compris Mauthausen, dans un rayon de soixante kilomètres alentour de Linz.

... Jusqu'au moment où elle dit oui, c'était bien ce nom-là, Hartheim.

Le château de Hartheim.

7

Redescendu de Reichenau, il passa le reste de la journée et la nuit suivante à Payerbach, chez le vieil homme à la charrette, dont il avait dans un premier temps décliné l'invitation. Et ce fut l'unique fois en quatre ans, depuis son départ pour Lvov avec sa mère et ses sœurs, qu'il coucha dans un vrai lit, mangea à une table entouré d'une famille. Le vieil homme s'appelait Doppler, trois de ses petits-fils avaient été enrôlés dans les armées allemandes, deux étaient déjà morts très officiellement et on était sans nouvelles du troisième A

Doppler, Reb Klimrod parla des enfants pris en charge par Emma Donin et lui demanda de veiller sur eux.

Il commit une erreur en repassant par Vienne. Ce ne fut pas d'aller rôder à nouveau du côté de la Chancellerie de Bohême, voire d'entrer une autre fois dans l'hôtel particulier. Mais il posa de nombreuses questions au sujet d'Epke.

En vain. Le nom ne disait rien à personne, à croire qu'Emma Donin l'avait inventé.

En réalité, qu'il eût appris ce nom révéla les progrès qu'il avait faits. Et de même la curiosité qu'il manifesta quant aux circonstances exactes de la mort d'Anton Hinterseer, « le vieil homme aux cheveux blancs », tué par un camion militaire et qui avait été au service des Klimrod pendant plus de cinquante ans. Dont Reb Klimrod pensa qu'il avait été bel et bien assassiné par Epke.

L'homme « grand, blond et très beau », en uniforme d'officier supérieur ou général S.S., décrit par Emma Donin, était évidemment Erich Steyr.

Et Steyr aussi bien qu'Epke virent dans l'enquête de Reb Klimrod le signe de ce qu'il commençait d'approcher de l'épouvantable vérité.

Le château de Hartheim se trouve sur la route longeant le Danube, quand on va de Linz à Passau en Allemagne. L'endroit s'appelle Alkhoven, c'est un très petit village tout à fait tranquille, comme on peut en trouver des centaines en Haute-Autriche. D'Alkhoven à Linz, la distance n'est que d'une quinzaine de kilomètres — dans le sud-ouest, alors que Mauthausen se trouve à l'est de Linz.

C'est un grand bâtiment percé de multiples fenêtres aveugles, de style Renaissance au goût germanique de l'empereur Maximilien, pesant et lugubre. Une vaste cour entourée de colonnades assez belles ne parvient pas à atténuer l'impression sinistre de l'ensemble couronné par quatre tours.

— C'était un sanatorium, dit à regret l'homme roux à Reb. Une sorte d'hôpital, si vous voulez. J'y suis allé deux fois, en 1942 et puis l'année suivante. Ils avaient un court-circuit général et ils m'ont fait venir

Il se hâta de secouer la tête, déjà sur la défensive : « Mais je n'ai rien vu d'extraordinaire. »

L'homme roux tenait un atelier d'électricité non loin de la Colonne de la Trinité, à Linz. Il avait immédiatement reconnu Reb Klimrod, à la seconde où l'interminable et maigre silhouette de l'adolescent s'était profilée sur le seuil. Il s'était souvenu du garçon que des officiers S.S. traînaient constamment derrière eux, une fois même en laisse comme un chien, à Mauthausen où lui-même s'était rendu à plusieurs reprises, toujours en sa qualité d'électricien. Comme tous les hommes qui avaient un peu ou prou une activité touchant aux camps, il savait que les recherches commençaient à battre leur plein, conduites par la section des Crimes de Guerre (et il craignait plus encore ce Comité Juif récemment organisé à Linz même. Les Juifs étaient maintenant dangereux, horriblement. Par deux fois déjà, il avait croisé dans les rues de Linz un autre ancien détenu de Mauthausen, Simon Wiesenthal, qui d'ailleurs n'habitait pas très loin de chez lui, au 40, Landstrasse[1] ; les yeux noirs et perçants, un peu fixes, de Wiesenthal peuplaient parfois ses cauchemars, bien qu'il s'estimât à tous égards innocent, non concerné : il n'avait été qu'électricien, rien de plus, que pouvait-on lui reprocher ?)

Or ce garçon qui venait d'entrer et lui posait des questions sur Hartheim, était juif ; l'homme roux se souvenait parfaitement de l'uniforme rayé sur lequel le « J » jaune occupait le centre d'un double triangle jaune-rougeâtre.

Ce fut l'homme roux qui donna à Reb Klimrod le nom du photographe de Salzbourg.

De Vienne à Linz, il avait voyagé accroché à l'un de ces wagons ouverts à tous vents, déglingués au plus haut point, que les chemins de fer autrichiens avaient réussi à remettre en route, sur certaines lignes. Il arriva à Linz vers le 30 juin et parcourut à pied, ou sur une jeep militaire (celles-ci pratiquaient volontiers l'auto-stop à l'usage des civils), les quatorze kilomètres jusqu'à Alkhoven. Il ne précisa jamais à quiconque s'il était ou non entré dans le château de Hartheim.

Ni Tarras ni Settiniaz n'osèrent lui poser la question.

Reb Michael Klimrod fut le premier homme — hors bien sûr ceux qui y avaient travaillé — à découvrir les véritables fonctions du château de Hartheim. Lesquelles ne furent officiellement révélées qu'en 1961, seize ans plus tard, par pur hasard et sur l'intervention de Simon Wiesenthal.

Il arriva à Salzbourg, le 2 juillet dans la nuit ou le 3 au matin. Il avait parcouru plus de six cents kilomètres — dont au moins les deux tiers à pied — dormant peu ou pas et n'importe où (à la seule exception de sa halte chez les Doppler à Payerbach), mangeant moins encore et, toujours à l'exception de Doppler, sans prendre appui sur une présence amicale, s'enfonçant dans une solitude désespérée et très dramatique, en proie à une obsession unique : savoir où et comment son père était mort.

Le photographe de Salzbourg s'appelait Lothar.

1. Dans son adolescence, Adolf Eichmann habitait au 32, Landstrasse

— Il n'est pas ici, dit la femme aux cheveux gris coupés très court. Il habite ici mais n'y travaille pas. Mais vous pouvez aller à son laboratoire.

Elle consentit à indiquer l'adresse de celui-ci : dans un *Durchhaüser,* un passage couvert de la Kaigasse, juste derrière la Tour des Cloches.

— Vous savez où c'est ?

— Je trouverai, dit Reb.

Il repartit, s'efforçant de masquer sa claudication. Traversant la place du Vieux-Marché, à peu près à la hauteur de la Hofapotheke, l'ancienne pharmacie des princes-archevêques de Salzbourg avec son étrange façade, il vit l'ambulance pour la seconde fois.

La première fois, cela s'était passé sur l'autre berge de la Salzach, à l'instant où débouchant de la route de Linz, il avait remarqué le véhicule garé à l'entrée du Staats Brücke, capot dans sa direction. Deux hommes sur le siège avant, immobiles, avec ce visage inexpressif des subalternes attendant l'ordre qui les remettra en marche. L'ambulance était peinte en kaki avec une croix rouge sur fond blanc, elle n'avait *a priori* rien que de très banal.

Et à présent, elle se trouvait au cœur du vieux Salzbourg, de nouveau à l'arrêt, sans personne au volant. Mais le numéro était le même, tout comme elle portait la même éraflure au pare-chocs avant droit.

Reb Klimrod acheva sa traversée de la place, visage impassible mais, d'un coup, paraissant assez gauche et même boitant plus bas qu'il ne l'avait encore fait.

Il se trouvait alors à deux cent cinquante mètres environ de la Tour des Cloches.

Il y parvint vingt-cinq minutes plus tard.

Le *Durchhaüser* était sombre et étroit ; levant les mains au-dessus de sa tête, sans même allonger les bras, Reb Klimrod aurait pu en toucher la voûte. Il avança sur une dizaine de mètres, dépassant les boutiques obscures, avant d'apercevoir le panneau, peint en noir sur fond blanc, assez malhabilement : *K-H. Lothar — photographe d'art.* Sa poussée de la porte vitrée déclencha le tintement grêle d'une clochette. Il se trouva dans une salle basse, mur et plafond de pierres nues. De part et d'autre de lui, il y avait deux gros comptoirs de bois comme en ont les marchands de tissus ; mais ils étaient vides, et de même les rayonnages en retrait. Une voix dit, provenant de l'arrière-salle :

— Je suis ici.

Tout au fond, un rideau de toile masquait l'encadrement d'une porte. Reb Klimrod l'écarta et pénétra dans la pièce suivante Il se trouva alors en face de quatre hommes dont l'un lui appuya aussitôt sur la tempe gauche le canon d'un pistolet :

— Tu ne bouges pas, tu ne cries pas.

Il reconnut deux des hommes : ceux-là mêmes qui étaient assis sur la banquette avant de l'ambulance militaire. Il identifia le troisième par la description que lui en avait faite Emma Donin à Reichenau : Epke. Il n'avait jamais vu le quatrième. Ils lui demandèrent où il était passé et comment il se faisait qu'il avait mis tant de temps pour venir de la place du Vieux-Marché qui, à pied et même en boitant, ne se trouvait qu'à deux ou trois minutes.

Le visage de Reb Klimrod s'était incroyablement métamorphosé, comme toute sa façon d'être. Il paraissait encore plus jeune que son âge, plus fragile et plus épuisé qu'il était possible. Ses yeux s'élargirent affolés :

— J'avais faim et je me suis perdu, répondit-il, avec la voix pleurnicharde d'un gamin dépassé par les événements. Et terrifié.

David Settiniaz reçut l'appel téléphonique en lieu et place de Tarras sorti pour, comme il disait, « battre la campagne ». La communication émanait bien entendu d'une quelconque autorité militaire, le téléphone public n'ayant pas encore été pleinement rétabli en Autriche. En ligne, l'homme produisit un charabia incompréhensible supposé être de l'anglais. Settiniaz identifia l'accent et dit :

— Vous pouvez parler français, mon commandant.

Il expliqua qui il était et en quoi il se jugeait compétent pour remplacer le capitaine Tarras en toutes choses ou presque. Ensuite, il se tut, écoutant avec de plus en plus d'ébahissement ce que lui annonçait, depuis Salzbourg, l'officier des troupes françaises d'occupation. Au vrai, il prit à peine le temps de réfléchir et, par un mouvement qui n'allait pas peu compter dans son existence, fit le premier gros mensonge de sa carrière :

— Ne vous y fiez surtout pas, dit-il, le garçon est plus âgé et bien plus expérimenté qu'il n'en a l'air. Faites-lui confiance en tout point, il travaille pour l'O.S.S. et c'est l'un de leurs meilleurs agents. Faites exactement ce qu'il vous demande, s'il vous plaît.

Et, ayant raccroché, alors seulement, il se posa les questions vraiment importantes : sur ses propres motivations, qui lui avaient fait commettre cette ânerie, sur ce qu'il allait bien pouvoir dire à Tarras, pour justifier son gros mensonge et, outre cela, sur la situation une nouvelle fois extraordinaire — et dangereuse — dans laquelle s'était jeté le jeune Klimrod.

Le quatrième homme était tout simplement Karl-Heinz Lothar. C'était un gros homme rougeaud, assez grand avec, comme souvent, de très petites mains presque féminines. En dépit de la fraîcheur régnant sous la voûte de pierre, il transpirait énormément, et il avait peur.

Deux photographes autrichiens opérèrent au château de Hartheim, entre l'automne de 1940 et la fin de mars 1945. L'un d'eux est toujours vivant, il vit aujourd'hui à Linz et dans ses souvenirs, Wiesenthal le cite en tant que Bruno Bruckner.

L'autre était Karl-Heinz Lothar. Pour lui, tout avait commencé à la mi-octobre 1940. Il avait quarante-sept ans. La *Gauleitung* de Linz le convoqua, s'enquit de sa capacité à exécuter « certains travaux photographiques spéciaux », en observant à leur sujet la plus totale discrétion. On lui offrit trois cent quarante marks par mois. Il accepta et on le conduisit en voiture au château de Hartheim, à cette époque déjà baptisé « sanatorium ».

Le directeur de l'établissement était alors le capitaine Wirth qui par la suite, et en récompense de l'excellence de son travail à Hartheim, reçut la direction générale des camps de Belzec, Sobibor et Treblinka en Pologne. Plus tard, Franz Stangl lui succéda, en tant que directeur de Hartheim, puis également à Treblinka. La direction proprement médicale du « sanatorium » était assurée par le docteur Rudolf Lohauer [1], de Linz, assisté du docteur Georg Renno [2].

A Lothar, Wirth expliqua quelle sorte de travail on attendait de lui : il s'agissait de prendre les meilleurs clichés possibles des malades sur lesquels les médecins de Hartheim procédaient à des expériences, au rythme de trente à quarante par jour. Ces expériences consistaient à déterminer les moyens les plus efficaces pour tuer les gens et à mettre au point en ce domaine des techniques véritablement industrielles, tout en établissant un barème exactement scientifique des degrés de souffrance que peut soutenir le corps humain avant de succomber.

Il fut demandé à Lothar de photographier et de filmer les cerveaux des sujets, cerveaux qu'on avait pris soin de mettre à nu, en découpant les calottes craniennes, afin de fixer les éventuelles modifications visibles à l'instant de la mort.

C'était là la première des missions de Hartheim mais non pas la plus importante : le château était en réalité une école et un centre d'entraînement, réservé à des « étudiants » lesquels, leur stage terminé, purent être affectés aux divers camps d'extermination prévus par Himmler lors de la conférence de Wannsee, en janvier 1941 (mais en fait envisagés avant cette date). Hartheim ne fut d'ailleurs pas le seul établissement de ce genre [3]

1. Il se suicida avec sa femme et ses enfants a la fin d'avril 1945.
2. Arrêté en 1963 à Francfort.
3. Il y en eut trois autres : le château de Grafenegg près de Brandebourg à une quarantaine de kilomètres de Potsdam, celui de Hadamar près de Limbourg entre Coblence et Francfort et celui de Sonnenstein en Saxe.

Lothar fut handicapé dans sa tâche par le fait qu'il devait souvent opérer au travers d'un judas, quand on expérimentait des gaz, et assez gêné dans les débuts par la pestilence du four crématoire. Au total, il dut photographier au moins les deux tiers des trente mille personnes assassinées à Hartheim.

Une seule chose le troubla peut-être : l'immense majorité des trente mille sujets étaient des chrétiens, allemands, autrichiens ou tchèques expédiés à Hartheim, soit qu'ils entrassent dans le programme de *Vernichtung Lebensunwerten Lebens* (Destruction-Des-Vies-Qui-Ne-Sont-Pas-Dignes-De-Vivre) établi à la demande d'Hitler, contrôlé par Martin Bormann, et qui prévoyait l'extermination des handicapés physiques ou mentaux, des malades incurables... soit qu'ils fussent plus simplement des vieillards entrant dans la catégorie des bouches inutiles. Aucun juif parmi eux : mourir à Hartheim, Grafenegg, Hadamar ou Sonnenstein était un honneur réservé aux seuls Aryens [1].

— Mais pas ton père, dit Epke à Reb Klimrod. Ton père est bien mort à Hartheim. C'est ce que tu voulais tant savoir ?

— Je ne vous crois pas, dit Reb d'une voix sourde et hésitante. Il est vivant.

Epke sourit. Peut-être ne s'appelait-il pas vraiment Epke : il était extrêmement blond, presque blanc jusqu'à ses sourcils qui se fondaient sur sa peau très claire, et il parlait l'allemand avec ces intonations particulières aux gens des états baltes, Esthonie, Lituanie ou Lettonie. Il sourit et secoua la tête, avec une expression de regret, tel un professeur qui ne reçoit pas d'un bon élève la réponse attendue.

— Il est vivant, répéta Reb plus déterminé. Vous mentez.

Il avait tout à fait l'air d'un très jeune adolescent affolé. Même sa taille semblait avoir diminué. Il se tenait à demi affaissé contre le mur, le canon du Lüger sur sa tempe. Son regard courait de l'un à l'autre des quatre hommes, s'attarda un peu plus sur Lothar, plus suant que jamais. Mais derrière Lothar se trouvait un soupirail obstrué par deux barreaux, garni d'une vitre poussiéreuse — pas assez poussiéreuse toutefois pour qu'on ne pût voir au travers.

— Finissons-en, dit Epke.

— Dans la lettre que m'a laissée mon père...

Reb s'interrompit soudain, comme découvrant qu'il en avait trop dit. L'œil pâle d'Epke était vivement revenu sur lui !

— Quelle lettre ?

— Mon père est vivant, je le sais.

1. L'ancien ministre autrichien Alfons Forbach y échappa de justesse, quoique âgé et quasi invalide ; il avait néanmoins conservé une très belle calligraphie et, sélectionné pour Hartheim il en fut en dernière minute détourné. On le désigna comme secrétaire de Dachau. Il y eut toutefois des exceptions. A partir de 1943, des prisonniers de guerre français notamment furent envoyés à Hartheim, hospices et asiles ne fournissant pas les quotas suffisants.

— Quelle lettre ?

Par la mince demi-lune du soupirail de droite, on apercevait les passants dans la rue, des chaussures aux genoux, bien que les bruits de la circulation fussent inaudibles. L'homme qui portait des bottes de saut de parachutiste était déjà passé une fois ; il réapparut et par la seule position de ses pieds, il fut clair qu'il faisait face, sinon au soupirail, du moins à la maison où étaient Reb et les quatre hommes. Reb baissa la tête, vaincu :

— Je l'ai laissée à Vienne.

— Où, à Vienne ?

— Je ne vous le dirai pas.

Sur le ton d'un gamin qui se bute. Epke le regardait, incertain. Il finit par hocher la tête et dit sans se retourner : « Lothar, tu peux retrouver les photos de son père ? »

Le gros homme s'épongea le front et tout le visage de ses petites mains de femme : « Si j'ai les dates, oui. »

Epke sourit à Reb : « Août 1941. Vers le 20. » Nouveau sourire : « Et ensuite, tu me parleras de cette lettre, petit. »

Lothar s'était agenouillé devant l'une des six malles de fer. Il l'ouvrit. Négatifs et tirages y étaient méticuleusement rangés. Ses doigts coururent sur les alignements d'étiquettes. Reb gardait toujours la tête baissée. Le silence se prolongea.

— 21 août 1941, dit Lothar.

Il y eut un bruit de papier froissé.

— Klimrod ?

Une main dure saisit Reb au visage et le força à relever la tête. Mais il s'obstina à conserver les yeux fermés, les traits de son visage horriblement contractés, cette fois sans aucune part de comédie.

— Ouvre les yeux, petit. Ce n'est pas pour ça que tu es allé à Reichenau, que tu es venu de Vienne jusqu'ici à Salzbourg ?

Reb tendit la main, prit les photos. Il y en avait trois, le corps tout entier cadré à chaque fois, au travers du judas vitré.

Il vit son père nu, avec ses jambes atrophiées, rampant sur le sol, ongles tentant de griffer le ciment. Les trois clichés avaient dû être pris à quinze ou vingt secondes d'intervalle. Ils démontraient la progression de l'asphyxie. Sur le dernier document, en dépit du noir et blanc utilisé, on distinguait nettement le sang coulant de la bouche, et le morceau de langue que le supplicié s'était lui-même tranché.

La main qui maintenait Reb se retira. Reb tomba à genoux, menton contre la poitrine. Il pivota très lentement et vint poser sa joue contre la pierre fraîche du mur.

— Foutez-moi le feu à tout ça, dit la voix d'Epke.

Les deux autres hommes — les faux infirmiers — entreprirent de déverser de l'essence sur les malles dont ils firent sauter les cadenas.

— Mon très cher Lothar, dit Epke avec une très grande douceur.

Mon très cher Lothar, on voulait donc se constituer sa collection personnelle ?

Le coup de feu éclata presque aussitôt, qui atteignit Lothar en pleine bouche. L'impact du 9 mm tiré à bout portant projeta le photographe en arrière. Il tomba sur l'une des malles déjà en feu.

— Qu'il brûle avec, dit Epke. Et maintenant à toi, petit. Parle-moi donc de cette lettre.

Il releva le canon de son Lüger et l'appuya entre les deux yeux de Reb. Ce geste-là, sans doute, lui coûta la vie. Au travers des vitres du soupirail, les hommes de la police militaire se méprirent sur sa signification. Ils ouvrirent le feu, au pistolet automatique. Deux rafales au moins déchiquetèrent Epke, à la seconde où les flammes jaune et bleu de l'essence éclairaient violemment la cave. Il s'écroula sur Reb, ce qui explique, outre l'hypothétique adresse des tireurs, le fait que Reb ne fut pas touché, hors l'éraflure à son épaule droite.

Pour les deux autres hommes, l'un tenta de s'enfuir et fut abattu sur le seuil même de la porte vitrée à la clochette. Le deuxième riposta, non sans avoir projeté vers le soupirail le bidon qu'il tenait et dont l'essence prit feu aussitôt. Dissimulé aux regards par l'épaisse fumée montant des malles, il retarda à lui seul de plusieurs minutes l'entrée des policiers.

Il n'y gagna rien. Il réapparut sous la forme d'une torche vivante, qu'on acheva miséricordieusement.

On traîna Reb dehors, sans ménagement tout d'abord. L'intervention d'un commandant français fit toutefois qu'on lui accorda plus d'égards. Il était couvert de sang, bien que ce sang ne fût pas le sien, et en réalité était indemne. Mais à toutes les questions posées par le Français et son interprète autrichien, il ne donna que des réponses vagues, à peu près dénuées de signification, fixant ses interlocuteurs de ses grands yeux gris hallucinés.

Quand il s'était présenté à la Prévôté de Salzbourg pour y solliciter une aide (démarche qui avait provoqué l'appel téléphonique reçu par Settiniaz), il avait prétendu agir de par les ordres du capitaine Tarras à Linz, et parlé de criminels de guerre dont il avait réussi à relever les traces. Son choix d'un interlocuteur français ne fut sans doute pas le fait du hasard : à cette époque, des trois puissances occidentales, les Français étaient d'assez loin les plus ardents dans la traque des *Bonzen* — huiles — de l'ex-Troisième Reich.

Tarras arriva à Salzbourg cinq heures après la fusillade, ayant décidé de couvrir le mensonge de Settiniaz, au prix d'une vive discussion avec le capitaine O'Meara qui commandait la section de l'O.S.S. à Linz. Il régla la situation avec son ordinaire maestria sarcastique. Les circonstances d'ailleurs s'y prêtèrent : une enquête faite au domicile de Karl-Heinz Lothar révéla que le photographe, qui n'avait chez lui aucune femme, avait été emmené tôt dans la matinée par trois hommes inconnus, lesquels avaient, en outre, mis la maison à sac. Recherchant sans doute le contenu des malles de fer retrouvées carbonisées.

— De quoi diable vous plaindriez-vous ? déclara Tarras aux policiers militaires et civils de Salzbourg. L'affaire est claire : ce Lothar avait accumulé des documents que nos chers nazis convoitaient, ne fût-ce que pour les détruire. Ce que d'ailleurs ils ont fait, très complètement je dois dire, exécutant Lothar pour plus de sûreté. Quoi de plus simple ? Même des policiers, même des policiers militaires mon Dieu, devraient pouvoir comprendre. Quant à mon jeune agent, il a certes outrepassé les consignes de simple recherche que je lui avais données. Mais il faut le comprendre : sa mère et ses sœurs ont péri dans un camp en Pologne et lui-même est un rescapé assez miraculeux. Son zèle s'explique. Et il est présentement en état de choc, cela saute aux yeux. Fichez-lui donc la paix, je vous prie...

Il ramena Reb Klimrod à Linz, l'y fit hospitaliser et au vrai, s'essaya lui aussi à l'interroger. Mais le garçon demeura prostré, muré dans un mutisme cette fois total. Son état physique était d'ailleurs inquiétant, il touchait aux extrêmes limites de sa résistance et pire encore, avait disparu de ses yeux cette flamme sauvage qui avait tant frappé aussi bien Tarras que Settiniaz. Par une réaction en quelque sorte à retardement, il semblait qu'il fût atteint du syndrome des camps, touchant une majorité des rescapés qui, passé les premières heures ou les premiers jours, étaient ensuite écrasés par le manque de sens d'une vie ainsi sauvée et s'abîmaient dans une apathique dépression.

David Settiniaz aussi se souvient d'avoir à deux ou trois reprises rendu visite au jeune Klimrod sur son lit d'hôpital après Salzbourg, lui-même s'étonnant de l'intérêt qu'il éprouvait. Reb s'obstinait à se taire. De sa famille, de son père, des hommes qui avaient failli le tuer, il semblait qu'il ne sût rien. Il ne parla pas plus, bien sûr, d'Erich Steyr et de la vengeance qui mûrissait en lui.

Lorsque Reb Klimrod disparut pour la deuxième fois, le 7 août 1945, l'un et l'autre des deux Américains pensèrent en toute bonne foi qu'ils ne reverraient jamais l'étrange garçon aux yeux gris.

8

Le capitaine (il tenait le grade des Britanniques, avec qui il avait combattu dans les commandos du S.A.S. en Libye), le capitaine Eliezer Barazani était venu en Autriche dès les derniers jours de mai 1945. Sa mission était simple et claire : recruter et organiser le transport vers la Palestine, clandestinement, d'anciens détenus survivants des camps, avec une préférence marquée pour des hommes et des femmes jeunes, très jeunes, prêts à utiliser dans un combat les potentialités forgées au feu des crématoires. C'était un homme de petite taille, mince, d'une extrême courtoisie, né en Palestine.

Il vit Reb Klimrod pour la première fois le 5 juillet 1945 et en vérité ne lui accorda qu'une attention distraite. Le patronyme Klimrod n'était pas juif et surtout le jeune garçon (Reb avait été ramené de Salzbourg par Tarras cinq jours plus tôt) était dans un tel état physique et psychologique que Barazani eût de toute façon écarté l'idée même d'une émigration, surtout clandestine, pour les semaines sinon les mois à venir.

Le représentant de la Brigade Juive avait d'ailleurs deux autres candidats en vue ce jour-là, un qui se trouvait dans une salle voisine et un second, dont le premier prénom était par coïncidence Reb et le nom de famille Bainish. Reb Yoël Bainish était un Juif de Pologne, arrivé à Mauthausen à la fin de l'hiver 1944/1945. Il avait fait partie du convoi de trois mille détenus acheminés en février de Buchenwald jusqu'au camp de Haute-Autriche (convoi dans lequel figurèrent également Simon Wiesenthal et un prince Radziwill), dont mille seulement parvinrent vivants à destination. En 1945, il avait dix-neuf ans.

Il occupait le lit immédiatement à droite de celui de Reb Klimrod. Lui et Barazani s'entretinrent longuement en yiddish. Barazani n'a aucun souvenir du malade gisant à un mètre de là, sinon la très vague impression que tout ce qu'il dit à Bainish ne parut jamais intéresser l'inconnu. D'ailleurs, s'il savait parfaitement l'hébreu et l'anglais, Barazani avait assez de peine avec le yiddish et cela suffisait à retenir son attention.

A la proposition qui lui fut faite, Yoël Bainish donna son accord immédiat, étant entendu qu'il partirait sitôt que son état et sa forme physique le lui permettraient (deux jours avant l'entrée à Mauthausen des chars de la VIIe armée américaine, un S.S. lui avait cassé la hanche et le col du fémur à coups de crosse, et on l'avait transporté salle A, Bloc VI, le « bloc de la mort »).

Barazani annonça qu'il repasserait dans deux semaines.

Ce qu'il fit.

— Je souhaiterais vous parler.

Les mots avaient été dits en hébreu. Barazani se retourna et tout d'abord ne vit personne. Le çouloir de l'hôpital semblait désert. Puis il aperçut la longue silhouette maigre rencognée dans l'angle d'un pilier, à deux pas de la porte qu'il venait de franchir. Le visage ne lui rappela rien. Le regard, en revanche, le frappa par son extraordinaire intensité.

— Qui êtes-vous ?

— Reb Michael Klimrod. Le voisin de lit de Yoël Bainish.

Son hébreu était d'une pureté absolue mais il parlait très lentement et avec un accent assez indéfinissable, parfois à la façon des francophones. Et il lui arrivait d'hésiter sur certains mots comme l'on fait quand on reparle une langue presque oubliée. Il dut lire la question dans les yeux de Barazini, car il ajouta :

— Ma mère était juive. Hannah Itzkowitch, de Lvov. Elle était à Belzec et mes sœurs avec elle. Mon père m'a enseigné le français, elle m'a appris l'hébreu et le yiddish. Je sais également l'italien et un peu l'espagnol. Et j'apprends l'anglais.

Il bougea, très lentement et sa grande main maigre, jusque-là derrière son dos, entre le mur et lui, apparut et montra la couverture du livre qu'elle tenait : *Autumn Leaves,* de Whitman. Mais les yeux n'avaient pas dévié, et restaient plantés dans ceux du Palestinien avec une fixité assez gênante.

Ce fut la première question qui vint à l'esprit de Barazani quelque peu interloqué : « Quel âge avez-vous donc ?

— J'aurai dix-sept ans en septembre. Le 18.

Barazani éprouva une sensation que sur le moment il ne put définir :

— Et que me voulez-vous ?

— Je voudrais partir avec Bainish, et d'autres, s'il y en a.

La jeunesse de Klimrod ne troublait pas Barazani. Dix-sept ans était, pour nombre des combattants d'Eretz Israël — la Terre d'Israël — un âge presque avancé, du moins dans les groupes clandestins, tels l'Irgoun ou le Stern. Sa gêne avait une autre cause. Pendant quelques secondes, il imagina une tentative d'infiltration britannique — cela s'était déjà produit — afin d'entraver l'exode massif que les politiciens de Londres craignaient par-dessus tout.

— Tu étais à Mauthausen ?

— Oui.

— Je vérifierai. La moindre de tes affirmations.

Les yeux gris ne cillèrent même pas : « Vous auriez tort de ne pas le faire. Et vous n'avez pas besoin de me répondre tout de suite. Je ne pourrais pas prendre au sérieux des gens qui m'engageraient en quelques minutes. D'ailleurs, je ne suis pas physiquement en état de partir.

— Et quand le seras-tu ?

— En même temps que Yoël Bainish. Dans deux semaines.

Barazani fit son enquête. Il alla notamment rencontrer les gens du Comité Juif de Linz, dont était Simon Wiesenthal. Le nom de Klimrod ne leur était pas connu. Un seul homme se souvenait de l'avoir vu au camp · « Fardé comme une femme et accompagnant un groupe d'officiers S.S. »

Il réussit à retrouver une bonne douzaine d'hommes et de femmes qui étaient de Lvov, et qui attendaient à Leonding : aucun n'avait rencontré à Lvov, en juillet 1941, une Hannah Itzkowitch-Klimrod accompagnée de trois enfants.

Vers le 20 juillet, Barazani rendit compte à son supérieur, Asher Ben Nathan[1], responsable du rassemblement des Juifs d'Autriche, pour la zone américaine. Il lui fit part de ses réserves : « Quelque chose me gêne dans ce gamin et je n'arrive pas à savoir quoi. — Il est intelligent ? — S'il l'est ? J'ai même l'impression quand je lui parle que c'est lui l'adulte et moi le gosse, avec un âge mental de trois ans ! Il doit penser trois ou quatre fois plus vite que moi. Je n'arrive même pas à finir mes phrases. Il répond avant que je pose les questions. — C'est sans doute ce qui vous gêne », répondit Ben Nathan en riant. « Ça me gênerait, moi aussi. »

Les deux hommes convinrent que Barazani se fierait à son seul instinct.

Le 30 juillet, il revint une nouvelle fois devant Yoël Bainish et Reb Klimrod. Il leur annonça sa décision : ils partiraient, ensemble, dans la nuit du 6 au 7 août.

En réalité, Barazani avait trouvé une solution, qui, selon lui, devait tout régler. Bainish dans un premier temps garderait Klimrod à l'œil. C'était une première précaution. Il la doubla d'une deuxième, tout à fait sécurisante : il fit passer un message à Tel-Aviv, dans lequel il recommandait tout spécialement Reb Klimrod à Dov Lazarus.

Reb tendit la main à Yoël Bainish, qui avait encore une certaine raideur dans la jambe droite et l'articulation de la hanche. Il le hissa à bord du camion, où se trouvaient déjà onze hommes et cinq femmes, pour la plupart entre dix-huit et vingt-cinq ans. Le silence était total. Quelqu'un remonta la ridelle et la fixa, fixa également la bâche kaki qui coupa aussitôt toute espèce de lumière. Il y eut des chuchotements au-dehors puis le moteur se mit à tourner, le camion démarra. Il était une heure du matin, le 7 août 1945.

Pour atteindre le point de rendez-vous, Reb et Yoël avaient quitté l'hôpital bien avant minuit. Ils avaient traversé Linz en évitant le centre, étaient parvenus à un premier point de ralliement aux abords d'un entrepôt, au cœur des installations portuaires le long du Danube. Deux hommes et une jeune fille les avaient alors rejoints, mais on était convenu de ne pas progresser en groupe. On avait marché jusqu'à la sortie sud de la ville, sur la route de Saint-Florian. A aucun moment, Reb Klimrod n'avait eu connaissance des endroits

1 Futur ambassadeur d'Israël en France

de rendez-vous, des horaires, des identités de ses compagnons, des conditions dans lesquelles le départ allait avoir lieu.

Il ne fit aucune tentative pour en savoir plus, durant la partie suivante de l'itinéraire. A compter de Linz, on roula pendant plus de quatre heures sans discontinuer, une des jeunes femmes chantonnant doucement, en yiddish, sans qu'on pût voir son visage. Un premier arrêt eut lieu, très court, pour satisfaire d'éventuels besoins naturels. Le jour se levait et il éclairait des montagnes, que Reb n'identifia pas — et moins encore Bainish qui ignorait à peu près tout de l'Autriche Mais l'un des hommes parla en polonais du Pas de la Klamm, qui est au nord de Badgastein. Et Bainish dit en riant doucement : « Il sait aussi le polonais, ne vous fatiguez pas... »

On repartit pour deux nouvelles heures de route, la lumière crue de l'été autrichien infiltrant ses éclaboussures entre les interstices de la bâche.

Ils passèrent l'entière journée du 7 dans une ferme isolée, non loin d'Igls, sur les pentes du Patcherkofel. Se remirent en route à la nuit tombée vers onze heures, traversèrent Innsbruck où Reb entendit parler français par deux hommes qui devaient être des soldats, et dont l'un avait un fort accent chantant du sud. Après cela, Reb reconnut la route qu'ils suivaient — tunnel ferroviaire de Mittenwald et bruissement de l'Inn, dont il se souvenait parfaitement. Au cours de l'été 1938, le collège viennois dont il était l'élève (avec deux classes d'avance pour son âge) avait organisé un séjour à Saint-Anton.

Il crut que leur destination finale était la Suisse mais à Landeck, le camion prit à gauche, délaissant le Voralberg au profit de Pfunds et Naunders, et du Reschen Pass. Le camion stoppa une heure plus tard, vida son chargement humain, fit demi-tour et s'engagea illico dans la descente. On poursuivit à pied, sous la conduite d'un jeune garçon surgi de la nuit et qui, en allemand, leur recommanda le silence le plus absolu. Après peut-être trois heures d'une montée sous le couvert, on parvint à une auberge faiblement éclairée. Ils n'entrèrent pas par la porte principale, mais par le moyen d'une échelle qui, donnant accès au large balcon à la tyrolienne, leur ouvrit l'accès du premier étage. Un autre groupe d'une vingtaine d'émigrants se trouvait déjà là, observant un silence à ce point précautionneux que ses membres s'étaient tous déchaussés afin que le bruit de leurs pas n'alerte pas les clients du rez-de-chaussée...

... Clients eux-mêmes extraordinairement discrets. Une heure après l'arrivée du détachement dans lequel figurait Reb Klimrod, celui-ci, par une fenêtre, aperçut une quinzaine d'hommes, certains d'âge mûr. Les nouveaux venus avaient quelque chose de militaire dans l'allure et dans la façon dont ils s'étaient organisés, malgré leurs vêtements civils luxueux et leurs valises de prix. Eux se tinrent coi durant toute leur approche, mais leur entrée dans les salles du rez-de-chaussée déclencha une vague d'exclamations — en allemand — d'ailleurs rapidement réprimée.

Le personnel de l'auberge, pour lui, faisait la navette entre les deux niveaux avec un naturel parfait.

Yoël se glissa près de Reb : « Tu penses ce que je pense ? » Reb acquiesça. On entendait au travers du plancher, deux mètres audessous, les hommes en train de prendre leurs quartiers pour la nuit. Pour un peu, les deux jeunes gens en se mettant à plat ventre auraient pu suivre les conversations chuchotées. Une crispation de haine défigura quelques secondes les traits fins de Yoël Bainish, rescapé, entre autres, du ghetto de Varsovie : « Des nazis en fuite ! » Il en pleurait de rage.

Toute la journée du 8 juillet se passa dans cette cohabitation étrange, contre nature.

Et il n'est pas exclu que dans cette auberge du Reschen Pass, à quelques mètres les uns des autres, alimentés par les mêmes aubergistes et conduits par les mêmes contrebandiers, se soient trouvés simultanément des survivants de Mauthausen et autres camps, et ceux-là mêmes qui avaient été leurs bourreaux.

Pas Erich Steyr. Même Settiniaz estime la chose impossible. Les dates ne concordent pas.

Le trajet si, bien sûr.

Ils passèrent la frontière italienne la nuit suivante. A deux heures d'intervalle. D'abord les S.S. en cavale, qui eurent la priorité.

En Italie, un convoi de camions attendait très ouvertement Reb Klimrod et ses compagnons, dont le nombre, grossi par plusieurs autres groupes ayant passé le Reschen Pass lors des nuits précédentes et ayant trouvé refuge dans des fermes du versant italien, dont le nombre donc dépassait la centaine.

Yoël Bainish avait un naturel fort gai et une presque stupéfiante aptitude à se rire de tout. A Mauthausen, il avait vingt fois risqué une mort immédiate, dans la cour, en singeant la démarche ou les tics de tel ou tel gardien. Descendant du Reschen Pass, il n'avait cessé de chanter ou bien, avec un irrespect frisant pour certains l'indécence, il avait ressuscité un certain Shloimele, gloire de son village natal de Kreshev, près de Lublin en Pologne, et qui était rabbin ou presque.

Mais à cette seconde où tous découvrirent les camions, et les uniformes de soldats, même Yoël Bainish resta bouche bée. Les camions et les uniformes des soldats étaient indubitablement britanniques. Et il s'agissait, apprirent-ils, de la Quatre Cent Douzième Compagnie Royale de Transports de Sa Majesté. Grâce à laquelle ils allaient tous, nonobstant les barrages acharnés de la Grande-Bretagne, atteindre le Sud de l'Italie, d'où ils embarqueraient pour Eretz Israël.

La Quatre Cent Douzième Compagnie Royale de Transports n'existait pas. Elle était en réalité le fruit de l'imagination fertile d'un homme appelé Yehouda Arazi, chef du Mossad [1] en Italie, où il avait débarqué (les Anglais le cherchaient vivement en Palestine) sur les talons des armées alliées. Dans ces armées, justement, se trouvaient des unités britanniques, et les effectifs de celles-ci comportaient, disséminés, des Juifs de Palestine.

Dont quatre sergents, parmi lesquels Eliahou Cohen, dit Ben-Hur, fondateur dans les kibboutzim du « Palmah », unité de défense de la Haganah, et noyau de la future armée israélienne.

Arazi avait établi avec les quatre sergents un plan prévoyant d'utiliser discrètement les ressources en matériel, en fournitures diverses et approvisionnements de tous les genres de l'armée de Sa Majesté. Arazi avait de plus mis en place un réseau de transmissions courant de Naples à Anvers, par Paris, Marseille et Athènes. Un poste émetteur (volé de même) avait été installé dans une ville près de Magenta, à trente kilomètres de Milan ; il permettait de maintenir le contact avec les chefs de la Haganah à Tel-Aviv.

Dans cette Italie occupée sans l'être tout en l'étant un peu, Arazi avait des camions, des hommes parlant parfaitement l'anglais, des sous-officiers dûment en uniforme... Il créa une unité militaire carrément fictive. Avec de faux matricules et un cantonnement réel : un grand garage au centre de Milan, garage très officiellement réquisitionné pour la circonstance par la British Army. Il compléta le tout par un atelier de faussaires chargés d'établir les ordres de mission capables de tromper la Police Militaire, et également de faux papiers pour les réfugiés en transit.

Ainsi était née la Quatre Cent Douzième [2].

Le 21 août 1945, un groupe de trente-cinq émigrants illégaux embarqua à Bari à bord d'un bateau de pêche de vingt-cinq tonneaux, le *Dalin* — en réalité le *Sirius,* dont le vrai port d'attache était Monopoli, une quarantaine de kilomètres plus au sud sur la côte adriatique.

Après sept jours de mer sans le moindre incident, le premier bateau clandestin de l'après-guerre toucha Césarée. Reb Klimrod et Yoël Bainish se trouvaient à son bord.

1. Mossad Aliyah Beth : organisation créée en 1937, à Tel-Aviv, par la Haganah, elle même force d'autodéfense des colonies juives de Palestine. Son but était d'organiser par tous les moyens le renforcement de ces colonies, par l'immigration Aliyah signifie « montee », au sens propre.

2. Le stratageme ne fut découvert par les Britanniques qu'en avril 1946, et encore à la suite d'un concours de circonstances.

2

Les Chandeliers de Bogota

9

Reb tenait le poignard dans sa main, pouce allongé pour assurer l'orientation de l'arme. A deux mètres, il bondit, appuya avec le bord de son pied droit sur le creux poplité du genou, passa dans le même temps sa main gauche qui s'abattit à hauteur des yeux, tandis que son autre main qui tenait l'arme frappait de haut en bas. Sitôt qu'il sentit la lame enfoncée jusqu'à la garde, à hauteur de l'épigastre, il fit exécuter à son poignet un mouvement en arc de cercle. Egorgement. Tous les mouvements avaient été fantastiquement enchaînés et rapides.

Il fit deux pas en arrière et ses bras retombèrent le long de son corps. Le mannequin était décapité.

— Pas mal, dit la voix un peu rauque de Dov Lazarus. Pas trop mal. Sous réserve que la sentinelle soit totalement frappée de surdité et de surcroît plongée dans l'ivresse. Si, en plus, elle dort profondément, ce serait mieux encore. Et toutes ces conditions étant remplies, tu aurais effectivement une chance de lui trancher la gorge sans que son hurlement alerte toute l'armée britannique à quatre cents kilomètres à la ronde. Une chance. Pas deux.

Sous la moustache courte qu'il portait ce jour-là (on aurait pu croire qu'elle avait poussé dans la nuit, il ne l'avait pas la veille), ses larges dents blanches étincelèrent dans un sourire. Dov Lazarus devait presque avoir la cinquantaine, il pesait dans les quatre-vingt-cinq kilos pour un mètre soixante-dix. Il était né un peu avant le début du siècle à Petah Tikva — la Porte de l'Espoir —, la première colonie juive fondée en Palestine, sur les bords de la rivière Yarkon, par des émigrants illuminés fuyant les pogromes russes ; ses parents avaient été membres des « Amants de Sion », portant roubachka et bottes sous le genou, et ils avaient débarqué en 1882. Sa massive et ronde corpulence, son sourire bienveillant, son doux regard de myope derrière ses lunettes sans monture (il était au naturel, quand il ne modifiait pas son aspect physique, très clair de peau et d'une rousseur blonde) donnaient de lui l'image la plus trompeuse qui fût. C'était un homme de violence et uniquement cela, par une sombre et exclusive passion qui l'avait brûlé toute sa vie. Yoël Bainish pense que Lazarus séjourna en Irlande (et s'y battit dans les rangs de l'I.R.A. de Collins), aux Etats-Unis (plusieurs années), en Amérique du Sud et même en Extrême-Orient. Selon Bainish, bien des épisodes de la vie de Reb Klimrod ont pour origine les contacts noués par Dov Lazarus à New York et Chicago dans les années 1925 ou 1930.

C'était en 1933 que Lazarus avait trouvé son chemin de Damas, à l'occasion de sa deuxième rencontre avec David ben Gourion[1].

Il dit à Yoël :

— A toi. Et tâche de faire mieux. Remets la tête du mannequin en place et souviens-toi que c'est un homme que tu égorges.

Conformément au vœu de Barazani, Lazarus avait personnellement pris en charge les nouveaux immigrants débarqués d'Autriche. C'était d'ailleurs sa fonction la plus nette au sein de l'Irgoun : former les nouveaux venus et en faire des combattants de l'ombre. A l'automne de 1945, le chef de l'Irgoun (fondée en 1937 et à l'origine mouvement non terroriste) était depuis un an un homme né à Brest-Litovsk en Biélorussie, en 1913, qui n'avait rejoint la Palestine qu'en 1942, Menahem Wolfowitch Begin.

— Lamentable, dit Lazarus. Miraculeusement lamentable. Ton seul espoir serait que la sentinelle anglaise ait vraiment un très grand sens de l'humour. Dans un tel cas, l'hilarité la tuerait à coup sûr.

Il se leva, sans même paraître bouger, alla prendre place au côté du mannequin :

« Essaie sur moi, Yoël. Essaie de m'ouvrir la gorge. Tu pars quand tu veux. Mets-toi pieds nus. Et essaie de me tuer vraiment. »

Bainish ôta ses chaussures, hésita. Le couteau de tranchée dans sa main coupait comme un rasoir et la lame en mesurait vingt-quatre centimètres.

— Tu as une minute pour me tuer, dit Lazarus, dos tourné et regardant le mur blanc de la maison où ils étaient, à Jérusalem, dans une de ces ruelles étroites à la frontière des vieux quartiers juifs et arméniens, que domine la tour de David. Yoël chercha le regard de Reb. Qui acquiesça.

Yoël s'élança..

1 Il avait rencontré ben Gourion à Jaffa en 1906, alors que venait d'y débarquer de Pologne le futur dirigeant sioniste. Les deux hommes s'étaient retrouvés en France, durant la tournée effectuée en 1933 par ben Gourion en Europe afin de mener campagne électorale au cœur du judaïsme européen. Cette espèce de « bombe vivante » (l'expression est de ben Gourion lui-même) qu'était Dov Lazarus avait enfin trouvé l'occasion de s'employer, pour une cause qui ne fût pas médiocre Jusqu'à sa mort Dov vénéra ben Gourion

... Trois ou quatre secondes plus tard, la lame du couteau était sur sa propre gorge, entamant très finement la peau sous la pomme d'Adam, et une âpre douleur s'irradiait dans son épaule et son bras droits.

Silence.

Reb Klimrod demanda :

— Puis-je essayer ?

Les deux regards s'accrochèrent. Bainish se souvient de ce silence qui s'établit alors. Silence après lequel Dov Lazarus choisit de sourire :

— Non, dit-il.

Les deux jeunes hommes sortis de Mauthausen participèrent à leur première opération réelle le 28 septembre 1945. Ils avaient appris, entre cent autres choses, à fabriquer de la nitroglycérine, versant goutte à goutte — de préférence sans trembler — de la glycérine dans un mélange à parties égales d'acides azotique et sulfurique concentré à au moins soixante-dix degrés Baumé ; ou bien la très classique poudre noire préparée à partir du salpêtre recueilli sur les murs des étables et des écuries, voire dans les catacombes. Et ils commençaient à savoir manipuler les autres explosifs, militaires ceux-là, en général razziés par des commandos dans les cantonnements anglais : trinitrotoluène, ésogène C-4, mélinite ou autre dynamite-gomme. Dans le principe, Yoël Bainish révéla de remarquables qualités de préparateur, sa spécialité étant incontestablement un explosif incendiaire fait de trois parts de chlorate de potassium, additionnées d'une quantité égale de résine de pin et d'une part de sucre en poudre (ce dernier ingrédient l'enchantait positivement, cela participait de la recette de cuisine et pour un peu il en eût confectionné un gâteau).

Dans le principe seulement. S'agissant d'action réelle, il passait le relais à Reb Klimrod. Son absence totale de nerfs, en toute circonstance, apparut dès les premiers jours. Dans toutes les équipes entraînées par Dov Lazarus, que ce fût pour l'Irgoun ou le Groupe Stern, les éléments courageux, certains jusqu'à une folle témérité, ne manquaient pas. Reb était différent. Pas seulement pour son indifférence absolue au danger : beaucoup de ceux de la Force d'Assaut de Begin étaient des rescapés des camps, très souvent seuls survivants de leur famille ; la mort ne les intimidait pas et au vrai ce combat qu'on leur proposait était parfois leur seule chance de ne pas devenir fou, en leur donnant une raison de vivre. Reb avait tout cela à cette époque. Il était encore autre chose : il ne prenait jamais part à aucune discussion sur le futur état juif. En cela, il rejoignait Dov Lazarus. Pour Lazarus, toute politique était abstraction et il ne vivait que pour l'action. Ce n'était évidemment pas le cas de Klimrod. Mais dès le début, il y eut entre eux une rivalité et une complicité très étonnantes. Dov Lazarus avait près de cinquante ans et Reb dix-sept seulement. Mais réelles.

L'opération du 28 septembre 1945 consista en une embuscade tendue à une petite colonne anglaise, sur une route à une douzaine de kilomètres dans le nord-ouest d'Ascalon. Quinze hommes y prirent part, sous le commandement d'un homme dont Bainish ne sut jamais que le prénom, à l'en croire : Eliahou. Les ordres étaient d'accorder la priorité à la destruction du matériel sur l'exécution des soldats britanniques, et le décrochement devait s'effectuer au premier signal — il s'agissait pour l'essentiel d'une manœuvre de harcèlement, visant à, selon l'expression de Begin, donner aux Anglais l'impression qu'ils étaient « assis sur un nid de scorpions ».

Il y avait cinq camions précédés d'une jeep. Comme prévu, la mitrailleuse d'Eliahou ouvrit la première le feu, prenant la colonne en enfilade sur le flanc droit. La grenade incendiaire au chlorate qui devait normalement enflammer la jeep rebondit sur le capot sans autre résultat. C'était un engin artisanal constitué d'une bouteille de whisky, emplie de chlorate, de sucre en poudre et de résine, fermée par une rondelle de feutre, complétée par un petit flacon en verre fin contenant l'acide sulfurique. Avant le lancer, il convenait de briser le flacon de façon que l'acide s'infiltrât au travers du feutre. Ensuite, mieux valait ne pas perdre de temps...

Yoël Bainish vit Reb Klimrod se lever à dix mètres sur sa droite. A aucun moment, il ne parut se hâter, ses mouvements semblèrent même empreints d'un nonchalant détachement. Il avait déjà parcouru en quatre grands pas la distance jusqu'à la chaussée de terre. Il escalada le court talus et là, tournant à angle droit, alla directement vers la tête de la colonne, face à la jeep. La mitrailleuse tirait toujours et le faisceau de ses balles devait passer très près de lui. Dans sa grande main gauche, il tenait quatre ou cinq grenades-bouteilles, par le goulot, à la façon des serveuses de Grinzing apportant le vin nouveau. A quelques mètres de la jeep qui avançait sur lui, il pulvérisa d'un coup sec le flacon d'acide, compta paisiblement trois ou quatre secondes et puis projeta la grenade, au centre de la grille entre les phares. Le véhicule prit feu très vite. Reb Klimrod l'avait déjà esquivé. Il s'attaqua au premier camion, l'incendia de même. Puis un autre, et un autre encore, tout cela dans le fracas des armes automatiques tirant de toutes parts.

Il ne fut même pas touché. L'action dura peu. Du déclenchement du tir par la mitrailleuse à l'ordre de décrochage lancé par Eliahou, il ne dut guère s'écouler plus de deux minutes. Le repli du commando s'effectua comme prévu. A quatre cents mètres de la route et des véhicules incendiés, d'où les Anglais tiraient encore, au hasard, un premier regroupement eut lieu, à seule fin de permettre une dislocation. On reprit leurs précieuses armes à Bainish et Klimrod. Ils se retrouvèrent bientôt seuls ou plus exactement à trois, piochant dans les sables *hamura*, les sables roux. Le troisième homme avec eux était Eliahou, qui normalement n'aurait pas dû les accompagner. Ils marchèrent ensemble pendant deux bonnes heures, jusqu'à parvenir en vue de Telashod. Eliahou stoppa :

— Nous allons nous séparer ici, dit-il. On vous a certainement dit où aller et comment y aller.

Il hésitait. Nettement plus petit que Klimrod et même que Bainish (qui avait pourtant dix centimètres de moins que son compagnon de route depuis Linz), c'était Klimrod et lui seul qu'il tentait de dévisager dans la pénombre. Il finit par secouer la tête :

— J'aurais pu te tuer dix fois, avec ma mitrailleuse.

— Tu ne l'as pas fait, répondit Reb.

— Deux pas de plus à droite ou à gauche, ou en avant, et tu te serais trouvé dans ma ligne de mire. Tu le savais ?

— Oui.

Eliahou hocha de nouveau la tête : « Et je te crois, c'est probablement ce qui m'étonne le plus. Quel âge as-tu ?

— Cent ans, dit Reb. A quelques semaines près.

— Qui t'a appris à te servir ainsi de grenades ? Dov Lazarus ? »

Le regard gris, très clair dans la nuit, descendit :

— Je ne connais personne de ce nom.

Eliahou se mit à rire : « D'accord. » Il s'éloigna de quelques pas, s'arrêta, pivota :

— Essaie de ne pas te faire tuer tout de suite.

— Promis, dit Reb. Tu as ma parole.

Lui et Yoël Bainish repartirent ensemble. Le camion d'un kibboutz les prit, comme prévu, à quatre heures du matin, et à la sortie nord d'Ashod. Ils furent à Tel-Aviv avant le lever du jour, ayant franchi sans encombre les multiples contrôles, croquant des fruits qui avaient été cueillis dans la nuit.

En octobre et novembre de cette même année 1945, ils prirent part à une dizaine d'opérations, dont une qui les conduisit dans le désert et dura six jours, l'objectif étant de faire sauter en autant d'endroits que possible l'un des pipe-lines anglo-iraniens.

Mais en dehors de ces missions, ils vécurent à Tel-Aviv, où l'Irgoun leur avait tout à la fois trouvé un emploi officiel servant de couverture, et un logement. Yoël Bainish devint boutiquier, à vendre des babioles dans une échoppe d'Allenby Road. Pour Reb Klimrod, il fut durant cette période serveur dans l'un des cafés de Ben Yehouda Street. L'établissement était surtout fréquenté par des avocats. Ses progrès en anglais étaient spectaculaires et fascinaient Bainish, qui ne manquait pourtant pas lui-même d'aptitudes, s'agissant d'apprendre les langues (outre le yiddish et l'hébreu, il parlait couramment le polonais, l'allemand et le russe et lui non plus n'allait pas tarder à connaître l'anglais). A cette époque, chaque fois qu'il en avait le loisir, Reb Klimrod allait au cinéma, les salles donnant pour l'essentiel des films américains en version originale. Bainish se souvient que le grand Viennois vit au moins douze à quinze fois consécutives des films comme *Citizen Kane, Bataan Patrol, Objective Burma,* de Walsh, *Go West* des Marx Brothers, ou encore *My Darling Clementine* de Ford, et il était capable d'imiter avec une rare perfection le Bogart du *Faucon Maltais,* ou le plus aristocratique Cary Grant de *Philadelphia Story.* Voire les inénarrables nasillements d'un Groucho. Il lisait toujours aussi énormément, mais à présent en anglais, dans la plupart des cas.

Et il y eut incontestablement une relation entre cette boulimie de lecture — par des avocats qu'il servait chaque jour au café de Ben Yehouda Street, il avait eu accès à des bibliothèques spécialisées — et le changement qui survint à la fin de novembre. On dissocia le tandem jusque-là formé par Klimrod et Bainish. L'un et l'autre étaient devenus d'excellents spécialistes en explosifs, les laisser opérer ensemble faisait doublon. L'Irgoun de Begin commençait d'ailleurs à intensifier l'activité de sa Force d'Assaut, à mesure qu'elle s'organisait mieux, sur le modèle notamment de la Résistance française — les tracts de cette période désignent l'Anglais comme « l'occupant » et les membres de l'Irgoun ne sont pas plus des terroristes que ne l'étaient les maquisards français : *Il s'agit du même combat que celui livré par les maquis français contre l'envahisseur allemand.*

A la fin de novembre, Reb Klimrod reçut une nouvelle affectation. En premier lieu, il changea tout à la fois d'identité et d'emploi. Il reçut des papiers qui faisaient de lui un certain Pierre Hubrecht, né en 1926 à Paris — nom d'emprunt qu'il allait réutiliser au moins deux fois par la suite. Son curriculum vitae établi pour la circonstance, précisait qu'il était de mère juive, celle-ci disparue à Paris en 1942, et que son père, officier de carrière ayant choisi de combattre pour les Forces Françaises Libres avait été tué en Syrie où, *via* l'Espagne, il avait réussi à faire venir son fils. Autant de détails biographiques qui étaient parfaitement authentiques, quoique bien entendu, ils n'eussent rien à voir avec Reb Klimrod ; mais ils expliquaient notamment sa connaissance quasi parfaite du français et ses notions d'arabe courant.

Quant à son nouveau travail, il l'introduisit dans une banque, au cœur du quartier des affaires de Tel-Aviv, la banque Hakim & Senechal, dont le siège central se trouvait à Beyrouth. Il y entra comme garçon de course mais très vite (l'un des frères Hakim figurait en secret parmi les bailleurs de fonds de l'Irgoun, mais ce ne fut pas la seule raison de la promotion de Klimrod : il était tout simplement un peu trop brillant pour un garçon de courses), très vite, vers la mi-décembre, il travailla comme courtier Il n avait que dix-sept ans et trois mois, malgré son passeport qui lui en donnait vingt.

Un autre changement accentua sa séparation avec Bainish. Pour celui-ci, il quitta Tel-Aviv pour Jérusalem, se spécialisant plus particulièrement dans les attentats contre les voies ferrées et les pipe-lines de l'*Irak Petroleum Company.*

En revanche, à cause de son apparence physique — cheveux châtains, yeux et peau très clairs — et en raison de son emploi chez Hakim & Senechal qui justifiait tous ses déplacements et ses absences, il fut de plus en plus utilisé par l'Irgoun pour des infiltrations des milieux britanniques et, au plan militaire, pour un terrorisme essentiellement urbain.

Et surtout, il fit désormais équipe avec Dov Lazarus.

10

La jeep était pilotée par un homme appelé Harmond. Il avait suffi de changer en *a* le *e* originel de son vrai nom pour l'angliciser. Il avait combattu dans l'armée britannique, en Afrique et en Italie ; avait notamment fait partie du détachement de quatre cents hommes qui, sous le commandement du major Lieberman, avait dix jours durant tenu tête à la division italienne « Ariete », dans le voisinage des Français Libres de Kœnig à Bir-Hakeim, au prix de soixante-quinze pour cent de pertes. L'uniforme qu'il portait était le sien : celui de la Sixième Division Aéroportée. Officiellement, pour ses supérieurs britanniques, il était en permission.

Dov Lazarus se tenait à son côté, avec les insignes de major. Derrière était Reb Klimrod, également en uniforme, galons de caporal, et il avait les pieds posés sur les sacoches de toile contenant les explosifs. Un camion suivait la jeep, avec à son bord quinze hommes plus le chauffeur et un officier arborant de superbes moustaches rousses. Parmi les quinze hommes, dix portaient des menottes aux poignets et étaient vêtus en Arabes ; les cinq autres, en tenue de combat et casqués, faisaient office de gardes.

A deux cents mètres du poste de police, sur un signe de Lazarus, Harmond ralentit et stoppa la jeep. Mais le camion poursuivit sa route.

L'endroit s'appelait Yagur et se trouve presque à mi-chemin entre Haïfa et Nazareth, plaine de l'Esdrelon au sud, pentes de la petite chaîne du Mont-Carmel au nord-ouest. Le poste de police était un bâtiment à deux étages, à peu près carré, ceinturé d'une double herse de barbelés. Quatre sentinelles se trouvaient à l'entrée et quatre autres étaient apostées sur le toit, à l'abri d'un rempart de sacs de sable. A l'intérieur devaient se trouver en principe une vingtaine d'autres soldats, plus des policiers en civil mais certainement armés. Il était trois heures du matin, le 1er mars 1946.

— Une minute, annonça Lazarus.

Depuis la jeep arrêtée dans l'ombre, ils avaient en vue directe l'entrée du poste. Ils virent le camion s'en approcher; stopper. L'officier à moustaches qui était assis à côté du chauffeur descendit, parlementa avec le sergent chargé du contrôle. Il dut se montrer convaincant car l'autre acquiesça. Le camion pénétra dans le périmètre défensif du poste. Les faux gardes firent descendre les faux prisonniers arabes qui, sous leur robe, dissimulaient des pistolets-mitrailleurs Sten et Bren.

Tout le groupe entra dans le bâtiment.

— Deux minutes, dit Lazarus.

Harmond savait dans les grandes lignes ce qui devait normalement se passer à l'intérieur du poste. Le commando de l'Irgoun qui venait de s'y introduire était sans doute en train de neutraliser les Britanniques, ceux du rez-de-chaussée, puis des étages, un à un. Et cela sans le moindre bruit, sans alerter quiconque et surtout pas les sentinelles du toit, avec leurs mitrailleuses en batterie. Ensuite, on viderait le dépôt d'armes, on libérerait les prisonniers, le faux officier aux moustaches rousses paraîtrait sur le seuil, ôterait sa casquette pour un signal et lui, Harmond, avec la jeep, devrait alors venir se ranger devant l'entrée du poste, très naturellement, pour y déposer les deux hommes qui l'accompagnaient (et dont il ne savait pas les noms — il les apprit plus tard —, dont il savait simplement qu'ils étaient chargés de suffisamment d'explosifs pour faire sauter la moitié d'une ville).

— Trois minutes. On prend du retard...

La voix de Lazarus était amusée. Harmond, main sur le levier de vitesse, prêt à démarrer au premier signal, lui jeta un rapide coup d'œil. Après quoi, dans son rétroviseur, il chercha le visage maigre et impassible de l'autre derrière lui. Il se souvient d'avoir été stupéfié par leur calme absolu, à tous deux, mais aussi par la disparité à tous égards de l'équipe formée par ses deux compagnons; l'un petit et massif, déjà âgé, et l'autre très jeune, très grand, avec ses yeux pâles perdus dans un rêve intérieur.

— Attention...

L'avertissement lancé d'un ton étonnamment serein par Lazarus vint une seconde avant que ne se produisent les deux événements qui allaient bouleverser tous les plans. Il y eut d'abord, à cent mètres sur leur droite, sur la route de Nazareth, l'apparition de deux half-tracks et presque aussitôt, à l'intérieur du poste, un cri, puis le déclenchement d'une sirène d'alarme, puis les premiers coups de feu. Tout alla ensuite très vite, comme toujours. Les consignes reçues par Harmond étaient claires : en cas d'incident grave, il devait immédiatement battre en retraite, filer. Il enclencha la marche arrière, préparant déjà son demi-tour...

— Attends.

La patte dure couverte de poils roux de Dov Lazarus s'était posée sur son poignet. Lazarus sourit :

— Regarde, mon canard, dit-il. Les half-tracks vont nous les bloquer. Ils ne pourront même pas repartir.

Et les deux engins blindés, en effet, avaient brusquement accéléré, prenant position à l'entrée même du poste, dans lequel la fusillade faisait maintenant rage. Harmond aperçut l'un des faux Arabes qui sortait en courant du bâtiment, mais l'une des mitrailleuses du toit le cloua sur place d'une courte rafale.

— Complètement bloqués, dit encore Lazarus, souriant de plus belle. Reb ? Tu viens avec moi, petit ?

« Je n'avais pas la moindre idée de ce qu'ils avaient l'intention de faire, raconte Harmond. Je ne sais pas si, le sachant, j'aurais eu le courage de les accompagner. Mais ils étaient l'un et l'autre d'un calme extraordinaire. Ce ne fut que plus tard que je compris que, en quelque sorte, ils surenchérissaient l'un sur l'autre. Et qu'ils étaient fous. »

Harmond arrêta la jeep exactement entre les deux half-tracks. « Ça ira très bien », dit Lazarus, qui descendit et hocha la tête d'un air très satisfait à l'intention des hommes dans les blindés, qui le considéraient non sans surprise, se demandant d'où diable il pouvait sortir. « Beau travail, dit-il, une légère pointe d'accent irlandais dans sa voix, vous les avez foutument bloqués, ces salopards. Gardez-moi cette porte dans votre ligne de mire et n'en laissez sortir aucun. Mais je vais essayer de les avoir vivants. C'est vivants qu'ils m'intéressent. » Il parut découvrir presque à ses pieds l'une des sentinelles extérieures du poste, qui s'était aplatie sur le sol dès les premiers coups de feu, pistolet-mitrailleur braqué : « Est-ce bien le moment de faire la sieste, mon garçon ? Relevez-vous et allez plutôt prendre position à cet angle. Autant que je me souvienne, il y a là-bas une autre porte, par où ces bâtards pourraient tenter une sortie. Couvrez-la. Qui est l'officier de permanence, cette nuit ?

— Le lieutenant Parnell, répondit le jeune soldat, écrasé par ce déferlement d'autorité sarcastique.

— Et allez donc, commenta Lazarus, encore un Irlandais ! Je me demande bien comment l'Empire pourrait s'en sortir sans nous. » Il se retourna à demi et, dans le même temps qu'il adressait, de la main, un signe bienveillant aux sentinelles apostées sur le toit, mitrailleuse en quête d'une cible, il s'adressa à Reb Klimrod : « Et vous Barnes, qu'est-ce que vous attendez ? Ayez donc l'obligeance de soulever votre cul de cette jeep et venez me rejoindre... »

Très tranquillement, il passa la première rangée de chevaux de frise et avança vers le bâtiment où les armes automatiques continuaient de crépiter. Comme souvent, il y eut une pause dans la fusillade et Lazarus la mit à profit. Il cria :

— Parnell ! Nous les bloquons ici mais je les veux vivants ! Vous m'entendez, Parnell ?

En première réponse, une giclée de balles vint frapper le sol à moins d'un mètre de ses pieds, mais sans l'atteindre. Et Harmond comprit deux choses : que d'une part la rafale venait d'être tirée par ses camarades de l'Irgoun coincés au rez-de-chaussée et que donc, ceux-ci avaient reconnu la voix et la silhouette de Lazarus.

Sur quoi une tête apparut au premier étage, celle d'un jeune officier en chemise, cheveux en bataille, tenant un pistolet d'ordonnance. Lazarus lui sourit très aimablement :

— Lieutenant Parnell ? Je suis le major Connors. Dieu sauve l'Irlande. Nous tenons ces bâtards. Le tout est de le leur faire admettre. Je vais m'adresser à eux dans leur charabia. Demandez à vos hommes d'interrompre leurs exercices de tir, s'il vous plaît.

Il enchaîna immédiatement après, en hébreu, criant toujours d'une voix très forte et très sonore, plus que jamais marquée d'accent irlandais. Il ne prit aucun risque, pour le cas où il se fût trouvé, au sein de la garnison anglaise, quelqu'un capable de le comprendre. S'adressant aux hommes de l'Irgoun, il leur offrit de se rendre, sur-le-champ, de déposer leurs armes. Dit qu'il allait entrer, et qu'ils n'auraient pas la moindre chance de s'en sortir vivants, sauf à se constituer prisonniers, auquel cas il leur garantissait personnellement le statut de prisonniers politiques.

Reb Klimrod était venu prendre place à son côté, transportant les deux lourdes musettes. Le silence soudain tomba, sur le claquement d'un ultime coup de feu. Et dans le silence, tous entendirent le grondement du char d'assaut qui arrivait, suivi de plusieurs camions chargés de parachutistes parfaitement authentiques. Ces renforts-là se déployèrent, encerclant le bâtiment. Lazarus leur jeta un coup d'œil et hocha la tête, l'air plus satisfait que jamais.

— Pas l'ombre d'une chance, répéta-t-il en anglais puis en hébreu. Je vais entrer.

Et il entra, ils entrèrent, Klimrod et lui. Harmond, stupéfait au volant de sa jeep, les vit disparaître à l'intérieur du poste, lui-même « assez profondément inquiet » selon sa propre expression, en sentant derrière lui la ligne hermétique des parachutistes parachevant leur encerclement.

A l'intérieur du poste, un Britannique avait été tué, trois autres blessés, tandis que les pertes de la Force d'Assaut de l'Irgoun s'établissaient à deux morts et trois blessés dont un au ventre. Plus tard, Harmond apprit que le commando avait perdu du temps pour cette raison imbécile qu'on n'avait pas pu trouver la clé du dépôt d'armes.

Une ou deux minutes s'écoulèrent, dans une bizarre immobilité, qu'on eût dit frémissante. Et puis la voix de Lazarus se fit à nouveau entendre :

— Parnell ? Vous pouvez descendre, ils acceptent de se rendre. Et dites à ces vaillants renforts venus nous secourir que la bataille est terminée.

Derrière Harmond, la ligne des soldats casqués s'entrouvrit. Un capitaine et deux hommes en civil, qui étaient du redoutable C.I.D. [1], se mirent en mouvement. Ils dépassèrent Harmond et entrèrent dans le poste…

Lazarus sourit aux nouveaux arrivants et dans la seconde dut deviner que l'un d'entre eux au moins, un des deux hommes des services secrets, l'avait reconnu ou n'allait pas tarder à le faire. Il prit le bras de Parnell et avança à leur rencontre. Il dit très paisiblement sans se retourner :

— Montre-leur, petit.

Reb Klimrod, de sa main gauche, ouvrit successivement les deux musettes, fit apparaître les pains parallélépipédiques, enveloppés de papier huilé noir, d'où sortaient des fils.

— Quinze kilos de T.N.T. dans chaque sacoche, expliqua Lazarus. Et ce que tient le gamin sous son bras est un détonateur électrique à pression. Vous remarquerez, s'il vous plaît, combien il tient son bras droit collé au corps, étroitement. Qu'il écarte ce bras de son corps, serait-ce pour éternuer, et badaboum, nous partirons tous en chaleur et lumière. Je ne peux vous garantir la destruction complète de votre poste…

Reb Klimrod dit de sa voix impersonnelle, yeux absents :

— Nous sommes dans un espace clos. La puissance de la déflagration en sera fortement accrue…

— Exactement, approuva Lazarus d'un air réjoui, tel l'enseignant dont l'élève favori vient de fournir la réponse appropriée. Mais derrière ses lunettes sans monture, ses yeux bleu pâle étincelaient d'un éclat impitoyable, qui ne laissait place à nul doute, sur la violence inouïe qui l'habitait. Il reprit : « Bref, il n'est pas déraisonnable d'espérer quarante ou cinquante morts. Colle-toi à ce type avec la cravate bleue, petit. Il est du C.I.D. et je crois bien qu'il m'a reconnu…

Ensuite seulement, il leur exposa ses projets immédiats.

1 Criminal Investigation Department.

Le même camion qui les avait amenés remporta les commandos de l'Irgoun, qui ne laissèrent sur place que leurs deux morts, dont ils vérifièrent qu'ils n'avaient sur eux aucun papier ou objet personnel permettant une identification rapide. Le véhicule prit la route d'Haïfa et comme le prévoyait le plan initial de l'opération, fit jonction cinq kilomètres plus au nord-est avec un petit groupe de trois hommes chargés de couvrir leur retraite, et qui tenaient prêts les bidons d'essence dont ils auraient arrosé la route pour y dresser un mur de flammes, dans le cas d'une poursuite.

Qui n'eut pas lieu.

Harmond quant à lui avait mis à profit les circonstances, quelques minutes après l'entrée des hommes du C.I.D., pour s'éclipser discrètement. Il s'était rapidement enfoncé dans les ruelles de Yagur, avait troqué son uniforme pour des vêtements civils, et se souvient encore douloureusement de l'épuisant parcours à bicyclette qu'il dut accomplir pour rallier Nazareth où officiellement il était en permission dans sa famille. En fait, il regagna à temps, très normalement, son unité à Port-Saïd et ne fut jamais inquiété. Il ignora longtemps la fin de l'histoire et n'apprit les noms de Dov Lazarus et de Reb Klimrod — Pierre Hubrecht en l'occurrence — que cinq ans plus tard, bien après l'indépendance d'Israël.

James Parnell avait vu s'entrouvrir la ligne des parachutistes, entre lesquels passa le camion transportant le commando de l'Irgoun. Avant leur départ les terroristes — il s'agissait de terroristes pour lui — avaient pris soin de brûler tous les documents trouvés dans les bureaux du poste. Mais, selon les termes de la transaction, ils n'avaient pas touché aux armes qu'il avait en dépôt. Ce fut son seul motif de satisfaction. Les autres événements n'eurent rien pour l'enchanter. Il se trouva en effet désigné, avec les deux représentants de la police secrète et cinq autres hommes, tous des policiers et aucun soldat, pour servir d'otage au prétendu major Connors et à son jeune compagnon.

A aucun moment Parnell ne mit en doute la réalité des explosifs (les doutes vinrent après et la réponse infiniment plus tard). A l'encontre du plus âgé, dont l'accent irlandais était si remarquablement imité, il conçut à la première seconde une antipathie violente, et de la crainte. Mais l'autre, le jeune et grand garçon aux yeux étonnants, d'une certaine façon, l'inquiéta davantage : ce regard sans fond lui fit peur.

Parnell — qui allait par la suite devenir journaliste et souvent revenir en Israël — fut contraint de monter à l'arrière d'un camion, de s'y allonger, mains croisées sur la nuque, tout comme les autres otages. Le terroriste à lunettes prit place à côté du chauffeur, grenade

Gammon au plastique dans la main gauche, Smith & Wesson dans la droite. Avec une inquiétante habileté psychologique, il avait lui-même choisi le conducteur du camion : un policier civil d'une cinquantaine d'années, le dernier homme capable de concevoir et d'entreprendre un acte désespéré.

Son jeune complice s'installa à l'arrière, impassible et muet, bras droit collé le long du buste, pistolet-mitrailleur Sten dans son autre main.

Comme ils l'avaient déjà fait sur ordre de leur commandant, les parachutistes laissèrent à nouveau la voie libre. Le camion s'éloigna assez lentement. « Ils veulent s'assurer qu'ils ne sont pas suivis », pensa Parnell qui n'y voyait goutte. On partit vers Nazareth. Et Parnell reprit espoir : il y avait un barrage de l'armée à quelques kilomètres au sud. Mais après trois ou quatre minutes, le véhicule changea de direction, s'engagea sur une piste, y roula pendant une demi-heure, stoppa. Voix de l'homme à lunettes :

— On descend, sauf les deux as du C.I.D. et mon Irlandais préféré.

On se remit en route, les hommes libérés étant abandonnés en plein désert, Parnell tenant à présent le volant et les deux policiers secrets allongés à l'arrière, menottes aux poignets, chevilles entravées. On roula une heure, sur une piste à peine praticable.

Nouvel arrêt. Parnell se retrouva lié à la bride du pare-chocs avant. L'homme à lunettes partit vers l'arrière. Parnell comprenait assez bien l'hébreu, il put suivre la discussion — la dispute — qui s'engagea alors, entre les deux terroristes : le plus âgé voulait à toute force exécuter sur place les deux hommes du C.I.D. « Après quoi, il m'abattra, moi aussi. Oh mon Dieu, pourquoi suis-je irlandais ? »

Une aube pluvieuse commençait d'apparaître sur la Galilée. A tout instant, Parnell s'attendait à entendre claquer des coups de feu. Mais ce fut le grand garçon maigre qui revint vers lui, se pencha pour déboucler ses menottes et lui dit d'une voix étonnamment douce et calme :

— Ne tentez rien, je vous prie. D'accord ? Sinon, je ne répondrais pas de votre vie.

— D'accord, dit Parnell, sincère et extraordinairement soulagé. Et merci. Merci de tout cœur.

Le regard gris passa sur lui, insondable.

Ils entrèrent dans Saint-Jean d'Acre vers six heures trente du matin. A ce moment, Parnell était seul dans la cabine du camion. Vingt minutes plus tôt, ses deux adversaires s'étaient installés à l'arrière, dans son dos, le priant (le plus jeune parlant) de ne pas se retourner et brisant le rétroviseur pour qu'il ne pût rien voir de ce qui pouvait se passer derrière lui.

Si bien que ce ne fut qu'à l'abord de la place Han-el-Amdan, en vue de l'Auberge des Colonnes — on lui avait assigné cette destination — que, rassuré par le silence persistant, il ralentit puis stoppa.

Et naturellement le plateau arrière était vide, hors les deux policiers, fous de rage mais vivants.

11

Reb Michael Klimrod arriva au Caire dans les derniers jours de mars 1946. Seul. Lazarus et lui voyagèrent séparément, mais ils se rejoignirent dans la capitale égyptienne.

Selon Yoël Bainish, qui est pour cette période de la vie du Roi le témoin le plus précis et le plus constant, Reb Klimrod et surtout Lazarus comptaient alors parmi les terroristes les plus recherchés par les Britanniques en Palestine. L'affaire de Yagur avait beaucoup fait en ce sens ; on avait eu, côté britannique, largement le temps de voir leurs visages, les deux inspecteurs du *Criminal Investigation Department* notamment, et la haute taille de Klimrod le rendait assez aisément repérable.

L'attaque du poste de Yagur n'avait pourtant été qu'un épisode d'une offensive considérablement plus vaste, menée tant par l'Irgoun que par le Groupe Stern. Une attaque générale avait été lancée le 1er mars, dont l'opération conduite par Lazarus ne fut qu'une composante ; on avait attaqué des casernes à Haïfa, Rehovot, Pardess-Hana, et contre les voies de communication, dans les faubourgs de Jérusalem, Tel-Aviv ou Petah-Tikva. Même le quartier général de la Sixth Airborne, la Sixième Aéroportée à Jérusalem, avait volé en éclats.

Sur les raisons qui amenèrent Klimrod et Lazarus à partir pour le Caire (et ensuite pour l'Europe), Yoël Bainish est net en ce qui concerne le second : organisation se voulant strictement militaire quoique clandestine, l'Irgoun reprochait à l'ancien compagnon d'armes des Irlandais de l'I.R.A. et des gangsters nord-américains un goût presque irrépressible pour la violence gratuite, allant à la limite à l'encontre des buts politiques poursuivis.

Quant à Reb Klimrod, sur le moment, Bainish ignora tout de ses motivations. Une chose est sûre : ce fut sur sa demande que Reb Klimrod quitta la Palestine. « Je crus même un moment qu'il avait reçu une nouvelle affectation, par exemple dans l'organisation du Mossad en Europe. En août ou septembre seulement, j'appris qu'il n'en était rien et qu'il était parti de lui-même. Je fus déçu et même inquiet : qu'il fît équipe avec Dov ne présageait rien de bon. La suite prouva que je ne me trompais qu'à moitié... »

Au Caire, Nadja Hakim habitait une villa dans l'île de Gezireh, quartier résidentiel, près de l'avenue du Roi-Fouad. *Cette ancienne A.T.S.*[1] s'était depuis mariée à l'un des fils Hakim, de la banque du même nom, celle-là même où Reb Klimrod avait été employé quelque temps. Son changement de statut social n'avait pas pour autant rompu ses liens avec les mouvements sionistes clandestins : elle fut avisée de l'arrivée de deux hommes et il lui fut demandé de les aider, d'abord à séjourner dans la capitale égyptienne, puis à gagner l'Europe. Elle hébergea Lazarus et Klimrod dans son ancien appartement de Sheik Rihan Street, derrière l'ambassade des Etats-Unis, et leur procura des passeports — irlandais pour Lazarus et français pour Klimrod-Hubrecht.

Elle leur trouva deux places sur un paquebot des Messageries maritimes françaises. Les deux hommes furent à Marseille le 30 mars.

Et Reb Klimrod seul était à Nuremberg le 8 avril.

— *Nakam,* dit Bunim Anielewitch. Et il demanda en allemand : « Tu connais le mot ?

— Vengeance, en hébreu, répondit Reb.

Ils marchaient dans les rues de Nuremberg, dans les faubourgs de la ville, entre une double rangée de maisons en ruine, sous une pluie fine et glacée. A peu de chose près, leur taille était identique — trois ou quatre centimètres à l'avantage de Klimrod. Anielewitch avait environ vingt-huit ans, de grands yeux noirs, profonds et tristes, dont en permanence une sorte de voile atténuait l'éclat.

— Je n'aime guère ton compagnon, dit-il après un silence. D'abord, il est trop vieux. Le plus âgé d'entre nous n'a pas trente ans. Et puis surtout, il y a son côté professionnel. On dirait un gangster américain.

— Il est extrêmement efficace. Plus que moi. Pour l'instant.

— J'apprécie l'efficacité. Il n'y a rien qui m'énerve autant que ces discussions talmudiques sur les cent vingt-sept raisons de faire ou ne pas faire quelque chose, serait-ce ouvrir ou fermer une porte. Mais pour ce que nous voulons entreprendre, ce que nous avons déjà commencé d'entreprendre, l'efficacité ne vient qu'en second, dans les qualités que nous demandons. Je ne veux pas de tueurs professionnels, Reb. Je veux avant tout... — il hésita et ne prononça le mot qu'avec une sorte de timidité — ... de la pureté. Nous allons tuer en

1 Auxiliaire féminine de l'armée britannique

ayant à chaque seconde horreur de tuer. La vengeance est l'arme des faibles, dit-on, mais comment faire ? Il ne s'agit pas tant de punir ces hommes que d'empêcher que leurs crimes soient oubliés. On les oublie déjà. Ici même, on fait un procès à quelques-uns d'entre eux, les journaux en parlent. Mais pour combien de temps ? Il faut que le monde entier sache qu'une telle abomination ne peut pas être oubliée en deux ou trois ans. Et pour cela, il n'y a pas d'autre solution que de tuer. Tu veux vraiment être des nôtres ?

Reb acquiesça assez vaguement, ses grandes mains osseuses dans les poches fatiguées de son blouson.

— Je me suis renseigné à ton sujet, dit encore Anielewitch. Nous avons une organisation très complète, avec des agents dans toute l'Europe. Et en plus, j'ai des amis, des amis sûrs, à Varsovie et à Moscou. Personnellement, je veux dire. A Tel-Aviv, ils réprouvent notre action, la Haganah voudrait nous contrôler, et peut-être même nous annihiler. Le Talmud, encore et toujours, pérorer pendant des heures au lieu d'agir. En ce qui te concerne, nous avons tout vérifié. L'un des nôtres était à Belzec, il se souvient de ta mère et de tes sœurs, il se porte garant de toi.

— Mais pas de Dov Lazarus.

— Pas de Lazarus. Nous l'utiliserons toutefois. Nous aurons besoin d'argent, de beaucoup d'argent et aucun de ces bons apôtres de la Haganah, du Mossad ou de l'Irgoun ou du Stern ne veut nous en fournir. Nous devons nous débrouiller seuls. Nous avons un réseau qui s'occupe de contrebande d'or et de médicaments. Je sais : il y a une contradiction entre cette pureté qui doit nous imprégner tous et ces trafics. Mais là encore, nous n'avons pas le choix. A la rigueur, mais je suis contre, Lazarus pourra travailler dans cette partie de notre organisation. Je connais son dossier : aux Etats-Unis d'Amérique, il a rencontré pas mal des gens de ce qu'ils appellent la mafia, là-bas, il a collaboré avec les gangsters juifs de New York, il a encore beaucoup de relations parmi eux et leurs amis siciliens. Mais parlons de toi. Il est trop tard pour que tu puisses participer à notre prochaine opération. Du moins en première ligne. Mais tu parles français, et même très bien paraît-il. Sitôt l'opération terminée, il est prévu que ses exécutants se replieront sur la France. Je voudrais que tu t'occupes de ce repli, que tu ailles en France et que tu leur prépares des refuges. Tu peux le faire ?

— J'aurai besoin d'argent.

— Tu en auras. Mais regarde.

D'une main posée sur le bras de Reb Klimrod, Bunim avait stoppé celui-ci. Reb leva les yeux et vit ce qu'il crut être une usine, protégée par des policiers et une clôture de barbelés. Mais Anielewitch secoua la tête :

— Non, c'est une boulangerie industrielle. Ils y font deux sortes de pains, livrés chaque matin et on ne peut s'y tromper, heureusement : le pain blanc est destiné aux soldats américains, anglais et polonais. Nous n'y toucherons pas, bien sûr. En revanche, les boules de pain noir sont réservées aux seuls prisonniers. Ces prisonniers se trouvent dans l'ancien Stalag XIII. Il y en a trente-six mille, tous des S.S. contre lesquels la police militaire des Alliés a relevé des preuves. Nous espérons en tuer au moins les deux tiers. A l'arsenic.

L'opération eut lieu dans la nuit du 13 au 14 avril 1946 et cette nuit-là fut marquée par un violent orage, qui expliqua le partiel échec final. Dans les semaines précédentes, pourtant, toutes les précautions avaient été prises : deux des hommes du groupe Nakam avaient réussi — évitant de mentionner qu'ils étaient juifs — à se faire embaucher au camp de prisonniers, l'un comme chauffeur, l'autre comme magasinier ; parallèlement, des chimistes de l'organisation avaient mis au point la mixture à base d'arsenic, laquelle, appliquée à la base d'une boule de pain, avait exactement la consistance et la couleur de la couche de farine dont les boulangers germaniques saupoudrent leurs produits ; d'autres hommes étaient enfin parvenus à trouver un emploi à la boulangerie elle-même, et ceux-là avaient creusé en secret, sous le plancher de l'entrepôt où les pains étaient déposés avant une expédition, une cache où placer le poison et les outils. Le poison fut introduit dans l'usine à l'aide de bouillottes en caoutchouc glissées sous les vêtements.

En fin d'après-midi du 13, trois hommes se dissimulèrent dans la cache, en sortirent le soir venu, après le départ du personnel. Gantés et le visage protégé, ils commencèrent d'enduire les boules, dans une étrange nuit de tempête. Où le vent se fit si violent qu'il brisa une fenêtre de l'entrepôt. Alertés, des policiers survinrent. Ils ne trouvèrent personne et conclurent à une tentative de vol de pain, banale en ces temps de famine. Leur enquête de routine, le lendemain, contraignit toutefois le Nakam à mettre un terme à l'opération.

Le 16, les journaux de Nuremberg révélèrent la découverte de la cache par la police, et l'empoisonnement de cinq mille prisonniers S.S.

Dont quatre cents moururent.

En compagnie d'un Israélite français du nom de Mayziel, membre épisodique du Nakam dont il devait se séparer peu de temps après, Reb Klimrod avait réussi à louer un grand appartement dans le quartier de la Croix-Rousse à Lyon. Il y hébergea une dizaine de jours quatre des hommes auteurs de la tentative de Nuremberg, et qui ne se consolaient pas de leur échec, n'ayant réussi à empoisonner que deux mille pains au lieu de quatorze mille.

Bunim Anielewitch passa lui-même à Lyon vers le 20, une semaine plus tard, et y rencontra aussi bien Jacques Mayziel que Reb Klimrod. Il demanda à ce dernier de servir de guide et surtout d'interprète pour un voyage devant les conduire en Belgique et en Allemagne. Mayziel les vit partir le 26 avril à l'aube, dans une voiture qu'il avait achetée pour le compte de l'organisation[1]. Ensuite, il s'écoula presque cinq mois avant que Mayziel revît le jeune homme, qui avait laissé derrière lui en partant, dans l'appartement lyonnais, ses seuls biens terrestres de l'époque : deux livres, un exemplaire des *Essais* de Montaigne en français, et *Feuilles d'Automne* en anglais, de Walt Whitman.

Reb Klimrod réapparut à Lyon vers la mi-septembre, flanqué de Dov Lazarus.

Mais avant cela, il y eut l'épisode de Paris.

Deux heures auparavant, le téléphone avait sonné. L'inconnu avait demandé à parler à David Settiniaz. La domestique lui apprit qu'il ne se trouvait ni à Paris, ni en France, et le hasard voulut que Suzanne Settiniaz se trouvât dans la même pièce. Elle prit elle-même la communication. Elle dit qu'elle était la grand-mère de David, demanda : « Etes-vous un ami de mon petit-fils ?

— Pas vraiment, répondit la voix lente et grave de Reb Klimrod. Nous nous sommes connus l'année dernière en Autriche et il m'a rendu un grand service. J'aurais aimé le rencontrer à nouveau.

En 1946, Suzanne Settiniaz avait passé la soixantaine. Elle était veuve depuis plus de dix ans, sans autre enfant que le père de David (qui allait mourir l'année suivante), sans autre petit-enfant que David lui-même. La fortune que lui avait laissée son mari l'avait certes mise hors du besoin, mais elle n'en éprouvait pas moins un vif sentiment de solitude. Outre cela, elle vouait à David un amour exclusif, au point que, quoique ne parlant pas un traître mot d'anglais, elle s'était décidée à séjourner à Boston, le printemps précédent. Le 9 septem-

1. Le Nakam ne fut pas la seule organisation à entreprendre ce type d'expéditions punitives. Des hommes de la Brigade Juive levée en Palestine par les Britanniques, constituèrent deux équipes qui opérèrent des raids en Autriche notamment, utilisant comme base de départ la petite ville italienne de Tarvisio. Mais le Nakam fut de tous le plus actif et le plus persévérant : il fallut une action énergique du colonel Nahum Shadmi, commandant la Haganah en Europe, pour que les derniers Vengeurs cessent leurs traques. Shadmi alla jusqu'à faire enlever et ramener par la force en Israël les plus irréductibles.

Près d'un millier d'anciens nazis furent au total exécutés, dont Joseph Belki, Gunther Halle et Aloïs Gawenda, tortionnaires reconnus qui opérèrent respectivement à Czestochowa en Pologne, au ghetto de Varsovie et à Zagreb. Les plus extraordinaires projets du Nakam ne furent pas menés à leur terme : attaque de la prison de Spandau pour y abattre les Dönitz, Schirach, Neurath, Speer et autres Raeder et Hess qui y étaient détenus, et surtout empoisonnement du réseau de distribution d'eau potable de la ville de Nuremberg (où avaient été édictées les lois raciales). Ce dernier projet, qui eût entraîné une hécatombe, fut abandonné à quelques heures de sa mise à exécution. Bunim Anielewitch, quant à lui, fut tué plus tard en Cisjordanie.

bre, elle venait de regagner Paris, après avoir comme toujours passé l'été dans sa maison d'Aix-en-Provence. Elle offrit à son interlocuteur de venir lui rendre visite, « puisqu'il était un ami de David ». Reb Klimrod accepta.

Il regarda autour de lui et ses yeux s'arrêtèrent sur un petit tableau accroché entre les deux pans d'une bibliothèque en acajou sculpté, au-dessus d'une méridienne Directoire. La toile avait été peinte à l'huile et *a tempora*, probablement dans les années vingt ou vingt-cinq ; elle représentait divers objets dans leur ensemble indéfinissables, à l'exception de deux poissons terre de Sienne sur un plat bleu.

— Paul Klee, dit-il. Nous en avions un presque identique.

— Nous ?

— Mon père et moi. Nous habitions Vienne.

Il sourit et toute sa physionomie en fut spectaculairement bouleversée. Ses traits jusqu'à cet instant n'étaient pas impassibles, il avait plutôt le visage de quelqu'un absorbé par quelque contemplation intérieure, effet encore accentué — et de quelle façon — par les prunelles claires, immenses et très profondes. Mais il sourit et tout changea. Il dit :

— Vous avez un appartement superbe. Et mon père aurait certainement parlé d'un écrin digne de la perle qu'il enferme. Il aimait à tourner ce genre de compliments, probablement pour justifier sa qualité de Viennois.

Son accent était léger et aurait pu le faire passer pour un Français de l'Est. Comme son propre petit-fils et Georges Tarras avant elle, Suzanne Settiniaz se sentit déconcertée. Elle éprouva elle aussi cette sensation très singulière d'un décalage entre l'apparence physique de son visiteur (elle lui donna vingt et un ans alors qu'il n'en avait même pas dix-huit), la rusticité voire la pauvreté de ses vêtements et, par ailleurs, ce sentiment d'immensité dégagé par les yeux, la voix et toute la personne de Reb Klimrod.

Elle lui posa des questions sur son petit-fils, lui demanda comment ils s'étaient connus. Il répondit que David et lui s'étaient rencontrés « aux environs de Linz, en Autriche », peu de temps après l'entrée des troupes alliées victorieuses et qu'à un moment où lui-même, Reb Michael Klimrod, se trouvait « dans une situation difficile » (ce furent les mots mêmes qu'il employa), David l'avait aidé. Et qu'ils avaient sympathisé.

A aucun moment, il ne parla de camps, ou de morts. Et à la seule question qu'elle lui fit, assez hésitante par peur d'être indiscrète, sur sa famille, il répondit qu'il n'en avait plus, son père ayant été « tué » pendant la guerre. En sorte que Suzanne Settiniaz resta sur l'impression d'une situation somme toute normale. Elle pensa que le père de son visiteur avait, comme tous les Autrichiens, combattu dans les armées du Troisième Reich, qu'il avait dû périr dans un combat ; et elle crut même que Reb Klimrod en personne avait pris part aux hostilités sous l'uniforme allemand (puisqu'elle se trompait sur son âge). Quand, par la suite, David lui révéla les circonstances véritables de sa rencontre avec Klimrod, elle fut doublement horrifiée : par les faits eux-mêmes, et peut-être plus encore, par sa propre erreur de jugement. Elle en pleura.

Il changea avec naturel de sujet de conversation et se mit à parler des six ou sept séjours qu'il avait effectués en France, le dernier en avril 1938. Dit qu'il avait appris son français d'une gouvernante qui était des environs de Vendôme et l'avait perfectionné lors d'un été à Paris, et d'autres vacances, à Deauville, Biarritz et sur la Côte d'Azur Oui, il connaissait Aix-en-Provence ; il cita le nom du cours Mirabeau et ceux de la place d'Albertas et du café des Deux-Garçons, ainsi que du musée Granet « où il y a un Rembrandt et deux Cranach ». Ses connaissances en matière d'art sidérèrent Suzanne Settiniaz, qui ne savait le nom de Klee que pour cette seule raison que son mari en avait acquis une toile.

A propos de David, elle lui apprit qu'il avait été démobilisé et qu'il venait de reprendre ses études de droit à Harvard. Elle lui indiqua l'adresse de sa belle-fille à Boston, où David devait être en cette époque de l'année, à moins qu'il ne se trouvât encore dans la maison d'été familiale, au Connecticut.

— Voulez-vous que je vous note les adresses et les numéros de téléphone ?

Il secoua la tête en souriant .

— Ce ne sera pas nécessaire. J'ai une assez bonne mémoire.

Il se leva sur ces mots et entreprit de prendre congé, avec une courtoisie très calme et très douce. Elle réalisa seulement alors qu'il devait probablement être seul à Paris, et en France, peut-être même sans ressource aucune et sans amis ni famille. Sans aller jusqu'à oser lui offrir de l'argent, elle chercha brusquement, presque affolée, comme elle pourrait lui venir en aide et, sous l'impulsion du moment, l'invita à déjeuner pour le lendemain. Elle le vit hésiter mais il dit finalement oui, qu'il viendrait « avec joie ». Il demeura quelques secondes sur le seuil, la regardant fixement de ses surprenants yeux gris, avec gravité. D'un coup elle ressentit, bizarrement, de la timidité, qu'elle repoussa par une pauvre plaisanterie :

— Et je vous jure que je ne tenterai pas de vous séduire.

— Il est trop tard, dit-il une lueur de gaieté dans les yeux. Toujours comme aurait dit mon père, vous avez déjà fait crouler ma forteresse...

Il sourit, effleura de ses lèvres la main de la vieille dame et s'en alla Mais le lendemain matin, elle reçut un billet qu'accompagnait une rose. D'une écriture petite, serrée, aux jambages élégants mais durement tracés, il la priait de l'excuser, pour l'impossibilité où il était de répondre à son invitation, devant quitter Paris le jour même

« J'ai rencontré, écrivit-elle une semaine plus tard à David Settiniaz, le garçon le plus déconcertant, le plus étrange mais aussi le plus extraordinairement intelligent que j'aie vu en soixante-cinq années. S'il y a quoi que ce soit que tu puisses faire, avec ou sans mon aide, pour Reb Michael Klimrod, fais-le, David. Il me semble se trouver pour l'heure dans une situation assez misérable, quoiqu'il ne m'en ait rien dit... »

La nouvelle de la réapparition de Reb Klimrod, et surtout de ce que Klimrod fût précisément réapparu chez sa grand-mère française, ahurit David Settiniaz qui en effet s'apprêtait à rentrer à Harvard pour y reprendre ses études interrompues. Par retour du courrier, il répondit à Suzanne Settiniaz qu'il avait lui-même été impressionné par le personnage et pria sa grand-mère, « au cas où il se manifesterait à nouveau », de faire en sorte de savoir où le joindre, lui-même souhaitant de revoir son « ami autrichien ».

12

Dov Lazarus se laissa aller avec un soupir d'aise sur l'un des fauteuils d'osier du *Café de Paris,* sur la place de France, à Tanger. « Martini ? » Reb secoua la tête. Lazarus passa commande d'un Martini rosé pour lui (il s'y était récemment converti), d'un thé à la menthe pour son compagnon. Il se mit à parler d'or, en yiddish. L'or commençait d'affluer à Tanger, dit-il, il venait de toute l'Europe, et même de Suisse — après tout les Russes étaient à Vienne et qui pouvait dire s'ils se laisseraient toujours arrêter par la neutralité helvétique ? En outre, les marchés de l'or étaient fermés à Paris et Londres, et l'inflation...

— Tu sais ce que c'est que l'inflation, petit ?

— Oui, dit Reb avec indifférence.

Il avait eu ses dix-huit ans sur le paquebot *Djenné* entre Marseille et Tanger. A leur arrivée dans le port marocain à statut international, Lazarus leur avait pris deux chambres à l'hôtel Minzah, dans la rue du Statut [1]. Ensuite Reb avait marché seul sur le boulevard Pasteur, tandis que son compagnon était allé à un rendez-vous. Il s'était accoudé au belvédère d'où la vue porte sur la magnificence du détroit de Gibraltar et le cap de Malabata, il avait erré dans le Gran Socco

— Tu m'écoutes, petit ?

1 Aujourd'hui rue de la Liberte

— Oui.

— Tu n'en as pas l'air. Reb, il y a de l'argent à faire. Dans l'assemblée législative de la Zone Internationale, il y a trois juifs marocains. J'en ai rencontré un. D'ici peu, ils vont décider d'étendre à l'or fin les bénéfices de l'entrepôt fictif, c'est-à-dire que n'importe qui, résident ou non, pourra entreposer n'importe quelle quantité d'or sans payer de taxe. Rien qu'en France, il y a des milliers de types qui rêvent d'or, à cause de l'inflation. Tu sais la différence entre un lingot d'or à Zurich et le même lingot, par exemple à Lyon ? Deux cent mille francs. On peut, au départ de Tanger, livrer l'or avec de petits avions, en se servant des anciens terrains de la Résistance française...

— Je ne sais pas piloter un avion.

Un vieux serveur qui avait bien soixante-quinze ans et qui devait se révéler parler huit à dix langues, leur apporta leurs consommations et le paquet de cigarettes également demandé par Lazarus. Dont les petits yeux durs et brillants ne quittèrent pas pour autant le visage de Reb :

— On est de mauvais poil, petit ?

Le silence se prolongea. Les yeux gris tournèrent et vinrent soutenir l'échange. Lazarus sourit :

— Tu n'as pas un rond, pas de famille, aucun endroit où aller. Sans moi, tu crèverais peut-être de faim. Je t'ai tout appris. Je t'ai même amené ta première femme dans ton lit. D'accord ?

— D'accord.

— Tu as tué des types, avec cet Anielewitch ?

Avant de retrouver Dov, Reb Klimrod avait flâné dans les souks, remontant du bas de la rue du Statut jusqu'au porche d'entrée de la Mendoubia regorgeante d'hibiscus et plantée de dragonniers qu'on disait vieux de huit cents ans. Il avait vu l'homme et l'avait aussitôt reconnu, malgré son costume civil, malgré les moustaches et les cheveux plus longs. Veston sur le bras, s'épongeant la nuque avec un mouchoir, l'homme parlait en souriant à des marins anglais eux-mêmes aux prises avec un changeur en plein vent devant la porte Semmarine. Ce n'était ni Erich Steyr, ni Hochreiner. Reb Klimrod, qui avait « une assez bonne mémoire », l'avait vu une seule fois, quatre ans plus tôt. Cela s'était passé à Belzec, le 17 juillet 1942. Cet homme-là était passé dans les rangs des Juifs qu'on venait d'amener de Lvov et, dans un yiddish presque parfait, leur avait demandé à tous d'écrire une lettre à leur famille, afin de rassurer celle-ci et dire qu'ils n'étaient pas maltraités, que leur déportation, en fin de compte, n'était pas si terrible...

— Tu ne m'as pas répondu, dit Dov Lazarus.

— Non.

— Tu n'as tué personne ?

Reb sourit en secouant doucement la tête

— Je ne t'ai pas répondu.

Il prit entre ses doigts le paquet de Philip Morris apporté par le vieux serveur en même temps que le thé à la menthe et le Martini double.

— J'ai parlé à des gens dans les souks. En italien, ils appellent ça *U Fumu,* la Fumée. Ils disent que l'on peut faire beaucoup d'argent, avec ça aussi.

Ce fut Dov Lazarus qui finança la première opération, qui eut lieu dans la deuxième quinzaine d'octobre. Ensuite, ils en firent dix autres, pour la même destination : l'Espagne. La technique de ces opérations était simple, dès lors qu'on pouvait disposer d'un bateau : les cigarettes blondes venues des U.S.A. étaient officiellement en transit à Tanger, on les y payait trente francs français le paquet et, pour les sortir très légalement, il suffisait d'indiquer un port de destination où l'entrée du tabac était légale, Malte en général. Ensuite, en mer où le commerce est libre, on convenait d'un point de rendez-vous avec les acheteurs espagnols de Valence, hors des eaux territoriales, à charge pour les Ibériques de courir le risque d'affronter la douane de Franco. Les risques étaient à peu près nuls et les profits néanmoins assez satisfaisants : on pouvait revendre entre cinquante et soixante francs un paquet acheté trente à Tanger. Et comme on emportait parfois, pour un seul voyage, cinquante caisses, soit vingt-cinq mille paquets, les bénéfices d'une seule expédition pouvaient atteindre cinq ou six cent mille francs — soit pour un dollar alors à cent vingt francs, entre quatre à cinq mille dollars. Il n'était pas si surprenant qu'on se battît presque pour avoir sa part du négoce, qui n'était pas encore entre les mains des grands truands d'anciens officiers de la Royal Navy, un futur ministre français, des aristocrates britanniques ou italiens, et même un équipage fait de seules lesbiennes naviguant sous pavillon rose, étaient au coude à coude, entre autres contrebandiers d'opérette.

Après les six premiers voyages, Reb Klimrod fut en mesure de rembourser Lazarus de son investissement initial. « Tu n'avais pas à le faire, remarqua Dov, je ne t'ai rien demandé. — Je préfère », répondit simplement Reb. Un homme assista à l'échange, un Français du nom d'Henri Haardt, qui rêvait d'aventure et n'était venu de Nice à Tanger que pour cela. Haardt et Klimrod s'étaient rencontrés par hasard, devant les rayonnages de la librairie des Colonnes, dans la partie basse du boulevard Pasteur. Le Niçois, qui était licencié d'histoire dans son pays, avait le premier engagé la conversation, à propos du livre feuilleté par ce jeune et grand escogriffe : *Le Déclin de l'Occident* de Spengler, que lui-même avait presque réussi à lire en entier. Lors du bavardage poursuivi à la terrasse voisine du café *Le Claridge*, malgré leur différence d'âge

(Haardt avait alors la trentaine), la révélation de ce que le jeune lecteur de Spengler n'avait que dix-huit ans avait stupéfait Haardt, mais la nouvelle de ce qu'il faisait dans « la cigarette » l'avait passionné. Lui-même avait des idées neuves sur le sujet, et n'était plus très loin d'imaginer un « boulevard des Blondes » reliant Tanger aux côtes de France et d'Italie, où l'on pouvait revendre un paquet de Philip Morris et autres Chesterfield jusqu'à cent francs...

— Et si au lieu de cinquante caisses par voyage, on en transporte cinq cents ou mille, voire plus — c'est une simple question de bateau — les bénéfices seraient très vite fabuleux. Un million de dollars en un an ne serait pas si invraisemblable...

Haardt s'étonna de son obstination à vouloir convaincre un gamin de s'associer avec lui. Un gamin qui hésitait, visiblement. Certainement pas par un défaut d'audace ou d'ambition, il y avait autre chose.

— C'est ton ami irlandais ? A cause de lui ?

— Pas vraiment.

— A la limite, alla jusqu'à dire Haardt, nous pourrions nous associer tous les trois. Quoique...

Il n'aimait pas Dov Lazarus (qu'il ne connaissait que sous le nom d'O'Shea, pseudonyme que Dov utilisa à Tanger tout du long) et au vrai, en avait peur. A deux ou trois reprises, il l'avait vu en grande conversation — et en anglais — avec des espèces d'Italo-Américains assez inquiétants, citant des noms comme ceux d'Hymie Weiss, Mayer Lansky, Lepke Buchalter ou Lucky Luciano, à la façon dont d'anciens combattants parlent de leurs anciens chefs. Haardt avait un goût forcené pour l'aventure, mais dans des limites raisonnables. Un Lazarus-O'Shea lui semblait « off-limits », tout comme lui paraissait carrément contre nature le tandem disparate qu'il formait avec le jeune « Hubrecht ». Disparate et dangereux.

Somme toute, Haardt se comportait comme un frère aîné. En se demandant diable pourquoi.

Il ne put rien dans l'affaire Langen. En fut simplement le témoin, même pas direct.

— Des Hollandais, dit Lazarus. L'un s'appelle Langen et l'autre De Groot, ou quelque chose comme ça. Il y en a un qui a une patente de capitaine au long cours et il nous faut un vrai capitaine, non ? Il s'agit de traverser la Méditerranée, cette fois, pas seulement de saluer de loin les señoritas, en suivant la côte espagnole. De Groot est le type qu'il nous faut. Quant aux autres, pour l'équipage, il y aura un Maltais et trois Siciliens.

— Plus nous, dit Reb.

— Plus nous. Huit en tout. Nous ne serons pas de trop pour nous coltiner neuf cents caisses. Mais une équipe nous aidera, à l'arrivée...

— Et nous irions ?

— Sicile. Dans une baie à l'ouest de Palerme. Tu as quelque chose contre, petit ? Tu croyais qu'on allait continuer longtemps à jouer comme des enfants ? On va passer aux choses sérieuses, maintenant. Viens, je vais te présenter les Hollandais...

Henri Haardt se trouvait déjà au café de Paris, attablé avec un officier des douanes corse de ses amis, qui lui prodiguait force conseils, en expert, sur les mille façons d'utiliser aux mieux les si plaisantes dispositions du statut international de Tanger. Il vit arriver Klimrod et Lazarus, qui prirent place à quelques mètres de lui, aux côtés de deux hommes d'à peu près trente-cinq ans, qui lui tournaient le dos. Reb Klimrod et son compagnon à lunettes s'assirent face à lui, il put voir leurs visages. Il put surtout voir la très fugitive mais très brutale fixité des yeux gris, qui s'écarquillèrent quelques secondes ; il nota le geste curieux qu'accomplit Klimrod, se baissant et fourrant presque sa tête sous la table, pour rajuster les lacets d'une chaussure qui n'en avait nul besoin, avant de se redresser, les traits à nouveau impassibles. Et, par un coup d'œil qu'il jeta également sur Lazarus-O'Shea, Haardt comprit que celui-ci avait également remarqué quelque chose. Vingt à trente minutes passèrent, après lesquelles les deux inconnus se levèrent et partirent...

Dov Lazarus dit en yiddish et à mi-voix :

— Ne me joue pas les princesses lointaines, petit. J'ai vu la tête que tu as faite. Tu connais l'un de ces deux types ?

Reb allongeait ses doigts sur ses cuisses, et paraissait fasciné par eux. Il dit enfin :

— Un au moins n'est pas hollandais.

— Lequel ?

— Langen.

L'éclat des yeux de Dov Lazarus derrière les verres de ses lunettes avait la pâle froideur des diamants bleus. Il jeta un billet sur la table et se leva : « Fichons le camp d'ici. » Deux mois plus tôt, il avait acheté une Packard bicolore, décapotable. Il se mit au volant et prit la route de Malabata, Reb assis à ses côtés. Aucun mot ne fut échangé mais en vue du phare, Lazarus coupa le moteur, descendit, marcha jusqu'à la terrasse, d'où l'on voyait Tanger, l'Atlantique et l'Espagne.

Son geste fut si rapide qu'il ne sembla pas avoir bougé, mais le Colt 45 était à présent dans sa paume droite, celle-ci reposant dans la main gauche. Il tira une seule fois et la mouette à vingt mètres de là s'abattit, foudroyée en plein vol. Lazarus souriait toujours.

— Je t'ai posé une question, à notre arrivée à Tanger. Savoir si tu avais tué des gens, avec ce *meshuggener* (cinglé) d'Anielewitch. Tu ne m'as pas répondu.

Avec la même étonnante prestesse que lors de son mouvement

précédent, il se remit en position de tir, une autre mouette dans sa ligne de mire. Mais il n'actionna pas la détente.

— Tu voudrais tuer ce Langen, Reb ?

— Je ne sais pas, dit Reb avec un très grand calme.

La main de Lazarus bougea : le Colt retrouva sa place sous la veste, passé dans la ceinture, à l'arrière de la hanche droite.

— Rentrons, petit. On va aller faire cette croisière sur les côtes de Sicile, avec le De Groot et ton ami Langen. Même ce De Groot, ça m'étonnerait bien qu'il soit hollandais. C'en est probablement un lui aussi, Reb. Langen peut raconter à Tanger qu'il est hollandais mais tu crois qu'un vrai Hollandais se laisserait couillonner ? Ou alors, il est dans le coup d'une autre façon, ils en ont eu, des S.S., même en Hollande...

Pour la première fois depuis que Reb Klimrod et lui faisaient équipe, il toucha le garçon, le prit par la nuque, par le bras, l'entraîna vers la Packard :

— De toute façon, ce n'est pas à Tanger que tu aurais pu le tuer, petit, crois-moi. On nous a vus ensemble, lui et nous, et ça n'est pas bien grand, Tanger. Par contre, en Sicile, on meurt facilement...

Il mit le moteur en marche et sourit :

— Tu le tueras là-bas, Reb.

13

Le bateau s'appelait *The Wild Cat,* le Chat sauvage ; il était en chêne, de vingt-six mètres de long, avec une jauge brute de soixante-dix tonneaux. Gréé en yawl Marconi, il avait un moteur Diesel de cent quatre-vingts chevaux. Il transportait six cent soixante caisses de Philip Morris, deux cents de Chesterfield, soixante de Camel. Parti de Tanger le 17 janvier 1947, il eut connaissance du cap San Vito, pointe ouest du golfe de Castellamare, à une cinquantaine de kilomètres de Palerme, au début de la nuit du 23. Aucune vedette de la *Finanza* — la douane italienne — n'était naturellement à moins de cinquante milles nautiques de l'endroit. D'ailleurs, manifeste et connaissements étaient en règle et mentionnaient la cargaison exacte, avec Corfou comme port de destination.

Conformément aux instructions, De Groot mit en panne et attendit. Vers onze heures, un triple feu jaune sur le rivage indiqua que la voie était libre. Le *Wild Cat* fit cap sur terre, s'immobilisa à nouveau sur un autre signal. Bientôt des clapotements coururent sur l'eau lisse, et annoncèrent l'approche d'une flottille. Une dizaine de grosses barques apparurent. Les pêcheurs s'employèrent au transbordement, assistés de deux ou trois douaniers complices, qui percevaient mille lires par caisse. Deux aller et retour suffirent et à leur dernier accostage, les barques rapportèrent des fûts de vin qui était presque grec, à en croire les estampilles. L'un des Siciliens du bord déchira et brûla le manifeste et les connaissements précédents et en établit de nouveaux certifiant avec la plus grande franchise que le *Wild Cat* s'en revenait désormais de Corfou, où il avait effectué son chargement.

A sept heures le lendemain matin, on entra dans le port de Palerme. On y demanda la libre pratique, c'est-à-dire la possibilité d'une escale sans mouvements de marchandises. On avait eu huit jours de mer sans la moindre anicroche, l'affaire était faite...

— Et nos clients italiens sont si contents de nous qu'ils nous ont tous invités à déjeuner, annonça Dov Lazarus.

Son regard aigu croisa celui de Reb, mais sans s'y arrêter. Et il souriait, bien entendu.

De Mondello à une douzaine de kilomètres de Palerme, ils prirent la route en lacets escaladant le mont Pellegrino, mais bien avant de parvenir au belvédère, s'engagèrent sur un petit chemin bientôt bordé d'eucalyptus, au bord duquel était une maison blanche. Il y avait deux voitures, également américaines ; dans l'une Dov Lazarus était avec Langen et un Italo-Américain qui s'appelait Sol, par qui fut connue cette partie de l'histoire ; dans l'autre se trouvaient Reb Klimrod, De Groot et deux des marins siciliens du *Wild Cat,* plus le chauffeur.

Les véhicules stoppèrent au bas d'une volée de marches. Les chauffeurs restèrent à leur volant et les marins s'attardèrent à bavarder entre eux, en dialecte. Les autres montèrent sur la terrasse, sans doute ombragée en été par une grande glycine qui existe encore, et d'où l'on a la plus admirable des vues sur la baie palermitaine, jusqu'au mont Catalfano portant les vestiges de l'ancien Solonte.

Et ce fut sans doute à ce moment que les deux soi-disant Hollandais comprirent ce qui les attendait.

On n'avait préparé aucun repas, dans la maison aux volets bleus et deux hommes se trouvaient là, impassibles, entièrement vêtus de noir à l'exception de la chemise blanche portée sans col ni cravate, et tenant tous deux le fusil de chasse sicilien pour les loups, la *lupara.* Mais en réalité, ils n'intervinrent pas, et pas davantage l'Italo-Américain appelé Sol Mancusa, qui se tint en retrait lui aussi.

Le Colt 45 vint dans la main de Dov Lazarus comme par enchantement et Dov Lazarus lui-même dit :

— Langen ? Il y a une question qu'on se pose, le petit et moi, depuis Tanger : tu t'appelles comment, de ton vrai nom ?

Et l'autre dut répondre que Langen était son nom authentique, qu'il était hollandais, rien d'autre, et qu'il ne comprenait pas. Lazarus secoua la tête :

— Allons, allons… Il y a une chose que je sais à propos du petit : il a une mémoire fantastique, absolument fantastique. Il n'oublie jamais rien, un nom, un visage, des chiffres ou un livre. C'est incroyable, Langen : il lit une fois un livre, une seule fois, tu entends, et c'est fini : il l'a dans sa mémoire, pour toujours. Et les visages, c'est pareil. Alors, quand il dit qu'il t'a vu à Treblinka…

— Belzec, corrigea Reb d'une voix sourde, et qui avait baissé la tête.

— Excuse-moi, petit. Belzec, d'accord. Langen, quand le petit dit qu'il t'a vu au camp de Belzec, avec ton uniforme de S.S., au moment où vous lui avez tué sa mère et ses sœurs, quand il dit ça, il ne se trompe pas. C'est impossible et personne…

— Ce n'est pas vrai, je peux me tromper, dit Reb dans un souffle.

— … Et personne, pas même le petit lui-même, n'arrivera à me le faire croire. Mets-toi à genoux, Langen. Mets-toi à genoux ou je te fais sauter ta petite *schlong*[1] nazie d'une balle. Et dis-moi comment on traduit « Quel beau temps aujourd'hui » en yiddish. Langen ? Tu tiens vraiment à souffrir beaucoup, avant de crever ?

— *Sara sheyn veter haynt,* dit Langen.

— Mais c'est qu'il a un bon accent, hein, petit ? s'exclama Lazarus.

Il tendit à Reb un deuxième Colt et en même temps dut noter le mouvement amorcé par le deuxième prétendu Hollandais, derrière lui, car il dit avec bonne humeur sans même se retourner :

— Fais encore un pas, De Groot, et je te mets une balle dans le cul…

Il sourit à Reb : « Il va falloir que tu le tues. Et maintenant, s'il te plaît, on ne va pas y passer des heures, ça ne les vaut pas. Prends-le, petit, prends-moi ce 45. *Prends-le !* »

L'arme changea de main.

« Et ne lui tire pas dans la nuque. En pleine gueule, plutôt. Il doit voir ton doigt sur la détente, tu comprends ? Regarde, tu fais comme ça… »

Il guida la main de Reb Klimrod et le canon de l'automatique s'enfonça dans la bouche de Langen, le guidon heurtant les dents. Il cria soudain en yiddish : *Fais-le, Reb ! Il t'a tué ta mère et tes sœurs ! Qu'est-ce qu'il leur a fait, Reb ? Il les a brûlées vivantes, c'est ça ? TUE-LE ! Putain de merde, TUE-LE !*

Silence.

— Ça va petit, écarte-toi, dit très doucement Dov Lazarus revenu à l'anglais. Ecarte-toi simplement, laisse ce truc où il est…

1. Littéralement : bite.

Puis, quelques secondes plus tard :

— Suce-le, Langen... Suce le canon comme si c'était une bonne grosse *schlong* juive... Voilà... Très bien, Langen...

La détonation suivit le dernier mot. Et immédiatement après, de son autre arme tenue dans sa main gauche, il tua également De Groot d'une balle en pleine tête, exactement dans la tempe.

Dov Lazarus et Reb Klimrod réapparurent en Autriche, à Linz, Landstrasse, 36, chez Simon Wiesenthal. A Henri Haardt, qui s'inquiétait d'eux à Tanger, un certain Sol Mancusa qui commandait désormais le *Wild Cat* répondit que, brouillés avec les Hollandais, ils s'étaient attardés en Italie.

Wiesenthal demanda à Reb Klimrod s'il faisait partie d'une quelconque organisation et il répondit non, qu'il agissait seul, pour son propre compte.

— Et l'autre homme ? interrogea Wiesenthal. Celui qui attend dans la rue ?

— Un ami, dit simplement Reb Klimrod.

... Et les hommes sur lesquels il souhaitait des renseignements s'appelaient Erich Joachim Steyr et Wilhem Hochreiner.

Aucun de ces noms n'était familier à Wiesenthal, qui ne les avait pas sur ses listes. Mais en ce début de 1947, on savait encore peu de choses, sinon sur les camps d'extermination, mais sur les identités d'un grand nombre de leurs responsables, sur leur sort depuis mai 1945. En février 1947, Simon Wiesenthal lui-même en était à peine à dresser la liste des proches collaborateurs d'Adolf Eichmann et il n'avait aucune certitude que ce dernier fût encore en vie. Quant au réseau ODESSA, gigantesque filière d'évasion nazie, il lui était inconnu puisque sa création date, précisément, de 1947.

— J'ai des Steyr. Mais aucun Joachim Erich, né à Graz le... ?

— 14 avril 1905, dit Reb. De Joachim Steyr, lui-même né à Graz le 6 novembre 1879 et de Martha Silvernagel, née le 23 octobre 1883 à Klagenfurt. Il a donc quarante-deux ans. Il mesure un mètre quatre-vingt-deux. Avant la guerre, il était avocat à Vienne. Blond, yeux bleus, très beau, cicatrice en étoile dans la paume de la main droite. Il parle l'anglais et un peu le français. C'est un très grand amateur d'art, de peinture surtout. Ses peintres préférés...

Il débitait les informations d'une voix lente, impersonnelle. Il arrivait souvent et il allait arriver plus souvent encore à Simon Wiesenthal que des gens qui lui étaient aussi inconnus que ce grand garçon au visage rêveur vinssent le voir pour lui raconter une histoire. Et souvent ces histoires déchiraient un autre pan du voile que les années commençaient à jeter. Des noms et des faits surgissaient alors, très soudainement. Il nota donc les noms d'Erich Steyr et de Wilhem Hochreiner.

— Criminels de guerre ?

— Oui, dit Reb.

— Il me faudrait des faits. Si vous acceptez d'apporter votre témoignage et de...

— Et que se passerait-il si je témoignais ?

— Ces hommes seraient recherchés. Et, au cas ou les preuves seraient suffisantes, en supposant qu'on les retrouve, ils seraient arrêtés et jugés.

Le garçon sourit.

— Je comprends, dit-il. Je vais réfléchir et peut-être reviendrais-je vous voir.

Il se leva. Wiesenthal demanda :

— Il y a entre ces hommes et vous une affaire personnelle, n'est-ce pas ?

— En quelque sorte, répondit Reb Klimrod avec son curieux et lent sourire.

— Voudriez-vous m'en parler ? J'ai moi-même perdu quatre-vingt-neuf membres de ma famille.

Le garçon secoua très courtoisement la tête . « Une autre fois, peut-être. Je vous remercie infiniment de votre accueil. »

Wiesenthal le vit ressortir dans la Landstrasse, passer devant le numéro 40, où étaient alors les bureaux de l'O.S.S. américain, rejoindre l'autre homme qui était bien plus petit, plus âgé, mais aussi plus massif, avec de très larges épaules et des lunettes sans monture.

Il ne revit jamais Reb Klimrod.

Erich Steyr était entré en 1932 dans l'équipe de juristes animée par Johann Klimrod. Il en assuma la direction officielle à partir d'août 1941, mais la dirigeait de facto depuis plus de six ans, sur la base de documents de curatelle signés par Johann Klimrod, empêché d'exercer véritablement à cause de l'hémiplégie qui l'avait atteint en 1931 et l'obligeait à ne se déplacer qu'en fauteuil roulant. Erich Steyr ne réapparut pas à Vienne ou ailleurs à la fin de la guerre. Et en février 1947, sa femme déposa au tribunal de Graz une demande de *Todeserklärung* (reconnaissance officielle de décès) pour son ex-mari, motivant sa demande par le témoignage d'un homme jurant avoir assisté à la mort d'Erich Steyr, tué par une rafale de mitrailleuse soviétique à Prague. Le tribunal satisfit sans difficulté à cette demande, la procédure étant alors classique. Le nom de Steyr disparut, si tant est qu'il y ait jamais figuré, des listes des criminels nazis.

La carrière politique et militaire de Steyr est, de même, relativement connue. Sa participation au putsch manqué de 1934 est établie par un rapport de police, qui mentionne une intervention de Johann Klimrod en sa faveur. Son inscription au parti nazi date de février

1938, avec la carte nº 6.330.372. Dès cette date, il devient un spécialiste juridique reconnu du « problème juif [1] ».

Cela étant l'Erich Joachim Steyr officiel. De la vie et des œuvres du même Steyr, David Settiniaz présente une version plus complète.

La discrétion de la carrière de Steyr au sein de l'Allemagne nazie fut délibérée. Steyr se servit de l'Histoire à des fins strictement personnelles, avec une très cynique et très impressionnante efficacité. Son but : la captation, la prise de possession, le vol de tous les biens terrestres de la famille Klimrod, que ces biens fussent ceux des Klimrod ou ceux confiés à Johann Klimrod, l'avocat infirme mais intègre, par ses clients, en ces déjà sombres années de 1938 à 1941. Steyr fit en outre figurer Hannah Klimrod parmi ses objectifs (à la suite de l'enquête qu'il fit faire en 1982, David Settiniaz détient une photographie d'Hannah Klimrod, prise le 7 août 1937 sur la plage du Lido à Venise ; la jeune femme y apparaît au milieu d'un groupe, entourée de ses trois enfants ; elle regarde l'objectif de ses extraordinaires yeux clairs que Reb Klimrod tient d'elle, elle est d'une beauté à couper le souffle, une beauté grave et calme et néanmoins radieuse et Steyr est à deux mètres d'elle, ne se préoccupant pas de l'objectif mais la regardant, elle...), mais ne parvint pas à capter ce bien plus précieux que les autres. Il les envoya très lucidement à Lvov, elle et ses trois enfants, avec des passeports qu'il leur avait procurés, avec toutes les garanties qu'il pouvait leur donner en sa qualité de nazi de haut rang...

... avec aussi la certitude de les expédier à une mort que sans aucun doute il prépara lui-même.

Et bien entendu, Settiniaz pense que l'arrestation, si discrète, de Johann Klimrod, et son envoi au château de Hartheim pour y servir de cobaye et de sujet d'expérience aux futurs bourreaux des camps d'extermination, sont l'œuvre personnelle de Steyr, parachevant son *Anschluss* personnel par le licenciement des anciens domestiques, et l'assassinat d'Anton Hinterseer, le vieux maître d'hôtel.

1. Nommé conseiller juridique au Bureau Central pour l'Emigration des Juifs, il participe à l'arrestation, à l'internement, à l'expulsion contre une rançon de plusieurs millions de dollars, du baron Louis de Rotschild. En 1940, il travaille avec le Referat IV B 4 aux aspects juridiques du Projet Madagascar, prévoyant la déportation vers Tananarive de tous les Juifs d'Europe, et utilisant pour la première fois les termes de « Solution Finale du Problème Juif ». L'année suivante, sur ordre de Reinhard Heydrich, il effectue de nombreux voyages aux Pays-Bas ; il y est l'un des fondés de pouvoir de l'administration des biens et pensions des 140 000 Israélites néerlandais et dont cinq mille seulement survécurent.

Parallèlement, il continue de gérer a sa manière le cabinet Klimrod.

En 1943, engagé dans les Waffen S.S., il part pour le front de l'Est (en novembre). Il en revient dès mars 1944 pour une hospitalisation à Bad Ischl qui le tient jusqu'à l'automne et ne l'empêche pas de se rendre très souvent à Vienne, afin d'y administrer son cabinet. A compter d'octobre 1944, son activité officielle se réduit, on sait de moins en moins de choses de lui, jusqu'à sa totale disparition en avril 1945.

Quant à ce que fit Erich Steyr après avril 1945… Il trouva, dans un premier temps, un refuge sûr dans un camp américain de prisonniers, sous une fausse identité, attendant le moment de réapparaître officiellement. Reb Klimrod s'étant à nouveau manifesté — et cette fois infiniment plus dangereux qu'il ne pouvait l'être deux ans plus tôt —, Steyr comprit alors que sa sécurité était gravement menacée…

D'où la demande de *Todeserklärung* déposée par Frau Steyr…

… d'où ce qui se passa en Styrie…

… d'où la fuite de Steyr à destination de l'Amérique du Sud, en mars 1947.

Et pour Settiniaz, aucun doute : entre toutes les filières possibles, Steyr utilisa celle appelée la Route des Monastères.

14

Vers huit heures dix, l'homme de haute taille, assez corpulent mais encore doté d'une silhouette fort satisfaisante, sortit de la maison particulière sur la Zeppelinstrasse, à Munich, au bord de l'Isar. Il remonta le col de renard de son manteau, ajusta de même ses très beaux gants de daim fourrés, et ouvrit la porte de son garage. La Mercedes était là, flambant neuve, son orgueil. Il s'assit au volant et ce fut une jouissance que d'entendre le moteur gronder doucement. Il enclencha la première vitesse…

— Ne bougez pas, je vous prie.

La voix était si douce et si courtoise que, sur le moment, il n'eut absolument pas peur. Puis, se retournant, il reconnut les yeux et la terreur le prit, flamboyante.

— Ce n'est pas possible !

— J'ai bien peur que si, répondit Reb. Je sais que vos enfants vont arriver et que vous devez les amener à leur école. Il n'y aura aucun changement au programme. Il vaudrait mieux qu'il n'y en ait pas. Je serais obligé de tuer vos enfants aussi, et je ne voudrais pas le faire. Avancez normalement, je vous prie, à présent.

— Michael…

— Avancez, s'il vous plaît.

La Mercedes sortit du garage et vint lentement se ranger devant l'entrée de la maison. Les deux enfants sortirent, emmitouflés de grosses écharpes de laine rouge et bleu. Ils marquèrent un peu de surprise en voyant un inconnu à côté de leur père mais Reb leur sourit et leur dit :

— Votre père et moi nous connaissons depuis des années. Il s'est occupé de moi, presque paternellement, pendant vingt mois. Montez, nous allons vous déposer à votre école.

Les enfants lui sourirent, et lui posèrent des questions. Il dit qu'il s'appelait Michael, ou du moins que leur père avait coutume de l'appeler ainsi, parce qu'il n'aimait pas son autre prénom. Et quel était cet autre prénom ? Oh, dit-il, quelque chose de très étranger et de très bizarre, dont ils n'auraient qu'à demander à leur père ce que c'était.

On arriva devant l'école et Reb sourit au conducteur de la Mercedes :

— Vous devriez embrasser vos enfants. Ils sont charmants.

Les deux gosses entrèrent dans l'école et la voiture repartit.

— Michael, mon Dieu...

— Nous allons à Dachau, dit Reb. S'il vous plaît. Mauthausen est trop loin et il nous faudrait franchir la frontière. Dachau ira très bien.

— Michael...

— Mon prénom est Reb, dit Reb en souriant. Ralentissez un peu, je vous prie. Je ne voudrais pas que nous ayons un accident. Et je souhaiterais que vous vous taisiez. Vous entendre parler... ne fait qu'accroître la grande colère que j'ai. Vous comprenez ?

Ils roulèrent en silence. Le camp apparut, intact après vingt-trois mois.

— On n'entre pas, c'est inutile. Vous longez simplement le mur jusqu'au moment où l'on distinguera les fours crématoires.

Deux minutes.

« Voilà. Vous vous arrêtez, s'il vous plaît. Et vous descendez. »

Reb lui-même mit pied à terre. Il tenait le bidon dans sa main gauche et l'arme dans son poing droit. L'ancien Obersturmbannführer demanda d'une voix sourde :

— Vous auriez réellement tué mes enfants ?

— Je crois, dit Reb. Je n'en suis pas sûr, cependant. J'ai beau être très en colère, je ne sais pas si je serais allé jusqu'à les tuer.

Il tendit le bidon.

« Vous l'ouvrez et vous buvez, s'il vous plaît. »

L'ancien Obersturmbannführer dévissa le bouchon et reconnut aussitôt l'odeur. Il dit d'une voix étranglée :

— C'est de l'essence.

— Oui, dit Reb en souriant. Je me souviens de ce jeune Français que vous avez fait boire, il y a trois ans et quatre jours, à peu près à la même heure. Lui, c'était de l'huile de vidange. Sans doute parce que vous n'aviez pas assez d'essence. Il avait dix ans. Il était né le 23 juillet à Bordeaux, je me souviens très bien de lui. Il a mis dix heures à mourir. Je pense que vous boirez cette essence parce que vous espérerez jusqu'au bout que je ne vais pas vous tuer. Et c'est vrai que vous avez une chance. Pas grande, mais vous en avez une. Mais avant de boire...

De la poche de son blouson, il retira un petit objet enveloppé de papier.

« Un cadeau », dit-il.

L'homme défit le papier. Il trouva un tube de rouge à lèvres.

« J'aimerais beaucoup que vous vous en passiez sur le visage, les lèvres surtout... »

Un temps.

« Voilà. Les joues aussi, s'il vous plaît... Très bien. Vous buvez l'essence maintenant... Le bidon est à vous, au cas où vous ne l'auriez pas reconnu. Et la lettre que voici sera retrouvée dans votre poche. Elle a été écrite par un jeune Lituanien appelé Zaccharius. Vous me direz qu'il est mort. Mais est-ce bien une raison ? Il y décrit ce que vous avez fait à ces enfants, dont j'étais... Buvez encore un peu, je vous prie... »

Il tira de très près, sous la pommette droite. Puis il plaça l'arme dans la main encore chaude de l'ancien Obersturmbannführer Wilhem Hochreiner et appuya, par les doigts mêmes du mort, une nouvelle fois sur la détente, cette seconde balle se perdant dans un talus.

Pour vomir, il attendit d'être loin de là. En fait, Dov Lazarus dut par deux fois arrêter sa voiture, pour lui permettre de vomir encore.

— Attention, souffla Dov.

La femme venait de réapparaître, cette fois accompagnée de deux hommes.

— Tu n'en reconnais pas un, petit ?

Reb acquiesça. Le plus petit des deux hommes était allemand et trois semaines plus tôt, juste au lendemain de l'exécution d'Hochreiner en vue des crématoires de Dachau, Dov et lui l'avaient vu au volant de l'un des camions qui, entre Salzbourg et Munich, assuraient les livraisons de *Stars and Stripes,* le journal de l'armée américaine. La Police Militaire ne fouillait jamais ces camions, prélevant tout au plus un exemplaire ou deux avec le sourire, si bien que presque à chaque voyage, des fugitifs nazis transitaient dissimulés derrière les piles de journaux. Quant à la femme — cheveux courts grisonnants et visage froid —, c'était elle qui, à Salzbourg le 3 juillet 1945, avait expliqué à Reb que le photographe Lothar se trouvait dans son laboratoire près de la Tour des Cloches, et l'avait ainsi expédié dans le piège tendu par Epke. La femme avait été la première étape de la traque entreprise par Reb Klimrod (pour Hochreiner, les choses avaient été très faciles, l'ancien Obersturmbannführer ayant très tranquillement repris, début 1946, la direction de son usine de textile). Il l'avait retrouvée moins de cent heures après son retour en Autriche, venant de

Munich, et ce 23 mars 1947, lui et Lazarus, ensemble ou séparément, la pistaient depuis quarante-trois jours.

— Il y a d'autres types dans le chalet, petit. Au moins trois hommes.

— Quatre, dit Reb.

Il était un peu plus de dix heures du soir et la nuit s'annonçait glacée. Sous eux, en contrebas du boqueteau où ils avaient pris l'affût, on apercevait les lumières d'Altaussee. Pour aller à Altaussee, il faut partir de Bad Ischl où l'empereur François-Joseph venait en villégiature, et qui est à 55 kilomètres à l'est de Salzbourg. On prend la route de Leoben et, à Bad Aussee, sur la gauche, une autre route qui très vite se dédouble : la voie de droite conduit aux villages de Grundlsee et Gössl, l'autre à Altaussee. Dans les deux cas, on est au cœur des Montagnes Mortes et les lacs y sont noirs et profonds, enchâssés par des parois hautes souvent presque verticales.

— Quatre hommes et une deuxième femme, dit Reb Klimrod.

La femme de Salzbourg s'appelait Gerda Huber. Pour la retrouver, Reb était parti de cette hypothèse qu'opérant avec Epke, elle s'était peut-être trouvée, d'une façon ou d'une autre, dans l'hôtel particulier près de la chancellerie de Bohême. Il avait vu juste : Gerda Huber, à la seule description que Reb en avait faite, avait été identifiée par deux commerçants du quartier. Qui avaient indiqué et son nom et son origine : elle venait de Graz, ville natale d'Erich Steyr. Le reste avait été facile : la femme travaillait à la Croix-Rouge autrichienne, apportant son aide aux personnes déplacées. A ce titre, elle détenait tous les laissez-passer imaginables.

— Ça bouge.

Un troisième homme venait à son tour de sortir du chalet et Lazarus aussi bien que Reb le reconnurent :

— Arni Schaide, dit Dov, mon vieux copain Arni qui aime tant visiter les monastères franciscains entre ici et Rome.

A deux reprises déjà, Dov avait pisté Schaide qui chaque fois l'avait conduit à Rome, aux portes mêmes du Vatican. D'où chaque fois Shaide était ressorti seul, ayant d'évidence confié à la curie romaine le fugitif qu'il avait convoyé. Schaide travaillait aussi pour la Croix-Rouge.

— Dov ?

Depuis un long moment, Reb avait tourné ses jumelles vers le bas, en direction des premiers lacets de la petite route conduisant au chalet.

« Deux voitures, Dov. Mais elles sont à l'arrêt, toutes les deux, et elles viennent d'éteindre leurs phares. Elles sont à trois cents mètres. »

Dans l'obscurité, leurs regards se cherchèrent.

— Flics ?

— Je ne crois pas, dit Reb.

Les deux grosses Mercedes n'appartenaient certainement pas à la police autrichienne, pas davantage à l'un quelconque des services des autorités d'occupation. Non, c'était autre chose et la même conviction dut toucher Dov, qui abandonna son poste de guet en vue directe du chalet, revint en arrière, braqua lui aussi ses jumelles. Après une demi-minute :

— Il y a dix jours, quand je suis revenu d'Italie pour la seconde fois, sur les talons d'Arni, j'ai vu une Mercedes exactement identique Même poignée de portière arrière gauche cassée. C'était à Innsbruck. Trois hommes à l'intérieur et des têtes de tireurs d'élite. Arni est monté avec eux. Je me souviens du numéro d'immatriculation... Tu m'attends, petit ?

Il se glissa dans la descente. Disparut. Reb demeura seul et moins d'une minute plus tard, depuis le chalet, retentit la sonnerie d'un téléphone, rapidement interrompue. Trois autres minutes, après lesquelles il y eut, aux alentours du chalet, un début d'agitation. Reb vit s'agiter les hommes qui jusque-là bavardaient assez paisiblement à mi-voix. L'un d'eux regagna précipitamment l'intérieur, deux autres se déployèrent, arme au poing. « On vient de les alerter. »

Nouvelle pause. Il y eut un frôlement quasi imperceptible. Reb prit abri derrière un tronc, doigt sur la détente. Chuchotement : « Petit ? Ne me flingue pas, s'il te plaît. » Dov ressurgit à cinq mètres, haletant :

— Même voiture et mêmes types. Sauf qu'ils sont huit ou dix. Et il y en a d'autres qui arrivent. C'est Stalingrad qui recommence, mon bon. Et je te parie un rabbin contre un beignet aux pommes que c'est après nous qu'ils en ont.

Il sourit :

« Et je me demande qui est dans ce foutu chalet. Tu es sûr que ce n'est pas Adolf Hitler ? »

Un quart d'heure plus tard, ils eurent la preuve qu'il s'agissait bien d'une battue : un peu partout, sous eux, des torches électriques s'allumaient, en un large demi-cercle dont ils étaient presque exactement le centre.

— Mais ils ont fini par perdre, à Stalingrad, dit Dov.

A ce moment-là, ils longeaient la rive est du petit lac d'Altaussee [1] et se trouvaient déjà à plus de mille mètres du chalet. Ils n'en étaient pas à courir, pas encore. Ils avançaient sous les arbres, pas

1. L'Altaussee est au pied des Montagnes Mortes, les *Todes Gebirge*, dans cette partie de l'Autriche appelée l'Ausserland, surnommée par Goebbels l'*Alpenfestung*, la Forteresse Alpine, où les derniers héros nazis avaient été censés soutenir jusqu'à la mort les assauts ennemis — et dont cinq soldats américains mâchonnant du chewing-gum avaient nonchalamment obtenu la reddition. Soixante mille civils chargés d'un butin arraché à l'Europe entière étaient venus s'y réfugier dans les derniers mois de la guerre.

véritablement inquiets. Leur intention, puisque la descente sur Altaussee leur semblait coupée, était de gagner l'autre petit village, plus à l'est, celui de Grundlsee et là, soit rejoindre Bad Aussee, soit trouver du secours, voire faire appel à la police. Mais Reb qui allait en tête s'immobilisa soudain : une autre ligne de torches venait de surgir sur leur droite. Le cercle se refermait ou presque.

Ils n'eurent plus d'autre choix que de continuer à avancer en ligne droite, trébuchant à mi-pente d'un escarpement de plus en plus abrupt.

Ils commencèrent à presser le pas et dans la nuit claire se dressaient devant eux les sommets enneigés des Montagnes Mortes. « On ne passera jamais, dit Dov. En tout cas, pas moi. Je n'ai pas tes jambes de chèvre, petit. » Un moment, ils discutèrent, à l'arrêt, Lazarus prêt à une contre-offensive, qui était dans sa nature, et Reb Klimrod le pressant de poursuivre. La ligne concentrique des torches n'était plus qu'à cent mètres quand ils repartirent. Ils durent passer au nord-ouest de Grundlsee et un instant aperçurent même plusieurs voitures, tous phares allumés, stationnées sur la petite route qui de Grundlsee se terminait en cul-de-sac quatre ou cinq kilomètres plus loin. Des hommes s'alignaient là encore, dans la lueur de ces phares, tous armés, certains de fusils, visages tournés dans leur direction. « Tous les survivants du Troisième Reich sont là », remarqua Dov en riant.

Il était déjà tombé à deux reprises et avait perdu ses lunettes. Dans l'obscurité, il n'y voyait presque plus et Reb Klimrod dut certainement l'aider. Les porteurs de torches étaient sur leurs talons et gagnaient sur eux.

D'autres lumières apparurent sur leur droite — celles de Gössl. Cela faisait maintenant deux heures qu'ils fuyaient. Ils arrivèrent en vue du lac de Toplitz. Dov ne voulait plus avancer. Il cria, à l'adresse de leurs poursuivants, qu'il était Dov Lazarus en personne et qu'il était prêt à les combattre...

Mais pour toute réponse, il y eut six ou sept coups de feu, claquements secs et légers des 22 Mauser confiés pendant la guerre aux tireurs d'élite de la Wehrmacht. Ni Dov ni Reb ne furent atteints. A nouveau, ils se lancèrent dans une série d'escarpements de plus en plus abrupts, gagnant en altitude et peu après Dov refusa tout net d'aller plus loin et plus haut. Le lac était sous eux, presque à la verticale. Dov dit qu'il allait rester là, dans ce creux de rocher sur une espèce de plate-forme « d'où l'on a une vue superbe » et secoua tranquillement la tête, souriant sans doute dans l'obscurité. Il allait rester là, dit-il, et il se faisait fort, même sans lunettes, d'empêcher cette armée nazie de l'approcher de trop près. « Réfléchis, petit. Et d'ailleurs, tu y as pensé sûrement avant moi, avec la tête que tu as : nous n'en sortirons pas ainsi, à courir. Ils courent plus vite que nous. Alors, tu restes calme, petit, tu restes lucide. Et tu écoutes ce foutu cerveau si extraordinaire que tu as dans ta tête et qui te dit que c'est notre seule chance... » Lui résisterait assez longtemps pour que Reb, avec ses jambes de chèvre, exécutât quelques escalades dans les Montagnes Mortes et peut-être réussît à trouver du secours.

— Je ne bougerai plus, Reb. Tu vas faire quoi ? Me porter ? Je fais quatre-vingt-dix kilos bon poids, avec toute cette bière. Fous-moi le camp, petit, s'il te plaît. Retrouve cet homme que tu cherches et mets-moi sur sa note.

... Et naturellement, quand Reb Klimrod accepta de le laisser derrière lui et de se lancer dans l'ascension, il entendit, quelques minutes après son départ, les premiers coups de feu. Il entendit aussi Dov qui chantait à tue-tête — *My bonnie is over the ocean, my bonnie is over the sea.*

Il se trouvait deux cents mètres plus haut, après une escalade démente, dans la nuit, quand il capta le bruit sourd d'une masse dégringolant tout au long de la pente avant de plonger dans l'eau noire et glacée du lac de Toplitz. Il crut que Dov était déjà mort. Mais très peu de temps après, les deux 45 aboyèrent à nouveau, par salves calmes, et la voix teintée d'accent irlandais se remit à chanter.

Mais, bien sûr, finit par s'interrompre, sur une ultime fusillade.

Vers trois heures du matin, la même nuit, il revint en vue du chalet. Aucun garde du corps n'était visible mais il aperçut une lumière. Il escalada le balcon et au bruit de son pas, quelqu'un demanda en allemand :

— Vous les avez eus ?

— Un seulement, répondit Reb Klimrod.

Le garde apparut sur le seuil, fusil de chasse à double canon sous le bras. Sitôt qu'il vit Reb, il esquissa le geste de tirer. La balle de Reb lui troua la gorge.

Il entra dans le chalet, où étaient un autre homme non armé et l'une des deux femmes qui n'était pas Gerda Huber.

— Ne bougez pas, je vous prie, dit-il au couple figé par la peur.

Le canon de son pistolet pointé vers le sol, il s'assura que les autres pièces étaient vides. L'homme le regardait fixement de ses yeux sombres, visage maigre et nez busqué, front un peu dégarni. Il demanda :

— Qui cherchez-vous ?

— Erich Steyr.

— J'ai connu un Erich Steyr qui était avocat à Vienne.

— Celui-là.

— J'ignore où il se trouve. Peut-être est-il mort.

Ses yeux noirs et brillants lui donnaient quelque chose d'un juif

— Qui êtes-vous ? demanda Reb.

Et au même instant, il perçut par l'entrebâillement de la porte qu'il avait laissée volontairement ouverte, le bruit du moteur de deux voitures au moins.

— Qui êtes-vous et pourquoi vous protège-t-on à ce point ?

— Vous vous trompez, dit l'homme. Celui que l'on protégeait est parti cette nuit même. Je ne suis que le propriétaire du chalet. Et je n'ai jamais su le nom de celui qui se cachait ici.

Klimrod prit les papiers que l'homme avait sur lui. A cette époque, il n'avait jamais entendu prononcer le nom d'Adolf Eichmann.

Yoël Bainish vit Reb Klimrod à Rome vers le 10 avril 1947. Le hasard ne joua aucun rôle dans la rencontre des deux jeunes hommes qui ne s'étaient pas vus depuis près de dix-huit mois. Bainish se trouvait en Italie pour le compte de la Haganah afin de travailler aux filières d'émigration. Trois mois plus tard, il allait prendre une part active à l'embarquement de 4 515 personnes à bord d'un ancien cargo mixte américain, le *Président-Garfield,* qui deviendrait l'*Exodus.*

Lui et Klimrod se retrouvèrent devant le château Saint-Ange, en fin de matinée.

— Comment diable as-tu su que je me trouvais en Italie ? J'ai trouvé ton message chez Bertchik juste à temps. Je quitte Rome demain.

Klimrod expliqua qu'il s'était rendu chez Bertchik « pour y parler à quelqu'un du Mossad ou de la Haganah » et que, dans l'obligation de se faire reconnaître, il avait cité des noms d'hommes susceptibles de répondre de lui.

— Dont le tien. Et Bertchik m'a appris que tu étais à Rome. Tu as deux heures devant toi ? Je voudrais te montrer quelque chose.

Il conduisit Bainish dans une petite rue donnant sur la via Crescenzio, à vraiment deux pas de la place Saint-Pierre, lui montra une plaque, en italien et en allemand.

— La filière aboutit ici. Ils quittent l'Allemagne par Lindau et Bregenz sur le lac de Constance, ou par la passe de Reschen que toi et moi avons prise, il y a deux ans. Ils voyagent en voiture, quelquefois en autocar et passent les nuits dans des monastères franciscains. Je t'ai fait une liste. L'un des hommes qui les convoient est un nommé Arni Schaide. Il y a également une femme appelée Gerda Huber. Liste, là aussi. A Rome, ils sont pris en charge par un monsignore allemand, Heidemann, qui dirige un organisme officiel du Vatican. Heidemann leur fournit des passeports de la Croix-Rouge. Certains reçoivent même des soutanes et de faux papiers de jésuites. Ils quittent l'Italie par Bari et surtout Gênes. Quelques-uns vont en Espagne, en Syrie ou en Ethiopie mais beaucoup embarquent pour l'Amérique du Sud. Des centaines ont déjà fui ainsi.

Bainish était interloqué.

— Pourquoi cette avalanche d'informations ?

— Je les ai obtenues en cherchant autre chose, répondit Reb Klimrod. Il fallait bien que j'en parle à quelqu'un.

La dernière phrase impliquait qu'il n'avait ni chef ni organisation à qui rendre des comptes. Bainish (sa carrière personnelle évoluait : on l'avait finalement estimé trop intelligent pour un dynamiteur et on commençait de lui confier des missions plus fines) savait que son ancien compagnon de route avait rompu tout contact avec les organisations sionistes. Quelqu'un lui avait parlé d'un Klimrod travaillant avec « ces fous du Nakam ». Il demanda :

— Tu es toujours avec eux, Reb ?

— Non. Depuis longtemps.

— Et Lazarus ?

— Mort.

Sans autres commentaires. Ils marchaient à présent le long du Tibre. Bainish examinait Klimrod et le trouvait changé. Non par la taille ou la corpulence, quoiqu'il eût peut-être pris quelques centimètres encore et quelques kilos. Mais il avait toujours cette même silhouette de faucheux, la même apparente lenteur d'allure, le même regard sans fond. Le changement était ailleurs : une dureté plus grande et surtout, comme la certitude d'un destin.

— Tu as trouvé ce que tu cherchais, Reb ?

— Presque.

Silence. Puis Bainish dit soudain :

— J'ai toujours eu de l'amitié pour toi. Beaucoup. S'il y a quoi que ce soit...

— Rien, merci.

Et à nouveau le silence. Pour le meubler, Bainish se mit à parler de ce pays en train de naître, sur les rives du Tibériade et du Jourdain, où ils auraient enfin leur place, Reb et lui et tant d'autres venus ou à venir ; il s'enflamma, évoqua la grande aventure à vivre, serait-ce dans ce désert du Néguev qu'on commençait de conquérir.

La réponse vint, très calme mais définitive :

— Sans moi, dit Reb.

— Tu es juif presque autant que moi. Etre juif peut être aussi un choix.

— Je ne suis rien. Rien.

Yoël Bainish prit en note (il lui fallut vingt feuillets de sa petite écriture) la liste des noms, des monastères, des relais, de toutes les informations que Reb avait recueillies en « cherchant autre chose ». Bizarrement mal à son aise, Bainish se mit à rire :

— On dirait que tu nous fais un cadeau d'adieu...

— En quelque sorte, dit Reb.

Et puis une lueur amicale, très chaude, parut au fond des prunelles claires, le sourire se dessina lentement. La grande main enveloppa l'épaule de Bainish : « Merci, merci pour tout. » Il s'en alla et traversa le Tibre par le pont situé en face de la piazza della Rovere.

Henri Haardt à Tanger revit aussi Klimrod à cette même époque, mais un peu plus tard, vers « la mi-avril, je crois ».

« Il est venu me voir comme s'il m'avait quitté la veille, m'a demandé si j'accepterais de réaliser quelques opérations avec lui. Il avait de l'argent, à peu près six mille dollars américains et souhaitait tout investir en un seul voyage, pour une sorte de quitte ou double.

« Il me parut avoir vingt-deux ou vingt-trois ans. Son deuxième séjour à Tanger dura quatre mois et durant ce laps de temps, nous fîmes quatre voyages ensemble, tous réussis. En défalquant les frais, cela nous laissait un bénéfice d'un peu plus de cinquante dollars par caisse. Cent vingt caisses étaient à lui lors du premier voyage et par la suite, il en eut chaque fois deux cents à son compte. Le calcul est simple : il ramassa près de trente-cinq mille dollars.

« Quant à son départ de Tanger, il fut aussi simple que son arrivée : il m'annonça tout uniment que notre collaboration avait été “ tout à la fois extrêmement plaisante et agréable ” — il parlait vraiment ainsi, de sa voix lente et douce, avec une courtoisie presque désuète — mais que le moment était venu pour lui de s'en aller. Je lui dis mes regrets et c'est que j'avais de l'amitié et presque de l'affection pour lui, lui dis aussi que nous aurions pu vraiment faire fortune ensemble. Il me sourit et me répondit que cela ne l'intéressait pas.

« J'ignore où il se l'était procuré, mais il avait alors sous le bras un petit tableau, non emballé, qu'il me montra en me demandant s'il me plaisait. Je n'ai jamais été très connaisseur en peinture et ne vis que des taches de couleur. Je le lui dis et il se mit à rire, sans que le rire touche ses yeux, qui s'écarquillaient un peu, dans le vide : “ La signature est celle d'un homme appelé Kandinsky, mort il y a trois ans. Un très grand peintre. On peut tuer pour la peinture, Henri, mais on peut aussi mourir par elle… ”

« Sur le boulevard Pasteur, il acheta un sac de toile aux dimensions exactes du tableau. Et à ma connaissance, ce fut le seul bagage qu'il emporta quand il quitta Tanger, au début du mois d'août 1947, pour une destination qui m'était inconnue. Le tableau et ces deux bouquins, qu'il traînait partout avec lui… »

15

Arcadio Almeiras avait alors cinquante-six ans. Il avait rêvé d'être peintre, l'avait été cinq ou six ans au début des années vingt, avec

Emilio Pettoruti ; il était allé jusqu'à Berlin pour y rencontrer Klee ; quant à Kandinsky, il se souvenait parfaitement des trois ou quatre visites qu'il lui avait faites à Weimar. Mais c'était au temps où il espérait avoir un peu, un tout petit peu, de talent. « Même pas un tout petit peu. Le désert de Gobi. » Il demanda :

— Et c'est de qui, à votre avis ?

Le grand jeune homme haussa les épaules :

— Un nom comme Kondinjki. Mais cela vaut assez cher, j'en suis sûr. Au moins mille dollars.

Son espagnol était tout à fait correct, quoiqu'un peu hésitant.

— Français ?

— Belge, dit le jeune homme.

Almeiras prit la petite toile et la porta à la lumière pâle du jour, sur le seuil de la porte d'entrée. Cet hiver argentin était triste. Il examina le tableau. Comme souvent le *s* de Kandinsky avait été tracé par le peintre à la façon d'un *j*. Il sourit à une très jolie jeune femme qui passait à ce moment-là devant sa galerie de la calle Florida, à Buenos Aires. Il se retourna et dit :

— C'est un Kandinsky, un peintre russe qui est mort récemment à Paris. Et vous avez raison, cette toile vaut cher. Plus de mille dollars, en tous les cas. Vous voulez vraiment la vendre.

— J'ai besoin d'argent. Et je ne l'ai pas volée.

Il présenta des documents, qui ne valaient pas grand-chose d'ailleurs, établissant que le tableau avait été légalement acheté à Madrid, un an plus tôt, à un homme appelé Maurer, et non moins légalement transporté de Madrid à Buenos Aires. Almeiras remarqua :

— Il est question d'autres tableaux...

— Quatre autres, dit le jeune homme. Il sortit un petit calepin de sa poche, l'ouvrit, montra la page à Almeiras, qui lut : « 3 juillet 1946, Madrid. Cinq tableaux achetés à Gunther Maurer, de Berlin. Klee, F. Marc, Kondinjky, F. Marc, A. Macke. U.S. dollars : 1200. »

— Vous avez vraiment payé douze cents dollars pour ces cinq toiles ?

— Il en voulait cinq mille mais il était pressé.

Almeiras ferma les yeux. « Douze cents dollars pour un Klee, deux Marc, un Kandinsky, un August Macke ! Ces Européens sont vraiment devenus fous ! »

— Et vous envisagez de les vendre toutes ?

— Je ne crois pas, répondit le jeune homme. Ou alors plus tard...

— Ou si l'on vous fait une offre intéressante.

Le visage maigre du jeune homme, assez impressionnant avec ces deux yeux clairs qui le trouaient, s'adoucit spectaculairement quand il sourit :

— En quelque sorte.

Ils convinrent qu'Almeiras garderait pour quelques jours le Kandinsky. Almeiras aurait voulu voir les quatre autres toiles, ne fût-ce que par gourmandise personnelle, mais le jeune homme dit qu'il ne les avait pas avec lui, qu'elles ne se trouvaient pas à Buenos Aires, et même pas en Argentine. Il les avait déposées chez son frère, à Bogota. Oui, il avait de la famille, son père, sa mère et trois frères, à Bogota. Et il partirait les rejoindre dans peu de temps.

— Vous parlez allemand ? demanda Almeiras.

Seulement quelques mots usuels, dit-il. « Yawhol » et « kommen Sie mit mir » et la suite. Il rit, très sympathique.

— *Der Blaue Reiter,* dit Almeiras. Le Cavalier Bleu. C'était le nom d'un groupe de peintres avant la Grande Guerre de 1914. Kandinsky, Marc, Macke et Klee en faisaient tous partie. Un amateur serait sûrement très intéressé par l'achat de vos cinq toiles, en même temps. C'est déjà presque une collection en soi, vous comprenez ?

— Je comprends, dit le jeune homme.

— ... Surtout pour les Argentins d'origine allemande. Nous avons beaucoup d'Allemands en Argentine, surtout depuis peu (Almeiras sourit). Franz Marc et August Macke sont morts tous les deux pendant la guerre de 1914-1918. Leurs toiles sont très recherchées par les collectionneurs. Ils sont morts et n'ont pas eu le temps de peindre beaucoup. Et pour les gens d'origine allemande, acheter ces toiles, c'est presque... comment dire ? presque faire œuvre patriotique...

— Je comprends, répéta le jeune homme en souriant. D'accord pour une vente globale, si l'offre est intéressante. Et merci pour votre honnêteté. Je n'oublierai pas.

Non, il ne pouvait indiquer une adresse à Buenos Aires mais il repasserait à la galerie. Il s'appelait Henri Haardt, dit-il, en réponse à la question que lui fit Almeiras pour finir.

Le dix-septième jour du guet fut celui où Erich Steyr se montra.

Diego Haas était argentin, né en Argentine d'un père né en Carinthie et d'une mère qui s'appelait (et ne manquait jamais de le souligner) de Carbajal et Mille Autres Choses. C'était un joufflu jeune homme blond, d'une petite taille inversement proportionnelle à son cynisme, lequel était absolument considérable, et d'une gaieté insolente qui frisait la folie pure. Parlant l'allemand et l'anglais, outre naturellement l'espagnol, il avait poursuivi sans les attraper complètement des études de droit et, récemment, avait été engagé comme secrétaire par un richissime immigrant allemand du nom d'Erich Steyr. On était en septembre et ses cinq mois d'emploi l'avaient d'ores et déjà convaincu de faits essentiels, s'agissant de son patron : Steyr Erich Joachim était fort riche, fort intelligent, fort beau, fort cultivé, fort élégant et raffiné mais s'il n'était pas (ça se démontre,

Diego) la plus abjecte des crapules, il ne devait pas être loin du peloton de tête, en ce domaine. Diego sourit très gracieusement à Steyr :

— Je n'ai jamais entendu parler de ce Kandinsky, señor. Mais je suis tout prêt à le trouver admirable.

Il jeta un coup d'œil nonchalant sur le tableau et s'exclama · « Admirable ! »

Après quoi il sortit de la galerie pour lorgner les señoritas. Très près était la voiture de Steyr, avec le chauffeur de Steyr et le garde du corps de Steyr. Steyr n'habitait pas Buenos Aires. Dès son arrivée en Argentine, il avait acquis — par l'entremise de Diego d'ailleurs — une superbe *estancia* aux environs de Cordoba et moins d'une semaine après l'achat, les caisses étaient arrivées, innombrables, recelant les trésors de Golconde. Même Diego Haas, qui s'enorgueillissait de son inculture, avait dû s'extasier devant tant de merveilles. Dans le même temps, Steyr avait jeté les bases de son avenir argentin, voire sud-américain : il allait s'établir comme conseiller en investissements, notamment auprès de ses malheureux compatriotes chassés de leur pays natal par la juiverie internationale. « Yawohl » avait dit Diego imperturbable, peu ému par cette exaltation qu'il estima jouée (Steyr était bien trop intelligent pour prendre au sérieux ces balivernes — il n'était rien d'autre qu'une ordure et la messe était dite). Et de fait, on avait effectivement parcouru l'Argentine, et les pays avoisinants, jusqu'au Venezuela, au Chili et, déjà, à Bogota en Colombie.

En réalité — et il le reconnut lui-même quand il se confia à Georges Tarras — Diego Haas ne garda aucun souvenir particulier de cette journée de septembre 1947. Il avait connu dès le début la passion de Steyr pour les arts, et la peinture en particulier. La galerie Almeiras était une étape quasi obligatoire, puisque la meilleure d'Argentine et donc la visite « au Kandinsky » n'eut rien pour accrocher son attention. Il fallut à Diego Haas, par la suite, sa propre et véritable rencontre avec le Roi, et surtout, l'hallucinante scène de Bogota, deux mois plus tard, pour qu'il établît le rapprochement...

Car il s'écoula en effet plusieurs semaines pour que « l'affaire du Kandinsky » prît ses vraies dimensions. Steyr retourna plusieurs fois chez Almeiras durant cette période, y menant apparemment une négociation assez lente...

Le 5 novembre 1947, Steyr apprit d'Almeiras que le propriétaire des cinq toiles qu'il voulait acquérir se décidait enfin à dire oui. Il partit avec Diego Haas pour la Colombie en prétextant des rendez-vous d'affaires, comptant faire coup double.

Ils arrivèrent à Bogota le 6 novembre 1947.

— J'ai horreur de Bogota, dit Diego Haas. D'ailleurs, je déteste aussi Santiago du Chili. Et Caracas. Et Lima. Et La Paz et Quito. Je ne souffre que difficilement Buenos Aires. Sans parler d'Asunción que j'abomine et de Caracas que j'exècre positivement. En fait, à part Rio, quoiqu'ils n'y parlent pas l'espagnol...

— Ayez donc l'obligeance de fermer un peu votre grande gueule, dit Steyr avec douceur, comme toujours sans élever la voix. Assis sur la banquette arrière de la voiture, il lisait, plongé dans quelque dossier d'affaires. Un chauffeur colombien au profil de tortue tenait le volant, ayant à sa droite le garde du corps, un certain Gruber que Diego jugeait un peu moins futé qu'une vache (et il n'avait pas une haute opinion des vaches). Haas quant à lui était assis à l'arrière, à côté de l'avocat.

— Je ne connais pas trop l'Europe, reprit Diego, nullement abattu par la rebuffade. « Sauf quelques jupons çà et là. J'avais presque convaincu Mamita — c'est maman — de m'offrir un an ou deux à Paris quand vouz'aut' nazis avez commencé d'y faire du tourisme. Je suis une victime du Troisième Reich, à ma façon. »

Une heure plus tôt, l'avion venant de Caracas avait déposé les trois hommes à l'aéroport Eldorado de Santa Fe de Bogota où...

— Haas, encore une seule de vos plaisanteries stupides et je demande à Gruber de vous casser la figure. Ce qu'il fera avec joie.

... ils approchaient du centre ville. Ils y entrèrent, un peu après quatre heures de l'après-midi, le 6 novembre donc. Il tombait sur Bogota une pluie fine, très froide, que sans doute expliquait l'altitude — plus de deux mille six cents mètres. Ils allèrent directement à leur hôtel, près du palais San Carlos où habita Bolivar. A la réception, un message avait été déposé à l'intention de Steyr. Le texte était en espagnol et signé par un certain Enrique Haardt. Ce fut Diego qui traduisit :

— Il écrit que si vous voulez toujours acheter ses tableaux, vous le trouverez tous les jours après six heures *de la tarde,* carrera de Bacata, 8, dans le quartier du Chapinero. Ollé. Le « ollé » est de moi.

Dans un premier temps, Steyr envisagea de remettre la chose au lendemain et puis, poussé par ce que Diego estima être sa hâte fiévreuse à voir enfin ces toiles qu'il attendait depuis deux mois, il décida d'y aller le soir même. Haas fixe à dix-huit heures quinze l'heure à laquelle ils arrivèrent devant le 8, carrera de Bacata. Ils trouvèrent un immeuble tout neuf, qui ne semblait même pas encore habité mais à peine se furent-ils présentés à la porte qu'un homme parut et leur apprit qu'en effet un appartement du cinquième étage était déjà occupé. Par el señor Enrique Haardt, précisément, et el señor Haardt venait de rentrer, il était donc chez lui.

Il faut imaginer les lieux pour comprendre ce qui se passa alors.

Pénétrant dans l'immeuble, on trouvait d'abord un premier hall, étroit, par où on accédait aux caves et au logement du gardien, et qui se prolongeait par un escalier droit, dont la première volée s'achevait sur un palier. De ce palier, sur la gauche, cinq ou six marches supplémentaires conduisaient à un deuxième hall, sur lequel débouchaient et les deux cages d'ascenseurs et l'escalier de secours complétant le dispositif.

Ce fut comme toujours Gruber qui ouvrit la route, et donc parvint le premier devant les ascenseurs. Il précédait Steyr de deux ou trois mètres et Diego Haas de plus encore — ce dernier s'était attardé à échanger quelques mots avec le gardien et l'avait trouvé « bizarre »...

Haas entendit trois coups de feu mais, sur le moment, ignora qui venait de tirer. Il venait tout juste d'achever de monter la première volée de marches et s'apprêtait à poser le pied sur le palier intermédiaire. Il hésita, ne sachant trop ce qu'il souhaitait faire : aller voir ce qui se passait ou au contraire « foutre le camp dare-dare en prétendant que j'allais chercher du secours ». Les événements ne lui laissèrent pas le choix : une très haute silhouette apparut, au-dessus de lui et lui ordonna calmement en espagnol :

— Appelez le gardien et dites-lui de venir. Il y a eu un accident.

Haas n'eut pas à appeler : le gardien avait lui aussi entendu les détonations (mais pas le chauffeur colombien de la voiture qui avait amené Steyr et ses deux compagnons, la porte de l'immeuble sur la rue s'était entre-temps refermée). Haas, rassuré d'une certaine façon par le calme de l'inconnu, gravit les dernières marches.

Il déboucha sur le second palier. Gruber s'y trouvait allongé sur le sol, accroupi contre la porte métallique de l'un des ascenseurs, donnant la bizarre impression qu'il écoutait un bruit suspect, sa joue contre le métal. Mais le sang commençait à couler de sa nuque. Erich Steyr était à quelques pas de là, indemne, mains au-dessus de la tête, un grand air de stupeur épouvantée sur le visage.

— A plat ventre, s'entendit ordonner Diego Haas. Il s'exécuta aussitôt et le gardien qui surgissait au même instant, essoufflé, obéit de même. Une grande main osseuse entra dans le champ de vision de Diego et entreprit de le fouiller.

— Pas de chatouilles, s'il vous plaît. Je les crains. Et je ne suis pas armé, Dieu merci. Adroit comme je le suis, je m'estropierais avec des ciseaux à ongles.

— Ce n'est pas après vous que j'en ai, dit la voix grave de l'inconnu. Il ne vous arrivera rien si vous vous tenez très tranquille.

— Je vais être sage comme une image, répliqua Diego, avec toute la conviction dont il était capable. J'avais formé le projet de passer ma soirée à plat ventre, de toute façon.

L'homme fouilla également le gardien, sans résultat. Il y eut un silence et quand l'inconnu reprit la parole, il s'exprima en allemand :

— Tu me reconnais, Erich ?

— Reb Klimrod, dit Steyr. Tu as beaucoup grandi.

Silence.

— Elle est morte à Belzec, Erich. Tout comme Mina et Kati. Tu avais demandé Belzec spécialement ou bien tu avais laissé le choix aux S.S. de Lvov ?

— Je n'avais pas prévu de camp particulier. Reb, ce jeune homme blond que tu as fait mettre à plat ventre comprend tout ce que nous disons. Autrement dit, il te faudra le tuer aussi.

— Et je suis allé au château de Hartheim.

— J'avais demandé à Epke de te montrer les photos, s'il les retrouvait, avant de te tuer. Il l'a fait ?

— Oui.

Nouveau silence. Puis de nouveau la voix de Steyr .

— Je n'ai pas peur, Reb. Quoi que tu me fasses.

— Très bien.

— Comment m'as-tu retrouvé ?

— La carte postale que tu as envoyée à ta femme de Buenos Aires, pour lui annoncer que tu étais bien arrivé. Je suis allé fouiller chez elle, une nuit. Sur le moment, j'ai failli ne pas y faire attention. Et puis je me suis souvenu de cette pièce de théâtre que tu avais écrite, celle qui se passait à Venise. Un de tes personnages s'appelait aussi Tarantello, comme le signataire de la carte.

— De l'inconvénient d'avoir des prétentions littéraires, dit Steyr. Tu as vraiment un Klee, un Marc et un Macke ?

— Non. En tout cas pas depuis que tu nous as volés. Entre dans l'ascenseur, Erich. Celui de droite.

— Tout est à Cordoba, Reb. Absolument tout. J'en aurais le temps, je pourrais faire que tout te revienne, légalement.

— Entre.

— Si je meurs, tu perdras tout, Reb. Tout ce qui appartenait à ton père, que tu aimais tant.

Le quatrième coup de feu fit relever la tête à Diego Haas. Il vit Steyr toujours debout mais grimaçant sous l'effet de la douleur et ne tenant plus en équilibre que sur sa seule jambe gauche : la balle avait broyé le genou droit.

— N'essaie pas de me forcer à te tuer ainsi, Erich, tu n'y arriveras pas. Entre dans l'ascenseur.

Steyr se mit en mouvement, sautillant sur sa jambe valide et s'aidant du mur.

— Vous parlez vraiment l'allemand ?

Diego Haas, pendant quelques secondes, ne comprit même pas que la question, en allemand, s'adressait à lui. Il ne chercha pas à mentir : « Couramment », dit-il. « Mais je ne suis jamais allé en Europe que pour y regarder sous les jupes des dames. » Pour la première fois, il vit le visage de celui que Steyr avait appelé Reb Klimrod . les traits en étaient contractés par un effrayant rictus de haine et de dégoût. Mais la voix demeura aussi fantastiquement calme :

— Veuillez vous lever, je vous prie et venez voir.

Haas s'exécuta. Il découvrit une cage d'ascenseur qui lui parut tout d'abord banale. Et puis il s'aperçut que les parois étaient faites de plaques d'acier brillant, comme si l'on eût négligé d'y poser les garnitures.

Et il y avait trois photographies alignées à hauteur des yeux, toutes trois représentant le même homme, en train de ramper sur le sol de ce qui était peut-être une cave, bouche ouverte, au paroxysme de la souffrance.

— Mon père, Johann Klimrod. Regarde-le bien, Erich. Tu en auras le temps.

Steyr était allé s'affaler dans un coin de la cabine. Il dut essayer de dire quelque chose mais le panneau d'acier coulissa et le bruit des cadenas acheva d'étouffer sa voix. Il y avait, dans la porte qui venait de se refermer, un judas vitré guère plus grand que deux mains placées côte à côte. Très vite le visage d'Erich Steyr y apparut. Haas vit que les lèvres remuaient sans produire le moindre son audible.

— Comment vous appelez-vous ?

— Haas. Diego Haas.

— Ecartez-vous. Je ne veux pas vous faire de mal. Allez vous asseoir au fond, avec l'autre homme. Qui n'est pas le gardien et pas non plus responsable de quoi que ce soit. Il ne savait rien de ce que j'allais faire. Ne bougez pas, ni vous, ni lui.

Sur quoi, Klimrod se mit au travail. De la cage de l'escalier de secours, il retira un sac de toile et les arrivées de tout un réseau de fils électriques. Une seconde, il parut hésiter, ses yeux pâles écarquillés, lèvres tremblantes, comme sur le point de pleurer. Mais il effectua les branchements et alors seulement Haas remarqua le sang qui coulait sur le dos de sa main droite, puis la déchirure ensanglantée du blouson au-dessus du coude : « Une balle de Gruber l'aura atteint. »

Rien ne sembla résulter du branchement. Il n'y eut pas d'étincelles, ni quoi que ce fût de visible. Klimrod recula d'un pas, fixant le judas. Après quelques instants pourtant, il effleura de ses doigts l'acier de la porte d'ascenseur. Geste qu'il répéta plusieurs fois au cours des minutes qui suivirent, dans un silence absolu. Jusqu'au moment où il dit à Haas, sans même tourner la tête, en allemand :

— Venez toucher.

Une nouvelle fois, Haas obéit. Il avança une main tremblante, la retira aussitôt : l'acier était très chaud.

— Et ce n'est rien encore, dit Klimrod d'une voix lointaine, comme rêveuse. Dans une minute, le métal commencera à rougir...

Alors seulement, il pressa sur le bouton. Il y eut ce bruit sourd, caractéristique, des ascenseurs se mettant en marche mais la cabine d'acier ne commença à s'élever qu'avec une infinie lenteur, presque imperceptible, deux ou trois centimètres à la minute peut-être.

Ensuite Klimrod retira du sac de toile huit chandeliers d'argent et autant de bougies. Il les aligna devant la cabine dont l'acier, en effet, commençait à rougeoyer très faiblement. Diego Haas n'osait plus regarder le judas.

— Huit chandeliers, huit flammes, dit Klimrod. Deux pour chaque membre de ma famille...

Il alluma une à une les bougies, après les avoir dressées. A travers le judas, les yeux de Steyr, visage déjà fondu dans la douleur, semblèrent se mettre à brûler à leur tour. Diego songea qu'à cet instant, peut-être, il voulait dire un mot. Klimrod fit un nouveau pas en arrière et, dans une langue que tout d'abord Diego Haas n'identifia pas, entreprit de réciter quelque chose.

Quant il eut terminé, par-dessus les flammes jaunes des chandelles, sous la cabine qui se portait au rouge, un vide était apparu. L'ascenseur s'élevait, son acier se faisant de plus en plus incandescent. Diego Haas fut secoué par un frisson d'horreur, baissa la tête.

— Veuillez vous lever, je vous prie. Tous les deux.

L'ordre avait été donné en espagnol.

Il leur fit descendre la première et courte volée de marches, puis l'escalier droit. Ils se trouvaient au milieu de celui-ci quand le chauffeur colombien les aperçut.

Les deux balles tirées par Reb Klimrod passèrent très au-dessus de la tête de l'homme qui ne s'en crut pas moins visé et disparut de l'encadrement de la porte sur la rue.

— Par ici.

Ils pénétrèrent dans le logement du gardien, deux pièces en enfilade.

— Entrez ici, je vous prie, ordonna Klimrod au gardien. Sur qui il referma la porte du placard, dont il tourna la clé. En revanche, il poussa Diego Haas devant lui. Ils arrivèrent devant une porte, dont Klimrod avait la clé, se retrouvèrent dans une ruelle où une Volkswagen était stationnée.

— Mettez-vous au volant, s'il vous plaît. Ma blessure me gênerait. J'espère que vous savez conduire.

Bruit de course derrière eux : le chauffeur survenait en courant. L'une de ses balles traversa la lunette arrière et toucha le montant droit du pare-brise. Klimrod riposta par deux fois, probablement sans vouloir atteindre la cible.

— Démarrez, je vous prie.

Par deux fois encore la carrosserie fut atteinte par les projectiles mais un virage pris à pleine allure par Haas les mit hors d'atteinte. Ils débouchèrent très vite sur l'avenida Caracas. Haas demanda :

— Et nous allons ?

— Aéroport.

— Le chauffeur va prévenir la police. Et le señor Steyr avait ici des amis très puissants.

— Aéroport.
— C'est-tout-droit-à-fond-la-caisse, dit Diego.

Il commençait à se reprendre, à retrouver de sa pétulance, même s'il se sentait encore horrifié par la scène dont il venait d'être le témoin. Il interrogea à nouveau :

— C'était quoi, ce que vous récitiez devant les chandeliers ?
— Le Kaddish, la Prière des Morts juive.
— Parce que vous êtes juif ?
— Plus maintenant, mais je l'ai été un peu, dit Klimrod..

... Qui cria soudain « ARRETEZ ! »

La Volkswagen venait de surgir en vue de la vaste esplanade du Champ Eucharistique et deux véhicules de la police militaire convergeaient sur elle.

— Demi-tour. Vite, s'il vous plaît.
— Appelez-moi Nuvolari, dit Diego.

Mais il se jeta dans un demi-tour furieux, comme si sa vie en dépendait. « Et elle en dépend probablement, triple buse ! Si ce grand type à la voix doucement effrayante et aux yeux clairs ne te tue pas lui-même, la *policia militar* ne se privera pas de te truffer de plomb, ils tirent sur tout ce qui bouge... » Il se lança à pleine vitesse en direction de l'hippodrome de Techo. Il vivait les heures les plus excitantes de sa vie.

Car d'autres voitures surgirent, de droite et de gauche, et par-derrière, et se prenant au jeu, avec une incompréhensible allégresse, il fit de son mieux pour les éviter, au prix d'une sarabande insensée...

... jusqu'à ce moment où, sur un ordre lancé par Klimrod, il dut freiner des quatre roues. Il n'eut même pas le temps de comprendre (« Tout était prêt, rassurez-vous », lui dit Klimrod de sa voix douce), se retrouva au volant d'un camion cette fois, et filant à l'ouest, croisant même des voitures de police à la poursuite de la Volkswagen...

Très peu de temps après, la route se mit à descendre vertigineusement, elle se fit piste, et des plus boueuses, qui se voyait à peine au travers de la pluie grise qui tombait à verse, les phares révélant à chaque virage tantôt la muraille d'une montagne couverte de forêt, tantôt le vide très angoissant d'un précipice. Une douzaine de fois au moins, ayant maladroitement bloqué ses freins, Diego Haas sentit le camion emporté par son énorme force d'inertie et commencer à glisser dans la boue jaune, droit vers le gouffre. A chaque fois, pur miracle, il put redresser la course. « Je ne pourrais pas m'arrêter même si je le voulais. C'est la chute finale, Dieguito ! »

Ce ne fut qu'après plusieurs heures de cette plongée démente qu'une espèce d'esplanade exiguë se dessina soudain. Haas braqua violemment, debout sur sa pédale de frein, ce qui n'empêcha pas le camion d'aller durement buter contre le rocher.

Mais il s'arrêta enfin.

Ils mirent pied à terre, d'un même mouvement. Dans un coin de rocher se trouvait une niche contenant une vierge bleu ciel et or, aux pieds de qui on avait déposé quelques fleurs dans des boîtes de conserve, ainsi que des ex-voto remerciant la Madone d'avoir permis à des camionneurs et autres chauffeurs de car d'être sortis vivants de l'infernale descente.

— Tout s'explique, dit gaiement Diego Haas. Je ne suis pas si mauvais conducteur que ça, au fond...

Il se retourna et vit Reb Klimrod, front contre le rocher, en train de pleurer.

Après cette halte, et une autre qu'ils firent pour se réapprovisionner en essence, il leur fallut encore quatre heures pour entrer dans la petite ville de Villavicencio, qui est — en altitude et non en distance — deux kilomètres plus bas que Bogota. Entre Klimrod et Haas, à cet instant de leur course commune, un assez bizarre accord s'était établi. A leur sortie de Villavicencio, roulant plein est, Reb Klimrod demanda à Diego où ils se trouvaient, et ce qu'il y avait devant eux. Diego Haas éclata de rire :

— Je n'ai jamais été très fort en géographie. Pas plus d'ailleurs qu'en histoire, en espagnol, en langues étrangères, en physique et chimie ni en mathématiques. Et j'ai toujours été dispensé de gymnastique par les soins de Mamita. Que je sois dans ces conditions parvenu à presque finir une licence en droit constitue à n'en pas douter l'un des plus écœurants scandales de l'histoire universitaire mondiale. Bon. En gros, à droite, il n'y a rien. A gauche, c'est totalement vide. Quant à droite devant, c'est encore pire.

— C'est-à-dire ?

Diego Haas tendit le bras, pensant : « Ça m'a tout l'air d'être historique, ce que tu fais là, mon petit Diego potelé. » Il dit :

— Vous marchez sur environ deux ou trois mille kilomètres et, à un moment, vous tournez à droite. Ce sera l'Amazone. Là, vous ramez et théoriquement, après mille autres kilomètres — à un mois près — vous parviendrez à l'Atlantique. Où il ne vous restera plus qu'à rentrer en Autriche.

Il leva les yeux et eut un nouveau frisson devant ce visage maigre dévoré par une formidable passion intérieure.

— Ils vont vous traquer, dit-il, regrettant tout à coup sa fantaisie précédente. Rien que chez moi, en Argentine, ils ont investi plus de cent millions de dollars. Des hommes comme Steyr, il y en a partout, sur tout le continent et j'ai entendu parler d'un réseau qui va nous en amener de nouveaux. Ils ne peuvent pas laisser passer ce que vous avez fait à Steyr, ça risquerait de donner des idées à d'autres. Le gardien de l'immeuble...

— Ce n'était pas le vrai gardien. Je l'ai payé pour tenir le rôle, mais il ne savait rien d'autre. Il croyait à une plaisanterie. Disculpez-le, je vous prie.

— Il parlait allemand ?

— Non.

— Il n'a donc rien pu comprendre de ce que vous et Steyr vous êtes dit...

Il sourit, yeux jaunes étincelants : « Je suis le seul témoin en somme, le seul à savoir votre nom... »

Il prit la main de Reb Klimrod, la força de prendre le 45 dans sa ceinture, la guida jusqu'à ce que le canon vînt se poser contre sa propre tempe :

— Boum ! dit-il gaiement. Mais ça m'ennuierait, je ne vous le cache pas.

Ils passèrent à un endroit nommé Puerto Lopez et là, parce qu'un petit avion les survola par deux fois, ils changèrent soudain de route, dans l'océan d'herbes du Llano au silence bourdonnant de chaleur. Ils prirent plein sud, sans autre raison que leur découverte d'une piste à peine visible et déjà ancienne. Ils avaient quitté Bogota depuis quarante et quelques heures quand ils laissèrent derrière eux San Carlos de Guaroa et ils atteignirent le Hato de Chaffuray le 9 en fin de matinée. Au-delà, il n'y avait plus qu'un seul rancho répertorié et c'était la Horqueta, au terme d'une ultime étape qui lui prit une pleine journée de quatorze heures. Ensuite, la piste cessait.

Diego tenta bien de pousser le camion plus avant, mais il dut finalement capituler devant un rio qu'aucun pont ne traversait et pour lequel, malgré leurs recherches, ils ne purent découvrir aucun gué.

— Et voilà, dit Diego Haas, déjà accablé.

Le seul fait d'avoir coupé le moteur fit rebondir le silence, qui l'écrasa. Et plus encore, il éprouva soudain le sentiment d'une folie irréparable sur le point d'être accomplie. La descente insensée depuis Bogota, des heures durant, sur cette piste en balcon où ils auraient dû se tuer vingt fois, cette descente n'avait rien eu de prémédité, elle avait été dans le prolongement de leur fuite depuis le Chapinero. Ensuite leur ruée vers l'Est, s'enfonçant à chaque heure davantage dans un monde moins humain, avait été presque un jeu, comme de s'avancer centimètre après centimètre jusqu'à l'extrême rebord d'un gouffre sans fond...

« Mais nous avons atteint le point limite, à présent... »

Il se hissa sur le marchepied et de là sur le toit même du camion. Ce n'était pas tant ce qu'il voyait — une forêt-galerie courait au long de la rivière jaune et par endroits l'engloutissait tout à fait — que ce qu'il imaginait au-delà : cette immensité absolue, inconnue, glauque et gluante sur des centaines de milliers de kilomètres carrés, grouillante, à en donner la chair de poule, de bêtes et de...

— Ecoutez, dit-il soudain, avec une gravité qui l'étonna lui-même, c'est de la démence. Il est impossible que vous pensiez sérieusement à poursuivre seul, droit devant vous...

— Il y a une chose que je souhaiterais que vous fassiez, dit Reb Klimrod très doucement. Ce camion que nous avons utilisé, je l'ai loué à quelqu'un, qui ignorait l'usage que je voulais en faire. Cet homme dont vous trouverez le nom et l'adresse dans le véhicule, risque d'avoir des ennuis à cause de moi. Pour lui aussi, essayez de convaincre la police de son innocence. Et dédommagez-le, je vous prie...

Il n'avait sur lui que les bottes, le pantalon et la chemise de toile achetés à Villavicencio, cinq jours plus tôt. Il retira le Colt 45 de sa ceinture et le posa sur le capot :

— Emportez ça aussi ou jetez-le. Quant à l'argent...

Il déversa, également sur le capot, le contenu du sac de toile dont il avait à Bogota, déjà retiré les chandeliers et les bougies. Tombèrent deux livres, trois passeports et des billets de banque en vrac. Il ne prit que les livres, qu'il remit dans le sac, et passa la bretelle de celui-ci à son épaule.

— Et merci. Je me souviendrai de vous, Diego.

La seconde suivante, il s'était mis en marche.

Diego Haas se souvient d'avoir crié, deux ou trois fois, l'implorant de revenir, broyé par un désespoir inexplicable. Mais à aucun moment Klimrod ne parut entendre. Il entra droit dans la forêt, qui très vite, avidement, l'engloutit.

Deux jours plus tard, 13 novembre 1947, s'en revenant vers la civilisation, Diego Haas fut arrêté par des soldats, qui lui tapèrent un petit peu sur la tête, et d'ailleurs sur d'autres parties de son corps aussi. On le ramena à Villavicencio et de là à Bogota, où on l'interrogea avec une détermination tout à fait méritoire. Il s'en tint non moins obstinément à sa version propre : il n'était qu'une victime innocente, contrainte par le Fou, sous la menace d'un pistolet gigantesque et de douze grenades, de piloter une voiture puis un camion jusqu'au fin fond du Llano où, seul, il n'aurait certainement pas eu l'idée saugrenue d'aller. Non, le Fou n'avait rien dit de son nom, ni des raisons qui lui avaient fait brûler tout vif *el señor* Erich Steyr « mon patron bien-aimé-dont-la-tragique-disparition-m'accable. Ollé ». (Le « ollé » final avait été dit in petto.) *El señor* Steyr dont il ne restait, la cage d'acier ouverte au chalumeau, qu'un assez répugnant amas de viande plutôt carbonisée.

... A quoi ressemblait le Fou ?

— Il a environ trente-cinq ans, dit Diego Haas. Je dirais qu'il mesure un mètre soixante-dix, cheveux et yeux très noirs, cicatrice sur la joue gauche. Et il lui manque la première phalange de l'auriculaire de la main gauche. Ah, j'allais oublier : il boite. Oui, il parle allemand, mais avec un très fort accent russe. Non non, pas polonais, russe. Je connais des Russes tout de même ! Il est impossible que ce soit un vrai Allemand. A un moment, il m'a parlé de Caracas et du Venezuela. Mais à mon avis, il se dirige vers la frontière de l'Equateur, plein sud.

On lui tapa encore un peu dessus, sous ce prétexte fallacieux que sa description du Fou ne concordait pas trop avec celle donnée par le gardien qui n'était même pas le vrai gardien mais un remplaçant de fortune. Diego répondit que cela n'avait rien de surprenant, le remplaçant du gardien étant visiblement myope et alcoolique (ce qui était vrai, en plus).

Là-dessus sa mamita de Buenos Aires, qui avait de hautes relations et de gros moyens, put intervenir et expliquer que son crétin de fils unique était tout, un raté en particulier, sauf un criminel susceptible de servir de complice à un « juif polonais ou russe communiste ». Sitôt libéré, Diego retrouva et remboursa le propriétaire du camion qui n'avait pas été trop inquiété (on ne lui avait cassé que quelques dents) et l'indemnisa de ses infortunes, avec une partie des douze mille six cent vingt-cinq dollars que Reb Klimrod lui avait laissés. Il donna le reste au gardien-qui-n'était-pas-le-vrai-gardien, mais qui sortit de prison grâce à lui, sans autre dommage que trois doigts manquants.

Activées par un industriel (textile) de Medellin, qui offrit vingt mille dollars de prime pour la capture du Fou, les recherches durèrent quatre semaines, dans une zone de mille kilomètres de long, allant de Nunchia au nord à la frontière équatorienne au sud.

Pour ce qui était de l'est, deux colonnes de soldats et trois avions prirent part à la battue. On retrouva même le point extrême atteint par le camion, et on battit le Llano sur des dizaines de kilomètres à la ronde. Sans trop de conviction : si fou qu'il fût, le Fou ne pouvait pas l'être assez pour s'être lancé droit devant lui.

Le Roi, entre-temps, étant en route vers son futur royaume.

3

Guaharibos

16

Le Roi lui-même dit un jour à David Settiniaz qu'il était tout à fait incapable de retracer l'itinéraire qu'il avait suivi. Au vrai, sans l'insistance de Settiniaz il est probable que Reb n'eût jamais pris la peine de revenir ainsi qu'ils le firent sur ses anciennes traces. Il n'était pas homme à se soucier de telles choses. Mais Settinaz insista et obtint gain de cause : en mars 1969 le Roi et lui, à bord d'un hélicoptère géant, allèrent survoler la région, munis de toutes les cartes possibles.

La rivière devant laquelle Diego Haas fut contraint de stopper son camion est le rio Manacaccias, ou l'un des gros ruisseaux qui l'alimentent. Le Manacaccias, après une boucle est-sud-est, coule en réalité au nord ; il se jette dans le Meta, lui-même affluent de l'Orénoque. Le Roi n'en suivit pas le cours. Il se contenta de le traverser et progressa au contraire au sud-sud-ouest. Il dut rencontrer alors le rio Ariari. Il parla à Settiniaz d'une route déjà en partie digérée par la forêt, que Settiniaz identifia comme celle tracée en 1942 par la compagnie américaine « Rubber », exploitant alors les hévéas de la région colombienne du Guaviare[1].

Et le Roi évoqua également une cabane isolée du village de Puerto La Concordia, à la confluence du Guayabero et de l'Ariari, lesquels forment le Guaviare, autre grand affluent de l'Orénoque, d'une longueur de huit cents kilomètres.

Le Roi ne donna jamais d'autres explications sur sa fantastique randonnée. Il suivit plus ou moins le cours du Guaviare, atteignit la petite agglomération de San Fernando de Atabopo, en territoire

1. L'exploitation fut abandonnée par les Américains, après la défaite japonaise libérant les plantations d'hévéas asiatiques.

vénézuélien, vers le début de février 1948, après cent jours de marche.

De San Fernando, le jeune homme aurait pu sans difficulté importante descendre le cours de l'Orénoque et gagner les Guyanes ou la mer caraïbe et Caracas.

Or il poursuivit plein est, s'enfonçant dans ce qui était vraiment l'Amazonie, droit devant lui toujours, vers le Haut-Orénoque inconnu creusant sa vallée entre les Capitales des Formes de la sierra Parima, cônes vertigineux et incompréhensibles, jaillissant de la jungle moite tels des tuyaux d'orgue monstrueux, certains jusqu'à deux mille cinq cents mètres.

David Settiniaz survola seul la région au cours de l'année qui suivit son premier périple avec le Roi. A San Fernando de Atabopo, sur l'Orénoque, il découvrit une petite ville de peut-être deux ou trois mille habitants, maisons basses serrées autour de l'inévitable plaza Bolivar, ville presque abandonnée depuis une cinquantaine d'années, alors qu'elle avait été la capitale du *Territorio de Las Amazonas,* et la base de départ des Seringueros s'efforçant de maintenir vivace la grande aventure du caoutchouc[1]. A bord d'un hélicoptère parti de Puerto-Ayacudo, il remonta l'Orénoque, d'abord jusqu'à La Esmeralda — l'Emeraude —, qui, à l'époque du passage de Reb Klimrod âgé de dix-neuf ans, était le poste le plus avancé de l'administration vénézuélienne. Au-delà Settiniaz pénétra dans la zone interdite, dépassa trois missions catholiques dont l'installation était récente, la plus ancienne datant à peine de 1951[2]. Il se posa à la troisième et dernière, Platanal, où un missionnaire salésien, un Italien du nom de Bartoli, le reçut avec affabilité.

Settiniaz poursuivit sa remontée aérienne de l'Orénoque. Il alla au-delà de ce que Humboldt avait surnommé les Colonnes d'Hercule de l'Amérique du Sud — en réalité un rapide de deux ou trois cents mètres de large selon la saison, le *raudal de los Guaharibos* — et poussa son pilote assez inquiet à s'engager dans l'étroite vallée où le grand Orénoque prend officiellement sa source, entre les sierras de Parima et de Curupira. Ils vinrent en vue du col et de la frontière du Brésil. C'est encore aujourd'hui l'un des endroits les plus sauvages et les plus mystérieux du monde ; Settiniaz l'imagina peuplé de centaines de milliards de bêtes rampantes et volantes. Il ne fut pas déçu, entre les moustiques, par millions au mètre carré ; les « jejenes », moucherons dont les piqûres mettent une semaine à se cicatriser ; les centaines de toutes espèces d'insectes venant sucer la moindre écorchure ; les « niguas », sortes de chiques pondant leurs œufs sous la peau ; les vampires pendus la tête en bas, en principe n'attaquant que la nuit ;

1. Terminée dans les premières années du XXe siècle, quand des Britanniques réussirent, secrètement, à sortir du Brésil des graines d'hévéas et à créer les plantations d'Asie du Sud-Est.
2. Date à laquelle furent reconnues officiellement les sources de l'Orénoque, par une expédition franco-vénézuélienne

les araignées mygales capables de bonds de vingt centimètres pour sauter sur leur victime, et horriblement venimeuses ; les fourmis, rouges ou non ; les termites, capables de dévorer un coffre de bois en une nuit ; les serpents bien sûr, dont l'Amazonie est la villégiature de prédilection ; et les jaguars, les crocodiles, les poissons électriques...

... Et les Indiens.

A Caracas — et c'était en 1970, vingt-deux ans après le passage de Reb Klimrod — on avait prévenu Settiniaz : l'endroit où il se rendait, heureusement en hélicoptère, était le territoire des Yanomami, qu'à peine vingt ans plus tôt on nommait encore les Guaharibos — les Hommes-Singes. « *Muy peligrosos, senor...* » Très dangereux. Les Yanomami étaient la dernière grande tribu amazonienne d'importance à refuser tout contact avec la civilisation.

Ce fut chez eux qu'en avril 1948, le Roi parvint, au terme d'une odyssée solitaire de deux mille cinq cents kilomètres.

Il avait déjà rencontré des Indiens, souvent. Avant d'atteindre les berges de l'Orénoque, à San Fernando de Atabopo et plus encore par la suite, tandis qu'il continuait à remonter le cours du fleuve immense. A plusieurs reprises, il avait réussi à embarquer sur l'une de leurs pirogues, parfois plusieurs jours durant. Ces Indiens-là baragouinaient quelquefois l'espagnol, et la vue d'un blanc n'avait pas paru les surprendre.

Et puis il y avait eu ces Seringueros faméliques dont il avait une bonne semaine partagé les étapes. Les Seringueros l'avaient prévenu : les Maquiritares étaient dans l'ensemble pacifiques, un peu voleurs peut-être mais rien de plus. Les Guaharibos, en revanche... « Ils te tueront, muchacho, et tu ne les verras même pas te tuer... » Et de se lancer dans d'effroyables histoires soulignant la férocité des « Hommes-Singes » établis entre Venezuela et Brésil, entre le Haut-Orénoque et la fourche des rios Branco et Negro, en territoire brésilien.

Démuni de tout papier ou passeport, Reb Klimrod avait passé à la nage ou sur un radeau, la frontière colombo-vénézuélienne et donc l'Orénoque, à la hauteur de San Fernando. Il ne s'était pas davantage montré dans le minuscule bourg, ni dans aucun des ranchos qu'il dut dépasser par la suite. En vue de la mission de La Esmeralda, il fit de même, attendant la nuit pour longer les quelques bâtiments de l'époque. Il dut atteindre le raudal de Los Guaharibos vers la fin mars.

La rencontre se produisit une vingtaine de jours plus tard.

Il ne devait pas être loin de midi et pourtant la lumière était crépusculaire, le moindre rayon de soleil irrémédiablement coupé par un plafond d'arbres, de feuilles et de lianes, épais de plusieurs dizaines de mètres. Certaines lianes avaient presque un mètre de diamètre et dans cette lueur glauque, sous-marine, elles semblaient des serpents monstrueux. Que parfois elles étaient vraiment. Sur le sol s'amoncelait un humus fétide et gras de feuilles pourrissantes, grouillant d'une inquiétante vie larvaire. C'était comme de marcher dans le ventre d'un animal de légende, d'un vert très sombre et palpitant.

Il s'immobilisa, plus pour reprendre haleine que par crainte de quelque chose. Sa main droite tenant une machette, échangée quelque part contre sa montre. Et Diego Haas ne l'eût probablement pas reconnu : il avait maigri mais dans le même temps, son corps s'était transformé : l'adolescence s'y était à jamais effacée. Il avait sa taille définitive, un mètre quatre-vingt-sept, et la silhouette qu'un David Settiniaz devait toujours lui connaître. Son teint était hâlé, de cette couleur vieil or qui tranchait si singulièrement avec ses prunelles claires, et sa barbe, qu'il n'eut jamais très fournie, avait poussé, lui donnant cet air mystique des Christs mexicains. Quand il repéra le camp indien, il venait d'effectuer six heures de marche ininterrompue, par une chaleur de cinquante à cinquante-cinq degrés centigrades, à l'humidité surpuissante et, durant les sept derniers jours, il n'avait pratiquement pas cessé de monter.

Après un moment, ayant retrouvé son rythme normal de respiration, il se remit en route. Il se glissa sans le moindre frémissement des feuilles au travers du mur végétal et après quelques mètres, déboucha dans un espace défriché d'une soixantaine de mètres de long.

Trois huttes se trouvaient dans la clairière artificielle. Elles étaient triangulaires, telles que les Seringueros les avaient décrites, et les tiges de palme dont elles étaient faites n'avaient pas été tranchées par un quelconque instrument métallique : on les avait arrachées et brisées par torsion, selon la technique des Guaharibos. Aucun signe de vie, sinon un feu maigre qui fumait dans l'air surchargé d'humidité.

Il demeura un long moment immobile, à l'orée de l'espace vide qui nuançait le vert sombre de la forêt par des effets de lumière diffuse, qui soudain jaunissait et même, se fixant en haut des cimes des arbres, s'éclaircissait jusqu'à une éblouissante blancheur d'acide. Puis il avança, lentement. Il vint près du petit foyer, posa le sac de toile, entreprit de se dévêtir, ôtant jusqu'à ses bottes. De celles-ci, et de ses vêtements, il fit tout à côté de la fumée montant droit dans l'air parfaitement immobile, un tas très soigneux, sur lequel il disposa la machette, pointe tournée vers lui et donc poignée offerte.

Ensuite, il recula de trois ou quatre pas et se figea à nouveau, totalement nu, la tête légèrement renversée en arrière et contemplant cette minuscule trouée dans le plafond de feuillages qui permettait de croire encore au soleil. Son corps tout entier était hâlé du même bronze doré que son visage et ses mains, et la sueur ciselait les muscles fins et longs. Il attendit, et il fallut plusieurs minutes pour que reprissent ces frôlements indistincts qu'il avait perçus, par-dessus la respiration de la forêt.

Ils apparurent tous ensemble, cinq hommes, s'extrayant du couvert où ils s'étaient tapis à son approche, avec une aisance reptilienne et sans le moindre bruit. Le plus grand d'entre eux atteignait un mètre soixante mais ils étaient également jeunes, athlétiques et nus, d'une nudité lisse et comme vernissée ; ils portaient des peintures rouges et noires, très délicatement tracées, dessinant des carrés ou des losanges nets et, au bras droit, de petites touffes de plumes multicolores, l'ensemble d'une surprenante beauté. Deux d'entre eux avaient les oreilles percées par des éclats de bambou. Tous arboraient autour de la taille une fine cordelette tressée, maintenant la verge verticale par un nœud sous le prépuce. Leurs cheveux étaient coiffés en couronne et centrés sur une tonsure, à la façon des moines.

Mais l'essentiel, pour l'heure, était ces grands arcs bandés, dont les flèches immenses étaient toutes pointées sur Reb Klimrod. La totale immobilité de ce dernier dut pourtant produire ses effets. Ils s'approchèrent, en un lent encerclement, et ce furent d'abord les pointes au curare des flèches de guerre qui effleurèrent sa peau nue. L'un d'entre eux, ensuite, ramassa la machette, en éprouva le fil sur son doigt, de la même façon qu'il s'assura de la résistance du métal, en essayant de le briser. Il frappa soudain, à la volée, et la tige de palme en fut sectionnée net. L'homme éclata de rire et ce rire fut comme un signal : tout un groupe, hommes, femmes et enfants, sortit alors de la forêt, comme autant d'ombres parfaitement silencieuses et nues. Un cercle se forma peu à peu, à mesure que la timidité diminuait, autour du géant qui ne bougeait toujours pas. L'homme à la machette, le premier, toucha Klimrod et son rire retentit à nouveau quand un mince trait de sang parut là où la lame était passée. D'autres hommes s'avancèrent, certains grattant avec leurs ongles pour s'assurer sans doute que la teinte de la peau n'était pas due à quelque peinture (une des histoires racontées par les Seringueros était celle d'un Noir qu'ils avaient pris et, stupéfaits par l'étrange teinte, ils l'avaient presque complètement pelé, avant de se rendre à l'évidence de ce qu'il était noir au naturel).

Finalement ils furent tous, même les femmes, autour de lui à le palper, à tirer ses poils. Ses yeux, surtout, semblaient les fasciner. Mais la différence de taille était telle qu'ils devaient, pour croiser son regard, reculer de plusieurs pas, Gulliver en pays de Lilliput, et renverser leur tête en arrière. Aucun mot n'avait encore été prononcé et le premier à parler vraiment fut un homme âgé, la joue boursoufflée jusqu'à l'œil par quelque chose qu'il avait dans la bouche, de laquelle coulait un jus verdâtre. La phrase eut la tonalité d'une menace. Dans le même temps, quelques hommes s'étaient emparés des vêtements, des bottes, du sac. Il y en eut un ou deux pour se coiffer de la chemise ou du pantalon et d'autres s'en prirent aux bottes, les juchant en équilibre sur leur tonsure et déchaînant un rire général.

— *Atchika* (ami), dit Reb en souriant.

Pour quelque raison, son offre d'amitié ne souleva aucun écho. Très soudainement, le groupe tout entier se replia et, en quelques secondes, la clairière fut vide, avec la miraculeuse instantanéité des rêves. Par deux fois, Reb Klimrod cria : « *Atchika !* » Mais la seule réponse qu'il reçut prit la forme de trois flèches de guerre qui vinrent se planter dans le sol à ses pieds, l'une d'elles se fichant exactement entre ses jambes, sans qu'il eût même distingué les tireurs...

Le Roi dit qu'alors il se mit à les suivre, qu'il les suivit « pendant huit à dix jours », se maintenant en permanence à une centaine de mètres d'eux, lui-même progressant nu — ils lui avaient tout pris excepté les deux livres qu'il avait cachés avant de pénétrer dans la clairière. Le Roi raconta qu'à plusieurs reprises ils tentèrent de le dissuader de marcher sur leurs traces, soit en revenant vers lui pour proférer des menaces, soit carrément lui tirant dessus quelques-unes de leurs petites flèches de chasse, le blessant légèrement deux fois, mais d'évidence se refusant à le tuer.

Après ce laps de temps de huit à dix jours, dont le Roi reconnut qu'il avait d'ailleurs pu être plus long, il atteignit à l'extrême limite de ses forces physiques. Son corps tout entier devait alors être marbré par des millions de piqûres d'insectes, ses pieds étaient forcément en sang, rongés par les chiques et de l'une ou l'autre de ces épouvantables bestioles qui, lors des traversées de zones aquatiques, s'incrustent sous la chair en ouvrant des plaies semblables à des huîtres sans coquille, hideuses et horriblement douloureuses. Outre cela, dans sa folie obstinée à ne pas lâcher la piste des Guaharibos, il ne dut guère prendre le temps de s'alimenter, même avec l'expérience qu'il avait acquise au long des mois précédents, durant cette avancée inouïe débutée au pied de la Cordillère des Andes.

Le Roi dit simplement : « Il y a eu un moment où je ne pus plus avancer et quand je repris connaissance, ils étaient tous auprès de moi, à me sourire. C'est avec eux que je passai les mois suivants, avant de descendre plus au sud, sur le rio Negro... »

Le comptoir[1] établi par le sinistre Service de Protection des

1. Quatre ans plus tôt, en 1944, un groupe de chercheurs venus des Etats-Unis avait quitté Manaos et remonté le rio Negro jusqu'au petit bourg de Moura, deux cents kilomètres au nord-ouest. C'était une agglomération née d'un massacre, celui commis en 1855 par une colonne militaire qui avait brûlé vifs, femmes et enfants compris (exactement à la même époque, en

Indiens au nord de Moura, sur le rio Camanau était dirigé par un homme du nom de Ramos. En 1948, il avait trente-quatre ans, il s'était marié un an auparavant à Belém et avait choisi d'emmener sa femme avec lui quand, sept mois plus tôt, on l'avait désigné pour le commandement du « poste d'attraction ». Entre tous les fonctionnaires du S.P.I. opérant en Amazonie et au Mato Grosso, il n'était certainement pas parmi les pires. En sept mois, il n'avait tué aucun Indien, avait même mis un terme aux pratiques jusque-là en usage, qui consistaient à inoculer aux indigènes quelques germes — à commencer par celui du rhume de cerveau, affection bénigne pour les Blancs mais quasi mortelle pour des autochtones. La vente de fusils aux garimpeiros[1] (chercheurs d'or et de diamants) n'était, pour le reste, qu'une activité normale ; il n'avait pas à savoir l'usage qui était fait de ces armes. Et ignorait même que ces Winchester 73 étaient non seulement identiques mais se trouvaient être *les mêmes,* qui avaient précédemment été utilisées aux Etats-Unis et au Mexique lors des guerres indiennes — une société de New York ayant eu l'ingénieuse idée de racheter ces carabines de rebut pour les exporter et les revendre, à partir de 1939, aux colons brésiliens.

Les premiers signes d'une nervosité parmi les visiteurs indiens du poste d'attraction commandé par Ramos apparurent en octobre 1948. Jusque-là, les échanges s'étaient toujours bien passés : on troquait des colifichets ou des instruments de cuisine en métal contre des pépites, des petits diamants et des arcs et des flèches, toutes opérations présentant un intérêt financier puisqu'on revendait les armes indiennes jusqu'à Rio. Et puis cela avait un avantage stratégique : les Winchesters des garimpeiros étaient encore plus efficaces quand leurs propriétaires avaient à se défendre contre des sauvages sans armes. Mais à compter d'octobre, les Indiens commencèrent à renâcler, à propos des arcs notamment, qu'ils refusèrent d'échanger contre quoi que ce fût.

L'homme blanc se montra quant à lui dans le courant de novembre. Aucun des seize subordonnés de Ramos, et Ramos lui-même, ne purent s'y tromper : quoique entièrement nu, il s'agissait d'un Blanc, de très haute taille, aux yeux très clairs, cheveux longs retenus par un bandeau vert, barbe assez peu fournie. Il vint trois ou quatre fois mais n'approcha jamais vraiment du poste, se tenant à distance. Interpellé en portugais et en espagnol, il ne broncha pas, semblant ne pas entendre. Ses compagnons Waïmiri, en revanche,

---

Amérique du Nord, Cheyennes ou Arapahos subissaient le même endoctrinement civilisateur) quelques centaines d'Indiens, et qui n'avait jamais cessé de servir de base à d'autres expéditions aussi sanglantes. Moura se trouve à l'embouchure du Negro et du rio Jauaperi. Un peu plus en amont, c'est le puissant Branco qui vient mêler ses eaux à celles du Negro, lui-même affluent principal de l'Amazone. Les anthropologues et ethnologues américains commencèrent la remontée du rio Alalau...

.. et ne réapparurent jamais Ce comptoir était le dernier à avoir enregistré leur passage

1 Orthographe portugaise.

l'entouraient d'une considération manifeste, n'acceptant aucune transaction sans lui en avoir tout d'abord référé. Et il s'exprimait dans leur langue, d'une voix basse et lente. Ramos se souvient d'une réflexion que lui fit l'un de ses employés, un certain Rocha, qui remarqua que parmi les Waïmiri se trouvaient trois ou quatre Guaharibos du Nord, chose très étonnante quand on savait l'hostilité entre les tribus de la Parima et celles du Negro. Ramos est également affirmatif sur un autre point : une fois au moins, le Blanc mystérieux vint au poste accompagné d'une très jeune Indienne, superbement faite, de douze à quatorze ans.

Début décembre se produisit à une trentaine de kilomètres au nord-ouest de rio Jauaniperi un incident qualifié par Ramos de « regrettable » : des garimpeiros massacrèrent tout un village jusqu'aux enfants en bas âge. Dans son rapport à Belém, Ramos répartit équitablement les responsabilités de la tuerie entre les deux camps. Par la suite aussi : « Il fallait comprendre les garimpeiros, leur vie était extrêmement rude et difficile, et les Indiens leur étaient souvent hostiles sans raison... »

Le 29 décembre, un groupe d'Indiens assez énervés se présenta au poste et formula d'inadmissibles revendications : dix arcs contre une Winchester. Ou bien une Winchester contre des diamants. Ramos refusa avec indignation. Curieusement, ce refus ne parut pas trop affecter les Indiens. Ramos en conclut que le « regrettable incident » était tombé dans l'oubli. Mais Rocha, un jeune homme né à Moura, dont le prénom était Ubaldo, et qui parlait plusieurs dialectes indiens, fit remarquer que les Indiens venaient désormais au poste sans femmes ni enfants, contrairement à leurs habitudes, et surtout que le changement si spectaculaire dans l'attitude des Waïmiri, passant de l'agressivité à la bonhomie, était dû à quelques mots lancés par le Blanc, en retrait. Ramos haussa les épaules en riant : « Ça prouve tout simplement que tout macaque qu'il se soit fait, il reste un Blanc, l'un des nôtres... »

Deux jours plus tard, le 31 décembre, Claudia Ramos, enceinte de sept mois et souffrant terriblement de la chaleur, était en train de s'asperger de l'eau d'une bassine quand, par la fenêtre sans vitre, simplement fermée par une moustiquaire, elle aperçut une dizaine de Waïmiri immobiles à la lisière de la forêt, à quinze ou vingt mètres d'elle. Craignant d'être vue nue, elle se hâta d'enfiler une blouse et passait une jupe quand la moustiquaire éclata soudain, tranchée d'un coup de machette. Elle hurla et, gênée tout à la fois par sa grossesse et cette jupe qu'elle ne parvenait pas à mettre tout à fait, se rua en direction du bureau de son mari. La première flèche de guerre, longue de plus d'un mètre vingt, lui transperça la cuisse droite, la deuxième se planta dans son dos, entre omoplate et clavicule. Elle réussit à se traîner sur la véranda et découvrit son beau-frère Joao Ramos que quinze ou vingt flèches avaient littéralement cloué à la paroi de bois du bâtiment, six d'entre elles lui ayant déchiqueté la gorge et une autre, tirée à bout portant, étant entrée par la bouche grande ouverte du supplicié au point de ressortir d'une vingtaine de centimètres par la nuque.

Claudia Ramos acheva de tomber et à peine avait-elle touché terre qu'un Indien surgit, juste devant son visage. Elle le vit brandir une massue mais l'homme n'acheva pas son geste : un cri l'immobilisa, le Blanc apparut à son tour, ordonnant quelque chose. Le Waïmiri hésita, grommela, puis partit en courant.

— Oh mon Dieu ! s'exclama la jeune femme.

Le Blanc aux yeux clairs et au bandeau vert se pencha sur elle. Il allongea une main et du bout de ses doigts, lui caressa la joue et les lèvres, puis il s'éloigna à son tour, sans avoir prononcé un mot.

Ubaldo Rocha revenait de la rivière quand il vit, à trente pas de lui, s'écrouler un autre des employés du poste d'attraction, la gorge traversée par une flèche. Il comprit immédiatement ce qui se passait et se précipita dans un petit magasin tout proche, heureusement muni de volets, qu'il assujettit, tout comme il en bloqua l'unique porte. Les assaillants l'aperçurent mais trop tard, et ils se contentèrent pendant quelques minutes de frapper avec rage les planches qui constituaient le bâtiment. Ils parurent renoncer et s'éloignèrent. Par des interstices entre les planches, Rocha assista à la plus grande partie de la tuerie et son témoignage est en totale contradiction avec celui de Ramos (dont le jeune frère fut tué, sans doute en raison de sa ressemblance avec le chef de poste). Pour Rocha, non seulement le Blanc au bandeau ne conduisit pas l'attaque mais au contraire il fit tout pour apaiser la fureur meurtrière des Indiens, courant de l'un à l'autre et leur parlant dans leur langue.

Ce fut lui, en particulier, qui intervint quand les assaillants revinrent s'en prendre à la cabane dans laquelle Ubaldo Rocha avait trouvé refuge. Ils y mirent le feu et sans le Blanc qui surgit une nouvelle fois, Rocha aurait péri, soit carbonisé, soit massacré en tentant une sortie désespérée. Mais le Blanc éloigna les Indiens et cria en espagnol :

— Sortez de là et filez à la rivière !

Mains brûlées et cheveux roussis, Rocha se jeta au-dehors peu avant que l'édifice ne s'écroule (il contenait notamment de l'essence et de l'alcool), et alla en effet plonger dans le rio.

Il y eut au total, parmi les employés du poste, neuf morts en comptant le frère de Ramos, et quatre blessés seulement, dont Claudia Ramos, qui survécut et vit encore à Santarém.

En avril 1949, on demanda à Ulbado Rocha, qui se trouvait alors à Manaos, s'il accepterait de prendre part à une tentative pour remonter le Jauaperi en vue d'y renouer un contact amical avec les Waïmiri. Depuis l'affaire de décembre, les Indiens avaient à peu près disparu, repliés vers le nord, peut-être même aux abords du territoire des Yanomami. L'homme qui fit cette demande à Rocha s'appelait Barbosa. C'était ce que l'on appelle au Brésil un sertaniste, un spécialiste du *sertao,* de la forêt amazonienne, et des plus confirmés. A la surprise de Rocha, il se révéla un ami sincère des Indiens, en dépit de son appartenance au S.P.I. Depuis 1943, il avait travaillé au Mato Grosso avec d'authentiques « indigénistes », les frères Orlando et Claudio Villas Boas. Il dit à Rocha qu'il n'avait aucune expérience des Indiens du Nord de l'Amazone, même s'il connaissait à peu près ceux du Sud, et qu'il cherchait des hommes de confiance pour l'aider. Deux anthropologues l'accompagnaient mais aucun soldat. Rocha avait quitté le S.P.I. ; il avait trouvé un emploi à la Booth Line qui depuis presque le début du siècle, assure un service entre Liverpool et Iquitos, au prix d'un parcours de quatre mille kilomètres sur l'Amazone.

Il accepta l'offre de Barbosa, par amour de la forêt.

Le petit détachement quitta Manaos le 9 mai, remonta le Negro et ses innombrables îles, toucha Moura et là, au lieu de s'engager sur le Jauaperi, on choisit — sur le conseil de Rocha lui-même — de faire route par le rio Branco, qui est orienté presque plein nord, son bassin occupant la pointe la plus septentrionale du Brésil, Venezuela et bassin de l'Orénoque à gauche, colonie britannique de Guyane à droite. Rocha avait parlé à Barbosa du grand Blanc au bandeau et expliqué son idée : si l'on pouvait retrouver cet homme, qui apparemment possédait assez de prestige, voire d'emprise sur les Indiens, pour circuler parmi eux sans danger et même obtenir la cohabitation d'ethnies aussi différentes que les Waïmiri et les Yanomami, si donc l'on pouvait retrouver cet homme, peut-être accepterait-il d'aider à la mission de paix.

Ils naviguèrent sur le Branco, large par endroits de plusieurs kilomètres et après trois semaines, commencèrent d'apercevoir dans le lointain les hauteurs massives, coiffées d'une forêt infinie, inconnues et inquiétantes de la *serra*[1] de Pacaraïma. Rocha et un interprète, un Waïmiri évangélisé du nom de Sebastiao, débarquèrent en un endroit appelé Caracaraï, sur la rive droite du Branco. Sur la foi des renseignements qu'ils avaient obtenus jusque-là, le Blanc pouvait être dans la région.

Durant tout le mois de juin, Rocha parcourut en vain la zone, encouragé par l'attitude des Indiens : aux abords de chaque village, lors de son approche, il trouvait piquée au milieu du sentier une flèche décorée de deux plumes blanches croisées, signe de paix. Il

1. Orthographe portugaise de « Sierra ».

posa d'innombrables questions mais ne reçut jamais de réponse : les visages restaient impassibles, par ignorance ou refus de répondre.

Fin juin, il retraversa le Branco et cette fois accompagné de Barbosa, d'un ethnologue du nom de Nelson de Andrade et de l'indien Sebastiao, il remonta le cours du rio Ajarani sur une cinquantaine de kilomètres, droit vers la serra de Mucajaï. Le 6 juillet, les quatre hommes arrivèrent en vue d'un village où, à la vérité, on semblait les attendre. On leur offrit des fruits et du pécari rôti, sans sel ni piment, à la façon des Yanomami qui n'apprécient que la nourriture fade, au goût de la forêt sous la pluie, et mangent de la terre pour compenser, par pur instinct, une carence alimentaire en fer et autres minéraux. Rocha crut reconnaître quelques visages :

— Je jurerais que ceux-là sont venus jusque chez Ramos, dit-il à Barbosa. Ce sont des Yanomami, pas de doute. Regardez les dessins. Ils ne sont pas tout à fait sur leur territoire.

Par Sebastiao (son propre yanomami commençait à peine d'être suffisant) il demanda et obtint de visiter le village. Barbosa et lui purent entrer dans toutes les cases. Sauf une. Sitôt que les deux Brésiliens s'en approchèrent, trois hommes se dressèrent et barrèrent l'accès, sans donner d'explication, refusant de répondre aux questions de Sebastiao.

— Ça ne veut pas dire grand-chose, reconnut Rocha. Ils interdisent souvent l'entrée d'une *maloca* aux étrangers, et même aux femmes, pour des raisons religieuses ou autres. Ils y ont peut-être entreposé quelque chose...

Ou quelqu'un.

Rocha pensa immédiatement au Blanc. Il fit une tentative : élevant la voix, comme à la cantonade, il dit en portugais : « Je m'appelle Ubaldo Rocha. Vous avez sauvé ma vie, il y a six mois, chez Ramos. J'étais enfermé dans le magasin et sans vous, j'aurais été tué. Nous voudrions simplement vous parler... »

Aucune réaction. Mais dans la minute suivante, une jeune indienne apparut et Rocha la reconnut immédiatement : c'était elle qui avait un jour accompagné le Blanc. Elle tenait dans ses bras un jeune enfant de peut-être deux mois, à la peau étonnamment claire. Entièrement nue à la seule exception d'une minuscule frange teinte en rouge par l'ururu et décorant le pubis, elle avait un corps superbe et son visage ne portait aucun tatouage ou dessin, et surtout pas l'une de ces baguettes de bambou dont les femmes yanomami se percent les narines, les lèvres ou les lobes d'oreille. Elle jeta sur les Blancs un regard nullement intimidé, presque amusé en fait, et pénétra dans la case interdite.

L'idée vint à Rocha que le Blanc au bandeau ne comprenait peut-être pas le portugais : lors de la tuerie de décembre, c'était en espagnol qu'il avait crié. De Andrade traduisit la phrase de Rocha en espagnol, mais n'obtint pas davantage de réponse.

Insister devenait difficile. Sebastiao d'ailleurs lança un bref avertissement : les Yanomami (lui les appelait des Guaharibos) commençaient à s'agiter et manipulaient dangereusement leurs arcs de guerre, plus grands qu'eux-mêmes, alors qu'aucun des trois Blancs n'était armé, hors les machettes. Mais Barbosa, partageant la conviction de Rocha, décida de demeurer quelques jours aux environs du village...

— *Silencio...*

Sur l'épaule de Rocha endormi, une très légère pression se fit sentir. Il ouvrit les yeux. S'il ne distingua pas le visage, au moins identifia-t-il la silhouette, immense et très mince, que la lune dessinait.

— *Silencio, por favor.*

Les mots étaient chuchotés. Un instant inquiet, Rocha se glissa au bas de son hamac. Suivant l'homme, il marcha le long de la rivière, partagé entre une appréhension qui confinait à l'angoisse, une énorme curiosité, et presque de l'exaltation. Après une centaine de mètres, le Blanc au bandeau se retourna et lui fit face. Deux choses alors, notamment, frappèrent Rocha : la taille et les yeux.

— Vous parlez espagnol ?

— Un peu, répondit Rocha. Mais je le comprends bien.

— Je vous ai observé, quand vous travailliez chez Ramos. Vous étiez l'un des très rares employés qui se conduisaient bien avec les Indiens... Vous comprenez ce que je dis ?

— Oui.

— Et maintenant, vous êtes dans la forêt, sans armes. Pourquoi ?

Rocha expliqua la mission de Barbosa, dit la confiance que lui-même avait en l'ethnologue. Il s'enhardit même jusqu'à ajouter :

— Vous devriez lui parler. C'est un homme... — il chercha les mots en espagnol : *muy sincero, de buena fe...*

— Non. Dites-lui de partir, lui et ses compagnons. Ils ne sont pas dans un zoo. Qu'ils partent demain.

La voix était lente, comme indifférente. De cet homme entièrement nu, sauf le bandeau lui ceignant le front, émanait une extraordinaire autorité naturelle et si Rocha eût connu le mot, ce qui n'était pas le cas, un charisme exceptionnel. Qui justifia dans une certaine mesure la naïveté de la question que le jeune Brésilien posa alors :

— Etes-vous le chef des Indiens ?

Ce qui passa alors sur le visage maigre, dont la lumière blanche de la lune accentuait le relief, fut presque un sourire :

— Non. Et je ne le serai jamais. Ils m'ont simplement accepté. Ubaldo Rocha, c'est bien votre nom ? Quel âge avez-vous ?

— Vingt-trois ans.

— Vous connaissez Manaos ?

Rocha dit qu'il était né à Moura, mais que bien sûr il connaissait Manaos, où il habitait. Le Blanc au bandeau reprit :

— Demain, vous repartirez avec les autres. Mais je souhaiterais que vous reveniez. Seul ou à la rigueur avec ce Waïmiri que vous appelez Sebastiao. Vous ne courrez aucun risque, personne ne vous fera de mal, à condition qu'il n'y ait que vous et le Waïmiri. Je souhaiterais que vous rapportiez des médicaments, ce que vous pourrez acheter à Manaos ou ailleurs. Des sulfamides, de la pénicilline et de la streptomycine. Vous savez ce que c'est ?

— Oui pour la pénicilline.

— Vous vous souviendrez des noms ?

— Oui. Mais je n'ai pas d'argent.

Une grande main osseuse s'avança, s'ouvrit, découvrit sa paume : les diamants apparurent. Rocha en eut le souffle coupé : il y avait là de quoi acheter tout un quartier de Manaos, opéra compris. Il dit dans un souffle :

— Je pourrais prendre ces diamants et ne jamais revenir.

Cette fois, ce fut bel et bien un sourire qui, avec une lenteur fascinante, se dessina sur le visage maigre :

— Mais vous ne le ferez pas, dit l'homme au bandeau très calmement. J'ai confiance en vous. Revenez dès que vous le pourrez. Remontez le Negro jusqu'aux chutes qui sont après Caracaraï. Il y a là une grande île, au milieu du fleuve. Vous débarquerez et vous attendrez. Deux hommes viendront à tour de rôle. Le premier s'appelle Jaua, c'est un Yanomami, très exactement un Shamatari[1] ; le deuxième est Maduaraga, c'est un Waïmiri et vous le connaissez, il menait l'attaque chez Ramos. Tous les médicaments que vous pourrez, je vous prie. Vous les leur donnerez.

— Et vous ? Où serez-vous ?

— C'est sans importance. *Adios.*

Il y eut quelque chose de magique dans la façon dont, en quelques secondes, il disparut sous le couvert.

Ubaldo Rocha effectua au total onze voyages entre Manaos et Caracaraï, au cours des vingt mois qui suivirent, presque toujours, surtout au début, accompagné de Sebastiao, dont la présence le rassurait. Mais à la longue et ses connaissances en yanomami se faisant plus complètes, comme d'ailleurs en tous les dialectes en usage dans le territoire de Ronaïma, il voyagea seul.

Sur le produit de la vente des diamants, qu'il écoula un par un pour ne pas susciter les convoitises, il s'alloua un salaire exactement égal à celui que lui versait la *Booth Line* avant qu'il donnât sa démission.

1. Yanomami est le nom que se donnent eux-mêmes les Indiens de cette ethnie, en réalité composée de plusieurs tribus : Shirishanas, Waïkas et autres Shamatari.

Hormis ce prélèvement, fort modeste, il consacra la totalité des sommes recueillies à l'achat des médicaments, à l'acquisition d'une chaloupe et aux frais strictement indispensables.

Il eut à ce faire d'autant plus de mérite qu'à aucun moment durant ces vingt mois il ne revit le Blanc au bandeau.

Et il y eut plus extraordinaire encore.

Dès son premier débarquement dans l'île au nord de Caracaraï, il fit la connaissance de Jaua, le Shamatari dont il avait le nom. Il se trouva en face d'un Indien d'à peu près vingt ans, corps d'athlète sculptural, visiblement très intelligent, d'une taille assez remarquable puisqu'il atteignait, évidemment pieds nus, plus d'un mètre soixante-dix.

Les yeux de Jaua, éclats de diamant noir, ne cillèrent même pas quand Sebastiao, relayant la question de Rocha, l'interrogea sur le Blanc au bandeau. A croire qu'il n'en avait jamais entendu parler. Et il en fut ainsi lors des rencontres suivantes, à l'occasion desquelles Rocha dut en plus affronter Maduaraga, le cacique Waïmiri qui n'était guère plus rassurant que Jaua, dans la mesure où, au poste d'attraction l'année précédente, il avait à lui seul tué au moins quatre hommes, et failli fracasser la tête de Claudia Ramos.

En réalité, il fallut à Ubaldo Rocha près de onze mois, et sa huitième rencontre avec Jaua pour que celui-ci consentît à sortir de son impénétrable impassibilité. A cette époque, Rocha pratiquait presque parfaitement le yanomami, et l'entremise de Sebastiao ne lui était plus nécessaire. Il posa donc la question lui-même, au sujet de l'homme blanc, dit que sa curiosité n'avait d'autre raison que l'amitié qu'il portait à cet homme blanc, et plus que l'amitié, le respect : « Je lui ai obéi en toutes choses, Jaua. » Et il crut que c'étaient soit ses arguments, soit l'absence d'un interprète entre eux, qui avaient soudain libéré le Shamatari. Mais ce que lui dit alors Jaua lui révéla qu'il n'en était rien, et que l'Indien, si impassible jusqu'à cette minute, était sous le coup d'une émotion violente.

Jaua tout de go lui apprit en effet que sa propre sœur avait été l'épouse de Caraïbe — c'était d'évidence le nom qu'il donnait à l'homme au bandeau — qu'elle venait d'être massacrée, elle et son enfant, outre une vingtaine des membres de sa tribu, par un groupe puissamment armé de chercheurs de noix de Para et de garimpeiros constitués en bande, quelques semaines plus tôt.

— Et Caraïbe ? demanda Rocha, sincèrement affecté par cette nouvelle phase du génocide indien dont il était le témoin impuissant.

— Parti, répondit Jaua.

— Parti où ?

Hors de la forêt. Et le Shamatari de désigner le sud-est : « Très loin. »

— Et il va revenir ?

— C'est un Shamatari, répondit simplement Jaua empli d'une

conviction définitive. Et la place des Shamatari est dans la forêt. Il reviendra.

Reb Klimrod quitta le Haut-Branco vers la fin du mois de mai 1950.

Soit mille jours et trente-deux mois après sa plongée profonde dans le Monde Vert, au départ de Bogota. Cette immersion si longue, marquée de tant de souffrances mais aussi d'une paix qu'il ne trouva sans doute jamais ailleurs, l'avait profondément modifié.

Il arriva à Manaos. Ne s'y préoccupa pas de joindre Ubaldo Rocha, descendit l'Amazone jusqu'à Belem.

Là, il s'embarqua sur un cargo. Comme soutier ou aide-cuisinier — il n'avait pas un cent en poche et n'avait pris la peine d'emporter aucun diamant, considérant sans doute qu'il n'en avait pas le droit.

Il arriva le 12 juilllet à la Nouvelle-Orléans.

Qu'il quitta le jour même.

4

Les Chiens noirs

17

— Il y a là, dit le maître d'hôtel à David Settiniaz, un monsieur qui demande à parler à Monsieur.

Même dans la voix du domestique, on discernait la minuscule ouvrant le premier « monsieur », et la majuscule entamant le second. Le 16 juillet 1950, David Settiniaz s'apprêtait à fêter simultanément deux grands événements de sa vie : son vingt-septième anniversaire et surtout son mariage, célébré le jour même. Il était neuf heures du matin et il achevait de s'habiller. La veille, il était arrivé chez ses beaux-parents à New York. Quinze jours plus tôt, il avait brillamment obtenu son diplôme de doctorat et de fin d'études de la Harvard Business School.

— Et il se nomme ?

— Ce monsieur a refusé de donner son nom, dit le maître d'hôtel.

— Priez-le de m'attendre quelques minutes, je vous prie.

Le téléphone sonna pour la centième fois consécutive et c'était cette fois Christopher Page, son futur beau-frère, qui avait alors seize ans, que ce premier mariage de l'une de ses sœurs excitait comme une puce et qui devait le lendemain partir pour la France, pour la Provence, en compagnie de Suzanne Settiniaz, grand-mère de David, celle-ci rentrant chez elle après avoir assisté à la cérémonie. « Oui, dit Settiniaz, il y a effectivement une piscine chez ma grand-mère près d'Aix. Oui, on peut faire du cheval. Non, tu ne me déranges pas du tout. A tout à l'heure, Chris. » D'autres appels téléphoniques arrivèrent encore, agrémentés de visites, le vaste hôtel particulier beau-parental résonnant comme une ruche. Mais il vint tout de même un moment où, ayant enfin réussi à enfiler sa ridicule jaquette, Settiniaz put descendre jusqu'au rez-de-chaussée transformé en exposition florale Un autre domestique parvint à se souvenir que « le monsieur-qui-n'avait-pas-voulu-dire-son-nom » se trouvait probablement dans la bibliothèque, en tous les cas y était encore un quart d'heure plus tôt. Settiniaz passa au travers d'une nouvelle vague d'assaillants, celle-là composée de demoiselles et garçons d'honneur. Il entra dans la pièce désignée, la crut vide un instant, sentit une présence, un regard sur lui et dans la seconde suivante reconnut le Garçon de Mauthausen.

— Très visiblement, j'arrive au pire moment et je vous prie de m'en excuser, dit Reb Klimrod de sa voix si douce.

De son petit-fils unique, Suzanne Settiniaz avait coutume de dire qu'il était d'une intelligence tout à fait satisfaisante, d'une irréprochable gentillesse, d'une courtoisie sans limites, qu'il était affectueux et doux et fidèle à ses amis autant qu'à sa famille, qu'il était somme toute le petit-fils idéal à deux traits près : il manquait à peu près complètement d'humour et, plus encore, de cette agressivité voire de cette férocité qui font les grandes réussites. Pour la férocité, Suzanne Settiniaz s'en passait assez bien : par son père, par sa mère, ses grands-parents, David Settiniaz possédait déjà ou allait posséder une assez jolie fortune ; et Diana Page, qu'il épousa donc en juillet 1950, lui apportait dix millions de dollars de dot plus quelques espérances. S'agissant du sens de l'humour en revanche, Suzanne Settiniaz ne s'était jamais vraiment consolée de son absence.

— J'ai appelé Boston, dit Reb Klimrod, à ce numéro que votre grand-mère m'avait donné. On m'y a dit que je vous trouverais ici, à cette adresse de Park Avenue, mais sans autres explications. J'allais me retirer mais une jeune femme a insisté pour que je vous attende. Je suis vraiment désolé.

Settiniaz le considérait surpris et même carrément stupéfait. Cinq années s'étaient écoulées depuis Mauthausen, et Linz, et la guerre, et l'entrée en scène d'un jeune garçon qu'il n'avait en fin de compte qu'à peine entrevu.

— Je ne vous savais pas à New York, réussit-il enfin à dire. Ni même aux Etats-Unis.

— Je n'y suis que depuis peu de temps. J'étais simplement venu vous remercier, pour ce que vous avez fait pour moi. Je vais m'en aller, à présent. Puis-je vous présenter tous mes vœux de bonheur ?

Il était vêtu d'une chemise de toile bleue, délavée, comme en portent les marins, d'un pantalon de toile, et de sandales. Ses cheveux étaient coupés court, à la diable, une bizarre barre plus claire se dessinait sur son front. Mais la silhouette était toujours la même, bien qu'il parût plus grand : efflanquée, osseuse, grand échalas de qui émanait pourtant une assez intimidante sensation.

— Toutefois, dit-il, il y a un point sur lequel vous pourriez peut-être me renseigner : je ne connais que son nom, Georges Tarras. Sauriez-vous où je pourrais le trouver ?

— Ce sont les vacances universitaires, en ce moment, il n'est donc pas à Harvard mais très probablement dans sa maison du Maine. Je vais vous écrire les adresses et numéros de téléphone...

A presque quatre ans de distance, à la même proposition, il fit la même réponse souriante :

— Ce ne sera pas nécessaire. Je m'en souviendrai, merci.

En trois pas, il était déjà à la porte.

— Ecoutez, dit précipitamment Settiniaz, ne partez pas ainsi. Quand ma grand-mère m'a appris votre passage chez elle, j'étais désolé qu'elle n'ait pas pensé à relever votre adresse de l'époque.

— Je n'en avais pas, dit Reb Klimrod en souriant.

— Et à New York ?

— Je n'en ai pas encore.

— Y a-t-il quoi que ce soit que je puisse faire pour vous ?

— Vraiment pas. Mais je vous remercie à nouveau.

— Je pourrais vous prêter... commença Settiniaz avec embarras.

Klimrod secoua la tête. Même ses yeux riaient.

— Je dois partir en voyage de noces, dit Settiniaz courageusement. Je serai absent une quinzaine de jours. Ensuite, je passerai probablement quelque temps à Boston, chez ma mère. Mais le premier septembre, je commence à travailler, au cabinet Wittaker & Cobb, dans Madison. Si vous êtes encore à New York à ce moment-là, je serais très heureux de vous revoir. Ce n'est pas une simple formule de politesse. Vous viendrez ?

Klimrod acquiesça, ayant toujours cette même lueur amusée au fond des yeux. Il prit entre ses doigts la poignée de cuivre de la porte et ce fut alors que cette même porte s'ouvrit. David Settiniaz reconnut sa future belle-sœur. Elle entra et se trouva ainsi face à face avec Reb Michael Klimrod, presqu'à le toucher.

— Michael Klimrod, un ami autrichien. Ma très prochaine belle-sœur, Charmian Page.

— Nous nous sommes déjà rencontrés, dit Charmian, ses yeux dans ceux de Reb.

— Mademoiselle m'a littéralement enfermé ici pour éviter que je ne m'enfuie, dit Reb, la regardant de même.

Leurs mains se touchèrent Même Settiniaz sentit que quelque chose venait d'arriver.

18

Zbi releva la tête et dit au grand type :

— Et tu serais polonais ?

— Je n'ai jamais dit une chose pareille, répondit le grand type en polonais et avec une très grande nonchalance.

— Mais tu parles polonais.

— C'est également l'impression que j'ai, dit le grand type.

Zbi cracha par terre et secoua la tête :

— Personne ne parlé polonais s'il n'est pas polonais. Personne au monde n'aurait seulement l'idée d'apprendre le polonais s'il n'y est pas absolument obligé.

Silence.

« Et assieds-toi bon sang ! Là, sur la marche. On n'a pas idée d'avoir les yeux à une hauteur pareille. Tu t'appelles comment, déjà ?

— Reb.

— Reb comment ?

— Reb.

Coup sur coup trois hommes et une femme s'arrêtèrent devant l'échoppe en plein vent et achetèrent des journaux et une revue. L'un des hommes demanda à Zbi ce qui lui était arrivé et il répondit qu'il était passé sous une rame de métro mais que ce n'était rien, et qu'il fallait voir le métro, qui était encore plus amoché que lui. Zbi avait énormément de mal à simplement se tenir debout, en réalité il souffrait horriblement et par moments il haletait en silence, ses yeux bleu ciel de Polonais s'écarquillant.

— D'accord pour Reb, dit-il. Gozchiniak m'a dit que tu es réglo et d'habitude, il ne dit pas ça de n'importe qui. Tu as déjà vendu des journaux ?

— Jamais.

— Tu as déjà vendu quelque chose ?

— Des cigarettes.

A nouveau, des clients ; et à nouveau aussi, des douleurs, qui reprirent Zbi. Ce n'étaient pas tant les coups qu'il avait pris sur le visage — ceux-ci lui faisaient une tête d'épouvante mais il pouvait s'en accommoder. En revanche, sa poitrine le faisait souffrir à en hurler, et son dos, et sa main gauche, sur laquelle les trois joyeux drilles avaient longtemps sauté à pieds joints. Il ne pouvait plus du tout se servir de sa main gauche, même pour rendre la monnaie. Il reprit :

— Bon. Il faudra bien que tu fasses l'affaire. Je serai absent un jour ou deux, pas plus. Tu sais lire ?

— Assez bien. Et il devina la question suivante car il y répondit par avance : « Oui, en anglais aussi.

— Comment t'as connu Gozchiniak ?

— Son frère conduit un camion et nous avons voyagé ensemble, sur ce camion, de Memphis Tennessee à New York. Je peux t'appeler Zbi ? Je ne connais pas ton nom.

Zbi prononça son nom, son vrai patronyme officiel, celui qui avait rendu fous les agents de l'immigration, bien des années plus tôt. Les sourcils du grand type montèrent et il sourit : « Et ça s'écrit ?

— Comme ça se prononce, dit Zbi. Ecoute-moi, gamin… » Il dut s'interrompre quelques secondes, poitrine broyée par la douleur. Puis il rouvrit les yeux : « J'espère pour moi que Gozchiniak ne s'est pas trompé sur ton compte. Je voudrais bien retrouver mon poste de vente, en sortant de l'hôpital… »

Il plongea son propre regard dans les yeux gris clair, l'y maintint quelques secondes, détourna la tête, sous le prétexte d'une jeune femme qui voulait son *New Yorker*.

— D'accord, dit-il. D'accord, Reb.

Malgré ses lèvres tuméfiées, sa joue enflée, ses dents déchaussées, il sourit, non pas à la jeune femme, qui d'ailleurs s'éloignait, pas davantage au grand type, mais à lui-même, en quelque sorte. En fait, il céda brusquement, céda à son épuisement (il n'avait évidemment pas pu fermer l'œil de la nuit), à l'accumulation des douleurs et des tensions nerveuses, consécutives à la terrifiante raclée qu'il avait prise. Des doigts frôlèrent sa main gauche, puis sa poitrine. Le grand type dit, de sa voix lente et calme :

— Tu as une main cassée, il leur faudra te plâtrer. Tu as également des côtes cassées, devant et d'autres enfoncées derrière, sans doute. Plus un enfoncement de l'os malaire. Sans parler de tes dents. Tu aurais dû filer tout droit à l'hôpital.

— Pour qu'on me pique ma place ?

Mais la protestation de Zbi n'était qu'un ultime sursaut. Il craquait, se sentit même sur le point de perdre connaissance.

— Je vais t'emmener à l'hôpital, dit la voix lointaine du grand type.

— Et laisser le poste vide ?

— Le fils de Gozchiniak me remplacera le temps que je fasse l'aller et retour. Allez, viens.

— Ces petites salopes qui m'ont cassé la gueule vont revenir, demain ou dans les jours suivants. Ils me l'ont dit.

— Je m'occuperai de cela aussi, répondit le grand type dans un anglais très pur, académique. J'en prendrai le plus grand soin.

Exactement trente-deux ans plus tard, au début du printemps 1982, David Settiniaz demanda à son service informatique un listing complet de toutes les sociétés et entreprises, en tous domaines et quelle qu'en fût la forme, qui étaient au Roi, soit qu'il en fût le propriétaire exclusif, soit qu'il y eût pris une participation, entre cinquante et un et cent pour cent. L'ordinateur se mit en route et, des heures et des heures durant, dévida la très ahurissante énumération. La liste au total devait avoir un peu plus de six kilomètres de long. Il y avait tres exactement mille six cent quatre-vingt-sept sociétés.

Parmi les centaines et les centaines d'hommes et de femmes dont le Roi avait à un moment ou un autre utilisé les services comme trustees — fidéicommissaires ou prête-noms — un en particulier apparut dix à quinze fois, cité par l'ordinateur pour les années 1950/1960, et attira donc l'attention de Settiniaz.

D'abord parce que ce nom lui était tout à fait inconnu...

... Ensuite parce que le nom lui-même était proprement extravagant.

Le nom en question s'orthographiait ZBYNV SZBLZUSZK. Strictement imprononçable, cela avait l'air d'un gag. Renseignements pris auprès d'un interprète des Nations unies, le premier groupe de lettres devait être le prénom ***Zbyniev,*** et le second se disait ***Cybulski,*** patronyme polonais assez courant.

— Reste un dollar et quatre-vingt-trois cents.

Le grand type déposa les pièces sur le lit de Zbi. « Et j'ai gardé un dollar pour moi, comme convenu.

— Merci, dit Zbi, la gorge serrée tout à coup. Ancien mineur de Silésie parti pour les Amériques, il avait battu le pavé new-yorkais sans attendre d'aide de quiconque ; son accession à la propriété — simple droit d'usage — d'un kiosque à journaux, en réalité sans autre structure au sol qu'un auvent de toile l'abritant des intempéries, avait marqué le sommet de son ascension sociale.

— Parle-moi de ces hommes qui t'ont frappé, dit Reb.

— Tu n'as pas à t'en occuper, gamin. S'ils reviennent, dis-leur que tu n'es que mon remplaçant, que tu ne sais rien. Je m'occuperai d'eux en sortant de ce putain d'hôpital.

Sourire : « Parle-moi d'eux, s'il te plaît. »

Ils étaient trois, dit Zbi. Des Ritals venus de Mulberry ou Elisabeth Streets. Jeunes. Vingt, vingt-deux ans. Avec des couteaux, et des machins en fer, avec des pointes, qu'on enfile sur les mains. Leur première visite remontait à deux, trois semaines. « Et je ne suis pas le seul Polak revendeur de journaux qu'ils ont été voir. Gozchiniak aussi. Et Kowalski qui est sur la Cinquième. Et les frères Altman d'Union Square. » Zbi énuméra quantité de noms.

— Ils veulent un dollar par jour, de chacun de nous. Deux dollars pour les gros comme Gozchiniak. Merde, on est bien plus de deux cents ! Rien que dans Manhattan Sud. Ça leur ferait au moins trois cents dollars par jour, à ces fumiers !

Certains revendeurs avaient accepté de payer. « Forcément, y en a qui se font huit à dix dollars par jour ! Quand tu es à Times Square ou devant Grand Central, c'est facile. Mais nous, un dollar de plus à cracher et on coule, on n'a plus qu'à crever. Avec le dollar cinquante que nous prend l'Irlandais...

— Quel Irlandais ?

— Les types qui nous livrent les journaux. Les types à Finnegan. »

Trois des plus grands quotidiens new-yorkais avaient regroupé leurs systèmes de distribution, et c'étaient des Irlandais qui tenaient ce racket-là.

— Et on n'a pas le choix, Reb. On paie ou bien on n'est pas livrés. Tout le monde paie. Et c'est pour ça qu'on peut pas accepter de payer encore. Ça nous ferait deux dollars cinquante par jour...

On était le 17 juillet 1950. Le jeune Ernie Gozchiniak, puis le vieux Zbi lui-même, sitôt qu'il put sortir de l'hôpital, furent les témoins privilégiés de ce qui arriva alors.

— Ne fais pas le malin. T'es polak ?

— Pas vraiment, répondit Reb. En réalité, je suis patagon. Du nord.

Les deux jeunes gouapes le regardèrent avec un rien de flottement dans leurs yeux noirs. Puis il y en eut un, le plus petit, pour dire :

— Tu cherches quoi ? A faire le malin ? Si tu fais le malin, on va t'en faire passer l'envie. Il va t'arriver un accident. T'es polak ou t'es pas polak ?

— En ce moment-ci, je suis polak, concéda Reb. Il tourna la tête et sourit au jeune Ernie, qui avait alors quatorze ans et qui se trouvait assis sur la même marche que lui. Son visage revint face aux deux jeunes hommes et à eux aussi, il sourit très aimablement : « Je suis complètement polak pour l'instant, ajouta-t-il.

— On n'aime pas du tout les types qui se paient notre tête, dit le plus petit. Le dernier type qui s'est payé notre gueule a eu un accident. Et on n'aime pas les Polaks non plus. T'es revendeur de journaux, non ?

— Je suis un revendeur de journaux complètement polak, répondit Reb avec une suavité admirable.

— Alors, tu paies un dollar pour être protégé. Pour pas que d'autres types viennent te chercher. Tu paies un dollar par jour, tous les jours. Et un dollar vingt le dimanche, à cause que l'édition du dimanche est plus chère et que vous prenez davantage pour la revendre, vous autres. Tu paies et tu es protégé, personne ne te cherchera plus. Si tu ne paies pas, tu as un accident, tu comprends ça ? Tu paies juste un dollar tous les jours et un dollar vingt le dimanche, c'est pas clair ? Même un Polak peut comprendre ça.

— Je crois que je commence à comprendre, dit Reb. Tout Polak que je sois. Je dois vous payer six dollars plus un dollar vingt. (Il prit son temps pour réfléchir.) Ça fait sept dollars vingt en tout. Enfin, je crois.

Les deux jeunes hommes ricanèrent : c'était ça. Pour un Polak, il était pas si con, après tout. Ça faisait tout juste sept dollars vingt. Il les payait et il était protégé, il n'y aurait pas d'autres types pour lui chercher des poux dans la tête, il serait protégé et serait un bon Polak bien tranquille.

— Ça me plairait beaucoup, dit Reb. J'ai toujours rêvé d'être un bon Polak bien tranquille. Mais il y a un problème...

— Quel problème ? demandèrent-ils alors.

— Je n'ai pas peur de vous, dit-il. Pas du tout. Vous êtes deux et même en me forçant, je n'arrive pas à avoir peur. Ce n'est pas de ma faute. C'est peut-être parce que vous n'êtes que deux. Vous seriez trois, peut-être. Alors là, oui, j'aurais peut-être peur.

Mais deux, non.

Le couteau apparut dans la main de l'un des deux hommes. Reb secoua la tête d'un air désolé :

— Eh non ! dit-il. Même comme cela, je n'ai pas peur. J'essaie, pourtant. Sans rire, j'essaie.

Sa longue main osseuse bougea, très vite. Ses doigts crochèrent le poignet armé, tirèrent, rapprochèrent de lui la pointe effilée de la lame. Il tira encore et la lame entra dans sa chair, s'enfonça entre le deltoïde et le grand pectoral, de deux centimètres. Ses traits n'avaient absolument pas frémi, ses yeux pâles avaient la même expression rêveuse. Il dit, le couteau planté dans sa poitrine :

— Même comme ça, je n'ai pas peur du tout. Vous seriez trois, évidemment, ça changerait tout.

Il repoussa le poignet. La lame ressortit, du sang coula et dessina une auréole sur la chemise bleue délavée.

— A trois, oui. Vous me feriez sûrement peur. Vous revenez quand vous voulez.

Ils revinrent. Une heure et demie plus tard, juste au moment où passait la camionnette récupérant les invendus et les magazines, au moment où Reb et le jeune Ernie fermaient boutique, aux alentours de huit heures du soir. Et ils étaient trois.

Reb hocha la tête. Il dit :

— Eh bien voilà, ça y est ! Vous voyez ? Je vous l'avais dit. A trois, ça change tout. Maintenant, j'ai peur. »

Les trois hommes se concertèrent du regard. L'un d'entre eux dit en italien : « Il est fou. Ce mec est complètement branque.

— Et je crois que je vais payer ce dollar, ajouta Reb. Maintenant que j'ai peur, je paie. Mais c'est dommage. Un seul misérable dollar par jour, vous vous contentez vraiment de peu, il n'y a pas de quoi faire fortune. Mais enfin, du moment que cela vous suffit, c'est votre problème. C'est dommage de se contenter de prendre un seul petit dollar à ces crétins de Polaks qui vous ont bien eus, alors qu'il y a tant à leur prendre. Mais je ne vais pas me mêler de vos affaires. Tenez, voilà votre dollar.

Et naturellement, ils lui demandèrent d'un ton rogue ce que ça voulait dire, ça, que c'était dommage et tout et tout, ça voulait dire quoi ? qu'ils étaient des cons ? Il les prenait pour des cons, c'était ça ? Il cherchait quoi ? A se faire massacrer comme le vieux petit Polak qui tenait le kiosque avant lui ?

— Si c'est ça que tu veux, tu le dis. Et d'ailleurs, c'est quoi, ton business, pour prendre plus aux Polaks ?

Reb et le petit Ernie avaient achevé de charger les magazines dans la camionnette qui s'en alla, remonta West Street vers le nord, en longeant l'Hudson et les quais. Reb se mit en marche, de son grand pas. Suivi du gamin et, par la force des choses, des trois autres.

— C'est quoi, hein ? Tu veux vraiment qu'on te fasse la peau ? C'est ça que tu cherches ?

Ils débouchèrent de Murray Street, parvinrent devant un entrepôt et Reb le premier y entra, alla tout au fond. L'entrepôt était à peu près vide, sauf quelques débris de caisses et de sacs desquels coulaient encore trois ou quatre livres de graines qui étaient peut-être du blé. On entendait des rats courir, et certains même se montrèrent, nullement effrayés, défiant les hommes, leurs dents aiguës découvertes.

— Regardez, dit Reb. Regardez et vous allez tout comprendre.

Sa main gauche parut tâter la blessure qu'il s'était lui-même faite, une heure et demie plus tôt, quand il avait forcé le couteau à entrer dans sa chair ; elle se glissa sous la chemise, en ressortit avec ce qui parut être une baguette, très longue, de près de cinquante centimètres. Il en porta une extrémité à ses lèvres et juste avant cela annonça :

— Le troisième rat à partir de la gauche.

Aussitôt après, il y eut un bruit très léger, un souffle. Atteint en plein corps par la fléchette minuscule, le rat fit deux pas rapides, puis deux lents, puis il tomba, se recroquevillant sur lui-même, les effrayants petits yeux déjà figés par la mort. Reb dit :

— Bon. Cela s'appelle du curare et c'est mortel. En Amazonie, nous autres Indiens, nous tuons n'importe quoi, avec cela. Et nous sommes très adroits. Et très rapides. Vous trois par exemple : vous feriez un pas, n'importe lequel d'entre vous, celui-là serait mort dans les deux secondes suivantes...

Il avait dressé la sarbacane et la dirigeait vers les trois hommes.

— Je ne sais pas qui je vais tuer en premier, dit-il, avec une terrifiante douceur. Je ne suis pas décidé. Vous allez rire : je ne sais même pas si je vais vous tuer tous les trois, ou seulement deux sur trois. Evidemment, si vous bougiez, s'il y en avait un pour se mettre à courir, par exemple, cela me faciliterait les choses. Je n'aurais plus besoin de choisir.

Il sourit :

— Il n'y en a aucun de vous qui veut se mettre à courir ?

Silence. Après lequel, le plus petit déglutit et réussit à dire :

— T'es vraiment cinglé. T'es vraiment un Polak cinglé.

— Je ne suis plus un Polak, à présent, répondit Reb. J'étais un Polak tout à l'heure mais c'est fini. Maintenant je suis un Indien guaharibo shamatari et je suis très féroce.

Il tournait autour des trois hommes lentement et leur coupait désormais toute retraite : « Ne vous retournez pas, je vous prie. Vous avez vu ? J'ai mis trois fléchettes en place. Trois. Et je peux les tirer toutes les trois en même pas quatre secondes. »

L'extrémité de la baguette effleura la nuque du plus petit des trois hommes, qui poussa un petit cri étranglé.

« Mais peut-être que je ne vais pas vous tuer, en fin de compte. Seulement, vous vous allongez par terre, en échange. Voilà... NON !... Veuillez ne pas toucher au couteau, s'il vous plaît... »

Il se pencha, sa grande main arracha l'arme — broyant le poignet au passage — et s'en saisit.

« A plat ventre, je vous prie. Bras et jambes en croix, si cela ne vous fait rien... Je ne vais pas vous tuer, finalement. La prochaine fois que je vous vois, sûrement oui, je le ferai, bien sûr. Je suis un Shamatari, vous comprenez ? Si je ne vous tuais pas la prochaine fois, mon frère Jaua et toute ma famille auraient honte de moi, nous serions tous déshonorés, et ils devraient tous venir vous tuer à ma place... »

Il plaça la pointe du couteau sur le dos de la main — paume de celle-ci à plat sur le sol — du plus petit des trois hommes.

« La prochaine fois que vous serez devant moi, même pour m'acheter simplement un journal, je vous verrai le premier et vous serez morts avant même d'avoir vu mon visage... »

Il pressa sur le manche. La lame entra dans la main, entre les phalanges de l'index et du majeur. Il se redressa, posa son pied sur le manche et, d'un coup, appuya. La lame traversa entièrement la main, s'enfonça dans la terre, où elle demeura fichée. Le hurlement éclata dans l'air sonore de l'entrepôt.

A l'aide d'une planche, il acheva de bloquer la porte de l'entrepôt où les trois hommes étaient restés à plat ventre, sans oser bouger. Il sourit à Ernie :

— Tu as faim, Ernie ? De toute façon, tu aurais dû déjà rentrer. Ta mère va s'inquiéter.

L'adolescent le fixait de ses yeux bleus. Il demanda :

— On peut vraiment mettre trois fléchettes en même temps ?

Reb se mit à rire : « Non, Ernie, on ne peut pas, évidemment. Tu es intelligent, Ernie. Je t'aime bien. Peut-être qu'un jour, nous travaillerons ensemble, toi et moi, si tu veux bien... » Il froissa les cheveux blonds du gamin.

Un peu plus loin, il se débarrassa de la baguette de bambou, cueillie la nuit précédente à Central Park. Pour le cure-dents de bois qu'il avait mis dans la sarbacane, la deuxième fois, il le plaça entre ses dents et se mit à le mâchonner.

Mais il veilla à bien remettre la boîte d'allumettes qui contenait le curare, enveloppé dans une feuille, tout au fond de son sac en toile, qui enfermait en outre les deux livres, rongés par l'humidité et presque illisibles.

19

Pour Zbi, il y eut quelque chose de miraculeux dans la façon dont Reb approcha, aborda, conquit la jeune femme.

Elle s'appelait Hester Cawley, avait une trentaine d'années, n'était pas extraordinairement jolie mais son visage était agréable, son corps voluptueux et surtout, elle était de ces femmes de New York que Zbi voyait parfois passer devant lui mais auxquelles il n'eût pas plus osé rêver qu'il n'eût imaginé d'acheter l'Empire State Building pour en faire son appartement. Le premier soir, à vingt pas devant lui, il vit Reb aller sur elle et, très délibérément, la bousculer, au point que le sac en papier qu'elle portait dans ses bras à sa sortie de Gimbel s'ouvrit et explosa, répandant sur le trottoir de la Trente-Troisième Rue l'essentiel de son contenu. Dans un premier temps, la jeune femme se montra furieuse et puis, très vite, elle s'apaisa, Reb s'affairant à tout ramasser avec une maladresse surprenante. Vint le moment où elle sourit, et éclata carrément de rire. Ils partirent ensemble, lui portant ce qui restait du sac et pendant qu'elle attendait son train à Penn Station, Zbi à distance les vit qui n'en finissaient plus de rire ensemble.

Le deuxième soir, il prit le train avec elle.

Le troisième, il ne rentra pas de la nuit et ne réapparut qu'après dix heures du matin, un charmant parfum féminin flottant vaguement autour de lui. Et ce fut ce même jour, dans l'après-midi du 22 juillet 1950, qu'ils allèrent, Reb et lui, au siège de l'un de ces grands journaux que Zbi vendait depuis des années, dans la Quarante-Deuxième Est. Ils gagnèrent par un ascenseur l'étage de la direction.

— Tu m'attends ici, dit Reb à Zbi.

— Je ne peux pas laisser mon kiosque au petit Ernie. Je n'aime pas ça. Imagine que les trois ordures reviennent…

— Ils ne reviendront pas.

Zbi s'assit, très mal à son aise au milieu de toutes ces secrétaires élégantes. Il vit Reb avancer parmi elles et la plupart levaient la tête, attirées par cette silhouette haute, cette démarche lente et quasi impériale — et par ses yeux. Reb gagna tout au fond le bureau où était assise Hester Cawley, près de la grande porte capitonnée qui était celle du saint des saints. Il se mit à parler à la jeune femme et celle-ci d'abord secoua la tête avec la dernière énergie. Elle continua de refuser pendant d'interminables minutes, constamment interrompue par des allées et venues — qu'elle contrôlait — et des appels téléphoniques. Et après chaque interruption, elle reprenait avec Reb la discussion, Reb ne cessant de sourire, charmeur comme le diable, et répétant sans doute ses arguments. Et vint encore le moment où, comme elle l'avait fait devant Gimbel, Hester Cawley céda. Elle et Reb se sourirent, tandis qu'elle hochait la tête, incrédule, l'air de dire : « Ce que tu arrives à me faire faire… » Reb revint alors s'asseoir près de Zbi et lui dit en polonais :

— Ça y est. Elle va nous faire entrer, entre deux rendez-vous. Même si cela prend un peu de temps.

— Entrer où ?

— Chez le grand patron.

— Pour faire quoi nom de Dieu ? s'enquit Zbi affolé.

— Je te l'ai expliqué.

— Tu me l'as expliqué mais j'ai rien compris.

Reb se mit à rire : « Tu me laisseras parler. Tu n'as pas confiance en moi, Zbi ?

— Si, dit Zbi avec une sincérité totale. Oh ça, oui ! »

A la vérité, ils durent attendre près de deux heures, quantité d'hommes et de femmes passant et repassant devant eux, certains lorgnant avec surprise ces deux individus en chemise bleue, assis dans l'antichambre de l'un des plus grands patrons de presse du monde. Et Hester Cawley leur fit enfin signe. Ils se levèrent, s'approchèrent de la porte capitonnée, sur le seuil de laquelle la jeune femme souffla une dernière fois à Reb : « Je suis folle. Comment es-tu arrivé à me faire faire ça, salaud ? » Mais elle souriait amoureusement et même s'arrangea pour lui caresser la main.

22 juillet 1950, aux alentours de cinq heures trente de l'après-midi, selon Zbyniev Cybulski. Ce furent le jour et l'heure où Reb Michael Klimrod entama la plus fulgurante et la plus fantastique des ascensions.

— Je sais, dit Reb à l'homme assis en face de lui-même et de Zbi. Je sais que vous avez très peu de temps. Mon affaire : j'ai une idée.

Elle vous permettra d'économiser cinq pour cent sur le prix de revient de la distribution de vos journaux, d'améliorer de quinze pour cent la rapidité de la mise en place de ces journaux et elle vous garantira une augmentation des ventes de dix-huit à vingt pour cent sur tous les points de vente de Manhattan-sud, soit trois cent douze postes. En attendant mieux. Mon idée peut être étendue à tous vos points de vente. J'ai terminé. Vous pouvez me faire mettre dehors si vous voulez, maintenant.

Mais ses yeux gris avaient leur acuité des grands jours.

L'homme demanda de quelle idée il s'agissait et Reb le lui dit. L'homme demanda encore :

— Et vous, qui diable êtes-vous donc ?

— Je m'appelle Anton Beck, dit Reb.

— Allemand d'origine ?

— Suisse.

— C'est avec vous que je devrai traiter, au cas où je voudrais le faire ?

— Pas avec moi personnellement. Avec la société dont monsieur Cybulski ici présent est le président-fondateur.

Et Reb dit aussitôt en polonais : « Zbi, s'il te plaît, tais-toi. Sauf " oui " quand je bouge ma main droite et " non " quand c'est la gauche. »

L'homme regarda Zbi.

— Et votre société regroupe les trois cent douze revendeurs de Manhattan Sud ?

— Oui, dit Zbi, qui se répétait désespérément : « Oui quand c'est la droite, non quand c'est la gauche. Droite oui, gauche non, droite oui, gauche non... »

— Vous avez vraiment derrière vous tous les revendeurs ?

— Oui, dit Zbi.

— La distribution de nos journaux est actuellement confiée à un service que nous avons nous-même créé et qui est dirigé par un homme appelé Finnegan. Vous connaissez Finnegan ?

— Oui, dit Zbi.

— Vous pensez réellement que votre société pourra être plus efficace, moins coûteuse, plus sûre que le service du Finnegan ?

— Oui, dit Zbi, tout à fait affolé et comprenant à peine les questions.

— Finnegan n'est pas homme à se laisser dépouiller de son job. Et ses Irlandais non plus. Vous pensez être en mesure de régler le problème que pourrait vous poser Finnegan, sans que je sois contraint de m'en mêler ?

— Oui, dit Zbi.

— Et quand pensez-vous que votre société pourrait commencer à opérer ?

— Dans neuf jours, dit Reb. Le premier août prochain. A l'aube.

Sortant du grand hall où était un globe énorme, débouchant sur la Quarante-Deuxième Est, Zbi osa enfin ouvrir la bouche. Il demanda, à voix basse et en polonais :

— Qui est ce Finnegan dont il me parlait ?

— Le type qui vous prend à tous un dollar cinquante par jour pour vous livrer des journaux qu'il devrait vous livrer de toute façon, puisqu'il est payé pour ça. Et trois cent douze revendeurs multipliés par un dollar cinquante par jour, cela fait quatre cent soixante-huit dollars par mois, cent soixante huit mille quatre cent quatre-vingts dollars par an. Tes trois petits joueurs de couteaux n'étaient que des enfants, à côté.

Reb sourit :

— Et Finnegan est aussi l'homme qui va essayer de nous casser les reins, à toi et à moi. A coups de barres de fer, sans doute. C'est son style.

— Et il va y arriver ?

— Je ne crois pas, dit Reb. Cela m'étonnerait, en quelque sorte.

En réalité, ils ne furent que deux cent soixante-dix-huit, sur trois cent douze, à répondre aux convocations lancées par Zbi, par Simon Gozchiniak, et par d'autres. La première assemblée générale des futurs actionnaires de la future première société jamais créée par Reb Klimrod se tint le soir du même jour, 22 juillet 1950, dans un hangar non loin de ce qui est aujourd'hui le World Trade Center.

A la connaissance de Zbi, et de Settiniaz, ce fut aussi la première fois qu'opérèrent deux avocats d'origine roumaine, juifs, Lerner et Bercovici, qui furent incontestablement les deux premiers des fameux Chiens Noirs du Roi.

Et il est certain qu'il y eut quelque chose d'effrayant, et de fascinant, à donner véritablement le vertige, dans la façon dont Reb Klimrod, en quelques jours — il avait vingt et un ans et dix mois — établit le premier degré de sa fabuleuse pyramide.

Reb, sous le nom d'Anton Beck, prit la parole et expliqua à tous les avantages de l'opération qu'il leur proposait. Il s'agissait de constituer une société dont eux et lui seraient les principaux actionnaires. Les principaux mais pas les seuls, il le dit clairement. Cette société allait acheter des camions et des motos, permettant la livraison de tout journal ou toute publication qu'ils étaient chargés de vendre. Elle ferait cela sur la base d'un contrat signé avec les trois plus grands quotidiens new-yorkais, qui acceptaient de leur confier la distribution de leur titre respectif dans la zone de Manhattan Sud. Zbyniev Cybulski, qu'il proposait comme président, avait ce même jour conclu un accord avec le big boss de ce journal de la Quarante-Deuxième, que tous connaissaient bien sûr.

Les capitaux nécessaires viendraient d'une banque.

Il dit que Zbi et lui se chargeraient de convaincre la banque, se chargeraient aussi de trouver les véhicules et leurs chauffeurs.

Et que tout serait en place dans la nuit du 31 juillet au 1er août.

Aux questions qu'on lui fit aussitôt sur les Irlandais de Finnegan, lesquels n'allaient certainement pas se laisser dépouiller de leur racket, du moins pas sans combattre, Reb répondit que Zbi et lui se chargeaient également, et personnellement, des Irlandais en question, et de Finnegan lui-même et que tout ce qu'ils auraient à faire, eux les revendeurs, serait d'adresser les dits Irlandais à lui, Anton Beck.

Il leur expliqua comment allait fonctionner la société, dans laquelle ils auraient trente pour cent des parts. Et, pour devenir actionnaires, il leur faudrait, à compter du premier août suivant, verser le dollar cinquante quotidien, non plus aux hommes de Finnegan mais à Zbi. Et non, ce n'était pas un racket à la Finnegan sous une autre forme : car ce dollar et demi non seulement ne serait plus versé par eux à fonds perdus mais, puisqu'il allait faire d'eux des actionnaires, leur rapporterait très vite de l'argent.

Il dit comment Zbi et lui allaient développer la société ainsi créée, en sorte que très bientôt, dans deux mois environ, ce dollar cinquante qu'ils verseraient régulièrement leur serait peu à peu remboursé par des bénéfices. Il pensait même que dans un délai de trois mois, il était fort possible que leurs bénéfices fussent supérieurs à ce dollar cinquante qu'ils verseraient.

Il donna toutes ces explications en anglais mais, sachant qu'un très grand nombre de ces interlocuteurs étaient des immigrants d'assez fraîche date, il répéta ses explications en polonais, en allemand, en espagnol, en italien et en français. Et en yiddish.

Il leur parla tout en marchant lentement parmi eux, s'adressant à eux de sa voix lente et douce et calme, apaisante, avec une puissance de persuasion tout à fait inouïe, les prenant peu à peu dans le creux de sa main, au sens figuré de l'expression...

Au point qu'une incommensurable fierté monta dans la poitrine de Zbi, lui qui était l'ami et le confident de cet homme et qui même, à cette époque de la vie du Roi à New York, le logeait.

Et que risquaient-ils d'accepter, dit-il, puisqu'il ne leur demandait pas autre chose que de verser ce dollar cinquante qu'ils donnaient déjà depuis des années aux Irlandais ? Et que, la foudre finneganienne menaçât-elle de s'abattre sur eux, il leur suffirait de se servir de lui, Anton Beck, comme paratonnerre ?

Cybulski ignora toujours le nom de Dov Lazarus. C'est pourtant celui que Reb Klimrod, en juillet 1950, dut utiliser pour s'ouvrir certaines portes. Peut-être celles de personnalités aussi importantes qu'un Mayer Lansky, ou Lepke Buchalter, Mendy Weiss, Ab Landau, Bo Weinberg, Abner Zwillman, Buggsy Siegel et « Dutch » Schultz le Hollandais Fou, dont le vrai nom était Arthur Flegenheimer.

Nombre de ces hommes étaient morts, ou en prison, en juillet 1950, mais il en restait bien assez pour que Klimrod pût en trouver qui avaient connu Dov et étaient prêts à écouter quelqu'un venant en son nom.

C'est la seule explication de ce qui se passa le 23 juillet, au lendemain de la réunion des actionnaires.

— Rappelle-moi ton nom ?

— Hubrecht. Ou Beck. Ou Klimrod. Au choix.

En face était Abie Levin. Il avait pris la suite de Lepke Buchalter, exécuté en 1944 pour un meurtre ordinaire, à la tête des syndicats du vêtement et des entreprises de camionnage touchant à l'habillement en général. Son regard s'écarta quelques secondes de celui de Reb, passa sur Zbi :

— Et lui, c'est qui ?

— Il dirigera la société officiellement.

— Mais tu seras derrière, en réalité.

Reb acquiesça, une lueur de gaieté dans les yeux : « Oui.

— Avec combien de parts ?

— Soixante.

— Par un acte de trust et celui-là — il désigna Zbi — sera ton trustee ?

— Oui.

— Et je devrai payer combien, pour entrer dans ton affaire ?

— Rien, dit Reb. Je paierai moi-même les chauffeurs, et les frais, s'il y en a, si les Irlandais bougent un doigt. Vous n'aurez pas à débourser un cent.

— Dix pour cent pour qu'on sache officiellement que je suis dans le coup, c'est ça ? Et tu penses que Finnegan la mettra en veilleuse sitôt qu'il saura quel genre d'assosié tu as ?

— Exactement, dit Reb.

Levin lui rendit son sourire : « Tu sors d'où, gamin ?

— Tanger, dit Reb. J'y étais avec Sol Mancusa et d'autres. Qui peuvent répondre de moi. Eux aussi.

Nouveau silence. Puis Levin dit :

— Quarante pour toi, trente pour moi, trente pour tes bonshommes.

— Douze pour vous, dit Reb. Pas un cent à mettre et dans deux mois, entre quinze cents et deux mille dollars par mois, qui tomberont régulièrement. Je ne vous ai expliqué qu'une partie de mon projet. J'ai d'autres idées. Je reviendrai vous en parler un de ces jours.

— Finnegan sera peut-être un peu difficile à convaincre. On ne sait jamais, avec ces Irlandais. Vingt-cinq.

— Quinze, dit Reb.

Ils se sourirent. Abie Levin avait débuté dans les années vingt comme chauffeur de taxi ; il était devenu garde du corps, s'était retrouvé au fil des années dans l'entourage immédiat de Louis (Lepke) Buchalter et de Jacob (Jack) Shapiro. En 1942, il avait été condamné à un an d'emprisonnement aux Tombs pour extorsion de fonds mais son séjour en prison avait été des plus confortables (il avait même le droit de rentrer chez lui, quand l'envie lui en venait).

— Disons vingt et n'en parlons plus.

— Dix-neuf. Dernier prix.

— Ça te laisse cinquante et un. Il faudra prendre une assurance, pour tous ces véhicules.

— C'est déjà prévu. Alcor.

Levin approuva avec satisfaction. Alcor était le nom d'une compagnie d'assurance alors dirigée par deux hommes nommés Lewis et Pizzo. Pizzo était l'agent électoral du maire de New York, Vincent Impelliteri, et s'occupait aussi du champ de courses de Yonkers. En réalité, Alcor faisait partie de tout un groupe de sociétés d'assurances syndicales gérées, notamment, par James (Jimmy) R. Hoffa, vice-président du Syndicat International des Camionneurs.

— Double protection, hein ? remarqua Levin. D'un côté mes amis et moi, de l'autre Jimmy et le Syndicat des Camionneurs Finnegan va sûrement émigrer en Alaska, s'il est malin.

— On n'est jamais trop prudent, dit Reb.

Il fit signe à l'avocat Lerner qui aussitôt sortit les contrats préparés — avec les chiffres qu'on venait de fixer ! — et les offrit à la signature. Un homme appelé Hintz au nom de Levin, et Zbi apposèrent leur paraphe. Puis Reb dit à Levin :

— Autre chose encore, s'il vous plaît. Supposons que mon ami Zbi et moi, ou bien moi et un autre ami, nous voulions répéter une opération du même genre dans d'autres villes que New York ?

— Quelles autres villes ?

— Philadelphie, Baltimore, Washington, Boston, Pittsburg, Cincinatti, Detroit, Chicago, Cleveland, Montréal. Pour commencer, bien sûr.

Sourire :

— Il y en aura peut-être d'autres mais pas tout de suite.

Les yeux noirs de Levin s'étrécirent. Zbi eut peur, un tout petit peu. Levin expliqua d'une voix douce :

— Avec la même société à chaque fois ? Tu ne vois pas un peu grand ?

— Des sociétés différentes. Totalement. Une par ville. Vous pouvez m'aider ?

— Quinze pour mes amis sur place, dix pour moi.

— Onze et sept, dit Reb. Vous avez tout le temps de réfléchir, je ne reviendrai pas avant quelques jours. J'ai pas mal de choses à faire.

Il y eut ensuite leur démarche auprès d'une banque de Newark, New Jersey, en compagnie de l'autre Chien Noir, Benny Bercovici. Démarche qui prit place dans l'après-midi du même jour où ils avaient rencontré Abie Levin. Là encore, Zbi signa, cette fois un contrat de prêt de trente mille dollars, négocié par Bercovici ; lequel dut faire valoir l'accord donné par le directeur du journal de la Quarante-Deuxième Rue, et, peut-être aussi, la participation, même par prête-nom interposé, de Levin.

Dès leur sortie de la banque, Bercovici repartit pour New York où, avec Simon Gozchiniak et d'autres, il battait le rappel des revendeurs de journaux afin que le plus grand nombre d'entre ces derniers devinssent actionnaires de la société (neuf seulement sur trois cent douze refusèrent). Pour Zbi lui-même, il suivit Reb et Lerner à Baltimore, par le train.

A Baltimore, le lendemain 24 — *six jours après l'entrée de Reb Klimrod dans New York !* — Zbi signa avec l'armée des Etats-Unis un contrat pour l'achat de trente-quatre camions G.M.C. récemment ramenés d'Europe, en surplus de guerre, ainsi que pour soixante-six motos, de même origine.

Zbi était depuis longtemps perdu, émerveillé. Rarement inquiet, et seulement par crises très brèves, devant cette ahurissante série d'opérations, qu'il liait mal ou pas du tout les unes aux autres. « Mais j'aurais signé la Déclaration d'Indépendance si Reb me l'avait demandé. J'avais confiance en lui. Et j'ai eu foutument raison. J'ai pas eu raison ? Regardez-moi : un milliardaire au soleil de Floride ! Et j'ai débuté à dix ans dans les mines de Nowa Huta ! »

Il s'interrogea toutefois sur un point :

— Et tous ces camions, on va les laisser comme ça, en kaki ?

— On va les repeindre, c'est prévu. Dès cette nuit. J'espère que tu n'as rien contre le vert, Zbi ?

Très naturellement, les événements allèrent un peu plus vite, ensuite.

Dès leur retour à New York, à la suite d'un rendez-vous pris entretemps par l'équipe Bercovici, Reb Klimrod et Zbi se rendirent dans trois usines, deux dans le Bronx, une à Brooklyn, qui fabriquaient, pour l'une des saucisses, pour l'autre des petits pains, pour la troisième de la petite confiserie. Les contrats furent passés le jour même. Ils prévoyaient que les premières livraisons pourraient être faites à partir du premier août ; prévoyaient aussi que ces achats pourraient être interrompus à tout moment, avec préavis de deux semaines.

Ce jour-là, le 25 juillet, Zbi découvrit qu'il était, outre ses précédentes attributions de président du syndicat des Revendeurs de Journaux de Manhattan Sud, et de président-directeur général de la Oneself News Distribution Incorporated, également « chairman of the board » d'un truc appelé la Jaua Food Organization[1].

— C'est quoi « Jaua » ?

— Un souvenir, dit Reb.

— Et nom de Dieu qu'est-ce qu'on va foutre de ces millions de saucisses ?

— Les vendre, Zbi. En même temps que vos journaux et vos magazines. La mairie a donné son accord. Toi et tes trois cents associés êtes déjà propriétaires de camions. Ces camions vont surtout travailler le matin et en début d'après-midi. Plus les éditions spéciales. Mais le reste du temps, Zbi ? Tu trouverais normal que tes camions et tes chauffeurs restent à ne rien faire le reste du temps ? Tu vois bien. D'ailleurs, ce n'est qu'une question d'organisation. Les camions peuvent transporter en même temps les journaux et les saucisses. Quant aux sodas et jus de fruits...

— Quels sodas ?

— Réfléchis, Zbi : tu donnerais à manger à tous ces gens et tu n'aurais rien à leur offrir à boire ?

Pour les boissons, ils allèrent dans le New Jersey, une nouvelle fois. Il suffisait de traverser l'Hudson sur l'un des bacs effectuant des rotations sans fin. En une seule journée, celle du 26 — *Reb Klimrod étant aux Etats-Unis depuis quatorze jours* — ils prirent contact avec six fabricants, dont trois acceptèrent les curieuses conditions imposées par la Jaua Food : il n'y aurait aucune livraison ; ces livraisons seraient assurées par la Jaua Food elle-même qui avait ses propres camions et viendrait s'approvisionner la nuit entre minuit et quatre heures du matin (« Réfléchis, Zbi : c'est le seul moment de la journée où nous sommes sûrs de n'avoir pas d'édition spéciale à livrer. Il nous suffira de doubler les équipes de chauffeurs. Les camions, eux, peuvent tourner vingt heures par jour. Simple problème d'entretien... »).

Problème qui fut réglé dans la soirée du 26, par l'achat à crédit (fonds accordés par une banque de Brooklyn) d'un immense garage

1 En 1958, Ernie Gozchiniak succéda à ce poste à Zbyniev Cybulski. Et Gozchiniak dirigea vraiment l'affaire, au nom du Roi.

doublé d'un entrepôt, ayant précisément pour but d'assurer la maintenance des camions et des motos.

Zbi se souvient que dans les tractations avec les fournisseurs en boissons du New Jersey, Reb (ou plus exactement Lerner) exigea que tous les contrats seraient valables un mois seulement, le premier, et qu'ensuite ils seraient reconduits de deux semaines en deux semaines, avec la possibilité d'être dénoncés sur préavis de quinze jours.

La même clause que celle imposée aux usines du Bronx et de Brooklyn devant fournir les pains, les saucisses et la confiserie de détail.

L'intention de Klimrod ayant donc été, dès la première heure, d'être son propre fournisseur, en toutes choses.

L'affaire du journal, ou plus justement, des journaux débuta à la même époque.

L'imprimerie se trouvait dans le quartier de Flatbush, à Brooklyn. Il y avait eu un temps où elle avait été florissante, une douzaine d'années plus tôt, quand elle était la propriété des deux frères Monaghan — elle fabriquait entre autres le journal en langue italienne *Il Martello* édité par un homme appelé Tresca, anarchiste, antifasciste et anticommuniste de quelque réputation[1]. L'un des Monoghan était mort, l'autre s'était retiré. Roger Dunn avait racheté l'affaire au début de 1946, peu de temps après son séjour dans le Pacifique où il avait servi dans les Marines avec le grade de lieutenant. Dunn donne le 26 juillet au soir comme date de sa première rencontre avec Reb Klimrod. Celui-ci était seul. Il expliqua le motif de sa venue. Dunn s'étonna :

— Plusieurs journaux ? Vous voulez créer plusieurs journaux en même temps ? Comment avez-vous dit que vous vous appeliez ?

— Beck. Et il ne s'agit pas vraiment de plusieurs journaux différents. Je pense notamment que les pages de petites annonces seront communes. Et d'autres pages également, sauf que dans certains cas, on changera de langue : une édition en allemand, une en italien, une en polonais, une en yiddish, etc.

— Peu importe que le texte soit le même, riposta Dunn. Je serai obligé de recomposer. Et donc de facturer une nouvelle composition, pour chaque langue.

Le grand atelier était désert. Il devait être sept heures trente du soir et les deux derniers ouvriers chargés de la machine à plat étaient partis une demi-heure plus tôt. A cette époque, l'imprimerie de Roger Dunn survivait, très difficilement, grâce à l'impression d'affichettes et de catalogues commerciaux.

— Je n'ai jamais vu d'imprimerie, dit Beck de sa curieuse voix

1. Son mystérieux assassinat en 1943 fit sensation aux U.S.A.

lente et douce, marquée d'un accent indéfinissable. Vous pourriez peut-être m'en expliquer le fonctionnement… Si vous en avez le temps. Je sais qu'il est tard.

Roger Dunn croisa le regard gris. Lui-même mesurait un mètre quatre-vingt-cinq. Il s'entendit répondre que rien ne le pressait particulièrement ce soir-là. Au cours de l'heure suivante, il exécuta un tour du propriétaire, expliquant le fonctionnement du moindre massicot. Il s'attarda, avec un regret qu'il ne dut pas réussir à dissimuler, devant la grosse rotative qui ne tournait plus depuis quatre ans. Il demanda à son visiteur comment il était arrivé jusque chez lui…

— Quelqu'un m'a parlé de vous, un prote du *Brooklyn Eagle.* Un imprimeur jeune, prêt à prendre des risques, en difficulté financière… Non, attendez : mon affaire est légale, en tout point. C'est la question que vous alliez me poser ?

— Oui.

— Vous avez la réponse. Cinquante mille exemplaires pour commencer. J'apporte l'idée, les rédacteurs en quatre langues, la distribution, la publicité, la régie publicitaire, le financement à moyen et long terme. Nos journaux…

— « Nos » journaux ?

— Vous et moi, si vous acceptez notre association. Nos journaux seront distribués gratuitement pendant dix jours. Je dispose de quelques dizaines de camions et d'autant de motos qui viendront charger à la sortie même de votre rotative. Il y aura une mise en place sur trois cent trois points de vente de Manhattan Sud, dans les mêmes conditions que le *Times,* le *Mirror,* le *World Telegram,* le *Post* et le *Journal American,* et sur deux mille cent six autres points de vente dans l'agglomération new-yorkaise. Les revendeurs de Manhattan Sud seront nos associés et ils acceptent de vendre sans prélever leur pourcentage pendant le premier mois. En outre, ils se chargent de promouvoir le titre auprès de leurs clients, dont ils savent par quoi ils peuvent être intéressés dans un journal en allemand, en yiddish, en polonais ou en italien. Le principe d'une association, d'une *limited-partnership,* sera ensuite appliqué à tous les revendeurs de New York qui en accepteront le principe, dans le cadre d'une société qui vient d'être créée, la *New York Migrant News Inc.*

— Vous avez parlé…

— … de distribution gratuite. Je sais. L'un de mes avocats est avec son équipe en train d'établir une liste des commerçants qui sont à la fois des annonceurs publicitaires potentiels, des immigrés de fraîche date, qui parlent l'une des quatre langues que je vous ai citées, qui ont dans leur clientèle une forte proportion de lecteurs potentiels de nos journaux. Tous ces commerçants seront abonnés, gratuitement. Ils serviront de base à la prospection de l'agence de régie publicitaire qui sera créée sous peu. Seront de même servis gratuitement tous les établissements, publics ou privés, recevant, à n'importe quel titre, les immigrés récents ou parlant encore leur langue d'origine. Nos futurs annonceurs auront ainsi la garantie d'une diffusion d'ici trois semaines de quarante-cinq mille exemplaires, soit deux cent mille lecteurs au moins, sélectionnés, dès la première parution. Ce que les publicitaires appellent la cible.

Roger Dunn ouvrit la bouche...

— Encore quelques mots, je vous prie, dit Beck. Je peux réaliser cette affaire avec une imprimerie plus importante que la vôtre, avec l'aide d'une banque, voire la collaboration d'un journal déjà existant. Je préférerais ne pas le faire. Je tiens à garder le contrôle de l'entreprise. Nos journaux auront un format de moitié inférieur à celui des quotidiens ordinaires...

— Tabloïd, réussit à dire Roger Dunn.

— Tabloïd. Parce que c'est plus facile à lire dans le métro, parce qu'une pleine page en publicité dans ce format vaut plus cher qu'une demi-page de surface égale dans un format double, parce qu'on peut prétendre offrir douze pages alors qu'on en a six. Ces journaux seront donc de douze pages de format tabloïd, dont six de petites annonces qui ne changeront pas d'une édition à l'autre et seront imprimées en n'importe laquelle des quatre langues. Un tronc commun, en quelque sorte. Ces petites annonces seront recueillies — notamment — par nos associés les revendeurs. En tant qu'actionnaires de la *New York Migrant News,* leur intérêt est que les journaux de cette société fassent au plus vite des bénéfices. Quatre motocyclistes feront en permanence la tournée de ces hommes, pour recueillir les textes. Cela en attendant que nous ayons des bureaux et j'ai deux locaux en vue, un à Manhattan, l'autre ici à Brooklyn. Je m'occuperai du Bronx et de Staten Island demain. Leur tournée effectuée, ils seront chez vous au plus tard à neuf heures trente, heure de clôture, toute annonce remise avant cette heure devant impérativement paraître le lendemain matin, sauf exigence contraire du client. Combien de temps vous faudra-t-il pour composer et mettre en page six pages de petites annonces ? Huit colonnes par page ? Au *Mirror,* le chef de fabrication m'a dit hier soir que ça lui prendrait une heure. Vous n'avez pas la puissance de composition du *Mirror.* Disons trois heures. Disons quatre, en considérant qu'il vous faudra garder deux linotypes pour les autres pages, en cas d'article de dernière minute. Cela implique une fin de mise en page vers une heure trente. Vous m'avez dit une demi-heure pour la prise d'empreintes et le calage : vous pourrez rouler vers deux heures, et donc livrer à partir de quatre heures. Notre service de messagerie sera en place à quatre heures quarante-cinq. Les vendeurs seront approvisionnés au plus tard à six heures, dans tout le Grand New York. En réalité, je ne pense pas que le produit de la vente jouera un grand rôle dans l'équilibre financier de l'opération. La publicité et les petites annonces, si. Nous devrions passer le seuil de rentabilité vers le cinquième numéro. Notre but est d'être l'organe de liaison de tous les Américains d'origine germanique, italienne, polonaise ou de confession israélite. Parallèlement à l'agence de régie publicitaire, je suis également en train de créer un service d'informations de conseils juridiques et sociaux qui sera ouvert à tout abonné au journal, gratuitement. Et pendant que j'y pense, ne vous tracassez pas pour les textes à imprimer en yiddish, en polonais ou en allemand, même avec leur typographie particulière. Je vous ai trouvé trois linotypes à crédit comportant les caractères que vous n'avez sans doute pas. Vous les avez ? Non, vous voyez bien. Quant aux linotypistes et aux correcteurs, je m'en suis également occupé. Il s'agit de professionnels, rassurez-vous, travaillant dans les imprimeries intégrées du *Sun* et du *Times.* Je les ai vus et ils acceptent de venir faire des heures supplémentaires. Des questions ?

Silence.

— Dieu Tout-Puissant ! s'exclama Roger Dunn en se laissant tomber sur une chaise.

Le soi-disant Anton Beck (Roger Dunn ne connut son vrai nom que plus tard, quand il devint lui-même, au plus haut point, un Homme du Roi) sourit en secouant doucement la tête :

— Votre seul investissement sera le papier et l'encre.

— Et le salaire de mes bonshommes. Et le mien. Et l'électricité. Et je ne sais trop quoi encore...

— Sur une semaine au maximum.

— Sans parler des travaux que je ne pourrai pas exécuter. Je n'ai pas les moyens, techniques ou humains, de tout faire en même temps. Je vais perdre mes clients.

— Vous n'en avez presque plus de toute façon. Dans trois mois, vous auriez été obligé de mettre la clé sous la porte.

— Ça me regarde.

Le soi-disant Beck portait à l'épaule un sac de toile. Il le posa sur le marbre maculé d'encre, ayant au préalable glissé dessous une vieille morasse pour éviter de le tâcher. Il l'ouvrit et en sortit les liasses de billets, certaines portant encore la bande de la banque de Newark.

— Trois mille cent quarante-trois dollars, dit-il. C'est tout ce que j'ai pour l'instant. Je peux vous payer les premières parutions. Intégralement.

— Deux au plus, dit Dunn. Et encore.

— Je peux vous les payer. Vous me fabriquerez mes journaux et je vous les paierai, comme à un imprimeur ordinaire, à chaque parution. Je trouverai l'argent. Mais sitôt que mes journaux gagneront de l'argent, j'irai ailleurs, ou j'achèterai ma propre imprimerie, plus justement. Et vous, vous mettrez la clé sous la porte et reprendrez du service dans les Marines.

Il ne bougeait absolument pas, ses yeux fixés sur ceux de Roger Dunn, et il avait l'air de beaucoup s'amuser, en plus.

— Je ne vois pas ce qu'il y a de drôle, dit Dunn avec amertume.

— Vous allez accepter, bien entendu. Nous nous jouons mutuellement la comédie. Alors, je ris.

Roger Dunn s'écarta, marcha au long du marbre, passa devant les linotypes, entra dans la salle où la rotative ne tournait plus depuis quatre ans. Et il pensait, furieux contre lui-même, mais dans le même temps porté par une exaltation inexplicable, et même les prémices d'un fou rire, il pensait : « Je suis complètement cinglé. » Il demanda :

— Et si je marche avec vous ?

— Dès que l'argent rentre, vous percevez vos frais réels, plus vingt-cinq pour cent des bénéfices, plus cinq pour cent des parts de la *New York Migrant News Incorporated*.

— Dix, dit Dunn.

— D'accord, dit Beck d'une voix très douce et toujours empreinte d'une tonalité amusée.

Sans le moindre bruit, son sac à l'épaule, il avait rejoint Roger Dunn sur le seuil de la salle. Un moment les deux hommes demeurèrent à contempler l'énorme machine. Puis Dunn flanqua un grand coup de pied dans le socle bétonné de la rotative :

— Rendez-vous compte : ça fait quatre ans que je rêve de voir tourner cette saloperie, et d'être un vrai imprimeur.

— Sourire, très chaleureux et amical :

— Eh bien, voilà qui est chose faite. Mon vrai prénom est Reb, Roger.

Il y eut, dans la stratégie de Reb Klimrod à cette époque une volonté délibérée de faire surtout appel à des hommes ou des femmes d'émigration relativement récente. C'était le cas de Lerner et Bercovici, encore que les deux hommes fussent arrivés aux Etats-Unis au tout début des années trente, et sensiblement au même âge, vers quinze ans.

Ils avaient d'autres points communs : leur origine roumaine, leur état de juif, la même obstination farouche à poursuivre un diplôme de droit à grands renforts de cours du soir, la même réussite tardive pour décrocher ce diplôme au terme d'un parcours cahotique planté d'occupations transitoires, n'ayant pas d'autre raison d'être que de leur permettre de manger — dans le prêt-à-porter pour l'un (Lerner), dans la dentisterie pour l'autre (Bercovici). Et, le diplôme enfin obtenu, sur le point d'en percevoir enfin les dividendes, le même sort sarcastique qui les avaient expédiés, le premier à régater sur la mer de Corail dans l'U.S. Navy au beau milieu de Japonais antipathiques, le second en Tunisie, Sicile, Italie et France, à la poursuite des armées hitlériennes. Libérés en 1945 et indemnes (sauf Lerner qui boita toujours un peu), et ne se connaissant pas, ils avaient regagné New York pour reprendre leur ascension au point où ils l'avaient laissée trois ans plus tôt.

Avec une identique et sombre fureur s'agissant de débusquer la fortune, de la traquer jour après jour, quelque forme qu'elle prît. David Settiniaz qui n'eut jamais une grande sympathie pour eux, les baptisa un jour les « Chiens Noirs du Roi ».

Lerner et Bercovici ne furent pas les seuls Chiens Noirs, il y en eut d'autres, par la suite, et nombreux, en une véritable meute, dans tous les pays. Mais les deux immigrés roumains de New York furent les premiers, et sûrement les meilleurs.

Il y a un vieux et célèbre *nursery rhyme*[1] dans quoi Penn Warren trouva d'ailleurs le titre de l'un de ses meilleurs livres :... « *all the King's horses and all the King's men...* » C'est bien ce qu'ils furent tous, les Hommes du Roi, ses Cavaliers et ses Fous, ou ses Tours ou ses Pions, qu'il déplaça toujours à son gré sur son échiquier personnel.

Lerner était grand et maigre, avec des yeux profondément enfoncés dans les orbites. Il parlait peu et le faisait alors d'une voix sourde, un peu précipitée, entre deux silences abrupts, comme sous l'impulsion d'une haine intérieure qu'il aurait du mal à exprimer. De son ancien métier de vendeur de tissus et de vêtements sur la Septième Avenue, il avait conservé un tic bizarre, qui lui faisait passer lentement ses doigts sur les plateaux de table ou les dossiers, interminablement, jusqu'à presque hypnotiser son interlocuteur (il n'est d'ailleurs pas si sûr qu'il ne fît pas exprès). Il était pour la première fois apparu au côté de Reb Klimrod lors de la « réunion des actionnaires » rassemblant les revendeurs de Manhattan Sud. Ce fut lui qui accompagna Reb et Zbi chez Abie Levin et fit signer les contrats qu'il avait lui-même rédigés. Pour autant que plus tard Settiniaz ait pu le déterminer, il opéra également dans l'affaire des journaux, et dans toutes les entreprises annexes à celle-ci.

Et il fut bien sûr de l'affaire des bacs.

— Trois bacs, dit Ferguson. Plus deux hangars, les appontements, le dock et les bureaux.

Il considéra les trois hommes d'un air de triomphe, au terme de cette énumération de ses possessions terrestres. Il reprit :

1. *Nursery rhyme* : chanson enfantine. *All the King's horses and all the King's men* . « Tous les chevaux du Roi et tous les hommes du Roi. » Le titre français du roman de Robert Penn Warren est · *Les Fous du Roi* (Stock).

— L'un dans l'autre, je me fais dans les mille dollars par mois. Douze mille par an. Et j'ai cinquante-quatre ans. Comme je compte travailler encore onze ans, calculez vous-même : onze fois douze, ça fait cent vingt-deux mille dollars. Je lâcherai à cent vingt, si vous savez vraiment y faire.

— HA HA, dit Reb très calmement.

Ferguson le regarda. De toute façon, de ses trois interlocuteurs, c'était celui-là qui attirait le plus l'œil : il était le plus jeune, le plus grand, et il avait un foutu regard à transpercer les portes.

— Et ça veut dire quoi, HA HA ?

Reb lui sourit :

— Vous n'avez pas cinquante-quatre ans mais soixante-deux. L'immeuble où se trouvent ce que vous appelez vos bureaux est frappé d'expropriation, vous avez déjà été indemnisé et dans quatre à cinq mois il n'existera plus. Il ne vaut pas un hamburger sans oignons. L'un de vos bacs tient sur l'eau de par une seule intervention divine quotidiennement renouvelée. Vous avez au plus trois mille deux cent cinquante dollars sur votre compte en banque, capital d'ailleurs hypothéqué par un crédit en cours, de trois cent vingt dollars par mois, sur cette maison que vous avez achetée le 14 octobre dernier à Albuquerque au Nouveau-Mexique, et pour laquelle il vous reste encore six mille sept cent soixante-quinze dollars à payer. Votre unique voiture est une Ford de 1938 à bord de laquelle vous avez parcouru plus de soixante-dix mille miles. Vous n'avez qu'un fils, qui travaille comme ingénieur dans une usine de produits alimentaires à Albuquerque précisément, et votre femme vous répète six fois par jour qu'elle en a assez de New York, du froid et de ne voir son fils et ses petits-enfants qu'une fois tous les deux ans. Quant à vos revenus véritables, nous les avons situés dans une fourchette de huit cent cinquante à neuf cent dollars par mois.

— Vous êtes qui nom de Dieu, le F.B.I. ?

— Je vous fais, dit Reb, la proposition suivante, à prendre ou à laisser : vous recevez dix pour cent des parts de la Jaua Food Organization, dont vous devenez le directeur général adjoint. A ce titre...

— Qu'est-ce que c'est que ça ?

— Une société nouvellement créée qui s'occupe de la fabrication, de la distribution et dans de nombreux cas de la vente de produits alimentaires. En tant que directeur général adjoint, vous percevrez deux cents dollars par semaine, soit dix mille quatre cents dollars par an. Avec garantie d'un rajustement de salaire de dix pour cent l'an. A vie. Avec aussi une condition impérative : vous n'aurez aucune espèce d'activité, de quelque ordre que ce soit, dans la société. L'idéal — pour vous — étant donné que vous avez le titre et les appointements afférents sans travailler. Votre traitement pourra d'ailleurs vous être versé mensuellement à Albuquerque, à la banque de votre choix. Si vous apportez la moindre preuve de l'illégalité du fonctionnement de la société, ou si le règlement de votre traitement n'était pas effectué selon les termes que je viens de vous préciser, la transaction serait aussitôt annulée. Vous retrouveriez la pleine propriété de vos biens meubles et immeubles. Vous allez me faire remarquer qu'en un tel cas, vous pourriez retrouver votre affaire complètement désorganisée. Je vous réponds que nous conviendrons d'une évaluation, à ce jour, de ces biens, et que ce serait alors sur la base de cette évaluation, revue à la hausse de dix pour cent l'an, que nous vous indemniserions, au cas, très improbable, où nous ne respecterions pas nos engagements.

L'un des trois bacs Ferguson, sur l'Hudson River, reliant Manhattan à Hoboken au New Jersey, était en train de s'amarrer à un appontement. Il commença à décharger ses passagers.

— Ferguson, dit Reb, vous répondez par oui ou par non. Tous renseignements bancaires sur la Jaua Food vous seront fournis par la banque Nash et Worb de Newark, New Jersey. Dans le cas de votre acceptation, je ne vois aucune raison pour que votre femme et vous ne preniez pas dans les trois jours qui viennent, le train pour Albuquerque.

Push-pull, pousser-tirer. Chaque entreprise créée étant poussée par la précédente et, à son tour, en tirant une nouvelle. Telle fut toujours la stratégie de Reb Klimrod. Sinon qu'il enchaîna toujours les opérations à une vitesse fulgurante, sans la moindre infrastructure matérielle, sans bureaux, ni secrétariat, des années durant.

David Settiniaz souligne l'extraordinaire cadence de la conclusion des contrats, entre le 21 juillet 1950 — date des documents portant création de la Oneself News Distribution Incorporated (pour New York) — et le 24 août de la même année.

Au cours de cette période, Reb Klimrod ne créa pas moins de *cinquante-neuf sociétés diverses !*

En ce qui concerne les *Oneself,* c'est-à-dire ces compagnies prenant en charge les messageries de presse et groupant des actionnaires aussi différents que des revendeurs de journaux, des syndicats de l'industrie du vêtement et le syndicat international des camionneurs (Reb Klimrod fut le premier à officialiser une association avec une organisation syndicale) et Klimrod lui-même, *douze* sociétés sont créées dans ce laps de temps. Douze sociétés juridiquement indépendantes les unes des autres, bâties toutes exactement sur le modèle de celle de New York, dans des villes des Etats-Unis : Philadelphie, Baltimore, Washington, Boston, Pittsburg, Cincinatti, Detroit, Cleveland, Indianapolis et Chicago, ou canadiennes : Toronto et Montréal. Toutes respectant ce principe d'une participation des syndicats, comme à New York, mais pas nécessairement des mêmes syndicats :

à Chicago par exemple, Settiniaz découvrit avec stupeur que le syndicat des employés des abattoirs était entré dans l'affaire pour sept et demi pour cent !

Mais les douze sociétés avaient une constante : Reb Klimrod détenait chaque fois au moins cinquante et un pour cent des parts, quels que fussent ses associés.

Et il ne les détenait jamais officiellement, mais toujours par prête-nom interposé, grâce à un acte de trust.

Les douze « Oneself » sont nées en dix-neuf jours, avec l'appui d'Abie Levin ou de l'un quelconque de ses amis. En chaque occasion, les Chiens Noirs Lerner et Bercovici intervinrent, soit l'un, soit l'autre, soit encore un troisième de leurs congénères qui apparut à peu près à cette époque, Abramowicz. Mais leurs méthodes de travail étaient à ce point semblables (ils ne se connaissaient pourtant pas) ou plus sûrement les consignes de Reb Klimrod étaient à ce point précises, et rigides, qu'il est impossible de déterminer qui fit quoi.

Deuxième volée de sociétés : les *Jaua.*

La première du genre voit le jour à New York le 25 juillet 1950. La deuxième, celle de Chicago, est du 6 août. Suit alors une véritable salve (et c'est Bercovici qui opère) : en quatre jours, du 8 au 12, ce ne sont pas moins de sept autres Jaua qui apparaissent, dans d'autres villes [1].

Le cas de la Jaua de New York est particulier, il est même unique : Klimrod *n'achète pas* l'affaire des bacs de Ferguson, il la *troque* contre des parts de la société qu'il vient de créer. Il ne sort donc pas d'argent, ce qui n'a rien de surprenant puisqu'il n'en a pas. Les seuls capitaux qui lui passent entre les mains du 21 juillet au 24 août sont ces trente mille dollars prêtés par la banque de Newark, dont il se sert pour acheter camions et motos aux surplus de l'armée et dont — le 26 juillet — il montre le reliquat à Roger Dunn, trois mille et quelques dollars.

Durant ces trente-trois jours de l'été 1950, Reb Klimrod opère sans le moindre cent personnel. Il est arrivé à New York le 16 juillet les poches vides, en auto-stop à bord du camion piloté par le frère de Simon Gozchiniak et, durant ses premières semaines new-yorkaises, il loge chez Cybulski et ne subsiste qu'en aidant le même Cybulski, ou Gozchiniak, dans la vente des journaux. C'est un émigrant sans

1. Toujours selon le même principe des « sociétés-étanches » : indépendance juridique totale entre elles, participation majoritaire de Klimrod opérant sous acte de trust. Et des majorités qui vont, pour Reb, jusqu'à cent pour cent (Boston, Toronto et Baltimore), ou quatre-vingt-dix pour cent (Philadelphie et Washington). Dans le cas de la présence d'associés, il s'agit très souvent du syndicat de Jimmy Hoffa, mais pas forcément de lui, ou de lui seul : à Cleveland, les *teamsters* partagent vingt-huit pour cent des actions avec le syndicat de la métallurgie.

bagages sinon un petit sac de toile contenant deux livres et un peu de curare, et qui se trouve aux Etats-Unis pour la première fois de sa vie.

Troisième série d'opérations durant ce laps de temps : les *Migrants*. Et avant tout les affaires de presse.

Les deux premiers journaux, en yiddish et en allemand, sortirent le 2 août. L'édition italienne est du 5, celle en polonais vint un peu plus tard, à New York du moins, car à Chicago et Detroit, l'édition polonaise parut la première, avant même celle de New York, soit vers le 18 août. Dans tous les cas, l'agence de publicité qu'il avait créée donna presque aussitôt des résultats fantastiques. Klimrod fit préparer à Dunn un numéro « zéro », dont les courtiers se servirent pour démarcher les annonceurs. A cette époque, l'idée était neuve. Dès la cinquième parution, les recettes de la publicité couvrirent plus de soixante-dix pour cent des frais. Puis les petites annonces commencèrent à rentrer, et formidablement. Il avait voulu quatre pages d'annonces pour démarrer : dès le 16 août, les journaux en comprenaient six, et dix à la fin du même mois, ce qui obligea à augmenter la pagination d'un cahier supplémentaire [1]. Nos titres avaient un *succès* incroyable dans les milieux à l'origine non anglophones : la plupart de ces gens savaient mal l'anglais, ils étaient à la recherche d'un travail, de parents, d'anciens compatriotes immigrés comme eux ou, plus simplement, ils ressentaient le besoin de garder le contact avec leur culture originelle. Reb créa ensuite un Centre d'Informations, où tous les abonnés aux journaux pouvaient venir se renseigner en n'importe quel domaine. Il se mit aussi à louer pour le week-end les autocars qui normalement ne transportaient de passagers qu'en semaine, aux heures de travail. Il organisa des voyages d'agrément, pour un prix très modeste, et emmenait ainsi des centaines de familles sur les plages du New Jersey ou ailleurs.

Ce fut à partir de ce type d'organisations qu'il créa plus tard ses centres de vacances et deux de ses chaînes d'hôtel sans parler de ses affaires de transport.

Le cap des cent mille exemplaires fut dépassé à la vingt-quatrième parution. Le même journal devait sortir en même temps dans dix, vingt, trente villes différentes. Dunn envoyait les matrices communes par moto ou avion et son imprimeur correspondant de Chicago ne composait pour sa part que les pages propres à sa région. Pour les seules *Migrant News,* il y eut jusqu'à quatre-vingt-six éditions en principe différentes (en réalité identiques à soixante ou quatre-vingts pour cent) et un tirage total qui dépassa le million d'exemplaires.

1 Et d'un autre cahier fin septembre, à la création de l'édition en espagnol

La quatrième salve éclata au cours de cette même période juillet-août 1950. Même si nombre d'entreprises qui naquirent alors ne vinrent à éclosion que dans les semaines ou les mois plus tard.

L'affaire des bacs Ferguson est typique. Les contrats avec Ferguson sont du 16 août. Dès le lendemain 17, des buvettes furent installées sur les bacs, avec comme premier résultat qu'un employé habitant Hoboken, Jersey City ou Newark, et travaillant à Manhattan, pouvait prendre son breakfast pendant qu'il traversait l'Hudson. Le même jour apparemment, une équipe animée par les Chiens Noirs et surtout par une femme appelée Lilian Morris entama le démarchage des autres compagnies de bacs et de ferries sur l'Hudson, East River et New York Bay, proposant l'installation de buvettes semblables. (Et tout l'approvisionnement en nourriture et boissons fut évidemment le monopole de la Jaua Food, dont Lilian Morris assuma la direction commerciale pendant vingt-quatre ans[1].)

Mais ce ne fut là que le premier degré, même si, par la suite, la Jaua étendit son activité à tout ce qui naviguait sur les Grands Lacs, ainsi qu'à tous les cours d'eau d'Amérique du Nord, avant de passer des contrats avec des compagnies de navigation maritimes, puis aériennes.

Le deuxième degré de l'expansion prit la forme d'une mise en exploitation des entrepôts et emplacements faisant partie de l'ancienne propriété Ferguson. L'usine de fabrication de crèmes glacées vit officiellement le jour le 20 août, sa production ne débutant véritablement que quatre semaines plus tard, avec une cinquantaine d'employés. Une filiale de la Jaua coiffa juridiquement l'affaire, la Jaua elle-même assurant la distribution...

... Tandis que les contrats de location de locaux dans le Bronx, Brooklyn et le New Jersey sont du 22 août, quarante-huit heures plus tard. Les fabriques de saucisses, de pains, moutarde, et tous ingrédients nécessaires aux sandwiches, ainsi que celles sortant de la confiserie, commencèrent à fonctionner toutes entre le 10 et le 30 octobre 1950. Et on a là, l'explication des curieuses clauses imposées par Klimrod à ses premiers fournisseurs : il avait déjà en tête, au premier jour, de tout faire lui-même.

Settiniaz a même découvert des contrats de location, passés par une autre société filiale de la Jaua, portant sur des locaux dans la Quatre-Vingt-Sixième Rue Est[2] de Manhattan, dans Greenwich Village, sur la Septième Avenue. Trois adresses qui furent celles des premiers points d'ancrage des chaînes de « delikatessen » juives et allemandes,

1. L'installation pouvait prendre deux formes : la simple franchise — le propriétaire du bac exploitant lui-même l'affaire moyennant le versement d'un pourcentage sur le chiffre d'affaires à la Jaua qui lui livrait les produits ; soit l'affermage par bail — ce même propriétaire se contentant de louer un emplacement à la Jaua qui assurait la totalité de l'exploitation.

2. La Quatre-Vingt-Sixième Rue Est est le cœur du quartier de Yorkville, peuplé essentiellement d'Allemands et Autrichiens.

et des restaurants « fast-food », qui allaient se développer si spectaculairement.

Reb Klimrod arrive à New York le 16 juillet. Quarante jours plus tard, il a créé cinquante-neuf sociétés, sans avoir à aucun moment investi un argent personnel qu'il n'avait pas.

Mais ce n'est pas l'essentiel.

20

Dans la soirée du 5 août, Zbi et Reb allèrent au cinéma. Zbi se souvient du titre du film principal : *Casablanca,* avec Humphrey Bogart et Ingrid Bergman. « Je l'avais déjà vu, et Reb aussi, mais il était dingue de cinéma, et de cette Suédoise et comme toujours, j'ai cédé. » Ils ressortirent de la salle vers onze heures trente, et se mirent à marcher vers Bedford Street où Zbi avait alors son studio et que donc il partageait avec Reb Klimrod-Beck.

La voiture surgit dans Christopher Street, une vingtaine de mètres avant l'entrée du théâtre De Lys. Elle vint s'immobiliser le long du trottoir, deux hommes en descendirent, l'un d'eux visiblement armé. Ils ignorèrent Zbi et s'adressèrent à son compagnon .

— C'est toi, Beck ? Le patron veut te parler.

— Finnegan ?

— Tu montes. Et le Polak aussi.

Reb dit doucement : « Va-t-en, Zbi. Ils ne tireront pas. »

Un groupe de cinq à six personnes, hommes et femmes, des Porto-Ricains, venaient d'apparaître dans la rue. Reb les interpela en espagnol. Ils sourirent et se rapprochèrent.

— Allez, montez, dit l'homme au revolver.

Reb continuait de parler en espagnol. Les Porto-Ricains éclatèrent de rire et Reb lui-même souriait. Il dit en anglais :

— Ça va, Zbi. Tout va aller très bien.

Il se pencha à l'intérieur de la voiture.

— Qu'est-ce que tu en penses, Finnegan ? Tu descends ou je te sors de là ?

Dans la voiture, on bougea. Zbi vit apparaître un homme d'environ quarante ans, pas très grand mais massif, et roux à en crever les yeux.

— C'est très simple, Finnegan, dit Reb de sa voix tranquille. Si ton ami derrière moi me tire dessus, il lui faudra tuer aussi le Polonais et tous mes amis porto-ricains. Je crois que l'on appellerait cela une hécatombe, en anglais. Tu ne peux pas te le permettre. Et tu ne peux pas te permettre non plus de faire quoi que ce soit pour restaurer... Tu connais le mot *restaurer*, Finnegan ? Je n'en ai pas l'impression, à voir ton regard... pour rétablir l'ordre ancien des choses. Pour toucher à nouveau tes cent soixante-huit mille quatre cent quatre-vingts dollars par an. C'est fini, Finnegan. Alors, de deux choses l'une : ou tu prends ta retraite, ou tu insistes pour prendre ton dollar cinquante aux revendeurs de Manhattan Sud. Tu choisis. Je m'appelle Reb. Tu fais ton choix, et si tu y tiens, tu descends de cette voiture et tu essaies de me frapper. Et je te massacre. Rien que toi et moi. A toi de voir, Finnegan.

Reb s'écarta et parla à nouveau, souriant encore, en espagnol aux Porto-Ricains, dont les rires éclatèrent. A un moment, il dit en polonais :

— Zbi, il va se jeter sur moi. Ne t'en mêle pas, s'il te plaît. Tout va très bien aller.

Dans les secondes suivantes, il se passa un certain nombre de choses, toutes extrêmement enchaînées, rapides, brèves. La grande main osseuse de Reb frappa à la volée, atteignit l'homme au revolver sur la pomme d'Adam. L'homme au revolver se cassa en deux et cessa dès lors de s'intéresser à la situation. Finnegan passa en trombe, là où était Reb un peu plus tôt. Au passage, il prit un coup du tranchant de l'autre main de Reb sur la nuque, en même temps qu'un coup de pied dans le bas-ventre. Il alla toucher le mur, y rebondit, se retourna juste à temps pour recevoir un enchaîné gauche-droite à la face, deux autres coups à la gorge qu'il eut la mauvaise idée de découvrir, un nouveau coup de pied dans l'entrejambe et, pour finir, quatre ou cinq crochets qui lui touchèrent le visage.

Il s'écroula.

Reb sourit au troisième homme et lui demanda ce qu'il comptait faire.

— Rien, dit l'homme. Ça suffit comme ça.

— Je préfère, dit Reb. De toute façon, il faut quelqu'un pour les ramasser. J'espère que vous savez conduire.

Il était debout, très droit, ayant sur le visage une expression lointaine et comme absente. Mais le troisième homme ne s'y était pas trompé, Zbi ne s'y trompa pas davantage, pas plus que les Porto-Ricains qui avaient soudain cessé de rire : de lui émanait une impression de férocité impitoyable.

Gozchiniak père était originaire d'une petite ville appelée Wagrowiec, dans le Nord-Ouest de la Pologne, au-dessus de Poznan. Il était arrivé aux Etats-Unis en 1924 et en avait profité pour angliciser son prénom de Zygmunt en Simon. Il avait commencé à vendre ses premiers journaux moins de deux semaines après avoir franchi les contrôles de l'Immigration. En 1950, il avait quarante-quatre ans et la propriété indiscutée de trois postes de vente de journaux, dont un superbement placé à l'entrée de Grand Central, la gare principale de Manhattan. Dans le petit monde des revendeurs de presse de Manhattan, il était au sommet de l'échelle. Dès 1927, il s'était trouvé suffisamment argenté pour financer l'émigration de deux de ses frères et c'était l'un de ceux-ci, camionneur de son état et propriétaire de son véhicule de part à deux avec Simon, qui avait recueilli Reb Klimrod à Memphis et l'avait amené à New York.

C'est lui qui adressa Reb à Cybulski, lui aussi qui joua un rôle décisif dans l'acceptation par la majorité des revendeurs des propositions que leur fit Reb en juillet 1950.

Le 6 août 1950, aux alentours de cinq heures de l'après-midi, Simon Gozchiniak partit à pied du poste de vente qu'il avait sur Park Avenue, à l'angle de la Trente-Sixième Est, pour regagner son quartier général de Grand Central. Un témoin le vit, aux abords de l'église Notre-Sauveur, en conversation avec deux hommes descendus d'une Chevrolet bleue. Gozchiniak finit par monter dans la voiture, qui s'éloigna vers le nord.

On ne le retrouva que le lendemain matin, dans un chantier alors en cours où s'édifiaient les futurs bâtiments des Nations unies. On avait pris beaucoup de soin pour lui casser les os, sur tout le corps, à l'aide de barres à mine, avec une extrême sauvagerie. Seul le visage était intact, comme pour permettre une identification, et on lui avait enfoncé dans la bouche, jusqu'au fond de la gorge, un journal partiellement rédigé en polonais, allemand, italien et yiddish.

Finnegan, lui, mourut deux jours plus tard, le 8 août. L'enquête révéla qu'il ne s'était pas depuis une semaine présenté à son travail de chef des expéditions dans le service de messageries de presse, et qu'il avait passé les nuits précédentes à Atlantic City, sous un autre nom que le sien, en compagnie de deux autres hommes qui semblaient être ses gardes du corps. Pour ceux-ci, on les retrouva exécutés d'une balle dans la nuque. Finnegan lui-même fut découvert pendu, mais pas par une corde : on avait utilisé l'un de ces crochets dont se servent les dockers pour tirer les caisses. La pointe d'acier lui avait été enfoncée dans la bouche et avait perforé le palais, et le cerveau. Sa mort n'avait pas dû être très agréable.

Le temps avait changé à partir du 20 ou 25 août. La pluie d'abord était venue, subreptice et même un rien hypocrite, sur la Nouvelle-Angleterre. L'océan avait commencé à prendre ses teintes violettes, l'air avait notablement fraîchi et même Adolf et Benito, ces deux abrutis de cormorans en permanence juchés sur l'extrémité d'un ponton, avaient paru décidés à sortir de leur coma habituel. En bref, l'été était fini.

Ce n'était pas pour plonger les Tarras dans le désespoir. Ils avaient l'un et l'autre et de toute façon, une haine viscérale pour la chaleur. Cela n'eût-il tenu qu'à eux, ils auraient acheté leur maison de campagne au Groenland. Mais il fallait bien disposer d'une poste acceptable pour recevoir les livres, et expédier chaque semaine la chronique de Shirley au *New Yorker.* Ils s'étaient donc contentés du Maine, avec l'espoir heureusement rarement déçu d'étés pourris, humides et glacés.

En 1950, à cinquante et un ans, Georges Tarras achevait la rédaction de son troisième livre, dans lequel il démontrait de façon péremptoire que la Constitution des Etats-Unis avait été copiée presque mot pour mot sur celle établie antérieurement par Pascal Paoli à l'usage des Corses. Il espérait bien, par cet ouvrage, provoquer la fureur de tous les spécialistes. Le 8 septembre, il ne lui restait plus qu'une cinquantaine de pages à écrire. A son habitude, il se leva fort tôt, vers cinq heures, prit son petit-déjeuner et se mit au travail. Shirley apparut vers sept heures, en même temps que la pluie, les deux événements étant sans rapport l'un avec l'autre. Elle-même avait à travailler sur sa rubrique littéraire. Mariés depuis vingt-trois ans, faute d'enfant, ils partageaient avec tendresse une vue extrêmement sarcastique sur l'humanité en général.

Vers onze heures, Shirley Tarras leva la tête et, désignant l'une des baies vitrées, dit : « Nous avons une visite. » Georges Tarras lui-même, à son tour, regarda au-dehors et ce fut comme si, d'un coup, cinq années de sa vie s'étaient effacées, le souvenir revint, incroyablement net jusque dans les détails, la voix, les gestes ou l'absence de geste, le phrasé particulier de Reb Michael Klimrod.

La maison des Tarras dans le Maine était en bois sur un soubassement en pierre. On y voyait la mer de tous côtés ou presque, et les embruns de l'Atlantique pouvaient parfois la traverser de part en part, à condition d'ouvrir les fenêtres. Elle se trouvait sur un promontoire, entre les baies de Penobscot et de Blue Hill, elles-mêmes dans le merveilleux parc national d'Acadie. L'habitation la plus proche était à trois kilomètres.

— Je suis venu vous rendre vos livres, dit Reb Klimrod.

Il sortit le Whitman et le Montaigne de son sac de toile et les tendit à Tarras.

— Rien ne pressait, répondit ce dernier. Si vous n'avez pas fini de les lire, vous pouvez les garder. Thé ou café ?

— Rien, merci. J'aime beaucoup votre maison Et j'ai vraiment fini de les lire.

La pluie faisait la pause, mais avec la promesse tacite de se remettre à tomber bientôt. Les deux hommes sortirent néanmoins. Ils prirent un petit chemin qui descendait au bord de l'océan

— Comment m'avez-vous retrouvé ?

— David Settiniaz.

— Il y a longtemps que vous êtes aux Etats-Unis ?

— Pas tout à fait deux mois.

— Vous parliez anglais, dans le temps ?

— Non.

Georges Tarras s'assit sur son rocher personnel, qu'il fréquentait depuis plus de vingt ans. L'anse où ils étaient s'ouvrait au sud-est, et recevait donc de plein fouet le souffle du grand large. Il observait et examinait Klimrod — « ou Kimrod ? non, c'est bien Klim... » — et le trouvait à peine changé. L'absurdité de la scène le frappa soudain : « Seigneur, j'ai peut-être rencontré vingt mille hommes et femmes, en Europe, eux aussi sortis des camps, tous disant des histoires effroyables, nombre d'entre eux exceptionnels à plus d'un titre. Et il n'y en a pas dix dont j'ai retenu le nom, et s'ils réapparaissaient devant moi, je ne reconnaîtrais pas leur visage. Alors, pourquoi lui ? »

— J'espère que vous n'êtes pas venu en Amérique uniquement pour me rendre mes livres.

— Non, pas seulement pour cela, répondit Reb en souriant.

Il avait aux pieds des sandales de corde, était vêtu de toile, portait un sac à l'épaule. La curiosité dévorait Tarras, mais dans le même temps il éprouvait cette curieuse sensation de timidité — « Moi Georges Tarras, timide ! Mon Dieu ! » — déjà ressentie à Mauthausen, et dont il conservait si précisément le souvenir.

— Et je ne suis pas non plus venu jusque dans le Maine pour cette seule raison, ajouta Klimrod.

Il se mit alors à parler, de lui-même, racontant qu'après son deuxième départ de Haute-Autriche, il était allé en Israël puis un peu partout dans le monde, sans grandes précisions toutefois.

— Vous parlez assez remarquablement l'anglais, maintenant, fit remarquer Tarras.

— Merci.

Ses yeux gris contemplaient l'océan. Puis il baissa la tête et cette fois, ce fut Tarras qu'il regarda.

— J'ai lu l'un de vos livres, dit Klimrod. Celui sur les aspects juridiques de la piraterie en haute mer. Enseignez-vous toujours à Harvard ?

— Ils ne m'ont pas encore flanqué à la porte. J'ai pourtant fait de mon mieux.

— J'ai besoin d'aide dans un domaine très précis, dit Klimrod. Auriez-vous une heure à me consacrer ?

— Vous restez déjeuner avec nous, bien entendu. C'est ma condition.

Ils se sourirent. « D'accord. » Klimrod s'assit sur un rocher voisin, allongeant ses grandes jambes.

— Ces derniers temps, dit-il de sa voix lente et comme indifférente, j'ai créé quelques sociétés. Plusieurs dizaines, en fait.

— J'enseigne le droit international public, dit aussitôt Tarras par réflexe, je ne suis pas très versé en droit des affaires.

— Je sais. Je connais la différence. J'ai des avocats qui travaillent pour moi, s'occupant d'établir les contrats et ce genre de choses. Mon problème est tout autre.

A ce moment-là seulement, les mots atteignirent la conscience de Tarras, ordinairement plus vif :

— Vous avez dit que vous aviez créé plusieurs dizaines de sociétés ?

— A peu près quatre-vingts [1].

— Tout de même pas aux Etats-Unis ?

— Aux Etats-Unis et au Canada.

— Quel âge avez-vous donc ?

— J'aurai vingt-deux ans dans dix jours.

Il se mit à rire : « Oui, et il n'y a pas tout à fait deux mois que je suis dans votre pays. Mais les choses sont allées assez vite. Un peu trop vite, même. Je n'ai pas eu le temps de m'organiser comme j'aurais dû le faire. »

Tarras le dévisageait, bouche ouverte, au comble de l'ahurissement.

« Et c'est précisément la raison de ma visite. Toutes ces sociétés ont été créées selon un seul et même principe : celui d'un trustee qui me remplace en toutes choses et apparaît comme le propriétaire officiel. Je suppose que tout spécialisé que vous soyez, vous savez ce qu'est un acte de trust. »

Tarras ne put qu'acquiescer, tout à sa stupeur. Klimrod poursuivit, avec toute la tranquillité du monde :

« Ces sociétés sont dans les branches les plus diverses : industrie alimentaire, transports, distribution, édition, immobilier, publicité, restauration. Je pense que toutes ont des chances très raisonnables de réussite. Certaines d'entre elles rapportent déjà un peu d'argent. Voulez-vous savoir combien, pour le cas où vous vous inquiéteriez de vos honoraires ? »

Tarras se frotta les yeux, menton dans ses paumes.

— Un instant, dit-il. Je ne suis sans doute pas très bien éveillé, mais j'ai du mal à vous suivre. Ai-je une hallucination ou venez-vous de me dire que vous avez créé quatre-vingts sociétés en moins de deux mois, alors que vous venez tout juste d'arriver dans mon pays ?

— Quatre-vingt-une, précisa Klimrod, une lueur narquoise dans la prunelle.

1 Le chiffre de 59 sociétés relevé par David Settiniaz est le résultat d'un compte arrêté au 24 août 1950. Entre ce 24 août et le 8 septembre, date de sa visite à Tarras, Klimrod en créa vingt-deux autres.

— Et vous n'étiez jamais venu en Amérique avant ?

— Pas dans cette vie.

— Et vous êtes seul ?

— Au sens où vous l'entendez, oui.

— Vous n'avez pas l'air d'un milliardaire. Cela sans vouloir vous offenser. Que s'est-il passé, après Linz ? Vous avez mis la main sur l'un des trésors de guerre nazis ?

— Je suis arrivé sans argent, dit Reb paisible. Cela a un peu compliqué les choses, bien sûr...

Tarras pencha la tête : « Vous vous moquez de moi, n'est-ce pas ? Je suppose que c'est de l'humour autrichien, ou *halbjude* ? »

Les yeux gris se voilèrent, l'espace d'une seconde :

— Je ne suis plus autrichien ni juif.

Puis, aussitôt après, il dit : « Et quant à mes revenus actuels, je pense qu'on peut les estimer, pour septembre, à trente-cinq mille dollars. Mais ils devraient augmenter assez rapidement. Soyez donc tranquille pour vos honoraires. Cela dit...

— Fichez-moi donc la paix avec ces honoraires !

— Cela dit, le problème qui m'amène est le suivant : tous les actes de trust ont été passés à mon vrai nom de Klimrod. Reb Michael Klimrod. K.L.I. J'ai remarqué que vous hésitiez sur le L de mon nom.

— Et où est le problème ? demanda Tarras prêt à rendre les armes.

— Je n'existe pas, dit Reb. Je suis entré sur le territoire de votre pays en fraude. Je n'ai aucun papier, de quelque ordre que ce soit. Pas de passeport, ni même de permis de conduire. »

Il ramassa dans sa paume un peu de sable.

« Cela pourrait finir par être gênant, à la longue. »

Ils déjeunèrent de homards grillés, ce qui n'avait rien d'exceptionnel au Maine. Durant le repas, Shirley et leur jeune visiteur parlèrent de peinture — à quoi lui-même ne s'entendait guère — allant même jusqu'à presque se disputer, très courtoisement, au sujet d'un certain Pollock.

Quand ils restèrent seuls, Shirley étant partie poster son courrier à Bar Harbor, Klimrod formula ses demandes.

— Vous voulez devenir *quoi ?*

— Apatride. Je ne veux être le citoyen d'aucun pays.

— Vous êtes autrichien. En quoi diable est-il si ennuyeux d'être autrichien ?

— Voudriez-vous répondre à la question que je vous ai posée ?

— Je le peux, mais vous n'en serez pas plus avancé pour autant. L'apatridie n'existe pas, ou presque pas. Vous voulez vraiment que j'entre dans les détails ? Je n'ai pas mes livres, qui sont à Boston où je serai moi-même dans une semaine pour préparer la rentrée universitaire.

— Je souhaiterais une première réponse, monsieur Tarras. Quitte à approfondir par la suite.

— Les premiers apatrides modernes sont nés des décrets de dénationalisation pris par l'Union soviétique au début des années vingt, à l'encontre de ses ressortissants opposés au régime communiste, ou par l'Allemagne d'Hitler, l'Italie de Mussolini. Vous n'êtes pas concerné. Les divers traités de paix signés il y a trois ans, en 1947, contiennent, si mes souvenirs sont exacts, certaines dispositions relatives aux apparences apatrides. Je ne les ai pas en tête, excusez-moi. Mais une chose est sûre : le statut d'apatride est défavorable : pas de protection étatique...

S'interrompant, Tarras dévisagea le grand jeune homme maigre à la fausse nonchalance :

— Mais vous estimez pouvoir vous passer de la protection d'un état Je me trompe ?

Sourire :

— Non.

— Il n'en reste pas moins qu'on vous fera toutes les difficultés du monde quand, par exemple, vous voudrez franchir une frontière Les règles du droit international ne s'appliquent, dans le principe, qu'à un individu en possession d'une nationalité. Renoncer à celle-ci vous prive des avantages provenant de la réciprocité... Vous me suivez ?

— Oui.

— Question idiote, Tarras. Bon. Autrichien arrivant aux Etats-Unis, vous bénéficiez des avantages offerts à un Américain se rendant en Autriche. Apatride, vous n'êtes rien et n'avez rien à offrir en échange des avantages que vous demandez...

— Comme de créer des sociétés.

— Exactement.

— Cela peut-il aller jusqu'à l'annulation, l'invalidation de toutes les transactions que j'ai faites ?

— Oui. Entre autres choses. Si quelqu'un s'en donnait la peine, qui vous haïrait plus ou moins...

Reb Klimrod se leva. La maison de Tarras dans le Maine avait cent ans d'âge, elle était l'une des plus anciennes de l'Etat ; les plafonds de bois, peints selon les pièces dans toute la gamme des rouges, étaient bas. La tête de Reb les touchait presque. Il alla jusqu'à une des fenêtres, parut s'absorber dans la contemplation des centaines d'îles et d'îlots sombres, déchiquetés, sauvages, qui sont la splendeur du parc national d'Acadie.

Reb Klimrod demanda :

— Croyez-vous qu'il viendra un jour où l'on n'aura plus besoin d'un passeport, d'un cachet sur l'épaule ?

— J'en serais fort surpris, répondit Tarras. Je n'ai pas une très haute opinion des hommes et des femmes, mais en crétinisme, les Etats les surpassent encore. Vous devriez lire Proudhon. C'est un Français tout à fait intéressant.

— Et la solution ?

— Rester autrichien ou devenir américain.

— Ni l'un ni l'autre.

— Ou un passeport de complaisance.

— C'est-à-dire ?

— Ça s'achète, m'a-t-on dit. A votre place, puisque vous êtes décidément fâché avec l'Autriche, les Etats-Unis, la France et quelques autres pays, je me ferais cubain ou argentin. Faites cela à pile ou face.

— Mais pas papou.

— Pas d'Etat papou pour l'instant, dit Tarras. Mais sait-on jamais ?

Il éclata de rire : « Papou ! » Il fixait Reb Klimrod en plein dans ses yeux gris ourlés de longs cils sombres, ces yeux si impressionnants, si graves, si fantastiquement brûlants d'intelligence. Et le miracle survint : à son tour Reb Klimrod se mit à rire.

En vérité il fut même secoué par le fou rire.

Que Tarras partagea, avec un sentiment de bonheur très intense qu'il ne devait jamais oublier.

21

Diego Haas barbotait fort gaiement dans la piscine quand le maître d'hôtel vint lui annoncer qu'on le demandait au téléphone des Etats-Unis. Mamita remarqua :

— Je ne savais pas que tu avais des amis aux Etats-Unis.

— Ce doit être Harry, répondit Diego.

— Et qui est ce Harry ?

— Truman. Qui d'autre ?

Diego caressa la main d'une certaine Concepcion Quelque Chose (où était-ce Incarnacion ?), dont le père avait trente mille hectares, et qui était néanmoins assez jolie. Il alla prendre le récepteur que lui tendait le maître d'hôtel, souriant à Concepcion-Incarnacion Quelque Chose, qu'il n'avait aucune intention d'épouser, quelque espérance que sa mère entretînt à ce propos, « mais qu'en revanche, j'aimerais assez coincer dans un coin sombre pour regarder sous ses jupes »...

— Allô ! allô ! dit-il gaiement. Ici Diego Haas Lui-Même-En-Personne-dans-Toute-Sa-Splendeur...

Les secondes suivantes, il sentit un frisson tout au long de son dos.

— Villavicencio, disait la voix lointaine et calme. Un camion et une madone. Et une rivière sous les arbres impossible à franchir. Vous vous souvenez de moi ?

— Oui, dit Diego la gorge serrée.

— Vous vous rappelez une conversation que nous avons eue ?

— Mot pour mot.

— J'ai besoin de vous.

— Ça m'intéresse, dit Diego. Ça m'intéresse énormément.

Une sauvage exaltation le prit d'un coup. Par la porte-fenêtre grande ouverte, il avait en vue directe son avenir argentin, inéluctable hors miracle du Ciel : Concepcion Quelque Chose, avec ses trente mille hectares, les conserveries paternelles, ses seins lourds et son indolence, à qui il se retrouverait un jour marié sans même s'en être rendu compte, de par une offensive de Mamita un peu plus sournoise que les précédentes. « Et tu te retrouveras gros et gras, Dieguito, à arpenter les usines de beau-papa ou ses exploitations forestières, fumant cigare et te gorgeant de viande rouge trop cuite, sous l'œil férocement attendri de ces femmes molles cliquetantes de diamants, aux bouches de poulpe... » Il dit au téléphone :

— Tout ce que vous voudrez, quand vous voudrez, où vous voudrez.

Ensuite, il écouta longuement la voix tranquille, ses yeux jaunes luisants dans la pénombre moite.

— Trois jours me suffiront, dit-il.

Il raccrocha. Il en tremblait. Sa mère s'était détachée du groupe des matrones et venait aux nouvelles, implacablement affectueuse :

— Tu connais Harry Truman, *querido mio* ? Le Président de l'Amérique ?

— Je ne connais que lui, répondit Diego. Il me téléphone chaque fois qu'il a un problème. J'aurai oublié de t'en parler, Mamita.

Le jour même, faute de cet argent que Mamita lui mesurait dans l'espoir d'enregistrer sa reddition, il vendit sa montre de platine et son étui à cigarettes orné de brillants, offert pour son vingt-neuvième anniversaire. Avec les sommes obtenues, il fit établir un passeport au nom de Michael Klimrod, né à Buenos Aires, le 18 septembre 1925 (soit trois ans plus tôt que l'année réelle de naissance). Deux jours plus tard, le 11 septembre 1950, sous le prétexte d'une visite à un sien oncle, qui était banquier à Bahia Blanca, il prit l'avion pour New York.

N'ayant sans doute pas la nette conscience de ce qu'il s'engageait dans une aventure qui allait durer — pour le moins dans son cas — trente-deux années.

Mais c'est l'une des grandes fiertés de l'étrange Diego Haas que d'avoir été l'un des tout premiers à avoir reçu l'appel du Roi et y avoir répondu dans la minute.

L'homme s'appelait Sussman et il était tailleur. A ce titre, il travaillait avec ses deux fils, sa fille, sa femme, son frère et les quatre membres de la famille de son frère, sa sœur et les six personnes composant la famille de sa sœur. C'était une entreprise familiale. Dix-sept personnes au total, encaquées dans deux pièces qui, ensemble, ne faisaient pas dix mètres carrés. Les deux pièces servant également de chambres à coucher, de cuisine, de salle de bains, de living-room, de bibliothèque, de boudoir et même de penderie, après les heures de travail, entre minuit et cinq heures du matin. Il observa Reb par-dessus, tout à la fois, ses lunettes et sa machine à coudre Singer :

— Comment avez-vous dit que vous vous appeliez ?

— Saperstein, dit Reb. Et ce que je vous propose est extrêmement simple.

— J'ai très bien compris ce que vous me proposez. Ce que je comprends moins, c'est votre intérêt là-dedans. Et à propos, vous parlez le yiddish avec un drôle d'accent.

— C'est parce que je l'ai appris par correspondance. Et il y avait de la friture sur la ligne.

— Le jour où on arrivera à me faire croire que quelqu'un fait quelque chose pour rien, il fera sacrément plus chaud qu'aujourd'hui, dit Sussman. Vous gagnez quoi, dans cet échange ?

— Reprenons, dit Reb très patiemment. Vous travaillez et habitez Brooklyn. Vous êtes tailleur en chambre. Vous n'avez pas trop de place. On peut dire que lorsque quelqu'un de votre atelier veut allonger le bras pour mesurer du tissu, il est obligé d'ouvrir la fenêtre.

— Ça aère, dit Sussman goguenard.

— Et vous vendez les robes que vous faites à des grossistes d'Orchard Street, qui est dans le quartier de Yonkers. Deux heures pour aller, autant pour revenir. Vous disposeriez de davantage de place, vous seriez proche de votre point de vente, vous pourriez augmenter votre production, mieux vous loger, mieux...

— *Et caetera,* dit Sussman.

— Je ne vous le fais pas dire. D'un autre côté, je connais à Vineyard avenue — c'est tout à côté d'Orchard Place — un homme qui lui a un hangar surmonté d'un appartement de quatre pièces. Le hangar ne lui sert à rien, l'appartement est trop grand pour lui. Et il travaille à Brooklyn, dans le quartier de Bushwick. Il prend votre appartement, vous prenez le sien à Yonkers. Il paie votre loyer, vous payez le sien. Vous installez votre atelier dans la moitié du hangar et je vous paie un loyer pour l'autre moitié. Bien sûr, vous allez dépenser davantage pour vous loger — trente-deux dollars — mais cela sera largement compensé par l'augmentation de votre chiffre d'affaires.

— Et vous comptez fabriquer quoi, dans l'autre moitié du hangar ?

— Un restaurant casher, dit Reb. Vous n'aurez même pas à faire la cuisine

Une dizaine de minutes plus tard, Diego Haas demanda ·

— Et c'est quoi, ce genre de truc ?

— Un troc. Ou une opération de remembrement. En quelque sorte.

— Tu aurais aussi vite fait d'aller directement sous-louer la moitié de son hangar à cet autre type qui l'avait, non ?

— Et où aurait été le plaisir ? répondit Reb.

Ils reprirent le métro pour Manhattan.

— Et puis, dit encore Reb, je m'entraîne. Figure-toi que j'ai eu une idée assez amusante, ces jours-ci...

« L'idée assez amusante » était la « fabuleuse et faramineuse affaire de Wall Street », qui allait valoir à Reb Klimrod trois millions et demi de dollars en deux jours, et cent millions en dix mois.

Diego Haas était arrivé à New York dans la soirée du 11 septembre. Ce n'était certes pas son premier voyage aux Etats-Unis, il avait même failli s'y marier, suite à une machiavélique combinaison de Mamita. « Dans son obsession paranoïaque à me faire épouser quelqu'un ayant au moins autant d'argent qu'elle, elle m'avait tendu un piège horrible : rien de moins que la fille de l'ambassadeur d'Argentine chez les Yankees. Je m'en suis tiré en affirmant que j'étais devenu homosexuel. Mais j'ai senti le vent du boulet. » Il avait passé deux mois dans une suite au Waldorf Astoria, était allé en Floride et en Californie, en compagnie de deux ou trois danseuses. « Mais ensuite Mamita m'a coupé les vivres. »

En septembre 1950, il ne descendit pas au Waldorf. Il logea dans une chambre minuscule de Greenwich Village, Onzième Rue Ouest, où Reb lui-même s'était installé. A dix dollars la semaine et dans ce qui n'était guère mieux qu'un asile de nuit.

Il voyagea, d'ores et déjà aux ordres de Klimrod, exécutant en tous points les missions les plus surprenantes. Il entrait, ou revenait, dans la vie de Klimrod au moment où celui-ci, ayant jeté les bases de sa première expansion, s'employait à élargir aux autres états américains le théâtre de ses opérations.

Haas date du 14 octobre la scène où Klimrod s'amusa à échanger les logements d'un tailleur juif de Brooklyn et d'un courtier en assurances de Yonkers, gagnant au passage un local où implanter le quatorzième de ses restaurants.

Et il situe au 17 du même mois, trois jours plus tard, les véritables débuts de l'opération Wall Street.

— Regarde, dit Reb.

Diego leva les yeux et découvrit les célèbres colonnes du New York Stock Exchange.

— Très joli, dit-il. Tu veux l'acheter ou simplement le louer ?

— Plus bas. Sous le chapiteau.

Diego abaissa son regard, ne vit rien d'autre qu'un petit kiosque ambulant où l'on vendait des hot-dogs, des sandwiches et des sodas Une foule d'hommes vêtus de sombre, chapeautés, cravatés, s'y pressait, mangeant et buvant debout. Il demanda :

— A toi ?

— En quelque sorte. Reb sourit : « Mais je n'en ai pas encore mis les actions sur le marché. J'ai moi-même tenu ce stand pendant quelques jours. On y entend des choses tout à fait intéressantes. Viens, maintenant. »

Ils marchèrent jusqu'à Pine Street, qui est une rue parallèle à Wall Street, les deux rues se trouvant dans le grand sud de la presqu'île de Manhattan, « downtown ». Ils s'arrêtèrent devant un immeuble, au numéro 18.

— Et là, qu'est-ce que tu vois ?

Diego renversa à nouveau la tête en arrière :

— Que le diable me patafiole ! s'exclama-t-il avec beaucoup de nonchalance. Suis-je surpris, Doux Jésus : c'est une banque ! Et qui plus est, dans un quartier de New York où il n'y en a jamais que cinquante ou soixante mille. La stupéfaction me culbute.

Il fit mine d'être tout à fait myope et alla coller son nez contre l'énorme plaque de cuivre : « *Hunt Manhattan* » [1]. « Pratiquement ce qu'il y a de plus gros dans le monde des banquiers. On ne se refuse rien. »

— Retourne-toi, dit Reb.

Presque exactement en face, de l'autre côté de la rue, un terrain vague entouré de palissades.

— Tu as compris, Diego ?

— Rien du tout.

— Viens.

Ils allèrent dans une autre rue du même quartier de Wall Street, Gouverneur Lane. Un homme d'une trentaine d'années les attendait sur le trottoir, à l'entrée d'un immeuble de bureaux. Klimrod fit les présentations. L'homme s'appelait Daniel Hasendorf, il était courtier — à un degré hiérarchique élevé — à l'agence Webster, Ryan & Kalb, spécialisée dans les transactions immobilières. Les trois hommes

1 Tous les noms des banques, établissements financiers et compagnies d'assurances qui furent, réellement, de l'opération Wall Street, ont été ici changés. De même les identités.

entrèrent dans l'immeuble et, par l'ascenseur, gagnèrent le cinquième étage. On était donc le 17 octobre 1950 et il était neuf heures quinze du matin.

L'homme s'appelait Norman. Il sourit d'un air amical à Hasendorf, qu'il connaissait, mais son regard passa lentement sur Diego Haas, et surtout sur Reb Klimrod, toujours vêtu du pantalon et de la chemise de toile. Il demanda :

— Et c'est vous qui souhaitez acheter ce terrain ?

Reb acquiesça.

— Le prix a été fixé à quatre millions cinq cent cinquante mille dollars, dit Norman sur un ton qui n'était pas dénué d'ironie. Et il avait exactement le visage du surintendant de Buckingham Palace s'apprêtant à éconduire des touristes américains s'enquérant d'une chambre pour la nuit.

— J'offre quatre millions sept, dit Reb de sa voix très tranquille. Je voudrais une option.

— Nous avons déjà un acheteur.

— Vous en avez maintenant un deuxième. Et je suis prêt à traiter aujourd'hui même. Dans deux heures et trente minutes. Chèque certifié.

— Vous versez combien ?

— Le *deposit* ordinaire : cinq pour cent de quatre millions sept deux cent trente-cinq mille.

Le regard de Norman alla chercher celui d'Hasendorf. Qui acquiesça.

— Oui ou non, s'il vous plaît, dit Reb.

Dehors, Hasendorf hocha la tête : « Quand je pense que dans mon Missouri natal, on discute une semaine avant d'acheter une vache !

— Je prendrais moi aussi mon temps, pour une vache, dit Reb. Et ce rendez-vous ?

— Je lui ai parlé au téléphone et je dois le rappeler. Il vous recevra en principe aujourd'hui à une heure. J'ai dû beaucoup insister. Vraiment beaucoup.

— Ne vous fatiguez pas : vous n'aurez pas plus de dix pour cent. A tout à l'heure.

Reb poussa Diego dans un taxi.

— Un taxi ? On dilapide, dis donc ! A quand la Cadillac ?

Diego n'avait jamais vu Reb, dans New York ou ailleurs, se déplacer autrement que par le métro, en bus ou à pied. Ils se rendirent à Newark, par le tunnel Holland.

— Et on va faire quoi, dans ces contrées lointaines ?

— Chercher les deux cent trente-cinq mille dollars. Où veux-tu que je les prenne ?

Il les obtint dans l'heure suivante, après que le banquier de Newark eut jeté un dernier coup d'œil sur toute une série d'actes que lui remit Klimrod, lui-même les tirant de son éternel sac de toile. Et Diego savait bien assez de droit pour comprendre que Reb négociait l'emprunt de 235 000 dollars en donnant comme caution la quasi-totalité des sociétés qu'il avait créées.

L'accord se fit.

— On repart, dit Reb.

De nouveau, Wall Street. Et Gouverneur Lane. Cette fois, ce n'était plus Hasendorf qui attendait sur le trottoir, mais Benny Bercovici avec qui Diego avait travaillé déjà, notamment à Chicago et Baltimore. « Mais nous n'avons jamais sympathisé, et pour cause : Benny était légèrement plus expansif qu'une palourde, mais guère plus. »

On retrouva Norman, qui annonça que ses clients, consultés, acceptaient, en effet, d'accorder une option de trois mois. On discuta un peu, Norman tentant d'obtenir un versement de dix au lieu de cinq pour cent. Mais il n'y croyait pas lui-même, à l'évidence.

On ressortit une demi-heure plus tard. On revint à Pine Street, 18, devant l'immeuble de la Hunt Manhattan.

— J'ai rendez-vous, dit Reb, avec M. David Fellows, à une heure précise.

Lui et Diego défilèrent dans des bureaux sombres, solennels, où l'on s'entassait quelque peu. « Nous avons l'air de deux plombiers venus pour réparer les toilettes », pensa Diego, tandis qu'ils progressaient d'un barrage à l'autre. « Si au moins il voulait se débarrasser de son foutu sac de toile ! » Une batterie de secrétaires les filtra une dernière fois, leur accorda le passage. Ils se trouvèrent enfin devant David Fellows.

— Dix minutes, dit Fellows. Et c'est bien parce que cet animal d'Hasendorf a beaucoup insisté.

« L'animal » était là, l'air un peu crispé.

— C'est extrêmement simple, dit Reb. Nous vivons et nous allons surtout vivre une période d'expansion, tout indique qu'elle se poursuivra et va même s'accélérer. Nul plus que les banques n'en tirera du profit. Vous dirigez... excusez-moi : vous faites partie du conseil d'administration de l'une des plus grandes banques du monde. A ce titre, vous êtes en pleine prospérité. Et vous avez un problème : vos services sont actuellement dispersés dans huit bâtiments différents, certains fort distants, toutes proportions gardées. Vous pensez à un regroupement...

— Où avez-vous pris une telle idée ?

« En vendant des sandwiches et des sodas à tes sous-fifres », lui répondit entre chair et peau Diego Haas, avec déjà une première et monumentale envie de fou rire. Diego traversait une période d'euphorie et cette manœuvre de Reb, dont il commençait à peine de discerner le but, l'enchantait et l'émerveillait tout à la fois.

— Vous pensez à un regroupement. Au sein de votre conseil, vous en êtes même le défenseur le plus ardent, poursuivit Reb de sa voix douce. Et ce regroupement, vous l'envisagez dans Manhattan « midtown »[1]. D'autres banques aussi, d'ailleurs, mais moins importantes que la vôtre. Personne ne veut bouger le premier, et risquer d'être seul à des kilomètres d'ici. Le dilemme. Parce que quitter Wall Street pour la Cinquième Avenue ou Madison, c'est provoquer une congestion dans midtown, un effondrement de tous les investissements immobiliers downtown. Dont les vôtres. Et vous avez sept immeubles importants dans le quartier. D'une valeur de trente millions de dollars.

— Quarante, dit Fellows avec un sourire narquois.

— Trente-cinq, dit automatiquement Reb. Et il sourit aussi.

— Vous m'amusez énormément, dit Fellows.

— Et vous verrez quand vous me connaîtrez mieux. Vous n'avez qu'une solution : rassembler la totalité de vos services dans un seul et même immeuble.

— Qui se trouve ?

— Nulle part. Il n'existe pas encore. Mais vous allez le construire. Ce sera l'affaire d'une centaine de millions de dollars.

— Pourquoi un seul à ce prix-là ? dit Fellows en riant. Mettez-m'en douze. Et je le construis où ?

— Deuxième fenêtre à votre gauche. De l'autre côté de la rue. Tout en bas.

Fellows faillit se lever. Il ne bougea pas. Son regard s'étrécit : « Je connais bien sûr ce terrain. L'un de mes adjoints doit prochainement se renseigner à son sujet.

— Qu'il ne se dérange pas.

— Acheté ?

— Oui.

— Par vous ?

— Oui. Acheté par moi, dit Reb. Et je vous le revends huit millions de dollars. Aujourd'hui. *Today is the day.*

Cette fois, Fellows se leva. Il fit le tour de son bureau. Sans marcher toutefois jusqu'à la deuxième fenêtre par où il aurait pu apercevoir le terrain vague. Mais d'évidence, il était tenté de le faire.

— Je sais, dit Reb. Vous allez me dire que vous craignez de voir toutes les autres banques quitter Wall Street, en sorte que vous resteriez seul ici. Ce qui serait effectivement idiot. Mais elles ne partiront pas

1. Manhattan est divisé en trois zones : *downtown,* de la pointe sud à la Quatorzième Rue, *midtown* entre les Quatorzième et Soixante-Dix-Neuvième rues, et *uptown* au-delà. Wall Street est à la fois une rue et un quartier

— Pourquoi ?

— Parce que vous restez. Et pour une autre raison, d'un poids au moins égal : à peu près toutes ont les mêmes problèmes que vous : exiguïté de leurs présents locaux.

— Et vous avez acheté des terrains pour chacune d'elles ?

— Ce n'était pas nécessaire. Votre banque est la plus importante de la côte Est des Etats-Unis. Les autres ont besoin de moins de place que vous. Supposons que je vende à une autre banque cet immeuble même où nous sommes, 18, Pine Street...

— Quelle autre banque ?

— Une grande banque, assez riche pour acheter ce que vous vendrez. Qui est déjà à Wall Street. Et qui, vous achetant le 18 de Pine Street, restera forcément aussi.

Fellows revint s'asseoir.

— Et ensuite, vous comptez vendre quoi à qui ?

— Que voulez-vous vendre vous-même ?

— Tout.

— Vos sept immeubles ?

— Si nous achetons votre terrain et y faisons construire une tour de, disons soixante étages, je ne vois pas pourquoi nous conserverions les immeubles anciens. Et même une banque ne déteste pas recevoir un peu de liquide, de temps en temps.

Silence.

Les yeux de Reb se voilèrent, comme envahis par une fumée grise.

— Entendu, je prends, dit-il. Je vendrais vos immeubles, les sept. A des banques, bien entendu. Ou des établissements financiers de quelque ordre que ce soit.

Le silence encore. Puis Fellows dit :

— Il me faudra consulter les autres administrateurs. De toute façon, je ne pourrais pas prendre seul une telle décision.

— Si, dit Reb Klimrod avec un sourire très courtois. Chacun des membres du Board de la Hunt Manhattan peut engager la banque jusqu'à concurrence de cinquante millions. Mon prix pour le terrain est aujourd'hui de huit millions. Il passera à neuf demain, à dix lundi. Un immeuble de soixante étages à construire vous coûtera environ cent vingt millions. Je vous propose une chose : dans exactement deux heures et trente-quatre minutes, je serai de retour ici. Je vous présenterai une lettre d'un banquier que vous connaissez personnellement. Par cette lettre, il s'engagera à vous racheter le 18 de Pine Street, sans doute à cette condition que vous-même achetiez mon terrain et y fassiez construire. M'achèterez-vous mon terrain, dans ce cas ?

— J'ai tout compris, dit Diego. Tu vends pour huit millions à ce type un terrain que tu as payé quatre millions sept, deux heures plus tôt. Ou plutôt que tu n'as pas payé 4,7 millions mais seulement 235 000 — qui t'ont d'ailleurs été prêtés par une banque [1]. Bénéfice : 3,3 millions. Moins les 235 000 et les frais : trois millions. Soyons larges. Et en plus, tu prends une commission sur la vente du 18 de Pine Street. Sans sortir un cent. Je m'ébaudis et m'exclame.

— Tu n'as rien compris du tout, dit Reb

Le rendez-vous suivant était au 165 de Broadway. Dix minutes à pied. Ce rendez-vous-là était le quatrième de la journée, il avait été pris par Hasendorf comme les précédents (sauf celui de la banque de Newark) et il avait été fixé à deux heures trente.

« Chairman of the Board » de la Commercial & Industrial Bank of New York, Harvey Barr était massif, rougeaud, et patient. Il laissa Reb Klimrod parler sans l'interrompre une seule fois puis, comme pour s'assurer qu'il avait lui-même bien compris, il dit, dans le silence que Reb laissa enfin tomber :

— *Un,* vous m'affirmez que la Hunt Manhattan ne va pas quitter Wall Street ; *deux,* vous prétendez qu'elle va au contraire s'installer à Pine Street, en face de son siège actuel, dans un immeuble qu'elle va faire construire ; *trois,* qu'elle va pour ce faire vous acheter un terrain ; *quatre,* que nous avons nous-mêmes intérêt à racheter, ou du moins à prendre l'engagement de racheter le 18 Pine Street et à nous y installer, sitôt que la Hunt en aura déménagé ; *cinq,* que ce déménagement aura lieu dans à peu près six ans, quand la future tour sera utilisable, au mieux ; *six,* que nous devons en conséquence renoncer à aller nous installer dans midtown, contrairement à ce que nous avions envisagé de faire, pour la double raison que nous risquerions fort de nous y retrouver seuls comme des crétins, et que notre départ ferait baisser la valeur des investissements immobiliers qui sont en particulier les nôtres à Wall Street ; *sept,* que l'annonce de notre décision de rester entraînerait au contraire une augmentation de la valeur de ces mêmes biens immobiliers ; *huit,* que vous disposez de sept immeubles à vendre, troquer et retroquer, de telle sorte que six ou sept autres banques et établissements financiers suivront certainement le mouvement que la Hunt et nous aurons lancé ; *neuf,* enfin, que je dois vous remettre une lettre par laquelle je m'engage au nom de ma banque à acheter le 18 de Pine Street sitôt qu'il sera libre, dans six ou sept ans, à la condition toutefois que nous soyons nous-mêmes assurés que la Hunt Manhattan ne fichera pas le camp à midtown, qu'elle achètera bien votre terrain, et qu'elle y fera construire un immeuble d'au moins cent millions de dollars où elle implantera ses services regroupés et son siège...

— En deux mots, dit Reb, c'est tout à fait cela.

1 De telles opérations sont parfaitement légales aux U.S.A.

… Tandis que Diego Haas luttait férocement contre son deuxième fou rire de la journée.

— Cigare ? proposa Barr.

— Je ne fume pas, merci.

— Un whisky, peut-être ?

— Merci non, vraiment.

Barr hocha la tête :

« Ce que je cherche à vous dire, c'est que j'ai une mauvaise nouvelle pour vous. Ce 165 Broadway où nous sommes en ce moment n'est pas la propriété de notre banque. Nous n'en sommes que les locataires. Notre bail est encore de trois ans. Il prendra fin au 30 juin 1953. Nous avons tout essayé pour obtenir une prolongation. Sans le moindre résultat. Notre propriétaire a refusé net. Autrement dit, nous ne pourrons pas attendre six ans, et à plus forte raison sept ou huit, que la Hunt Manhattan nous fasse place libre au 18 Pine Street. Il nous faudra déménager avant le 30 juin 1953. Vous pensez que la Hunt aura fini sa tour d'ici là ?

— Non.

— Vous pensez que nous allons être assez idiots pour déménager une première fois courant juin 1953, puis une deuxième fois trois ou quatre ans plus tard ?

— Cela n'aurait aucun sens, en effet.

— Je ne vous le fais pas dire. Votre opération est irréalisable, Kimrod.

— K.L.I.M. Klimrod. Puis-je vous montrer quelque chose, monsieur Barr ?

Il fit un signe de tête à l'adresse de Bercovici. Qui sortit et étala les documents sur le bureau.

— Votre propriétaire, monsieur Barr, s'appelle Churchill. James Andrew Churchill. Je l'ai rencontré hier. Il a accepté de me vendre son immeuble. Vous trouverez devant vous la promesse de vente enregistrée. Accepterez-vous dans ces conditions de vous engager à racheter le 18 de Pine Street sous cette condition supplémentaire et impérative que, dans un an au plus, je vous apporte la preuve que je suis votre propriétaire et qu'en tant que tel je prendrai l'engagement, à mon tour, de prolonger votre bail jusqu'à la date où vous pourrez emménager dans les anciens bureaux de la Hunt Manhattan ?

Le lendemain 18 octobre, la Hunt Manhattan représentée par celui qui allait en devenir l'actionnaire principal et l'administrateur le plus influent, David Fellows, prit une option sur le terrain situé en face de son siège au 18 Pine Street. Moyennant le versement d'un *deposit* équivalent à dix pour cent du prix du terrain, soit huit cent mille dollars.

Reb Klimrod déposa le jour même la somme à la banque de

Newark — celle-là même qui lui avait consenti un prêt de 30 000 dollars pour l'achat des camions et motos, et un second prêt de 235 000 dollars.

Grâce à ce dépôt, et sur la foi de l'option prise par la Hunt Manhattan, il put se titrer, c'est-à-dire lever sa propre option sur le terrain, et donc acheter réellement celui-ci, par le moyen d'un prêt à court terme de quatre millions cinq cent mille dollars, consenti par la même banque de Newark.

Il put ensuite tout aussi réellement vendre le terrain à David Fellows — transaction qui eut lieu le 26 octobre suivant — et ainsi rembourser la banque de Newark de la totalité de ses prêts.

Le bénéfice net de Reb Klimrod sur cette première affaire fut en réalité de 2 920 000 dollars et Reb le réalisa non pas en quarante-huit heures, comme l'affirme l'Argentin emporté par sa vénération pour le Roi, mais en neuf jours.

Et ce fut ensuite, ensuite seulement, que la vraie folie commença.

22

Il convient de conserver quatre points en mémoire pour comprendre l'affaire de Wall Street.

— La manœuvre tout entière s'étala sur dix mois ;

— Reb Klimrod la conduisit tout en menant parallèlement dix, vingt, trente autres entreprises, fort différentes, ailleurs qu'à New York, ailleurs qu'aux Etats-Unis. Pour lui, ce ne fut que l'une des dizaines de parties d'échecs livrées simultanément ;

— Reb Klimrod, à son habitude, opéra seul. Ne se fiant qu'à sa seule mémoire. Il créa des sociétés (vingt-neuf en tout), dont beaucoup furent dissoutes sitôt qu'elles eurent rempli leur office. Et il utilisa de nombreux hommes, dont Daniel Hasendorf fut le plus en vue ; mais aucun d'eux n'eut jamais une vision d'ensemble ;

— le remembrement de Wall Street — qui décida réellement de l'avenir du district financier — toucha soixante-sept banques, établissements financiers divers et compagnies d'assurances. Les sommes totales mises en jeu atteignirent et probablement dépassèrent le milliard de dollars.

David Fellows dit :

— J'ai enfin obtenu l'accord des autres administrateurs. D'abord en ce qui concerne ce terrain que je vous ai acheté, nous allons effectivement faire construire une tour de soixante étages dans laquelle nous grouperons tous nos services. Ensuite, quant aux sept autres immeubles...

— J'ai déjà réglé le premier problème, le 18 Pine Street.

— Que mon ami Harvey Barr s'est engagé à acheter. Sa lettre est un morceau d'anthologie, je crois que je vais l'encadrer. Mais passons. Restent six autres immeubles.

— Je me suis déclaré prêt à les vendre en votre nom.

— Harv Barr m'a appris que vous aviez pris un engagement de même sorte avec lui, pour deux immeubles appartenant à sa banque, l'un sur William Street, l'autre à Brooklyn. C'est vrai ?

— En quelque sorte.

— Six pour nous, deux pour Barr. Huit en tout. Où diable voulez-vous en venir ? A vendre ou à revendre tout Wall Street ?

— Je ne vois pas qui pourrait imaginer une entreprise aussi folle, dit paisiblement Reb Klimrod. Vous m'autorisez à vendre ces six autres immeubles en votre nom ?

— Oui.

— Je voudrais que vous me donniez un mandat officiel m'habilitant à négocier ces ventes. Ce que mes avocats appellent un « exclusive sell agreement » assorti d'un « power of attorney ». Est-ce possible ?

Fellows consulta du regard l'un des juristes présents. Qui acquiesça.

— Vous l'avez, dit Fellows. Vos avocats et les miens s'entendront sur les détails.

— Le prix maintenant. A combien évaluez-vous l'ensemble des immeubles ?

— Pine Street compris ou non ? Dans sa lettre, Harv Barr ne mentionne aucun chiffre. Il s'engage bien au rachat du 18 Pine Street dans six ans, mais cette vieille crapule ne donne aucun chiffre...

Une lueur amusée passa dans les yeux de Fellows :

— Une idée à vous, je suppose ?

— Oui.

— Vous pensez à un « package deal », une vente en bloc de nos sept immeubles, celui de Pine Street compris, c'est cela ?

— Oui.

— Je me rappelle avoir déjà mentionné un montant pour la totalité.

— Quarante millions. Et je vous ai répondu trente-cinq. Que diriez-vous de trente-sept ?

— C'est un chiffre raisonnable, que je pourrai probablement faire accepter par les autres administrateurs. Klimrod ?

— Oui ?

— Je me trompe ou vous avez déjà des acheteurs en vue ?

Reb baissa la tête, la releva, sourit :

— Moi, dit-il. Je voudrais vous acheter ces immeubles.

Fellows éclata de rire.

— Et j'ai failli ne pas vous connaître ? Je l'aurais regretté toute ma vie ! Votre proposition ?

— Je voudrais une option d'un an à compter de demain. Le prix de chaque immeuble n'y sera pas indiqué, mais une clause impérative précisera qu'en tout état de cause le produit de la vente de ces six immeubles, ajouté à celui provenant de la vente du 18 de Pine Street atteindra trente-sept millions de dollars.

— Klimrod ?

— Oui ?

— Vous ne voulez pas entrer chez nous ?

— Je n'ai pas envie d'acheter une banque, pour l'instant. Mais merci.

Cela se passait le 26 octobre, jour où furent officiellement passés les actes — par une société dont Diego Haas découvrit sans trop de surprise qu'il était le président — du terrain de Pine Street à la Hunt Manhattan.

Le lendemain 27, en possession des deux millions six cent mille dollars (déduction faite de la commission de Daniel Hasendorf), et par le truchement d'une autre société, également représentée par le même Diego Haas, Reb Klimrod prit une option sur les sept immeubles de la Hunt Manhattan.

Moyennant le versement d'un deposit d'un million trois cent cinquante mille dollars — soit cinq pour cent du prix définitif de trente-sept millions.

Le surlendemain 28, toujours par ce même principe du « leverage » (levier), qui permet de revendre à B ce que l'on n'a pas encore acheté à A, sinon dans la faible mesure d'un deposit de cinq ou dix pour cent du prix d'achat, et ensuite seulement ayant été payé par B, de payer à son tour A, Reb Klimrod se porta acquéreur de deux autres immeubles, appartenant à la Commercial & Industrial Bank d'Harvey Barr.

Il se servit pour la circonstance d'une troisième société ayant Daniel Hasendorf pour porte-drapeau. Il prit une option de huit mois en échange d'un versement de cinq pour cent du prix réclamé par Barr (six millions et demi), soit trois cent vingt-cinq mille dollars.

C'est-à-dire que ONZE jours après le déclenchement de son offensive dans Wall Street, ayant remboursé la banque de Newark des emprunts qu'elle lui avait consentis, il se trouvait — parti sans un cent mais ne devant plus un cent à quiconque — légalement propriétaire (ou en tout cas habilité à les vendre à n'importe quel prix) de NEUF immeubles.

Et il lui restait neuf cent vingt-cinq mille dollars en caisse

Et pas n'importe quels immeubles…

— Des *musical chairs,* dit Hasendorf, à qui toutes les commissions qu'il recevait donnaient de la bonne humeur.

L'expression prit Diego par surprise. Le courtier lui expliqua que c'était une image, utilisée surtout dans l'immobilier, pour désigner des emplacements de choix, analogues aux fauteuils d'orchestre lors d'un concert.

Mais ce fut avec ces premières « chaises musicales » que la symphonie commença.

La décision prise par la Hunt Manhattan, elle-même suivie par la Commercial & Industrial de Barr déclenchèrent un mouvement irrésistible. D'un coup, on se sentit libéré : ce serait donc Wall Street, qu'il fallait « restabiliser », selon l'expression utilisée alors…

Le 15 de Broadway fut acheté vingt et un millions et demi de dollars par la banque J.-P. Flint. La transaction se fit en trois jours, après un premier refus d'Alexander Haines, pour ce motif qu'il n'avait pas besoin de place supplémentaire. Mais Haines céda brusquement à la simple révélation des intentions de la Mutual Guaranty Corporation, envisageant une fusion avec la Flint. Argument utilisé par Hasendorf, sans doute manipulé par Reb Klimrod mais il était assez intelligent pour trouver cela tout seul : « Quand la Mutual viendra vous offrir la fusion, votre position sera meilleure et, surtout, vous aurez besoin de place… »

Sur son boulier personnel, Diego Haas porta vingt et un millions et demi de dollars. Il avait retenu un chiffre, dans toutes ces extravagances : trente-sept millions. C'était la somme que Reb s'était engagée à verser à la Hunt pour sept immeubles…

— Et vingt et un et demi ôtés de trente-sept, il reste… quinze et demi. Et encore six immeubles à vendre. Madre de Dios, Reb, que ton copain Barr fasse un petit effort et les cinq derniers immeubles seront tout bénéfice !

Il croisa le regard gris et amusé. Demanda :

— Je n'ai encore rien compris du tout, hein ?

— En quelque sorte.

Harvey Barr accepta de payer dix-sept millions et demi pour le 18 de Pine Street. Commission doublée en raison de la qualité de ses services, Daniel Hasendorf se vit crédité de quatre cent mille dollars supplémentaires, pour la vente des deux premiers immeubles du lot Hunt Manhattan.

Le lot numéro trois était un bâtiment au 32 de Beaver Street. Klimrod ne le vendit pas. Il le troqua. Contre deux autres constructions plus petites — le 34 de Broadway et le 56 de Nassau Street — que lui avait proposées la New York Civic Bank. Celle-ci acceptant l'échange sous réserve qu'on lui donnât la possibilité de construire un deuxième bâtiment à côté de celui de Beaver Street, 32.

Le 34 de cette dernière rue était occupé par une partie des services de la Washington Trust Company.

A la Washington, Reb Klimrod proposa un regroupement — à l'image de celui auquel la Hunt Manhattan allait procéder — sur trois parcelles de William Street qu'il se faisait fort d'obtenir, puisque ses occupants, l'Inland Commercial Trust et la New York City Financial Corporation, avaient accepté l'offre qu'il leur avait faite lui-même de déménager au 132 et au 95 de Broadway…

… Lesquels 132 et 95 devaient être rendus libres puisque la Life Atlantic Security était d'accord pour en partir et se reloger au 42 de Wall Street, ce dernier évacué par la Continental New Yorker Bank qui allait au 56 de Nassau Street — l'un des deux immeubles pour lesquels, lui Klimrod (quelle heureuse coïncidence) avait pris une option d'achat dans le cadre de sa transaction avec la New York Civic Bank, et que le deuxième immeuble…

— Il y a quelque chose que tu n'as pas compris ? demanda Reb à Diego.

— Une seule, dit Diego la bouche pleine. Je suis président de combien de sociétés ?

— Neuf.

Ils étaient tous deux devant le New York Stock Exchange, en train d'avaler, debout, l'un des hot-dogs de la Jaua Food.

— Neuf ? La semaine dernière, c'était dix. Je baisse ou quoi ? C'est le marasme, hein ?

— Tu en as dissous trois hier et avant-hier.

— Alors, ça devrait faire sept.

— Mais tu en as créé deux autres ce matin.

— Suis-je actif, tout de même ! s'exclama Diego

23

Pour reconstituer le très effarant écheveau des options, échanges, transferts et autres transactions de tous types tissé par Klimrod à cette époque, on ne dénombre pas moins de trente-huit options, certaines levées très vite, en quelques jours, d'autres laissées en suspens pendant des mois. Settiniaz ne réussit jamais à déterminer le montant exact des capitaux utilisés ; l'enchevêtrement des banques, établissements financiers et des sociétés est tel qu'il « faudrait une armée d'experts pendant un an pour y comprendre quelque chose. Et encore. Quatre-vingts pour cent des sociétés qu'il créa pour servir de relais furent dissoutes, leur actif fila vers des banques " off-shore " et disparut dans les méandres des comptes numérotés panaméens ». Une chose est sûre : Reb Klimrod débuta avec les seuls deux cent trente-cinq mille dollars avancés par la banque du New Jersey, laquelle lui ouvrit ses caisses sur intervention d'Abie Levin. Tout le reste du temps, il opéra en réinvestissant ses propres bénéfices. Il n'y eut aucun apport d'argent frais, provenant de ses autres affaires qui pourtant commençaient à donner à plein. Ce fut peut-être coquetterie de sa part, ou volonté délibérée de maintenir des cloisons étanches entre cette formidable spéculation et le reste de ses entreprises...

Il fit largement appel au crédit bancaire. Il était bien placé pour cela : son opération le mettait en contact avec les dirigeants clé des meilleures banques de la côte Est. Avec qui il noua souvent des relations amicales personnelles, tel David Fellows, qui resta son ami très discret jusqu'au bout.

On relève plusieurs cas où, pour acheter quelque chose à une banque, il utilisa le propre argent de celle-ci, prêté à l'une de ses sociétés en batterie.

L'ensemble des opérations fut parfaitement légal. Le Département du Trésor soumit en 1952 Diego Haas à un très sévère contrôle : on ne releva rien de répréhensible, tout était en règle. Reb lui-même ne fut jamais l'objet du moindre contrôle. Et pour cause : son nom et sa signature ne figurent nulle part.

L'opération du n° 40 de Wall Street fut un peu plus compliquée, du moins dans sa phase terminale. Klimrod commença par acquérir, avec assez de facilité, une option sur la part du terrain qui appartenait à la Hunt Manhattan.

Pour la deuxième parcelle, qui était partagée entre les neveux éloignés (et acariâtres) d'une famille Icabott, Klimrod l'enleva par l'intermédiaire du cabinet de Nick Petridis — l'un des futurs Hommes du Roi.

Restait la troisième parcelle du terrain.

Elle était la propriété de la société qui avait construit l'immeuble, en 1920.

— Société cotée « over-the-counter », hors-cote, expliqua Hasendorf. L'immeuble lui-même et leur part du terrain constituent aujourd'hui les seuls actifs. Et ils refusent de vendre. Non sans de bonnes raisons : d'après les lois de l'Etat de New York, une telle vente ne peut avoir lieu qu'à condition d'être approuvée par les deux tiers des actionnaires.

Daniel Hasendorf était tout, sauf un imbécile. Il lut l'idée dans les yeux de Klimrod au moment même où elle prenait naissance...

— Oh non ! s'exclama-t-il, pas ça !

— Pas quoi ? interrogea Diego.

Hasendorf observait le visage rêveur de Reb. Il expliqua :

— Si j'ai bien compris ce qu'il a en tête, il veut provoquer une vente aux enchères, une « auction », grâce à laquelle il espère acheter au moins soixante-sept pour cent des actions de la Bru. Moyennant quoi, détenant les deux tiers de la société, il pourra en liquider l'actif à son gré. Il est complètement fou.

Les yeux jaunes de Diego étincelèrent d'une lueur sauvage :

— Pèse tes mots, Daniel.

Il tremblait soudain de rage. Hasendorf secoua la tête, écarta les mains :

— D'accord.

— Diego ?

— Oui, Reb ?

— Ça va.

La scène se passait dans la petite chambre que Klimrod occupait toujours — il en fut le locataire pendant plus de dix ans — dans le minable et vétuste immeuble de la Onzième Rue Ouest, à Greenwich Village. Diego Haas ayant pour sa part loué la chambre voisine. Après un moment, Diego demanda :

— C'est vraiment ce que tu veux faire, Reb ?

— Oui.

Klimrod se tourna vers Hasendorf :

— Combien d'actions ?

— Deux cent mille.

— Qui les détient ?

— Les héritiers Brubaker et Nash, à peu près quinze pour cent chacun. De petits porteurs pour le reste.

— La cotation ?

— Cinquante-trois trois quarts hier.

— La tendance ?

— Ça a un peu bougé ces dernières semaines. A la hausse. C'est monté de deux points, redescendu d'un demi, remonté un peu. Ça va sans doute grimper encore.

— Soixante ?

C'était certainement chez Klimrod (outre la crainte qu'il lui inspirait) ce qui surprenait, voire choquait le plus Daniel Hasendorf : cette indifférence absolue, qui n'avait même pas l'excuse d'être feinte, dans le but de se composer un personnage, au décor, aux vêtements, à la nourriture et de façon générale à tout ce qui, pour Hasendorf lui-même et des centaines de millions d'êtres humains ordinaires, faisait le sel de la vie. Hasendorf venait pour sa part de s'offrir un merveilleux appartement-terrasse sur Park Avenue. Mais

Klimrod était allongé sur son lit, nuque au creux de ses paumes jointes, dans cette espèce de taudis qui ne contenait guère qu'une ou deux centaines de livres, empilés à même le sol.

— Je serais surpris que ça monte jusqu'à soixante, dit Hasendorf. Bon sang, ça ferait douze millions de dollars ! Et...

Il s'interrompit très brusquement. Il allait dire : « Et vous n'avez certainement pas douze millions de dollars. » Mais les yeux de Klimrod étaient sur lui et il éprouva un net sentiment de malaise.

— Daniel ? dit doucement Klimrod. Daniel, combien avez-vous reçu, en commissions, depuis que vous travaillez avec moi ?

— Pas mal, reconnut Hasendorf.

— Je n'ai pas le chiffre exact en tête, dit Klimrod avec la même inquiétante douceur. Je pourrais sans doute le trouver, si l'envie m'en prenait. A mon avis, il doit tourner aux environs de trois millions sept cent cinquante mille neuf cent douze dollars, à un dollar près. Je me trompe, Daniel ?

— Non. C'est sûrement ça.

Une immense fierté envahit Diego Haas. Il n'aimait guère Hasendorf : « Cet enfant de salaud va partout se promenant dans Wall Street et jusque sur la Cinquième Avenue, clamant qu'il est en train de sauver Wall Street et toute la finance new-yorkaise, par sa rouerie infernale. Mais devant Reb, dont il n'est que le chien couchant — tout comme moi d'ailleurs, mais moi j'en suis heureux — devant Reb, il mouille sa culotte... »

— Dan, dit Klimrod, que se passerait-il, à votre avis, si je me mettais en tête de vous faire exploser en chaleur et lumière ?

— Je n'ai rien dit.

— Vous voulez cesser de travailler avec moi, Dan ?

— Non.

— Vous pensez avoir la plus petite chance de travailler pour votre compte — ne parlons pas de travailler contre moi — sans que je m'en aperçoive aussitôt ?

— Non.

— Vous en êtes tout à fait sûr ?

— Oui. Tout à fait.

Silence. Reb hocha la tête : « Quelle agence de courtage me conseillez-vous pour cette opération ?

— Acquaviva. Ce sont les meilleurs, en ce domaine. Et ils sont liés avec la famille Brubaker. Harry Brubaker a épousé l'une des filles Acquaviva. »

Klimrod sourit :

— Par une heureuse coïncidence, je leur ai téléphoné ce matin, en tant que votre secrétaire. Vous avez rendez-vous à quatre heures aujourd'hui avec Tony Acquaviva. Vous allez lui offrir soixante-quinze dollars pour chacune des trente mille actions Brubaker. Je suis sûr que vous saurez le convaincre d'accepter. Vous le chargerez de mettre sur pied une vente aux enchères de toutes les autres actions de la Bru Incorporated. Au même prix, jusqu'à concurrence de cent trente-cinq mille, soit les deux tiers du total des actions. Saviez-vous que George Nash, qui lui aussi détient trente mille titres, a entrepris des négociations avec la First National en vue d'une vente globale de l'immeuble du 40 de Wall Street ?

— Non.

— Vous devriez aller vendre des hot-dogs, de temps à autre. C'est plus instructif encore que la lecture du *Wall Street Journal.* Dan, qu'Acquaviva se taise, et n'allez pas voir Nash, je m'en occuperai moi-même. Dan ?

— Oui ?

— Bien entendu, c'est vous qui achetez officiellement ces actions, par le dispositif habituel. Vous êtes associé à Diego Haas, ici présent, dans une société qui a été créée hier. Voyez Lerner pour les détails. Et pendant que j'y pense, je crois que vous vous êtes laissé emporter par votre goût pour la pêche : ce bateau que vous avez acheté à Key West dimanche dernier ne valait pas autant, vous auriez pu obtenir cinq cents dollars de moins. Mais on m'a montré les photos : il est très beau. J'espère que vous attraperez beaucoup de poissons. Des questions, Dan ?

— Tout est parfaitement clair, dit Hasendorf.

— C'est également mon impression, dit Reb en bâillant.

— C'est extrêmement simple, dit Reb aux gens de la Hunt Manhattan. Vous voulez vendre pour dix millions votre part du terrain de Wall Street. Vous m'avez accordé une option et je la lèverai d'autant plus vite que j'aurai l'argent pour le faire. Nous sommes donc alliés, en quelque sorte. J'ai déjà racheté la parcelle Icabott. Reste la part de la Bru. J'ai entrepris de racheter cent trente-cinq mille actions de celle-ci. A soixante-quinze dollars l'une. Il m'en coûtera entre douze et treize millions de dollars, avec les frais et commissions. Je pourrais trouver cet argent auprès d'une autre banque mais je m'en voudrais de vous priver de ma clientèle. Vos services m'ont toujours été très satisfaisants.

Ils pensèrent qu'il avait un culot de tous les diables. Ils ne le lui dirent pas. Ils demandèrent combien il lui fallait et il répondit qu'il pouvait réunir trois millions mais pas plus. Il sourit :

— Reste dix. Que vous allez me prêter, non pas en bloc, mais au fur et à mesure que je rachèterai les actions.

Et par quoi ce prêt qu'il demandait serait-il garanti ? Il expliqua :

— Je m'engage à libérer en votre faveur chaque action de la Bru que je réussirai à acheter. Et bien entendu, je dépose de même chez vous les trois millions d'actions que j'ai déjà achetées ou que je vais racheter dans les jours prochains. En gage.

Il leva l'une de ses grandes mains maigres pour prévenir l'objec tion :

— Je sais : vous allez me dire que si je ne réussis pas à acquérir le contrôle de la Bru, c'est-à-dire si je n'atteins pas le quota des deux tiers, ces actions que j'aurai payées soixante-quinze dollars retomberont immédiatement à cinquante et quelques. Mais le risque pour vous est nul. Prenons un exemple : supposons que je n'obtienne que cent dix mille des cent trente-cinq mille actions qui me sont nécessaires. J'aurai raté mon opération. Les actions retomberont à cinquante et quelques. Mais qu'aurez-vous dans vos coffres ? Vous, vous n'aurez financé l'achat que de quatre-vingts mille de ces actions. Soit six millions. Elles ne vaudront plus — supposons et c'est vraisemblable, qu'elles retombent à cinquante-cinq — que quatre millions cent vingt-cinq mille. Mais vous aurez mes trois millions, non ? Ils couvriront largement la différence. Vos risques sont nuls. En outre...

De son sac de toile il retira le double d'une lettre :

— En outre, j'ai déjà un acheteur, pour les murs du 40 de Wall Street. La Urban Insurance Life. Voici la lettre par laquelle ils me précisent leur intention de me racheter l'immeuble, sitôt que je m'en serai rendu acquéreur. Je voudrais une réponse rapide, s'il vous plaît. La société dirigée par messieurs Hasendorf et Haas a déjà acquis pour un peu plus de deux millions d'actions. Trente mille de celles-ci, en fait. Et la vente aux enchères ne va pas tarder, le temps presse.

Toute sa vie, Diego Haas porta en lui deux certitudes absolues. La première étant que le Roi était un génie infaillible, la seconde que lui-même, Diego, n'était pas doué pour l'arithmétique.

Toutefois, après avoir additionné une vingtaine de fois consécutives DIX millions (payés pour la parcelle Hunt Manhattan), QUATRE ET DEMI (pour la parcelle Icabott) et DOUZE ET DEMI (rachat de soixante et onze pour cent des actions de la Brubaker Incorporated), il se crut autorisé à conclure que cela faisait en tout vingt-sept millions.

— Plus les frais. Il y a eu des frais, Reb ?

— Oui.

— Beaucoup de frais ? et des commissions ?

— Diego, fiche la paix à Dan Hasendorf.

— Merde, ce type hurle partout qu'il est l'inventeur de *ton* remembrement de Wall Street. Il a même donné des interviews au *Daily News* et à *Fortune* !

— Cela n'a pas d'importance. Je ne tiens pas à donner des interviews.

Un temps. Reb sourit : « D'accord, Diego ?

— D'accord. Je peux te poser une question ?

— Oui.

— Où veux-tu en venir ? A être l'homme le plus riche et le plus inconnu du monde ?

— En quelque sorte. C'est moi qui offre les hamburgers, ce soir. Et ensuite, nous pourrions aller au cinéma. Mais tu paieras les places. »

Hasendorf l'emporta évidemment lors de la vente aux enchères des actions de la Brubaker & Nash Incorporated.

Settiniaz fixe à cent vingt-quatre millions de dollars le total des bénéfices engrangés par les différentes sociétés klimrodiennes lors de l'opération Wall Street. Daniel Hasendorf recevant pour sa part treize millions de commissions.

Settiniaz estime que le seul 40 Wall Street — un seul immeuble au départ ! — mais assorti il est vrai de transactions annexes, dut laisser vingt-sept millions au Roi. Si cette affaire-là fit la une des journaux (sans que Klimrod fût jamais cité, on ne parla que d'Hasendorf), elle ne fut pas la plus importante, même si elle reste la plus spectaculaire. Ce ne fut pas tant sur les grands immeubles qu'il fit son bénéfice, mais sur une quantité d'emplacements plus modestes, plus discrets qui, en quelques mois, du fait de la « restabilisation » de Wall Street, virent leur valeur monter en flèche. Un simple restaurant, un bar, n'importe quelle boutique ou appartement triplèrent et quadruplèrent de prix par le seul fait de la résurrection du quartier et le voisinage définitif de toutes ces banques.

Il dédoubla ses activités à Wall Street, celles conduites avec Hasendorf, Haas et d'autres prête-noms qu'il est inutile de citer ici, de toute une fabuleuse série d'opérations menées avec deux autres équipes, dont seul peut-être Haas connut l'existence.

La mise en avant de Daniel Hasendorf (qui fut moins heureux par la suite lorsqu'il se sépara de Reb) et le maintien de Klimrod dans l'ombre, furent la mise en application d'un accord que les deux hommes avaient passé dès le début. Reb Klimrod avait déjà la plus grande aversion pour la publicité personnelle.

L'affaire de Wall Street débuta en octobre 1950, et s'acheva en juin 1951.

Mais avant elle, il y eut le voyage à Londres et sur le continent européen.

Et surtout — avant, pendant et après — il y eut Charmian Page.

5

Les chutes de Caracaraï

24

— David Settiniaz.

La voix prononçant son nom était calme et lente, se détachant très nettement, sans crier, dans la rumeur diffuse de la foule qui se pressait. A sa sortie de l'ascenseur, Settiniaz se retourna et le découvrit, en chemise bleue, un sac de toile à ses pieds, adossé d'un air très tranquille au parement de marbre du mur. La date était celle du 18 septembre. Settiniaz dit aux deux hommes qui l'accompagnaient :

— Excusez-moi. Je vous appellerai demain.

Il s'approcha de Reb Klimrod. Le dévisagea sans trop savoir quoi dire. Si bien que ce fut Klimrod qui sourit :

— Ce voyage de noces s'est bien passé ?

— Merveilleux. Où étiez-vous donc passé ? Georges Tarras m'a téléphoné la semaine dernière, pour m'apprendre que vous étiez allé le voir et lui rendre ses livres.

Settiniaz se sentait vaguement nerveux, sans raison compréhensible. Un peu de ce que l'on ressent à la rencontre inopinée d'un vieux copain de régiment qu'on avait plus ou moins oublié... Presque involontairement, il marcha au travers du hall, avec la conscience presque trop aiguë de la présence à son côté de l'étrange jeune homme maigre, accoutré, portant son ridicule sac de toile. Ils sortirent sur Madison Avenue. Il faisait très beau et très chaud. Tout un escadron de secrétaires passa, souriant à Settiniaz mais jetant des regards curieux, et intéressés, sur le compagnon de celui-ci.

— C'était moi que vous attendiez ?

— Oui.

— Pourquoi n'êtes-vous pas monté à mon bureau ?

— Que vous a dit Georges Tarras ?

C'était répondre à une question par une autre question :

— Simplement que vous étiez allé chez lui dans le Maine, pour lui rendre ses livres. Et que vous aviez conquis son épouse.

Settiniaz prit sur lui-même pour adopter un ton léger, malgré l'indéfinissable gêne qu'il éprouvait :

— Il paraît que vous avez des connaissances très au-dessus de la moyenne en matière de peinture...

— Rien d'autre ?

Settiniaz chercha, fouilla sa mémoire : « Non, répondit-il, sincère. Est-ce si important ?

— Pas vraiment , dit Klimrod. Je voudrais vous parler. Avez-vous une demi-heure devant vous ou préférez-vous que nous convenions d'un rendez-vous ?

Ce soir-là, Settiniaz se souvient qu'il n'avait pas d'autre projet que de rentrer chez lui, dans le très bel appartement que sa mère et ses beaux-parents s'étaient ingéniés à lui aménager près de Park Avenue. Depuis leur retour de leur voyage de noces, Diana et lui n'avaient eu que quelques heures misérablement courtes à passer en tête à tête, emportés qu'ils avaient été dans le tourbillon de la vie mondaine, aussi bien à New York qu'à Boston, dans la propriété des Page en bord de mer, au Connecticut, ou encore dans le vaste ranch que sa propre mère possédait au Kentucky. Et depuis le premier septembre, date à laquelle il avait pris ses fonctions chez Wittaker & Cobb, il ne s'était guère passé de soirée où le jeune couple nouvellement marié n'ait eu à accepter ou rendre une invitation. « Mais en toute franchise, ce ne fut pas la seule, ni même la vraie raison de ma réticence : l'idée d'emmener Klimrod chez moi, de l'introduire dans ce que je considérais comme mon milieu social, cette idée me parut absurde. On était en 1950 et à cette époque, on était infiniment plus à cheval sur les convenances qu'on ne l'est aujourd'hui. Evidemment, à la lumière de ce qui arriva par la suite... » Il dit, très hésitant :

— Ecoutez, je...

La grande main de Klimrod se posa sur son avant-bras, geste qui gêna plus encore Settiniaz :

— Je peux vous appeler David ?

— Bien sûr.

Klimrod se mit à rire : « Je n'aurais pas pu accepter votre invitation à dîner, de toute façon. Je ne suis malheureusement pas libre. Une autre fois, peut-être. »

Il y avait un éclat amusé au fond de ses yeux. « Je suis un foutu crétin », pensa sombrement Settiniaz avec son honnêteté ordinaire. Mais Klimrod avait déjà repris :

— Dans à peu près, disons cinq à six mois, j'aurai besoin d'un avocat tel que vous. Non non, ce n'est ni à Wittaker ni à Cobb ni à aucun de leurs autres assistants que je veux avoir affaire. Je me suis renseigné à votre sujet...

Sourire. Ce sourire si curieux :

« Ne m'en veuillez pas, je vous prie. Je n'ai d'ailleurs rien trouvé qui ne soit, comment dire ? tout à votre honneur. Je vais avoir besoin de vous comme avocat au printemps. Vous accepterez ou non, la décision sera vôtre. Mais avant cela, dans l'intervalle et pour cette période de quelques mois à venir, j'ai une proposition à vous faire. Je voudrais que nous nous rencontrions trois ou quatre heures par semaine. Bien entendu, si cela doit arranger les choses, je suis prêt à prendre officiellement contact avec Cobb ou Wittaker et, en quelque sorte, leur louer vos services. Les vôtres, à l'exclusion de tout autre de leurs juristes si réputés. Je paierai ce qu'il faudra. Je souhaiterais que nous nous rencontrions trois ou quatre heures, chaque semaine, pas forcément le même jour de la semaine, selon votre emploi du temps et le mien, et je vous poserai des questions, en général théoriques... »

Settiniaz le regardait, abasourdi :

— Vous voulez que je vous apprenne le droit ? A raison de trois heures par semaine ?

— En quelque sorte. Mais pas vraiment. Je veux apprendre l'essentiel, ce dont j'ai besoin. Et je sais exactement ce dont j'ai ou non besoin.

— N'importe quel cours du soir ferait aus...

Klimrod secoua la tête en souriant :

— Non. J'ai essayé. Il rit gaiement et sa jeunesse (Settiniaz découvrit plus tard qu'il avait précisément vingt-deux ans ce jour-là) devint évidente : « Cela ne va pas assez vite, ils perdent du temps sur des choses sans importance, et d'ailleurs, leurs horaires ne me conviennent pas toujours. J'ai bien réfléchi, David. Est-ce une question d'argent ?

Il plongea la main dans son sac et en retira quelques liasses de billets de mille dollars.

— Excusez-moi, je ne voudrais en aucun cas vous offenser. Indiquez-moi la marche à suivre et je réglerai tous les problèmes financiers. Vis-à-vis de Wittaker et Cobb, ou en ce qui vous concerne.

— Au nom du ciel ! s'exclama Settiniaz avec la sensation d'être emporté par une énorme vague déferlante. Mes services ne valent pas grand-chose, il n'y a que dix-huit jours que je travaille vraiment !

— Acceptez, je vous en prie. Vous m'avez sauvé la vie, après tout, vous me devez bien quelque chose.

Ses yeux gris étincelaient d'humour. Mais de lui émanaient, aussi, une force de persuasion quasi opressante, et l'impression d'une amitié offerte, chaleureuse, soudain dévoilée à la façon d'une porte éclairée soudain ouverte dans la nuit.

— David ?

— D'accord, répondit Settiniaz, s'abandonnant dès lors à la vague qui allait totalement bouleverser son existence.

Et dès les premières minutes de leur rencontre suivante (qui eut lieu quatre jours plus tard, non pas dans le bureau de l'avocat sur Madison, mais dans le salon de l'hôtel de la Quarante-Quatrième Est), une évidence s'imposa à Settiniaz : l'intelligence de Klimrod était assurément la plus fulgurante et la plus complète qu'il lui eût jamais été donné d'affronter. « C'en était effrayant, à la limite. Il avait une aptitude à aller à l'essentiel qui vous désarçonnait et, pire, vous hébétait. On la pressentait, bien sûr, cette intelligence, par le simple fait de croiser son regard, mais autre chose était de la voir fonctionner sans entraves, nue, dégagée de tous ces camouflages évidemment délibérés qu'étaient l'ordinaire impassibilité de son visage, l'expression rêveuse de ses yeux, la lenteur et le calme du débit de sa voix, ou de ses gestes. Alors, elle se révélait, dans son immensité, voire sa monstruosité, le mot n'est pas trop fort ; évidemment fascinante mais, par moments, exaspérante. J'avais été, je crois, à Harvard, ce que l'on est convenu d'appeler un étudiant brillant. A cette époque, Wittaker & Cobb était ce qui se faisait de mieux, à New York et même aux Etats-Unis, en matière de cabinets d'avocats d'affaires. Le summum. Etre recruté par eux, pour un juriste débutant équivalait, je ne sais pas, à être engagé en lieu et place de Gary Cooper pour un jeune comédien. Ils m'avaient recruté, pour une fois sur mes seuls mérites et non par quelque intervention familiale, et j'en étais tout gonflé d'orgueil. Et j'avais étudié le droit et l'économie pendant six ans. Au terme de mes premières heures passées face à Klimrod, je ressortis écrasé, me sentant très exactement comme un enfant de quatre ans à qui on a insisté pour enseigner la physique nucléaire. Ce fut au point que je faillis refuser la rencontre suivante…

« A laquelle j'allai, bien entendu. On ne saurait comprendre le Roi, et l'extraordinaire influence qu'il exerça sur nous tous, si l'on ne prend pas en compte son pouvoir de séduction. Les masques que mettait Reb Klimrod — visage, voix, courtoisie, douceur — n'étaient jamais somme toute que des concessions qu'il nous faisait, avec une habileté infernale, pour nous faire accepter, pour se faire pardonner de nous être si supérieur. L'ayant compris, on s'en accommodait plus ou moins.

« Nous nous sommes revus une quinzaine de fois, avant le 20 novembre 1950. Et je me demande bien qui expliquait alors le droit à l'autre !

« Tout comme j'avoue ne pas avoir pensé qu'il avait pu préméditer de se servir de nos rencontres, non seulement pour acquérir des connaissances qui lui manquaient, non seulement pour me juger et me jauger avant de me faire définitivement confiance, mais encore et surtout pour revoir Charmian…

— Cela nous entraîne trop loin, dit Settiniaz un peu agacé. Comme toujours avec vous, on saute d'une idée à l'autre si bien que...

Il se réfugiait dans l'anglais, pour éviter un tutoiement possible en français.

— Mais je pourrais le trouver quelque part ? demanda doucement Reb.

— Dans les tableaux de Goldenweiser. A moins que Chandler n'en parle dans son *Economics of Money and Banking.* J'ai son livre mais pas ici. A la maison. Je pourrais vous l'apporter la prochaine fois.

— Ou bien je pourrais vous accompagner jusque chez vous et vous me le donneriez dès ce soir. Vous pouvez faire ça ?

Ils quittèrent les salons de l'hôtel Algonquin ensemble. Un taxi les déposa sur Park Avenue. En route, ils avaient poursuivi leur discussion sur le dollar et les changes, et le système financier international. Settiniaz se prenant au jeu et s'y absorbant au point que ce fut sans en avoir véritablement conscience qu'il se retrouva dans le hall de son propre appartement, confiant au maître d'hôtel hawaïen son chapeau et sa serviette...

... et découvrant dans le grand salon sa femme et sa belle-sœur posant sur Reb Klimrod très paisible des regards interrogateurs.

Le 20 novembre 1950, Charmian Page avait passé son vingt-troisième anniversaire. Quoique désespérément amoureux de sa propre épouse, David Settiniaz avait toujours convenu que, des deux sœurs, la cadette était la plus exceptionnellement jolie. Toutefois, le couteau sous la gorge, il ne l'eût pas épousée : elle avait toujours eu le don de le décontenancer, et presque de le terrifier. En riant, Diana expliquait la chose par ce qu'elle nommait « le sens de l'humour un peu spécial de Charmian ». Depuis une bonne quinzaine d'années — à commencer par sa propre grand-mère française, Suzanne Settiniaz — on avait pris grand soin de souligner à David Settiniaz qu'il avait autant d'humour qu'une serviette-éponge. A la longue, il avait fini par s'en convaincre.

Et il avait donc, ralliant l'opinion générale et quasi consacrée, accepté de considérer les excentricités de sa belle-sœur comme normales.

Elle avait sa totale indépendance financière. L'argent des Page venait de quatre générations en arrière, autant dire des Croisades, dans l'acception nord-américaine. A sa majorité, elle avait reçu dix millions de dollars. Elle avait dédaigneusement refusé les offres de service des avoués traditionnellement chargés par la famille de gérer le patrimoine. Elle avait prétendu s'en occuper elle-même. On l'avait vue jusqu'aux portes du New York Stock Exchange, et elle avait même tenté d'en forcer les barrages. Suscitant la stupeur générale, elle avait administré la preuve qu'elle ne manquait pas de cet instinct propre aux grands financiers. Un jour, elle avait fait irruption chez Wittaker et Cobb — avant que Settiniaz y fût lui-même entré — pour s'y enrager d'une spéculation selon elle mal conduite, en tout cas pas selon les instructions très précises qu'elle avait données. Jonas Wittaker, qui marchait sur ses soixante-dix ans avec la sage lenteur qu'il mettait en toutes choses, avait mis plusieurs jours à s'en remettre, indigné par les reproches selon lui injustifiés, bouleversé plus encore par le fait que ces reproches lui aient été adressés par une femme — espèce animale qu'il n'avait rencontrée qu'en un seul et unique exemplaire (sa propre épouse) et qu'il convenait de cantonner à la fabrication des enfants, la composition des puddings et la tapisserie au petit point — à la rigueur au point de croix s'il s'agissait de débiles mentales.

Elle avait un temps circulé à cheval sur Park Avenue et la Cinquième, attelant la bride de sa monture à la grille de l'hôtel particulier ou dans le hall du Waldorf ; elle s'était fiancée cinq fois, chaque fois abandonnant son prétendant sur les marches du temple, avec une constance sardonique ; elle avait voyagé jusqu'en Inde, avec l'ambition d'ailleurs déçue de s'y faire brahmane ; avait un temps accepté les propositions d'un producteur hollywoodien rêvant de faire d'elle une nouvelle Ava Gardner (à qui elle ressemblait assez), était même convenue d'un scénario, mais était partie en croisière dans les mers du Sud au troisième jour du tournage ; au mariage de sa sœur aînée avec David Settiniaz (elle terrorisait ce dernier notamment par l'habitude qu'elle avait de venir s'asseoir sur le bord de sa baignoire au moment où il s'y savonnait tout nu) en guise de cadeau sous le prétexte des origines savoyardes du marié, elle avait fait venir de France, par avion spécial, douze meules de gruyère et six groupes folkloriques qui avaient fait, jouant ensemble, un vacarme infernal. « Mais enfin, David, c'est drôle, non ? » avait dit Diana. « Hilarant » avait répondu Settiniaz lugubre et abattu.

C'était drôle, ou cela pouvait passer pour l'être. Mais il y avait autre chose, que David Settiniaz avait l'impression d'être le seul à voir, dont il n'avait osé s'ouvrir à nul membre de la famille Page : chez Charmian, par moments, dans ses admirables yeux un peu fendus, couleur d'améthyste, il discernait une fixité étrange, fiévreuse, qui l'inquiétait.

Charmian Page dévisageait Reb Klimrod avec intensité. Elle dit :

— Nous nous sommes déjà rencontrés, n'est-ce pas ?

Jusqu'à cet instant assise sur l'un des grands canapés, elle se leva, vint près de lui, tourna lentement autour de lui.

— D'origine allemande ?

— Autrichienne.

— Tyrolien, peut-être ?

— Viennois.

Si grande que fût Charmian, elle lui arrivait à peine à l'épaule.

— Mais de nationalité américaine ?

— J'ai un passeport argentin.

Les yeux de Klimrod passèrent sur ceux de Diana et David Settiniaz. Ils avaient une expression rêveuse, ce genre de regard qui semble tourné vers l'intérieur.

Entre pouce et index, elle palpa la texture de la chemise de toile, sous le blouson de cuir, à hauteur du cou. Demanda ;

— Dans les affaires ?

— En quelque sorte.

— Wall Street ?

— Notamment.

Elle revint face à lui.

— Je vais aller vous chercher ce livre, dit David Settiniaz, avec un rien de nervosité dans la voix.

Il fit quelques pas vers son bureau, s'immobilisa en entendant Klimrod dire de sa voix tranquille :

— A votre place, je n'aurais certainement pas acheté ces vingt mille Continental Electric.

Settiniaz se retourna, stupéfait. Au cours de la quinzaine de ses rencontres avec Klimrod, celui-ci n'avait jamais dit un seul mot de ses activités, ou simplement de la façon dont il vivait, et tirait sa subsistance. Au vrai, jugeant d'après la tenue vestimentaire, Settiniaz l'avait imaginé tenant quelque emploi subalterne, sur les quais ou dans un magasin. L'idée lui était même venue que l'Autrichien (il ignorait cette affaire de passeport argentin) s'était plus ou moins compromis dans des affaires louches. Il remarqua :

— Je ne savais pas que vous vous intéressiez à la Bourse, Reb.

— David ?

Charmian tournait le dos à son beau-frère, faisant toujours face à Klimrod :

— Fichez-nous la paix, s'il vous plaît, David.

Un temps.

— Et je me serais trompée sur les Continental Electric ?

— Oui, dit Reb Klimrod en souriant. Puis-je avoir mon livre, David ?

— Vous travaillez à la Bourse, monsieur Klimrod ?

— Non.

— Dans une agence de courtage ?

— Non.

— Dans une banque, peut-être ?

— Non.

Il se mit à rire : « Je vends des hot-dogs en plein air. New York Stock Exchange. A droite en arrivant.

— Et les affaires vont bien ?

— Je n'ai pas à me plaindre : dans les trente-cinq à quarante dollars par jour, cinq jours par semaine. En comptant les sodas, bien sûr. Et les pourboires.

— Et c'est en vendant des hot-dogs que vous avez appris que je venais d'acheter vingt mille Continental Electric ?

Klimrod suivait des yeux un David Settiniaz hésitant, qui disparaissait dans le bureau...

... qui en ressortit le Chandler à la main.

— Oh non, dit Klimrod. Ce genre d'informations ne circule pas parmi les hot-dogs, on n'y entend que des choses importantes, d'intérêt général. Non, j'ai tout simplement fait faire une enquête sur vous, miss Page. Votre ordre de ce matin n'était bon qu'à moitié. Le principe n'était pas dénué de sens, mais vous avez un peu trop tardé. Avant-hier eût été mieux, pour vous décider. En revanche, les Western étaient une bonne idée, il y a cinq semaines. Même si vous avez eu tort d'annuler votre ordre, pour les Caledonian. Vous auriez dû suivre votre impulsion, et votre flair. Merci, David. Quant aux San Jacinto, n'ayons pas peur des mots, c'était une ânerie. Je vous rendrai le livre la semaine prochaine, David.

Il plaça très tranquillement le Chandler dans son sac de toile. Pour la première fois depuis un long moment, son regard croisa celui de la jeune femme :

— Et si j'étais vous, je quitterai ma position sur le florin. Quitte à y revenir dans trois semaines. Je viendrais plutôt sur le franc suisse.

Il sourit, inclina la tête à l'intention des deux jeunes femmes, s'en alla. Il y eut un silence. Puis Charmian Page éclata de rire :

— Une enquête sur moi !

Dans ses yeux, David Settiniaz reconnut la bizarre lueur fiévreuse qui l'inquiétait tant.

Ordinairement, ils étaient deux à tenir le kiosque devant le New York Stock Exchange, deux Italo-Américains fort gais et d'une assez remarquable dextérité. Reb Klimrod et Diego Haas arrivèrent vers dix heures. Reb dit aux deux hommes d'aller boire un café, ou n'importe quoi, en tous les cas ailleurs. Et qu'ils devaient attendre qu'il leur fît signe pour revenir à leur poste.

— Je ne sais pas fabriquer les hot-dogs, dit Diego. Nous autres fiers hidalgos de la pampa réprouvons le travail manuel. Ne compte pas sur moi.

— Tu sais au moins décapsuler les sodas ?

Il savait. Il le fit, coiffé comme Reb d'un grotesque calot de toile blanc et vert et pensant : « Si Mamita me voit, elle meurt, les bras en croix, sous mes yeux. J'aurais dû mettre une fausse barbe. » Et il criait gaiement : « Et deux sodas-citron ! Deux ! »

Elle arriva vers onze heures. La plus jolie jeune femme que Diego eût jamais vue, et la foule des secrétaires, des employés, s'écarta pour lui laisser naturellement le passage :

— Puis-je avoir un sandwich, s'il vous plaît, demanda-t-elle.

— Avec moutarde ? s'enquit Reb.

— Elle est forte ?

— Vous supporteriez n'importe quoi, dit Reb.

— Vous y compris, soyez tranquille.

— Je ne m'inquiète pas du tout, dit Reb.

Il leva le bras. Les deux Italo-Américains traversèrent la rue et récupérèrent leur poste. Reb s'essuya les mains, ôta tablier et calot. Proposa à la jeune femme :

— Un café ?

— Je m'appelle Diego, dit Diego. Je suis très gentil et très sympathique.

— Je n'ai même pas eu mon breakfast, dit-elle. Je crois qu'un café ne me ferait pas de mal.

Elle et Reb étaient yeux dans les yeux, face à face.

— Tu viens, Diego, dit Reb, non pas posant une question, mais donnant un ordre.

L'Argentin emboita le pas au couple. Ils gagnèrent Nassau Street à pied. Il y avait là un restaurant à l'enseigne rédigée en français.

— Fermé, dit-elle.

Il claqua des doigts, on ouvrit. A l'intérieur, une table, une seule, mais très grande, était dressée somptueusement, au centre de la salle, tout le personnel aligné en grande tenue.

— Des toasts, avec votre café ? demanda Reb.

— Volontiers, dit-elle.

Ses yeux ne quittaient pas Reb. Ils s'assirent tous les trois.

— Comme je le disais voici encore un instant, dit Diego, je m'appelle Diego et je suis extrêmement intéressant. Ma conversation, notamment, pour ne citer qu'elle, est fascinante. Je n'y peux rien, c'est un don.

— Une enquête sur moi ? dit-elle.

— Oui.

— Sur moi à tous égards ?

— Uniquement sur les plans bancaires et financiers.

— Pas en d'autres domaines ?

— Chasse gardée, dit-il. Aux autres plans, je préfère m'en occuper moi-même.

— Suis-je assez riche pour vous ?

— Je suppose qu'il me faudra m'en contenter.

On leur porta du café, du thé, du chocolat, et des toasts grillés, du beurre, trente ou quarante sortes de confitures, et des œufs préparés de multiples façons, et des patates douces, du bacon, des saucisses, des rognons... Les plats d'argent s'accumulaient avec une extravagante profusion. Elle demanda :

— Et physiquement, je vous conviens ?

— Très bien, dit-il paisible. Tout à fait bien. Rien à redire.

— Je vous sers le café ?

— Oui, s'il vous plaît. Merci.

— Je prendrai moi aussi du café, dit Diego. Juste un peu, puisque vous insistez. Et peut-être un œuf ou deux. Mais pas de saucisses. J'ai horreur des saucisses, depuis quelque temps.

— Je vous présente Diego, dit Reb. Ce type à votre droite, et à ma gauche, s'appelle Diego.

— Enchantée, dit Charmian sans tourner la tête. Bonjour, Diego. Comment dois-je vous appeler ? Reb ?

— Reb.

Elle but un peu de son café, grignota un morceau de toast et il but aussi.

— Le restaurant est à vous, bien sûr.

— Bien sûr.

— Quoi d'autre ?

— Quelques autres petites choses, çà et là. Je débute à peine.

— Vous avez déjà assez avancé.

— Oui, je crois.

— Atteindre le but est parfois décevant.

Il sourit : « Laissez-m'en la surprise. »

Silence. Puis elle dit :

— Votre ami Diego est très gentil et très sympathique. Sa conversation notamment, pour ne citer qu'elle, est fascinante.

— C'est un don, dit Diego la bouche pleine.

Nouveau silence. Reb Klimrod fit bouger son index et tous les employés du restaurant s'en allèrent, disparurent, engloutis par les arrière-salles. Elle reposa sa tête, baissa sa tête, la releva et à nouveau le regarda, une grande gravité dans les prunelles :

— Quelle chose étrange, n'est-ce pas ?

— Oui, dit Reb. Très étrange. Et tout à fait inattendue, surtout à ce point.

Il se leva, lui tendit la main. Dans laquelle elle mit la sienne. Ils sortirent dans Nassau Street.

— Je viens ? demanda Diego.

— Pourquoi pas ? dit Reb.

Il tenait toujours la main de Charmian.

Ils montèrent tous trois sur le bac, celui-ci entièrement vide à l'exception du marin chargé de la manœuvre. Le bac se détourna de son itinéraire habituel et mit le cap sur New York Bay, descendant l'Hudson.

Diego Haas quant à lui alla prendre place tout à l'arrière, seul, fumant l'un de ces petits cigares noirs et longs qu'il était bien le seul à trouver odorants, ses yeux jaunes contemplant sans vraiment les voir les rives de béton du fleuve. Eux étaient à l'avant, quelque part, hors de sa vue. Il pensait : « Nous descendons l'Hudson comme nous descendrions l'Amazone, et peut-être allons-nous voguer sur la mer atlantique, Dieguito, des années durant, nourris de hot-dogs et de sodas-citron, vendant çà et là trois ou quatre douzaines d'immeubles, par avenues entières, bourgeoisement, sans plus de folie aucune, habitant Park Avenue ou tout autre endroit non moins sinistre. Ils se feront des enfants dont je serai le parrain et que je promènerai dans des landaus spécialement conçus par Rolls-Royce ou à la rigueur la General Motors, que Reb aura sans doute rachetée entre-temps. Et l'aventure, madre de Dios, n'en sera plus une. Je ferais cent fois mieux de m'en retourner chez Mamita et d'épouser la première Concepcion venue... »

Et tout aussi intensément, il éprouvait de la tristesse, un chagrin bien réel, le sentiment qu'une course folle, neuve et prodigieuse, risquait à présent d'être interrompue, net. Il ressentait aussi, par des pointes qu'il était bien trop lucide pour ne pas reconnaître, de la jalousie.

Ce qui n'avait pas de sens, bien entendu.

Passé l'île du Gouverneur, presque en vue du grand large, le bac vira de bord et regagna Manhattan, faisant terre aux appontements des ferries de Staten Island. Le voyage s'achevait, tout juste à son début.

Diego pressentait déjà qu'entre Charmian Page et Reb Klimrod, ce n'allait pas être si simple.

Le couple se sépara sans un mot, ni même un regard. Elle monta dans un taxi et s'en alla. Reb se mit à marcher droit vers le pont de Brooklyn, tenant entre deux doigts, rejeté sur l'épaule, son blouson de cuir à col doublé de fourrure. Et Diego d'abord interdit dut presque courir pour revenir à sa hauteur.

Sur le moment, Diego se contenta de marcher aux côtés de Reb, une fois de plus maudissant cette habitude qu'avait Klimrod d'arpenter New York, ou d'autres villes, à très grands pas, « moi qui n'ai toujours eu que de toutes petites jambes », frappant le sol de ses talons, comme s'il avait voulu y marquer sa trace pour l'éternité.

Ce ne fut qu'aux abords mêmes du pont de Brooklyn que Diego se hasarda à demander :

— Des problèmes ?

Pas de réponse.

— Tu vas la revoir ? osa même interroger Diego.

— Je ne sais pas. Diego ? Ne m'en parle pas, s'il te plaît.

Au vrai, la seule chose que retint alors Diego Haas, fut que « la course folle, neuve et prodigieuse » n'allait pas s'interrompre, et cela suffit à son bonheur.

25

L'opération de remembrement dans Wall Street était en train. Elle aurait suffi à occuper plusieurs hommes ordinaires. Mais elle n'était qu'une partie entre des dizaines d'autres livrées simultanément par Klimrod.

Au même titre que l'affaire de Londres, qui fut la première où Reb opéra hors du continent nord-américain.

Mais l'affaire de Londres fut logiquement précédée par celle des deux cent quarante-huit magasins Roarke.

Au départ, il y eut ce fait au demeurant banal que l'un des emplacements choisis pour y implanter un des restaurants de « delikatessen » jouxtait un magasin de chaussures, à qui il fallait sous-louer. Un homme de l'équipe Bercovici accomplit les premières démarches pour régler la question du bail. Il essuya un refus. Il en rendit compte. Reb demanda à Benny Bercovici :

— Et le motif qu'ils donnent ?

— L'odeur de cuisine ferait fuir leurs clients.

— Tes hommes ont trouvé d'autres emplacements ?

— Celui-là est le meilleur.

Les yeux noirs et tristes, mais acérés de Benny rencontrèrent ceux de Reb. Benny secoua la tête :

— D'accord. Vous aurez tous les renseignements que vous voulez.

Le lendemain, il révéla : *un,* que le magasin faisait partie d'une chaîne étendue sur tout l'Etat de New York ; *deux,* que cette chaîne appartenait à une société anonyme nommée la Roarke Shoes Inc., qui fabriquait ses propres chaussures dans deux usines de New Rochelle et Buffalo : *trois,* que la Roarke était une société hors-cote, la valeur de ses actions étant définie par ses bilans annuels ; *quatre,* que les actionnaires en étaient, pour l'essentiel, la famille Roarke elle-même, et pour le reste, d'assez petits porteurs, dont les fournisseurs en cuir ; *cinq,* que l'affaire battait de l'aile...

— Leurs chaussures sont démodées, ils fabriquent les mêmes modèles ou presque depuis les années vingt. Ils n'ont pas su se reconvertir. La concurrence les accable un peu plus chaque mois. Leur prochain bilan va entraîner une baisse générale des actions.

Benny Bercovici ne parlait pas, il crépitait. D'une voix haut perchée, presque geignarde. Son expression de tristesse était permanente, on l'eût dit accablé constamment par un destin funeste le poursuivant nuit et jour. Tout en parlant, il regardait autour de lui, et derrière lui, pour guetter un ennemi invisible. Mais il pouvait travailler dix-huit heures par jour, des semaines durant.

— Toute l'affaire vous intéresse, Reb, ou seulement ce magasin-ci ?

— Toute.

— C'est ce que j'ai pensé. J'ai pris des renseignements sur les Roarke. Ils sont deux frères. Fâchés à mort, ne se parlant plus depuis vingt ans. Ils s'envoient des notes. Ils ont vingt pour cent chacun. Everett et Harold. Everett est l'aîné. C'est le plus con. Harold sera plus difficile : il croit que sa mission sur terre est de perpétuer la tradition des Roarke en tant que chausseurs ; les chaussures Roarke font à son avis partie du patrimoine américain. Dit cinquante fois par jour qu'on achète une Roarke pour la vie. Deux points d'attaque, s'agissant de lui : son orgueil de Roarke-chausseur et une maîtresse qu'il a du nom de...

— Non, dit Reb.

— A vous de voir. Vingt pour Everett, vingt pour Harold. La sœur Honor détient quinze. Des cousins et oncles, à peu près douze en tout. Quarante plus quinze plus douze : soixante-sept, majorité. Les fournisseurs en cuir ont dix-huit. Ils se font du souci. Nous accueilleront à bras ouverts. Les quinze restants sont émiettés. Les fournisseurs s'appellent London et Allister. C'est Allister qu'il faut voir. Il est le plus jeune et le plus dynamique. London le suivra.

— La sœur ?

— Mariée à un Tullett. Cinq enfants, dont deux déjà à l'université et trois à suivre. Besoin d'argent frais, a déjà contracté un emprunt bancaire. Je peux m'en charger. Vous voulez tout acheter ?

— Au moins les deux tiers. Benny, prenez la sœur, Allister et Everett. Premier contact direct, si possible sans qu'aucun se doute que vous avez touché les autres.

— Et Harold ?

Reb sourit, se tourna vers Diego, regarda les pieds de celui-ci, avec une insistance soutenue. Diego leva la main :

— Je vois. Il faut que j'aille m'acheter des chaussures pour la vie.

Diego avait des pieds minuscules, chaussait du six un quart en mesures américaines. Les chaussures qu'on lui vendit chez Roarke-de-Upper-Broadway étaient suffisamment larges pour qu'il pût sans problèmes flotter sur East River, debout.

Il aborda Harold Roarke :

— L'émotion me submerge, dit-il. Figurez-vous que cette vache, cette vache-là, dont j'ai une partie de la peau autour de mes petits petons, était une amie personnelle, d'enfance. Je l'aimais entre toutes. A la nouvelle de sa mort, j'ai pleuré comme un gosse.

Harold Roarke était un grand escogriffe dans les deux mètres, avec des sourcils épais et une tête de Quaker fanatique. Il demanda à Diego qui diable il était.

— Mon nom, dit Diego, est Esteban Gomez-Gomez y Gomez. Vous connaissez sûrement.

— Pas du tout, dit Roarke avec une froideur assez visible.

— Vous m'étonnez. Mais enfin. Voici quelques mois, nous avons vendu quatre à cinq mille de nos vaches à une entreprise de cuir et peaux à la raison sociale de London et Allister.

— Je connais, dit Roarke.

Diego dit que c'était par eux, London et Allister, qu'il avait retrouvé et suivi la trace de Concepcion — c'était la vache — depuis le Texas jusqu'à un magasin d'Upper Broadway. Et là, il avait eu le coup de foudre.

— Pour les chaussures. Le travail est admirable. D'ailleurs, marcher tout bêtement sur de telles œuvres d'art est un crime qui me révulse. Sitôt rentré à mon hôtel, je les ferai placer dans un coffre.

Perspective qui fit se hérisser plus encore les sourcils déjà broussailleux d'Harold Roarke, qui proclama que les chaussures Roarke étaient faites pour la vie et pour marcher avec. Il cita de nombreux exemples à l'appui de ses dires : tout récemment encore il s'était rendu à l'enterrement d'un certain Horn, qui portait des Roarke depuis 1893 — « les mêmes, monsieur Gomez-Gomez, les mêmes ! » — et il avait été inhumé avec elles, qui pouvaient encore servir. Diego répliqua qu'un tel trait était digne de l'antique.

— Et c'est bien pour cela que je m'étonne, dit-il, de votre grandeur d'âme et de votre équanimité devant la catastrophe qui vous frappe. Quel courage ! *Muy hombre,* comme nous disons à Chihuahua. Et à propos, je ne suis pas vraiment Gomez-Gomez, j'ai un peu exagéré. Mon vrai nom est Gomez. Dans Gomez-Gomez y Gomez, le premier Gomez est mon père, le deuxième est mon oncle Cristobal et moi je ne suis que « y Gomez », sans plus. Vous pouvez m'appeler Gomez.

— Quelle catastrophe ? répéta pour la cinquième fois Harold Roarke.

— Vous apprendais-je la nouvelle ? Serait-il possible que vous ne la sussiez point ? Votre père, votre sœur, vos cousins et oncles, vos fournisseurs et j'en passe sont en train de vendre leurs parts de la Roarke Incorporated. Ce soir, demain, au plus tard dans un an même heure, vos usines de New Rochelle et Buffalo ne fabriqueront plus une seule Roarke légendaire, et vos clients séculaires, tireront après eux leurs enfants pieds nus, parcourront en vain vos magasins de l'Etat de New York, pleureront après leur bonheur perdu, dans un monde à jamais privé de Roarke…

— Il marche, l'affaire est faite, dit-il à Reb Klimrod. Nous avons signé tous les papiers. Lui et moi créons une société pour la fabrication et l'exploitation des Harold-Roarke jusqu'aux alentours de l'an 2050 à midi juste. Je lui ai garanti que tous les Gomez lui réserveraient un coin de tous les magasins qu'ils ont rachetés sous le nom de Haas. Moyennant quoi, il m'a cédé quarante-neuf pour cent de ses propres parts, soit environ neuf pour cent des actions de la Roarke. Ça te suffit ou tu veux que j'y retourne ?

Reb riait franchement. Il secoua la tête :

— Gomez-Gomez y Gomez ! Diego, tu es fou.

Les yeux jaunes s'illuminèrent d'un humour sauvage :

— Complètement. Mais moins que toi.

Dès les jours suivants, Reb entreprit le désossage de la Roarke Shoes Inc. Un crédit consenti par la Hunt Manhattan finança l'aménagement de cent soixante-trois nouveaux restaurants, les plus au nord en vue des chutes du Niagara, qui sont à la pointe septentrionale de l'Etat de New York, tous approvisionnés par la Jaua Food, dont le chiffre d'affaires au printemps de 1951, dépassa les trente millions de dollars.

Sur les deux cent quarante-huit magasins initiaux, vingt-neuf seulement continuèrent à vendre des chaussures Roarke. Dont les Roarke traditionnelles, conformément aux promesses faites à Harold Roarke, promesses qui furent scrupuleusement tenues ; dont ces Roarke donc mais pas seulement elles : en février 1951, Diego Haas au nom de Klimrod passa un accord avec un groupe italien de Milan qui dépêcha aux Etats-Unis une équipe de techniciens chargés de rénover et de diversifier la production des usines de New Rochelle et de Buffalo. Celles-ci, en outre, se virent équipées pour la fabrication de sacs, puis (mais cela se passa en réalité deux ans plus tard) constituèrent le premier noyau d'une chaîne produisant des équipements de sport.

Restaient cinquante-six emplacements, la plupart dans des quartiers de la zone suburbaine de New York. Ils furent troqués dès décembre 1950 contre vingt-huit pour cent des parts d'une entreprise de nettoyage industriel[1] qu'il échangea dans un premier temps,

1. On note la présence au sein du conseil d'administration d'un certain Arnie Hintz, homme de paille attitré d'Abie Levin, l'homme des syndicats. Pour une fois, Reb Klimrod se retrouvait dans une société dont il n'avait pas au moins cinquante et un pour cent des actions

contre des actions d'une société de transports routiers, à leur tour échangées contre une papeterie de Brooklyn (où Klimrod par Roger Dunn interposé avait une grosse participation et profita de la majorité des deux tiers qu'il eut pendant un moment pour réaliser un regroupement avec d'autres affaires officiellement Dunn). Toutes opérations conduites avec une prestesse quasi magique, qui aboutirent, en bout de chaîne, à son acquisition du cargo *Blue Java Rose*, au début du printemps 1951.

Date à laquelle David Settiniaz se trouva confronté à la décision la plus importante de sa vie.

— En septembre de l'année dernière, je vous ai dit que j'aurais un jour besoin de vous comme avocat. Le moment est venu, David.

Settiniaz ne comprenait pas :

— Mais je suis avocat. Qu'est-ce qui vous empêche d'être mon client ?

— Vous êtes un avocat travaillant chez Wittaker & Cobb. A compter de ce jour, je voudrais que vous ouvriez votre propre cabinet, dont vous serez le seul responsable. A mes yeux.

— Je n'ai que vingt-sept ans, Reb.

— Je n'en ai pas vingt-trois. Attendez, je voudrais vous montrer quelque chose...

De son éternel sac de toile (dont la seule vue hérissait le poil de Settiniaz, d'un naturel pourtant placide), il sortit une lettre.

— Lisez.

La lettre était signée de David Fellows en personne, de la Hunt Manhattan. Elle fixait la « credit-line », le montant du crédit consenti à vue à Reb Michael Klimrod, à cinquante millions de dollars.

— Mon Dieu ! s'exclama Settiniaz, le souffle coupé.

— Ce n'est pas tout, David. Je pourrais sans doute obtenir un engagement similaire d'Harvey Barr. Ou de deux ou trois autres banques, quoique dans des proportions moindres. David, je voudrais que vous travailliez seul — j'entends comme seul responsable. Vous aurez toute liberté pour engager les hommes d'expérience dont vous jugerez nécessaire la présence à vos côtés. Mais c'est vous et vous seul qui saurez mon nom, qui connaîtrez ma présence au sein de toutes les sociétés à l'abri desquelles j'opère. Je suis bien entendu prêt à vous financer.

— Je n'ai pas ce genre de problème et vous le savez.

Settiniaz but un peu de son thé refroidi. Il demanda :

— Et vous seriez mon seul client ? Exclusif ?

— Pas nécessairement. Mais je devrais avoir la priorité sur tous. Sans aucune exception. Je compte d'ailleurs vous donner suffisamment de travail pour que vous n'ayez même pas l'idée d'accepter d'autres clients.

— Vous allez continuer à travailler dans cet anonymat total ? Seigneur, je ne sais même pas dans quoi vous êtes, ni comment ni pourquoi un homme comme David Fellows vous fait une confiance aussi énorme ! Vous pourriez tout aussi bien être l'un des représentants de la mafia !

Le sourire de Reb :

— Cette idée vous a souvent trotté dans la tête, n'est-ce pas ?

— Oui, avoua Settiniaz.

— Acceptez ma proposition et je vous mets au courant de toutes mes activités présentes et à venir.

— Vous avez donc tellement confiance en moi ?

— Autant que l'on peut faire confiance à un être humain. Nous nous voyons chaque semaine depuis des mois, trois heures durant.

Nouveau sourire :

— Et j'ai fait faire une nouvelle enquête sur vous.

— A ce point ?

— A ce point.

Les yeux gris se firent extraordinairement perçants :

— David, je ne cours, financièrement, aucun risque que je n'aie un moyen d'éviter. Mais vous n'êtes pas un très grand risque. Vous allez accepter ?

— Je n'en ai pas la moindre idée, dit Settiniaz avec une totale sincérité.

Un point lui revint :

— Pourquoi cet anonymat si total ? Et cette tenue ? Je hais ce foutu sac !

— Moi, je l'aime bien, dit Reb en souriant. Et je n'ai aucune envie d'avoir ma photo dans les journaux. Pas plus que je ne souhaite avoir une maison, ou quoi que ce soit, en quelque domaine que ce soit.

— Vous valez je ne sais combien de millions de dollars. A vingt-trois ans !

— Allez-vous accepter ma proposition ?

Settiniaz se leva, fit quelques pas dans le salon de l'hôtel Algonquin, revint se rasseoir :

— Vous êtes incroyable !

— Avez-vous vu Georges Tarras récemment ?

— Pas depuis des lunes. Mais je lui ai parlé deux ou trois fois au téléphone.

— Et il ne vous a toujours rien dit ?

— Dit quoi ? Vous m'avez déjà posé cette question et je ne sais toujours pas de quoi il retourne.

Klimrod sortit son passeport :

— Il est faux. Je l'ai fait fabriquer en Argentine et il m'a coûté mille dollars.

— Je comprends maintenant votre crainte de toute publicité, remarqua Settiniaz aussi sarcastiquement qu'il le put.

— Ce n'est pas la seule raison, ni même la vraie raison. Je pourrais me mettre en règle en quelques jours. Il s'agit d'autre chose, et vous devriez le comprendre. David ?

— Allez au diable.

— David, il y a un autre sujet que vous brûlez d'aborder avec moi. Depuis des semaines et des mois. Celui de votre belle-sœur.

Silence. Klimrod contemplait le plafond.

— Je suppose que votre femme aussi doit être dévorée par la curiosité. Plus encore que vous sans doute. Je répondrai donc à cette question que vous ne m'avez pas posée : j'ai revu Charmian très souvent, nous avons même voyagé ensemble, à plusieurs reprises. Nous n'allons pas vivre ensemble.

— Elle n'est même pas aux Etats-Unis.

— Je sais très bien où elle est. Pas d'autres questions, David, je n'y répondrai pas. Pas plus qu'elle ne l'a fait quand votre femme l'a interrogée, et toute la famille Page. A présent, vous devriez vous hâter, rentrer chez vous et y faire votre valise.

— Ma valise ?

Settiniaz se sentait perdu.

— Nous partons pour Londres, cette nuit, David. Puisque vous travaillez avec moi, désormais. Rassurez-vous, je vous ai pris des premières classes.

Et bien évidemment David Settiniaz a gardé le souvenir le plus net de ces heures qu'ils passèrent côte à côte, survolant l'Atlantique, pour le premier des innombrables voyages qu'ils firent ensemble par la suite.

Il se souvient de cette énumération interminable, ahurissante, à laquelle procéda Klimrod, de sa voix lente et calme légèrement voilée par la fatigue, au fil des heures ; Settiniaz découvrant alors que si ces deux hommes qu'il allait baptiser les Chiens Noirs, Lerner et Bercovici, avaient fourni un travail considérable — opérant parallèlement l'un à l'autre sans jamais se croiser — ils étaient toutefois loin d'avoir été les seuls juristes à être intervenus.

Il se souvient de ce sentiment d'irréalité qui par moment le prit, lui faisant rejeter pour inventée et abracadabrante, cette incroyable succession de noms, de compagnies, d'entreprises, de sociétés, dans les domaines les plus divers, à New York City, dans New York State et au-delà, jusqu'à Chicago, Boston et même au Canada, en une accumulation qui en d'autres circonstances aurait pu paraître délirante.

Et Reb Klimrod, chaque fois, citait le nom des hommes dont il s'était servi, par qui il était passé, en qui il avait dans une certaine mesure investi sa confiance. Pour chaque affaire, et il y en avait déjà à cette époque une bonne centaine, il indiquait le montant très exact, à un dollar près, des sommes engagées, les dates, les conditions particulières, les états financiers ; il disait combien il pensait retirer, en tant que bénéfices, de chacune des neuf sociétés de Baltimore, des quatorze de Boston, des vingt-trois de Chicago...

Disait tout cela sans jamais revenir en arrière pour rectifier un oubli qu'il eût commis. Pour cette raison qu'il n'oubliait rien et que tout cela était fantastiquement clair dans son cerveau et dans sa mémoire, fantastiquement classé, fantastiquement accessible, à tout moment, avec une rapidité et une précision extrêmes.

Au cours de ces heures, dans la cabine obscure de l'avion où tous les passagers dormaient sauf Settiniaz et lui, l'avocat ne savait même plus de quoi il devait s'étonner le plus : de la formidable organisation qu'il avait mise en place, de l'énormité des sommes mises en jeu, ou de sa stupéfiante structure intellectuelle. Quels qu'en fussent les signes, *cela* avait un nom : le génie.

Une demi-heure avant l'atterrissage du Constellation à Londres, des doigts se posèrent sur l'avant-bras de Settiniaz. Il ouvrit les yeux et vit l'hôtesse qui offrait du café.

— Nous arrivons, David, dit Reb. Bien dormi ?

— Presque deux heures, répondit Settiniaz avec amertume.

Il but le café, proprement épouvantable. Klimrod occupait le siège à sa droite. Settiniaz se retourna et juste derrière Reb, reconnut le petit Argentin blond, menu, avec ses bizarres yeux jaunes, duquel il ne savait guère que deux choses : son nom, tout d'abord, Diego Haas, et surtout ce que Klimrod en avait dit : « Nous pouvons parler librement devant Diego. »

Haas lui sourit :

— Déjà été à Londres ?

— Oui, dit Settiniaz.

Il avait dans la bouche ce goût amer qui vient quand on est brutalement arraché à un sommeil trop court. Il se massa les globes oculaires puis tout le visage, acheva de s'éveiller. Par le hublot, il reconnut les côtes de Cornouailles. Le jour était levé.

— Il est presque deux heures de l'après-midi, heure anglaise, dit Reb, répondant par avance à la question que Settiniaz s'apprêtait précisément à poser.

« Que diable est-ce que je fais ici ? » pensait Settiniaz avec une amertume touchant à l'abattement pur et simple. « Hier encore, j'étais un jeune avocat de chez Wittaker et Cobb, ma vie était ordonnée, rectiligne, sans surprise, Dieu merci. Et me voilà dans un avion volant pour l'Angleterre, en compagnie de ces deux hommes dont l'un au moins m'inquiète et semble un tueur à gages, ayant tout laissé derrière moi, à commencer par ma femme qui m'a pris pour un dément, hier soir. Nom d'un chien, y a-t-il eu un moment, un seul, où j'ai dit oui ? » Il demanda :

— Je n'ai pas rêvé, cette nuit ? Vous m'avez bien parlé de vos affaires ?

Reb se mit à rire :

— Vous n'avez pas rêvé.

— C'est bien ce que je craignais, dit sombrement Settiniaz.

Il avait presque peur, tout à coup, au souvenir de cette immensité, de cette avalanche dont Reb Klimrod lui avait des heures durant décrit les formes. Il remarqua, acide :

— Vous n'espérez tout de même pas que j'ai gardé des souvenirs précis de tout ce que vous m'avez dit ?

— Sitôt que nous aurons un moment, je vous redonnerai mes listes. Vous les mettrez au clair, à votre idée.

— Un chef-comptable vous serait plus utile.

— En français, on appelle cela se lever du pied gauche, dit Reb, en riant. Non, c'est de toute autre chose que d'un expert-comptable dont j'ai besoin. Vous ne tarderez pas à vous en rendre compte. Le moment venu.

— Il y a bien des documents quelque part ? Des actes, des contrats ? Vous n'avez pas tout conclu en tapant dans la main de ces centaines d'hommes et de femmes ?

— Dans des coffres de banque et chez les divers avocats dont j'ai utilisé les services. Vous allez tout centraliser. David ? Ne vous inquiétez pas, tout ira très bien.

Sous eux se déroulaient à présent, ensoleillés, les doux paysages d'Angleterre.

— Et je vous ai dit aussi ce que nous allions faire à Londres : y acheter un bateau ou deux.

— Des bateaux ?

— Des pétroliers, David.

26

A Londres les attendait un homme appelé Petridis, Nick Petridis, qui se révéla américain, new-yorkais, évidemment d'origine grecque. Plus tard David Settiniaz découvrit que c'était le même Petridis qui avait joué un rôle dans le remembrement de Wall Street.

Sur le moment, il se contenta de l'entendre faire son rapport, dans la voiture qui les avait pris tous, Klimrod, Haas et lui-même Settiniaz, à l'aéroport de Londres.

Petridis dit à Klimrod :

— Les choses se présentent telles que je vous les ai décrites. Je ne reviens pas sur...

— Justement si, dit Klimrod, revenez-y. Depuis le début. David ? Ecoutez, je vous prie. Vous n'êtes pas encore au courant.

— A peu près soixante navires, dit Petridis. De commerce. Dont seize pétroliers. La vente aux enchères de la totalité du lot aura lieu ici à Londres, dans trois jours. D'ores et déjà, on sait que tout ce que le monde occidental compte d'armateurs importants sera là : Onassis, Livanos, Niarchos, Goulandris, Daniel Ludwig, Getty. Plus des Norvégiens, des Britanniques, des représentants de compagnies pétrolières américaines comme la Gulf. J'en passe. La vente aura lieu selon le principe « du gré à gré au plus offrant », dans les bureaux des Affaires maritimes. Chacun fait une offre sous pli cacheté, avec la possibilité de surenchérir de dix pour cent sur l'offre la plus élevée.

— Vous suivez, David ? demanda Klimrod.

— Oui, dit Settiniaz, agacé, mais dans le même temps intéressé et commençant même à ressentir une sorte de curiosité fascinée.

— Je peux poser une question ?

— Toutes les questions, David.

— Vous allez participer à cette vente ?

— Oui.

Les yeux gris brillaient, amusés.

— Oui et non, David. Je n'y prendrai pas part moi-même, mais par personne interposée.

— Moi, dit Settiniaz dans une illumination.

— Vous. Sauf si vous refusez de le faire. Vous n'êtes pas à Londres pour cela. Disons que je mets simplement à profit votre présence.

— Et si je n'avais pas été là ?

— Nick y serait allé. D'ailleurs, rien n'empêche que vous y alliez ensemble. On peut continuer. Nick, poursuivez, je vous prie...

— Les propriétaires de la flotte qui sera mise en vente, maintenant, dit Nick Petridis. Ces propriétaires sont une famille, de nationalité britannique mais d'origine roumaine, les Major — forme anglaise de leur véritable nom, Maiorescu. Il faut connaître leur histoire, qui n'est pas banale. Une partie du clan a quitté la Roumanie en 1907, lors d'une révolte paysanne qu'ils ont eue là-bas ; elle est venue s'installer en Grande-Bretagne, a pris la nationalité britannique. Le reste des Maiorescu est resté à Bucarest et Constanza. Et c'est là que ça se corse. En août 1944, les Russes entrent en Roumanie. Dans les ports roumains, il y a bien quarante navires qui sont aux Maiorescu, à celui qui est le chef incontestable du clan, Costache Maiorescu, et à ses deux frères, Ion et Nichifor. Ils ont immédiatement senti le vent et commencé à faire appareiller leur flotte, direction Londres, Rotterdam, Marseille. Mais les Russes sont là. Costache et ses frères sont bloqués. Ils réussissent encore à faire filer, non seulement leurs derniers bateaux, mais encore tous les Maiorescu, femmes et enfants, se trouvant encore en territoire roumain, mine de rien, en se constituant eux-mêmes comme otages, en paradant dans les administrations, histoire de détourner l'attention de Vychinski et des communistes roumains. Ça ne traîne pas : quand on découvre le pot aux roses, Costache et ses frères sont jetés en prison. Ils y sont encore. On ne sait même pas où. Peut-être en Union soviétique.

La Daimler noire approchait de Hyde Park. Reb Klimrod ne semblait pas écouter Petridis. Il avait ouvert un livre sur ses genoux et lisait, tournant les pages avec une rapidité proprement stupéfiante. Settiniaz avait reconnu le livre : *Dix jours qui ébranlèrent le monde,* de John Reed.

— Les Maiorescu, pardon les Major de Londres, ont tout tenté, depuis six ans, pour faire libérer le chef du clan et ses deux frères. Bucarest n'a même pas pris la peine de répondre. Sauf une fois, disant : « Ramenez tous les bateaux sur la mer Noire et nous en reparlerons. »

La Daimler s'engagea dans Park Lane.

— Bulletin d'information terminé, dit Nick Petridis en souriant sous sa moustache noire de joyeux pirate.

La Daimler s'arrêta devant le Dorchester. Reb Klimrod souriait :

— A quoi vous attendiez-vous, David ? A ce que je loue une chambre pour nous quatre dans Whitechapel ? Vous allez prendre rang dans une assemblée de milliardaires, en vue de vous porter acquéreur d'une flotte de soixante navires. Il faut une adresse digne de vous.

Ils pénétrèrent dans l'hôtel. Les deux suites avaient été retenues aux noms de David James Settiniaz et Nicholas H. Petridis, tous deux de New York. Rien au nom de Klimrod ou même Haas (ce dernier ayant d'ailleurs faussé compagnie au groupe, parti pour une destination inconnue). Des valets impassibles et un rien cacochymes, sortis des murs comme les fantômes d'Oscar Wilde, transportèrent religieusement les valises. Settiniaz se retrouva dans le salon de son appartement, seul avec Klimrod, qui se mit à contempler les frondaisons verdoyantes de Hyde Park sous les fenêtres. Klimrod dit lentement :

— Je suis venu à Londres, pour la première fois, en 1937. J'avais neuf ans. C'est une ville que j'aime beaucoup. Allez-y, David, posez-les donc, ces questions...

— Vous n'avez pas vraiment l'intention d'acheter tous ces navires, n'est-ce pas ?

— Evidemment non. Contre ces armateurs grecs, tous plus ou

moins alliés les uns aux autres, beaux-frères ou neveux ou oncles, contre un Ludwig ou un Paul Getty, je ne fais pas le poids. Pas encore.

— Quel est le but de la manœuvre ?

— Je vous répondrai plus tard, je vous prie de m'en excuser. Ce n'est pas de la défiance, David, mais je ne suis encore sûr de rien.

— Et mon rôle ?

— Vous allez réellement essayer d'acquérir ces bateaux. Au nom d'une société, que je me suis permis d'appeler la Diana Marine Company. J'espère que vous n'y voyez pas d'offense. A force de créer des sociétés, certains jours, j'ai du mal à leur trouver des noms. Nick vous fournira tous les documents. A propos de Nick, justement : je vous recommande la discrétion. Il sait que j'ai fait certaines opérations immobilières à Wall Street, il ignore la plupart d'entre elles. Il n'a aucune idée sur ce que je peux faire par ailleurs. Je pense même qu'il me croit le représentant de quelqu'un, ou d'un groupe, pourquoi pas cette mafia à laquelle vous-même avez pensé. Je voudrais qu'il continue d'en être ainsi. Vous savez d'ores et déjà cent fois plus de choses qu'il n'en saura jamais, et un jour viendra où le rapport sera d'un million contre un, en votre faveur toujours. Vous êtes au-dessus de lui, David, et vous le serez toujours davantage.

— Dois-je l'espionner ? demanda Settiniaz avec causticité.

Le regard gris resta insondable :

— Et pourquoi pas, David ? Je n'ai pas et n'aurai jamais en un Nick Petridis, ou quiconque, la confiance que je peux et pourrai avoir en vous. Les choses sont ainsi.

— Vous vivez dans un univers plutôt glacé.

Silence. Puis Reb hocha la tête :

— Peut-être ne m'a-t-on jamais laissé le choix. Ou peut-être suis-je ainsi de naissance.

Et soudain, il sourit :

— Si nous parlions de ce qui nous amène à Londres ?

— Je vais donc faire une offre sous pli cacheté ?

— Exactement. Sauf si vous laissez opérer Nick tout seul. Encore une fois, je ne vous ai pas demandé de m'accompagner pour que vous me serviez d'homme de paille. Je ne vous le demanderai jamais, d'ailleurs.

— Pourquoi, alors ? Pour surveiller Petridis ?

— Ce pourrait être une première raison. Mais pas la véritable. Je vous ai fait une proposition, à l'Algonquin. Si vous l'acceptez, ce que j'espère et n'avez pas encore fait, vous serez le seul homme au monde, en dehors même de ce que pourront jamais savoir un Georges Tarras ou un Diego Haas, à connaître tout, ou presque, de mes affaires. Voici la vraie raison de votre venue à Londres, David. Dans l'avenir, toujours dans l'hypothèse où vous me dites oui, vous serez constamment en retrait, quasi dans l'ombre. Je sais que cela correspond à votre nature, à vos goûts, à vos qualités, qui sont infiniment plus grandes que vous ne le soupçonnez vous-même. Mais je souhaiterais qu'une fois au moins, vous vous trouviez en première ligne, sur le front. Je pense avoir été clair, David.

Il souriait, avec ce même sourire extraordinairement chaleureux qu'il avait déjà eu une fois.

Settiniaz s'assit dans l'un des fauteuils. Il se sentait une nouvelle fois perdu, misérable, emporté par un torrent, et tout en même temps, bouleversé par une exaltation étrange qui pour un peu eût empli ses yeux de larmes, et qui, précisément, le mettait dans un embarras extrême. Il n'avait pas l'habitude de tels débordements. Il finit par dire :

— Dois-je donner une réponse tout de suite ?

— Certainement pas. Rien ne presse. J'attendrai le temps nécessaire.

Silence. Settiniaz demanda :

— Et vous, qu'allez-vous faire pendant que je ferai semblant de vouloir vraiment acheter ces navires ?

— Je voyagerai avec Diego.

— Pour d'autres affaires, ou pour celle-ci ?

— Pour celle-ci. Il se mit à rire : « Et pour d'autres. J'aime assez faire plusieurs choses en même temps.

— Je suis sûr que ma question est d'une épouvantable naïveté, mais je la poserai tout de même : ce que vous allez entreprendre, que vous avez sans doute déjà entrepris, est-il ou sera-t-il illégal ?

— En aucune façon. Et j'ignore si je vais ou non réussir. C'est une opération... assez particulière. Mais certainement pas illégale ou immorale.

A nouveau le silence. David Settiniaz le regardait, tout à fait incertain quant à ses propres sentiments :

— Vous êtes tout à fait sûr que je vais accepter, n'est-ce pas ?

— En quelque sorte, répondit Reb Klimrod en souriant de plus belle.

— Nom d'une pipe, dit en français David Settiniaz, vous m'exaspérez, à certains moments, d'une façon incroyable ! D'accord : jusqu'où dois-je aller, dans ces enchères ?

— Une livre et six pences. Par bateau, bien entendu.

Les prunelles gris clair ourlées de longs cils sombres avaient — aux yeux de David Settiniaz du moins — une lueur diabolique. Mais extrêmement amusée.

27

Il faisait nuit quand, le même jour, Reb Klimrod et Diego Haas débarquèrent à l'aéroport de Paris.

Comme convenu, les deux hommes se séparèrent, Reb ne disant pas où il allait et Diego allant où Reb lui avait dit d'aller. Diego alla à l'hôtel George V. Il s'y fit annoncer et très vite se trouva en présence de deux créatures de sexe très évidemment féminin, de nationalité probablement française, de mœurs indubitablement légères.

— Qu'as-tu encore inventé, espèce de voyou ? demanda l'homme assis entre les deux créatures.

— Méfiez-vous de la blonde, répondit Diego également en espagnol. C'est un homme travesti.

L'angoisse se fit jour dans les yeux de son interlocuteur :

— Tu es sûr ?

— Je disais ça pour rire, dit Diego en embrassant la blonde sur les lèvres. Bonjour, oncle Oswaldo. Comment va Mamita ?

— Ta mère, autrement dit ma sœur, est folle de douleur, de rage, de désespoir et de honte. Elle t'a cru mort pendant des semaines, jusqu'à ce que tu te décides à lui envoyer cette carte postale de Québec.

— Montréal, corrigea Diego d'une voix étouffée (il avait sa tête sous les jupons de la blonde pour parer à toute éventualité).

— Que faisais-tu au Canada ? C'est plein d'ours et de neige.

— Des affaires, dit Diego rasséréné (la blonde n'était pas un homme). Et à propos d'affaires, vous m'avez obtenu ce rendez-vous pour demain matin ?

— *Claro que si,* dit oncle Oswaldo.

C'était un homme d'une bonne cinquantaine d'années, qui avait le même nez busqué, les mêmes yeux, la même bouche que sa sœur aînée, mais ces mêmes traits du visage qui chez Mamita proclamaient une volonté impérieuse et définitive, s'étaient chez lui amollis au fil des années. Et quoique fort riche, d'une fortune qu'au vrai il s'était contenté de recueillir par héritage, il était, selon Diego, presque intelligent. Il dévisagea son neveu en faisant tout son possible pour paraître autoritaire :

— Que diable vas-tu fabriquer avec toutes ces choses surprenantes ?

Diego sourit, du double soleil flamboyant de ses yeux :

— Est-ce que je vous demande ce que vous allez faire de ces señoritas ? Quand êtes-vous arrivé à Paris ?

— Avant-hier, dit oncle Oswaldo.

— Vous l'avez rencontrée, avant de quitter Buenos Aires ?
— Ta mère ?
— Non, dit Diego avec patience. Non, pas Mamita. *Elle.*
En l'occurrence Eva Duarte — plus connue comme Eva Perón — qu'oncle Oswaldo avait fait engager, des années plus tôt, comme journaliste à Radio Belgrano, où il avait quelques intérêts.
— Oui, dit oncle Oswaldo. Je l'ai vue. Je lui ai répété tout ce que tu m'avais demandé de lui dire et elle m'a dit d'accord.
— Avec tout ce que vous lui versez pour ses foutues prétendues œuvres sociales, il n'aurait plus manqué qu'elle vous dise non. Et la lettre ? Le Gugusse l'a signée ?
— Diego, tu parles de notre Président bien-aimé et de la femme la plus admirable du siècle.
— Mon cul, dit Diego, le nez à présent enfoui dans le corsage de la blonde.
— Il a signé. Mais si ta mère savait que je t'aide, ou simplement que je t'adresse la parole, elle m'arracherait les yeux.
La tête de Diego — et le reste — s'ouvraient un passage dans les dentelles froufroutantes. Sa voix en fut de nouveau étouffée :
— Et si ma tante Mercedes savait ce que vous faites avec cette brunette, c'est autre chose, qu'elle vous arracherait.
Il retrouva Reb Klimrod le lendemain vers midi.

En compagnie de Reb se trouvait un homme de haute taille, presque aussi grand que Klimrod, aux grands yeux noirs profonds et tristes, dont une sorte de voile atténuait l'éclat en permanence, volontairement à l'évidence, ne fût-ce que pour dissimuler partie de la formidable tension intérieure habitant le personnage, assez inquiétant au demeurant.
— Ton copain a l'air d'un poseur de bombes anarchiste, dit Diego à Reb en espagnol. Et il a tout l'air d'être habillé par un fripier.
— Je comprends ce que vous dites, dit l'homme. Je comprends et parle l'espagnol.
— L'anglais aussi ? demanda Diego nullement désarçonné.
— L'anglais aussi.
— Et le lapon ? Vous parlez le lapon ?
— Tais-toi Diego, s'il te plaît. Diego Haas, Bunim Anielewitch, dit Reb Klimrod faisant les présentations. Tout est réglé, Diego ?
— Oui. Et je me tais.
Diego Haas pour ce qui le concerne ne sut jamais qui était au juste Anielewitch, quelle sorte de poste il occupait à l'ambassade de Pologne à Paris — si même il était vraiment à l'ambassade —, et pas davantage comment, où et quand Reb et le Polonais s'étaient connus. En fait, ce fut Tarras, le premier, qui établit un rapprochement entre

l'Anielewitch de Paris en 1950 et celui de Nuremberg, en avril 1946, avec qui le jeune Klimrod avait opéré au sein du groupe Nakam.

— Assieds-toi, Diego. Nous n'en avons plus pour longtemps.

Les deux hommes se remirent à parler en polonais, ou en yiddish (ce qui pour Diego ne faisait pas une grande différence, il ignorait également les deux langues, quoique capable de comprendre quelques mots de la deuxième, par sa ressemblance avec l'allemand). L'endroit où Haas avait rejoint Klimrod était un petit café aux abords de la place de la Nation, dans le douzième arrondissement de Paris, quartier où il n'avait jamais mis les pieds jusque-là. Le soleil et le ciel clair qu'ils avaient eu à leur arrivée à Londres s'étaient transformés, à Paris, en un temps maussade et gris, assez froid. Après une vingtaine de minutes que Diego passa à déchiffrer un journal français, parlant notamment d'une guerre en Corée et d'une autre en Indochine, Reb dit :

— On y va, Diego.

— J'ai faim. Je me tais toujours mais j'ai faim.

— Nous mangerons quelque chose à l'aéroport.

Reb l'entraîna, héla un taxi. Juste avant de monter dans le véhicule, Diego Haas se retourna : l'homme appelé Anielewitch était resté assis, les regardant partir de ses inquiétants yeux noirs. Très soudainement, et sans raisons très explicables, Diego eut un frisson qui ne devait rien au froid.

L'avion qu'ils prirent tous deux, Reb et lui, au début de l'après-midi de ce 29 décembre 1950, les amena à Copenhague, puis après une courte escale, à Helsinki en Finlande. Leurs passeports argentins n'attirèrent guère que des sourires, on ne voyait pas tellement d'Argentins, dans le Nord de l'Europe.

Diego se rappelle surtout qu'il grelotta horriblement pendant tout le trajet jusqu'à leur hôtel, qui était non loin d'une espèce de cathédrale toute blanche avec des dômes verts. Ensuite, il n'eut plus guère le loisir de se préoccuper d'autre chose que de ce que faisait ou disait Reb Klimrod.

Car à Helsinki, évidemment par le résultat d'un plan très minutieusement agencé, trois hommes les attendaient. Le premier s'appelait Harlan, il avait dans les soixante-dix ans et se révéla irlandais (de la république) ; le deuxième était russe, et de haut rang, avec des yeux très pâles et parfaitement glacés — il se nommait en principe Fedorov ; le troisième — que Diego rencontrait pour la première fois — était Georges Tarras.

— Vous vous mettez tout nu et vous vous fouettez, dit Georges Tarras à Diego.

Il éclata de rire devant la mine éberluée du petit Argentin · « Vous n'avez donc jamais essayé un sauna ?

— Chez nous en Argentine, dit Diego, même les vaches en ont un Il leur suffit de rester au soleil.

Se déshabillant tout à fait, il pénétra dans la cabane. La chaleur suffocante le fit tituber. Il s'assit sur le bat-flanc, pensant : « Un peu d'huile, de sel, de poivre, plus un bouquet garni et dans trois minutes, je serai cuit à point. J'espère que ces types aiment la viande saignante. » Il observa son compagnon :

— Américain ?

— Oui. Tarras souriait : « Vous ne comprenez rien à ce que Reb est en train de faire, n'est-ce pas ?

— Je ne comprends jamais rien à ce que fait Reb, de toute façon. Et on se fouette avec ces machins ?

— Ce sont des branches de bouleau. Allez-y franchement. Je peux vous appeler Diego ? Reb m'a parlé de vous.

Diego attendait. L'homme capable de l'interroger, de le faire parler sur Reb, n'était pas encore né et ne naîtrait jamais. Il se mura

Tarras dit :

— Rassurez-vous, je ne poserai aucune question. Au contraire. Reb m'a demandé de vous mettre au courant, pendant qu'il s'entretient lui-même avec Harlan et le Russe. Vous savez qui est Harlan ?

— Je ne sais rien, dit Diego. Rien de rien. Un vrai miracle.

— Harlan est, disons un révolutionnaire de profession. Il a été dans l'Irish Republican Army, notamment, en compagnie d'un homme appelé Lazarus... ou O'Shea, selon les jours. Des noms familiers ?

— Non, dit Diego. Je ne connais personne.

— Harlan a également fait la révolution ailleurs qu'en Irlande. Je résume : il a été très proche d'un dénommé Oulianov, plus connu sous le nom de Lénine. Vous avez entendu parler de Lénine ?

— HA HA, dit Diego.

— Harlan est aussi l'un de mes très vieux amis. Pure coïncidence J'ai mis Harlan et Reb en contact et Harlan va permettre à Reb de tenter une opération qu'il a lui-même imaginée mais sur laquelle je ne parierai pas... — Tarras s'interrompit pour cingler énergiquement la poitrine et les épaules de Diego — ... n'ayez pas peur de frapper, mon vieux !... sur laquelle je ne parierai pas dix *cents*. Diego, vous savez où Reb veut en venir ?

— Non.

— Vous le savez très bien. Reb veut acquérir ces pétroliers, il y en a seize, de la flotte Major, ou Maiorescu. S'il suit la filière normale, celle de la vente aux enchères de Londres, il n'y parviendra pas. Même s'il avait les millions de dollars immédiatement disponibles, ce qui n'est pas le cas, n'importe lequel de ces Grecs, ou bien Ludwig, ou Getty, un groupe norvégien ou britannique battrait son enchère de dix pour cent. Il n'a aucune chance.

— Ah ? dit Diego, parfaitement déterminé à ne rien dire à quelque propos que ce fût. Dans l'état où il était, on lui aurait demandé s'il était homme ou femme, il aurait hésité à répondre.

— Reb a essayé d'acheter des pétroliers. En son nom, ces derniers mois, j'ai parcouru le monde Il fut un temps, immédiatement après la guerre, où l'on pouvait s'acheter un pétrolier pour le prix d'une Rolls. Cela ne valait même pas son poids de ferraille. Les Grecs et Ludwig et d'autres en ont racheté ainsi par centaines. Ces temps heureux sont passés, jeune Diego. La seule solution aujourd'hui pour en trouver est d'en faire construire. Reb a essayé, cela aussi. Je suis allé en Suède, en Norvège et en Allemagne, rendre visite aux chantiers navals. Cela n'a pas marché, on a refusé. Vous savez pourquoi ?

— Allez savoir, dit Diego.

— Parce que ces Grecs sont passés avant nous. Les chantiers Bloem et Howaldtwerk de Kiel travaillent pour Onassis, notamment. Parce que faire construire un pétrolier est un investissement à long terme que Reb ne peut pas se permettre dans la situation présente. Parce qu'aucune banque n'a accepté d'avancer de l'argent à Reb. Les banquiers veulent bien lui avancer des millions de dollars par dizaines, mais pas pour des pétroliers. Les risques sont trop grands, selon les banquiers. Diego, sachez une chose : un banquier ne vous prête de l'argent que dans la mesure où vous n'en avez pas besoin. Si vous avez vraiment besoin d'argent, c'est que vous êtes dans une situation désespérée. Et si vous êtes dans une situation désespérée, vous n'intéressez pas un banquier. Ou alors il s'agit d'une banque nationalisée. D'accord, Diego, je veux bien que vous me fouettiez, mais tenez la branche par l'autre bout, s'il vous plaît.

— Excusez-moi, dit Diego, suave.

— Reb pense que le monde va avoir besoin de pétroliers. L'Europe notamment. L'Europe consomme actuellement soixante-dix millions de tonnes de pétrole par an. Reb pense que la consommation va augmenter, que le prix du pétrole va augmenter, que donc les prix du transport du pétrole vont augmenter Vous me direz... non, vous ne dites pas grand-chose, pour être franc... vous me direz qu'il n'est pas le seul à le penser, que les compagnies pétrolières le pensent aussi. Vous me demanderez — je lis la question dans vos yeux jaunes, dans le brouillard et les vapeurs, si, si, la curiosité vous dévore visiblement — vous me demanderez pourquoi les compagnies pétrolières ne constituent pas elles-mêmes ces flottes dont elles savent pourtant avoir besoin, et préfèrent aider au développement des flottes privées. Vous me le demandez, Diego ?

— Jamais de la vie.

— Je vous répondrai en vous disant que les compagnies pétrolières préfèrent laisser ce soin aux Grecs, aux Norvégiens et à n'importe qui parce qu'investir dans une flotte est tout de même risqué, il n'y a rien de plus coûteux qu'un navire qui reste à quai, et parce qu'elles-mêmes sont engagées dans d'énormes programmes d'investissements en matière de prospection et de raffinage. Une raffinerie, mon cher Diego, vaut actuellement le prix de cinq pétroliers T 2. Vous savez bien sûr ce qu'est un T 2 ?

— Ceux qui ont deux rames de chaque côté.

— C'est un navire de seize mille tonnes tel que celui qui a été utilisé par l'U.S. Navy pendant la guerre. Arrêtez de me fouetter, s'il vous plaît. Nous allons sortir dans la neige pour nous y rouler.

— NOOOOOOON ! hurla Diego Haas terrorisé.

Mais là-dessus, rien à faire, deux Finlandais gigantesques surgirent, le prirent en poids et, très effectivement, le jetèrent méchamment dehors dans la neige glacée.

— A Moscou, demain, ricana Tarras lui-même assis cul nu dans la froidure, vous serez ainsi presque acclimaté, mon bon.

— Le 16 novembre 1917, dit Harlan, sur la perspective Zagorodny vers sept heures, j'ai vu passer deux mille gardes rouges qui chantaient *La Marseillaise.* Leurs étendards rouge sang flottaient dans le vent noir de la nuit glacée.

— Très bien, dit Reb Klimrod.

Harlan le fixa d'un œil féroce :

— Vous avez lu le livre de Reed, *Dix jours qui ébranlèrent le monde ?*

— Non, dit Reb.

Harlan hocha sauvagement la tête :

— Vous m'auriez répondu oui, je vous jure que je vous plantais là, vous et votre histoire idiote.

— Je l'ai échappé belle, dit Reb avec une grande placidité.

— John Reed n'était qu'un amateur, un faiseur. Et il était américain ! Que pouvait-il comprendre ? Quand je pense qu'ils l'ont enterré dans les murs du Kremlin ! Tout ça parce que cet idiot a pris le typhus ! C'eussent été les oreillons, il serait mort dans son lit à Fergus Falls Minnesota en bénissant ses actions de la General Motors. A côté de ce que j'ai fait, moi !

En retrait quelques pas en arrière, Fedorov souriait dans le vide. Son regard de banquise restait sur Klimrod et Diego Haas, comme s'il eût craint de les voir s'envoler tout à coup. Et trois hommes suivaient un peu plus loin, l'air faussement indifférent, si caractéristique, des policiers en filature. Le groupe marchait dans la rue Gorki, à Moscou. Deux heures plus tôt, l'Illyouchine copié sur le D.C. 4, venu d'Helsinki, avait atterri sur le sol moscovite. Le froid était très vif mais pas désagréable, il y avait des traces de neige mais le ciel était bleu, faisant étinceler les dômes colorés de Saint-Basile. Une file très sage s'était formée devant le mausolée de Lénine. Harlan marchait à sa guise, menant le peloton, et parlait de même :

— J'ai rencontré Iossif[1], disait-il, quand il était encore commissaire aux nationalités, à Petrograd. Avant, il était codirecteur de la *Pravda,* avec Leo Kamenev. Vous n'avez pas connu Leo ?

— Pas vraiment, dit Reb.

Deux Pobieda noires approchaient lentement. Harlan continuait à dévider ses souvenirs. Les deux voitures stoppèrent le long du trottoir, leurs chauffeurs descendirent, ouvrirent les portières. Dans le même temps, les hommes de la M.G.B., ministère de la Sécurité d'Etat, se rapprochèrent soudain. « O Mamita, pensait Diego, si tu voyais ton fils chez les Rouges ! » Harlan monta avec Fedorov dans le véhicule de tête, Diego avec Klimrod prit place dans le deuxième. Les fenêtres étaient voilées de rideaux. Diego souffla en espagnol : « Nous allons ressortir de ce pays, Reb ? » Il allait poursuivre quand il croisa le regard de l'un des policiers montés avec eux. « Parle anglais », dit Reb.

On roula quinze à vingt minutes, très lentement. Il y eut un premier arrêt, un premier contrôle, sous un porche. On repartit, pour ne guère rouler que quelques dizaines de mètres. Cette fois, Fedorov apparut, les invitant à descendre dans un anglais lent mais correct. Levant la tête, Diego vit qu'ils étaient dans une vaste cour intérieure d'immeuble, glaciale à tous égards, et il y avait un peu partout des gardes en civil. Nouveau contrôle, ce coup-ci à l'intérieur d'un hall d'où partait un grand escalier. Commença alors une discussion, que Diego ne put suivre : entreprise en russe et opposant Fedorov à Harlan, elle se déroula, curieusement, en polonais, avec la participation de Reb.

Qui finit par dire :

— Diego, un seul d'entre nous est autorisé à monter voir le ministre. Tu restes là et tu attends.

— Ne tarde pas trop.

Avec une véritable peur au ventre, il vit partir Reb, Harlan et Fedorov, et un quatrième homme. Ils s'engagèrent dans l'escalier et y disparurent. Lui-même finit par s'asseoir sur la chaise qu'on lui offrit et la seule fois où il voulut se lever pour faire quelques pas, on lui fit expressément comprendre qu'il lui valait mieux rester où il était.

Après peut-être une heure, un grand remue-ménage se fit en haut, on s'agita en tous sens, avec une nervosité évidente. En haut des marches, un homme replet, à lunettes, apparut, descendit. Avant qu'il ne parvînt à la hauteur de Haas, trois hommes s'interposèrent entre l'Argentin et l'inconnu. Celui-ci passa, jeta un coup d'œil rapide et sortit, au milieu de la foule pétrifiée. Il prit place dans une grosse voiture et s'en alla.

Deux autres heures s'écoulèrent encore et Diego s'imagina en Sibérie, traînant un boulet à chaque pied, ou bien les yeux brûlés au

1 Iossif Vissarionovitch Djougachvili, plus connu sous le nom de Staline.

fer rouge tel Michel Strogoff. C'était surtout le faux passeport de Reb, qu'il avait lui-même fait fabriquer, qui le préoccupait.

... Mais Reb, Harlan et Fedorov réapparurent enfin. Le visage de Reb était impassible. Il dit aussitôt à Diego :

— Pas maintenant, tais-toi.

Dehors, la nuit était tombée et s'éclairaient les très pauvres lumières de Moscou. Vint un moment où Diego se retrouva enfin seul avec Reb dans l'une de leurs chambres à l'hôtel Métropole. Diego allait parler...

— Toujours pas, dit Reb. Tais-toi.

Et ainsi de suite. Ils passèrent la soirée avec Harlan et Fedorov, le premier buvant aussi sec que le second, l'un et l'autre sans en paraître le moins du monde incommodés. Ils dînèrent rue Gorki, dans un restaurant appelé l'*Araqvi.* Ils regagnèrent le Métropole.

— Parle-moi de ton oncle Oswaldo et de toutes ces propriétés qu'il a chez nous en Argentine, dit Reb.

Façon de signifier : *et ne me parle de rien d'autre.*

Le lendemain, même comédie : voitures à rideaux tirés, escorte, attentes interminables matin et après-midi dans des antichambres pour Diego Haas, tandis que Reb Klimrod et Harlan, constamment cornaqués par Fedorov, semblaient visiter un à un tous les ministères de Moscou...

Le lendemain était le 31 décembre. Dans la soirée, ils reprirent l'avion pour Helsinki. Et ce fut là seulement, marchant à l'abri de toute oreille indiscrète sur la vaste esplanade Rautatiori encombrée de tramways, que Reb Klimrod dit en souriant :

— Tu n'as rien compris, bien entendu ?

— Comment s'en étonner ? dit Diego amèrement. Je boude. Reb ? Nous sommes vraiment allés chez les Popoffs ? C'est un cauchemar que j'ai fait, hein ?

— Nous y sommes allés.

— Qui était ce type à lunettes avec des yeux terrifiants ?

— Lavrenti Beria.

— *Madre de Dios,* dit Diego. *Le* Beria ?

— Oui.

— Et tu lui as parlé ?

— Oui. Et pas seulement à lui, Diego. A Staline, et j'ai même obtenu ce que je voulais.

Il prit le bras de son ami argentin.

« Et c'est extrêmement simple, Diego. Il y a tout d'abord ce blé pour l'exportation duquel ton oncle Oswaldo a obtenu l'accord du président Perón, par l'intermédiaire de ton amie Evita. Nick Petridis, ou plus exactement son frère Tony le fera charger sur ce cargo qui est à moi, et sur d'autres. Tu me suis ?

— En titubant.

— Le blé arrivera en Union soviétique, dans un port de la mer

Noire. En échange du blé : des tableaux, des peintures de Lanonov, des Malevitch, Tatline, Lissitzky, Rodchenko, Yankilievski, deux Natalia Gontcharova, trois Kandinsky, trois Chagall, deux Rabine, des Sobolov. Et d'autres. On m'a même promis, en prime, des Cézanne et des Matisse, sans parler de deux ou trois Picasso, qui avaient été achetés par Sukin et Morosov, les deux marchands de tableaux que tu connais sûrement, avant que Lénine aidé par Harlan ne déclenche le Grand Soir. Mais il ne tiendra pas cette dernière promesse, Diego.

— Non ?

— Non. Il a beau avoir le plus profond dégoût pour la peinture décadente-pourrissante-occidentalo-capitalo-impérialiste, il n'est pas idiot, il s'en faut et il se trouvera bien quelqu'un pour lui dire — peut-être, ce n'est pas sûr, ils sont tous terrifiés par ce vieil homme malade — qu'un Cézanne ou un Picasso valent de l'or, pour nous autres crétins de l'Ouest. Diego, il m'a tout de même fait donner, donner personnellement, un Niko Pirosmanschivili, un peintre qui était géorgien comme lui, et comme Georges Tarras d'ailleurs...

Diego regardait Reb. Il ne connaissait aucun de tous ces noms cités par Klimrod en une crépitante énumération. Sauf à la rigueur Chagall ou Kandinsky, et bien sûr Cézanne, Matisse et Picasso. Et encore. Diego ne savait à peu près rien, s'agissant de peinture, et cela l'indifférait à l'extrême. Mais il connaissait son Reb Klimrod, et ses silences, voire son mutisme total pendant des semaines sinon des mois et, tout d'un coup, ses fiévreuses flambées de passion — comme celle-ci en ce moment même — quand un sujet l'éveillait soudain et le faisait alors parler pendant des heures. Diego ne chercha d'aucune façon à l'interrompre. Après tout, c'était en de tels moments, par la révélation du bouillonnement qu'il avait en lui, sous la surface tranquille de son impassibilité, que Reb redevenait vraiment humain. Reb parla donc et Diego se tut, tandis qu'ils marchaient interminablement dans les rues glacées et rectangulaires d'Helsinki, dessinée en échiquier dans son centre géométrique de ville à la russe.

Reb finit par sourire : « Diego ?

— Oui, Reb.

— Je t'ennuie, hein ?

— Quelle idée ! dit Diego saupoudrant son ton de juste ce qu'il fallait de sarcasme. Il demanda :

— Et qu'allons-nous faire de toutes ces toiles ? Ouvrir une galerie ? Nous pourrions le faire, installer des tréteaux sur la Cinquième Avenue, sur Regent Street, sous les arcades de la rue de Rivoli, ou à Buenos Aires, rue Junin devant le Cosmopolitan, ou encore à Tamanrasset ou Oulan-Bator et nous les vendrons aux passants. Grâce à quoi, nous pourrons payer son blé à l'oncle Oswaldo, à condition qu'il accepte des traites sur soixante-quinze ans.

— Non.

— On ne va pas faire ça ?

— Non. J'ai déjà un acheteur, Diego. Aux Etats-Unis. En échange des toiles, elles-mêmes échangées contre le blé, cet acheteur livrera une usine de textile toute montée, techniciens compris, en quelque sorte clés en main, qui sera installée en Argentine. Et contre cette usine, le gouvernement de ton pays s'engagera à des accords avec l'Union soviétique, pour des livraisons régulières de blé.

— Est-ce simple ? tout s'éclaire, dit sombrement Diego. Et je suppose qu'en guise de commission, pour toutes ces transactions dont tu es l'instigateur énigmatique, tu recevras seize pots de peinture, rouge bien entendu, pour repeindre les cheminées des pétroliers que tu ne pourras pas de toute façon acheter aux enchères ?

Reb éclata de rire, ce qui était très exceptionnel et marquait bien à quel point, pour une fois, il s'abandonnait à la griserie du triomphe.

— Diego, c'est vrai, nous allons toucher une commission des Argentins, sur cette opération et les autres, même si ces livraisons de blé argentin à l'Union soviétique devaient durer trente ou quarante ans. Mais j'ai demandé autre chose et à l'heure actuelle, je l'ai obtenu. C'était la raison d'être des messages que j'ai reçus à l'hôtel, en arrivant à Helsinki : il y a deux heures, Costache, Ion et Nichifor Maiorescu ont débarqué à Zurich. Demain, ils seront à Londres, dans leur famille. Et Costache est d'accord, la famille de Londres est d'accord : je ne serai pas pulvérisé dans les enchères par un Grec ou quelqu'un d'autre pour cette simple raison que les seize pétroliers seront retirés du lot proposé par les Major pour la vente au gré à gré. Avant celle-ci. Les pétroliers me seront vendus séparément. Et je les paierai avec l'argent qui m'est prêté par l'homme à qui je fournis toutes ces toiles, qui est un collectionneur fanatique mais qui est aussi l'un des principaux actionnaires de l'Urban Life, cette compagnie d'assurances à qui j'ai vendu le 40 de Wall Street. Allons dîner, Diego, Georges Tarras nous invite pour fêter l'an neuf. Et nous ne repeindrons pas les cheminées des pétroliers en rouge : c'est la marque de Niarchos. En vert non plus, d'ailleurs. Les ponts peints en vert, c'est Onassis. J'ai très faim, Diego, vraiment très faim.

Georges Tarras avait à jamais quitté Harvard et sa chaire. Il allait pouvoir passer le plus clair de son temps à fouiller dans les livres et à écrire, au lieu d'ânonner, année après année, le même cours à peu de chose près. Sa femme Shirley elle-même l'avait poussé à dire oui, non seulement parce qu'il trouvait à ce changement des avantages financiers importants (Klimrod lui avait offert cinq fois son traitement de professeur et, pour gage de sa solvabilité lui avait proposé le versement par avance de dix annuités), mais aussi parce qu'elle avait elle-même pour Reb un sentiment disait-elle maternel.

A ses pérégrinations scandinaves et germaniques auxquelles s'ajoutaient des recherches sur la côte atlantique américaine, dans le but de trouver des pétroliers à acheter, Georges Tarras avait pris grand plaisir. Il avait alors cinquante et un ans, avait enseigné presque un quart de siècle et hormis son temps de guerre, passé en Autriche et au procès de Nuremberg, il n'avait pas trop pris l'air, allant des livres qu'il lisait à ceux qu'il écrivait lui-même, avec d'ailleurs une absence de succès qui ne l'affectait pas le moins du monde.

De tous les hommes ayant connu Reb Klimrod, il fut le plus lucide et celui qui eut pour lui l'amour le plus naturel : celui d'un père, ne revenant jamais sur ce choc affectif qu'il avait éprouvé à Mauthausen, en mai 1945, à la vue du garçon ressuscité d'entre les morts.

28

D'Helsinki où ils ne passèrent qu'une nuit à leur retour de Moscou, Klimrod, Tarras et Diego étaient aussitôt repartis pour Londres. Ils y furent pour le déjeuner, « qui ne valait vraiment pas la peine de courir ventre à terre depuis la Finlande », note Diego. L'après-midi du même jour, le 1er janvier, ils rencontrèrent Costache Maiorescu, petit homme sec qui serra d'abord sans un mot, longuement, la main de Reb Klimrod et exprima ensuite, dans un anglais un peu rouillé, sa reconnaissance et aussi sa conviction de ce que tous les engagements pris par le clan seraient tenus. Sa captivité, sur laquelle il refusa de s'étendre, l'avait physiquement marqué mais il ne faisait aucun doute qu'il venait en un instant, à peine rendu à la liberté, de reprendre en main les commandes. Il secoua la tête quand Klimrod lui expliqua que les vingt-neuf millions six cent mille dollars, prix convenu pour les seize pétroliers, n'avaient pas encore été débloqués par la compagnie d'assurances. Un Premier de l'An, les banques ne fonctionnaient guère.

— Détails que tout cela. Ces pétroliers sont à vous. Dieu sait que vous ne les avez pas volés ! Un homme capable de nous tirer, mes frères et moi, de là où nous étions, est sans aucun doute capable également de trouver trente millions de dollars. Klimrod ?

— Oui ?

— Vous avez fait exprès de nous envoyer, je veux dire à ma famille de Londres, de nous envoyer ce Lerner et ce Bercovici, pour nous proposer cet extraordinaire arrangement ?

— Ils travaillent régulièrement avec moi.

— Mais ils sont roumains d'origine, comme nous. Ce n'est sûrement pas un hasard.

Klimrod sourit : « Ce sont surtout les meilleurs. » Il leva la main avec un air de malice : « Et j'accepte cette invitation à déjeuner que vous alliez me faire pour demain midi. Je comprends fort bien que ce soir, vous préfériez fêter vos retrouvailles en famille. Mon plat roumain préféré est la *tocana de vitel* accompagnée de *mititei*. Et pour finir, la *dulceata*[1]. »

Ce ne furent pas tant les connaissances de Reb Klimrod en matière de gastronomie roumaine qui étonnèrent le plus Tarras et Settiniaz. Ce fut l'ampleur de la manœuvre qui, en vue d'acquérir seize pétroliers au nez et à la barbe des plus grands armateurs du temps, avait en quelques jours mobilisé Tarras et Settiniaz, les frères Petridis, plus Diego Haas, plus Harlan, plus seul Marx savait combien de ministres et hauts fonctionnaires soviétiques, plus Beria et Staline, plus Evita et Juan Perón, plus un probable agent secret de l'Est, plus un premier milliardaire argentin qui était l'oncle de Diego, plus un autre milliardaire, américain celui-là, et collectionneur enragé d'art russe et actionnaire de l'une des plus importantes compagnies d'assurances des Etats-Unis. Et voilà qu'ils apprenaient maintenant que dans le même temps Klimrod avait avancé d'autres pièces de son échiquier personnel, dépêchant deux de ses meilleurs Chiens Noirs.

A David Settiniaz, Reb avait dit, expliquant pourquoi il l'avait fait venir à Londres, au prix d'un quasi-rapt : « Je voudrais qu'une fois au moins vous vous trouviez en première ligne, sur le front. » La démonstration était faite, aux yeux de Settiniaz.

Suivirent des semaines et des mois bizarres. Ou du moins qui parurent tels à des hommes qui, à l'exception toujours de Diego Haas, n'étaient pas accoutumés à voir Klimrod à l'œuvre, avec ses façons de faire, menant de front cinquante entreprises et plus, le plus souvent avec des équipes différentes qui s'ignoraient totalement entre elles ; utilisant des hommes qui auraient sans doute été les premiers surpris d'apprendre, mis en présence les uns des autres, qu'ils travaillaient en réalité pour le même homme. Et puis, les idées et les ordres donnés, les moyens mis en œuvre, disparaissant tout à fait, parfois pour des laps de temps considérables, ressurgissant à l'improviste au moment même où sa présence devenait nécessaire, à l'image du champion d'échecs livrant cent parties simultanées.

De la mi-juillet 1950 au printemps 1955, après son achat des pétroliers, (mais il faisait en même temps l'affaire de Wall Street et travaillait aidé de Lilian Morris à l'expansion de la Jaua, au développement des affaires de presse avec Roger Dunn, à la mise en place de ses chaînes de restaurants et à bien d'autres affaires encore)

1 Ragoût de veau. Les « mititei » sont des saucisses très épicées, la « dulceata » une salade de fruits confits au vinaigre aromatisé.

Reb Klimrod s'enfonça de plus en plus dans un anonymat hermétique. Il n'opérait jamais sous son nom et s'il arrivait qu'il intervînt en personne dans une négociation, c'était souvent sous une identité d'emprunt, ou bien en dissimulant sa véritable position. Il amplifia jusqu'à la démence son système d'actes de trust. Il commit incroyablement peu d'erreurs, s'agissant de tous ceux qu'il sélectionnait pour travailler à son compte, en son nom ou à ses côtés. Dans le cas de trustees américains, son choix se portait en général sur des citoyens des Etats-Unis d'assez récente immigration, notamment des Polonais.

Il fut aussi le premier à utiliser à fond les sociétés de type Panama ou plus tard Curaçao.

Settiniaz baptisa cette période « la percée ». Pratiquement, elle reposa sur la multiplication de ces hommes qu'il appelait les Chiens Noirs. Le terme peut paraître indigne, et presque injurieux. Dans son esprit, il ne l'était pas. Il exprimait le dévouement fanatique de ces avocats et leur absolue férocité dans la défense des intérêts du Roi. Après Lerner et Bercovici, au fil des années, ils furent de plus en plus nombreux, arrivant du monde entier ; secrets et solitaires, dans les bureaux de la Cinquante-Huitième Rue.

Les premiers jours de janvier 1951 à Londres furent l'une des très rares circonstances où se trouvèrent réunis plusieurs des membres du futur état-major du Roi : Tarras, Settiniaz, les frères Pétridis et Lerner et Bercovici. Ce n'était qu'un premier noyau, qui allait ensuite considérablement grossir.

Tony Petridis partit pour l'Argentine. Son frère Nick prit en charge les opérations d'affrètement des autres cargos appelés à compléter les transports effectués par la *Java Blue Rose,* le cargo acquis par Klimrod grâce à l'affaire Roarke.

Tarras s'envola dans un premier temps pour les Etats-Unis, afin d'y prospecter auprès des chantiers navals de la côte Est, dans le Maryland et le Massachusetts notamment. Il se rendit en Afrique, au Libéria, et également au Japon pour préparer déjà l'affaire japonaise.

Settiniaz enfin regagna tout bonnement New York. Il donna sa démission chez Wittaker et Cobb, et commença son installation dans ses bureaux de la Cinquante-Huitième Rue Est, où il est encore, non loin du Carnegie Hall, et son recrutement, pour lequel Klimrod lui avait laissé carte blanche.

Un jour de février, Reb Klimrod vint pour la première fois dans ses nouvelles installations. En dépit du froid glacial sur New York enneigée, il ne portait qu'un pantalon de toile, une chemise et son éternel blouson de cuir à col fourré. Ce fut tout juste si on le laissa entrer. En fait, il dut attendre près d'une trentaine de minutes dans le hall, bavardant aimablement avec la standardiste. Il fallut à Settiniaz le hasard d'une sortie hors de son propre bureau pour découvrir sa présence.

— Pourquoi diable n'avez-vous pas dit qui vous étiez ? On m'a annoncé un certain Anton Beck.

— Cette fille que vous avez là est tout à fait intéressante, répondit Klimrod avec une innocence dont, la tête sur le billot, Settiniaz n'aurait pas pu dire si elle était feinte ou non. Sur quoi, il ajouta :

— David, vous vous souvenez de cette nuit quand nous allions à Londres ? Je vous avais alors dressé la liste de mes affaires. Vous n'aviez évidemment pas pu prendre de notes. Mais je crois que vous le pouvez, à présent. Cela demandera un peu de temps, si vous avez d'autres engagements, il vaudrait peut-être mieux les annuler, sauf s'ils sont vraiment impératifs. On peut y aller ?

Et là-dessus, ils travaillèrent dix-huit heures d'affilée. Dix-huit heures, sans autre répit que de brèves interruptions pour faire monter des sandwiches et du café. Reb Klimrod tantôt assis face à Settiniaz, jambes allongées et yeux un peu écarquillés contemplant le plafond, mains dans les poches de son blouson, tantôt marchant de long en large, avec cette agaçante habitude de redresser prétendument les cadres des tabeaux ou des diplômes et en réalité les replaçant de travers, avec une sournoise application.

Et récitant. Récitant à l'infini, très tranquillement, ne se servant d'aucune note, d'aucun aide-mémoire et apparemment pas, non plus, d'un quelconque procédé mnémotechnique :

— ... Chicago, 11 octobre 1950, raison sociale de la société : Shamatari Food System Incorporated. Trustee : Anatoli Parewski, né le 23 mars 1909 à Brest-Litovsk. Citoyen américain. Marié, deux enfants, profession : entrepreneur d'électricité. Adresse : 1096, North Kingsburg Street ; téléphone : 225 6784. Capital de la société : dix mille dollars. Chiffre d'affaires au 31 janvier dernier : 623 567 dollars. Biens meubles et immeubles : 3 150 dollars. Organisme prêteur : la Naval Fairfax Bank. Montant du crédit : 50 000 dollars. Remboursements dus, intérêts compris : 916 dollars par mois. Avocat-relais : Moe Abramowicz, de Chicago, déjà cité. Manager responsable : Herbert Miewski, qu'on peut joindre au siège social : 106, Roosevelt Drive ; téléphone : WA 2 3856, soit à son domicile personnel, 985 Elm Drive West, téléphone : 2786123. Dépôt des actions, sceau et registre à la banque Michigan State déjà citée, coffre numéro 45219 XC, code d'accès...

Et encore .

« Detroit, 9 novembre 1950, raison sociale de la société... »

Et ainsi de suite. Il y eut même un moment où, incrédule, David Settiniaz feignit d'avoir commis une erreur :

— Excusez-moi, je me relis mal... Quel est l'adresse exacte de Beppard, le trustee de la Reichenau de Baltimore ?

— Il n'habite pas Baltimore mais Frederick, toujours au Maryland. Et son adresse est Lincoln Place, 67 ; téléphone : 65 789. David, ne me faites pas perdre mon temps, je vous en prie...

Deux cent dix-huit sociétés, dirigées par cent trente et un trustees, des hommes comme Zbyniev Cybulski ou Diego Haas (de celui-ci seulement, Settiniaz reconnut le nom). D'hommes mais aussi de femmes et ce fut sans doute ce qui surprit le plus Settiniaz, que cette abondance de trustees féminins...

— A croire que vous avez recruté dans un collège de jeunes filles...

— Elles n'ont en général pas l'âge d'aller au collège. Et j'aime bien travailler avec des femmes, elles sont souvent plus fiables que les hommes.

Diego Haas à lui seul représentait près de vingt-cinq sociétés différentes.

— Reb, c'est de la folie. Tôt ou tard, le Département du Trésor fera des rapprochements.

— Et quand bien même ? Toutes les sociétés paient normalement leurs impôts. Et c'est votre travail que d'étudier la situation créée par la juxtaposition de toutes ces sociétés, d'en tirer les conclusions sur les plans juridiques et fiscaux. Je paierai tous les impôts que j'aurai normalement à acquitter, dans la mesure où votre équipe et vous-même, ou tous autres fiscalistes qu'il vous paraîtra judicieux de faire intervenir, serez d'accord pour me dire que je dois réellement les payer. Vous avez craint de n'être qu'un comptable ; vous voyez maintenant que j'attends de vous bien plus que le simple collationnement de mes affaires. C'est votre travail que de tout centraliser, que d'examiner les comptes de toutes ces sociétés, de me signaler la moindre des anomalies, de quelque nature qu'elle soit. Et vous devez en outre faire en sorte qu'à aucun moment, sous aucun prétexte, je ne sois nommément mis en cause. Je ne veux pas apparaître et vous le savez. Vous pouvez faire cela, David ?

— Je peux essayer, en tout cas, répondit Settiniaz un peu écrasé.

— Vous le ferez, David.

— Allez-vous créer d'autres sociétés ?

— Très probablement. Nous sommes en train de faire le point à ce jour. Désormais, ce seront les avocats qui viendront vous annoncer les créations et vous donneront les informations nécessaires. Vous les contrôlerez, bien entendu. Ne vous fiez à personne, s'il vous plaît.

— Pas même à Georges Tarras ?

— Pas même à lui. Pour chaque nouvelle entreprise, vous en apprendrez la naissance par deux sources distinctes : le juriste du type Benny Bercovici, Lerner ou Abramowicz, qui aura établi les contrats et tout préparé, et mon agent officiel. Pour tout ce qui concerne l'armement maritime, par exemple, vous aurez affaire aux frères Petridis et à Tarras. Il y aura d'autres Petridis, dans d'autres domaines. On continue, David ? Montréal, 29 septembre 1950, raison sociale de la société...

Les Chiens Noirs commencèrent en effet à rendre visite à Settiniaz. Ils étaient tous étonnamment semblables, juifs d'origine roumaine dans leur très grande majorité (surtout dans les premières années cinquante et s'agissant d'opérations effectuées en Europe ou aux Etats-Unis ; ensuite, ils se diversifièrent davantage), sinon au physique mais dans leurs façons furtives d'être, de parler juste le strict nécessaire, avec leurs airs de mafiosi, leur sérieux mortel et leur impitoyable fidélité à Klimrod. Avec aucun d'eux Settiniaz n'eut l'occasion (ni d'ailleurs le goût) de nouer des contacts autres que professionnels. D'un Bercovici par exemple, qu'il vit pourtant très souvent et pendant plus d'un quart de siècle, il ne découvrit que très longtemps après et par hasard qu'il était hors de son travail un homme marié, père de quatre enfants, assez timide et doux, s'adonnant à la collection de porcelaines et passionné de littérature. Hors du travail seulement et Benny Bercovici, surtout dans les premières années où il servit le Roi, consacra à ce service plus de soixante heures par semaine.

Les deux frères Petridis, Nick et Tony, étaient à peine différents. Ils géraient et décidaient, et surtout paraissaient officiellement, coiffant tous les trustees et les sociétés panaméennes ou libériennes. Mais ils valaient un Lerner ou un Bercovici pour la discrétion, et en matière de puissance de travail les valaient presque. Leur méthode pour éviter de répondre aux questions qui selon eux ne devaient pas obtenir de réponse variait toutefois : au lieu de s'enfermer dans un silence de tombe, ils souriaient sous leur moustache identique et se lançaient dans des récits farfelus, totalement hors du sujet. Le résultat au bout du compte étant strictement le même : ils ne révélaient que l'indispensable. Dans l'organisation mise en place par Reb Klimrod dès décembre 1950 et janvier 1951, ils allaient très rapidement se spécialiser, ne s'occupant plus que des « affaires maritimes » du Roi, travaillant en collaboration avec d'autres spécialistes mondiaux, dont deux Ecossais, mais assurant le contrôle général. Ils n'étaient pas simplement des Chiens Noirs mais bien plutôt des sortes de ministres, ou de barons à qui Reb Klimrod eût confié un fief.

D'autres hommes apparurent, au fil des années, avec des attributions et des responsabilités identiques aux leurs, mais en d'autres domaines, ou bien dans d'autres régions du monde.

Ainsi Paul Soubise, le Français avec qui, sans doute en raison d'une certaine communauté, ne fût-ce que la langue, Settiniaz se lia assez vite d'une amitié qui dure encore.

Il y eut Tudor Anghel, Californien en dépit de son patronyme d'origine roumaine, simple Chien Noir dans les débuts, mais qui sut s'élever dans la hiérarchie pour occuper des fonctions plus importantes, jusqu'à sa mort en 1970, devenant le pivot des très nombreuses opérations de Klimrod dans l'Ouest américain.

Il allait y avoir aussi Francisco Santana le Mexicain — autre ami personnel de Settiniaz par la suite — spécialiste en particulier, et de quelle taille ! des paradis fiscaux.

A New York même, pour toutes les entreprises nécessitant une façade de respectabilité propre à inspirer confiance à l' « establishment » traditionnel des WASP, Klimrod fit le plus souvent appel, sans doute par le truchement de Tarras qui avait eu beaucoup de ces hommes comme étudiants à Harvard, à des cabinets déjà existants, dont les associés s'appelaient — ce ne sont que des exemples — Soames, Matheson ou Vandenbergh.

Roger Dunn et Ernie Gozchiniak, respectivement pour les affaires de presse et audiovisuelles quant au premier, les chaînes de restaurants et la Jaua Food s'agissant du second, prirent rang parmi ces barons, sur le territoire nord-américain.

Hors de celui-ci, quelques noms émergèrent, pour cette raison surtout qu'ils tinrent la distance et devinrent également ainsi, véritablement, des Hommes du Roi. C'est le cas du Suisse Aloïs Knapp (et de son successeur Thadeus Töpfler), du Chinois Hang, du Libanais Nessim Shahadzé, fabuleux spécialiste du marché des changes mais également responsable des rapports avec les pays de l'Est.

En ce qui concerne les chaînes d'hôtel, le baron fut une baronne, Ethel Court, une Britannique.

Et bien entendu, il y eut tout le détachement sud-américain, avec l'Argentin Jaime Rochas — à ne pas confondre avec Ubaldo Rocha le Brésilien qui fut, presque au même titre que Diego Haas, un cas tout à fait particulier —, avec les deux avocats brésiliens, l'un de Rio, l'autre de Sao Paulo, Jorge Socrates et Emerson Coëlho.

Settiniaz ne découvrit l'existence des Sud-Américains que bien plus tard. Il s'agissait d'un état-major parallèle. Tous ces hommes pouvaient parfaitement s'ignorer les uns les autres. Pour les Petridis, par exemple, Reb était un armateur et rien d'autre. Pour Santana, c'était un pétrolier faisant dans l'immobilier et rien d'autre. Et ainsi de suite. Le même cloisonnement était appliqué pour les Chiens Noirs, d'ailleurs. Si bien qu'il arriva à Settiniaz d'avoir en même temps dans ses bureaux deux ou trois Chiens Noirs, et Nick Petridis et Tudor Anghel, se croisant sans se connaître et n'ayant pas la plus petite idée de ce qu'ils avaient été envoyés par un seul et même homme.

Et puis par-dessus tout, occupant une position à part, très exceptionnelle, au même titre que Settiniaz, sachant sans doute sur le Roi autant de choses que lui mais dans des domaines très différents, officiant jusqu'à la fin comme une sorte de « conseiller personnel et privé », il y eut Georges Tarras.

Il arriva aux alentours du 20 avril et parcourut les locaux (répartis sur deux étages, le troisième ne fut aménagé qu'en 1964) avant de revenir s'enfermer dans le bureau personnel de Settiniaz. Hochant la tête, il remarqua :

— Que nous arrive-t-il, David ? Il y a six ans à un mois près, nous avons fait la connaissance, dans des circonstances que je qualifierai d'exceptionnelles, d'une espèce de gamin bizarre, qui nous a pareillement impressionnés, à l'époque… Vous l'avez reconnu, quand il a réapparu devant vous ? Quand était-ce, d'ailleurs ?

Settiniaz hésita, s'en voulant d'hésiter et presque honteux de sa méfiance :

— Le 16 juillet dernier. Le jour de mon anniversaire et de mon mariage. Oui, je l'ai reconnu, à la première seconde.

— Moi, c'était en septembre, vers le 8 ou le 10, je crois. Et je l'ai immédiatement reconnu, moi aussi. Mieux que cela : je me suis sur-le-champ souvenu de son nom et de ses deux prénoms. Je l'ai revu dans mon bureau de Mauthausen, contemplant ces épouvantables photos que j'avais eu l'idée stupide de faire mettre sur mes murs et me disant de sa voix si tranquille : « Je ne crois pas avoir été vaincu par les Etats-Unis d'Amérique… De quel droit me posez-vous toutes ces questions ? » Et ce morveux tenait à peine debout !

Tarras regarda Settiniaz, se tut un moment, éclata soudain de rire :

« Et nous voici six ans plus tard, vous et moi qui nous connaissons depuis douze ou treize ans, l'un et l'autre osant à peine ouvrir la bouche de peur de trahir l'un des épouvantables secrets de Sa Majesté Reb Michael Klimrod ! Est-ce nous qui sommes devenus fous, David, il nous a peut-être inoculé sa propre folie ?

— Je crois bien, dit Settiniaz en riant lui aussi. C'est sûrement cela. Je suis heureux de vous revoir, Georges.

— Moi aussi, jeune David. Vous avez toujours été mon élève préféré, nonobstant votre manque d'humour. A propos — je dis " à propos " mais, bien entendu, ça n'a aucun rapport — à propos je rentre du Japon. Je n'y suis pas allé pour faire du tourisme. C'est lui qui m'y a expédié, lui aussi qui m'a demandé de venir vous en parler. Je suis censé tout vous dire. Je vous dis tout. Notez, élève Settiniaz, je vous prie : Leçon Quatorze, ou Comment Constituer La Plus Grande Flotte de Pétroliers du Monde Sans Mettre un Sou de Sa Poche. »

L'heure suivante, avec exactement ce ton qu'il avait autrefois à Harvard pour expliquer que le Droit n'est jamais qu'un « ensemble de règles sournoisement et délibérément contradictoires n'ayant d'autre but que de donner les apparences de la raison aux transactions les plus démentes », il raconta la dernière initiative en date de Reb Klimrod et les applications qu'on était en train d'en tirer :

— Onassis notamment, entre autres Grecs, a eu l'idée d'aller fouiller dans les ruines des chantiers navals allemands, du côté d'Hambourg, Brême, Kiel et autres. Bien évidemment les Teutons qui tâtonnent et tentent de se redresser lui ont fait un accueil admirable : ils vont construire et construisent des tas de navires pour les Grecs susdits. Reb s'est dit qu'un autre pays, lui aussi ayant pris la pâtée dans la dernière guerre, pouvait se trouver dans les mêmes dispositions accueillantes. Le Japon, élève Settiniaz. L'endroit s'appelle Kuré. Quand vous ne sortez pas d'Hiroshima où on n'a vraiment pas de raison d'aller, c'est tout de même à droite. Jeune David, pour leur guerre du Pacifique contre nous, les Nippons ont lancé les plus gros cuirassés jamais vus sur la mer, le *Yamato* et le *Musashi,* de soixante-douze et quelques mille tonnes. Nous les avons coulés, soit dit en passant, mais ils savent ce que construire un bateau veut dire. Et ils ont accepté de le faire pour Reb, qui leur a commandé six pétroliers dont deux, tenez-vous bien, dont deux de cinquante mille tonnes. Ils seront les plus gros connus. Même le grec Goulandris paraît tout pâle, par comparaison.

— Et l'argent ? demanda Settiniaz avec son irrémédiable sens pratique.

— Nick Petridis va venir vous voir et vous transmettra tous les contrats. Sans entrer dans les détails, l'opération est la suivante : Nick a obtenu de la Shell ou de la Gulf ou peut-être bien des deux après tout, des contrats d'affrètement à long terme. Quinze ans, pour les seize pétroliers anciennement Maiorescu. Cela représente des sommes rondelettes. Et surtout des garanties de recettes, sur la foi desquelles Reb a négocié d'autres crédits, supplémentaires, qui vont financer la construction japonaise. Et comme il a par avance signé d'autres contrats, à plus court terme, trois à cinq ans selon les cas, pour trois de ces six bateaux qu'il est en train de faire construire, il a pu grâce à cette autre volée de contrats décrocher une nouvelle salve de prêts... par quoi il va soit racheter soit... Ne faites donc pas cette tête, élève Settiniaz...

— C'est fou.

— A quoi diable vous attendiez-vous d'autre, avec lui ? Je poursuis : soit racheter donc soit en faire construire d'autres, cette fois en Amérique, chez nous. Il est question des chantiers navals de Sparrow Point et de Bethleem Steel, si j'ai bien compris. Tout cela courant sur à peu près trois cents millions de dollars. Il prend des risques insensés.

— Je sais, dit simplement Settiniaz.

Quand Tarras eut fini, vinrent sur la pointe de la langue de Settiniaz des phrases comme « Et encore vous ne savez pas tout, Georges », ou bien « S'il n'y avait qu'en ce seul domaine qu'il prenait des risques, je n'éprouverais pas des frissons glacés chaque fois qu'on m'apporte un nouveau dossier. » A mesure qu'il prenait connaissance de l'énormité de l'empire en gestation, et des conditions de cette naissance — presque uniquement fondée sur le crédit — son sentiment d'inquiétude se faisait plus grand, quelque confiance qu'il eût dans les capacités hors du commun de Reb Klimrod et malgré la stricte application du système des sociétés-étanches.

Mais il ne dit rien de tout cela et se tut, lié par son engagement de se défier de tout le monde, « même de Georges Tarras ».

Et Georges Tarras sourit :

— D'accord, David. Le jury est prié de ne pas tenir compte de cette question que j'ai failli vous poser. Vous déjeunez avec moi ?

— Je suis navré, je...

Tarras se leva. Il continuait à sourire mais portait sur le visage une crispation légère.

— A bientôt.

Ils se séparèrent, l'un et l'autre avec le sentiment d'une première faille dans une amitié jusque-là parfaite, une faille qui ne s'élargit pas mais que rien non plus dans les quatre années suivantes ne contribua à réduire.

Pendant ces quatre ans, Settiniaz vit peu Reb, souvent à des intervalles de plusieurs semaines, parfois trois mois. Au début, il s'étonna et même s'inquiéta de ces absences, tout autant que de la confiance qui lui était faite, mais le temps passant il finit par trouver les unes et l'autre normales, à tout le moins ordinaires.

Settiniaz donne des chiffres. Il est seul à pouvoir le faire. Et il précise que ces chiffres ne représentent pas la totalité des affaires de Klimrod dont il eut à s'occuper, pas plus qu'il n'est assuré d'avoir eu lui-même connaissance de *toutes* les affaires menées par le Roi. Au printemps de 1982, tentant de faire un bilan complet, il trouva le chiffre de mille six cent quatre-vingt-sept sociétés et dans aucune d'entre elles n'apparaissait le nom de Klimrod. Aucune [1]. Tarras fit la remarque à Settiniaz qu'il pouvait exister quelque part dans le monde, en Suisse, en France ou ailleurs, un autre David Settiniaz, faisant exactement le même travail que lui et s'ébahissant au même moment de sa propre liste !

En mai 1955, David Settiniaz rédigea (sans en préciser la destination) un rapport rapide qui survolait l'ensemble des secteurs dans lesquels le Roi exerçait des activités.

La Jaua Food et les trente-sept sociétés qui lui sont rattachées ont une valeur de neuf cent soixante millions de dollars.

1. C'est là une erreur de « Settiniaz » (ou bien son ordinateur n'avait pas reçu l'information). *Une* société fut au nom de R. M. Klimrod.

Les affaires de presse représentent aux alentours de quatre cent vingt millions de dollars. J'y inclus :
— les agences de courtage publicitaire ;
— les deux hebdomadaires de télévision (création : 1953) ;
— les organisations de voyages et de loisirs ;
— les agences S.O.S. Migrants ;
— 19 stations de radio émettant en neuf langues (automne 1952) ;
— une station de télévision (été 1954), une deuxième en projet.
Roger Dunn est le propriétaire officiel de toutes ces affaires (soixante à quatre-vingts pour cent). En réalité l'acte de trust qui le lie à Reb lui donne dix pour cent (pas si mal).

L'affaire des messageries de presse s'est bien développée géographiquement (Californie : hiver 1951) et verticalement — avec les précautions juridiques nécessaires pour éviter la loi Antitrust. Garages pour la maintenance des véhicules, contrats avec d'autres compagnies étrangères, rachat partiel ou total de ces compagnies.
Ajouter aux messageries :
— entreprises de camionnage et d'entrepôts ;
— entreprises de livraison ;
— sociétés d'entretien industriel et de dépannage (septembre 1953).
Valeur estimée du secteur : trois cent quatre-vingts millions de dollars.
Quatre chaînes de restaurants. Géographie : du Canada à la frontière mexicaine Concurrence organisée. Approvisionnement : Jaua ou filiale. Exploitation côte Ouest projetée pour 56 ; contacts avec groupe britannique pour prendre position sur le marché européen.
Chaînes de supermarchés (indépendance apparente avec les restaurants). Trustee des deux secteurs : Lillian Morris. Valeur totale : quatre cents millions. Six cent trente avec les usines et coopératives fermières (1953).

Actif immobilier : cent cinquante millions de dollars. Opération Wall Street pas terminée. Projets (?) pour 1957.

Flotte. Vingt-neuf compagnies différentes. Tonnage : trois millions six cent vingt-huit mille tonnes, dont deux millions sept cent mille en pétroliers, le reste en navires de charge classique (source : Nick Petridis). Un pétrolier de vingt-huit mille tonnes = deux millions environ. Total estimé : trois cent quatre-vingt-cinq millions (30 avril 1955).

Liquidités (spéculations) : cent neuf millions cent vingt-quatre mille (30 avril 1955).

Evaluation globale ? Coût du crédit, organisation coûteuse pour protéger Reb, nombre élevé des associés...

Settiniaz concluait qu'en 1955, dix ans presque jour pour jour après Mauthausen, moins de cinq ans après son apparition à New York dans un kiosque à journaux, Reb Michael Klimrod n'avait pas encore vingt-sept ans, mais il « valait » nettement plus d'un milliard de dollars.

Et ils n'étaient pas cinq à le savoir.

Au début de mai 1955, Georges Tarras revint à New York, rentrant d'un nouveau voyage qu'il avait fait. « Oui, David, toujours pour son compte. Vous aviez refusé mon invitation à déjeuner, il y a trois ou quatre ans, vous vous en souvenez ? Et aujourd'hui ? »

Ils allèrent au *Caneton,* dans Wall Street. Buvant son Martini habituel, Settiniaz reconnut à des tables voisines au moins cinq des hommes de Klimrod et répondit à leurs saluts par un simple mouvement de tête et un sourire. L'œil acéré de Tarras capta ces échanges :

— Sentiment de puissance occulte, David ? Ça vient ?

— En quelque sorte, dit Settiniaz, gêné et même vaguement agacé par ce que la remarque avait de justifié. C'était vrai qu'à croiser tous ces hommes sur lesquels il savait tout, alors qu'eux-mêmes savaient si peu de choses, il éprouvait en effet un vrai sentiment de puissance occulte...

— Et vous reprenez jusqu'à ses tics de langage : *En quelque sorte.*

— Parlons d'autre chose.

Ils passèrent leur commande et après le départ du maître d'hôtel, Tarras dit soudain :

— J'ai des choses à vous dire, David. Parlons par exemple de votre belle-sœur.

Settiniaz le regarda surpris.

— Ecoutez, dit Tarras, j'ai tout à fait l'air de me mêler de ce qui ne me regarde pas, sans aucun doute. Mais ne vous fiez pas aux apparences. Que pense votre belle-famille de Charmian ?

— Je ne comprends pas.

— Quand avez-vous vu Charmian pour la dernière fois ? Et je ne parle pas seulement de vous, David. Je veux dire Diana, et vos beaux-parents.

— Elle a passé Noël à New York avec nous. Comme chaque année.

— Et vous n'avez rien remarqué ?

David Settiniaz était un homme placide, paisible, dénué de toute espèce d'agressivité. A sa propre surprise, ces dernières années, tandis qu'il établissait et aménageait le quartier général des opérations de Reb Klimrod, il s'était découvert des qualités incontestables d'organisateur, entre autres. « Il y a en vous des qualités que vous ne soupçonnez même pas, David », lui avait dit à peu près Reb, dans un hôtel de Londres, et les événements semblaient bel et bien lui donner raison.

Mais la question que lui fit ce jour-là Georges Tarras fit naître en lui tout un flot d'émotions violentes et contradictoires, presque bouleversantes pour lui d'ordinaire si solidement ancré dans le sol : il ressentit de l'irritation devant l'indiscrétion de Tarras, de l'inquiétude à voir ainsi confirmées ses propres craintes concernant Charmian, le poids enfin de la guerre sourde menée depuis des mois contre lui, par sa belle-mère et sa femme, l'accusant de n'avoir pas su « tenir ce Klimrod à distance ».

— Remarqué quoi ? dit-il avec une acrimonie tout à fait inhabituelle chez lui.

— Charmian est déséquilibrée. C'est probablement la plus jolie femme que je verrai jamais sous le soleil, mais il y a fort longtemps que sa famille aurait dû prendre soin d'elle.

Tarras acheva son Martini, ses yeux dans ceux de Settiniaz :

— David, ne vous fâchez pas je vous prie. Il se trouve que je sais plus de choses que je ne le devrais et que je souhaiterais en connaître. Quand avez-vous vu Reb pour la dernière fois ? David, je vous en prie, ne me faites pas la gueule.

— Le 12 février dernier, et le 13. Nous avons passé la nuit à travailler.

— Et depuis ?

— Non.

— David, il m'a dit qu'il avait organisé ses affaires, toutes, mais je n'en connais moi-même qu'une partie sans doute modeste, de telle sorte qu'elles pouvaient se développer sans lui. Est-ce vrai ?

— Oui.

— Si bien que vous ne trouveriez pas anormal de rester, disons plusieurs mois, sans aucun contact avec Reb ?

Settiniaz fronça les sourcils : « Où voulez-vous en venir ?

— C'est une des choses que je suis chargé de vous apprendre, David. Il va disparaître pendant quelque temps. Ne me demandez pas où et pourquoi, je n'en sais rien. Je suis simplement chargé de vous prévenir quoique d'évidence il aurait dû faire ce genre de choses lui-même.

— Pour combien de temps ?

— Aucune idée. Je lui ai moi-même posé la question, sans résultat. Je crois que je boirais bien un autre Martini.

— Et les autres choses que vous êtes censé m'apprendre ?

— Elles concernent Charmian. Vous saviez probablement que Reb et elle... »

Il n'acheva pas sa phrase. Délibérément. Il ignorait ce que David savait des étranges rapports entre Charmian Page et Reb Klimrod.

— Je sais, dit Settiniaz, que Reb et elle se voient, assez souvent, depuis des années. Mais elle ne nous a jamais parlé de lui, et jamais ils ne se sont montrés ensemble.

Il nota le regard de Tarras, si aigu derrière les lunettes.

— Il est arrivé quelque chose à Charmian ?

— Je crois vraiment que nous avons besoin de deux Martini supplémentaires. Vous comme moi.

29

Cela était arrivé trois semaines plus tôt.

Georges Tarras quitta Londres, où il était avec Tony Petridis et l'un des juristes écossais pour les affaires d'armement maritime et, *via* Paris, gagna Marseille. Là, à l'aéroport de Marignane et sur l'étang de Berre, comme l'avait indiqué le câble, un hydravion l'attendait. Après une heure et demie de vol, l'appareil se posa sur la mer, à quelques centaines de mètres d'une côte âpre et rouge, en tous points admirable. Il y eut un long moment où rien ne se passa hormis le temps, puis un canot automobile surgit d'entre les rochers et vint se ranger au long des flotteurs de l'appareil. Diego Haas était à bord, aux commandes, et seul.

— Vous arrivez à temps, remarqua Tarras. Je commençais à envisager de jouer les Monte-Cristo.

— L'île de Montecristo ne se trouve pas de ce côté-ci de la Corse, répondit Diego, mais sur l'autre côté. Et d'ailleurs, que feriez-vous d'un trésor ?

— Très juste. En route, matelot.

Contrairement à Settiniaz, Georges Tarras avait de la sympathie pour Diego. « Un homme qui a de l'humour à ce point, et qui déteste à ce point le monde entier, ne peut pas être tout à fait mauvais. » Et puis si Reb trouvait bon de se faire accompagner partout de ce curieux Argentin, cela ne regardait que lui.

— Diego, vous connaissez le mot de W.C. Fields : « Un homme qui déteste les enfants et les chiens ne peut pas être tout à fait mauvais. »

— Je ne connais personne, dit Diego en riant.

— Où est Reb ?

— A Ajaccio. Il sera là pour le déjeuner.

— Et où diable allons-nous ?

Pour toute réponse, Diego lança à pleine puissance le double moteur du canot. Il était onze heures du matin et le printanier soleil corse était déjà très chaud. Tarras regarda en arrière : l'hydravion repartait, avec une grâce inattendue. Quand il ramena son regard vers l'avant, ce fut au moment où la rapide embarcation doublait un petit promontoire. Apparut alors la grande et merveilleuse calanque de Piana, hérissée de ses aiguilles et de ses arêtes déchiquetées…

… Et le yacht noir et blanc.

— A Reb ? Je ne savais pas qu'il s'était acheté un bateau de plaisance.

Pas de réponse. Mais il y avait quelque chose de bizarre dans les yeux jaunes de Diego Haas. Tarras devait presque hurler pour surmonter le rugissement du moteur. Il hurla :

— Je ne comprends pas : Reb me fait accourir de Londres d'urgence et vous me dites qu'il n'est même pas à bord.

— Le yacht n'est pas à lui, dit Diego d'une voix normale, ayant la seconde précédente réduit le régime des moteurs. « Et ce n'est pas lui qui vous a envoyé l'hydravion.

Il amena adroitement le canot au pied de l'échelle de coupée

— Pas lui. Elle. Elle veut vous parler.

Sitôt qu'il fut sur le pont, une très belle jeune femme noire, en fait plus bistrée que véritablement noire, se dressa devant lui, souriante Sans un mot, elle lui indiqua la direction à suivre, vers la plage arrière. Charmian Page s'y trouvait, assise à la table de son petit déjeuner et autour d'elle étaient deux autres de ces jeunes Noires pareillement vêtues de voiles bleus superposés sur tout le corps qui ne laissaient à découvert que leurs visages purs.

Elle tendit sa main à Tarras, lui offrit du café, qu'il refusa, puis du thé, dont il accepta une tasse.

— La dernière fois que nous nous sommes vus, dit-elle, c'était à l'occasion de ce dîner donné par David à quelques-uns de ses anciens camarades de Harvard. Vous étiez l'invité d'honneur et vous avez été proprement éblouissant.

— Dans ce cas, notre rencontre d'aujourd'hui risque fort d'être un épouvantable fiasco, répondit Tarras. Je ne suis jamais éblouissant deux fois de suite, quelque mal que je me donne. Et j'essaie, pourtant.

Presque malgré lui, son regard revenait se poser avec curiosité sur les jeunes femmes en voiles bleus.

— Des Danakil, expliqua Charmian Page. Dankalie au singulier, Danakil au pluriel. Vous connaissez l'Ethiopie ? Non ? Vous devriez y aller, c'est un pays admirable, qui a derrière lui des millénaires d'histoire. Ces jeunes filles qui sont avec moi viennent d'Asmara, elles sont chrétiennes et parlent le français. Que vous savez aussi, n'est-ce pas ? Reb m'a dit que vous connaissiez une quantité incroyable de langues...

— Cinq ou six tout au plus. Et toutes aussi mal que possible.

Il se sentait en proie à une nervosité légère, à fleur de peau. De Charmian Page au vrai, il ne savait que peu de choses, pour l'avoir vue en tout deux ou trois fois, pour avoir entendu David Settiniaz lui en parler. Il la savait riche, fort riche, indépendante à l'extrême, intelligente et, toujours selon Settiniaz, « excentrique ».

Et bien sûr il la tenait pour belle, exceptionnellement, cela sautait aux yeux. « Car elle l'est, ô combien, même au milieu de ces Ethiopiennes superbes sur leurs profils si purs... »

Elle continuait à parler, de la mer Rouge où elle avait passé les derniers mois, à aller d'une rive à l'autre, Yemen, Aden et Arabie, Ethiopie, Djibouti et Egypte. Deux semaines plus tôt, son yacht noir et blanc avait emprunté le canal de Suez. Ensuite, au départ d'Alexandrie, la Crète, et Malte, et le détroit de Messine, puis celui de Bonifacio.

— Ensuite, je ne sais pas. Peut-être en Suisse ? ou à Paris. Qu'en pensez-vous ?

Elle fixait Tarras de ses yeux violets et il aurait fallu être frappé de crétinisme pour ne pas discerner l'extraordinaire fièvre qui était en elle. Le malaise de Georges Tarras s'accrut. Une fois seulement, elle avait prononcé le nom de Reb Klimrod. « Qu'attend-elle de moi ? Je ne sais même pas au juste ce qu'il y a entre eux... »

— Et pourquoi pas Kalamazoo ou Manchester ? suggéra-t-il, s'efforçant à la désinvolture. Et pressentant déjà ce qui allait venir...

— Votre charmante femme et vous-même pourriez un jour être mes invités ?

— Shirley serait folle de joie. Il y a bien trente ans qu'elle me réclame un yacht.

Et un silence vint, exactement tel que Tarras l'avait appréhendé. Charmian Page dit en français aux Ethiopiennes : « Laissez-nous maintenant... » Les filles s'en allèrent. La chaleur montait et de la côte toute proche arrivait l'entêtante senteur du maquis corse.

— Je voudrais vous parler, monsieur Tarras. De Reb, bien sûr.

Elle alluma une nouvelle cigarette à la précédente.

— Depuis quand le connaissez-vous ?

Il hésita, ne sachant que répondre, et elle interpréta aussitôt cette hésitation :

— Oh mon Dieu ! s'exclama-t-elle. J'ai posé la même question à David et lui aussi s'est tu. Il a bredouillé, comme si ma curiosité était honteuse. Monsieur Tarras, je suis la maîtresse de Reb depuis... depuis plus de quatre ans. Je suis même allée le rejoindre dans cette horrible chambre qu'il a à Greenwich Village. J'y ai vécu avec lui, alors que je pouvais acheter tout le quartier. Je ne comprends rien à ce qui est sa vie, j'ignore ce qu'il fait, et ce qu'il veut faire, où il veut aller. Il ne dit rien, jamais. Je l'attends et parfois il se passe des semaines avant qu'il réapparaisse, venant de je ne sais où. L'argent... l'argent ne semble même pas avoir de valeur pour lui. Et pourtant, il en a. Il m'a fait des cadeaux extravagants et je suis sûre que si je lui demandais de m'acheter, je ne sais pas, un château en France, ou une île, ou n'importe quoi, il le ferait. Qui est-il, monsieur Tarras ?

« Et que puis-je répondre ? » pensait Tarras.

Elle écrasa sa cigarette à demi fumée, en alluma mécaniquement une autre.

— Pour autant que je le sache, dit-elle, trois hommes doivent savoir sur lui bien plus de choses que je n'en sais. Il y a ce Diego qui probablement tuerait quelqu'un si Reb lui en donnait l'ordre, et qu'il serait stupide et vain d'interroger, et qui me fait presque peur... Il y a David, mon propre beau-frère, qui rougit et bafouille comme un collégien boutonneux... Et il y a vous.

Elle le regardait intensément et Tarras lisait dans ses prunelles dilatées une telle expression de désespoir qu'il baissa la tête, honteux de lui-même.

Le silence se prolongea.

— Je vois, dit-elle enfin avec une amertume infinie.

Il n'osait pas la regarder. Elle reprit d'une voix très douce, qui tremblait un peu :

— Je suis jeune, assez belle je crois, je suis riche et j'aime Reb comme je ne croyais pas qu'il fût possible d'aimer quelqu'un. Mais ce n'est pas encore assez, apparemment. Je lui ai demandé de m'épouser, ou simplement de vivre constamment avec lui, peu m'importait. Je l'ai supplié. Je veux des enfants de lui. Est-ce trop demander ?

— Vous me placez dans une situation horriblement pénible, dit Tarras d'une voix sourde.

— Je le sais et j'en suis navrée pour vous. L'une des très rares fois où Reb a consenti à me parler de sa propre vie, il a prononcé votre nom et m'a dit que vous étiez l'homme au monde pour lequel il avait le plus d'amitié.

— Je vous en prie, dit Georges Tarras au supplice.

Et, très soudainement, immobile, elle se mit à pleurer, ne faisant rien pour seulement essuyer ses larmes.

— Monsieur Tarras, chaque fois qu'il me revient, il est d'une tendresse extraordinaire, inimaginable. Il est très doux...

Elle sanglotait à présent, secouée tout entière, avec toujours cette immobilité de tout le reste de son corps, ses mains étendues inertes sur les accoudoirs de son fauteuil. Tarras se dressa brusquement, emporté par ce qui était presque de la rage, ému comme jamais il ne l'avait été, pensant : « Au diable Klimrod et son monstrueux égocentrisme de génie ! » Il marcha vers la rambarde et s'y accrocha furieusement, et il allait se retourner, parler enfin quand, sur sa droite, il eut la sensation d'une autre présence. Il tourna la tête et à quelques mètres de lui, survenu en silence, il découvrit Diego Haas qui souriait, une lueur quasi démoniaque au fond des yeux :

— Reb ne va plus tarder, dit Diego

Ils déjeunèrent sur la plage arrière, les trois hommes et la jeune femme, servis et comme environnés par les silhouettes gracieuses des Ethiopiennes dansant une espèce de ballet. Reb Klimrod parla le plus souvent, au début du repas du moins, avec en effet une très grande douceur et, à l'égard de Charmian, les indubitables apparences d'une tendresse profonde et apaisante Livres et peintures furent, pour autant que Georges Tarras s'en souvienne, les sujets principaux de la conversation qu'il entretint avec aisance, parvenant même à amener l'ancien professeur d'Harvard à enfourcher l'un de ses chevaux de bataille de prédilection : la piraterie en haute mer, à propos de quoi Tarras avait à cette époque déjà commis un second livre, au demeurant si dépourvu de lecteurs que cela participait du miracle. Et il fallut en fait à Tarras deux bonnes heures, emporté qu'il était par sa manie, pour comprendre combien Klimrod l'avait piégé, le lançant sur les Barbaresques de Kheyr-ed-Dine et les pirates de Salé.

— J'ai été horriblement bavard ! s'exclama-t-il quand enfin il se rendit compte qu'on n'entendait plus que lui.

— Mais passionnant, dit Charmian, toute trace de pleurs depuis longtemps effacée sur son visage, et qui semblait parfaitement maîtresse d'elle-même. La mer était tiède bien qu'on ne fût qu'en avril. La jeune femme et Reb se baignèrent, et de même les Ethiopiennes, celles-ci simplement vêtues d'une sorte de sarong qui, plaqué sur leurs corps drus, en révélait bien plus qu'il n'en cachait les formes. Assez agréablement au reste, pour le goût de Georges Tarras. Diego Haas, prétendant ne pouvoir se baigner qu'à partir du moment où la température de l'air dépassait trente-cinq degrés centigrades — « et trente pour l'eau, au minimum » —, Diego demeura assis dans l'un des grands fauteuils en rotin, peints en vert vif, fumant l'une de ces saletés de cigares nauséabonds, que lui prétendait odorants.

Et une chose frappa alors Tarras : « Chaque fois qu'il me revient, il est d'une tendresse extraordinaire... » avait dit la jeune femme à propos de Reb. Et les faits étaient là, c'était vrai, en toute certitude : à l'égard de Charmian, Reb Klimrod se conduisait avec une très déconcertante douceur — en deux en trois occasions, Tarras surprit même un geste qui ne permettait pas l'équivoque : main ou simplement doigts effleurant l'épaule ou la nuque de Charmian, et aussi intensité quasi dramatique du regard gris posé sur elle. Tarras pensait : « De tout autre que Reb, je croirais qu'il est amoureux fou de cette femme, désespérément... »

L'après-midi s'écoula ainsi et comme il était normal en cette saison, la nuit vint assez vite, et la fraîcheur. Tarras gagna sa cabine et commença de s'y habiller pour le dîner, au moment même où le yacht — l'équipage de six hommes, des Grecs croit se souvenir Tarras, se montrant d'une exemplaire discrétion — se mettait en route. Tarras venait de prendre sa douche et enfilait une chemise quand on frappa. Sur sa réponse, la haute silhouette de Reb apparut :

— Cela ne vous ennuie pas de passer la nuit en mer ?

— Pas le moins du monde.

— Nous serons demain matin à Marseille.

Silence. Le regard gris passait lentement sur la cabine et son contenu. Revint sur Tarras qui pensa aussitôt : « Et il sait, bien entendu Ce diable d'homme serait très probablement capable de reconstituer presque mot pour mot tout ce que m'a dit Charmian, et jusqu'à la plus infime de mes hésitations. Même sans le secours de Diego qui a peut-être suivi notre conversation... »

— Georges, j'avais effectivement quelque chose à vous dire, qui justifie dans une certaine mesure votre venue de Londres jusqu'ici. Je vais disparaître quelque temps.

— Disparaître ?

— Il y a un endroit du monde où j'ai besoin d'aller, de temps à autre. Et ce moment est venu.

Il sourit : « Vous pouvez refermer la bouche, à présent, cet air d'ahurissement ne convient pas du tout à un ancien professeur de Harvard dont l'acuité intellectuelle et l'agilité de la langue sont à juste titre réputées. Georges, cela n'a rien de dramatique : je vais simplement aller retrouver des gens qui sont des amis et que je n'ai pas vus depuis quelque temps, et qui me manquent.

— En Europe ?

— Non, dit simplement Klimrod souriant toujours.

« Et tiens-le toi pour dit, Tarras stupide ! Il ne te répondra pas. »

— Et combien de temps durera votre absence ?

— Quelques mois, peut-être plus. Je ne sais pas encore.

— On pourra vous joindre de quelque façon ?

— Oui et non. J'ai envisagé un cas d'extrême urgence. David saura. Mais vous savez bien que ces quelques affaires que j'ai créées peuvent parfaitement fonctionner sans moi. Je les ai voulues ainsi.

— David est au courant ?

— Vous lui apprendrez la nouvelle. Qu'il ne s'inquiète pas. C'est son seul défaut véritable : il est parfois un peu trop minutieux. Georges, s'il vous plaît, ne me dites pas ce que vous avez envie de me dire.

Un instant interdit, Tarras secoua la tête avec fureur :

— Je peux aussi sauter à la mer et rentrer à la nage. Et je dirai ce que je veux dire, Reb : avez-vous prévenu Charmian de cette prochaine absence ? L'y avez-vous préparée ?

— Je ne crois pas que vous devriez vous préoccuper de cela, Georges.

— Elle vient peut-être avec vous ?

Mais Tarras savait que la réponse devait forcément être non.

— Non, dit Reb.

Le regard clair de Klimrod était d'une férocité absolue, terrifiante. Tarras eut un frisson. Mais il dit néamoins :

— Parlez-lui, Reb. Je vous en prie. *Je vous en prie...* Ou alors, emmenez-la avec vous...

Silence. Le regard gris s'était de nouveau couvert de ce voile de rêve qui le rendait insondable. La porte sur la coursive se referma. Tarras s'assit sur le lit. Il se sentait complètement désemparé, et plein d'une invraisemblable tristesse.

Plus que les coups de feu qu'il n'entendit pas, ce furent les bruits de galopade dans la coursive qui le tirèrent de son sommeil. Il consulta machinalement sa montre : une heure quarante-trois du matin. Il enfila une robe de chambre et sortit. Une autre Ethiopienne passa au même instant, une tâche de sang sur la longue tunique blanche dont elle était vêtue.

— Monsieur doit venir, dit-elle en français.

Il la suivit, passa devant elle quand elle s'effaça sur le seuil d'un premier salon privé, au bout de la coursive. Il entra dans une grande et belle cabine au-dessous de la plage arrière. Il y vit tout d'abord Charmian Page debout, yeux écarquillés regardant fixement le vide, ses longs cheveux défaits, et elle avait encore dans son poing droit le petit revolver nickelé, canon pointé vers le tapis noir. Elle n'avait sur elle qu'un déshabillé léger, presque transparent, qui la montrait nue.

Reb Klimrod était à trois ou quatre mètres de là, comme assis sur le sol, jambe gauche repliée sous lui, s'appuyant de ses épaules et de sa nuque à un canapé de cuir blanc. Son torse était dénudé et quoique le sang coulât encore abondamment, les deux orifices faits par les balles dans sa poitrine étaient parfaitement visibles. Une autre Ethiopienne se penchait sur lui, s'efforçant, sinon de le remettre debout, du moins de l'allonger sur le siège. Il dit à Tarras d'une voix très calme :

— Georges, aidez-moi, je vous prie.

Tarras fit trois pas et il se souvient très exactement du sentiment qui fut surtout le sien, à cette seconde, sentiment qui découlait logiquement de sa rancune et de sa colère à l'encontre de Klimrod : « Tu n'as pas volé ce qui t'arrive, Klimrod... »

Il n'eut guère le temps de penser davantage : un fou furieux se jeta dans la cabine, jugea en un clin d'œil de la situation, se lança sur Charmian avec un hurlement de rage féroce et animale...

— DIEGO !

La voix de Reb avait claqué.

« Diego, laisse-la ! *Ne la touche pas !* Diego ! Ecarte-toi d'elle, Diego ! »

Un court silence. Puis Reb dit encore :

— Je vous en prie, Georges : prenez-lui doucement cette arme. Très doucement. Diego, toi, viens m'aider...

Une première toux secoua Klimrod et une mousse rosâtre parut aux commissures de ses lèvres. Mais il rouvrit les yeux aussitôt :

— Charmian ? Donne le revolver à Georges, s'il te plaît... Donne-le-lui, mon amour...

Tarras était revenu face à la jeune femme. Elle ne semblait même pas le voir, haletait doucement, Tarras encercla le poignet de ses doigts, dégagea l'arme, la prit, la glissa dans une poche de sa robe de chambre. Quand il se retourna, Diego pleurant à chaudes larmes était en train d'allonger le grand corps de Reb sur le canapé blanc. Il parlait en espagnol, très précipitamment mais à voix basse, le visage affolé, et Reb lui répondait dans la même langue, par des monosyllabes. Tarras revint vers le blessé : les deux balles avaient pareillement atteint la cage thoracique, une assez haut, au niveau du cœur mais trop à gauche pour sans doute avoir atteint celui-ci, l'autre plus bas et il se révéla par la suite qu'elle avait de très peu manqué le pancréas.

— Georges ?

— Ne parlez pas, Reb.

— Georges, prenez le plus grand soin d'elle, je vous prie. Je vous la confie. Et faites... une nouvelle quinte de toux lui blémit le visage... et faites tout ce que Diego dira.

Quelques minutes plus tard, le régime des moteurs changea soudain et il devint clair que le navire se ruait vers la côte continentale de France au maximum de sa vitesse. Les Ethiopiennes avaient pris Charmian en main, l'avaient allongée et lui avaient probablement fait prendre quelque drogue car, quand Tarras alla aux nouvelles, il la vit calmement endormie.

Ressortant de la cabine de la jeune femme, il trouva Diego Haas devant lui :

— Que tout soit clair, dit Diego. J'ai tiré sur Reb, évidemment par accident. Vous n'avez rien vu, quant à vous. Vous dormiez quand c'est arrivé et elle dormait aussi. Ni vous ni elle n'étiez là. Nous avions bu, Reb et moi et nous nous amusions à tirer par le hublot sur ce que nous croyions être des poissons volants. A un moment, j'ai trébuché et deux balles ont malencontreusement traversé la poitrine de Reb. C'est tout ce que vous savez.

— Les Ethiopiennes.

— Elles dormaient elles aussi et n'en diront pas davantage. Les marins moins encore, tout est réglé. Monsieur Tarras, c'est ce que veut Reb et c'est ce que nous allons faire, tous sans exception. A présent, donnez-moi l'arme, je vous prie.

Il fut hospitalisé à Toulon à l'hôpital maritime. Les médecins de la Marine dirent que ses jours n'étaient pas en danger, qu'il était bien trop robuste pour cela et d'ailleurs le petit calibre des balles et leur faible puissance d'impact n'avaient pas causé trop de dégâts.

L'enquête de police revêtit les mêmes apparences de la banalité, les inspecteurs français se contentant, pour l'essentiel, mais leur choix était mince, de la version de Klimrod et de celle de Diego Haas. Georges Tarras pour lui s'en tint au récit qu'on lui avait assigné.

Il s'était interrogé sur l'attitude qu'aurait Charmian elle-même face aux policiers, et d'ailleurs face à lui. Mais dans les heures puis les jours qui suivirent l'accostage à Toulon, il ne put voir la jeune femme. Le yacht avait été amené dans le petit port du Mourillon et Charmian y demeura cloîtrée, les Ethiopiennes étant les seules habilitées à l'approcher. Deux policiers vinrent à bord, certes, mais ils se retirèrent après une vingtaine de minutes, courtoisement, impressionnés par la richesse du navire et donc de sa propriétaire, mais apparemment satisfaits par les réponses qu'ils avaient obtenues.

Tarras alla voir Klimrod qui, les deux premiers jours passés, avait été transporté dans une clinique privée du Mourillon. Il le trouva au téléphone, parlant en espagnol à un interlocuteur, et tout en recevant et donnant des chiffres, il gardait ses yeux pâles sur Tarras. Il finit par raccrocher sur une dernière consigne claire, reposa sa tête sur les oreillers entassés, déjà assis dans le lit et non plus couché.

— Georges, je suis désolé, vous vous êtes trouvé au milieu d'une affaire qui n'aurait pas dû vous concerner, et moins encore vous affecter.

Sur quoi il enchaîna, très naturellement comme si tout cela n'avait été qu'une péripétie sans importance. Il souhaitait que Tarras rentrât aux Etats-Unis dans les meilleurs délais : « J'ai eu Nick au téléphone voici une heure et il a quelques petits problèmes dont il aimerait vous entretenir... »

Il poursuivit, avec sa mémoire stupéfiante et anormale, ayant exactement en tête chaque point de détail de chaque affaire, et jusqu'aux noms des principaux responsables des différents chantiers navals, tant aux Etats-Unis qu'au Japon :

— Georges, veuillez je vous prie dire à Nick que je souhaite un état comparatif très détaillé de tout ce qui concerne cette affaire de citernes. Les Japonais ont modifié leurs prix pour certains postes et je serais intéressé de savoir pourquoi. Numata et Kameichiro nous avaient proposé...

Voix lente et grave débitant les noms exotiques, et les chiffres, avec une effarante et presque angoissante précision. Tarras se releva de la chaise où il était assis. Par l'une des fenêtres, il découvrait une sorte de montagne blanche, rocher nu sous un ciel bleu d'azur cru.

— Georges ?

Tarras réprima l'impulsion qui l'aurait fait se retourner. Il n'avait nulle envie de croiser le regard de Klimrod. Mais il ne parvenait plus à se taire.

— Entre autres choses que Charmian m'a dites, dit-il, il y a cette amitié dont vous m'honorez, paraît-il. Je serais l'homme au monde pour qui vous avez le plus d'amitié.

Silence.

Il lui fallut bien se retourner, à la longue. Et naturellement recevoir en plein visage, comme une brûlure, le regard gris. Qu'il soutint.

L'inconcevable alors se produisit : ce fut Klimrod qui détourna les yeux.

— J'aime cette femme, Georges. Non, laissez-moi finir, je vous en prie... Je n'ai pas trop l'habitude de ce genre de confidences. Vous a-t-elle dit depuis combien de temps, elle et moi, nous... nous voyons ?

— A peu près quatre ans.

Klimrod hocha la tête. Lui aussi regardait la montagne blanche, à présent.

— Vous a-t-elle dit qu'elle désirait que je l'épouse, et vivre avec moi ?

— Oui.

— Avoir des enfants de moi ?

— Oui.

— Et vous pensez connaître la raison qui me fait si obstinément lui refuser ce qu'elle me demande ? Vous pensez qu'il s'agit d'indifférence de ma part, ou plutôt de pur égoïsme, préoccupé que je suis, avant toutes choses, de poursuivre mon rêve personnel ? C'est bien votre réponse, Georges ?

— Oui.

Un court silence, puis Klimrod dit de sa voix très lointaine .

— Elle a déjà été internée quatre fois, Georges. Je vous donnerai les adresses des établissements, les noms des psychiatres qui l'ont traitée. Au cas où vous ne vous fieriez pas à ma parole. Nous avons déjà eu un enfant ensemble, il y a deux ans. Et elle l'a tué, un mois et demi après sa naissance. Elle l'a étranglé, la nurse était dans la pièce voisine et n'a rien entendu, n'a rien pu faire, malgré toutes les mises en garde que nous avions pu lui adresser. Après cela, elle a été de nouveau internée et à sa sortie, les médecins la jugeant guérie, elle s'est fait opérer — là aussi je peux vous donner toutes les indications —, s'est fait opérer et ne pourra plus jamais avoir d'enfant. Elle a tenté trois fois de se tuer et l'on va devoir l'interner encore, essayer encore de la guérir... Dois-je continuer ?

— Je vérifierai chaque fait, dit Tarras d'une voix rauque, stupéfait de sa propre détermination mais d'ores et déjà déchiré.

— Faites-le.

On frappa à la porte de la chambre. Diego entra, s'immobilisa sur le seuil.

— Tout à l'heure, Diego, dit Reb avec douceur, nous n'en avons plus pour longtemps.

Le petit Argentin ressortit. A nouveau le silence. Tarras qui avait baissé la tête, écrasé, la releva et vit que Reb Klimrod venait de reposer sa tête sur les oreillers, paupières closes, visage amaigri, creusé, et très pâle. Et très soudainement, un très bouleversant sentiment de pitié, de honte et de chagrin mêlés s'empara de Tarras, dont la vue se brouilla.

— Et autre chose encore, Georges. Nous sommes mariés, Charmian et moi. Nous nous sommes mariés le 19 janvier 1951 à Reno, Nevada. Cela aussi, vous pouvez le vérifier. Et je souhaiterais que vous le vérifiiez, comme tout le reste. Je voudrais...

Il s'interrompit, aspira à fond et ce fut le seul signe visible de l'immense émotion qui le broyait :

— Georges, je voudrais être assuré que je n'ai pas tout simplement vécu un cauchemar.

Avant de regagner Boston et sa maison victorienne de Marlborough Street, où il était avec Shirley quand ils n'étaient pas dans le Maine, il se rendit bien sûr à New York pour rencontrer Nick Petridis, mais avant cela il alla à Lausanne et à Zurich en Suisse, et à Londres et à San Francisco.

Ainsi qu'à Philadelphie et également à Reno.

Ayant en vérité avant même le premier de ces contrôles qu'il ne fit pas sans honte, l'absolue certitude que Reb lui avait en tout point dit la vérité.

Ce qui bien entendu se révéla être le cas.

En avril 1955, Charmian Page-Klimrod fut une nouvelle fois internée, en Suisse comme deux des fois précédentes ; son internement ayant été prévu cinq semaines plus tôt, suite à une crise effroyable qu'elle avait faite, au Caire, sans qu'il soit possible à Tarras de dire, quand elle lui avait posé la question de savoir où elle pourrait aller au terme de sa croisière en mers Rouge et Méditerranée, si elle était vraiment consciente de sa destination véritable, que pourtant elle connaissait.

Quand Georges Tarras la vit, elle ne le reconnut pas, ayant oublié jusqu'à son nom, ayant tout oublié, tout, et Reb lui-même. Quoique à part cela, elle parût tout à fait normale, évoquant même un voyage qu'elle préparait, à destination de la mer des Célèbes et de la Nouvelle-Zélande, très gaie, drôle, et belle à en pleurer.

30

Diego claqua les fesses nues des deux mulâtresses qu'il avait emmenées dans ses bagages, pour occuper ses nuits et ses siestes, en même temps que trente-six bouteilles du meilleur whisky. Sur un sourire et un baiser esquissé à la photo jaunie de Betty Grable, punaisée à la cloison par un précédent locataire, il sortit dans la coursive, frappa à la porte de la cabine voisine, entra.

Il découvrit Reb en train de lire, comme toujours

— Tu montes ?

— Non.

— On est comme qui dirait en vue des terres.

— Très bien, dit Reb sans même lever la tête.

Diego gagna le pont du petit vapeur, encombré d'une foule bruyante et gaie et très généralement noire, au sein de laquelle plusieurs orchestres tout à fait improvisés faisaient assaut de tintamarre. « On n'entendrait pas voler un B 29 », pensa Diego. Il escalada une échelle et rejoignit *o Capitao*, maître à bord après Dieu, qui n'était pas brésilien mais irlandais.

— On est en panne ?

— On attend.

La chaleur était infernale, les tôles du pont brûlaient sous les semelles et s'accouder à la rambarde nécessitait des précautions. Diego le fit néanmoins. Il se pencha. Il vit droit devant l'étrave du navire un véritable mur, haut de presque deux mètres, s'allongeant de part et d'autre aussi loin que le regard pouvait porter. Ce mur était gris-brun, mouvant, souple, couronné à sa crête d'une écume dorée qui voletait par-dessus remous et tourbillons et maculait souvent de tâches brunes, aussitôt effacées, le bleu intense de l'océan Atlantique.

Fasciné, Diego se pencha encore, par ce goût excessif et presque macabre qu'il avait pour tous les phénomènes hors du commun. Et cette rencontre, cet affrontement muet, reptilien, farouche par quoi s'opposaient l'Atlantique et le fleuve le plus puissant du monde, et qui se soldait par un match nul depuis le commencement des temps, avaient tout pour le satisfaire.

Relevant la tête, il constata que le duel ne se limitait pas à la seule juxtaposition des eaux. Presque exactement à la verticale de la muraille d'eau brune, le ciel aussi se partageait. Du côté de la terre noyée de brume, il était, ce ciel, boursouflé de nuages violets qui avançaient en un front uni, avec des allures de gardes montant au coude à coude pour interdire un accès. Le soleil, en revanche, éclairait l'Océan et y faisait éclater sa lumière.

— Et on attend quoi ?

— Ce foutu pilote.

Qui n'arriva que six heures plus tard, nonchalant à l'extrême. Alors seulement le vapeur put embouquer le gigantesque estuaire de la Rivière des Amazones.

A Belém était Ubaldo Rocha. Que Diego commença par trouver on ne pouvait plus antipathique, pour son air sombre, son presque total mutisme et ce que Diego dénomme « son air homme-des-bois-qui-sait ». Mais très vite, s'étant convaincu que Rocha avait pour Reb la même dévotion farouche que lui-même, Diego le vit d'un autre œil.

Et au vrai les deux hommes, à compter de cet instant, s'accordèrent fort bien.

Rocha avait une très grosse chaloupe et trois hommes pour la mener. Il leur fit remonter l'Amazone. Manaos fut atteinte au lever du jour, le 14 mai 1955, sans qu'à aucun moment de leur voyage Reb Klimrod eût quitté la couchette où il avait pris place au départ de Belém. Au passage de Santarém, Ubaldo Rocha s'abandonnant à une folle exubérance verbale, avait conté en quelques mots laconiques l'histoire de la tentative et de l'échec final d'Henry Ford, entre 1927 et 1946, quand le milliardaire américain avait investi une vingtaine de millions de dollars d'avant-guerre pour créer en Amazonie des plantations d'hévéas, mettant en terre près de quatre millions d'arbres à partir de pousses importées des domaines Goodyear aux Philippines. Ford avait même créé une ville, Fordlandia (en toute modestie), de trois mille habitants, avec ses écoles, ses églises, ses hôpitaux, et des stades, courts de tennis, piscines et parcours de golf, et ses magasins approvisionnés par avions spéciaux. Mais les emplacements avaient été mal choisis et quand une nouvelle tentative avait été faite ailleurs, compte tenu de ce qu'il faut huit ans à un hévéa pour commencer à produire le latex, l'homme de Detroit qui rêvait d'être son propre fabricant de pneumatiques avait découvert que son caoutchouc amazonien lui revenait plus cher, brut, que celui livré sous formes de pneus à domicile, franco de port. Et Ford découragé avait revendu pour un quart de million de dollars ce qui lui avait coûté quarante fois plus dans le meilleur des cas.

— Une affaire en or, dit Diego.

Mais il avait écouté le récit de Rocha avec une inquiétude confinant à l'angoisse, cette inquiétude s'accentuant à mesure que passaient les jours sur le fleuve interminable. S'enfonçant dans ce monde inconnu, il se sentait oppressé et retrouvait même, à huit années de distance, ce sentiment de désespoir et d'abandon tragique qu'il avait éprouvé quand, après leur fuite commune de Bogota, il avait vu partir Reb Klimrod droit devant lui, en route pour une marche solitaire de cent jours et d'au moins deux mille kilomètres.

A Manaos, il insista néanmoins pour aller au-delà. Par Rocha, il savait que la chaloupe devait poursuivre jusqu'à Moura (où Rocha était né), et ensuite remonter le cours du rio Branco.

— Cela ne servirait à rien, Diego. Et tu as des choses à faire, pour lesquelles je compte sur toi. C'était convenu.

— Ce n'est pas à deux ou trois semaines près.

Il en vint presque à supplier, avec d'autant plus d'exaltation qu'il voyait bien que quelque chose, pour lui inexplicable, était en train de survenir chez Reb. Une sorte de mutation s'opérait. Reb parlait de moins en moins, ses prunelles s'élargissaient et la transformation en était physiquement visible. Par moments, il se repliait littéralement sur lui-même. En deux ou trois occasions, dans Manaos même où ils passèrent au total trois jours (Rocha s'y affairant à des préparatifs incompréhensibles), il se mit, avec des Indiens de rencontre, à parler dans des langues inconnues. Il s'éloignait au point que lui, d'ordinaire si attentif et si courtois à l'égard de tous et toutes, ne semblait même plus entendre quand on lui parlait. Il n'avait jamais été distrait, si rêveur qu'il eût pu paraître. Or il l'était, et diablement.

— Laisse-moi venir avec vous. Le plus loin possible.

— D'accord : Caracaraï. Mais tu n'iras pas plus loin, en aucun cas Caracaraï.

Si aux oreilles de Diego Haas le mot chantait une musique quelque peu barbare, il ne lui disait strictement rien. Diego ne prit même pas la peine de consulter une carte, qu'au reste nul ne lui proposa. La chaloupe repartit de Manaos. On atteignit Moura, petite agglomération dénuée de tout intérêt, aux yeux de Haas du moins.

Vint ensuite la remontée du rio Branco, aux eaux sombres et dépourvues de moustiques, enfin presque. « Je suis en pleine jungle, pensait Diego avec une stupeur assez inquiète. Moi Dieguito Haas, fils chéri entre tous (elle n'en a pas d'autres) de Mamita, habitué des palaces, adoré des dames et terreur des maîtres d'hôtel dans tout le vaste monde, me voici pénétrant dans le grouillant et énigmatique Enfer Vert, contemplé depuis les deux rives par des Indiens certainement cannibales se pourléchant avec convoitise à la vue de mes dodus lobes fessiers... »

Au vrai, il n'avait d'autre ressource que de se réfugier dans l'humour, et de s'entretenir avec lui-même. Reb accroupi à l'avant n'ouvrait désormais plus la bouche, du moins pour des mots dans un langage civilisé. A plusieurs reprises, observant sans raison apparente le rideau de la forêt, il avait lancé des appels bizarres et aussitôt des Indiens nus avaient surgi, avec des physionomies d'épouvante et des arcs larges de deux ou trois mètres.

Ubaldo Rocha ne s'offrait pas davantage au dialogue. Il pratiquait la monosyllabe avec la virtuosité d'un Gary Cooper dans ses meilleurs rôles. Quant aux marins, ce n'étaient plus ceux de Belém. A Manaos on avait changé d'équipage et d'indubitables Indiens avaient pris le relais. La seule perspective de les avoir pour seuls compagnons de route, au retour, inquiétait Diego par avance.

— Ici.

Le jour venait de se lever. Diego fit de même et s'extirpa de son hamac. Il avait plu toute la nuit mais cette pluie avait cessé et le fleuve grossi inondait de ses eaux calmes des hectares de forêt, formant un miroir parfaitement lisse où se reflétaient les moindres dessins du ciel, avec une telle précision que Diego en était à se demander où était l'image et où était le reflet.

Il regarda dans la direction que venait d'indiquer Rocha, vit un brûlis déjà ancien, déjà presque ingéré par une végétation nouvelle, que rien ne devait distinguer entre des millions d'autres. On n'était sans doute plus sur le Branco, cette rivière-là était trop étroite, trop mangée par les arbres et le feuillage. La chaloupe mue par les gaffes vint accoster une espèce d'appontement — simple tronc pourrissant dont l'humus grouillant de vers servait aux racines d'un autre arbre majestueux. Derrière, et tout à l'entour, un impénétrable mur de verdure.

Reb avait déjà sauté à terre. A la grande horreur de Diego, il ôta les chaussures de toile qu'il portait depuis Rio, les jeta au loin, se mit à patauger pieds nus, avec une volupté visible, dans une eau limoneuse animée d'une très inquiétante vie animale.

Rocha, lui, se contenta de jouer les équilibristes sur le tronc couché, avant de gagner la terre ferme, « si tant est que quelque chose soit ferme dans cet aquarium ». Diego se sentait déchiré.

Il cria « Reb ! » exactement comme il l'avait fait huit années plus tôt.

Reb ne se retourna même pas. Il se déshabillait, se mettait complètement nu. Il parlait, s'adressant au mur de verdure, derrière lequel en effet des mouvements indistincts parurent se produire.

— Eloignez-vous maintenant, dit Rocha à Diego. Sinon, ils ne se montreront pas. Il est possible qu'ils n'identifient pas Reb tout de suite, après cinq ans. Inutile de courir trop de risques.

Pour plus de sûreté, il lança un ordre à l'intention des matelots indiens qui poussèrent aussitôt sur leurs gaffes et remirent la chaloupe dans le courant. Diego s'assit sur le pavois, tandis que la distance s'accroissait entre lui et Reb. Elle fut bientôt de cent mètres et alors seulement, dans la muraille de feuilles brillantes, luisantes d'eau de pluie, des silhouettes se matérialisèrent.

— *Guaharibos,* dit l'un des marins à voix basse et respectueuse.

Autour de Reb immense et nu, les silhouettes se multiplièrent, avec quelque chose relevant d'insectes s'attaquant à un grand animal blessé. Juste avant qu'un tournant ne lui dissimulât définitivement la scène, Diego crut capter un geste du bras de Reb, à son intention, en signe de ce que tout allait bien. Du moins Diego voulut-il espérer que ce geste avait été fait, et pour lui. Aussitôt après, il alla se recoucher dans son hamac et s'y pelotonna, malheureux comme jamais dans sa vie.

A Manaos il trouva à l'attendre, depuis plusieurs jours, les deux avocats brésiliens avec qui, selon les consignes de Reb, il avait tant à faire.

Et avec qui il fit tant.

6

Les Hommes du Roi

31

Tudor Anghel quitta Los Angeles le 14 septembre 1957 — à l'aube. Il passa à Barstow vers neuf heures et prit le temps d'y avaler un café et un morceau de tarte aux pommes. Anghel était un homme massif à la forte mâchoire carrée ; dans sa jeunesse, il avait livré une trentaine de combats comme boxeur amateur et à l'occasion il rappelait qu'il en avait tout de même gagné onze par knock-out. Son ascendance roumaine était marquée par des yeux noirs très vifs et très brillants, une volubilité toute latine et un art consommé de parler pour ne rien dire, surtout quand il ne voulait vraiment rien dire.

Quatre-vingts kilomètres à peu près au-delà de Barstow, se conformant aux consignes qu'il avait reçues par lettre, il quitta l'inter-état 15 et prit à gauche la route plus modeste qui longe à l'est la Vallée de la Mort.

La lettre disait notamment : *Il suffit que vous soyez à Tonopah à quatre heures. A six miles au-delà de Tonopah, vers l'est, sur la Six, prenez à gauche la 8A. Treize miles plus loin, la 82, qui est une piste...*

Cela avait tout à fait l'air d'un jeu de piste.

Il quitta la Californie pour le Nevada vers une heure de l'après-midi, déjeuna d'un hamburger très épicé au Trou du Diable, et ensuite remonta au nord, laissant Vegas derrière lui : *Ne passez pas par Vegas, s'il vous plaît*, disait la lettre.

Il était quatre heures moins trois minutes quand il traversa Tonopah. Qu'il traversa sans s'y arrêter. Ensuite la 8A, qui allait à Battle Mountain et à Elko. Puis la 82, et donc la piste...

Celle-ci s'enfonçait et grimpait par lacets larges, à peine marqués, entre la masse double des chaînes Monitor et de Toquima, passant nettement les trois mille mètres, et couvertes de forêts. *Vingt-sept miles et demi sur la piste. A droite, un ruisseau et une piste plus petite, indiquée : MUD WELLS.*

Anghel s'y engagea. *Vous y roulez deux miles. Cabane sur votre gauche.* Il trouva la cabane, en bois, déglinguée, solitaire, juchée sur une petite plate-forme rocheuse, tout à côté d'une grotte.

Attendez là, je vous prie.

Il coupa son moteur et dans la seconde un écrasant silence s'abattit. Le seul fait d'ouvrir la portière lui parut déclencher un vacarme. Il marcha jusqu'à la cabane, qui était vide et selon toute apparence abandonnée. Mais il nota que quelqu'un, récemment, y avait fait du feu. Il ressortit et visita la grotte, où un peu d'eau suintait des pierres. Il revint s'asseoir à son volant, alluma dans un premier temps la radio puis la coupa presque aussitôt, gêné par l'incongruité de ce bruit, au cœur de cette solitude.

Ce ne fut qu'une demi-heure plus tard qu'il eut tout à coup le sentiment d'une présence. Il remit une nouvelle fois pied à terre, regarda vers le haut et son pouls s'accéléra quelque peu. Une haute et maigre silhouette descendait le sentier, n'y faisant rouler aucune pierre, d'un pas léger de chasseur.

Il reconnut Reb Klimrod.

— Les mines, tout d'abord, dit Reb.

Il étala sur le capot de la voiture la carte d'état-major et Tudor Anghel remarqua aussitôt les innombrables croix, cercles, traits et triangles qu'on y avait tracés. « Regardez mieux, Tudor. » Il se pencha et constata qu'en même temps que les précédents, on avait apposé d'autres signes : carrés et lettres soulignées.

— Tudor, les croix sont pour la Lovelock, les cercles pour la Circle, les trois traits pour la Three Fingers, les triangles naturellement pour la Triangle West, les carrés pour la Chess & Wilson... Le reste est fort simple, un H pour la High Hill & Western, le G pour Goldman, et ainsi de suite.

Les noms des sociétés étaient familiers à Anghel. Vaguement. Et puis il se souvint :

— Ce sont celles que vous m'avez demandé de créer il y a cinq ans.

— Celles-là et huit autres. Prenez note, je vous prie.

Il récita les raisons sociales, les noms, adresses et numéros de téléphone des mandataires, les avocats qui avaient à chaque fois officié, les banques qui étaient intervenues — citant chaque fois pour ces dernières le nom du banquier concerné, son adresse et son téléphone personnel. Demanda quand il eut terminé sa dictée :

— Vous avez tout ?

— Oui.

— Je souhaiterais que vous gardiez cette carte et, grâce à elle, établissiez la liste des mines et gisements pour chaque société. Vous voudrez bien effectuer toutes les démarches nécessaires, d'une part contrôle des mandataires et des actes de trust de premier rang, d'autre part collationnement des actes de trust de deuxième niveau, à votre nom. Vous veillerez s'il vous plaît aux enregistrements des titres de propriété. Une fois ce travail terminé, soyez assez aimable pour tout transmettre à Settiniaz, comme d'habitude.

— En main propre.

— En main propre.

Anghel regardait la carte, fasciné et sidéré tout à la fois :

— Nom d'un chien, combien avez-vous acheté de mines ?

— Trois cent cinquante-trois. Il m'en manque encore une.

— Mines d'or uniquement ?

— Oui. Quand vous en aurez fini avec la carte, veuillez la brûler, je vous prie.

— Pas de problème, dit Anghel. Il considérait Reb Klimrod, qui portait la barbe, les cheveux longs et un bandeau en peau de serpent vert autour du front. N'eussent été les yeux, si clairs, qui brûlaient fantastiquement le visage maigre et très hâlé, on aurait pu le prendre pour un Apache en rupture de réserve. Il réfléchissait, très vite. Il dit : « Voici cinq ans, vous avez déjà acheté des mines d'or, dans toutes les Rocheuses. Leur caractéristique était alors de n'être pas rentables. L'once d'or extraite revenait alors à trente, voire quarante dollars, pour un cours officiel, d'ailleurs aujourd'hui inchangé, de trente-cinq dollars. Vous pensez que quelque chose va arriver ? »

Il reçut le regard soudain glacé de Reb et dit avec presque de la précipitation, parvenant à sourire : « Je retire ma question.

— Je ne l'ai pas entendue, dit Reb. Les terrains, maintenant. Vous notez ?

La lumière commençait à baisser. Anghel dut aller prendre une lampe électrique dans sa boîte à gants...

— Je vais vous la tenir, dit Reb.

... mais n'en poursuivit pas moins d'écrire sous la dictée, son effarement croissant au fil des minutes.

— Terminé, dit enfin Klimrod.

Il rendit la lampe à Anghel et se mit à marcher de long en large sur la plate-forme devant la vieille cabane, par moments presque invisible, ce qui contribuait à l'irréalité de la scène.

Anghel parcourut rapidement les notes qu'il avait prises, procéda à une première estimation :

— A vue de nez, quatorze mille hectares...

— Treize mille huit cent neuf.

— Plus ce que vous avez acheté entre 1951 et il y a deux ans.

— Plus seize mille six cent cinquante-trois. Trente mille quatre cent soixante-deux au total. Répartis en mille quatre cent douze parcelles et soixante-quatre sociétés.

— Dieu Tout-Puissant ! s'exclama Anghel.

Depuis l'ombre maintenant épaisse arriva la voix calme, lente et amusée de Reb Klimrod :

— Je ne pense pas qu'Il ait grand-chose à voir dans tout cela. Tudor, votre collationnement effectué, et toutes les autres opérations de contrôle effectuées, transmission à Settiniaz, bien entendu. Tudor ?

— Oui, Reb ?

« Où diable est-il passé ? » se demandait Anghel qui n'y voyait goutte.

— Merci d'être venu. Merci de votre aide, depuis six ans. Je suis passé il y a quelque temps devant cette maison que vous avez achetée dans les collines de Santa Monica. Elle est très belle et vaut largement les cent vingt-deux mille dollars que vous l'avez payée. J'ai également aperçu vos enfants, dont vous avez toutes les raisons d'être fier. Je crois me souvenir que vous allez fêter le 2 octobre prochain votre vingtième anniversaire de mariage. Je me trompe ?

— Non, dit Anghel, partagé entre des sentiments contradictoires : l'admiration sans borne, le respect et l'amitié, et la crainte devant l'espèce de menace implicite qu'il croyait déceler dans cet étalage de connaissances si précises que Reb Klimrod avait de lui.

— Vous aimez toujours la peinture roumaine, Tudor ?

— C'est à cause d'elle que nous nous sommes connus.

— Le hasard m'a mis en possession d'une très belle toile de Theodor Pallady, qui vaut Matisse ou peu s'en faut. Je serais très heureux si vous l'acceptiez. Elle devrait vous arriver dans une quinzaine de jours — le 2 octobre au matin, il me semble. A présent, partez, Tudor, je vous prie.

— Cet endroit est perdu en diable. Vous ne voulez pas que je vous dépose quelque part ?

— Non merci, Tudor. Allez à Vegas comme convenu. L'appartement du Flamingo est à votre nom. Je suppose que votre équipe est déjà en place, là-bas ?

— Comme vous me l'avez demandé.

Silence. Et brusquement, sans qu'aucun bruit dans le silence total de la nuit eût signalé son approche, l'Apache aux yeux clairs se dressa à côté de la portière ouverte et dit en souriant avec amitié :

— Fichez-moi le camp, Tudor, s'il vous plaît. Je suis invité à manger des haricots par un chercheur d'or des environs, qui s'appelle Fergus Mac Tavish. S'il me voyait débarquer d'une limousine aussi somptueuse que la vôtre, il me prendrait pour un millionnaire et me réclamerait pour sa mine cent dollars de plus qu'elle ne vaut.

Tudor Anghel de Chien Noir devint Homme du Roi, à force de travail, d'intelligence et d'absolue fidélité à Reb Klimrod.

L'affaire des mines d'or fut bâtie selon une technique éprouvée :

chaque petite société, possédant une ou plusieurs mines, était dirigée par un mandataire. Propriétaire apparent et officiel, ce mandataire devait en réalité tout à un premier trustee, qui contrôlait plusieurs mandataires. Et ce trustee de premier rang était lui-même subordonné par un autre acte de trust à un Homme du Roi, en l'occurrence Tudor Anghel. Qui était seul à connaître Reb, à qui il était lié par un nouvel acte de trust, et qui contrôlait lui-même la totalité des trustees de premier rang, dans un secteur d'activité donné.

Chaque Homme du Roi crut jusqu'au bout être seul et ne connut Klimrod que comme un milliardaire excentrique souhaitant conserver l'anonymat pour des raisons personnelles (il y en eut pour penser que Reb lui-même était l'agent de quelqu'un ou d'un groupe ou d'un état). Les Petridis, par exemple, crurent que Reb n'était qu'un armateur ; Anghel le prit pour un habile spéculateur en matière de terrains et de mines d'or ; Santana ne vit que le pétrolier ; Nessim, longtemps, le considéra comme un homme fortuné peu désireux de spéculer lui-même.

L'affaire des mines d'or du Nevada, du Colorado et autres Etats des Rocheuses, fut assurément la plus simple que le Roi fît jamais.

De 1951 à 1957, ses achats successifs, et d'une discrétion en tous points hermétique, l'amenèrent à engager trois millions deux cent quatre-vingt-seize mille dollars. Pour des mines effectivement non rentables, à peu près toutes abandonnées depuis quarante ans, au fil des années ; l'or qu'on pouvait en extraire ne couvrant même pas les frais d'exploitation, étant donné la valeur officielle du métal : trente-cinq dollars l'once.

Le chiffre de trois cent cinquante-quatre mines d'or mentionné par Reb Klimrod devant Tudor Anghel représente le nombre exact des concessions dont Anghel fit enregistrer les actes de vente ou plus exactement dont il contrôla l'acquisition. Mais une autre équipe opéra, parallèlement à celle de Tudor, et ces 354 mines ne constituèrent qu'une partie de la gigantesque vague d'achats entrepris par Reb Klimrod entre 1951 et 1957... qui le rendit possesseur de 2 211 gisements [1].

1. Il est amusant de remarquer que sept cents de ces mines furent, en 1969, revendues à un homme dont le nom n'est pas inconnu : Howard Hughes. Dès 1956 et jusqu'en 1964, trois équipes de géologues et experts divers opérant séparément effectuèrent des études sur chacune des acquisitions de Klimrod. Des bains électrolytiques à température très élevée permettent d'obtenir des métaux extrêmement purs, dans les gisements où les mineurs du début du siècle auraient à peine ramassé de quoi survivre. Les mineurs de l'époque des « goldrushes » ne cherchaient que l'or ou l'argent, alors que très souvent les crassiers contenaient d'autres métaux, parfois aussi rares et chers. Les sept cents mines revendues en 1969 n'étaient pas les meilleures du lot.

Le 21 janvier 1980, à la suite de hausses successives, l'or qui valait trente-cinq dollars l'once dans les années cinquante, atteignit le prix astronomique de *huit cent cinquante dollars* l'once.

Deux ans plus tôt, en février 1978, toutes les mines avaient été rouvertes et remises en activité.

D'autre part, Nessim Shahadzé au nom de Reb procéda très régulièrement chaque année, à des achats d'or variant selon les années entre deux cent mille et un million et demi de dollars, à trente-cinq dollars l'once d'abord, à quatre-vingts ensuite et même, à partir de décembre 1974 quand les opérations sur l'or furent rendues libres aux Etat-Unis, à cent quatre-vingts dollars.

On peut fixer, sans erreur, le bénéfice réalisé par le Roi, en janvier 1980, à quatre milliards trois cent cinquante-cinq millions de dollars...

32

Diego Haas, tout nu, barbotait fort joyeusement dans une baignoire ronde de trois mètres de diamètre, avec des petits jets bouillonnants partout, en compagnie de trois donzelles vêtues de leur pudeur et de boucles d'oreilles. Le téléphone sonna. Il crawla et rampa sur une mer de seins et de croupes potelées (il les aimait *très* potelées) et réussit à décrocher à seulement la troisième sonnerie. Il dit avec sa gaieté ordinaire :

— Ici le cheikh Abdul ben Diego, j'écoute.

Ensuite, il dit « oui » sept fois de rang et, à sa dernière intervention, pour changer, il dit « yawhol ». Il raccrocha. Six semaines s'étaient écoulées depuis son arrivée à Las Vegas et il commençait à s'y ennuyer à l'extrême, nonobstant les donzelles dont il faisait une consommation prodigieuse. Le jeu le laissait d'une indifférence minérale. Il avait joué, certes, usant des vingt-cinq mille dollars que Reb lui avait laissés à ce seul usage mais la malchance l'avait accablé avec une obstination sardonique : il avait gagné tout du long. « Impossible de me débarrasser de cette saloperie de fric. Les croupiers ricanaient en me voyant arriver. J'étais devenu l'objet de la risée générale Je n'ai jamais pu, pas une seule fois, au craps, sortir autre chose que des sept et des onze. A pleurer. » Et du coup avait-il échafaudé une théorie selon laquelle, pour gagner à coup sûr de l'argent dans un casino, il suffit tout simplement de s'acharner à le perdre, à toute force, en priant bien fort et bien sincèrement *Nuestra Señora de Guadalupe.*

... Mais l'attente enfin s'achevait. Il considéra les donzelles. Et dans ses prunelles dorées monta la fameuse flamme sarcastique, folle et inquiétante.

— Tout le monde sur le pont, cria-t-il. Paré à la manœuvre, carguez tout et le reste, hissez le cabestan, les grands huniers et les cacatoès, les voiles d'étai, d'état et les trinquettes, la barre à tribord toute. En d'autres termes, foutez le camp mesdemoiselles. Et que ça saute.

Il les flanqua dehors sans leur laisser le temps de s'habiller, au grand enthousiasme d'un garçon d'étage. Et durant les trois heures suivantes, s'activa.

En trois heures, Diego exécuta point par point toutes les manœuvres dont il avait la responsabilité. Il ne passa pas moins d'une quarantaine de coups de téléphone, à Vegas même pour l'essentiel mais aussi à destination de nombreuses autres villes des Etats-Unis.

Ne prolongeant jamais les conversations au-delà des quelques mots strictement nécessaires.

Ce premier travail terminé, il quitta son appartement du Flamingo et, après s'être assuré que Tudor Anghel y avait bien pris ses quartiers comme convenu, comme d'ailleurs les cinq juristes de son équipe venue de Los Angeles, il sortit et sans se soucier de la chaleur de four qui régnait sur le Strip, gagna le Sands. Là aussi, tout était en ordre, les deux avocats venus de New York, Harrison Quinn et Thomas Mac Greedy, y étaient arrivés depuis la veille et tenaient leurs dossiers prêts.

De même au Desert Inn — pour s'y rendre, Diego prit un taxi ; si la chaleur le laissait de glace, il exécrait en revanche l'exercice physique, sinon avec les dames — au Desert Inn où Steve Pulaski de Detroit s'était installé avec deux de ses collaborateurs, et ses dossiers.

Il compléta sa tournée par une visite au Dunes — s'y trouvaient à attendre les avocats de Chicago, Moses Bern et Louis Benetti — et une autre au Sahara qui hébergeait le groupe de Philadelphie conduit par Kim Foysie.

A chacun, il répéta les consignes et confirma les heures de rendez-vous.

Tirant de tout cela la plus grande satisfaction. Parce que cela lui paraissait dément au dernier degré et il n'y avait rien qui pût l'enchanter davantage. Et puis, somme toute éprouvant sans doute un sentiment qui était en permanence celui de Settiniaz, parce qu'il était à ce moment-là le seul, dans tout Vegas (à une exception près) à savoir ce qui allait se passer, et comment et pourquoi. Cette certitude, ajoutée à la nouvelle que Reb allait enfin le rejoindre, c'était bien assez pour l'exalter.

Aucune des équipes de juristes venues à Vegas n'avait en effet la moindre idée de ce qu'elle n'était pas la seule à devoir opérer. Toutes s'ignoraient entre elles

Lorsqu'il en eut terminé, il était cinq heures de l'après-midi. « Juste dans les temps. » Il regagna le Flamingo en taxi. La voiture de location qu'il avait retenue depuis une semaine l'attendait. Il se mit au volant, démarra, remonta le Strip jusqu'au carrefour avec Main Street et Oakey Boulevard, prit à gauche sur Charleston, et à droite ensuite. Il rejoignit ainsi Jones Boulevard et poursuivit au nord, sur des terrains qui — cela aussi il le savait — étaient à Reb pour l'essentiel.

Vint un moment où il n'eut plus devant lui qu'une route rectiligne courant en vallonnements plein nord à l'infini, avec à droite et à gauche et bien sûr droit devant un désert brûlant, et derrière lui la fabuleuse orgie des lumières de Vegas. Il se mit à chanter à tue-tête, moteur coupé, interprétant *Ramona* avec une extrême férocité.

Le camion stoppa à dix mètres de lui, sur l'autre côté de la route. Reb en descendit, bretelle de son sac sur l'épaule. Il serra en souriant la main du chauffeur, lequel redémarra. Au passage, sur les flancs du véhicule, Diego reconnut la raison sociale d'une entreprise de transports routiers dont il avait été, un temps, le président-directeur général. « Ensuite, je l'ai vendue. Je ne sais ni à qui, ni pourquoi ni combien, mais je l'ai vendue. Je me souviens parfaitement du jour où Reb m'a dit de signer. »

Il chanta aussi fort que ses poumons pouvaient le lui permettre. Reb ouvrit la portière et s'assit.

— Si tu baissais un peu le son ? On t'entend jusqu'en Alaska.

Il y avait quarante-trois jours qu'ils ne s'étaient pas vus, et le bonheur de Diego était immense.

— Ça va ?

— Oui. Presque. Où en es-tu ?

— Tout est prêt. Demain matin huit heures trente pour la première salve.

L'appartement qu'avait Diego au Flamingo n'était pas au nom de Haas. Il l'avait loué sous le nom de Luis de Carbajal, identité qu'à la connaissance de Settiniaz, il utilisa une bonne douzaine de fois, et dont le même Settiniaz crut longtemps qu'elle n'était qu'une identité d'emprunt, dont il se servait quand il se présentait dans une ville ou un hôtel où, sur ordre du Roi, il avait à faire sans que sa mission impliquât l'utilisation d'un passeport. Il fallut plus d'un quart de siècle à David Settiniaz pour découvrir que le vrai patronyme de Diego était Luis Diego Haas de Carbajal. Par sa mère, un presque authentique Grand d'Espagne...

— Quelle chambre préfères-tu ?

Haussement d'épaules. « Il s'en fout. » La grande main brunie de Reb décrocha le téléphone, forma le numéro. Reb se mit à parler français. « Settiniaz sans doute », pensa Diego, qui ne comprenait qu'un mot sur vingt. Il observait Reb et sa déception était considérable. Il avait espéré que leur retour aux Etats-Unis, où ils étaient tous deux depuis quatre mois, à courir d'une côte à l'autre, allait lui rendre un Klimrod plus proche de celui qu'il avait toujours connu. Mais non. « Il est plus lointain que jamais. » Dix mois s'étaient écoulés entre le moment où Reb s'était enfoncé dans la jungle amazonienne, près des chutes de Caracaraï et ce jour miséricordieux où, à Rio alors qu'il était avec Socrates, le téléphone avait sonné, faisant enfin entendre la voix si caractéristique : « Diego ? J'ai besoin de toi. » Cette plongée dans le Monde Vert avait encore transformé Klimrod. S'il continuait à manifester la même attention courtoise à quiconque lui parlait, ce que Diego nommait ses « absences » se faisait plus fréquent et plus long à chaque fois...

La communication s'acheva sur un « A bientôt » que même Diego comprit.

— Reb ? Pourquoi « presque » ? Je t'ai demandé si ça allait et tu m'as répondu : « Oui. Presque. »

Le regard gris tourna lentement et vint se poser sur lui. Reb sourit soudain :

— Un certain Fergus Mac Tavish. Ses haricots au lard sont excellents mais son whisky est ignoble. Et il m'a dit non.

Diego n'avait pas la plus petite idée de qui était ce Fergus Machin-Chouette. Il ne posa pas de questions, bien sûr.

— Mais je n'en ai pas encore terminé avec lui, reprit Reb.

Et il avait sur le visage une expression malicieuse et amusée. Il se déshabilla et prit une douche. Diego demanda :

— Faim ?

— Oui.

— Hamburgers et œufs ?

— Oui.

« Il s'en fout. »

— Diego, tu as pensé au coiffeur ?

— Il sera là dans trente-trois minutes vingt-quatre secondes et sept dixièmes. Et ton costume est prêt. Pour les chaussures, j'ai acheté trois pointures différentes, au cas où. A force de faire l'Indien, tu as peut-être les pieds qui se sont élargis. Quant aux cravates... *Dio mio*, des cravates !... j'en ai pris douze. Celle-là ?

— Trop voyante.

— Elle est verte. Elles sont toutes vertes, d'ailleurs. Celle-ci est presque invisible.

— Très bien.

Un quart d'heure plus tard, un serveur apporta les hamburgers et les œufs. Il ne vit pas Klimrod qui était alors dans une des chambres en train de téléphoner, encore, et en allemand cette fois, à un nouvel interlocuteur anonyme. Puis arriva le coiffeur qui s'attaqua sans un mot aux cheveux et à la barbe et — étant lui-même d'origine mexicaine — crut certainement que les deux hommes étaient ce qu'ils prétendaient être : des Sud-Américains en goguette à Vegas. A son départ, Reb se remit à téléphoner, physiquement transformé au point que Diego lui-même avait quelque mal à le reconnaître : cheveux coupés court, rasé, lunettes d'acier à verres fumés, il semblait plus jeune (il avait vingt-neuf ans moins trois jours) et paraissait très exactement ce que sans doute il souhaitait paraître : un jeune cadre sorti de quelque université de premier ordre. Les lunettes surtout le transformaient énormément, dans la mesure où elles dissimulaient presque complètement ses yeux si caractéristiques et en atténuaient l'extraordinaire acuité.

A sept heures trente exactement, on frappa à la porte, suite à un appel téléphonique donné depuis l'intérieur de l'hôtel. Entrèrent deux hommes, l'un étant Lerner, que Diego connaissait très bien, et l'autre un certain Abramowicz, un peu moins familier. Ils s'enfermèrent avec Reb, Diego montant la garde, pendant une heure et quelque, puis s'en allèrent. Reb se remit à téléphoner et, à l'occasion de l'une des très rares pauses, Diego demanda :

— Tu veux une fille pour cette nuit ?

Reb haussa les épaules, indifférent, yeux gris dans le vague.

— Pour le cas où, dit Diego, j'en ai retenu deux. Longues, brunes, lisant Aldous Huxley et Rabindranâth Tagore, comme tu les aimes. Ça te détendra, merde ! Linda ou Terry ? Ou les deux ?

Téléphone. Diego décrocha et reconnut la voix d'Abie Levin, qui en réalité ne se nomma pas. Diego passa la communication dans la chambre et, par discrétion, alla faire un tour dans le couloir, à jouer avec le distributeur de glaçons. Ce fut ainsi qu'il vit arriver, à quelques secondes de neuf heures, portant une serviette de cuir, celui qui, de tous les Hommes du Roi, resta toujours le plus énigmatique.

C'était un homme de taille moyenne, d'aspect moyen, moyennement bien habillé, un visage insignifiant, impossible à décrire.

L'homme stoppa devant la porte de l'appartement, sans frapper au battant, et regarda Diego. Ce dernier s'avança, déjà prêt à écarter le gêneur. L'homme sourit derrière ses lunettes :

— Monsieur Haas ? Voudriez-vous lui dire que Jethro est là ?

— Jethro ?

— Simplement Jethro. Il m'attend.

Diego rentra dans l'appartement et donna le message. Reb acquiesça sans commentaire.

— Et il sait mon nom, dit Diego.

— Oui.

Regard dans le vague : « Fais-le entrer, Diego, et à partir de cette minute, qu'on ne me dérange plus, s'il te plaît. Plus de téléphone J'en aurai pour deux heures. Et ce sera Linda, finalement. Onze heures trente. Si elle veut bien attendre jusque-là. »

Il sourit.

Jethro entra, Reb et lui s'enfermèrent. Diego fit le nécessaire pour qu'aucun appel ne fût transmis à l'appartement au cours des deux heures suivantes. Pour ce qui le concernait, il alluma le téléviseur et finit par tomber sur un vieux film de James Cagney, *Du sang dans le soleil.* Il aurait préféré Shelley Winters. Il aimait beaucoup Shelley Winters : blonde et potelée, et une bouche coquine en diable. Le film terminé, et aucun bruit n'arrivant de la chambre de Reb, il prit un bain et une douche, se rasa, se fit un shampooing, se coupa les ongles des pieds et des mains, et les poils du nez.

Il entendit mais ne vit pas partir Jethro. Simplement Reb, à un moment, parut, avec au fond des yeux quelque chose qui ressemblait assez à une grande satisfaction, voire à du triomphe.

— Et cette Linda ? Grande et brune, dis-tu ?

— Et ayant appris Tagore et Guy L'Eclair par cœur, comme tu les aimes.

— Je n'attends plus qu'elle.

Il était décidément d'excellente humeur.

— En somme, dit Diego, à part Fergus Machin-Chouette, tout va très bien ?

— Tout va très bien à part lui.

En peignoir, Diego gagna le salon pour inviter à monter la Linda en question, qui attendait dans une chambre deux étages plus bas. Tant qu'il y était, il lança la même invitation à l'autre fille, Terry, bien qu'elle ne fût ni blonde ni potelée. Il ferait une entorse à ses habitudes, pour une fois.

« Et puis maintenant que je suis tout beau et tout propre, quelle affaire je fais ! »

Ce fut par hasard s'il remarqua les quatre dossiers, juste avant que Reb n'allât les ranger. Ils avaient été manifestement apportés par Jethro. Ils n'avaient rien de très extraordinaire, simples chemises de carton que rien ne distinguait entre elles...

... sinon leur couleur : une noire, une rouge, une verte et une blanche.

Jethro travailla pour le Roi trente ans au moins.

Jusqu'en 1976, il fut régulièrement payé par Reb Klimrod, à partir d'un compte panaméen. Ensuite les règlements furent effectués par une banque des Bahamas.

Les virements ne furent jamais justifiés d'aucune façon et c'est Reb Klimrod lui-même, très exceptionnellement, qui donna personnellement à David Settiniaz consigne d'y procéder.

Les sommes, réglées semestriellement, variaient assez peu, jamais moins de trois cent mille dollars, mais avec des pointes exceptionnelles. Ainsi en 1957, où le versement fut supérieur à un million de dollars.

Jethro fut le chef d'un formidable réseau de renseignements et d'espionnage, au seul service du Roi. Tarras pense que Yoël Bainish joua un rôle dans l'établissement de ce réseau.

Quant à la présence de Jethro à Vegas à cette époque, et d'un Jethro prenant le risque de se montrer à Diego, elle est le signe de l'importance de la manœuvre entreprise par le Roi le 16 et 17 septembre 1957 — une « Saint-Valentin financière [1] ».

33

La chemise noire se trouvait entre les mains d'Harrison Quinn, l'avocat venu de New York et descendu, avec son associé Tom MacGreedy, dans des appartements de Sands.

Ni Quinn ni MacGreedy n'étaient des familiers de Las Vegas. Ils s'y trouvaient pour la première fois. Ils n'étaient pas non plus habitués à négocier avec des truands, mais la chose ne les épouvantait pas outre mesure. L'un et l'autre étaient des avocats d'affaires, redoutablement affûtés à tous égards, avec le même amour pour les dossiers bien préparés, et le cas échéant, la même implacabilité s'agissant de défendre les intérêts dont on les chargeait.

Le dossier qu'on leur avait confié les satisfaisait pleinement. Ils le trouvaient remarquable. Ayant travaillé dessus avec acharnement, ils n'y avaient pas décelé la moindre faille. Ce Lerner connaissait son affaire, pas de doute, bien que ne payant guère de mine avec son débit précipité et comme douloureux, et sa mise de garçon de course endimanché pour un enterrement. Lerner ne leur avait pas fait au premier abord très grosse impression, quand il était venu requérir leurs services. Ils avaient failli décliner sa proposition, malgré l'importance considérable des honoraires offerts. Et puis Lerner leur avait dit : « Les clients que je représente n'appartiennent pas à la pègre. Ils sont respectables. Vous pouvez en obtenir l'assurance : téléphonez à David Fellows de la Hunt Manhattan. Faites-le, je vous prie. Maintenant. » Ils l'avaient fait. Fellows avait éclaté de rire : oui, il connaissait les « clients de Lerner ; oui, il en répondait, à tous égards ; non, il ne pouvait pas donner leurs noms ; oui, Quinn et MacGreedy, si respectables qu'ils fussent, pouvaient sans regret ni remords s'engager avec Lerner et ses « clients »...

Harrison Quinn ouvrit la chemise noire. Elle contenait deux feuillets, tapés à la machine, sans signature ni en-tête. Quinn les lut et

1 Le massacre de la Saint-Valentin, à Chicago le 14 février 1929. (Capone y fit abattre sept hommes.)

en eut des frissons. Sans un mot, il passa le texte à MacGreedy. Après quoi, il se retourna et examina plus attentivement le jeune homme aux lunettes cerclées d'acier, assis derrière lui, entre deux des assistants du cabinet Quinn & MacGreedy. Du jeune homme aux lunettes cerclées d'acier, Quinn savait en tout et pour tout trois choses : « Il s'appelle Beck ; c'est l'un de mes adjoints ; il me représente. Respectez scrupuleusement toutes les consignes qu'il vous transmettra en mon nom. »

Et c'était ce même jeune homme qui, quelques minutes plus tôt, lui avait discrètement tendu la chemise noire.

MacGreedy avait à son tour achevé sa lecture et refermé la chemise. Lui aussi demeura impassible, mais Quinn nota que ses mains tremblaient un peu. Il était à cet instant huit heures et vingt-neuf minutes du matin, le 16 septembre 1957. Le regard de Quinn parcourut lentement le salon du huitième étage du Sands où avait lieu la réunion. Il dit à haute voix :

— Tout le monde est là, me semble-t-il...

Murmures ou hochements de tête pour acquiescer. Ils étaient quatorze en tout. Quinn avait MacGreedy sur sa gauche. Derrière lui étaient ses deux assistants et le jeune Beck ; sur sa droite, cet inquiétant personnage du nom d'Abie Levin, flanqué de deux autres individus encore moins séduisants, un certain Moffatt représentant à lui seul plusieurs syndicats et un juriste appelé O'Connors ; en face enfin, cinq hommes : Manny Morgen et Sol Mayer, propriétaires officiels des deux casinos et détenteurs des licences d'exploitation, qu'accompagnaient leur directeur commun des jeux, Joe Manacacci et leurs conseillers juridiques, aux patronymes anglo-saxons.

Quinn chercha le regard de Levin :

— Monsieur Levin ?

— C'est vous qui faites l'offre, répondit Levin. A vous de débuter.

Il avait des yeux noirs un peu fendus mais aussi durs qu'impénétrables. Quinn avait entendu prononcer son nom à plusieurs reprises ; quelqu'un lui avait même affirmé que Levin était l'ambassadeur plénipotentiaire du Syndicat du Crime — pour autant que celui-ci existât bien sûr — auprès des *unions* (syndicats) américaines. Selon le même informateur, Levin avait réussi la performance d'être, tout à la fois, un ancien lieutenant des « vieux » comme Genovese, et le nouvel homme à tout faire de la jeune génération des Gallo, Persico et autres Profaci. Sans pour autant rompre une amitié solide avec un Mayer Lansky. Et, en dépit de toutes ces intéressantes relations, sans avoir jamais été assigné à comparaître devant le moindre tribunal, depuis vingt ans.

Quinn observa Morgen et Mayer, allant de l'un à l'autre .

— Vous possédez deux casinos, l'un sur le Strip, l'autre un peu en retrait Les recettes du premier se montent en moyenne à quatre cent vingt mille dollars. Pour vous, monsieur Morgen, le chiffre est assez nettement inférieur : trois cent quarante mille. Par jour.

— D'où tenez-vous de tels renseignements ? demanda Morgen soudain furieux.

— Ils sont exacts, dit calmement MacGreedy. Et d'ailleurs, la question n'est pas là.

— Et elle est où ?

— Dans les problèmes que vous avez en ce moment, dit Quinn. Et dans les problèmes que vous allez avoir sous peu.

— Très peu de temps, dit MacGreedy en souriant avec une grande affabilité.

— Et qui vont vous obliger à vendre, dit Quinn.

— Vendre à notre client, précisa MacGreedy.

— Il n'a jamais été question de vendre quoi que ce soit, dit Mayer.

Mais lui, à la différence de Morgen, ce n'était pas tant les deux avocats new-yorkais qu'il observait, qu'Abie Levin. « C'est dit, pensa Quinn, Mayer a déjà compris. Il est plus intelligent que l'autre. »

— Monsieur Mayer, dit Quinn, vous avez des problèmes dans votre établissement. Avec la Commission des Jeux. A sept reprises au cours des quatre derniers mois, des irrégularités ont été constatées dans votre casino, vous avez déjà été condamné à une première amende de cent vingt mille dollars. Demain, ou en tout cas très bientôt, vous aurez à en acquitter deux autres, sinon trois autres, pour un montant pouvant aller jusqu'à cinq cent mille dollars.

— Nous paierons, dit Mayer.

— C'est un point sur lequel nous reviendrons, monsieur Mayer, dit MacGreedy, plus souriant que jamais. Quant à vous, monsieur Morgen, votre situation ne vaut guère mieux que celle de votre associé… oh pardon, de votre collègue…

— Vous avez certes, vous aussi, de petits ennuis avec la Commission des Jeux… dit Quinn.

— … mais ils sont moins graves dans votre cas, dit MacGreedy, l'air de dire : « Ne vous inquiétez surtout pas. »

— Dans votre cas, dit Quinn, c'est plutôt le Département du Trésor qui vous poserait des problèmes sérieux…

— Le Département du Trésor, dit MacGreedy, a la preuve que les recettes que vous avez déclarées au fisc ne correspondent pas tout à fait aux recettes réelles…

— Dissimulation de revenus, dit Quinn.

— Et de toute façon, dit MacGreedy, il y a aussi ce fait que l'Etat du Nevada…

— … par le truchement de sa Commission des Jeux, dit Quinn.

— … a l'intention de procéder à une épuration systématique des milieux du jeu, dit MacGreedy.

— En éliminant les gens peu recommandables, dit Quinn.

— Nom de Dieu, qu'est-ce que c'est que ce cirque ! s'exclama

Morgen. Vous nous accusez de quoi, au juste ? Et d'ailleurs qui êtes-vous pour nous accuser de quelque chose ? On est venus ici parce qu'Abie Levin, qui est un ami, nous a demandé de venir…

Il continua de protester. Et juste à ce moment-là, on toucha le coude de Quinn. Sans baisser la tête, il prit le papier plié en deux. Il l'ouvrit sur ses genoux et lut les trois mots tracés d'une écriture petite et très dense : « *Faster. Kill Them*[1] ».

— Ne perdons pas de temps, dit Quinn. Vous parliez de payer les amendes, monsieur Mayer ? Avec quel argent ? Celui que vous avez en caisse ? Je crois que j'ai une mauvaise nouvelle pour vous, monsieur Mayer. Monsieur Levin ?

— Hélas ! dit Levin impassible.

— Monsieur Mayer, dit MacGreedy, vous avez construit et aménagé votre casino avec…

— C'est également le cas de M. Morgen, dit Quinn.

— … avec notamment des prêts qui vous ont été consentis par les services financiers de certains syndicats, représentés ici par messieurs Levin et Moffatt. Exact, monsieur Levin ?

— Exact, dit Levin.

— Or, dit Quinn, vos bailleurs de fonds ont eux-mêmes des problèmes.

— Les cotisations rentrent mal, dit Levin. La crise.

— En outre, le gouvernement fédéral s'inquiète, à tort ou à raison, de voir des organisations syndicales financer des entreprises de jeu…

— … surtout gérées par des gens qu'il considère…

— .. à tort ou à raison, dit Quinn.

— … comme peu recommandables, dit MacGreedy.

— En bref, dit Quinn, vos bailleurs de fonds vont très bientôt vous présenter leurs notes[2], messieurs Mayer et Morgen. Pour vous, monsieur Morgen, la somme à payer sera, grosso modo, d'un million quatre cent quatre-vingt-trois mille six cent vingt-deux dollars et cinquante-trois cents, intérêts compris. Monsieur Mayer ? Pour vous le chiffre est d'à peu près deux millions quatre-vingt-quatorze mille cinq cent soixante et onze dollars tout ronds, intérêts compris.

— Nous avons des amis, dit Morgen, regard flamboyant de fureur et de haine.

— Parlons de ces amis, justement, dit MacGreedy en souriant.

Il prit l'un des feuillets dans la chemise noire, et Quinn prit l'autre.

— Frederic Morgen, né le 14 mars 1912 à New York. Deux ans de prison en 1936 pour attaque à main armée. A assassiné le 11 août 1939 un nommé Charlie Basile. Condamné à douze ans…

— Je ne suis pas Frederic Morgen.

— Vous êtes son frère. Et la commission Kefauver vous a voici

1. *Plus vite. Tuez-les.*

2. Traites ou billets à ordre

sept ans accusé d'avoir reçu de l'argent, non seulement de votre frère, mais de deux autres hommes dont la même commission susdite a formellement établi qu'ils tiraient l'essentiel de leurs ressources de la prostitution.

— Pas de preuves. On ne m'a pas poursuivi. Je n'ai jamais été condamné.

— Vous n'auriez pas obtenu de licence vous permettant d'exploiter un casino dans le cas contraire. Mais nous avons ces preuves que la commission Kefauver n'a pas réussi à apporter, monsieur Morgen. Compte 165 746 X, au nom de Frank Grabenher, à la banque Royal Britannia. Voulez-vous les dates des versements et leurs montants ? Je suis sûr que les enquêteurs du Sénat des Etats-Unis seraient très heureux de les connaître...

— Monsieur Mayer ? dit Quinn, c'est à vous, je crois.

— Je peux continuer, dit MacGreedy. J'ai encore des tas de choses à dire à monsieur Morgen. A propos d'une certaine Leslie Muro, retrouvée morte le...

— Je crois que monsieur Morgen a compris, maintenant, dit Quinn avec bonhomie. Monsieur Mayer ?

Il se mit à lire le deuxième feuillet.

— Y est établi, monsieur Mayer, votre étroite collaboration avec un certain John Mandris, de Los Angeles. Avec également Joe Bagna et Mike Levy. Vous avez failli être inculpé de meurtre, monsieur Mayer. Sans le témoignage d'un dénommé Eddie Sage, la police californienne se serait certainement interrogée davantage sur votre emploi du temps au moment de la mort de feu Buggsy Siegel, si honorablement connu à Las Vegas en tant que créateur de l'hôtel-casino Flamingo. Je continue, monsieur Mayer ?

— Je peux voir ce papier ?

— Mais certainement.

Mayer lut le feuillet dactylographié qui lui était consacre. ımpassible. Il finit par le reposer devant Quinn et alla se rasseoir. Il demanda calmement :

— Qui est votre client ?

— Un homme appelé Henry Chance, dit Quinn. C'est un homme dont l'honorabilité est plus assurée que celle de feu M. Siegel, et il a en outre une grande expérience des casinos. Et naturellement la Commission des Jeux lui a délivré la licence d'exploitation nécessaire.

— Et il offre ?

— Il règle les amendes, vos créanciers et verse six millions neuf cent soixante-quinze mille dollars. Cash.

— Monsieur Morgen, dit MacGreedy, en ce qui vous concerne, l'offre se trouve par coïncidence être la même : apurement de tous les comptes, prise en charge des dettes, et versement de cinq millions deux cent dix mille.

— Cash, dit Quinn.

— Ce sont des offres raisonnables, dit MacGreedy
— Et vous le savez, dit Quinn.
— Bien entendu, vous disposez d'un délai pour étudier nos propositions.
— Et en parler à, disons vos amis de Los Angeles, dit Quinn.
— Dont les noms, les adresses, et le nombre de parts qu'ils détiennent dans vos établissements respectifs figurent sur les feuillets que nous avons ici. Devons-nous les lire ?
— Inutile, dit Mayer.
— Le délai est de deux heures exactement, dit Quinn.

A dix heures et quarante-quatre minutes, avec donc un peu de retard sur le programme — mais Morgen fit un peu traîner les choses en présentant une contreproposition à cinq millions cinq cent mille, proposition qui fut rejetée — on signa les premiers documents. Mayer et Morgen s'en allèrent avec leur petit état-major qui n'avait même pas eu la possibilité de dire un mot.

— A nous, monsieur Levin, dit Quinn.

MacGreedy saisit les papiers que lui tendait son assistant. Il en fit la lecture : le protocole d'accord prévoyait que les syndicats représentés officiellement par Moffatt recevraient paiement intégral des « notes » concernant les deux casinos-hôtels anciennement propriété de Manny Morgen et Sol Mayer.

En revanche, en association avec Henry Chance, une société d'engineering (conseil) était créée par ces mêmes syndicats, coiffant les deux établissements. Cette société devait, en outre, prendre en charge la fourniture de tout matériel, technique, d'équipement ou alimentaire à destination des casinos.

Pour ce faire, elle établirait des accords, dont les textes étaient d'ores et déjà prévus, avec diverses compagnies et sociétés — la plus importante de celles-ci se trouvant être une certaine Jaua Food.

Les actes furent signés. Levin, Moffat et O'Connors se retirèrent à leur tour.

Quinn se retourna alors vers le jeune homme aux lunettes cerclées d'acier, dont le verre fumé dissimulait les yeux :

— Vous aviez vraiment besoin de me houspiller avec ce mot que vous m'avez fait passer ?

— Je suis vraiment navré, répondit le jeune homme assez timidement. J'exécutais simplement les ordres de M. Lerner.

La chemise rouge arriva entre les mains de Steve Pulaski, dans un appartement du Desert Inn, le 16 septembre à quatorze heures.

Son contenu n'étonna guère l'avocat d'origine polonaise. Dès les premières minutes où, dans son bureau de Detroit, il avait entendu

Moe Abramowicz lui expliquer ce que « ses clients » attendaient de lui, il s'était fait une idée sur la manœuvre en train de s'amorcer : une bataille entre deux factions de la grande pègre. Pas la pègre ordinaire, mais l'autre, l'invisible, qui s'achète des sénateurs, voire des hommes politiques à Washington ou à l'étranger[1].

Il lut le contenu de la chemise rouge et l'unique feuillet qu'elle contenait lui apprit que l'homme qui lui faisait face, qu'il devait convaincre en deux heures de vendre son casino, avait un passé chargé. Rien d'officiel, il n'y avait jamais eu la moindre inculpation. Mais le bref dossier, rédigé en style télégraphique, révélait des participations à des rackets ; il indiquait des noms, des dates, des chiffres ; il y avait là de quoi récolter vingt ans.

Et ce fut sans doute ce qui, en définitive, surprit le plus Pulaski : dans la façon même dont le dossier si accablant était établi, il ne reconnut pas la manière de procéder de la grande truanderie. Il pensa plutôt au travail d'un service de renseignements, tel l'O.S.S. où il avait lui-même opéré pendant la guerre. « Ou le F.B.I. »

A la rigueur une très grande agence de détectives privés dirigée par des anciens du Renseignement.

Quant à « l'acheteur », qui s'appelait Andrew S. Cole, Pulaski n'eut pas le moindre doute : il s'agissait d'un prête-nom de haut-vol.

Si bien qu'il n'y eut qu'un seul personnage sur qui il ne posa pas de questions, et auquel il ne s'intéressa guère : le grand et jeune type aux lunettes cerclées d'acier (celui qui lui transmit la chemise rouge). Pour celui-là, les choses au moins étaient claires : un simple sous-fifre, délégué par Abramowicz, et qui n'avait d'ailleurs pas l'air d'avoir inventé l'eau tiède.

Et puis le résultat final, assorti d'honoraires fort satisfaisants, fit beaucoup pour tranquilliser tout à fait Pulaski. La transaction fut faite et le casino changea de mains. Sans difficulté. Coincé entre la menace de la redoutable commission des Jeux, et de la police fédérale, privé soudainement de l'appui des syndicats (représentés par Levin et un dirigeant syndicaliste du nom de Maggio), celui qui était jusque-là le propriétaire dudit casino céda très rapidement quand, se conformant aux consignes d'Abramowicz, Pulaski lui mit sous le nez le contenu de la chemise rouge.

Qui emplit parfaitement son office.

De même la chemise verte.

Il appartint à un juriste philadelphien du nom de Kim Foysie de la

1. Pulaski en savait quelque chose. Dans les lendemains de la guerre, il avait travaillé dans les services secrets américains et avec l'A.F.L.-C.I.O., la grande organisation syndicale américaine, pour inciter contre menue monnaie, sur le port de Marseille, les ouvriers français à pencher plus vers la S.F.I.O. que vers le parti communiste, et préférer Force Ouvrière à la C.G.T.

manipuler. L'originalité de Foysie consistait en ce qu'il était lui-même un joueur, de toute première force, au poker notamment. Il avait l'habitude, et le goût, des exécutions capitales — au figuré s'entend — autour des tables de jeux, quand un joueur dépasse ses limites et se fait massacrer. Foysie n'était pas homme à s'apitoyer, en ce domaine tout au moins. « Quand on perd, on paie. Ou bien on ne joue pas. »

Il avait été contacté au tout début de juillet, deux mois et demi plus tôt, par un de ses confrères new-yorkais qu'il avait connu à Harvard, Philip Vandenbergh. Foysie n'éprouvait pas une amitié débordante pour Vandenbergh, chaleureux comme un iceberg en période glaciaire, mais il avait apprécié l'efficacité de son ancien condisciple. Foysie examina son jeu, comme il l'aurait fait d'une main au poker. Il y découvrit dans un premier temps trois cartes maîtresses : le danger que faisait courir au « Vendeur Potentiel » l'imminente enquête conjointe du Département du Trésor, du F.B.I. et du Bureau des Narcotiques, également convaincus que de l'argent provenant de la drogue avait été « lavé » dans les caisses du casino-hôtel concerné, qui se trouvait sur le Strip ; l'attitude des syndicats jusque-là bailleurs de fonds mais qui semblaient soudain déterminés à se retirer de l'affaire (quitte à y reprendre des intérêts sous une autre forme, celle d'une société de conseil et de fournitures diverses, en association avec des sociétés dirigées notamment par un autre des Gozchiniak) ; le prix d'achat enfin, qui était très raisonnable pour un établissement de cette taille : huit millions six cent soixante-cinq mille dollars, prix ferme et définitif.

Sur place, à Vegas, face au Vendeur Potentiel qui, dans les premières minutes, ne savait même pas qu'il était vendeur, Foysie constata qu'il détenait deux autres atouts :

— La menace, voilée mais très réelle, et nettement exprimée par un certain Abie Levin (représentant des syndicats avec un homme appelé Kramer) d'une grève du personnel du casino, qui aurait contraint celui-ci à fermer ses portes plusieurs semaines et l'aurait amené au bord de la faillite. Sa direction ne percevant plus de recettes mais étant néanmoins contrainte de continuer à payer les agios des emprunts effectués pour l'achat et l'amélioration du matériel.

— ... et la chemise verte.

Cette dernière apportant des preuves, ou à tout le moins de fortes présomptions, de certaines manipulations et d'étranges cheminements bancaires.

C'était bien assez pour rafler le pot. Et faire de l'Acheteur Potentiel, Maryan Gozchiniak, un propriétaire bien réel.

Kim Foysie fut sans doute le seul à éprouver quelques doutes sur le « jeune homme aux lunettes cerclées d'acier »

Avec son œil de joueur de poker, Foysie scruta le grand jeune homme maigre et totalement muet. Qui durant tout le temps qu'il le vit conserva sur les yeux ses verres fumés.

Il assista à la négociation en tant que conseiller d'Abie Levin, et sous le nom de Berkowitch. Il ne dit pas un mot. Ce fut lui qui remit la chemise verte à Foysie. Et le Philadelphien, par pur instinct, eut l'inexplicable intuition d'un faux-semblant. Il s'en ouvrit à Philip Vandenbergh, qui haussa un sourcil froid :

— Je ne connais aucun Berkowitch.

— Il était dans l'équipe Levin, mais je jurerais qu'il n'est pas simplement l'un des hommes de main de ce Levin. Il m'a paru être plus que cela.

— Posez donc la question à Levin lui-même.

— *Très* amusant, répliqua Foysie.

Les cinq enfants de Simon Gozchiniak (assassiné par Finnegan en 1950) furent pris en charge par Reb Klimrod — à commencer par le plus jeune, Ernie, dont il finança les études, et finit par faire le patron officiel de la Jaua. Si Reb Klimrod eut des amis, ce furent les Gozchiniak, qui lui témoignèrent toujours une fidélité sans faille, bien que n'étant pas à proprement parler des Hommes du Roi, sauf Ernie bien sûr.

Il n'oublia jamais de remercier quiconque lui avait rendu un jour service.

Maryan Gozchiniak joua dans l'affaire des casinos un rôle de prête-nom pour Henry Chance, Homme du Roi pour tout ce qui touchait au jeu. Tout comme Andy Cole et Roger Dunn, qui intervint dans la quatrième opération (la chemise blanche), qui réunirent leurs pouvoirs à ceux de Chance.

Dernière des quatre chemises vues par Diego Haas, la blanche. Les deux avocats qui l'utilisèrent, Moses Bern et Louis Benetti, avaient sur Quinn et MacGreedy, et sur Pulaski (ils ignorèrent l'existence des autres équipes, bien entendu) l'avantage de connaître l'intermédiaire venu deux mois plus tôt leur proposer l'affaire : un Juif d'origine roumaine du nom de Benny Bercovici.

Bern et Benetti avaient d'autant plus aisément accepté d'entrer en scène qu'outre Bercovici, ils connaissaient également Abie Levin, pour qui ils avaient déjà officié, en deux ou trois occasions, dans des affaires de nettoyage de vêtements. Et ils savaient, par exemple, que Levin possédait des intérêts dans les entreprises de Messagerie.

Le nom de l'homme dont, à Vegas, ils devaient défendre les intérêts — l'acheteur des deux casinos, autrement dit — leur était même familier. Il s'agissait d'un certain Roger Dunn, un éditeur et imprimeur new-yorkais qui, depuis six ou sept ans, était en train d'amasser une jolie fortune grâce à une batterie de journaux en diverses langues destinés aux immigrants d'assez fraîche date. Depuis quelque temps déjà, le même Dunn avait encore diversifié ses activités en rachetant des stations de radio et de télévision, et il publiait aussi des hebdomadaires. Que Dunn voulût maintenant investir dans le jeu en s'offrant deux casinos d'un coup n'était pas si surprenant. Surtout avec l'appui d'Abie Levin qui, au cours de la négociation avec « le vendeur-contre-son-gré », pesa de tout son poids au bon moment (il était accompagné de deux autres dirigeants syndicalistes, Guarda et Bauer).

Rien d'extravagant non plus dans la présence du jeune frère de Dunn, Jack-Henry, un grand type dégingandé et gauche, portant une moustache aussi blonde que ses cheveux, et d'épaisses lunettes. « Je voudrais que mon jeune frère soit là », avait expliqué Roger Dunn d'un air un peu gêné, « vous n'aurez qu'à le faire passer pour l'un de vos assistants. C'est un très gentil garçon mais je n'arrive pas à l'intéresser à mes affaires. En dehors des voitures et des filles, peu de choses le passionnent. Peut-être qu'assister à une telle négociation lui mettra un peu de plomb dans la tête. On ne choisit pas sa famille. Et puis, il vous remettra en main propre une chemise blanche dont je vous recommande tout particulièrement la lecture, et qui vous servira à convaincre votre interlocuteur. »

La transaction conduite, et menée heureusement à son terme, par Benetti et Bern, eut lieu à l'hôtel Dunes, dans un appartement loué par Roger Dunn. L'heure seule surprit les avocats venus de Chicago : trois heures du matin, le 17 septembre 1957. « Mais c'est de ma faute, avait dit Roger Dunn, j'ai des rendez-vous à New York que je n'ai pu remettre et je ne pourrai être à Vegas avant la fin de la soirée au plus tôt. Commencez sans moi, si je ne suis pas là. Après tout, mon crétin de frangin sera là ! »

Détail mineur pour Bern et Benetti. Etant donné les honoraires qu'ils devaient toucher, ils auraient été prêts à opérer à n'importe quelle heure du jour et de la nuit, avec ou sans « frère demeuré » sur le dos. A ce prix-là, ils auraient accepté la présence du chien de Dunn, si le patron de presse avait insisté.

Et puis il y avait le contenu de la chemise blanche. Au vrai, quand il en fit la lecture à celui que Dunn avait appelé l'interlocuteur, Moses eut presque l'impression de commettre un meurtre, tant l'autre fut écrasé.

« Nous n'aurions pas fait mieux avec un revolver », dit-il plus tard à Dunn.

Tout comme l'avaient fait avant eux (le matin du 16, l'après-midi du 16, la soirée du 16) Quinn et MacGreedy de New York, Steve

Pulaski de Detroit, Kim Foysie de Philadelphie, de la même façon, Bern et Benetti de Chicago conclurent leur opération de commando par la signature d'accords avec les représentants des « unions », prévoyant la création de quatre sociétés d'engineering, et de quatre autres de fournitures aux casinos qui venaient d'être rachetés, moyennant pour les syndicats une garantie de cinq pour cent sur les recettes brutes des établissements, cela sur trente années.

Chacune des quatre équipes d'avocats ayant donc la conviction absolue qu'elle était seule à Las Vegas à réaliser ce type de transaction.

Abie Levin fut à chaque fois leur interlocuteur, pour les deuxièmes phases. Mais, changeant quatre fois d'hôtel en vingt et une heures, il changea également quatre fois de partenaires, n'ayant jamais les mêmes dirigeants syndicalistes à ses côtés.

Lui seul fut donc à même de noter la présence en chaque cas du jeune homme à lunettes. Auquel il n'adressa pratiquement pas la parole, sauf quand il s'appelait Berkowitch, et était son conseiller. Il lui demanda d'aller lui chercher des cigarettes et « Berkowitch » obéit avec empressement.

En sorte qu'Abie Levin fut le premier, avec Reb évidemment, à pouvoir apprécier l'extraordinaire ampleur de toute l'opération : en vingt et une heures, du 16 septembre huit heures trente au 17 septembre vers cinq heures et demie du matin, six casinos changèrent de propriétaire[1].

Tous ces casinos étant assortis d'un hôtel, le plus petit de ceux-ci offrant quatre cent vingt chambres et trois restaurants.

L'investissement global de Reb Klimrod dans « la Saint-Valentin de Vegas » fut de trente-six millions deux cent quarante mille dollars.

On peut ajouter aux revenus des casinos administrés par Henry Chance, ceux des deux casinos-hôtels de Porto-Rico, des deux des Bahamas et ceux, plus tardifs, d'Atlantic City.

On n'y fera pas entrer les deux chaînes d'hôtels et les trois chaînes de motels qu'il avait dès cette époque, confiées à Ethel Court, aux Etats-Unis et au Canada, dans les Caraïbes, en Amérique latine, en

1. On peut peut-être mieux comprendre l'atmosphère de Vegas à cette période, et donc les facilités qu'eut Reb à opérer, à la lumière d'une anecdote significative : le chanteur Frank Sinatra possédait à un moment neuf pour cent des parts de l'un des plus grands casinos établis sur le Strip, le Sands. La Commission des Jeux du Nevada le contraignit à vendre — pour la coquette somme de trois cent quatre-vingt-onze mille dollars. En donnant pour raison de son ostracisme l'hospitalité accordée par le chanteur dans son hôtel Cal Nev Lodge aux bords du lac Tahoe, dans le nord de l'Etat, à un certain Sam G., gangster figurant sur la fameuse liste des « Indésirables » établie par la Commission. Or ce même Sam G. fut l'un des deux tueurs recrutés quelques années plus tard par l'un des proches collaborateurs d'Howard Hughes (agissant ou non en cette qualité, ou à titre personnel), dans le but d'assassiner Fidel Castro, au moment du débarquement monté par la C.I.A. dans la Baie des Cochons. (Etabli par une commission d'enquête du Sénat.)

Europe et dans le reste du monde parce qu'il faut bien s'arrêter quelque part. Pour se limiter au fief de Henry Chance, on peut accepter le chiffre, avant impôt, de huit cent mille à deux millions de dollars.

Par jour.

34

— Heureux anniversaire, dit Diego en entrant dans la chambre. Vingt-neuf ans, c'est la sénilité, *amigo.*

— Un moment, s'il te plaît, Diego, dit Reb avec douceur et un sourire. Et merci pour tes vœux.

Il avait en main un récepteur téléphonique.

Diego allait ressortir : « Diego ? Occupe-toi d'elle, je te prie. Gentiment. Elle est très bien. Sauf qu'elle croit que Rabindranâth Tagore est un joueur de base-ball. » Il s'était exprimé en espagnol. Diego se pencha sur la fille endormie, un très charmant sein nu pointant à l'air libre. Il l'embrassa sur les lèvres, lui fit signe. Ramassant les vêtements épars, il les porta hors de la chambre, dans le salon.

— Par ici la sortie, *querida mia.*

Il la regarda s'habiller, réfléchissant. « Gentiment », avait dit Reb. Cela voulait dire combien, « gentiment » ? Il se décida pour mille dollars, avec cette indifférence absolue qu'il avait lui-même pour l'argent, indifférence et presque haine. Il aurait tout aussi bien donné cent mille.

— Il y a une erreur, dit la fille ahurie. C'est un billet de mille dollars.

« Et honnête, en plus, pensa Diego, je devrais peut-être l'épouser, après tout. C'est Mamita qui serait contente. »

Il fit semblant de loucher sur le billet :

— C'est ma foi vrai ! s'exclama-t-il. Mille excuses, *señorita.*

Il ajouta un autre billet de mille et la flanqua délicatement dehors, cette fois. Il ne fallait quand même pas abuser. « Un jour, juste pour rire, je ferai un gros tas de deux ou trois cents millions et j'y mettrai le feu. Juste pour rire. »

De la chambre lui parvenait au travers de la porte refermée la voix indistincte de Reb, parlant allemand ou yiddish ou français — ou italien, espagnol, hébreu, polonais, arabe, voire — pourquoi pas ? — anglais.

Il commanda les petits déjeuners.

Tudor Anghel arriva en même temps que les œufs au bacon.

— C'est une loi peu connue, dit Anghel, mais mes gars ont épluché les textes à s'en crever les yeux et elle est tout à fait applicable.

— Qui opérera ?

— Thomas Perry, Del Moran, Tex Haynes, James Olivero.

— Mais Perry en numéro un ?

— Oui.

— Assisté de ?

— Le cabinet Kinkaird & Nelson, de Vegas même. Perry a établi les contacts et ils sont d'accord pour prendre l'affaire. Ils sont bons, j'ai déjà eu affaire à eux...

— Il y a trois ans et dix mois, dit Reb. Dans l'affaire de Salt Lake City. Cinquante-deux mille six cent cinquante dollars d'honoraires pour quatre heures de travail réel, à l'époque. Je les souhaiterais un peu moins gourmands, cette fois.

Il mangeait ses œufs d'assez bon appétit. Selon les calculs de Diego, il avait dû dormir six heures en tout au cours des trois derniers jours — « et dans ces six heures, je compte les galipettes avec la belle Linda qui est si honnête » — mais son visage était à ce point maigre et sculpté que la fatigue, si fatigue il y avait, ne pouvait s'y accrocher. Il sourit à Anghel :

— Ce n'est pas un reproche, Tudor. J'avais accepté ces honoraires, à ce moment-là. Parlez-moi de cette loi, je vous prie.

— Elle permet d'échanger, dans des proportions spécifiées, un lot très important de terres désertiques contre un autre, plus petit mais mieux situé.

— C'est-à-dire dans le cas présent ?

— Tom Perry qui est lié à moi par un acte de trust est officiellement propriétaire de douze mille six cents hectares dans le comté de Nye. En 1952, vous les avez... enfin, il les a payés un dollar trente l'hectare. Ce qui fait...

— Seize mille sept cent cinquante-huit dollars.

— Je vous crois sur parole. De par cette loi, on peut échanger ce lot contre un autre donc, et pour ce qui nous concerne il s'agit d'un terrain à Husite[1], de soixante kilomètres carrés.

— Des difficultés à prévoir ?

— Non. La loi sera appliquée et le gouverneur de l'Etat du Nevada ne s'opposera pas au troc. Ils ont leurs raisons, au capitole de Carson City : l'U.S. Air Force veut encore augmenter la superficie de son terrain d'expériences nucléaires, la base de Nellis. Ces onze mille six cents hectares qu'ils récupèrent vont leur permettre de prendre de l'argent aux aviateurs, et de le prendre maintenant, pas dans quelques

1 Au nord immédiat de Las Vegas Carson City est la capitale du Nevada.

années quand le terrain d'Husite vaudra de l'or. Dans quelques années, il y aura peut-être un autre gouverneur et une autre équipe.

— Il vaut combien, actuellement, ce terrain d'Husite ?

— Trois cent mille. Mais ça en vaudra dix ou quinze fois plus dans dix ans.

Les yeux gris de Reb, perdus dans le vague. Il dit :

— Diego, appelle Nick à New York, s'il te plaît. Tudor ? prenez note, je vous prie : compte 62395 AT 17, chez Sheridan, leur agence de Westwood. Le compte est à votre nom. L'argent y est déjà. Vous paierez à Tom Perry les vingt-cinq mille dollars prévus, et une prime que vous estimerez juste à vos bonshommes. En ce qui vous concerne, deux possibilités : vous percevez vos soixante-quinze mille dollars maintenant ou bien vous prenez cinq pour cent des bénéfices futurs, à la revente du terrain d'Husite. A vous de choisir.

Il croqua une tranche de bacon grillé. Anghel en était bouche bée :

— Reb, vous me faites un cadeau royal ! Je préfère payer mes gars de ma poche et avoir les cinq pour cent. Je ne suis pas fou.

— New York en ligne, annonça Diego.

— D'accord, Tudor, vous avez fait votre choix. Les affaires Moran, Haynes et Olivero sont identiques à celle de Perry ?

— Même principe. Mais les lots sont moins importants.

— Faites-les. Affaire conclue. Réglez tout les détails. Je serai à Los Angeles mercredi prochain huit heures trente le matin, au Panamex Motel, sous le nom de Beck. Merci d'être venu jusqu'ici.

Anghel se retira, encore sous le coup de la stupéfaction : « Cinq pour cent ! Cela va représenter deux cent mille dollars ! »

— C'est son anniversaire, aujourd'hui, expliqua Diego. Il devient gâteux, avec l'âge.

La porte se referma sur l'avocat californien qui n'en finissait pas de secouer la tête.

Derrière Diego, la voix de Reb :

— Nick ? Oui, merci de tes vœux. Qu'est-ce que c'est que cette histoire d'affrètement à Abadan ?

Le terrain d'Husite, acquis pour seize mille sept cent cinquante-huit dollars, soixante-deux mille avec tous les frais, honoraires et commissions, fut revendu en 1977 pour vingt-quatre millions cinq cent mille dollars.

La femme et les enfants de Tudor Anghel, décédé à cette date, reçurent un million deux cent cinquante mille dollars, montant de la commission de cinq pour cent.

Ils quittèrent Vegas vers six heures du soir, ce 18 septembre.

— Et ça sert à quoi, je me le demande ? On a dormi quoi ? Trois heures ? Et encore. Cette Terry avait des jambes de trois mètres. Un boa J'en frissonne. Si on a dormi deux heures et quarante-trois minutes, c'est le maximum. Et qu'est-ce qu'on fait ? On prend la route. Il est six heures du soir, le soleil tombe, d'épuisement, il va faire nuit noire, on ne saura pas où coucher, ni manger d'ailleurs, nous mourrons dans le désert et nos squelettes blanchis effrayeront les petits enfants d'après la guerre nucléaire...

— Diego.

— Je sais : ferme-ta-gueule-Diego. Mais la révolution gronde.

— Arrête, s'il te plaît. Je veux dire, le moteur.

Diego stoppa. Ils étaient en plein désert, c'était admirable et tout et tout, surtout avec les incroyables lumières de Vegas qui commençaient d'apparaître, dans le jour finissant. Mais Diego se sentait anéanti de fatigue.

— Donne-moi le volant, dit Reb. Allonge-toi derrière et dors. Il y a une couverture.

Diego éclata d'un rire strident et hautement sarcastique :

— Je ne suis pas fou à ce point. Tu es le pire conducteur de ce côté-ci du Rio Grande. De l'autre côté aussi, d'ailleurs. Et je ne voudrais pas te voir mourir comme un con parce que tu auras raté un virage. Reb, tu conduis horriblement mal.

— C'est vrai, dit Reb. Mais donne-moi quand même le volant et dors un peu. Je roulerai très lentement.

— Juré ?

C'était tout à fait vrai qu'au volant d'une voiture, peut-être parce qu'il avait appris tard, Reb était un danger public. Il avait parfois des absences inquiétantes. Ordinairement, c'était toujours Diego qui conduisait.

— Juré, dit Reb main droite levée. Sur la tête de Settiniaz.

— Je ricane. Tu sais bien que je ne peux pas le souffrir.

— Dors.

Leur voiture était une espèce de jeep qui, dans l'opinion de Diego, avait dû faire la guerre de Corée au sortir de celle du Pacifique ; après quoi une horde de carrossiers fous avait dû la démonter et la remonter à dix ou quinze reprises avant de la marteler à coups de barres à mines. Elle faisait peur. Reb avait dit à Diego : « Trouve-moi quelque chose qui ne paie pas de mine... »

« Et j'ai trouvé, pas de doute, elle ne paie rien du tout. Quant à payer pour elle ! » Il l'avait achetée cinquante et un dollars à un chercheur d'or désargenté, aux portes du petit casino The Last Chance à la sortie sud de Vegas. « Cinquante et un dollars dont cinquante pour les pneus, qui étaient presque neufs, et pour le volant incrusté de pyrite, l'or des fous. Et un dollar pour le reste... »

C'était vrai également qu'ils avaient très peu dormi. L'ultime phase de la Saint-Valentin de Vegas avait trouvé sa conclusion dans la nuit, la veille. Reb avait passé l'après-midi à téléphoner, dans le monde entier, ayant jusqu'à deux interlocuteurs en ligne en même temps. Puis, vers huit heures trente, Abie Levin était arrivé, fort discrètement. Reb et lui s'étaient enfermés, des heures durant, jusqu'à plus de minuit. Levin était reparti. Reb s'était réattelé au téléphone, appelant notamment l'Europe où, du fait du décalage horaire, le jour était déjà levé. Cela jusqu'à deux heures du matin au moins.

Ensuite, tirées par Diego de leur propre lit, les filles de la veille étaient remontées, Linda et Terry...

... Et à six heures, il avait fallu se lever, pour retéléphoner et puisque Anghel notamment était venu aux ordres.

Re-téléphone, le reste de la journée, sans une seule pause...

... Et maintenant on reprenait la route, *madre de Dios !*

Diego s'endormit sous les étoiles.

Les cahots de la jeep l'éveillèrent. Ouvrant les yeux, il ne vit presque rien, sinon des rochers et des arbres dans le pinceau du seul phare qui fonctionnait encore.

Et il avait froid.

— J'ai tout compris : tu auras eu un autre de tes moments de distraction, nous avons quitté la route et nous sommes morts. En ce moment, nous faisons route vers le Paradis. Ça monte foutument, d'ailleurs. Ils pourraient bien goudronner un peu, de temps à autre, avec toute la circulation qu'ils doivent avoir...

— Il y a du café presque chaud. Et un sandwich au fromage.

Reb expliqua qu'il avait fait halte à un endroit appelé Tonopah, près de deux heures plus tôt, qu'il avait bien essayé de le tirer de son sommeil et qu'il n'y avait rien eu à faire.

— Tu as hurlé : « Terry, arrête de m'étrangler avec ces foutues jambes ! »

Diego but le café : froid, sans sucre et américain. « Je mène décidément une existence misérable. »

Il se réinstalla sur le siège avant, grelottant.

— Je reprends le volant ?

— Inutile, on arrive.

Mais après cela, ils continuèrent d'avancer pendant presque une heure sur cette piste ravinée de montagne...

... et le coup de feu troua le silence de la nuit, en même temps que le jeune tronc d'un conifère très voisin.

Diego ouvrit la bouche et n'eut pas le temps de dire un mot : deux autres balles sifflèrent à ses oreilles, l'une d'entre elles passant sans doute possible entre Reb et lui.

— Du calme, Diego, dit Reb paisible. Si tu ne bouges pas, il n'y a pas de raison pour qu'il te touche.

Coup sur coup, trois autres détonations, et cette fois le pare-brise vola en éclats. Mais la jeep continuait d'escalader la montagne.

— J'espère, dit Reb, qu'il a retrouvé ses lunettes. Il tire un peu moins bien, sans elles.

La septième balle frappa l'armature du pare-brise, la huitième toucha la voiture à l'arrière, perforant à nouveau la banquette.

— On arrive, dit Reb. Je crois te l'avoir dit : il fait les haricots au lard comme personne. D'ailleurs, il ne fait rien d'autre

— Têtu, hein ? remarqua Mac Tavish d'un ton rogue.

— En quelque sorte, dit Reb. Je vois que vous avez retrouvé vos lunettes.

— Avec ou sans lunettes, je peux vous mettre une balle dans l'œil de votre choix, à quatre cents mètres. Même en contrebas et dans la nuit. On essaie quand vous voulez.

— Une autre fois, peut-être. Fergus, j'ai beaucoup réfléchi à cette contreproposition que vous ne m'avez pas faite et je ne pense pas pouvoir l'accepter. Deux mille huit cent vingt-cinq dollars, c'est beaucoup trop.

— Trois mille, dit Mac Tavish. N'essayez pas de m'avoir. J'ai beau avoir soixante-treize ans...

— Soixante-dix-sept, dit Reb. Il vous reste des haricots ?

— Evidemment, ricana Mac Tavish. Avec les huit cents kilos que vous m'avez fait livrer hier, c'est le contraire qui serait surprenant. Pour les six poêles et les douze mules, vous avez perdu votre temps. J'ai déjà une poêle et une mule. Qui diable aurait besoin de sept poêles ? Je peux vous réchauffer une portion, si vous voulez. Et je ne suis pas gâteux, bien que je sois né en 1884.

— 1880, dit Reb. Le 2 septembre 1880 à neuf heures trente du matin. Nom du père : Angus Mac Tavish, lui-même né le 6 janvier 1851 à Carson City, des œuvres de Fergus Athol Mac Tavish, né le 23 août 1825 à Chillicothe Ohio et de Mary Mac Murtrie, née le 13 juin 1830 à Cleveland Ohio. Nom de la mère : Kathleen Mac Intyre, née le 14 mars 1862, elle-même du mariage de Jock Mac Intyre né le... Mettez beaucoup de lard, s'il vous plaît. Si vous en avez assez, bien sûr. Je ne voudrais pas dilapider vos réserves...

— Ces réserves sont d'un peu plus de deux tonnes, dit Mac Tavish. Les trois kilos que j'avais encore, plus les deux tonnes que vous m'avez fait livrer de Pennsylvanie par avion spécial. Je devrais pouvoir tenir un certain temps. Et il est né où, mon grand-père Mac Iver ?

— Mac Intyre, pas Mac Iver. Il est né à Neenah Menaska, Wisconsin, le 30 avril 1831. Epoux de Maeva Mac Allister, elle-même née le 8 février 1840 à Mackinaw, Michigan... Et les herbes, s'il vous plaît, n'oubliez pas les herbes...

— Vous allez m'apprendre à faire des haricots au lard, peut-être ? C'est comme tous ces putains de postes de radio et de télévision que vous m'avez fait porter. Et cette saloperie d'énorme antenne que vous avez fait installer. Elle gâche le paysage. Pour les réfrigérateurs, ils m'empêchent de dormir. Ils ronronnent. D'ailleurs, je crois que vous ne savez même pas quand le premier des Mac Tavish a débarqué sur le sol de ce pays.

— Calum Fergus Mac Tavish, né le 22 mars 1612 à Kinloch Rannoch, Ecosse. A débarqué à Boston le 9 octobre 1629. De l'*Angus-Stewart*, capitaine Mac Ilroy. Charpentier, puis concierge à l'université de Harvard à partir de 1636. Deux mille six cent trente, c'est mon dernier prix.

— Ecoutez, jeune homme, dit Mac Tavish. Vous êtes venu me voir combien de fois ces dernières semaines ? Six ?

— Cinq. Six avec aujourd'hui.

— Et chaque fois j'ai dit trois mille. Ce qui est dit est dit. A propos, j'ai coupé ces putains de fils de téléphone que vous avez fait mettre. Mon idiote de fille et mon crétin de gendre n'arrêtaient pas de m'appeler. Ils sont très contents de la station-service et du motel que vous leur avez offerts, plus le garage. Mais ce n'est quand même pas une raison pour m'appeler tous les jours pour me le dire. Bon Dieu de bon soir, ça n'arrêtait pas de sonner ! Rien qu'hier, deux appels. Dont celui de ce banquier qui voulait me parler de cette rente de mille dollars par mois qu'un abruti m'a constituée. Qui est cet autre imbécile à côté de vous avec ses yeux jaunes, et qui n'arrête pas de rire stupidement ?

— Il s'appelle Slim Zapata, dit Reb. J'ai justement une proposition à vous faire, à son sujet. Je ne peux raisonnablement pas aller au-delà de deux mille six cent trente et vous refusez de descendre votre prix de trois mille. Si nous jouions votre mine d'or au poker ? Slim Zapata jouerait pour moi. Un homme appelé Mac Cabe à Tonopah prétend que vous êtes le meilleur joueur de poker des montagnes Rocheuses.

— Avant ou après les haricots ? Ils sont presque prêts. Et il vaudrait mieux les manger. Ils refroidiraient. C'est toujours pareil : vers les minuit-une heure du matin, le fond de l'air se fait frais, par ici. On est tout de même à presque trois mille mètres.

— *Après* les haricots, dit Reb. Pourquoi croyez-vous que je suis venu ?

— J'ai toujours su que j'allais le battre, dit Diego. Même quand il en était à un million huit cent vingt-trois mille dollars de gains. Mais son effritement était inéluctable. Il ne m'a jamais fallu que quatorze heures. Le plus dur, en fin de compte, ça a été cette saloperie de haricots.

Pas de réponse. Il se retourna et vit que Reb s'était endormi, sur la plate-forme arrière de la jeep, dont ils avaient en fin de compte purement et simplement arraché toutes les pièces trouées par les balles, y compris le dernier pare-chocs survivant. A la surprise sarcastique de Diego, la jeep roulait encore, vaillamment. Et elle traversait un paysage admirable. dans une chaleur suffocante et des jeux de lumière crue, tantôt brûlant toute la gamme des rouges et des ocres, tantôt d'une blancheur aveuglante. Diego en éprouvait une surpuissante et joyeuse exaltation.

« Slim Zapata ! » Il éclata de rire.

... Mais la seconde suivante s'interrogea.

— Reb ? Je ne sais même pas où je dois aller.

Pas de réponse. Il lâcha son volant d'une main et secoua la jambe du dormeur :

— Reb, on va où ?

— Aéroport Reno. Avion New York.

Diego braqua tout à gauche. La jeep vira, presque sur place, en tout cas sur deux roues. Elle laissa derrière elle le pic Montezuma et repartit au nord vers les Monte Cristo.

— Rien compris, dit Diego après plusieurs minutes. Articule, tu veux ?

— Ça m'aurait ennuyé de quitter le Nevada sur un échec, répéta Reb aux trois quarts endormi. Même pour des haricots.

35

Diana et David Settiniaz eurent leur troisième enfant en 1957 et, après deux filles, héritèrent enfin d'un fils (le troisième de leurs six enfants), qu'ils prénommèrent Michael David.

Reb Klimrod était ressorti de la forêt amazonienne au début de l'été 1956. Settiniaz trouva qu'il avait changé, qu'il était transformé. Pas de façon spectaculaire, au premier abord. Il avait toujours été d'un calme extraordinaire, anormal, inhumain et d'une extrême courtoisie, presque excessive, avec quiconque. Settiniaz : « Je ne l'ai jamais entendu élever la voix ou manifester la moindre mauvaise humeur. Ce n'était pas un saint pour autant ; en fait, nous avons été quelques-uns, souvent, à le souhaiter un peu plus.. disons semblable à nous. Ce contrôle qu'il avait de lui-même m'a toujours personnellement mis mal à mon aise ; Georges Tarras y voyait même une forme de paranoïa, ce qui est sans doute excessif. »

Il avait bâti sa première fortune avec une prestesse magique. Qu'il ait pu se permettre de se retirer totalement de ses affaires pendant treize mois donne une idée de la solidité de l'organisation qu'il avait mise en place.

« A son retour, dit Settiniaz, ce fut bien plus extraordinaire encore.

Il nous revint avec une sorte de férocité et de fièvre froide qu'il n'avait jamais montrées jusque-là. Il approchait de la trentaine, il avait mûri. Dans tous les cas, il alla plus vite et plus haut que jamais, en tous domaines. L'Expansion dans toute sa splendeur. »

Klimrod arriva dans le bureau de Settiniaz le 30 juin 1956. Il dit qu'il était venu voir « où les choses en étaient ». Settiniaz lui expliqua comment la moindre opération avait été enregistrée, et les dispositions qu'il avait prises pour lui conserver le secret le plus complet.

— Je voudrais disposer de vos dossiers pendant trois ou quatre jours, David. Quitte à mettre votre personnel en vacances. Le 4 juillet est férié aux Etats-Unis, non ?[1] Expliquez que vos affaires vont si bien que vous offrez trois jours de congé supplémentaire à tout le monde.

— Vous ne voulez pas que je reste, pour vous aider ?

Klimrod secoua la tête.

— Merci infiniment, David. Mais je ne veux pas vous priver de la présence de votre jeune fils. Michael, m'a-t-on dit ? Ses yeux pâles fixaient Settiniaz avec une lueur amusée et amicale.

David se sentit un parfait imbécile : il avait dû se battre avec sa femme pour imposer Michael ; « Reb Settiniaz » aurait paru farfelu, et Diana aurait divorcé s'il avait proposé Reb. Reb dit simplement : « Bonnes vacances, David. »

Settiniaz, sa femme et ses enfants partirent dans le Connecticut. Le 2 juillet, il appela au bureau, sans réponse. Le 5 au matin, à son arrivée, il trouva tout parfaitement en ordre. Les clés se trouvaient dans le coffre à combinaison, accompagnées d'un mot : « David : merci et bravo. Un pour cent désormais. » Et en guise de signature, un « R » durement tracé. Il venait de doubler son pourcentage sur ses propres bénéfices, et cela représentait des dizaines de millions de dollars.

Deux mois plus tard, la galerie Sotheby à Londres fit parvenir à David Settiniaz un Gauguin admirable. « Pour Michael. Notamment », disait la carte non signée.

Nick Petridis rencontra Reb Klimrod le 5 juillet 1956 dans l'après-midi. Le coup de téléphone était arrivé six heures plus tôt, vers neuf heures trente le même jour : un certain « major Beck » demandait à lui parler. Nom de code entre trois autres. Petridis avait fait évacuer son bureau et pris la communication : « Nick ? Vous pouvez vous absenter de New York pour quelques jours ? — Aucun problème si Tony peut rester à me suppléer. — Je n'ai besoin que de vous. L'idéal

1. Fête de l'indépendance américaine

serait que vous puissiez être à trois heures trente aujourd'hui à l'hôtel Algonquin, chambre 314 au nom de De Carbajal. Avec ce que vous estimez devoir me montrer. Prévoyez quelqu'un à cinq heures trente pour ramener les dossiers à votre bureau. Nous partirons ensemble pour l'aéroport. Avion de Paris à sept heures cinquante. »

En une heure (il se tenait toujours prêt à de telles éventualités), Nick Petridis avait réuni « tout ce qu'il estimait devoir montrer », c'est-à-dire le bilan complet de treize mois d'opérations pour une flotte qui était alors de trois millions de tonnes et quelques.

Il fallut une heure à Reb pour parcourir l'énorme dossier, une autre heure pour en tirer les conclusions et donner de nouvelles directives.

Petridis descendit lui-même dans le hall à la rencontre de deux de ses assistants venus chercher les documents pour les remettre en lieu sûr.

Il se retrouva au côté de Reb dans l'avion survolant l'Atlantique.

« Et cela arriva d'un coup, raconte Petridis, il se mit brusquement à me parler de son passé, ou du moins d'une toute petite partie de son passé. Il évoqua ses deux passages à Tanger, dans l'immédiate après-guerre, dit aussi qu'il avait un temps séjourné au Caire, en France, en Sicile et en Italie continentale. J'étais assez stupéfait : je le connaissais depuis alors sept ans, nous avions très souvent voyagé ensemble et jamais il n'avait fait la plus petite allusion à sa jeunesse. Je le croyais encore de nationalité argentine. Quand nous arrivions quelque part, il ne disait jamais s'il était ou non déjà venu. Son goût du secret tenait plus de l'indifférence pour les choses mortes du passé, que d'une manie ou d'une crainte de quelque chose. Sauf en affaires. En ce domaine, il n'y a jamais eu la moindre équivoque : j'étais payé, au-delà de toutes mes espérances d'ailleurs, pour lui conserver son anonymat et je l'ai fait jusqu'au bout. Les premiers temps, mon frère et moi nous nous étions interrogés : cet homme avait plus de bateaux qu'Onassis et Niarchos réunis, plus qu'un Ludwig et, Settiniaz excepté, il n'y avait que nous, les Petridis, à savoir combien il était riche. C'était une sensation curieuse...

« Quant à essayer de tirer un parti quelconque de la situation, il aurait fallu être fou. Surtout après l'affaire Harper... »

— John Patrick Harper, dit Reb très doucement, a été recommandé comme mandataire par votre frère Tony.

— Je l'aurais aussi bien recommandé moi-même.

— Et l'enquête qui a été faite à l'époque a confirmé qu'on pouvait lui faire raisonnablement confiance. Autant que l'on puisse faire confiance à un homme.

— Reb, il n'a commis qu'une erreur minime. Que j'ai réparée.

— Mais que vous ne m'avez pas signalée, Nick.

Il faisait évidemment nuit sur l'Atlantique mais depuis un long moment, Reb regardait néanmoins par le hublot. Toutefois, pour cette dernière remarque, il tourna lentement la tête et ses yeux se posèrent sur l'avocat d'origine grecque, qui frissonna : l'espèce de brume rêveuse qui filtrait ordinairement le regard avait disparu et des prunelles se dégageait une saisissante expression de férocité.

— Harper est un brave type qui a fait une connerie, dit Petridis fort mal mal à l'aise.

— Il a détourné vingt-six mille trois cents dollars.

— Ce n'était pas vraiment un détournement. Et il a tout remboursé deux jours plus tard. Reb, que vouliez-vous que je fasse ? Que je le massacre ?

— Je m'en suis occupé ce matin, Nick. C'est fait.

Petridis le dévisagea abasourdi :

— Vous l'avez... ?

— Harper est vivant. Et le restera, pour autant que cela dépende de moi. Mais un certain dispositif, prévu depuis longtemps pour des cas de ce genre, est entré ce matin en service. Bien entendu, Harper cesse à compter de ce jour d'exister pour vous et pour moi. Ce n'est pas tout, malheureusement pour lui. Sa situation financière va devenir extrêmement difficile et ce ne sera pas son seul problème. C'est au point qu'il aura beaucoup de mal à retrouver un emploi digne de ce nom. Et donc à vous rembourser ces vingt mille dollars que vous lui avez prêtés, le 26 mai dernier, suite à ce déjeuner que vous avez fait ensemble au restaurant Seven Seas, table 18. Même en vendant sa maison de Merion, près de Philadelphie. Sur laquelle il a une hypothèque, ce qui est toujours gênant, dans sa situation, et donne prise à des ennuis. Au moins ne perdrez-vous pas le prix du repas, puisqu'il paraît que le restaurant en question, comme d'ailleurs tout l'immeuble, vous appartiennent, bien qu'officiellement au nom de l'un de vos cousins. Nick, à propos de Harper, vous avez parfaitement agi et je ne vous fais aucun reproche, sinon celui de n'avoir pas jugé bon de m'en avertir. Ne répétez pas ce genre d'erreur, je vous prie. Mais assez parlé de Harper.

Sourire. Les yeux à nouveau s'étaient embrumés de rêve :

« Parlons d'autre chose, Nick. Par exemple de ce Français et de cet autre homme avec qui nous allons travailler...

Le Français s'appelait Paul Soubise. Il avait été deux années durant l'élève de Georges Tarras à Harvard, avant que celui-ci n'abandonnât l'enseignement.

Son nom était pour la première fois apparu dans les dossiers parvenant à Settiniaz au cours de l'automne 1953, et c'était l'époque où Soubise occupait déjà des fonctions importantes dans l'état-major d'une grande compagnie française de navigation. La façon dont il devint l'un des Hommes du Roi est tout à fait typique des méthodes employées par Klimrod. Sauf intervention directe de celui-ci (et à partir de 1955 elles se firent rarissimes) les noms nouveaux de ceux que l'on pourrait appeler les « cadres supérieurs » — soit au total trois mille quatre cents hommes et femmes — ayant un revenu annuel à l'époque supérieur à cinquante mille dollars, ces noms nouveaux faisaient l'objet d'une procédure particulière. En général le même jour, mais parfois deux, voire trois jours par avance, un messager anonyme apportait à David Settiniaz un dossier : *Strictement confidentiel — A remettre en main propre.* Settiniaz absent, le messager repartait sans avoir effectué sa livraison.

Il y avait immanquablement un rapport entre le dossier « strictement confidentiel » et le nom nouveau. L'enveloppe contenait un curriculum vitae extraordinairement détaillé sur le nouveau venu ou la nouvelle venue.

De tels dossiers existaient bien entendu sur les Chiens Noirs eux-mêmes.

Et ils étaient constamment remis à jour, par des envois complémentaires, précisant par exemple telle acquisition d'un Lerner, ou d'un Abramowicz. Voire une modification en forme de divorce.

Plus le « rouage » de la fabuleuse organisation était hiérarchiquement important, plus le dossier était complet.

Et dans certains cas extrêmes, la mention rouge « SPECIAL » apparaissait en haut à gauche de la première feuille. C'était un signe de ce que l'individu concerné était d'ores et déjà ou allait devenir « Homme du Roi », ayant un contact direct avec Reb, et recevant ordres et consignes de lui en personne. Dans le cas de Tudor Anghel, par exemple, un premier dossier « Chien Noir » lui fut consacré, dès 1951. La mention rouge fut portée quatre ans plus tard, symbolisant son ascension dans la hiérarchie.

Il n'y eut jamais plus de dix-huit mentions rouges.

Sur le dossier Soubise, elle parut dès le premier jour. Le tout premier rapport soulignait en effet que l'homme détenait, outre une assez impressionnante collection de diplômes, « une très remarquable intelligence », et des « ambitions politiques et des appuis sociaux et familiaux qui devraient tôt ou tard lui permettre d'accéder à un poste de tout premier plan dans son pays ». Cette dernière remarque, faite donc en 1953 par les services de Jethro, se révéla prémonitoire ; Soubise, dans les années soixante, fit partie du gouvernement français.

Au passif du même Soubise : une assez maladroite spéculation en 1950 — faute d'expérience sans doute — une vie privée pas tout à fait immaculée, et certaines espiègleries en matière de dissimulation de revenus, par le truchement de deux comptes bancaires en Suisse.

— Nick Petridis, Paul Soubise, dit Reb.

La réunion eut lieu à Cannes, dans un grand hôtel de la Croisette, le 6 juillet 1956. Elle débuta dans l'après-midi.

C'était la troisième rencontre de Soubise avec Reb Klimrod. Pour lui, Klimrod était un Argentin de toute évidence fort riche, s'employant à se tailler une place de choix dans l'armement maritime, en concurrence avec ces innombrables Grecs et y réussissant avec brio.

— J'envisage quelques changements, dit Reb. Mais avant d'aborder le sujet, je crois qu'il serait bon que Paul soit mis au courant de l'ensemble de la situation. Nick ?

Appliquant strictement les consignes qu'il avait reçues dans l'avion, Nick Petridis se mit dès lors à aligner des chiffres, sur des feuilles de papier à lettre à en-tête de l'hôtel — feuilles qui furent ensuite brûlées. Et à mesure qu'il énumérait l'incroyable théorie des sociétés et des tonnages gérés par chacune d'entre elles, il prenait un plaisir malicieux, et presque orgueilleux, à noter l'ahurissement du Français...

— Et voilà, dit enfin Petridis.

Il y eut un silence. Puis Soubise ôta ses lunettes, se frotta ostensiblement les yeux. Il se mit à rire :

— Et la Lloyd's ? Vous êtes sûr que vous n'êtes pas propriétaire de la Lloyd's ?

— Cela m'aura échappé, dit Reb. Je suis propriétaire de la Lloyd's, Nick ?

— Pas que je sache, dit Petridis. Mais cela ne veut rien dire. Vous l'avez peut-être achetée sans m'en parler.

Il sourit à Soubise :

— Il en est capable.

Soubise reprit les papiers, les parcourut à nouveau, effectua un calcul approximatif :

— Près de trois millions et demi de tonnes.

— Trois millions six cent vingt-huit mille, dit Reb tranquillement. Dont deux millions sept cent cinquante-trois mille en pétroliers. Pour soixante-quatorze sociétés. C'est à propos de ces pétroliers que je souhaiterais procéder à quelques changements...

Et c'était, selon ses propres mots, « extrêmement simple » On était en début de juillet, cela laissait six mois...

— Au maximum. L'idéal serait que la manœuvre soit, sinon achevée, du moins très largement engagée pour... disons le 15 novembre prochain.

Quant à la manœuvre en question, elle consistait en un gigantesque redéploiement de toute la flotte pétrolière, sous le couvert des soixante-quatorze sociétés dont Reb Klimrod détenait les actions — par actes de trust interposés liant à lui et les frères Petridis et Soubise et Tarras, eux-mêmes contrôlant les soixante-quatorze mandataires, propriétaires officiels.

— Nick, vous allez étudier le cas de chaque navire et déterminer avec précision lesquels seront libres de tout contrat d'affrètement au 15 novembre prochain. Dans un premier temps. Je souhaiterais pour chacun, une indication nette sur les possibilités d'utilisation *au voyage*[1].

— Il y a pas mal de longs termes sur lesquels il sera impossible de revenir.

— Je le sais, Nick, dit Reb. Et c'est la raison pour laquelle je souhaite un état, navire par navire. Même au-delà du 15 novembre.

— De façon à pouvoir faire du voyage au maximum, à partir du 15 novembre ?

— Exactement.

— Pour combien de temps après le 15 novembre ?

— Un an.

Une question identique brûlait les lèvres de Soubise et de Petridis : qu'allait-il se passer le 15 novembre ?

Aucun des deux ne la posa.

Pour deux raisons. Ils jugèrent d'abord que si Klimrod avait voulu qu'ils connussent la réponse, il la leur aurait déjà donnée...

... Ils crurent ensuite que, de toute façon, Reb n'aurait pas parlé « en présence d'un tiers ». Le récit que les deux hommes firent, ensuite, de cette scène, révèle l'amusante dualité et l'identité parfaite du raisonnement suivi parallèlement par le New-Yorkais et le Français.

— Autre chose, dit Reb, et le mieux serait que Paul s'en occupe : je souhaiterais également un état de tous les pétroliers actuellement en service, en construction ou en commande, sur les chantiers navals.

— Japon compris.

— Tout compris. Y compris les navires que nos sociétés font construire — et dans ce cas on fera tout pour accélérer les travaux — et ceux que les autres font construire...

— Et dans ce cas, dit Soubise en riant, on fera tout pour les ralentir.

Reb sourit :

— Ne me proposez pas de navires-pirates, Paul, s'il vous plaît... Compris tous les pétroliers actuellement à flot, quels qu'en soient l'armateur et le pavillon, qu'ils soient présentement affrétés ou puissent l'être, et à quelle date et à quel prix. Cela pour les douze mois à venir. Vous pouvez faire cela, Paul ?

— C'est un travail monstrueux.

— Il y a seize mois, exactement le 25 mars 1955, je vous ai posé la question de savoir si vous accepteriez de travailler pour moi, à plein

1 En matière d'affrètement de pétroliers, notamment, trois sortes de contrats existent . *long terme*, c'est-à-dire que le propriétaire du navire loue celui-ci pour quinze ou vingt ans à un prix convenu, susceptible d'être revu mais dans des proportions préfixées, le revenu ainsi obtenu n'étant pas très élevé mais présentant toutes les garanties quant à la sécurité du placement ; *moyen terme*, avec des contrats de trois à cinq ans environ (revenus plus importants mais risque de voir, ce délai couru, le navire rester à quai et donc improductif) ; *au voyage* enfin, pour lequel le prix est déterminé par la conjoncture, avec tous les risques extrêmes que cela comporte

temps, le moment venu. Vous m'avez répondu oui. Je vous ai demandé de peser votre décision. Vous me l'avez confirmée lors de notre rencontre suivante, le 11 avril. Le moment est venu, Paul. Venez jouer avec nous.

— D'accord, dit Soubise, soudain presque fiévreux. Vous voulez tout ça quand ?

— Hier, dit Reb en souriant. Vous créez votre propre affaire à partir d'aujourd'hui. Nous réglerons ensemble les détails financiers et juridiques. Vous opérerez pour ce type d'affaires avec Nick et son frère Tony, qui ont ma confiance et conserveront la barre, en ce domaine. Avec eux et avec un autre homme qui nous rejoindra ce soir. J'aimerais autant que vous ne fumiez pas, Paul, sauf si vous le désirez vraiment.

— Cela peut attendre, dit Soubise en remettant dans l'étui le Monte-Cristo qu'il s'apprêtait à allumer.

— Autre chose encore, dit Reb. Je souhaiterais un état de tous les pétroliers dans le monde qu'il nous est possible d'affréter entre aujourd'hui et le 31 décembre de l'année prochaine. Je souhaiterais aussi, est-il besoin de le dire, que cette opération se fasse aussi discrètement que possible, par une utilisation de toutes les sociétés dont nous disposons et, si nécessaire, par des sociétés à créer pour la circonstance.

— Et aller jusqu'à passer les contrats d'affrètement ?

— Oui. Sans autre limitation que celle de la discrétion. Je ne veux donner l'éveil à quiconque.

Affréter des pétroliers à partir du mois de juillet pour une utilisation réelle à compter du 15 novembre allait entraîner des investissements mirobolants et, surtout, parfaitement improductifs pendant plusieurs mois, fit remarquer Soubise.

— C'est un point qui ne m'avait pas échappé, Paul, répondit Klimrod. Nous étudierons cas par cas chacun de ces affrètements, en limitant autant que possible ces périodes improductives. Il y a tout un système d'options que vous connaissez aussi bien que moi. Et, à la limite, je suis prêt à consentir certaines pertes.

L'opération engagea aux alentours de cinquante millions de dollars. L'argent, qui transita par une multitude de banques, provenait pour l'essentiel d'une compagnie d'assurances, de trois banques dont la Hunt Manhattan et un établissement de Hong Kong, et d'un groupe de financiers réunis par Nessim.

Dès le début, en août 1951, une procédure très particulière avait été convenue entre David Settiniaz et Reb Klimrod : celle des appels d'urgence.

Les constantes et parfois très longues absences de Klimrod, comme celle entre mai 1955 et juin 1956, la rendaient indispensable. Elle fut, en trente années, très peu utilisée. Et la première fois où elle servit fut au début de mai 1956. Les noms de code étaient « Brésil » suivi dans la même phrase de « Hawaï » et « San Francisco ».

Settiniaz prit la communication longue distance, en provenance de Rome, aussitôt après avoir lu le message déposé sur son bureau par l'une de ses secrétaires, et dans lequel figuraient les trois mots de code.

— Je voudrais lui parler, dit sans se nommer un homme inconnu à Settiniaz, et dont la voix en anglais était marquée par un accent assez prononcé.

— Il vous faut appeler à Rio monsieur Diego Haas. H, deux A, S. Le numéro est le suivant...

— S'il vous plaît, dit aussitôt la voix en l'interrompant, je préférerais ne pas avoir à le faire. Pourriez-vous vous charger d'un message ?

— Sans aucun doute.

— Deux mots simplement : « Shenken-Dov ». Je vous épelle...

— Rien d'autre ?

— Rien d'autre. Merci.

On raccrocha. Settiniaz appela lui-même Rio et eut effectivement Diego Haas en ligne. Il lui répéta les deux mots. Aucune espèce de commentaire de la part du petit Argentin, qui se contenta simplement de quelques observations sarcastiques sur le foutu temps qu'il devait sûrement faire à New York, et qui invita Settiniaz à venir passer une semaine ou deux dans sa maison d'Ipanema. Settiniaz, qui n'était pas très loin de détester franchement Haas, répondit qu'il se ferait une joie d'accepter l'invitation, sitôt que son emploi du temps lui en laisserait l'occasion. Il raccrocha sans même avoir prononcé le nom de Reb.

Et ce fut en réalité — cet appel mystérieux qu'il avait reçu de Rome — le seul indice lui permettant de penser que l'informateur de Klimrod en toute cette affaire fut un Israélien du nom de Yoël Bainish.

Sans aucune preuve, bien entendu.

C'est surtout ce qui le convainc de ce que la réapparition de Reb Klimrod au début de l'été 1956 ne dut rien au hasard.

L'attaque israélienne dans le Sinaï fut du 29 octobre 1956 à dix-sept heures. Les parachutistes franco-britanniques déployèrent leurs corolles le 5 novembre suivant à sept heures quinze du matin. Huit jours plus tard, les chefs des états arabes réunis à Beyrouth, confirmèrent leur volonté de tenir fermé le canal de Suez par ailleurs obstrué par les épaves des navires coulés sur ordre de Nasser, et d'interrompre les exportations de pétrole à destination de la France et de la Grande-Bretagne. Dans ces deux pays, les approvisionnements en provenance du Moyen-Orient, fournisseur principal, tombèrent de quatre-vingts pour cent, les stocks ne couvrant que deux à trois mois de consommation. Le 27 novembre, à l'annonce du retrait piteux des troupes franco-britanniques, un plan de sauvetage du pétrole fut mis en application, permettant l'expédition vers l'Europe de cinq cent mille barils par jour arrivant des puits américains, des Caraïbes et du Venezuela.

Le canal resta fermé six mois. C'était une obligation, pour aller du golfe Persique en Europe, de faire le détour par le Cap. N'en étaient capables que les pétroliers de fort tonnage, sur ce parcours de onze mille trois cents nautiques — près de vingt et un mille kilomètres.

Reb Klimrod avait été, avec Goulandris, le premier à prévoir ce que l'on allait appeler les supertankers. L'affaire de Suez fit la fortune de la plupart des Grecs, Livanos, Kulukundis, Embiricos, Goulandris, Vergottis, Onassis et Niarchos — il y eut une soirée de festivités assez folle, au Café Royal de Londres, où ils se retrouvaient. Daniel Ludwig réalisa un bénéfice net de cent millions de dollars.

Quant à Reb Klimrod qui, à partir du 20 novembre 1956 et durant les années suivantes, jusqu'en 1968 en fait, aligna sous quatre-vingt-un noms différents plus de quatre millions de tonnes rien qu'en pétroliers, son profit passa la barre du demi-milliard de dollars en un an, même pas.

Yoël Bainish raconte qu'il fut de la toute première phase de l'opération *Kadesh,* celle-ci ayant pour double objectif la réduction de la poche palestinienne de Gaza, et la prise de Charm-el-Cheikh, à l'extrême pointe du Sinaï. Il avait dû insister pour avoir accès à l'un des seize Dakota appelés à parachuter des troupes sur la passe de Mitla, à quarante kilomètres à peine du canal de Suez. Ayant touché le sol sans encombre, il lui avait fallu marcher près de deux heures pour rallier enfin le monument au colonel Parker, gouverneur anglais du Sinaï entre 1910 et 1923. Le lendemain soir, 30 octobre, il avait vu arriver les éléments de la 202ᵉ Brigade, qui avaient parcouru en vingt-huit heures les trois cents kilomètres séparant Mitla de l'officielle frontière israélienne.

Il regagna Tel-Aviv le 6 novembre, ses vacances terminées (il avait pris sur son congé annuel pour cette excursion dans le Sinaï).

En 1956, il avait trente et un ans et le grade de capitaine mais son importance était réelle dans l'appareil gouvernemental israélien, ou dans les services secrets.

A Tel-Aviv, on lui apprit son prochain objectif : Adolf Eichmann.

Il dut partir pour Rome vers le 25 ou le 26 novembre. Il rencontra Reb Klimrod au début de décembre dans la capitale italienne et selon lui, il s'agissait de retrouvailles « après quelque temps de séparation ». Bainish ne précise pas quand, pourquoi et comment Klimrod et lui se rencontrèrent entre cette date et leur dernière réunion connue, avant le départ de Klimrod pour l'Amérique du Sud et l'exécution d'Erich Steyr.

Settiniaz ne connut jamais Yoël Bainish que de nom.

Tarras, quant à lui, se rendit à plusieurs reprises au Moyen-Orient et vit deux fois l'Israélien. Celui-ci lui rendit même visite au cours de l'été 1978, à l'occasion d'un voyage aux Etats-Unis d'une délégation parlementaire israélienne. Il vint passer un week-end dans la maison du Maine. Des années s'étaient écoulées depuis l'affaire de Suez et peut-être aussi Bainish connaissait-il toute la confiance de Reb Klimrod à l'égard de Tarras. En tous les cas, il répondit à quelques questions.

Il reconnut avoir toujours été « en contact régulier » avec Reb. A peu près depuis 1950. « J'ai beaucoup d'amitié pour lui et je pense qu'il a la même amitié pour moi. »

Tarras ne l'interrogea pas sur l'affaire de Suez.

Et pas davantage sur Jethro, dont Tarras pense que son exceptionnelle organisation secrète a très bien pu être conçue par un authentique spécialiste des services de renseignements.

En revanche, il demanda si Reb Klimrod avait joué un rôle quelconque dans la capture d'Eichmann.

Bainish commença par secouer la tête puis dit : « Pas directement. »

L'autre homme que Reb Klimrod souhaitait associer à Nick Petridis et Paul Soubise — uniquement pour cette opération très ponctuelle de pétroliers — était un Libanais alors âgé de vingt-neuf ans, Nessim Shahadzé.

Autant Soubise, à l'intelligence à fleur de peau et presque ostentatoire, avait dès l'abord impressionné l'avocat new-yorkais, autant il crut, sur le moment, que Klimrod s'était pour une fois trompé, en choisissant ce nouveau lieutenant.

Nessim Shahadzé était un jeune homme nonchalant jusqu'à la parodie, enrobé physiquement, à la voix fluette et presque féminine, avec toutes les allures d'un fils de famille levantin, apparemment plus préoccupé de femmes et de sucreries que de finance ; ce genre d'individu dont on devine à l'instant, alors qu'il est encore dans sa jeunesse, ce qu'il sera vers la cinquantaine — dans ce cas, un homme ventripotent et chauve.

Nick Petridis avait un motif supplémentaire de ne pas trop goûter l'entrée en scène du Libanais : lui et son frère Tony avaient été les hommes de confiance de Klimrod, s'agissant d'armement maritime, au tout début. Non sans raison, Tony, tout autant que lui-même, estimaient avoir fait du très bon travail. En un temps extraordinairement court, on était passé d'un simple cargo à seize pétroliers, puis à une flotte que seule surpassait alors en tonnage celle d'un Daniel Ludwig, qui pourtant avait débuté dans les années trente ; et le moment allait venir où même Ludwig serait devancé. Nick et Tony pensaient que le mérite d'une aussi formidable expansion leur revenait en partie. Et déjà, que Reb leur adjoignît Soubise, même avec des prérogatives inférieures, avait irrité Petridis. Toutefois l'éclatante qualité du Français, ses aptitudes évidentes avaient fait beaucoup pour calmer la blessure d'amour-propre.

D'ailleurs les énormes projets révélés par Reb justifiaient assez qu'on renforçât l'état-major.

« Mais de là à nous flanquer de cette espèce de rahat-loukoum gluant ! »

Nessim débarqua à Cannes en début de soirée. Le hasard voulut que Soubise se trouvât à la fenêtre au bon moment. Les quatre Rolls en file indienne, déjà, attirèrent son attention. Le bataillon de blondes oxygénées mais sculpturales, jaillissant des voitures avec la fluidité des membres d'un commando sur Port-Saïd, accentua encore son intérêt. Soubise éclata de rire et dit : « Venez donc voir ça ! » Reb et Nick vinrent à ses côtés. On vit alors paraître Nessim, impérial, nonchalant et même un tantinet boudeur. Il entra dans l'hôtel avec l'air de quelqu'un qui l'a récemment acheté. Soubise demanda, précisément parce qu'il venait de surprendre dans l'œil de Klimrod une lueur narquoise :

— Vous ne nous aviez pas parlé d'un Libanais ?

— Justement, c'est lui, répondit Reb qui à l'évidence s'amusait beaucoup. Il ne devrait plus tarder à présent.

Il tarda tout de même une bonne trentaine de minutes encore mais finit par frapper doucement à la porte de l'appartement où se tenait la réunion depuis déjà cinq heures. Soubise alla ouvrir. Nessim entra, gros garçon bien joufflu qui avait à l'index gauche un brillant de quelques carats. Il salua Soubise en français, qu'il parlait sans accent, Nick Petridis en anglais (il avait le ton précieux d'un collégien d'Harrow qui n'a pas encore mué) et Reb lui-même en allemand. Il s'assit et ne dit plus un mot de deux heures, ses yeux se fermant parfois, comme en proie à un assoupissement irrésistible, avec la plus sereine indifférence pour les regards surpris que lui lançaient de temps à autre l'Américain et le Français. Reb impassible enchaîna la discussion d'affaires. Il développa l'une de ses idées maîtresses en matière de transport de pétrole ; aménager autant de navires qu'il était possible, de façon à transporter éventuellement autre chose que du pétrole, pour éviter des voyages de retour à vide et donc non rentables, dans le sens Europe-golfe Persique et autres lieux de production (idée neuve, à l'époque).

On en vint à des calculs horriblement complexes, faisant intervenir quantité de paramètres, dont des passages d'une devise à l'autre. Soubise s'y essaya, qui avait fait Polytechnique, entre autres établissements.

Nessim dit alors de sa petite voix haut perchée :

— Ne perdez pas de temps, s'il vous plaît. Les chiffres exacts sont…

Et il se mit à débiter une ahurissante théorie de calculs qu'il avait faits dans la seconde.

Des Hommes du Roi, Nessim fut assurément le plus original, mais son indolence si spectaculaire dissimulait un cerveau proprement diabolique. « Il était le seul à tutoyer Reb — hors Diego mais Diego ne fut pas un Homme du Roi, il n'était que son ombre — le seul aussi à calculer plus vite encore que lui, et en ce domaine, c'était un pur génie. Il avait d'autres talents, aussi cachés que le premier : deux hommes, s'agissant de pétrole, tentèrent de contourner les exorbitants monopoles des grandes compagnies, en traitant directement avec les émirs producteurs. L'un fut Ludwig et s'il y réussit partiellement, il en retira beaucoup d'ennuis, dont un boycott généralisé qui lui fit grand tort. L'autre fut Reb et dans son cas, tout se passa sans le moindre heurt, dans l'harmonie d'un orchestre de chambre composé des Petridis, de Soubise, et de Nessim Shahadzé. Avec au violoncelle un banquier suisse du nom d'Aloïs Knapp. »

Knapp que Reb Klimrod n'aurait peut-être jamais rencontré sans l'extraordinaire et tragique histoire de Zurich.

36

Le couple entra sur le coup de dix heures du matin. La banque se trouvait, se trouve bien sûr encore aujourd'hui, sur la Bahnoffstrasse, qui est l'artère principale de la ville, allant de la gare à la Burkli Platz, au bord du lac de Zurich.

C'était un établissement somptueux mais austère, on n'y discourait guère qu'à voix feutrée, entre les murs ornés de tableaux de prix, le marbre blanc à profusion, les caisses de géraniums rouges et les coffres exposés tels des reliquaires, présentant toute la gamme des pièces d'or jamais frappées et des couleurs des banknotes étrangères, certaines fort exotiques. Le simple bruit de la chute d'un briquet sur le sol y aurait vraisemblablement déclenché un cataclysme, ou une alerte générale.

Le couple était :xtrêmement beau.

Mais disparate.

Elle portait un ensemble blanc de Christian Dior et autour du cou un fabuleux collier d'émeraudes et de diamants ; elle était la plus jolie femme ayant jamais posé un escarpin de Charles Jourdan dans une banque d'Helvétie. Au vrai, sa seule vue coupa le souffle à Thadeus Töpfler, qui avait alors vingt-six ans et demi et le grade d'attaché de direction.

D'une façon bien moins explicable, Töpfler fut également impressionné par le compagnon de la jeune femme : l'homme était très grand et très maigre, il se déplaçait en donnant une étrange impression de maîtrise lente, il avait d'étonnants yeux très clairs et très profonds. Et surtout, il détonait, au côté de cette jeune femme à la miraculeuse beauté : il n'était vêtu que d'une chemise en toile, à pattes d'épaule et à poches de poitrine à rabats boutonnés, de couleur bleu délavé ; d'un pantalon de même teinte et de même tissu ; de mocassins en cuir noir soigneusement cirés mais qui n'étaient vraiment pas neufs. Et il portait à l'épaule, par la bretelle, un sac de toile kaki.

Töpfler se souvient que ce fut la jeune femme qui la première s'approcha des caisses. Elle s'accouda et adressa un merveilleux sourire à l'employé :

— Est-ce que vous parlez le *shamatari ?*

— Non Madame, répondit l'employé. Je suis tout à fait désolé.

Il n'avait jamais entendu le mot.

— Même pas quelques mots courants ?

— Je suis extrêmement désolé, vraiment pas, Madame, dit l'employé

Nouveau sourire, peut-être plus éclatant que le premier, si la chose était possible

— Cela ne fait rien, dit la jeune femme. C'était uniquement pour savoir, de toute façon.

L'homme s'approcha à son tour, sourcil légèrement haussé pour une interrogation muette.

— Pas un mot, lui dit la jeune femme. C'est très étonnant, mais c'est ainsi.

L'homme s'accouda également à la caisse, posa son sac de toile à côté de lui, demanda à l'employé :

— Mais vous parlez peut-être l'anglais ?

La conversation avait précisément lieu en anglais.

— Oui, Monsieur, dit l'employé avec les tout premiers signes d'une certaine nervosité.

— Et l'allemand ?

— Je parle également l'allemand, répondit l'employé qui s'appelait Wolfgang Rudolf Müller

— Le français ?

— Oui, Monsieur. Le français aussi

— L'italien, peut-être ?

— Un peu d'italien, oui Monsieur.

— Mais pas l'espagnol ? Ni le yiddish ? Ni l'hébreu ? Ni le portugais ? Ni l'arabe ? Ni le polonais ?

— Il n'a pas une physionomie à savoir le polonais, dit la jeune femme. C'est visible.

Troisième sourire à l'intention de l'employé :

— N'y voyez pas d'offense, je vous prie. Je trouve votre physionomie très attrayante, en réalité. Simplement, je crois peu plausible que vous sachiez le polonais.

— Non Monsieur, dit l'employé. Je ne connais aucune de ces langues. Croyez que j'en suis navré.

Thadeus Töpfler capta le regard inquiet de son subalterne et décida que le moment était venu de monter en ligne. Il fit quelques pas vers la caisse. Et y parvint au moment où l'homme disait avec bienveillance à l'employé :

— En dépit de ces quelques handicaps de départ, je pense néanmoins que nous allons pouvoir faire affaire ensemble, vous et nous.

— Y a-t-il quoi que ce soit que je puisse faire pour vous, Madame et Monsieur ? s'enquit Töpfler arrivé à la rescousse. Monsieur... ?

— Slim Zapata, dit l'homme tout à fait imperturbable et même avec de la courtoisie. Mais aussitôt après, d'un index qui faisait bien dix centimètres de long, il fit signe à Töpfler de s'approcher de lui et lui souffla à l'oreille : « Mais ce n'est qu'un nom d'emprunt. Je suis ici incognito. Je vous serais très reconnaissant de vouloir bien protéger mon anonymat. »

« C'est un fou », pensa Töpfler. « Ou un Cubain. » Depuis quelques mois, on voyait en Suisse beaucoup de Cubains apportant des capitaux sur lesquels, Battista étant mort et un certain Fidel Castro l'ayant remplacé, les nouveaux maîtres de La Havane lorgnaient avec concupiscence.

— Je voudrais simplement toucher un chèque, dit l'homme. Effectuer un retrait, en quelque sorte.

— Rien de plus facile, Monsieur, dit Töpfler avec une assurance sereine qui meublerait pas mal de ses nuits blanches. Dès l'instant où vous nous faites l'honneur d'avoir un compte chez nous...

— Ce qui est le cas, dit l'homme. Mais je n'ai aucun chéquier. Pourrais-je espérer bénéficier d'un chèque de caisse ?

Töpfler mentionna quelques petites formalités à remplir. Après lesquelles lui, et tout le personnel de la banque, sinon la Confédération Helvétique dans sa totalité, seraient à l'entière dévotion de M. Zapata. Surtout s'il s'agissait d'un compte à numéro. Etait-ce le cas ?

— Oui, dit l'homme.

On passa dans un bureau voisin, plus discret. On procéda aux formalités. « Slim Zapata » offrit gracieusement ses empreintes digitales, mentionna le code d'accès secret, indiqua le numéro non moins secret de son compte, ses initiales RMK, et consentit même à montrer son passeport...

REB MICHAEL KLIMROD.

Le nom était totalement inconnu à Thadeus Töpfler. Il alla chercher un chèque de caisse, après en avoir rapidement référé à son propre chef de service.

— Tout est en règle, crut-il devoir dire en revenant. Vous inscrivez simplement le montant de votre retrait.

— Je n'ai rien pour écrire, remarqua Zapata-Klimrod suave.

A ce moment-là seulement, Töpfler nota avec effarement la position singulière de la jeune femme : elle s'était installée sur un canapé bas, moelleux, avec la très évidente intention d'y faire un brin de sieste. Elle avait déjà ôté ses chaussures et ses bas, et se débarrassait maintenant de l'ensemble de Dior.

Elle apparut en soutien-gorge et petite culotte de dentelle.

— Un problème ? demanda Zapata-Klimrod.

Töpfler déglutit et se concentra intensément sur la table...

— Aucun, dit-il. Absolument aucun, Monsieur.

... sur la table où il n'y avait que le chèque de caisse. Il voyait celui-ci à l'envers mais bien sûr pouvait y lire les chiffres. Il vit la grande main hâlée inscrire un « 1 » minuscule, puis un premier zéro qui n'était pas bien grand non plus...

— En écrivant petit, expliqua gravement Zapata-Klimrod, j'ai l'impression de dépenser moins.

... Deuxième zéro, puis un troisième...

— Je voudrais une couverture, dit la jeune femme. J'ai un peu froid.

Töpfler machinalement leva les yeux et se maudit aussitôt de l'avoir fait. Elle était complètement nue, à présent, allongée nuque dans ses paumes et talon du pied droit sur les orteils du pied gauche.

— Monsieur ira porter notre chèque et sera assez aimable pour te rapporter une couverture, ma chérie, dit Zapata-Klimrod. N'est-ce pas, Monsieur ?

— Absolument, dit Töpfler. Absolument-absolument.

Il commençait à perdre pied. Il revint au chèque : ... cinquième zéro, sixième, septième...

« *Mein Gott!* pensa Töpfler, j'ai vraiment affaire à des fous ! »

.. huitième zéro, puis le chiffre trois, puis une virgule, puis le chiffre 45.

— Et voilà, dit Zapata-Klimrod en faisant tourner le chèque à quatre-vingt-dix degrés.

Ses yeux gris fixaient Töpfler et n'exprimaient strictement rien. Töpfler toussota :

— Excusez-moi, dit-il, vous avez négligé d'inscrire la somme en toutes lettres. Et vous avez également oublié de mettre la virgule.

Zapata-Klimrod, l'air très étonné, reprit le chèque.

— Mais non, dit-il, la virgule y est bien. *Trois-virgule-quarante-cinq.* Pas de doute. Elle y est. Chérie ? Voudrais-tu venir une seconde, s'il te plaît ?

Töpfler plongea en avant et se mit à contempler ses propres genoux avec fascination.

— C'est une très jolie virgule, dit la voix de la jeune femme. Je ne vois vraiment pas ce que l'on pourrait lui reprocher. Ces banquiers sont chicaneurs à un point incroyable. Ils sont tous les mêmes : ils veulent bien vous prendre votre argent mais pour vous le rendre...

Töpfler, toujours penché en avant à admirer ses genoux, dit d'une voix un peu étouffée :

— Excusez-moi, Monsieur, mais si vous laissiez cette virgule où vous l'avez mise, cela ferait un milliard de francs suisses.

— Il ne s'agit pas de francs suisses mais de dollars, répondit Zapata-Klimrod. Et le montant exact est d'un milliard et trois dollars quarante-cinq. Je suis quasi assuré que les trois dollars quarante-cinq figurent sur mon compte. Pour le reste, je m'interroge, perplexe. Vous devriez aller aux nouvelles, Monsieur. Et n'oubliez pas la couverture, s'il vous plaît, en revenant.

Il se produisit alors quelque chose de très étonnant dans la tête de Thadeus Töpfler.

C'était un Suisse, fils, petit-fils, arrière-petit-fils, arrière-arrière-petit-fils de banquier. On était dans la banque, chez les Töpfler, depuis à peu près trois cents ans. « Quand mon grand-père parlait de la Banque, en général nous observions aussitôt après une minute de silence. »

Thadeus Töpfler, sitôt sorti du bureau où il avait laissé le couple, fut pris d'un fou rire. Fou rire nerveux, certes, mais à peu près incoercible.

Et la deuxième chose extravagante qu'il fit ce même jour fut d'entrer sans frapper dans le bureau de l'homme qu'il haïssait le plus au monde : Othmar Brockman, chef du service Crédit.

— Il y a là en bas, dit-il, un homme en espadrilles qui nous présente un chèque d'un milliard de dollars.

Sur quoi, son fou rire le reprit et il manqua de tomber par terre. C'était surtout ce détail des espadrilles qui déchaînait à nouveau son hilarité : « Pourquoi diable ai-je dit " en espadrilles " ? »

— Vous êtes ivre, Töpfler, dit Brockman.

Töpfler réussit à poser le chèque sur le plateau du bureau. Il voulut dire quelque chose du genre : « Voyez vous-même », mais le fou rire l'empêcha d'articuler un seul mot.

Brockman jeta un coup d'œil sur le chèque et haussa les épaules ·

— Un fou. Prévenez discrètement la police.

Et puis un déclic parut se produire. Il attira à nouveau le chèque à lui, l'examina. Se leva. Alla ouvrir le petit coffre-fort mural, y prit un carnet, qu'il compulsa.

Il revint à son bureau et décrocha le téléphone.

Le même jour à dix heures vingt-cinq du matin, Aloïs Knapp se trouvait dans la grande salle de l'hôpital Dolder, au 65 de la Kurhaustrasse à Zurich. Il prenait part, en sa qualité de vice-président, à la réunion mensuelle de l'Association des Banquiers Suisses, dont le président est par tradition un banquier privé de Bâle. La nouvelle qu'on le demandait au téléphone l'agaça, dans un premier temps. Il ne le montra pas : en tant qu'homme et en tant que banquier, il était froid comme la mort. En 1960, il avait tout juste cinquante ans.

— Qu'est-ce qui vous prend, Brockman ?

Il écouta, demanda :

— Les contrôles ont tous été effectués ?

Puis il dit : « J'arrive. »

Il fut sur place avant onze heures. Brockman et le jeune Töpfler l'attendaient discrètement à l'écart. « Où est-il ? » On le conduisit jusqu'au bureau du rez-de-chaussée.

— Il vaudrait peut-être mieux frapper avant d'entrer, suggéra timidement Töpfler qui avait, sinon perdu son envie de rire, du moins assez de maîtrise de lui-même pour n'y pas donner libre cours, en présence d'Aloïs Knapp descendu de son olympe.

Knapp frappa, reçut une invite à entrer, entra et referma la porte sur lui. Il demeura dix à quinze minutes à l'intérieur puis ressortit, un peu pâle et la joue droite marquée par le dessin très caractéristique et très reconnaissable de deux lèvres féminines enduites de rouge. Il regarda Töpfler :

— C'est à vous qu'il veut avoir à faire. A vous seul. Vous êtes bien Töpfler, n'est-ce pas ? Alors, allez-y. Entrez.

Töpfler entra dans le bureau, totalement sidéré. Il entendit la question de Brockman et la réponse de Knapp. Brockman demanda :

— Un milliard de dollars ! C'est de la démence. Qu'est-ce qu'on fait ?

— On paie, répondit Knapp.

Töpfler, dans le bureau, découvrit la jeune femme debout sur le canapé, enveloppée dans la couverture dont il l'avait lui-même munie. L'homme était torse nu et avait le visage barbouillé de rouge à lèvres, à la façon des Sioux partant en guerre. L'homme sourit aimablement :

— Comment vous appelez-vous ?

— Thadeus Töpfler.

— J'adore Thadeus, dit la jeune femme. Il est vraiment très chou.

— Je peux vous appeler Thadeus ? demanda l'homme. Appelez-moi Reb, s'il vous plaît. Ah, une chose, Thadeus : je souhaiterais le milliard de dollars en billets de cent dollars au plus. Pas de plus grosses coupures, je vous prie. Vous n'aurez qu'à en faire un tas, quelque part.

— Pour les trois dollars quarante-cinq, dit la jeune femme, nous vous laissons le choix : soit un seul billet de trois dollars quarante-cinq, soit en menue monnaie. Non, attendez, de la monnaie plutôt : ces cabinets germaniques où il faut mettre de la monnaie pour entrer, quand on est une dame — mais pas quand on est un homme si vous voyez ce que je veux dire — sont parfaitement exaspérants.

A ce moment-là seulement, pour la première fois, (et cette sensation s'accentua durant les heures suivantes), Töpfler eut l'impression que quelque chose n'allait pas. C'était extraordinaire qu'on pût venir présenter un tel chèque, c'était unique. D'accord. Mais la réaction de Knapp l'avait montré : cet homme aux yeux gris pouvait réellement entrer dans une banque suisse, la plus importante ou peu s'en fallait, et y exiger la somme astronomique d'un milliard, en dollars américains. Bon, cela prouvait une assez incroyable fortune. Mais quelques hommes dans le monde étaient riches à ce point, une poignée d'accord encore, mais ils existaient. Il s'agissait d'autre chose.

Ainsi le fait que cet homme fût inconnu. Töpfler avait quasi appris à lire dans la presse financière, sous la férule de son terrible grand-père. Il savait les noms et les visages d'un Howard Hughes, d'un Hunt, d'un Getty, d'un Gulbenkian, des Onassis et autres Niarchos, multimilliardaires, ces deux-là, de second rang. Il connaissait même l'existence d'un Daniel Ludwig que pourtant tout le monde ou presque ignorait. Mais Klimrod ? Qui diable avait jamais entendu parler d'un Klimrod ?

Il demanda :

— Y a-t-il quoi que ce soit d'autre que je puisse faire ?

— Un grand Martini avec beaucoup de glace, dit la jeune femme Ensuite, champagne et caviar. Pour le caviar, téléphonez de ma part au Shah d'Iran, il a quelques boîtes de bonne qualité. Dites que vous appelez de la part de Charmian, il se mettra en quatre.

— Une marque de champagne particulière ? s'enquit Töpfler.

— Dom Pérignon 1945 rosé, s'il vous plaît. Trois ou quatre magnums pour commencer. Rien de plus gros · ni jeroboam ni reboboam et moins encore, surtout pas, de mathusalem. Ça s'évente. Reb ?

— Oui, ma chérie.

— Tu devrais donner dix ou quinze millions de dollars à ce jeune homme. Il est vraiment très chou.

— J'y penserai, dit l'homme avec douceur. Sitôt qu'ils m'auront payé mon chèque. Ce qui risque de prendre un certain temps, semble-t-il. Thadeus ?

— Oui, Monsieur ?

— J'aimerais assez un hamburger, si cela ne vous ennuie pas trop. On en fait d'excellents à Francfort, pour les soldats américains stationnés en Allemagne. Vous pourriez vous en occuper, Thadeus ?

— Très certainement, Monsieur, dit Töpfler. Avec joie.

Il essaya de soutenir le flamboyant regard gris mais dut finalement détourner les yeux. Une première conviction l'envahit, qui allait se renforcer par la suite : « Cet homme-là n'est pas fou, pas vraiment. Lui s'amuse peut-être. Elle, en revanche... »

Car, si extraordinairement belle qu'elle fût, le doute n'était pas permis : elle était anormale, elle était folle. Dans cette espèce de gaieté ardente, le jeune Töpfler discerna une fièvre démente, et désespérée.

Dans le bureau d'Aloïs Knapp où il entra ce jour-là pour la première fois, Thadeus Töpfler découvrit ce qui ressemblait fort à un conseil de guerre. L'état-major au grand complet était là, et mieux encore, dans l'heure suivante, vint en renfort le vieux et très vénérable Jakob Füssli, qui avait septante-huit ans, et s'était trois ans plus tôt résigné à la retraite, remplacé par Aloïs Knapp.

— Les nouvelles, Töpfler. Sans citer son nom.

— Ils veulent du champagne, pas n'importe quel champagne, du caviar — pas n'importe quel caviar, et aussi des hamburgers — pas n'importe...

— Ne faites pas le pitre, je vous prie, dit Knapp. Töpfler, asseyez-vous. Ecoutez. Notre client ne veut avoir à faire qu'à vous. Vous êtes donc, à comptez de cette minute, détaché de toute autre obligation ou responsabilité. Vous serez en contact permanent avec votre client d'une part, monsieur Füssli et moi-même d'autre part. Vos consignes sont simples : accédez à toutes les demandes que votre client vous fera, jusqu'à concurrence de cent mille francs. Pour toute dépense excédant cette limite, vous en référerez à M. Füssli ou moi-même. Etes-vous marié ?

Töpfler n'était que fiancé. Knapp acquiesça, comme si cette nouvelle-là, au moins, était bonne. Il reprit :

— Il nous faudra un peu de temps pour réunir la somme...

— Il veut au plus des billets de cent dollars, dit Töpfler, osant interrompre le Grand Manitou.

Knapp ferma les yeux. Les rouvrit :

— Dans ce cas, il nous faudra deux jours de plus. Trois jours en tout. Pendant ces trois jours, Töpfler, vous assurerez un service permanent. Si notre client, le vôtre, insiste, comme d'ailleurs il le fait, pour demeurer dans notre banque aussi longtemps que nous n'aurons pas honoré son chèque, vous y resterez avec lui. Avec eux. Tâtez le terrain, Töpfler, essayez de connaître leurs intentions. S'ils veulent dormir ici, nous ferons aménager la salle Guillaume-Tell en appartement, et un lit de camp sera prévu pour vous.

Töpfler regarda Knapp avec une stupéfaction sans borne. L'idée lui vint que Knapp aussi était devenu fou, et Füssli le Vénérable, et tous les membres de l'état-major, tout le monde, sauf lui.

— Coucher ici ? Dans la banque ?

L'œil glacé de Knapp le transperça. Knapp dit à la cantonade : « M. Füssli et moi-même souhaiterions demeurer seuls avec Töpfler. »

La cantonade s'en alla. Töpfler demeura seul face aux Grands Manitous.

— Töpfler... dirent exactement en même temps le Vénérable Füssli et Aloïs Knapp. Knapp dit avec déférence : « Je vous en prie, monsieur Füssli... »

— Nenni-pas-du-tout-Aloïs, dit le Vénérable. C'est vous qui dirigez, à présent. Et puis après quelques secondes, il ajouta : « Dieu en soit loué, d'ailleurs. »

— Töpfler, dit Knapp, vous comprenez très bien que nous avons à faire face à une situation unique dans les annales de la banque helvétique...

— Et très vraisemblablement mondiale, dit le Vénérable.

— Nous répondrons à cette situation et à toutes ses exigences, dit Knapp, avec la rigueur, l'efficacité, la célérité et la discrétion — la discrétion, Töpfler — qui sont les nôtres, et qui ont fait la gloire, la fortune et l'orgueil de cet établissement.

Töpfler pointa un index respectueux :

— Puis-je poser une question, Monsieur ?

— Oui, mon garçon.

— Est-ce que notre client a vraiment un milliard de dollars sur son compte ?

« Je n'aurais pas dû demander ça », pensa-t-il dans la seconde suivante. Les deux Grands Manitous le foudroyaient du regard.

— Ne nous faites pas douter de votre état mental, Töpfler. Ne nous faites pas appréhender plus encore les conséquences du choix fait par notre client, exigeant que vous soyez notre seul contact avec lui Personne au monde ne possède un milliard de dollars sur un compte bancaire, Töpfler. Il se trouve simplement que notre client bénéficie d'une ligne de crédit dépassant cette somme, et les relations particulières que nous avons avec lui nous font obligation d'accéder à sa demande.

Knapp aspira à fond et dit encore :

— Töpfler, nous fermerons la banque au public vendredi prochain à quinze heures, sous la raison officielle de quelques réaménagements de détail intérieurs. Jusque-là, la banque fonctionnera normalement, du moins l'espérons-nous. A cela près que soixante-dix hommes et femmes travailleront jour et nuit pour trouver ces billets de banque. Nous n'avons pas un milliard de dollars en billets de cent, Töpfler, nous sommes vertigineusement loin du compte, il va nous falloir en appeler à toutes les banques de ce pays, à celles des autres pays européens et très vraisemblablement, à l'institut américain d'émission. Nous avons à mettre en œuvre un dispositif gigantesque, avec des avions et des convois spéciaux, à l'échelle mondiale. Et si nous atteignons notre objectif en trois jours, il faudra voir dans ce miracle l'intervention de la main divine. Et vous serez en bout de chaîne, Töpfler, tout au bout. Votre prénom est bien Thadeus ?

— Oui, Monsieur.

— Thadeus, il y a un dernier point que nous souhaiterions vous souligner, M. Füssli et moi : cinq autres personnes représentant l'état-major de notre banque se trouvaient voici quelques instants dans ce bureau, outre M. Füssli, vous et moi. Elles ne connaissent pas le nom de notre client. Nous ne sommes donc que quatre, avec Brockman, à le savoir. Et maintenant ceci, Thadeus : que quiconque dans cette banque, et à plus forte raison à l'extérieur de celle-ci, soit par votre faute mis au courant, de quelque façon, même si vous parlez en dormant, de cette catastrophe qui nous frappe et surtout du nom de l'homme à qui nous la devons, et je vous jure sur la Bible que je ferai en sorte que vous ne retrouviez le moindre emploi, serait-ce comme cantonnier. Et je m'occuperai personnellement de vous, Thadeus, dussé-je y consacrer le restant de mes jours. Suis-je clair, Thadeus ?

— Oui, Monsieur. Tout à fait clair.

— A présent, allez mon garçon. Et faites pour le mieux.

Ils s'installèrent en effet dans la salle Guillaume-Tell. On y disposa la literie de deux chambres complètes prêtées par le Dolder Grand Hotel. On dut percer une porte dans un mur, de façon que l'accès à l'appartement ainsi créé pût se faire sans attirer l'attention, par un immeuble adjacent et surtout par les arrières de la banque.

La vérité étant qu'au cours des heures suivantes, il y eut un grand concours de gens, en divers domaines. Il fallut évidemment une salle de bains, par exemple. Et une cuisine d'une part pour réchauffer les plats commandés à l'extérieur, d'autre part pour installer à son poste le spécialiste en hamburgers qu'on fit le jour même venir de Francfort par avion, avec son matériel et son approvisionnement.

Et des lignes téléphoniques, cinq en tout.

— J'aurai quelques coups de téléphone à donner, expliqua l'homme à Töpfler. Et je ne voudrais pour rien au monde embouteiller les circuits normaux de la banque. Je me le reprocherais. Et pendant que j'y pense, si ce n'est pas trop demander, pourrions-nous disposer d'une petite salle de cinéma ? Mme Zapata adore le cinéma, surtout les films d'Humphrey Bogart. Vous pouvez vous en occuper, Thadeus ? C'est vraiment très aimable à vous.

En fait, l'homme téléphona énormément et à plusieurs reprises, Töpfler surprit une partie de ces communications données en quantité de langues. L'homme parlait au moins dix langues, et il passait de l'une à l'autre avec une déconcertante facilité.

Quant à la teneur des échanges, Töpfler ne la comprit guère et d'ailleurs, acquit assez rapidement la certitude que l'homme, là encore, s'amusait, ou, plus exactement faisait tout cela pour amuser sa femme, si c'était bien sa femme.

Le jeune Suisse refusa d'être dupe : sinon, il aurait fallu admettre l'existence d'un homme qui, par téléphone, dirigeait des centaines et des centaines d'entreprises, dans le monde entier, dans tous les secteurs de l'activité humaine sans exception. Et usant de codes, de langages chiffrés ahurissants, incompréhensibles, ne prononçant jamais un seul nom propre.

Tout cela n'avait pas de sens. « C'est bien pour distraire la jeune femme qu'il fait tout cela... »

Au sujet de celle-ci, l'intuition initiale de Thadeus Töpfler se révélait à chaque heure un peu plus fondée : « Elle est folle à lier. » Töpfler n'avait nulle envie d'en sourire. Tout au contraire, il en éprouvait un chagrin surprenant. On ne pouvait faire autrement que remarquer l'amour et la tendresse immenses que Lui avait pour Elle. Et cette patience infinie...

Le premier jour fut donc relativement agité, de par toutes ces allées et venues que l'on fit, sans pour autant attirer l'attention du public accédant à la banque, ou même celle des employés qui n'étaient pas au courant.

Mais dans la soirée, le calme revint, après la fermeture des portes. La salle Guillaume-Tell était au premier étage et servait d'ordinaire aux réceptions. Pour la circonstance, on l'isola du reste du bâtiment, dans lequel on disposa la nuit deux gardes supplémentaires (mais ceux-ci à aucun moment ne virent le couple et ils en ignorèrent jusqu'à la présence). Les consignes reçues par Töpfler de Knapp ne laissaient place à aucune question : « Thadeus, vous restez avec eux. Je vous le demande comme un service personnel. Vous prendrez ensuite toutes les vacances nécessaires et nous parlerons ensemble de votre avenir dans cette maison. Mais restez avec eux, Thadeus, avec la plus grande gentillesse dont vous êtes capable. Servez-leur au besoin à dîner, soyez à leur entière disposition. Thadeus ? Faites confiance en toutes choses à notre client, il a certaines raisons pour agir comme il le fait... »

Töpfler pense que dès les premières minutes Knapp sut que la jeune femme était folle et que toute cette incroyable comédie de trois jours n'eut pas d'autre but que de permettre « à cet homme qui se faisait appeler Klimrod, mais dont je crus alors que ce n'était qu'un nom d'emprunt — je pensai même qu'il pouvait s'agir de Daniel Ludwig dont je n'avais jamais vu le visage, quoiqu'il me parût un peu jeune pour être Ludwig — que de lui permettre de, comment dire, donner une pantomime à une femme dont il était amoureux sans espoir. Et peut-être aussi d'entrer délibérément dans sa folie, pendant quelques heures...

« Le prétendu Klimrod sachant très bien, à tout moment, où il allait... »

Le deuxième jour fut plus calme, en partie du moins. On prit ses quartiers, on s'installa tout à fait, dans l'extravagance. Tout le premier étage de la banque avait été condamné à quiconque, sauf Knapp et Töpfler. Ce dernier avait la veille, répondant au désir exprimé par la jeune femme, appelé un numéro à Téhéran. A sa grande surprise, quand il prononça le nom de Charmian Page, on lui fit un accueil plus que favorable. Sa surprise tourna même à la stupeur quand le Shah lui-même vint en ligne, demandant délicatement des nouvelles. « Je pense qu'elle va très bien... euh, Majesté », répondit Töpfler abasourdi. « Elle voulait simplement un peu de caviar et m'a chargé de... »

La Majesté Impériale au téléphone dit alors qu'Elle comprenait fort bien la situation, qu'Elle allait donner les ordres nécessaires, et qu'Elle serait reconnaissante à lui Töpfler, de transmettre à miss Page ses amitiés les plus cordiales.

En fait le caviar arriva, expédié par avion spécial et transmis jusqu'à la banque — porte de service — par deux Iraniens solennels et très taciturnes, visiblement diplomates ou agents secrets.

« Je vivais un rêve insensé », note Töpfler à vingt-deux ans de distance.

La crise survint au début de la soirée du deuxième jour. Comme prévu, on avait installé à l'usage de Töpfler un lit de camp dans un petit bureau à deux pièces d'intervalle de la salle Guillaume-Tell. Il entendit le cri vers neuf heures, précédé d'un grand bruit de verre brisé, et suivi de coups sourds.

Il hésita puis s'élança. Il frappa et l'homme lui dit d'entrer. Il trouva l'homme en train de maintenir la jeune femme par les poignets ramenés dans le dos, et celle-ci haletait, yeux révulsés, bavant, se débattant avec rage.

— Aidez-moi, je vous prie, dit l'homme. Nous allons la porter sur le lit.

Ce fut alors que Töpfler demanda si un médecin ne serait pas utile et l'homme répondit :

— Non. Ce n'est que l'une de ces crises nerveuses dont ma femme est parfois victime. Je sais ce qu'il convient de faire.

Il était d'un calme surnaturel. Töpfler l'aida à maintenir la jeune femme sur le lit et la piqûre fut faite. Elle ne tarda pas à produire son effet.

— Elle va dormir, à présent.

Les yeux gris pâle, d'un coup, prirent une expression de tristesse infinie, bouleversante, et Thadeus Töpfler en vint presque à croire que l'homme allait pleurer. Il se détourna...

— Thadeus ?

— Oui, Monsieur.

— Merci.

Töpfler hocha la tête. Il ne savait trop quoi dire ou faire. L'homme dit très doucement :

— Parlez-moi de vous. Avez-vous des frères et des sœurs ? Etes-vous marié ?

Ils parlèrent, ou du moins Töpfler parla, pendant une trentaine de minutes, dans le grand silence de la banque déserte, parla de pas mal de choses et notamment du terrible grand-père Anton Gustav. L'homme semblait à peine entendre, l'air rêveur, yeux élargis dans le vide, mais ses questions montraient qu'en vérité il écoutait avec une attention très grande que, selon Töpfler, le sujet ne méritait guère.

Töpfler finit par se retirer et regagna son lit de camp, par discrétion. Il ne parvint pas à s'endormir, tourmenté par une amertume chagrine. Par l'enfilade des portes qu'il avait laissées entrouvertes pour le cas où l'on aurait besoin de lui, il constata que la lumière dans la salle Guillaume-Tell demeurait allumée. Si bien qu'il finit par se relever après deux bonnes heures et alla de nouveau aux nouvelles, s'enquérant de ce qu'il pouvait faire.

— Rien, merci, répondit l'homme de sa voix douce et très courtoise.

A ce moment-là, il était assis près du lit où dormait la jeune femme et lisait, en allemand, un Homère traduit par Johann Bodmer, et qui venait de la bibliothèque personnelle d'Aloïs Knapp.

« Il passa ainsi toute la nuit, j'en suis sûr. Au matin, il s'y trouvait encore... »

Et au matin, quand il revit le couple réuni, Töpfler constata que la jeune femme, Charmian Page, puisque tel était apparemment son nom, était à peu près normale, d'abord un peu alanguie, ce qui ne lui ôtait rien de sa beauté, bien au contraire, puis reprenant au fil des heures de cette alacrité empreinte d'un humour abrupt. Normale à l'exception de cette inquiétante lueur fiévreuse au fond de ses yeux violets.

Mais on était au troisième jour et ce fut celui où le milliard de dollars fut réuni.

Les deux jours précédents, les camions blindés avaient certes déjà défilé, certains provenant de Zurich même, des autres banques qui s'étaient, au maximum de leurs possibilités propres, démunies de leurs billets américains, mais surtout de l'aéroport de Kloten. La noria devint plus impressionnante encore le troisième jour, mais elle attira moins les yeux étrangers à l'opération puisque la banque ferma plus tôt que d'ordinaire.

L'argent commença à s'entasser.

Personne n'avait été au juste capable de déterminer la place que pouvait occuper un milliard de dollars en billets. Par mesure de prudence, de préférence à une simple pièce qui se fût peut-être révélée trop exiguë, on choisit d'empiler les liasses au milieu du hall, sur des draps.

Thadeus Töpfler pour occuper son temps libre, s'était lui-même essayé au calcul.

Une liasse de dix billets de cent dollars, avec la bande, faisait à peine sept millimètres et demi d'épaisseur. Un peu moins s'il s'agissait de billets neufs, un peu plus si les billets étaient usagés — il fit une moyenne. Il établit ainsi qu'un million de dollars, par liasses de billets de cent dollars avec bande, représentait une pile de sept mètres cinquante de haut.

Ensuite, il mesura un billet de cent dollars. Découvrit que cela faisait cent cinquante millimètres et demi sur soixante-six millimètres.

Il chercha à savoir combien de piles de 15,5 cm sur 6,66 (et sept mètres cinquante de haut) entraient dans un mètre carré.

Réponse : quatre-vingt-dix. « Quatre-vingt-dix millions de dollars le mètre carré, Doux Jésus ! Je me demande combien vaudrait un cinq pièces ! »

… Or il y a mille millions dans un milliard.

Soit mille divisé par quatre-vingt-dix…

Onze mètres carrés virgule cent onze.

Toujours sur sept mètres de haut, bien entendu. Ça n'avait pas de sens. Si en certains endroits le plafond du hall convenait tout à fait, par son altitude, à un tel échafaudage, l'accès au sommet de ce dernier risquait d'être malaisé. « Pour peu que notre client veuille les recompter, il lui faudra un hélicoptère, à tout le moins un piolet. »

Il estima donc qu'au lieu d'avoir neuf cent quatre-vingt-onze piles et des poussières, culminant à sept mètres cinquante, mieux valait réduire la hauteur desdites piles. Par exemple en les découpant en cinq tranches. Cela tombait juste.

« Quatre cent cinquante-cinq piles... ou quatre cent cinquante-six », il s'était probablement trompé quelque part.

Mais le résultat lui parut parfaitement raisonnable et plausible : ainsi réparti, un milliard de dollars représentait un tas d'un mètre cinquante de haut étalé sur une surface de — environ — cinquante-six mètres carrés.

« En tous les cas, ça rentre dans le hall, c'est déjà ça. Nulle part ailleurs, mais dans le hall, oui. »

Les savants calculs de Thadeus Töpfler se révélèrent faux. Pas de beaucoup, mais encore assez tout de même.

Le tas pharamineux de billets de banque couvrait plus de soixante mètres carrés et, par endroits, dépassait légèrement les deux mètres. Pour cette simple raison qu'on n'avait pas réussi à réunir suffisamment de billets de cent dollars et qu'on avait dû faire l'appoint avec des liasses de cinquante, vingt, dix, cinq et même un dollars.

Et que cela accrut notablement les proportions de l'édifice.

Vers sept heures, au soir donc du troisième jour, le téléphone sonna dans la salle Guillaume-Tell. Töpfler, qui attendait l'appel avec fébrilité, depuis le départ du dernier camion blindé, décrocha. La voix de Knapp : « Maintenant. »

Ils descendirent tous les trois, le couple enlacé marchant devant le jeune Suisse.

Dans le grand hall déserté, en dehors du milliard en billets de banque, il n'y avait qu'Aloïs Knapp et le vénérable Füssli appuyé sur sa canne.

L'homme qui se faisait appeler Klimrod, aux yeux de Thadeus Töpfler tout au moins, n'approcha même pas de la fortune. Il s'immobilisa, les yeux dans le vague, un peu écarquillés, toute trace d'humour ou d'amusement depuis longtemps disparue de son visage.

La jeune femme, en revanche, exécuta un mouvement lent qui lui fit faire le tour de l'amas.

— Un milliard de dollars ? demanda-t-elle.

— Un milliard, trois dollars et quarante-cinq *cents,* répondit Knapp. Nous vous prions d'accepter toutes nos excuses pour le retard apporté à honorer votre chèque.

Elle disparut derrière les billets. Mais sa voix s'éleva sous la voûte sonore :

— C'est tout à toi, Reb ?

— Oui, dit l'homme, qui était impassible.

— Et tu en as combien de fois autant ?

— Je ne sais pas.
— Deux fois, Reb ? Cinq fois ? Dix fois ?
— Je ne sais pas.
Elle revint dans le champ de vision des quatre hommes.
— Et si j'y mettais le feu, Reb ? Je peux tout brûler, Reb ?
— Oui.
— Je peux vraiment ?
— Oui.
Mais il sourit et dit avec une fascinante douceur :
— Seulement, tu mettrais le feu à la banque, en même temps.
— Achète la banque.
— Que ferions-nous d'une banque, mon amour ? C'est un endroit assez triste, tu ne trouves pas ?
Elle le regardait et brusquement des larmes parurent dans ses yeux :
— Tu es merveilleusement doux et tendre, Reb. Je t'aime.
— Je t'aime aussi, Charmian.
Elle s'adossa à la muraille des billets et se mit à pleurer sans le moindre bruit.
Töpfler le premier, puis Knapp et enfin Füssli détournèrent leurs yeux, n'osant pas plus la regarder, elle, que lui, dont le visage était celui d'un homme crucifié.
— Ramène-moi là-bas, Reb, maintenant. Qu'ils m'enferment à nouveau.

Les multiples gardes armés établis tout autour mais à l'extérieur de la salle, les laissèrent partir tous les deux, sur un signe de Knapp. Même après que les portes se furent refermées, Töpfler ne bougea pas. Knapp lui dit :
— Rentrez chez vous, mon garçon. C'est fini.
— Que va-t-on faire de tous ces billets ?
— Les remettre à leur place, où ils étaient. Que peut-on en faire d'autre ?
Thadeus Töpfler hocha la tête. Evidemment.
Il marcha à son tour vers la sortie.
— Thadeus ?
Töpfler dit simplement, sans se retourner tout à fait :
— Je sais : je dois me taire.
Il s'en alla à son tour. Il n'avait pas le goût de parler à quiconque. Il avait plutôt envie de pleurer, lui aussi.

37

Charmian Page mourut le 17 janvier 1961.

Comme elle avait toujours eu l'habitude de le faire, elle était venue passer aux Etats-Unis les fêtes de fin d'année en famille, accompagnée non seulement de ses Ethiopiennes mais aussi d'une autre femme, une Suissesse qui se révéla être médecin et ne s'éloignait jamais d'elle. Durant les deux semaines qu'elle passa, d'abord à New York, puis au Connecticut, elle se montra enjouée et même gaie, quoique par moments la fièvre inquiétante dans ses yeux réapparût, et dans ces occurrences la Suissesse, qui s'appelait Martha Hodler, se rapprochait soudain, très discrètement, prête à intervenir. Mais les choses n'allaient pas plus loin et Charmian souriait, disant : « Ça va bien, Martha... »

Elle adorait les enfants de David et Diana Settiniaz et, cette année-là comme les précédentes, elle arriva avec une ahurissante profusion de cadeaux, l'un d'eux étant un authentique chalet suisse, en bois, de six pièces, entièrement meublé, jusqu'à un coucou hilarant qui avait la tête de Woody Wood-pecker et surgissait de sa boîte aux instants les plus inattendus en criant d'une voix de fausset alcoolique : « C'est l'heure des enfants ! Et les enfants sont sages, si les parents sont fous ! »

Le tout à l'échelle des deux cinquièmes, cheminée comprise.

Si bien que les domestiques hawaïens des Settiniaz, quand ils entreprenaient de faire le ménage dans le chalet, installé tout au fond du parc, devaient opérer à quatre pattes et parfois même ramper un peu (une équipe de charpentiers venue par avion-cargo de Zurich avait procédé au montage).

Les enfants, *eux,* avaient adoré. Bien entendu, ils avaient insisté de toutes leurs forces pour passer leurs vacances dans leur maison-à-eux, en compagnie de cousins et alliés, tirant le verrou sur leurs conférences. Avec ce résultat que les en faire sortir pour le bain du soir nécessitait des négociations patientes et l'emploi de parlementaires. Ils vénéraient évidemment leur tante, capable de telles inventions...

... Tout comme s'émerveillaient d'elle les beaux-parents, toute la famille et belle-famille et jusqu'à la propre femme de David Settiniaz. Quand il se hasardait à évoquer ce que lui-même dénommait timidement la « nervosité » de Charmian, on haussait les épaules. Pour un peu, on lui aurait reproché son insistance à revenir sans fin sur le sujet. Charmian était excentrique et l'avait toujours été depuis l'enfance, en quoi la chose était-elle nouvelle et pourquoi aurait-il fallu s'en inquiéter ? On savait bien entendu son mariage avec « ce

Kimrod » que nul ou presque n'avait vu, sauf Diana une fois ou deux. On avait même appris cette histoire de coups de revolver qu'elle aurait prétendument tirés sur son mari fantôme, sur son yacht à elle, quelque part en Méditerranée dans les débuts du printemps 1955. (David, mis au courant par Georges Tarras des véritables circonstances de l'incident, s'en était ouvert à son épouse.) Mais il n'y avait pas là matière à fouetter un chat ; il n'y avait eu aucune enquête de police véritable et d'ailleurs, savait-on ce qui s'était passé réellement ? « Ce Kimrod-ou-quel-que-soit-son-nom » n'était qu'un coureur de dot, sans doute possible, attiré par les dix millions de Charmian qui avait dû l'épouser par pure fantaisie et s'en était débarrassée de même — « c'est de loin la plus intelligente de la famille et ce n'est pas un homme, quel qu'il soit, qui pourrait l'obliger à faire ce qu'elle ne veut pas ». « Ce Kimrod » avait dû venir quémander encore un peu d'argent et on n'aurait pas été surpris d'apprendre que c'était lui, en vérité, qui avait tenté de tirer sur elle, Charmian se refusant à le remettre aux policiers, avec sa générosité habituelle.

Et puis si Charmian avait été réellement déséquilibrée, cela se serait vu. Elle était allée consulter des médecins, tant aux Etats-Unis qu'en Europe, elle ne s'en était pas caché. L'avait-on internée pour autant ? Non. Elle vivait en Suisse, dans cette immense et luxueuse propriété qu'elle avait près de Zurich et si elle s'y entourait d'un médecin ou deux, c'était encore l'une de ses lubies, comme d'autres gardent sous la main des mages ou des astronomes.

— David, enfin, regarde-la... En quoi est-elle anormale ? Elle vit seule, je veux dire sans mari ni enfants, mais est-ce interdit ? Pourquoi une femme ne pourrait-elle pas rester célibataire ? Vous êtes tous pareils, vous autres hommes : que l'un de vous refuse de se marier et d'avoir des enfants, et vous n'êtes pas loin de le considérer comme un héros. Mais qu'une femme en fasse autant, et vous la traitez de folle...

Le coup de téléphone survint dans la nuit du 16 au 17 janvier, vers deux heures du matin, huit heures du matin du même jour en Europe. Settiniaz lui-même décrocha, la voix à l'accent germanique lui dit :

— Quelque chose est arrivé, Monsieur. C'est grave.

A Zurich, Diana et lui louèrent une voiture, suivirent la route au sud-est, vers Vaduz et le Liechtenstein, mais n'eurent pas à aller si loin. La propriété se trouvait sur les hauteurs superbes dominant le lac de Walensee. Martha Hodler attendait à la grille, les yeux gonflés et rougis par les larmes :

— Je m'en voudrai toute ma vie, monsieur Settiniaz. Toute ma vie.

Et de pleurer encore. Elle était aux côtés de Charmian depuis sept ans, n'était pas le seul médecin constamment de garde, deux autres officiaient avec elle, se relayant nuit et jour, outre les infirmières. La propriété si luxueuse, au nombre anormalement élevé de domestiques et de prétendus secrétaires, n'était rien d'autre qu'une clinique psychiatrique privée, à l'usage d'une malade unique, qu'on protégeait contre elle-même.

— Nous avons regardé un film hier soir, comme souvent. Elle était extrêmement calme, bien plus qu'à l'ordinaire, et lucide, terriblement. Je m'en veux justement pour cela : cette lucidité même aurait dû m'alerter...

Elle avait eu une crise, assez brève, à son retour des Etats-Unis. Comme à chaque fois. « A cause des enfants qu'elle voyait chez vous. Cela lui faisait toujours le même effet. Cela n'aurait tenu qu'à nous, elle n'aurait pas fait le voyage. »

Mais très vite, elle avait paru reprendre le dessus. C'était ce qu'il y avait de plus angoissant et difficile dans son cas, que ces périodes de rémission, où elle redevenait normale. « Ces deux dernières années, elle avait eu de moins en moins de ces absences, qui lui faisaient oublier jusqu'au nom des êtres qui lui étaient le plus cher. Jusqu'à son mari, qu'elle ne reconnaissait plus... Mais elle semblait aller mieux, l'an dernier elle et lui ont passé trois jours à Zurich, et il nous a dit que cela ne s'était pas trop mal passé. Sauf qu'au retour, elle a encore fait une crise, qui a duré tout un mois... »

Charmian avait gagné sa chambre vers onze heures. Les Ethiopiennes l'avaient couchée. L'un des deux autres médecins était venu lui faire prendre sa drogue, qui la faisait dormir et somme toute rassurait tout le monde, certain qu'on était de ce qu'elle dormirait profondément pendant au moins huit heures.

— Nous avons retrouvé les comprimés sous son oreiller. Elle a fait semblant de les prendre, fait semblant de s'assoupir...

Deux Ethiopiennes passaient toujours la nuit à côté d'elle, quand son mari n'était pas là. Elles n'avaient rien entendu, pour cette raison que Charmian les avait droguées. « Elle a prémédité sa mort, et tout préparé en conséquence... Elle est sortie de la maison, en chemise de nuit, nous avons retrouvé la trace de ses pas sur la neige. Elle serait morte de froid, de toute façon, les nuits en ce moment sont très froides, il faisait moins quinze centigrades. Nous pensons qu'il devait être une heure du matin...

Elle avait marché en très droite ligne sous les arbres, était allée tout au fond du parc, dans la cabane des jardiniers, les chiens n'aboyant évidemment pas puisqu'ils la connaissaient. Elle s'était assise à même le sol de terre battue et durcie par le gel et dans un premier temps s'était tailladé les veines. Mais le sang gelant à mesure, elle s'était alors servie d'une lame de faux, qu'elle s'était enfoncée dans le ventre..

— Elle a dû mettre une heure à mourir, au moins

Diego Haas était là, arrivé sur les lieux deux bonnes heures plus tôt que les Settiniaz qui pourtant avaient sauté dans le premier avion pour l'Europe. Et non seulement il était là mais il commandait en maître dans la demeure, tous et toutes lui obéissant avec naturel. En ce moment d'émotion intense, David Settiniaz s'abandonna pour une fois à l'antipathie que lui avait toujours inspiré le petit Argentin :

— De quel droit vous mêlez-vous de tout ?

Les yeux jaunes se braquèrent sur lui avec froideur :

— J'exécute les ordres de Reb.

— Charmian Page fait partie de notre famille, dit Diana tremblante d'indignation. Elle était ma sœur.

— Elle était la femme de Reb, répondit Diego très calme. Et úniquement cela. Rien d'autre qui compte au regard de cela.

Dans ses prunelles dorées, David Settiniaz à tort ou à raison crut lire une sorte d'ironie sarcastique qui le mit littéralement en rage, sentiment qu'il n'éprouva qu'une fois dans sa vie, ce jour-là.

— Vous allez foutre le camp immédiatement, dit-il. Ceci est la maison de Charmian.

— Ceci est la maison de Reb, dit Diego. Tout lui appartient. Moi, le premier, et vous aussi, Settiniaz. Et je ferai ce que Reb m'a dit de faire, même si je dois vous tuer, vous et votre femme, pour cela. Suis-je clair ? Maintenant, puisqu'il semble que vous ayez encore quelques doutes, l'avoué s'appelle Karl Siegwart. Son adresse à Zurich est Mühlebachstrasse, 7, numéro de téléphone : 33.85.44. Je me ferais un plaisir de former ce numéro pour vous. On y attend votre appel, dites simplement votre nom. On parle anglais.

Il avait effectivement formé le numéro, il prononça quelques mots en allemand, tendit le récepteur à Settiniaz. Qui le prit. La voix dans l'écouteur lui dit que toute la maison, chacune des choses qu'elle contenait, jusqu'au plus insignifiant des meubles, étaient la propriété d'un M. Haas, de Buenos Aires ; lequel M. Haas était aussi l'homme qui rétribuait les médecins, les infirmières, les domestiques, la totalité du personnel. Siegwart ajouta qu'il serait extrêmement reconnaissant à Mme et M. Settiniaz, sitôt que leurs douloureuses occupations leur en laisseraient le temps, de passer à son étude, pour y régler les détails de la succession de Mme Klimrod.

David Settiniaz raccrocha. Haas n'avait pas bougé. Haas dit :

— La cérémonie aura lieu demain matin, neuf heures. Mme Klimrod souhaitait être incinérée et donc le sera. Tout est prévu.

— Notre famille n'aura pas le temps matériel de venir.

— Voilà qui m'indiffère à l'extrême, répondit Diego.

Georges Tarras arriva dans l'après-midi du même jour. Il expliqua que Diego lui avait téléphoné pour lui annoncer la nouvelle, qui l'avait déchiré.

— David, je vous en conjure : ne vous laissez pas aller à votre animosité à l'encontre de Haas. Il obéit à Reb en toutes choses et par la loi, Charmian était Mme Klimrod. Vous le savez. En vouloir à Diego n'aurait pas de sens.

Le père et la mère de Charmian et Diana, en même temps que la mère de David Settiniaz, débarquèrent dans la soirée, avec trois ou quatre parents plus ou moins proches. En sorte que le lendemain, ils furent une dizaine au plus, outre tout le personnel qui avait veillé sur la jeune femme, à se rendre au crématoire.

Mais pas Reb.

Settiniaz affronta une nouvelle fois Diego Haas :

— Où est-il ?

— Où il lui plaît d'être.

— Et il ne viendra même pas ?

Sur ces derniers mots, Settiniaz avait failli hurler.

— Il fera ce qu'il lui plaira de faire, Settiniaz.

Et ce regard jaune, constamment sarcastique, ces jours-là révélant plus que jamais la haine et la violence inouïes habitant ce petit bonhomme rondouillard qui, à aucun moment quand on brûla le corps de la jeune femme, avant ou après, ne manifesta la moindre émotion. Contemplant même les autres, les larmes des femmes et l'émotion des hommes, avec presque un semi-ricanement.

— Vous êtes encore plus fou que lui, lui dit finalement Settiniaz à bout d'arguments.

Diego sourit d'un sourire mince et comme cruel :

— Personne n'est plus-quelque-chose que Reb.

Sur quoi il ajouta :

« Je règle cet après-midi et cette nuit tout ce qui concerne les gens et la maison. Reb a dit que si vous, votre femme... ou eux... — il désigna d'un mouvement de menton le groupe formé par les quelques membres présents de la famille Page — si quelqu'un d'entre vous désire quelque chose dans la maison, allez-y. Prenez tout ce que vous voulez. Tout est prévu. J'ai suspendu les assurances.

— Allez au diable, dit Settiniaz.

— J'espère bien le rencontrer un jour, sans trop y croire hélas, répondit Diego. C'est une entrevue dont j'attends beaucoup.

En fin de compte, ce fut cette façon qu'il avait eue de dire « cette nuit » qui suscita la curiosité irritée de Settiniaz. Lui et Tarras se rendirent en fin d'après-midi, le 20 janvier 1961, à la propriété sur les hauteurs du lac de Walensee.

Auparavant Settiniaz et le groupe Page avaient assisté à la lecture du testament de Charmian. La jeune femme laissait vingt-trois millions de dollars à peu près. Les héritiers étaient ses nièces et neveux pour dix millions — la somme même qu'elle avait reçue à sa majorité en 1947 — et le reliquat au Fonds des Nations unies pour l'Enfance. « Au moins ce Kimrod n'a-t-il pas réussi à lui soutirer son argent », avait remarqué la belle-mère de Settiniaz.

Tout le personnel avait été congédié, et avec une générosité indubitable. La maison était une grande bâtisse blanche à trois étages, très belle, enchâssée dans un parc de douze hectares, complétée de communs et d'écuries et, pour y avoir séjourné deux ou trois fois en été et au printemps, David Settiniaz savait qu'à la belle saison, elle s'enfouissait sous les fleurs. Elle comportait une trentaine de pièces, toutes somptueusement décorées.

Il faisait nuit noire quand Tarras et Settiniaz engagèrent leur voiture dans la longue allée bordée d'ormes géants. Mais il n'était pas une seule fenêtre, une seule ouverture de la maison qui ne fût illuminée. Dans un premier temps, ils crurent à une réunion. Ils stoppèrent devant le porche agrémenté d'une colonnade double. Les portes laquées de noir étaient grandes ouvertes.

Ils entrèrent.

L'odeur aussitôt leur arriva. Ils échangèrent un même regard inquiet et leur inquiétude s'accrut quand, ruisselant lentement sur le tapis noir qui recouvrait une partie des marches blanches, l'essence déversée leur apparut.

Presque aussitôt Diego lui-même se montra, en haut du grand escalier. Il tenait un bidon à la main.

— Vous arrivez à temps, dit-il. Dans quelques minutes, ç'aurait été trop tard. Reb a dit : « Si quelque chose dans la maison les intéresse, qu'ils le prennent, quoi que ce soit... »

Il sourit : « Allez-y. Mais vite.

— Qu'allez-vous faire ? demanda Settiniaz.

Diego souleva le bidon qu'il tenait et déversa le peu d'essence qui y restait par-dessus la balustrade. Le liquide vint éclabousser le bas du pantalon de Georges Tarras.

— Excusez-moi, monsieur Tarras, dit Diego. Bien entendu, vous devinez ce que je vais faire ?

— C'est assez clair, dit Tarras.

Settiniaz fit deux pas vers l'escalier.

— Ttttt, dit Diego. Regardez.

Il dressa sa main droite et montra un briquet en or. Qu'il actionna. La petite flamme jaillit. Diego sourit :

— Il y a assez d'essence dans cette maison, à présent, pour faire flamber tout Zurich. Moi-même, je patauge dedans. Encore un pas, Settiniaz et nous brûlerons ensemble. Montez, pour voir...

— David, pour l'amour du Ciel, revenez, dit Tarras.

Settiniaz s'exécuta, à regret.

— Vous ressortez tous les deux, dit Diego. Et vous éloignez votre voiture. Je ne voudrais pas qu'elle ou vous brûliez. Reb ne m'a pas dit de vous incendier.

Il riait, son briquet toujours allumé au-dessus de la nappe d'essence.

— Venez, David.

Tarras entraîna son compagnon au-dehors, dans la neige que les allées et venues des derniers jours avaient tassée.

« Mettez-vous au volant et allez vous garer un peu plus loin. David, je vous en prie...

— Il faut l'arrêter, dit Settiniaz tremblant de colère. Il faut prévenir la police.

— Fermez votre putain de gueule et sortez cette putain de voiture du milieu, s'il vous plaît, élève Settiniaz, dit très calmement Georges Tarras, pour une fois se départant du langage châtié qui était ordinairement le sien.

Il attendit que la voiture eût démarré puis escalada de nouveau les marches. Il s'y trouva nez à nez avec Diego Haas qui sortait à son tour, deux autres bidons en main. Tarras leva les mains :

— Je n'ai nulle intention de m'opposer à vous.

— Je sais, dit Diego. Reb l'a dit.

Il passa près de Tarras à le frôler, sans se soucier de lui. « Attention aux pieds, professeur. » L'essence ruissela. Diego acheva de vider les bidons en projetant le liquide sur la boiserie des volets. Puis il s'éloigna vers les communs et dans la clarté presque *a giorno* de toutes les lampes allumées, Tarras le vit qui arrosait de même, avec d'autres bidons, les bâtiments à un étage, et les écuries.

Tarras s'écarta ; alla s'adosser au tronc d'un mélèze, à cinquante mètres en retrait. Il grelottait — ou tremblait, ne sachant pas ce qui était en cause, du froid ou de l'exaltation qu'il ressentait. Il capta le crissement de la neige sous les pas de Settiniaz. Lequel vint se placer à sa gauche, sans un mot.

— Calmé, David ?

— Oui.

— Vous comprenez, à présent ?

— Oui, je crois. Mais c'est horrible.

— Qui diable prétend le contraire ? dit Tarras. Et il pensait encore : « Reb est peut-être non loin de nous, caché dans la nuit, impassible, avec ses yeux dilatés de nocturne, brûlant intérieurement de toutes les flammes de l'enfer. Seigneur, cet homme aura souffert plus que quiconque... »

La première flamme jaillit avec une sorte de furtive timidité. Elle courut, bleuâtre, au long de la balustrade du balcon en bois, en façade du bâtiment où le personnel avait été logé. Et puis l'embrasement se produisit, dans une aveuglante lumière jaune. A la même seconde, si incongru que Tarras un instant crut le rêver, monta le grondement des sabots sourds d'une troupe de chevaux, et leurs hennissements.

Mais ces bruits-là étaient bien réels : Diego réapparut, montant à cru un alezan à trois balzanes et tirant derrière lui huit autres chevaux, par un très long licou. Il s'éloigna des flammes au galop, mais très vite remit les animaux au pas, à l'exacte hauteur des deux hommes.

— Reb ne m'a rien dit pour les chevaux. Mais il sait que je n'aime rien d'autre.

Il se tourna légèrement pour contempler la maison blanche. Il leva la main et projeta le briquet dans le hall.

Le brasier éclata aussitôt.

Sur quoi il lança un cri sauvage et les chevaux repartirent immédiatement au galop, sur la neige, très vite engloutis par la nuit.

38

Après cela, il n'y eut pratiquement plus guère que Diego Haas, lui-même se confiant plus ou moins à Georges Tarras, pour conter ce qui arriva au Roi.

Même si beaucoup d'autres le virent et lui parlèrent.

Des hommes comme les frères Petridis, Aloïs Knapp, Paul Soubise, le Chinois Hang, Roger Dunn, Ernie Gozchinial, Francisco Santana ou encore Henry Chance et Ethel Court, et bien entendu Settiniaz et Tarras, chacun à plusieurs reprises et parfois pour des laps de temps de quelques jours, le rencontrèrent. Au cours des cinq années qui suivirent la mort de Charmian, Reb Klimrod voyagea énormément, surgissant aux endroits les plus surprenants sans que rien eût annoncé sa présence. Un Hang par exemple, dont la base était Hong Kong et Singapour, reçut sa visite une bonne douzaine de fois dans les premières années soixante, en 1963 notamment, quand Klimrod développa ses créations d'usines dans le sud-est asiatique, secteur du textile puis de la petite électronique.

Il continua de développer, pendant cinq années au moins, jusqu'en 1966, l'inextricable réseau de ses entreprises. Settiniaz avait commencé de procéder à la même époque à un nouveau classement de ses dossiers, utilisant l'ordinateur. Ce fut l'époque où il augmenta la superficie de ses bureaux de la Cinquante-Huitième Rue en occupant les sept cents mètres carrés d'un étage supplémentaire, dans lequel il installa son service informatique.

« D'une certaine façon, je pouvais suivre Reb à la trace. Lui-même les rares fois où nous nous rencontrions, ou bien quand il établissait le contact par téléphone, ne me parlait jamais de ses déplacements. Il se mit à opérer de plus en plus par l'intermédiaire des Chiens Noirs, dont le nombre s'accrut très considérablement, s'élevant à vingt-six en 1965 et 1966. En ce domaine des Chiens Noirs, il ne fit somme toute que perfectionner une technique qu'il avait utilisée dès ses débuts, et qui lui avait si formidablement réussi. La majorité de ces hommes (quatorze d'entre eux exactement), était des gens d'origine roumaine, très souvent juifs mais pas nécessairement, avec une prédominance de citoyens américains, mais pas uniquement des Américains. Je ne sais pas grand-chose de la diaspora roumaine, ni des raisons qui poussèrent à émigrer dans d'autres pays, dans l'entre-deux-guerres puis après 1945, des natifs de la Valachie, Moldavie et autres Transylvanie. Mais, à suivre Klimrod, on a l'impression que ces diables de Roumains avaient piqueté la terre entière. Je vis même débarquer un jour dans mon bureau un Dimistris — ce n'est pas son vrai nom — qui avait un passeport australien et venait m'apporter la nouvelle de la création par Reb de trois nouvelles sociétés, une compagnie aérienne et deux autres minières, en Nouvelles-Galles du Sud et à Perth, c'est-à-dire dans le fief de Hang. Quelle que fût leur origine ou leur nationalité, toutefois, ces hommes avaient en commun quelques particularités : ils étaient farouchement et même fanatiquement attachés à Klimrod et si, une minute après qu'ils eurent achevé de délivrer le message dont ils étaient chargés, je leur avais demandé de me parler de Reb Klimrod, ils m'auraient sans aucun doute fixé de leurs yeux impénétrables et auraient demandé : « Quel nom dites-vous ? »

« Mais s'agissant de la vie quotidienne de Reb, on ne possède que le témoignage de Haas. »

... Ou celui d'Ubaldo Rocha, bien sûr. Et des « Sud-Américains ». Mais tout au long de la Deuxième Offensive de Klimrod et jusqu'en 1967, David Settiniaz ignora jusqu'au nom de Rocha. Tout comme il ignora l'existence de Jorge Socrates et Emerson Coëlho, et, par voie de conséquence, l'espèce de chose titanesque en train de naître et grandir en silence sur le continent sud-américain.

C'est donc par Diego Haas, relayé par Georges Tarras, que l'on connaît l'affaire de Waco.

A Dallas, Reb avait passé deux jours à discuter avec des magnats du pétrole et des banquiers. Selon sa technique habituelle : il n'avait pas mené lui-même les négociations, laissant ce soin à deux avocats, un Texan du nom de Gary Morse (qui ne sut même jamais le nom de Klimrod) et un Mexicain souple et racé du nom de Francisco Santana.

Santana fut un Homme du Roi et en 1964, en juillet, date de

l'affaire de Waco, il travaillait avec Klimrod depuis au moins neuf ans déjà. Son nom apparut en tout cas dans les fiches de Settiniaz au printemps de 1953, accompagné par l'inévitable dossier révélant l'importance d'ores et déjà réelle ou à venir du personnage : *Spécial.* En rouge.

En dépit de son apparence physique (il était grand et élancé, physiquement très beau avec des yeux un peu fendus révélant qu'il portait dans ses veines un peu de sang indien et on l'aurait volontiers imaginé en héritier d'une aristocratique famille hispano-mexicaine), il était d'origine extrêmement modeste, né dans un pueblo obscur, et il n'avait dû qu'à une succession de miracles et évidemment un travail de damné de pouvoir décrocher des diplômes. Georges Tarras le surnomma le Matador, le Tueur. Et par ses allures ondoyantes, la précision nonchalante de son verbe, sa férocité froide dans les négociations, il avait quelque chose d'un Ordoñez ou surtout d'un Luis-Miguel Dominguin dans l'arène. Francisco Santana fut l'Homme du Roi pour tout ce qui concerne les paradis fiscaux, les affaires pétrolières au Venezuela, aux Etats-Unis et dans les Caraïbes et, de façon plus surprenante, pour les usines de désalinisation de l'eau de mer.

Dans les discussions de Dallas, il apparut à ses interlocuteurs texans comme le représentant d'un groupe américano-mexicain possédant dans la ville même, mais aussi à la périphérie de celle-ci ainsi qu'à Fort Worth une dizaine de milliers d'hectares achetés, pour certains dès 1952 et 1953, pour d'autres à partir de 1957. (Pour les terrains de Dallas et Fort Worth, Settiniaz donne en réalité le chiffre de dix-neuf mille cinq cents hectares, propriété de cinq sociétés-écrans, panaméennes. La date de 1957 est celle où Klimrod réalisa les opérations du Nevada avec Tudor Anghel.)

Quant aux interlocuteurs de Santana, il s'agissait des hommes d'affaires des deux plus grandes dynasties locales, celles-là mêmes que Nessim Shahadzé opérant au nom de Klimrod allait retrouver, en adversaires, dans la gigantesque opération spéculative sur l'argent-métal, le *silver.*

Assisté de Morse, Santana conduisit les négociations avec son brio coutumier, enchaînant des *faenas* de torero, et appliquant, à la lettre et dans l'esprit, les consignes qu'il avait préalablement reçues de Reb. Pour celui-ci, il assista aux entretiens en tant que porte-documents du Mexicain et, ce dernier ne manquant pas d'un certain humour, se précipita même pour rallumer les longs cigares de son « patron » qui le rappelait à l'ordre à chaque fois. On procéda aux trocs prévus : tant d'hectares aux alentours du Lake Cliff Park contre des immeubles sur Commerce Street, du terrain encore, celui-ci aux abords du Dallas-Fort Worth Turnpike, contre des participations dans diverses entreprises, ces participations elles-mêmes échangées, avec ou sans apport d'argent frais, contre des prises de parts cette fois majoritaires dans une deuxième batterie de sociétés. C'était une transaction qui, si elle venait à son terme en juillet 1964, avait en réalité été entamée par Morse et Santana quatorze mois plus tôt.

Elle porta au total sur une centaine de millions de dollars.

— Tu avais vraiment besoin d'allumer les cigares de ce Mexicain à la con ?

Diego tenait le volant du petit *truck* jaune. Environ trois heures plus tôt, à l'aube, lui et Reb avaient quitté Dallas, et pour une raison inconnue de Diego, on roulait plein ouest. On arrivait à Abilene.

— L'un des avocats en face de Francisco et de Morse m'a déjà vu. Il y a cinq ans à Houston. Il a failli me reconnaître. A Houston, on lui a dit que je m'appelais Dremmler, et cette fois-ci, Francisco m'a présenté sous le nom de Fuente.

— *Madre de Dios !* s'exclama Diego sarcastique. C'est ça qui aurait été grave, je veux dire que ce Carlsson te reconnaisse. Qu'est-ce qu'il foutait là, d'ailleurs ? El Gran Matador aurait dû t'avertir que Carlsson était là. Tu te serais souvenu de son nom.

— Il y a eu un changement de dernière minute et Morse a oublié d'en prévenir Francisco. Morse ne travaillera plus avec nous. Diego, j'ai faim.

Ils venaient de passer Abilene et roulaient toujours plein ouest, droit vers les Pecos, en direction d'El Paso. Et Diego ne savait toujours pas pourquoi. Reb avait dit : « Prends cette route » et il l'avait prise. Aussi simple que cela. Reb avait dit aussi, à leur départ du motel de Dallas où ils avaient passé deux nuits : « On se change » et ils s'étaient changés, abandonnant costumes et cravates pour des jeans élimés, des chemises texanes pas trop neuves, des bottes de cow-boy pointues mais qui avaient déjà fait de l'usage. « Dans quoi, tout cela, dans quoi mes petits pieds mignons, mon mignon petit derrière dodu et mon adorable petit bedon sont aussi peu à l'aise que possible. Je ressemble à cette souris des dessins animés, Speedy Gonzales. Il ne me manque plus qu'un sombrero... »

— Et à propos, dit Reb, il te faudra t'acheter un chapeau. On ne va pas tête nue, dans ces contrées...

— Et allez donc, dit Diego abattu.

Une espèce de baraquement indiquant « FOOD » en grosses lettres blanches au pochoir apparut sur leur droite.

— On s'arrête ?

— Non.

— Je croyais que tu avais faim ?

— Ça attendra. Nous ne sommes pas encore arrivés

— Ravi d'apprendre qu'on va quelque part. Et c'est où, ce quelque part ?

— Sweetwater

Ils y arrivèrent vers onze heures, le 2 juillet. Selon Diego, l'endroit ne valait pas le détour, ni même l'arrêt. C'était une petite agglomération toute en longueur, écrasée de soleil, comme assoupie pour l'éternité. Reb choisit un restaurant qui n'avait rien de particulier. Ils commandèrent des steaks, et pour la millionnième fois, sans aucun espoir, Diego expliqua au serveur qui avait l'air de s'en foutre éperdument qu'il aimait la viande saignante, rouge, très rouge, carrément crue à l'intérieur vous voyez ce que je veux dire ?... mais avec la certitude résignée que, de toute façon, le steak serait trop cuit. Et ce fut le cas. Ils mangèrent et la chose alors arriva, tandis qu'ils absorbaient un morceau de l'inévitable tarte aux pommes.

L'homme qui entra avait des bras musculeux et tatoués, les cheveux coupés court à la façon des *Marines,* un Stetson noir ornementé d'une bande en peau de lézard ou de serpent. Il tenait dans sa main gauche ce qui était bel et bien une poubelle métallique, dont le couvercle était fermé et maintenu fermé par une courroie de cuir. Il posa l'ustensile sur le tabouret le plus proche et commanda une bière.

Diego, qui connaissait son Reb, surprit le regard de celui-ci. Il demanda :

— Qu'est-ce qui se passe ?

— L'affiche au-dessus de ta tête, dit Reb avec une bizarre lueur amusée dans ses prunelles pâles.

Diego leva le nez et dut se dresser pour lire. Les mots clés étaient « Waco », dont Diego savait que c'est une ville du Texas entre Dallas et Houston, puis « rattle-snakes round-up », puis le montant du prix que recevrait le vainqueur : « Trois cents dollars. » Un frisson de fièvre parcourut Diego Haas.

— C'est pour ça qu'on est venus, Reb ?

— Mmmmmm.

Diego savait ce qu'était un « round-up », un tournoi. Il savait aussi ce qu'était un « rattle-snake » : un crotale. « Egalement appelé serpent à sonnettes. » Il eut peur, tout à coup.

Peur à en avoir la nausée.

— Vous devez attraper vos bestioles vous-même, dit l'homme aux bras tatoués, qui s'appelait Jock Wilson. Celles-là sont à moi. Mais si vous voulez que je vous accompagne pour en trouver, c'est O.K. pour moi. Vingt dollars.

— Six, dit Reb.

Ils transigèrent à douze.

Ils partirent à bord du camion jaune, dans les collines brûlantes où la température au soleil passait sans doute les cinquante-cinq degrés centigrades. Wilson avait avec lui l'équipement nécessaire · bâtons au bout desquels étaient fixées des pinces métalliques, en fil de fer tressé ; miroirs de poche ; bidon d'essence ; plus l'inévitable poubelle.

Ils en prirent trois assez vite, dans l'heure suivante : les animaux se tenaient dans un creux de rocher, à l'ombre, même eux ne pouvaient soutenir le soleil de braise. Mais ensuite il s'écoula deux heures pendant lesquelles aucun crotale ne se montra.

— On a déjà pas mal chassé, dans le coin, expliqua Wilson. Mais je suis là, heureusement pour vous, je connais sacrément ce trou du cul de coin. Je ne vole vraiment pas ces quinze dollars que vous m'avez promis.

— Douze, dit Reb en souriant. Plus une bière au retour.

Avec les miroirs de poche captant les rayons du soleil, ils éclairaient systématiquement chaque fente rocheuse et à un moment enfin, le nid apparut, grouillant. Wilson emboucha un petit tuyau de cuivre au jerrycan et commença à déverser doucement l'essence.

— Attention, mec...

Dans les minutes suivantes, ils capturèrent six crotales, à l'aide des pinces emmanchées, l'un des serpents manquant de très peu de mordre la pointe de l'une des bottes de Reb, surpris par la rapidité fulgurante du déboulé latéral.

— Ça, c'est tout le crotale, dit Wilson. Il n'ondule pas comme les putains d'autres bestioles : il part foutument sec sur le côté. Et il peut se taper jusqu'à un mile et demi d'une seule traite, faut le voir pour y croire, des crotales de course, mec. Faut surtout faire putement gaffe. Vous z'en manque plus qu'un, mec, et vous aurez vos putains de dix crotales...

Six des serpents qu'ils prirent ce jour-là étaient des crotales cornus, le plus long atteignant soixante-dix à quatre-vingts centimètres ; un était une Cascavelle d'un bon mètre cinquante arborant, outre la mosaïque habituelle sur le dos, des tâches soudées en une série de raies le long des côtés de la nuque ; les trois derniers étaient des crotales-diamants dont le plus grand faisait deux mètres.

Tous portaient la fameuse sonnette à l'extrémité de leur queue, constituée de capsules cunéiformes de kératine.

Quant au danger qu'ils représentaient, il était évident, avec une différence : les Cornus et les Diamants pouvaient injecter un venin hémotoxique, attaquant les parois des vaisseaux sanguins et détruisant les tissus. La Cascavelle se singularisait : son venin (et ses crochets comme ceux des Diamants atteignaient quatre centimètres) contenait des neurotoxines entraînant la paralysie des muscles, ceux du cœur notamment.

— Ça dépend des mecs, mec, répondit Wilson en réponse à une question que lui fit Diego. Si vous devez vraiment vous faire mordre par une de ces putains de bestioles, choisissez de préférence les Cornus et les Diamants. Ces Cascavelles sont une foutue putain de merde. Mais dans tous les cas, trente-quarante minutes et vous êtes clamsé. Maxi.

Le dixième serpent, un Diamant, fut capturé à la nuit tombante. Il se mettait précisément en chasse d'un lapin. Pour le maintenir au sol dans un premier temps, le brandir et l'enfoncer dans la poubelle ensuite, ils durent se mettre à deux, Diego et Reb, Wilson se contentant pour sa part de refermer vivement le couvercle.

— C'est pas mes bestioles à moi. Moi je suis que le guide. Qu'il faudrait pas oublier. Treize dollars ?

— Douze et une bière.

Diego avait le sang glacé. Ils remontèrent dans le camion. Wilson demanda :

— Vous voulez aller à Waco pour le tournoi ?

Reb acquiesça. Wilson le dévisageait avec curiosité :

— Déjà joué avec des crotales ?

— Non, justement, répondit Reb.

Le tournoi se tenait dans une immense grange dont on avait pour la circonstance dégagé le centre, les énormes engins agricoles établis de façon à former les gradins, et à délimiter une petite arène. On était dans une ferme sur les bords de la rivière Brazos, à une dizaine de kilomètres dans le Sud de Waco et à quarante-cinq de Dallas et de ses tours.

La cage avait été placée au milieu de l'arène. Elle était en grillage très finement tressé et mesurait trois mètres sur trois ; mais sans plafond : le grillage s'interrompait à environ un mètre vingt de haut. Les deux cent cinquante à trois cents spectateurs avaient payé chacun un dollar cinquante le droit de la contempler.

— Tu as compris ce que j'attends de toi, Diego ?

— Oui.

— Diego, si tu bouges avant mon signal, je ne te le pardonnerai pas.

— J'ai compris, Reb.

Le silence se fit dans la grange. On venait de déverser le contenu d'une malle de fer dans la cage et les dix crotales se déployèrent, plusieurs d'entre eux faisant tinter leur sonnette. Il y en eut même un pour se projeter avec rage contre le grillage et, ouvrant démesurément la gueule, frapper le fil métallique à deux reprises. La foule murmura, comme l'auraient fait des *aficionados* à l'entrée dans l'arène d'un beau taureau de Miura.

… Mais les murmures s'apaisèrent quand la première équipe fit son apparition. Deux hommes la composaient. Ils étaient vêtus de jeans et d'une chemise, coiffés d'un stetson, chaussés de bottes à talons biseautés. Leurs mains étaient nues. L'un d'eux tenait un sac de toile de jute très épaisse, du type des sacs servant pour le blé. La paroi grillagée de la cage leur arriva à la taille quand ils entrèrent.

Ils attendirent le « top » hurlé par l'aboyeur puis, aussitôt après, s'activèrent. Il y en avait un qui saisissait les crotales avec sa longue pince, leur bloquait la tête contre le plancher de bois, les prenait entre ses doigts, à l'étranglement immédiatement sous les mâchoires, et les projetait dans le sac qu'ouvrait juste le temps nécessaire son coéquipier. Ce dernier, entre-temps, fouettait l'air avec son sac pour maintenir les serpents à distance.

Ils ne furent pas très rapides. En fait, il leur fallut deux minutes et un peu plus de dix secondes pour placer les dix crotales dans le sac.

— Pas mal, mais on peut faire beaucoup mieux, commenta l'aboyeur.

Il rappela que le record était d'une minute et neuf secondes.

— Reb ?

— Pas maintenant, Diego.

Reb se tenait très droit, mains inertes au bout des bras allongés, yeux perdus dans le vague.

— Reb, qui va entrer dans la cage avec toi et te tenir le sac ?

— Wilson.

Un silence. Une deuxième équipe pénétra à son tour dans la cage.

— Que Wilson aille se faire foutre, dit soudain Diego avec une sombre détermination. C'est moi et personne d'autre qui te tiendrai ce sac.

— Non.

— D'accord, Reb. Dans ce cas, il va falloir que tu m'assommes. Parce que moi, je sauterai dans cette cage et je m'assiérai sur ces foutus serpents.

Diego était partagé entre deux peurs, aussi épouvantables l'une que l'autre. D'une part, la véritable terreur que lui inspiraient les crotales, et d'autre part, et plus encore, sa hantise de voir Reb mourir sous ses yeux, sans qu'il pût faire quelque chose, fût-ce mourir avec lui. A aucun moment il n'avait pensé à empêcher Reb de, comme disait Wilson, « jouer avec les crotales ». Et à supposer même qu'une telle idée lui fût venue, lui qui suivait Reb en toutes choses, il l'aurait rejetée aussitôt. Il concevait sa mission auprès de Reb Klimrod comme celle de quelqu'un qui accompagne — et au besoin encourage et active — jusqu'au point ultime de la route. N'importe quelle route. Pour n'importe quelle destination.

— Reb, je t'en supplie.

Il en tremblait et avait les yeux pleins de larmes : « Ne me refuse pas, Reb.

— Jock, dit Reb de sa voix calme à Wilson, Jock, il y a un changement : Diego tiendra le sac à votre place. Quant au reste, Jock, c'est extrêmement simple : aussi longtemps que je ne vous regarderai pas, vous ne faites rien. *Rien.* D'accord ?

— C'est complètement dingue, mec, dit Wilson.

— Je vous regarderai fixement pendant plusieurs secondes et à ce moment-là seulement, mais pas avant, vous interviendrez.

— D'accord. Si c'est ça que vous voulez.

— C'est ce que je veux.

Ils passèrent en numéro cinq et juste avant eux une équipe composée de deux hommes venus du village voisin de Brownswood avait établi un nouveau et assez remarquable record, pour l'ensachement de dix crotales : cinquante-neuf secondes ; avec toutes les chances de décrocher le prix de trois cents dollars. Ils entreprirent d'ailleurs de fêter leur victoire future, en tuant les serpents et en commençant à les peler, afin de les faire griller sur la braise et les manger.

L'équipe trois passée au préalable avait eu moins de réussite : on avait dû intervenir de l'extérieur de la cage, à l'aide de gaffes à griffes, pour maintenir les serpents : le capteur avait été mordu à la jambe et l'une des trois ambulances attendant moteur en route devant la porte de la grange l'avait emporté à l'hôpital de Waco toutes sirènes hurlantes.

Tout alla bien pour les neuf premières bêtes, bien que le temps réalisé ne fût pas des meilleurs. Quand le neuvième serpent tomba dans le sac maintenu par un Diego ruisselant de sueur, il s'était déjà écoulé près d'une minute et demie. Mais Reb aurait sans doute pu aller plus vite. A chaque fois, sans l'ombre d'une hésitation, sa grande main allait saisir la tête triangulaire juste derrière les mâchoires et exécutait calmement, sans hâte, le dernier geste, glissant le corps furieusement ondulant dans l'ouverture du sac. Son visage était impassible. Pourtant, à deux reprises, il sourit à Diego. Au point qu'il y eut quelques instants pendant lesquels ce dernier crut sincèrement que Reb avait renoncé à son projet.

Vint le dixième serpent. C'était un Diamant d'un mètre et demi, très beau, lustré. A l'approche de Reb, il avait adopté la position de combat : partie antérieure du corps dessinant une sorte de S vertical, la tête effectuant un très léger mouvement d'avant en arrière, dardant à peine sa langue bifide...

... Et cette tête partit à la vitesse de l'éclair quand le bâton dans la main droite de Reb fut à moins de vingt centimètres d'elle. Dans le dixième de seconde suivant, la main gauche s'abattit, encercla le haut du corps, remonta très vite derrière la tête, se referma, bloqua le corps tout entier qui fouetta l'air.

— Attention, Diego, dit Reb en souriant pour la troisième fois.

Il lâcha le bâton et, très délicatement, changea de prise, sa main droite venant remplacer la gauche. Il serra : les mâchoires s'ouvrirent incroyablement, les crochets très apparents.

— Maintenant, dit Reb.

Il avança sa main gauche déployée, la présenta au serpent, desserra son étreinte. La foule hurla. Les crochets s'enfoncèrent exactement entre les bases du pouce et de l'index.

— Tiens bien le sac, s'il te plaît, Diego, dit encore Reb, dents jointes. Et après cela, il fut incapable de parler. Un homme bondit dans la cage et arracha le sac à Diego Haas qui l'avait déjà presque lâché. Un autre homme — Wilson — était auprès de Reb et d'un seul coup de couteau avait tranché la tête du serpent, dégagé les crochets de la main. Wilson et deux autres prirent Reb sous les aisselles et les genoux et le portèrent hors de l'enceinte du grillage, sur une table. Reb tremblait de tous ses membres, le visage d'un blanc de craie. Mais la mâchoire très durement serrée, yeux clos et narines pincées, sans émettre un seul son. Quelqu'un dit :

— Il faut le charcuter.

La main mordue enflait et la boursouflure gagnait à présent le poignet et l'avant-bras, à mesure que les vaisseaux sanguins mouraient et que l'épiderme se nécrosait. Un silence absolu était venu sur la salle.

— On attend, dit Wilson. Il a dit d'attendre qu'il me regarde. Demandez à son copain.

— On attend, dit Diego, ses yeux jaunes brûlant d'une fièvre insensée.

Trente secondes.

— Attention pour l'ambulance, dit Wilson. *Keep it cool, man.* [1]

— Quarante secondes, Reb, dit Diego.

— *Keep it cool, man.*

— Cinquante, dit Diego.

Reb était maintenant secoué de spasmes et sans deux hommes pour le maintenir, il serait tombé au sol.

— *Keep it cool, man.*

— Une minute, dit Diego.

Vingt-cinq secondes plus tard, Reb ouvrit les yeux, s'efforça manifestement de sourire et son regard gris, si clair, chercha d'abord les yeux de Diego puis, enfin, ceux de Wilson.

— MAINTENANT ! hurla Wilson.

Ils le portèrent en courant dans l'ambulance dont les portes étaient déjà ouvertes, où le chauffeur était au volant, où une civière et des harnachements étaient prêts. Un infirmier voulut empêcher Diego de monter : il reçut dans le ventre le canon du Colt 45 de l'Argentin :

— S'il meurt en route, *amigo,* nous allons tous y passer. *Muy pronto, por favor.*

Ce fut dans l'ambulance même qu'au couteau et sans anesthésie, ils coupèrent toute la chair déjà nécrosée, sur une bande qui partait de

1 Reste calme, mec.

l'enfourchure du pouce et de l'index et qui s'allongeait sur le poignet et presque jusqu'au coude ; à peu près trente centimètres de long sur, à l'endroit le plus touché, cinq centimètres de large. La plaie était profonde d'un bon demi-centimètre et saigna relativement peu.

A Waco, les médecins dirent à Diego que cela ne servait pratiquement à rien, ce charcutage ignoble, « mais ces fous en tirent gloire, de leurs cicatrices, et votre copain a dû établir un record dans le genre ».

En tous les cas, bien sûr, il n'en mourut pas.

39

Georges Tarras estime absurde de croire que Reb Klimrod en cette affaire de Waco (et en d'autres sur lesquelles Diego Haas refusa de s'étendre), rechercha délibérément la mort.

« Il avait souffert comme un damné à la disparition de la seule femme qu'il aima jamais. Et c'est une idée très romantique que d'imaginer Klimrod fou de douleur, courant le monde et défiant en chaque occasion cette Mort qui lui avait pris Charmian.

« Mais ce serait somme toute donner une dimension humaine à cet homme hors du commun.

« Il était l'homme le plus riche que la terre porta jamais. Dès le milieu des années soixante, il détenait et administrait lui-même une fortune de sept à huit milliards de dollars, autant et peut-être plus qu'un Ludwig et un Getty réunis, à l'époque. Et il n'avait même pas encore atteint son plafond, en ce domaine, de loin s'en faut.

« Non, si romantisme il y a, c'est ailleurs, et sur une tout autre échelle qu'il faut le prendre en compte. Son affrontement avec les crotales est dans le droit fil de sa vie toute entière, ce n'est qu'une anecdote. Il suffit de se souvenir de sa première rencontre avec Diego Haas, en novembre 1947, quand il s'enfonça droit devant lui dans la plus vaste, la plus inconnue et la plus dangereuse jungle du monde, pour une marche solitaire de plusieurs milliers de kilomètres, dont il n'avait qu'une chance sur des millions de ressortir vivant. Et bâtir cette fortune qui passe l'entendement, tout en demeurant lui-même dans l'ombre la plus noire, jusqu'au bout, même cela ne pourrait suffire à le définir.

« La vraie dimension de Klimrod est encore supérieure. Je la vois mieux dans sa fabuleuse explosion finale… »

Francisco Santana vint à New York en septembre 1964. Ce fut sa première véritable rencontre avec David Settiniaz, qui ne le connaissait que de nom. Deux de ses assistants l'avaient précédé, venus séparément l'un de l'autre, s'ignorant, chacun apportant des dossiers différents et tous deux convaincus d'accomplir une mission secrète et exclusive. Très clairement Santana appliquait, même avec ses propres subordonnés, le même système des cloisons étanches cher à Reb Klimrod.

Le Mexicain refusa de se rendre en personne dans les bureaux de la Cinquante-Huitième Rue Est. Il téléphona un matin, usa des codes convenus pour se faire reconnaître et, très courtoisement, dans un anglais fluide à peine teinté d'accent, demanda à Settiniaz s'il accepterait de venir jusqu'à son appartement du Plaza, d'ailleurs très proche. Settiniaz, grâce à un rapport transmis par le mystérieux Jethro, savait absolument tout de son interlocuteur et bien évidemment qu'il figurait de plus en plus haut dans l'état-major de Reb. Il accepta sans hésitation. Il n'avait pas si souvent l'occasion de quitter ses bureaux et au vrai, éprouvait de la curiosité : l'équipe Santana avait fourni un travail de tout premier ordre et révélé de nouvelles et très impressionnantes expansions klimrodiennes.

— Je sais, dit Santana, peu de chose sur vous. Simplement ce que m'a dit Reb, à savoir que je dois vous rendre compte de tout, absolument de tout. Puis-je poser une question ?

— On peut toujours poser une question, répliqua Settiniaz, qui s'amusait assez. Ce n'était certes pas la première fois qu'un émissaire de Reb, quel que fût son rang dans la hiérarchie secrète, hésitait à se confier à lui.

— Qui êtes-vous ? demanda Santana.

— Un avocat, dit Settiniaz. Comme vous. Ni plus ni moins.

Et là, encore, il devinait la, ou bien plutôt les questions sur les lèvres du Mexicain : « Qui êtes-vous pour que je doive vous rendre des comptes aussi précis ? » et aussi : « Qui est Reb Klimrod ? Est-il lui-même l'agent de quelqu'un ? Mais alors, si oui, qui ? Qui pourrait être au-dessus de Klimrod, qui diable pourrait l'être ? Peut-il exister dans le monde quelqu'un capable de commander à Reb Klimrod ? »

C'était ce dernier point, surtout, qui torturait tous ces hommes venus le voir. Dans leur souvent fanatique attachement à Reb, ils enrageaient de découvrir qu'un autre qu'eux-mêmes soit habilité à connaître tous ses secrets qu'ils conservaient si jalousement. Et encore aucun de ces hommes, absolument aucun, n'avait de Reb une vision globale. Ils ne détenaient chacun qu'un morceau du puzzle monstrueux... dont Settiniaz était seul à pouvoir assembler les morceaux... Enfin, presque tous les morceaux puisqu'en 1964, il ne savait absolument rien de ce qui se préparait en Amérique du Sud...

Pour le cas où Settiniaz se serait glorifié de la position extrême qui était la sienne, il y aurait eu, pour le ramener sur terre, la supposition très perfide de Georges Tarras qui lui suggéra que peut-être, quelque part dans le monde, voire à New York même, il y avait un autre Settiniaz, s'enorgueillissant de même, et de même assemblant dans le plus grand secret un puzzle différent du sien mais tout aussi monstrueux...

Settiniaz dit à Santana :

— Mon rôle est d'enregistrer et rien d'autre. Disons que je suis une sorte de scribe.

Le Mexicain le scrutait de ses yeux noirs un peu fendus, très durs. Mais il parut se détendre. Il demanda si Settiniaz avait eu le temps d'étudier les dossiers qu'il lui avait fait porter par ses assistants. Settiniaz dit oui.

— C'est une affaire énorme, dit Santana presque à regret. Rien que ces opérations de Dallas représentent plus de cent millions de dollars.

— C'est effectivement énorme, reconnut Settiniaz, faisant de son mieux pour paraître impressionné.

Et il pensait : « Je fais le Reb en ce moment — en quelque sorte. Moi qui n'ai paraît-il aucun sens de l'humour ! »

— Et ce n'est pas tout, reprit Santana. Il faut compter autant et probablement plus, pour ces affaires de pétrole à Maracaïbo et dans les Caraïbes. Cent cinquante millions supplémentaires seraient plus proches de la réalité.

— Terriblement impressionnant, dit Settiniaz qui dans le même temps, procédant à un calcul rapide, se disait in petto : « Au total, cela doit faire dans les trois ou quatre pour cent de la fortune de Reb. Ou du moins de la fortune que je lui connais. Au point où nous en sommes, les chiffres perdent de leur impact. »

— Et il y a encore, poursuivit Santana, cette usine de dessalement de l'eau de mer...

Cette affaire-là, Settiniaz la connaissait depuis sa naissance — la naissance de l'usine, pas la sienne. Elle était apparue dans ses dossiers en 1956, peu après le démarrage de la Deuxième Offensive. Dans un premier temps, une société panaméenne mais néanmoins klimrodienne avait loué au gouvernement mexicain, en trois phases successives, près de cent mille hectares de terre désertique, inhabitée pour cette raison. Une deuxième société tout aussi anonyme que la première avait implanté une installation qui permettait à la fois d'obtenir de l'eau potable et du sel — cette deuxième société était dirigée par un dénommé Elias Bainish, dont Settiniaz apprit plus tard que c'était un cousin (émigré aux Etats-Unis) de Yoël. Une troisième société ayant son siège dans l'île britannique de Jersey avait construit des habitations bon marché. Une quatrième s'était occupée de la commercialisation des parcelles, sous la direction d'un mandataire de nationalité mexicaine fourni par Franscico Santana ; ces parcelles avaient été revendues à des agriculteurs ou des sociétés mexicaines. Une cinquième société, française celle-là et dans laquelle un Paul Soubise avait de très gros intérêts, avait aménagé un port pouvant recevoir des navires jusqu'à cent cinquante mille tonnes...

... Et une sixième société dont, par acte de trust interposé, Francisco Santana se trouvait être le propriétaire, s'était occupée de vendre le sel, dont la production s'établissait à quinze millions de tonnes par an.

— Il y a du nouveau, dit Santana, et j'ai préféré venir vous en parler moi-même, ne serait-ce que pour faire votre connaissance. Il y a du nouveau en ce qui concerne les usines de dessalement : nous avons signé des contrats pour en installer d'autres dans la péninsule arabique, à des conditions très avantageuses. Un banquier libanais de Beyrouth du nom de Shahadzé nous a servi dans tous les contacts avec les émirs et j'ai suggéré à Reb de le récompenser de quelque façon. Mais ce n'est pas ce qui m'amène. Nous négocions en ce moment même le rachat de notre usine au Mexique. L'accord est pratiquement acquis sur la base de soixante millions de dollars, et c'est un très bon prix. Le problème est ailleurs. Voilà quelques années, nous avions passé pour le sel des accords avec un groupe japonais dans la chimie. Nous venons de les renouveler et leur avocat, un certain Hang, est coriace en diable. C'est un Chinois de Hong Kong qui rendrait fou n'importe qui, par son opiniâtreté. Mais passons. Je voulais en venir à cette histoire de bateaux. Elle m'agace un peu. L'exclusivité du transport du sel a été accordée à une compagnie libérienne à des conditions qui, pour une fois, ne me satisfont pas du tout.

— Quelle importance, remarqua Settiniaz, puisque tout cela va être revendu à un groupe allemand ?

— Cela fait trois ans au moins que cette compagnie de navigation libérienne fait des bénéfices énormes sur notre dos

— Vous en avez parlé à Reb ?

— Plusieurs fois. Il a reconnu avoir commis une erreur, lors de l'établissement des premiers contrats. Toutefois, il a accepté que je reprenne la bataille, sur mon insistance expresse. Lui préférait passer l'affaire en profits et pertes. Je me suis heurté aux avocats de la compagnie du Libéria, des Grecs de New York, les frères Petridis. Des murs. Vous les connaissez ?

— De nom, dit Settiniaz. Ils ont une remarquable réputation.

Et il pensait : « Les Hommes du Roi se battent entre eux, à présent ! Je vois d'ici la tête, probablement impassible, qu'a dû faire Reb quand Santana est venu lui dire qu'il allait se jeter à la gorge de Nick et Tony. Quelle histoire de fous ! »

— Settiniaz, dit le Mexicain, certains jours, j'ai du mal à comprendre Reb. Le plus souvent, il est génial, vraiment génial, et je pèse mes mots. Seulement, parfois, il disparaît complètement. Je ne saurais même pas où le toucher si j'avais besoin de lui...

— Est-ce déjà arrivé ? Je veux dire : est-il déjà arrivé que vous ayez eu besoin de lui sans qu'il vous soit possible de le toucher ?

— Jamais à ce jour. Mais cela pourrait se faire. Seulement, je ne parle pas seulement de ses absences physiques. Il lui arrive de traiter certaines affaires par-dessus la jambe, comme cette histoire de transports maritimes. On pourrait croire que l'argent ne l'intéresse pas du tout. Je ne me plains pas, bien au contraire. Mais je voulais parler à quelqu'un de tout cela. Settiniaz, y a-t-il quelque chose que je devrais savoir et que j'ignore ? Je ne crois pas, je n'arrive pas à croire que Reb ait pu commettre une erreur. Vous allez sourire mais je le crois à peu près infaillible. Vous pouvez répondre à ma question ?

— Vous savez tout ce que vous devez savoir.

Settiniaz sourit. Juste avant cela, il n'était pas très loin du fou rire — intérieur — en imaginant tous ces Hommes du Roi que Santana venait de citer : Hang, Shahadzé, Soubise, Ethel Court (la société de Jersey), les Petridis, et Santana lui-même, et même Elias Bainish (quoique ce dernier ne fût pas un Homme du Roi mais simplement un homme de confiance à qui Reb avait accordé une société), tous s'entrebattant et négociant les uns avec les autres sans se connaître et, très évidemment, se trouvant réciproquement « coriaces et opiniâtres ». Sous l'œil narquois de Reb lui-même, tenu au secret « tout comme je le suis ».

Mais ce désarroi que trahissait soudain ce Mexicain par ailleurs si brillant, était trop proche de celui que lui-même ressentait, face à Reb, pour qu'il pût s'en moquer.

— Francisco, j'ai la même impression que vous, s'agissant de Reb. Il est sûr que ce n'est pas un homme ordinaire.

Leur amitié partit de là.

Francisco Santana avait une autre et en principe dernière raison de rencontrer Settiniaz. Sur ordre de Reb, il avait depuis près d'un an fait équipe avec Georges Tarras pour une mission bien particulière : ce que l'on est convenu d'appeler les paradis fiscaux.

Dès les débuts de la phénoménale fortune, c'était Georges Tarras qui, assisté de tout un commando de fiscalistes internationaux, avait personnellement pris en charge les fondations secrètes de l'organisation (celle-ci ayant en quelque sorte la forme de plusieurs pyramides dressées les unes à côté des autres, une par Homme du Roi, des tailles différentes selon les secteurs, sans autre lien que Reb lui-même — et les connaissances qu'en avait David Settiniaz).

L'essence même de cette organisation étant le secret, on avait largement usé des possibilités offertes dans les premières années cinquante par la législation de quelques pays, donnant l'hospitalité à des sociétés très anonymes. Chaque fois que la chose était possible ou utile. Dans ses fichiers, Settiniaz avait ainsi vu défiler toute une collection d'entreprises ayant leur siège à Panama, Monaco, Vaduz au Liechtenstein, Jersey ou Guernesey.

A compter de 1962 et jusqu'en 1968, d'autres noms allaient venir s'ajouter à la liste, en général fort exotiques, à mesure que la mainmise coloniale se faisait plus légère ou disparaissait : Bahamas, Curaçao (anciennes Antilles néerlandaises), Caïmans, Turks et Caïcos, Nauru (un minuscule atoll perdu en plein Pacifique), Gibraltar, Hong Kong et jusqu'à l'île de Man.

... Et évidemment le Libéria [1].

Pas loin de cent quatre-vingts sociétés en réalité klimrodiennes battirent pavillon libérien. Plus deux cents en comptant celles qui furent dissoutes à un moment ou un autre, pour une raison ou une autre.

— David, avait expliqué Tarras, je me fais vieux. Les années commencent à s'accumuler sur mes faibles épaules et courir le monde dans des aéroplanes me fatigue un peu plus chaque année. J'ai demandé à Reb de m'adjoindre quelqu'un qui plus tard me remplacera tout à fait. J'ignore qui Reb va choisir...

Francisco Santana.

Settiniaz :

« Lui et un autre homme, un Néerlandais que j'appellerai DeVries, firent un travail considérable. Leur rôle n'était pas de créer les sociétés de Reb (sauf celles dont Santana assurait le contrôle personnellement) mais plutôt de veiller dans un premier temps à la naissance, puis à la sécurité du paradis fiscal considéré. Trois au moins des pays, ou des îles puisqu'il s'agit surtout d'îles, cités couramment aujourd'hui comme des paradis fiscaux, ont été “ inventés ” de toutes pièces par Santana et DeVries. Je le sais parce que je gérais un budget spécial, baptisé par Reb du nom de code assez transparent de “ Milton ”, par allusion au poète John Milton auteur du *Paradis Perdu*... et *Reconquis.* Ce budget permettait de, disons convaincre les petits gouvernements intéressés. Il ne s'agissait pas nécessairement de pots-de-vin purs et simples. Dans un cas, par exemple, les dispositions juridiques souhaitées furent prises par le

1. Le Libéria en tant que dispensateur de pavillons de complaisance était né en 1947 de l'imagination fertile de l'ancien secrétaire d'Etat (ministre des Affaires étrangères) de Franklin Delano Roosevelt, Harry Stettinius. Le premier à bénéficier des facilités offertes par la Liberian Trust Company avait été Aristote Onassis.

Les avantages n'étaient pas minces : les droits à acquitter étaient pratiquement nuls, les sociétés de droit libérien ne sont pas tenues de rendre publiques la liste et l'identité de leurs actionnaires, elles ne sont pas obligées de tenir des assemblées générales et de toute façon peuvent réunir celles-ci où bon leur semble, serait-ce sur un bateau en pleine mer, sans avoir à publier un compte rendu ; les parts sont au porteur et, à la différence des sociétés de droit panaméen, nulle inscription au registre du commerce n'est requise nouvel Etat en échange d'un contrat mettant en jeu l'une de nos compagnies maritimes. »

Settiniaz invita Santana à dîner pour le lendemain, proposition que le Mexicain accepta de bonne grâce. Les deux hommes avaient à peu près le même âge, un peu plus de la quarantaine, le même goût pour les choses qui, si elles vont sans dire, vont encore mieux en les disant ; ils étaient pareillement minutieux, précis, ordonnés en tous domaines, et identiquement scrupuleux. S'il ne détestait pas un Nick Petridis en dépit de son effervescente imagination de Grec joyeusement pirate, et pas non plus un Paul Soubise, Settiniaz n'avait guère d'affinités avec eux, même avec le Français dont il parlait la langue, et pour cause. « Son ironie permanente m'agaçait un peu. » Le sérieux de Santana lui convenait mieux, ce qui n'était pas pour étonner Tarras disant : « El Matador a aussi peu d'humour que vous, David, et vous avez les mêmes qualités d'expert-comptable, vous êtes faits pour vous entendre... »

Santana repartit de New York et à quelque temps de là, il fit parvenir par l'un de ses assistants à Settiniaz un nouveau dossier. Il s'agissait d'une autre transaction, une création, dans laquelle le Mexicain n'avait d'ailleurs joué qu'un rôle mineur : Santana était intervenu pour négocier des terrains en Jamaïque, sans même savoir à quoi ils allaient servir. Et en réalité, cet achat entrait dans le cadre d'une opération beaucoup plus vaste, conduite par deux Hommes du Roi, en l'espèce Philip Vandenbergh et Ethel Court, ayant pour but d'implanter deux chaînes d'hôtels dans les îles de la mer Caraïbe. (Vandenbergh et Ethel Court, ne se connaissant pas et étant mis en concurrence par les soins de Klimrod, et chacun d'eux veillant aux destinées d'une chaîne.)

Au dossier, Santana joignit une lettre personnelle, invitant Settiniaz à séjourner chez lui au Mexique, dans sa maison de Merida, province du Yucatan.

Les Settiniaz en rangs serrés — ils avaient alors cinq enfants — firent le voyage, après quelques autres échanges épistolaires, au printemps de 1965. Ils passèrent deux semaines dans une propriété assez modeste au demeurant mais qui permettait par sa disposition géographique de visiter les temples mayas, Santana affirmant en souriant qu'il avait justement du sang maya dans les veines.

Le Mexicain mit dix bons jours à se hasarder à poser la question, mais il la posa tout de même :

— David, vous ne me répondrez sans doute pas mais il y a vraiment un point qui m'intrigue au dernier degré : pour l'amour du Ciel, qu'est-ce que Reb compte faire de ces huit millions de pins des Caraïbes ?

— De *quoi ?* s'exclama Settiniaz tout à fait interloqué.

— Des pins. Des arbres comme ceux qui nous entourent. *Pinus Carybea*, c'est le vrai nom.

— Quel chiffre avez-vous dit ?

— Huit millions.

La stupeur de Settiniaz était sincère, et complète. Au point qu'il eut quelque peine à demeurer imperturbable. Et Santana se méprit évidemment sur la nature de son silence. Il sourit amicalement :

— Excusez-moi, dit-il. Je n'aurais même pas dû vous poser la question, je vois bien que je vous mets dans l'embarras par mon indiscrétion. N'en parlons plus, s'il vous plaît. Venez plutôt voir le *Cenote*. C'est une sorte de grand puits naturel, très impressionnant, où mes ancêtres précipitaient autrefois les victimes expiatoires, non sans les avoir au préalable surchargées de bijoux. Ce n'était pas une si mauvaise mort...

« Huit millions de pins caraïbes ! Qu'a-t-il encore inventé ? » Le mystère tarauda littéralement Settiniaz. Dès son retour à New York, il se plongea — avec le sentiment d'une indélicatesse — dans un examen approfondi de toutes ses fiches, ayant alors dès cette époque plus de douze cent cinquante sociétés enregistrées. Uniquement klimrodiennes bien sûr. L'ordinateur de 1965 n'était guère perfectionné ; assez cependant pour révéler que nulle part dans sa mémoire il n'avait la trace d'une transaction portant sur des « pins des Caraïbes.

Settiniaz essaya une autre entrée : *arbres.*

Il découvrait ainsi, ou se remémora, que Reb Klimrod possédait de très importants intérêts en Norvège, en Suède et surtout en Finlande, dans l'industrie forestière. Et, outre cela, qu'une de ses sociétés canadiennes, en association avec une compagnie argentine complètement inconnue (du moins de Settiniaz en tout cas), avait passé des contrats énormes avec l'Union soviétique de Nikita Khrouchtchev ; contrats qui avaient été reconduits sans difficultés apparentes (intervention de Paul Soubise) l'année suivante, en 1964, après le départ de Khrouchtchev.

Il s'agissait, là encore, de bois. Et les deux dossiers identiques concernant la transaction lui avaient été transmis, à lui, Settiniaz, d'une part par Soubise, d'autre part par un Chien Noir suisse, avec ce système du double contrôle pratiqué par Reb.

Ce n'était pas tout : une entreprise franco-italienne avait quatre ans plus tôt cédé cinquante et un pour cent de ses parts à une société typiquement klimrodienne ayant son siège à Panama.

Settiniaz, de plus en plus intrigué, poussa plus avant ses investigations.

Et un nom apparut soudain, à propos duquel il ne savait strictement rien : *Jaime Rochas.* Rochas était l'administrateur de la compagnie argentine qui avait traité avec les Russes. Il était également le conseiller juridique et financier de la Panama (celle qui s'intéressait aux forêts d'Afrique noire). Et c'était encore lui qui, au Canada, avait signé une bonne douzaine de contrats.

Toutes les caractéristiques d'un Homme du Roi. Sauf qu'il n'existait sur lui aucun rapport *Strictement confidentiel — A remettre en mains propres* et moins encore l'un des fameux dossiers *Spécial* marqué à l'encre rouge.

C'était en principe le signe de ce que le personnage était de très petite importance. La contradiction était manifeste. « Et comme je ne peux pas croire à une erreur ou un oubli de Reb... »

Settiniaz, dans ses bureaux désertés (il attendait toujours d'être seul pour se livrer à ses recherches, qui de ce fait lui prirent plusieurs semaines), se relança à l'assaut. Il se mit en quête de tout ce qui concernait Jaime Rochas. Le nom apparut à quatorze nouvelles reprises, c'est-à-dire dans quatorze sociétés différentes. Ce Rochas-là avait beaucoup voyagé, de toute évidence : en plus de l'U.R.S.S., de la Scandinavie et de l'Afrique, on le retrouvait en Indonésie, Indochine et en Chine ; et il avait également pris part à des opérations importantes en Amérique du Sud, au Venezuela notamment. La plupart de ses interventions touchaient de quelque façon à l'agriculture, au secteur arboricole, mais en deux occasions, il avait joué un rôle dans une très peu claire affaire de kaolin, et dans le rachat de tout un groupe de papeteries en France. Sa route avait très souvent croisé celle d'Hommes du Roi : Hang en Chine et Indonésie, Soubise et Nessim en France et dans les pays de l'Est, Santana au Venezuela, Ethel Court en Afrique, Ernie Gozchiniak en Scandinavie. Et d'autres. Mais l'homme était demeuré d'une très rare discrétion. Seul le hasard de la réflexion faite par Francisco Santana sur ces huit millions d'arbres avait permis à Settiniaz de débusquer ce nom en particulier dans un fichier qui contenait plus de trente-cinq mille patronymes divers.

Il sentit qu'il venait de lever un formidable lièvre...

L'été 1965 se passa sans que Klimrod se montrât. L'automne et l'hiver de même. Il vint à New York trois fois, à la connaissance de Settiniaz, au cours de l'année 1966. Cette année-là, d'ailleurs fut marquée par une prodigieuse floraison de créations nouvelles : le chiffre des sociétés répertoriées par Settiniaz dépassa la barre des quinze cents. Il ne s'écoulait guère de jour ouvrable sans que l'un des Chiens Noirs vînt apporter un nouveau dossier et ce fut l'époque où les qualités d'organisateur de David Settiniaz furent le plus mises à contribution. Il ne réussit pas à prendre de vacances et fut contraint d'augmenter ses propres effectifs, allant jusqu'à envisager de déménager, faute de place, malgré les facilités accordées par l'utilisation de plus en plus poussée de l'informatique. Mais Reb secoua la tête :

— Inutile, David. Vous venez de prendre le gros de la vague. Cela va se calmer, maintenant.

Submergé de travail, y consacrant jusqu'à quinze heures par jour, Settiniaz n'avait plus guère le temps de s'interroger sur le mystère « Jaime Rochas » somme toute stagnant, d'ailleurs, puisque depuis des mois le nom de l'Argentin n'était plus apparu nulle part. Tout se passant comme s'il avait cessé de travailler pour Klimrod, ce qui était peut-être l'explication de l'énigme.

« Et puis j'eus le réflexe habituel de tous ceux qui étaient les lieutenants de Reb. Je pensai : « S'il avait voulu que je sois au courant... » Je me tus.

« Cela arriva en octobre 1967. »

Le message reçu par Settiniaz fixait le rendez-vous à Hunt's Lane, c'est-à-dire à Brooklyn Heights, de l'autre côté d'East River. L'adresse était celle d'une élégante maison *brownstone* du siècle dernier, dont les fenêtres offraient une vue splendide sur Upper New York Bay et Manhattan. « Demandez Ali Danaan. » Le patronyme avait une consonance irlandaise, si le prénom pouvait s'appliquer à l'un ou l'autre sexe. La rue était plantée d'arbres, ce qui n'est pas si courant à New York, et Ali Danaan se révéla être une jeune femme, brune et grande, d'une saisissante beauté. A l'évidence, elle était peintre. Settiniaz la trouva presque pinceau en main, dans tous les cas vêtue d'une blouse joliment éclaboussée de tâches multicolores. Elle était venue lui ouvrir et lui adressa un sourire éclatant :

— Il est sorti mais ne devrait pas tarder, dit-elle. Il vous prie de l'excuser et de l'attendre. Vous ne voudriez pas faire l'ange, par hasard ?

— L'ange ?

Elle le précéda et le conduisit, hanches dansantes sous la blouse, jusqu'à un très bel atelier. Une toile se trouvait sur le chevalet, assemblage de cercles et de balafres d'où émergeaient les contours d'un visage d'enfant.

— J'ai besoin d'un ange, là au milieu ou presque. Mais vous êtes roux. Qui a jamais entendu parler d'un ange roux ?

— Je ne suis pas roux, dit Settiniaz avec rancœur. Je suis blond vénitien.

— C'est un point qui se discute. Quoi qu'il en soit, vous aimez le bon café, les steaks cuits à point mais pas trop cuits, les cèpes poêlés à la persillade, les fraises à la Chantilly et les bourgognes. A l'en croire. Nous avons fait rentrer quelques caisses de Bonnes-Mares, notamment, dont il a dit que c'était votre vin préféré Le déjeuner sera prêt dans une heure trente. Mais asseyez-vous donc. Vous êtes chez vous. Il m'a prévenu que vous étiez assez cérémonieux. Si vous voulez téléphoner ou prendre une douche, ne vous gênez surtout pas

J'exécute mon ange et je suis à vous. Dans le fond, c'est vrai que vous avez quelque chose d'angélique...

Elle lui souriait avec gentillesse. Et c'était toujours la même vieille histoire : une fois de plus, David Settiniaz se retrouvait devant quelqu'un dont il ignorait tout de ses rapports avec Reb. Elle n'avait même pas prononcé le prénom de celui-ci, avait dit chaque fois « Il », avait dit aussi : « *Nous* avons fait rentrer... », ce qui impliquait tout de même une certaine intimité pour le moins. « Mais je ne sais même pas sous quel nom elle le connaît ! Et je découvre en plus que je dois déjeuner ici, que tout y a été préparé pour moi, jusqu'à ce Bonnes-Mares qui est en effet l'un des vins que je préfère, et dont ce diable d'homme a retenu le nom ! »

— Il me faut téléphoner, dit-il, et annuler un autre rendez-vous.

— Le bureau à l'étage au-dessus. Il a dit que vous voudriez téléphoner. Je vous ai préparé un plein shaker de Martini comme vous l'aimez !

Il monta et trouva une pièce blanche, quasi nue, qui ne comportait pas moins de huit lignes téléphoniques et qui, à part cela, outre une table et deux chaises, enfermait quelques douzaines de livres en anglais, français, allemand, espagnol et italien. Plus un Isaac Singer en yiddish. Plus les ouvrages de droit dont les deux volumes de Sir Gerald Fitzmaurice : *The General Principles of International Law,* et des numéros du *Geerman Book of International Law* et du *Journal of World Trade Law,* les classiques GYBIL et JWTL sur lesquels Georges Tarras lui avait fait passer tant d'heures, aux temps lointains d'Harvard.

« Il n'a pas renoncé à étudier le droit... »

Alors seulement il remarqua la chemise verte, posée pourtant en évidence sur le plateau de la table, entre les appareils téléphoniques. Elle portait au pochoir une inscription familière : *Strictement confidentiel — A remettre en main propre...*

... et une autre qui l'était infiniment moins : les initiales *D.J.S.* « David James Settiniaz ? » Il avança la main vers la chemise verte, tandis qu'au téléphone il expliquait à sa secrétaire particulière qu'elle devait annuler tous les rendez-vous jusqu'à nouvel ordre, et également prévenir chez lui qu'il ne rentrerait pas pour déjeuner.

Mais il n'acheva pas son geste. Ayant raccroché, il alla s'asseoir sur la deuxième chaise. Il prit un Saul Bellow et se mit à lire. Quelques minutes plus tard, il perçut le claquement léger de la porte sur la rue puis un murmure de voix et enfin, sans qu'aucun autre bruit ait signalé son approche, Reb apparut, dressant sa haute silhouette dans l'encadrement de la porte. Il sourit :

— Désolé de mon retard, David. J'ai voulu revenir à pied de Manhattan et j'ai surestimé ma vitesse. Vous auriez dû ouvrir la chemise.

Le sous-entendu était clair : « Puisque je l'avais laissée en vue. Il fallait comprendre qu'elle vous était destinée. Ou imaginer que j'avais commis une erreur » Et qui oserait imaginer Reb Klimrod commettant une erreur ? L'agacement, voire une véritable irritation, percèrent à nouveau chez Settiniaz.

— David, excusez-moi. Je vous place parfois dans des situations embarrassantes. Ne m'en veuillez pas, je vous prie.

Il entra tout à fait dans la pièce et s'assit, dans l'une de ses positions familières, mains dans les poches de son blouson, jambes allongées, menton sur la poitrine et les yeux voilés par le rêve. Il dit doucement :

— Voulez-vous prendre la chemise et la lire, maintenant ?

Settiniaz reposa le Bellow et alla à la table. La chemise ne contenait qu'un feuillet dactylographié. Il lut : « Settiniaz David James, né à New York City, New York, le 2 septembre 1923. Voir dossier précédent. Période du 1er janvier 1966 au 31 décembre 1966 : rien à signaler. Conformément aux ordres reçus, toute surveillance est interrompue à compter du 1er janvier 1967, zéro heure. » En guise de signature, la lettre « J ».

— Jethro, dit Reb. Diego a dû en parler à Georges Tarras qui a dû vous en parler. Bien entendu, c'est lui qui vous fait parvenir tous ces dossiers sur les uns et les autres. Et continuera de le faire.

— Depuis combien de temps suis-je... sous surveillance ?

— Le 1er janvier 1950, zéro heure. Mais vous vous en doutiez.

— Et qu'a-t-il découvert sur moi ?

— A son grand désespoir, rien. Rien d'important. Jethro pense que tout homme en liberté est un criminel qu'on ignore. Vous et Tarras avez sérieusement ébranlé sa conviction fondamentale.

« Tarras aussi », pensa Settiniaz, qui s'en sentait presque consolé.

— Tarras aussi, dit Reb, avec son exaspérante faculté de lire dans les pensées.

— Et pour lui également, la surveillance est levée ?

— Oui.

Reb leva la main :

« David, pas de réponse à la question suivante : depuis combien de temps ai-je ordonné à Jethro de ne plus surveiller Georges Tarras. Ne la posez donc pas, je vous prie. Il n'est pas très important de savoir si j'ai donné ma confiance à Georges avant de vous l'accorder, ou le contraire. D'ailleurs, vous savez ce qu'il en est. Vous allez à présent me demander pourquoi, moi qui vous ai fait surveiller pendant plus de quinze ans, je cesse à présent de le faire. Réponse : je ne sais pas. Probablement parce qu'il vient un moment où l'on doit se fier totalement à quelqu'un.

— Vous m'exaspérez, dit Settiniaz.

— Avec ma façon de faire les demandes et les réponses. Je sais. C'est involontaire.

Il se mit à rire .

« Disons que c'est parfois involontaire. » Mais le rire cessa très vite. Le regard se fit à nouveau rêveur. Il observait Settiniaz.

— Il y a vingt-deux ans et cent cinquante-quatre jours, David. Mauthausen. Vous vous en souvenez ?

— Oui.

— Vos souvenirs sont-ils très précis ?

— Certainement moins que les vôtres.

Le regard gris se faisait très lourd, obsédant et presque hypnotique.

— *Mon Dieu, mon Dieu, la vie est là, simple et tranquille...* David ? Vous vous souvenez de la suite ?

Settiniaz se sentait faiblir, quoi qu'il en eût. Une émotion le gagnait.

— *Cette paisible rumeur-là vient de la ville...*

— Oui, David ?

— *Dis, qu'as-tu fait, toi que voilà, pleurant sans cesse, dis, qu'as-tu fait, toi que voilà, de ta jeunesse...*

Silence. Reb acquiesça. Il souriait, extraordinairement chaleureux et amical :

— Je ne cherche pas à... comment dire ? vous avoir au sentiment. On dit cela, en français, n'est-ce pas ? Vous faire le coup du souvenir...

Il bougea ses jambes, et ses mains, qui sortant des poches du blouson, se déployèrent, révélant la grande cicatrice à la naissance du pouce et de l'index.

« Je pensais vraiment à ce jour de mai 1945, tout à l'heure, en marchant. " Je n'oublierai jamais que je vous ai sauvé la vie. " C'est également un Français qui a écrit cela. Et c'est vrai que vous me devez quelque chose. Je serai mort, sans vous. Je ne l'ai pas oublié

— Vous n'oubliez jamais rien.

— Ce n'est pas nécessairement un avantage, David.

Les mots exprimaient presque, et c'était inconcevable, de la détresse. Une nouvelle vague d'émotions bouleversa Settiniaz, qui pensait : « Et cette jeune femme, en bas, ressemble à Charmian... » Un nouveau silence s'établit. Après lequel Reb Klimrod se leva et se mit à marcher.

— Jaime Rochas, dit-il. Je me demandais combien de temps il vous faudrait pour sortir son nom. Vous avez été plus rapide que je ne m'y attendais. Et depuis que j'ai compris que vous saviez, je vous ai volontairement évité. Je n'étais pas prêt. Qu'est-ce qui vous a mis sur la voie ? Francisco Santana ?

— Oui.

— J'ai noté sa surprise quand j'ai parlé devant lui de ces huit millions d'arbres. Et vous êtes allé chez lui à Merida. Il était logique qu'il vous en parle. David, deux hommes portent presque le même nom Jaime Rochas et Ubaldo Rocha. Le second est brésilien. Vous ne pourrez guère les confondre. Et il y a d'autres noms que vous n'allez pas tarder à connaître : Emerson Coëlho et Jorge Socrates. Brésiliens eux aussi. Enrique Escalante, Jim Mac Kenzie, Jean Coltzesco, Trajano Da Silva, Ung Seng, Uwe Sobieski, Del Hathaway, Hari et Ethel Weizmann, Maurice Everett, Marnie Oakes sont moins importants, même s'ils le sont énormément à mes yeux. Oui, je sais, David : vous ne connaissez aucun de ces noms. Ils ne sont dans aucun de vos dossiers. Mais c'est la raison d'être de notre rencontre d'aujourd'hui.

Il revint s'asseoir. Un grand soleil illuminait East River et Manhattan et pour un peu aurait presque rendu humain l'entassement des tours de béton.

— David, ces dernières années, j'ai mené de front une certaine quantité d'affaires. Vous et moi savons seuls à quel point elles sont nombreuses et parfois complexes. Mieux que moi, sans doute, vous savez de combien exactement je dispose, en matière d'argent. Je n'ai jamais eu le goût des additions, en ce domaine. Peu m'importe. Il sourit : « Et vous savez aussi que ce n'est pas coquetterie de ma part.

— Je peux vous communiquer les chiffres, dit Settiniaz. A condition de disposer d'un peu de temps. Quatre, cinq semaines. Avec une marge d'erreur de deux pour cent.

— Je m'en fiche complètement, David.

— Vous êtes l'homme le plus riche du monde, de loin.

— Très bien, dit Reb en souriant avec une ironie légère et amusée, en aucun cas discourtoise.

Il allongea ses grandes mains maigres et très bronzées, sauf à l'endroit de la cicatrice dont Settiniaz à cette époque ne savait pas l'origine. Il ne portait pas de montre-bracelet, et évidemment aucune bague.

— David, je suis en train de préparer, depuis déjà plusieurs années, quelque chose d'assez important et qui me tient à cœur, infiniment plus qu'aucune autre entreprise que j'ai pu mener. Je ne vous en ai jamais parlé à ce jour et je ne comptais pas le faire avant l'année prochaine. C'est une œuvre de très longue haleine, David. Dans deux ans, si vous êtes d'accord, j'aimerais que vous veniez sur place, là-bas, pour voir ce qu'il en est vraiment...

« Il hésite encore à m'en parler », pensa Settiniaz, qui avait trop l'usage de Reb Klimrod pour ne pas discerner, dans toutes ces phrases mises bout à bout, des atermoiements.

— C'est vrai, dit Reb. J'hésite à vous en parler.

— Dans ce cas, ne dites rien.

Les grandes mains se joignirent pour la première fois :

— Je suis en train de créer un pays, David.

Et il avait déjà investi huit cents millions de dollars, dit-il. Mais ce n'était qu'un début. Il pensait que quatre milliards de dollars au moins allaient être nécessaires. Peut-être plus. Probablement plus. Le nombre des problèmes soulevés était assez considérable. Il dit bien « assez considérable », à la façon dont il avait dit quelques instants plus tôt que toutes ces affaires créées par lui depuis dix-sept ans étaient « nombreuses et parfois complexes ».

La jeune femme-peintre vint leur annoncer que le déjeuner était prêt et ils discutèrent peinture et livres et cinéma tout au long du repas, Reb défendant avec acharnement un Nicolas de Staël qu'Ali Danaan attaquait...

Mais sitôt le déjeuner terminé, ils remontèrent dans le bureau blanc où ils s'enfermèrent.

Et le Roi dit qu'il avait toujours eu plus ou moins cette idée en tête, « depuis 1949 ou 1950. Pas avant, pas vraiment ». Peut-être pas aussi nette, aussi claire. Il n'avait pas pendant longtemps poussé le raisonnement à son terme. Mais maintenant, il était au bout, enfin presque, savait-on jamais ?

— Je veux dire au bout de mon rêve, David. Quant à sa réalisation, j'en suis encore loin, il y a des millions de difficultés à surmonter et des résistances à vaincre... Et pourtant j'ai raison. Un homme libre qui ne pourrait atteindre les frontières de son rêve légitime à cause de ces obstacles, de l'intervention des Etats ou d'un Etat, cet homme vivrait comme un médiocre, soumis au premier despotisme, dans une ère de barbarie plus profonde. Vous me connaissez un peu, David... Est-ce que j'accepterais cela ?

Intarissable tout à coup, il discourut pendant des heures et des heures, face à un David Settiniaz anéanti par la stupeur et qui, tantôt se mettait à y croire, lui aussi, tantôt mesurait la folie invraisemblable du projet. Au point qu'il ne pipait mot ou presque, tandis que la voix douce et calme énumérait les réalisations déjà achevées, celles entreprises, celles à venir.

Il demanda cependant :

— Vous en avez parlé à Georges Tarras ?

Sourire :

— Oui.

— Qui d'autre est au courant ?

Silence. Le regard pâle se fit soudain terriblement acéré, presque féroce, pendant quelques secondes, puis la lueur disparut.

— A part Georges et vous, David, personne dans cette partie du monde. Personne en dehors des gens de là-bas.

— Et Diego Haas ? ne put s'empêcher de demander Settiniaz

Nouveau silence. La nuit tombait.

— J'en ai fini pour l'instant, David, dit Reb. Souvenez-vous : pas l'an prochain mais l'année suivante, je souhaiterais vous présenter quelque chose qui soit suffisamment avancé, et j'aimerais beaucoup avoir votre visite. Quand il vous plaira, à compter de, disons la fin avril. Appelez Diego à Rio et dites-lui simplement que vous avez envie de séjourner chez lui, dans sa maison d'Ipanema. Vous viendrez seul, s'il vous plaît. Autre chose, David : je vais désormais me reposer beaucoup sur vous, je vous l'ai dit. Si vous acceptez. Et si vous acceptez, vous aurez tous les pouvoirs nécessaires. Je vais être assez occupé, dans les années à venir...

Settiniaz fit tout exprès le voyage en Nouvelle-Angleterre.

Il connaissait bien l'amusante petite maison entièrement laquée de rouge, plusieurs rouges en fait, à l'intérieur, que possédaient les Tarras dans le Maine. Il y était venu dans les années de l'immédiate après-guerre alors qu'il était encore étudiant à Harvard, et que Georges Tarras y était son professeur.

La maison n'avait pas changé, on y avait seulement ajouté deux pièces :

— Pour ranger... enfin ranger ! pour entasser tous ces livres, je ne sais vraiment plus où les mettre.

— Changez de maison.

Settiniaz ignorait combien Tarras touchait annuellement de Reb, mais connaissant la générosité de celui-ci, il se doutait que ce devait être énorme. Assez sans doute pour permettre à l'ancien professeur d'acheter trois ou quatre comtés.

— Ne dites donc pas de bêtises, élève Settiniaz. Où diable serais-je plus tranquille qu'ici ? Et puis, j'aime le paysage.

Derrière les lunettes, le regard était très vif :

— Qu'est-ce qui vous occupe à ce point, David ?

— Il m'a parlé de son projet.

— Ah ! dit simplement Tarras.

Qui enchaîna avec le plus grand naturel : « C'est l'heure de mon thé, vous en voulez une tasse ? » Et alors seulement, confus, Settiniaz constata que son ami était seul dans la maison :

— Comment va Shirley ?

— Elle est absente pour quelque temps, répondit Tarras.

Mais sa façon de répondre attira l'attention de Settiniaz :

— Tout va bien ?

— De petits ennuis. La pauvre chose n'est plus très jeune, quoi qu'elle en pense. Mais rien de grave. Parlons de vous.

Il sourit, gaiement, en apparence aussi gaiement sarcastique que Diego Haas :

— De vous, mais pas de Reb. David, je suis un inconditionnel de Reb. Vous aussi d'ailleurs, bien que vous résistiez avec votre vaillance habituelle. Je ne discute pas ce qu'il fait. Pour moi, tout est simple : j'aurai eu la chance dans ma vie de rencontrer un génie. Un génie fou, ou un fou génial, comme il vous plaira, les termes s'équivalent. Mais un génie. Avec son destin. Et j'ai pour lui toute l'affection du monde. Ce qu'il fait est bien fait, quoi qu'il fasse. Que je le comprenne ou non n'est que de peu d'importance. Ne nous étendons donc pas sur le sujet. Pourquoi vous tracasser tant ? Les responsabilités nouvelles que Reb va vous confier ?

— Ce serait bien suffisant pour m'empêcher de dormir, reconnut Settiniaz.

— Vous avez réuni autour de vous la meilleure équipe de juristes et de spécialistes de tous poils qu'il soit possible de constituer. David, vous avez un assez fantastique sens de l'organisation. Je m'en doutais mais Reb a su le voir, lui ; il a misé sur vous et il est en train de gagner. Depuis quinze ans...

— Dix-sept.

— Depuis dix-sept ans, vous amassez toutes les plus infinitésimales informations sur le plus grand empire qu'un homme ait jamais bâti. Vous êtes sans aucun doute le seul à y comprendre quelque chose. Même Reb, si phénoménale que soit sa mémoire, serait sans doute incapable... Toujours pas de lait ?

— Toujours pas, merci.

— ... incapable de vous réciter la liste de ses créations. Ce n'est qu'un homme, bien qu'il m'arrive parfois de penser qu'il est peut-être un extraterrestre. Le sucre est dans le pot marqué « Laurier ». Non pas pour moi, merci, ça m'est interdit désormais. Et qui plus est... retournons dans mon bureau, j'adore déguster mon thé et mes muffins au coin du feu...

Ils changèrent de pièce, quittèrent la cuisine rouge pour le bureau écarlate, en traversant une salle à manger carmin, un hall lie-de-vin et un salon géranium, ayant au passage une vue sur une buanderie incarnate, une première bibliothèque rubis, une deuxième grenat, un garage tomate, une office cerise et une salle de télévision cyclamen. « Pour celle-ci, expliqua Tarras, c'est une fantaisie de Shirl. Cyclamen ! je vous demande un peu ! »

Ils s'installèrent devant le feu.

— ... Et qui plus est mon cher David, pourquoi diable croyez-vous que depuis les temps lointains où je vous avais comme étudiant, je vous ai toujours préféré à d'autres ? Etais-je amoureux de vous ? Je ricane. Et Reb pense de vous ce que j'en pense moi-même. Nous en avons parlé, lui et moi, si vous voulez tout savoir. Mais oui, bien sûr, parfois il me consulte, ou réfléchit à haute voix devant moi. Il n'attend pas de vous que vous surmultipliez sa fortune, elle n'en a nul besoin et se développera d'elle-même, jusqu'à atteindre des sommets himâlayens, même si vous ne faisiez rien d'autre que de vous asseoir dessus. Je ne suis pas ennemi des scrupules, mais n'en faites pas trop. Goûtez-moi plutôt ces muffins... Le croiriez-vous ? Reb a fait venir toute une famille d'Irlande, l'a installée et en quelque sorte dotée, uniquement parce que Mme Cavanaugh qui en est la tête pensante fait les meilleurs muffins du monde. Et c'est vrai. Ne me dites donc pas qu'il est fou, que son projet est fou, et que je suis fou d'y adhérer.

Georges Tarras se laissa aller dans le grand fauteuil à oreillettes bordeaux :

— David mon garçon, j'ignore quand il la déclenchera mais même si j'en sais la fin par avance, ça va être unc foutument belle bataille Buvons à la folie et au rêve, David, qui sont les seules choses raisonnables.

7

Une tortue avec une jambe de bois

40

Ubaldo Rocha coupa le moteur hors-bord du canot et le silence s'établit dans la seconde. La rivière brune ne semblait même pas couler ; sans d'inattendus remous et glougloutements, on aurait pu croire que les eaux en étaient mortes. Comme toujours à la montée de l'aube, l'humidité qui durant la nuit s'était condensée dans les hauteurs des murailles végétales, se faisait presque pluie : des gouttes larges et grasses dégoulinaient au long des feuillages et claquaient parfois. Mais c'était bien le seul bruit, et même les toucans étaient muets.

Mac Kenzie et Coltzesco étaient déjà éveillés, et évidemment Jaua et ses trois hommes. L'un de ceux-ci se décida même à bouger : il enjamba le bastingage et glissa son corps nu dans l'eau, qui lui arriva à la taille. Il guida ainsi l'étrave de l'embarcation dans un chenal absolument invisible à tout autre que lui, et qui par endroits nécessitait de passer sous une véritable voûte, très basse et ombreuse, obligeant les hommes dans le canot à se coucher.

— *Aroami,* dit l'Indien.

— Attention aux serpents, traduisit Rocha à l'intention de ses deux compagnons blancs.

On avança sur une soixantaine de mètres, chacun hâlant en s'aidant des branches les plus basses et, d'un coup, la lumière de l'aube naissante revint, au sortir du tunnel végétal. On déboucha sur ce qui semblait être un petit étang encerclé totalement par la forêt. Les volutes d'une brume grise y stagnaient un mètre à peine au-dessus de la surface et elles véhiculaient une légère odeur de fumée, que les narines affinées de Rocha reconnurent. Les Yanomami aussi, apparemment. Jaua acquiesça d'un presque imperceptible battement de paupières.

L'accostage se fit sur une sorte de petite plage. L'escorte alors apparut, se matérialisant avec une instantanéité quasi magique : une trentaine d'hommes en tout, tonsure sur le sommet du crâne et entièrement nus, sexe maintenu dressé et collé au bas-ventre par une fine ceinture de lianes nouée sous le prépuce. Tous avaient les grands arcs de guerre en bois noir. Aucun mot ne fut échangé. Le canot fut tiré hors de l'eau, moteur relevé et couvert d'une bâche, et glissé sous le feuillage. On alla jusqu'à effacer les traces laissées sur le sol spongieux par son brion et sa quille. La forêt se referma sur le groupe, qui adopta pour cheminer le dispositif ordinaire : deux files parallèles de part et d'autre du sentier — pour autant qu'on pût parler de sentier, même Ubaldo Rocha avec ses vingt années de forêt n'aurait pu en indiquer le tracé. A un moment, il y eut sous le couvert une sorte de claquement sec, exactement semblable à celui produit par une corde soudain détendue venant frapper le fût de l'arc.

Les éclaireurs aussitôt se figèrent, en alerte, et puis quelques-uns se déployèrent, tandis que la colonne attendait. Mais ils revinrent assez vite, montrant avec des rires muets les toiles d'araignées qu'ils avaient dû arracher pour se frayer un passage, preuve de ce que les alentours étaient déserts de tout ennemi prêt à une embuscade. Rocha n'était pas dupe : il y avait du jeu dans tout cela. Depuis plus de deux ans, il n'avait pas entendu parler d'affrontement sanglant. Mais bien sûr, on ne pouvait jamais être sûr, avec les Yanomami : une simple histoire de femme ou de chasse pouvait très vite dégénérer, et il avait vu trop de ces engagements furtifs, fulgurants même, où les flèches d'un mètre cinquante de long jaillissaient soudain, sans aucun avertissement préalable, d'un mur végétal en apparence vide de toute présence humaine.

On repartit et on progressa pendant des heures. De temps à autre, des troupes de singes glapissants traversaient la voûte verte au-dessus des têtes, mais trop haut pour être fléchés. La marche pourtant tournait à la partie de chasse. Ce furent d'abord les traces fraîches d'une compagnie de cochons sauvages et trois ou quatre hommes se détachèrent, non sans s'être préalablement enduit les épaules et la poitrine d'une mixture brune assez odorante. Poursuivre le cochon nécessitait d'être parfumé et apprêté, tout comme il convenait de ne jamais prononcer le nom du gibier, faute de voir aussitôt disparaître celui-ci. L'éclaireur qui fut le premier à remarquer les fonges[1] dit simplement, sur un certain ton : « J'ai vu des oiseaux » et tous comprirent. De même, au fil des heures, deux autres patrouilles partirent comme la première, suivant un tapir levé par les chiens ou bien s'attardant à fouiller les gîtes de toute une famille de tatous. Rocha pour sa part eut la chance de tomber presque nez à nez avec un serpent d'un vert éclatant et presque phosphorescent dans la pénom-

1 Petit amas de terre ou de feuilles soulevé par un sanglier fouillant le sol de son boutoir

bre glauque, et l'assomma aussitôt d'un coup plat de machette. Il l'offrit à Jaua qui en arracha les crocs venimeux en les plantant dans une souche, acheva de décapiter l'animal et ligatura le corps tranché pour stopper le sang. Le Shamatari riait :

— Si les chasseurs ne ramènent rien, nous aurons quand même de la viande ce soir.

Mais tous les augures étaient favorables : on n'avait rencontré aucun *orihiyé* (animal mort de mort naturelle), on n'avait entendu aucun cri d'oiseau *kôbari,* et les chasseurs avaient pris grand soin de « fermer le chemin » en laissant derrière eux des branches brisées en travers de la piste, pour retenir le gibier. Et pas davantage n'avait-on déféqué à proximité des terriers de tatous.

... D'ailleurs, ralliant la colonne au cours des heures suivantes, ces mêmes chasseurs réapparurent chargés de deux pécaris et autres pièces.

La halte du soir s'organisa autour d'un boucan, un feu où l'on commença à fumer toute cette viande, tandis que les jeunes accrochaient les hamacs. A la nuit tombante, en outre, on trouva des abeilles dans un arbre creux et leur miel fut dilué dans de l'eau et bu ainsi. Le repas se constitua de quelques aras et agamis fléchés qu'on fit bouillir, mais surtout d'un plantin de bananes rôties, de noix de cajou, de chenilles et de têtes de termites géants. Pour ce dernier mets, Mac Kenzie s'abstint. Le botaniste spécialisé en arboriculture fruitière tropicale avait vécu en Nouvelle-Guinée et en Afrique mais il conservait des réticences, s'agissant de nourriture. Jean Colzesco, en revanche, croqua du termite à belles dents : en tant que géologue, il avait des années durant parcouru la cordillère des Andes et l'Amérique centrale, et il s'accommodait de tout, plus aisément que l'Ecossais.

On ne toucha pas à la viande des animaux tués dans la journée, cela aurait porté malheur. Le départ eut lieu le lendemain matin dès les premières heures et Jaua lui-même attisa les braises qu'on abandonnait, prononçant la formule rituelle : « Revenant, revenant, tu resteras à souffler le feu... », sans laquelle l'expédition tout entière se serait trouvée en danger d'être attaquée par des âmes de morts, qui errent dans la forêt, incapables de faire du feu, certaines inoffensives mais d'autres au contraire susceptibles au point de casser les reins d'un chasseur, en l'agressant par derrière, voire pis encore, de s'emparer de son « centre vital ».

On atteignit en fin de l'après-midi suivante le « shabono » où était Reb.

Le camp, en réalité provisoire, occupait la crête d'une colline et contenait à peu près deux cent cinquante personnes. Les huttes triangulaires formaient un cercle, à l'extérieur duquel on avait dressé une haie très dense de branchages épineux, chargés de stopper une attaque ou les infiltrations des revenants et autres *shawara,* démons porteurs des épidémies et maladies. Le centre en était dégagé. Les toits des huttes étaient faits de feuilles larges, aux pétioles hérissés d'épines, les *miyoma,* plus résistantes que les *ketiba* utilisées pour les abris d'une nuit.

Avant même le lever du jour, Reb s'apprêta, sous l'œil curieux de Jean Coltzesco. Il était entièrement nu, portait les cheveux presque sur les épaules et un bandeau en peau de serpent à perroquets, sorte de petit boa, d'un vert étincelant, lui ceignait le front. Il sourit au géologue :

— Vous devriez mettre une ceinture, vous aussi. On ne sait jamais.

Il montra les larges bandes d'écorce dont les mères entouraient la taille des enfants, afin de les protéger contre les émanations. Coltzesco hésita : « Il plaisante ou non ? »

— Faites-le, dit le très taciturne Ubaldo Rocha.

Il prononça quelques mots en yanomami. Une femme s'approcha, pouffant, le visage entre ses mains, et elle passa en effet l'écorce par-dessus le ceinturon de cuir du géologue.

Dans l'intervalle, Reb avait pris sur le toit de sa hutte un paquet enfermé par des feuilles. Il en retira des raclures d'écorce et de lianes, et des débris de diverses plantes, agglomérés par un liquide qui ressemblait à du latex. Il déversa soigneusement l'ensemble sur une autre feuille de bananier. Ensuite, il arracha les fibres d'un vieux hamac, les enflamma et les déposa en cercle autour du mélange. Celui-ci brûla un peu mais l'humidité de la nuit le fit bientôt s'éteindre. Reb répéta l'opération avec d'autres fibres, très patiemment, jusqu'à ce que la mixture fût assez sèche pour se consumer entièrement. De temps à autre, il remuait le petit tas, ne le touchant jamais de ses doigts, s'aidant d'une baguette.

Il acheva de pulvériser les cendres avec une pierre puis, les ayant renfermées dans une nouvelle feuille, les pressa fortement entre ses paumes et même entre ses cuisses, se balançant lui-même d'avant en arrière, psalmodiant une sorte d'incantation en yanomami.

Avec d'autres feuilles, il confectionna un cornet, dans lequel il versa les cendres à présent d'une couleur légèrement ocrée. On avait entre-temps, tout près de lui, allumé un feu ; on y avait placé une calebasse en terre cuite. L'eau dans la calebasse commença à bouillir. Reb disposa le cornet au-dessus d'une deuxième calebasse, vide celle-ci et, exactement comme l'on filtre le café, fit couler lentement, au goutte à goutte ou presque, l'eau bouillante sur les cendres. Un liquide ambré, puis de plus en plus sombre, commença à goutter, à la pointe du cornet.

— Curare, dit Mac Kenzie qui s'était penché en avant, passionné. Les Yanomami sont les seuls à fabriquer du curare par percolation. Tous les autres Indiens d'Amazonie l'obtiennent par ébullition. Les plantes sont du type strychnos et leur mélange donne un alcaloïde indolique, par réaction avec l'acide cérique...

— Silence, je vous prie, dit Rocha. Ceci est une cérémonie.

Les guerriers-chasseurs s'approchaient, silencieux et graves dans la lumière montante de l'aube. Chacun d'eux portait un petit bol de terre dans lequel ils reçurent leur portion de curare. Ils s'éparpillèrent et avec la même lenteur quasi religieuse, commencèrent d'enduire les pointes de leurs flèches, les enduisant avec des pinceaux d'herbes et les faisant aussitôt sécher sur des feux sans flamme.

Reb à présent immobile, tout son grand corps uniformément hâlé, fixait Jean Coltzesco et lui seul, de ses yeux encore plus clairs qu'à l'ordinaire, comme le mettant au défi de discerner si, en tout cela, il existait la moindre place pour un sourire sceptique...

... et dans la minute suivante, alors que le soleil venait enfin d'apparaître par-dessus la mer infinie et verte des arbres, le gigantesque hélicoptère surgit, anachronique à en être hallucinant, un très gros Sikorski bardé de ces antennes qui le mettaient en contact avec le monde entier.

L'appareil se posa au milieu même du campement de l'âge de pierre.

— Seize nouvelles espèces répertoriées, pour les arbres, dit Mac Kenzie de sa voix un peu sèche teintée de l'accent des Hautes Terres d'Ecosse. Ce qui porte à deux cent quarante-neuf le nombre total des espèces maintenant connues sur le territoire. Mais aucune ne répond vraiment aux critères qui ont été définis : la diversité des fibres et des résines est trop grande, la cellulose qu'on en retirerait serait d'une qualité inférieure aux normes et nous nous heurtons toujours au même problème de la reconstitution. Dans le meilleur des cas, quarante ans. Plus généralement, cinquante ou soixante...

La cabine de l'hélicoptère était suffisamment vaste pour qu'on ait pu la diviser en un véritable appartement d'une part, en un garage contenant une Land-Rover et une jeep d'autre part. L'appartement était lui-même compartimenté en quatre pièces : deux chambres dont une réservée au Roi, une autre équipée de couchettes pour six hommes, une salle de douches, et enfin une salle de réunion où était le central radio-téléphonique.

Reb était précisément en liaison avec New York. Il dit en anglais à son interlocuteur :

— Je voudrais ces chiffres, Tony, s'il vous plaît. Et ensuite, vous me passerez Nick.

Regardant Mac Kenzie :

— Les accès ?

— Il faudra ouvrir une route sur environ cent miles, cent soixante kilomètres. Trois ponts à mettre en place. Da Silva vous fournira un rapport plus précis.

Reb acquiesça. Il dit : « J'écoute, Tony. » Deux minutes s'écoulèrent, tandis que la voix lointaine débitait des chiffres. Puis : « Tony, les prix annoncés par Kushida ne sont toujours pas conformes. Prenez contact avec lui et demandez-lui la raison de ces modifications. Je vous rappelle dans deux heures. Passez-moi Nick à présent, je vous prie. Oui, bonjour Nick. Nick, je souhaiterais savoir pourquoi ce cargo est resté au Cap quatre jours de plus que prévu. Et également pourquoi cette compagnie d'assurances tarde tant à nous régler. Appelez Lance Lovett à Chicago, qu'il s'en occupe. Autre chose : trouvez-moi Paul et prévenez-le que je l'appellerai dans cinquante minutes. Oui, je sais qu'il est à Vancouver et qu'il est une heure du matin là-bas. Mais j'ai besoin de lui. Merci, Nick. »

Il raccrocha :

— Pourquoi cent soixante kilomètres de route nouvelle ? On pourrait utiliser le tronçon K 17.

— Cela impliquerait une rocade et un plus grand nombre d'ouvrages. Mais je peux demander à Da Silva...

— Je le lui demanderai moi-même, Jim. Jean ?

— Koalin, dit aussitôt Coltzesco. Les premières études faites voilà neuf mois ont été confirmées. La qualité du gisement est des meilleures, et ce même gisement affleure littéralement la surface. On gratte avec le pied et on le voit.

— Vous avez pu faire une estimation ?

— A première vue, entre trente et cinquante millions de tonnes, pour le moins. J'ai laissé une équipe sur place, comme convenu. J'aurai des chiffres plus précis dans six semaines.

— Cela nous mettrait à quel rang dans le monde ? Deuxième ?

— Troisième. Mais on peut toujours espérer.

— Hong Kong en ligne, annonça une voix dans le haut-parleur. Reb décrocha :

— Oui, Hang. Parlez-moi de cette affaire de Singapour, s'il vous plaît. Et ensuite seulement, de Wellington. J'écoute.

Sous l'appareil neuf cents mètres plus bas, une trouée qu'on aurait dite naturelle se montra soudain. La piste d'atterrissage de trois kilomètres et demi de long avait néanmoins taillé sa saignée entre un double front d'arbres. Par le hublot rectangulaire, Coltzesco aperçut quelques bâtiments blanc et vert. Il se détendit : passer deux mois en pleine jungle comme il venait de le faire ne l'impressionnait nullement et, au vrai, il y avait pris du plaisir, en dépit des inconforts innombrables et essentiellement des dangers encourus.

Mais l'hélicoptère le terrifiait.

Et puis il avait envie d'une femme. Habillée de préférence. Il en était à rêver de jarretelles et de soutiens-gorge.

La piste en pleine jungle se trouvait à vol d'oiseau à quatre cents kilomètres de Manaos, dans le nord-ouest de l'ancienne capitale du caoutchouc.

En 1969, les bâtiments qu'elle desservait ne dépassaient pas, en nombre, la soixantaine, si l'on ne prenait pas en compte les hangars abritant les douze hélicoptères de toutes tailles et les sept avions dont un Boeing 707, deux D.C.3 et une Caravelle, et pas davantage l'énorme garage également invisible sous la végétation, qui enfermait une centaine de véhicules multiples, et les engins de chantier.

La petite centrale thermo-électrique passait encore plus inaperçue : elle était presque complètement enterrée. En réalité, même un observateur volant à basse altitude n'aurait sans doute pas pu se former une idée exacte de l'importance de cette implantation : il aurait entraperçu des constructions, certes, mais les aurait trouvées bien plus petites et moins nombreuses qu'elles l'étaient vraiment, et il aurait conclu à l'existence d'une fazenda un peu plus grande que d'autres.

C'était l'une des fiertés de Trajano Da Silva que ce camouflage si parfait. Très régulièrement, à mesure de l'avancement des travaux, il avait lui-même survolé le chantier, au cours des cinq dernières années. Il avait même pris d'innombrables photographies aériennes, les avait étudiées à la loupe, au sens propre de l'expression, tout comme aurait pu le faire un espion ; et à maintes reprises, il avait modifié les plans initiaux établis par son état-major de huit architectes et ingénieurs (il était lui-même les deux à la fois), allant jusqu'à rajouter des arbres, veillant minutieusement à la couleur des feuillages de ceux-ci, de façon à éviter toute solution de continuité, tout hiatus dans l'océan vert.

Seule la piste d'atterrissage lui avait posé un problème longtemps insoluble : comment diable pouvait-on empêcher une trouée de près de quatre kilomètres de long avec les dégagements, et naturellement rectiligne, d'être visible du ciel ? Reb s'était montré déterminé : il voulait pouvoir se poser avec les plus gros avions, de jour ou de nuit.

Da Silva avait fait de son mieux, cassant autant qu'il était possible le dessin trop géométrique par des brûlis latéraux, et même par des leurres, faux arbres peints sur l'aire de rotation, fausse rivière traversant apparemment la piste (les pilotes avaient été fous de rage), faux marécage qui étincelait au soleil tout comme des vrais (cela étant une idée d'Herb Tolliver qui avait dans le temps travaillé pour les services spéciaux britanniques et avait en Libye durant la Deuxième Guerre mondiale, joyeusement trompé les Allemands de Rommel avec d'innombrables chars d'assaut en bois et carton).

Tout cela complété par un joli travail de peinture sur le revêtement même de la piste. Le résultat somme toute avait été satisfaisant. Sauf toujours pour les pilotes qui prétendaient avec mauvaise foi ne plus savoir où poser leurs roues. Il avait fallu leur installer des rampes clignotantes multicolores, fonctionnant même en plein jour, et mettre à poste dans la tour de contrôle juchée entre les arbres d'un escarpement voisin (artificiel), des virtuoses de l'atterrissage sans visibilité.

Mais l'essentiel était là : sauf à venir mettre son nez au ras du sol et à déambuler à pied entre les bâtiments, nul n'aurait pu se douter de ce que quatorze cents personnes, selon les semaines, vivaient là et y travaillaient.

Trajano fit coulisser la carte précédente et une autre apparut, au deux millionième. Il dit :

— Ici la serra de Curupira. Le rio Catrimani est au sud, voici le Mucajaï. A droite, les sources de l'Apiaú. Jean Coltzesco a travaillé dans cette zone — il traça un cercle au crayon gras sur le thermoplastique transparent. J'ai pensé à me servir du K 17 qui n'est jamais qu'à soixante-dix kilomètres à vol d'oiseau. Mais les travaux seraient énormes, c'est une région déjà très accidentée, on est dans les contreforts de la Parima, avec des sommets à quatorze ou quinze cents mètres...

Il continua à parler, les yeux de Reb sur lui, avec comme toujours la très gênante impression que Reb savait ce qu'il allait dire, avant même qu'il l'eût dit. Brésilien, Trajano Da Silva avait été recruté en 1953, seize ans plus tôt, par Jorge Socrates, un avocat de Rio. Il n'était alors que géomètre et déjà fort satisfait de ce premier diplôme. Les choses n'avaient pas traîné : on l'avait expédié en Suisse, au Polytechnicum de Zurich où Einstein en personne avait enseigné, tous frais payés et largement. Ensuite, toujours défrayé et même recevant un traitement, il avait effectué un stage de deux ans aux Grands Travaux de Marseille, l'une des entreprises de travaux publics les plus affûtées du monde, sur intervention d'un certain Soubise, et avait notamment travaillé à Cuba, sur l'aéroport de Hong Kong et aux Etats-Unis. Après cela seulement, il était entré au service du Roi.

A l'égard de celui-ci, qu'il appelait Reb comme le faisait tout le monde, il éprouvait un respect touchant à la dévotion, une admiration sans borne, une amitié un peu timide mais inaltérable.

— D'accord, dit Reb. Tracez cette piste comme vous l'entendez. Accordez-vous avec Jean, il a procédé à pas mal de relevés qui pourront compléter les vôtres. Le port maintenant, Trajano, s'il vous plaît. Où en êtes-vous ?

Reb s'exprimait en portugais, y mêlant parfois quelques mots d'espagnol, d'anglais et de français, selon ses interlocuteurs et la ou les langues qu'ils connaissaient.

Da Silva fit apparaître d'autres cartes, toutes établies au cours des quinze dernières années par des équipes recrutées parmi les meilleures spécialistes de Rand & McNally de Chicago, Teikoku Shoin Company de Tokyo, l'Esselte Map Service de Stockholm, Mondadori-MacNally de Stuttgart et le Département de géographie de l'université de Sao Paulo.

Le port qui commençait à naître se trouvait sur le rio Negro, à une trentaine de kilomètres dans le nord-ouest de l'embouchure du rio Araca. C'était le troisième du Projet Général. Deux autres installations portuaires étaient, soit prévues, soit largement esquissées : l'une également sur le Negro à une centaine de kilomètres au sud de Moura — où était né Ubaldo Rocha —, et l'autre sur l'Amazone elle-même, en aval de Manaos, près d'Itapiranga. Da Silva fit un compte rendu aussi précis, aussi bref, aussi rapide qu'il le put.

Il allait ajouter quelques données sur la base de Caracaraï, la plus au nord, sur le Branco...

Reb secoua la tête en souriant :

— Merci, Trajano, j'y suis moi-même passé il y a peu de temps. Quand allez-vous à Rio ?

— Rien ne presse, répondit Da Silva en retournant le sourire.

Six mois plus tôt, il avait fait venir de Niteroi sa femme et ses deux enfants, lesquels fréquentaient l'école construite l'année précédente. Et Rio ne lui manquait guère, passionné qu'il était par son travail.

Il était à ce moment-là aux environs de huit heures du matin. Reb, les deux heures suivantes, reçut les rapports des deux agronomes, Enrique Escalante et Ung Seng, qui s'étaient partagé la tâche, le Vénézuélien se consacrant aux cultures fruitières, au cacao, aux hévéas et aux châtaignes du Para, tandis que le Franco-Cambodgien s'occupait plus particulièrement des rizières et des élevages.

Né à Kompong Cham au Cambodge, le Khmer de nationalité française avait, tout comme Trajano Da Silva, été formé en tant qu'ingénieur grâce au système de bourses d'étude pratiqué par une fondation dont le président se trouvait être un certain Georges Tarras. Lui et Escalante avaient opéré de concert notamment en Malaisie et aux Philippines, pour le compte de trois des sociétés gérées par Hang. Des Philippines précisément il avait ramené une variété de riz long grain, l'I.R.22, qui selon lui allait pouvoir s'adapter sans difficulté au sol amazonien.

Il nota, de sa voix un peu aiguë :

— Je prévois deux récoltes par an, en août et en janvier, avec un rendement de cinq tonnes environ à l'hectare.

— La moyenne du Brésil ?

— Une tonne et demie à l'hectare. Outre le riz philippin, nous utiliserons la variété *apani* du Surinam. Les essais sont très concluants.

— Voyez Uwe pour les silos.

— C'est fait. Il vous en parlera dans l'avion.

Uwe étant Uwe Sobieski. Son passeport indiquait une nationalité ouest-allemande, mais il venait de Prusse orientale et avait franchi le rideau de fer à bord d'un camion emmenant toute sa famille, un camion qu'il avait lui-même blindé. Au sein de l'état-major amazonien, il avait en charge tout ce qui concernait les installations proprement techniques, usines, barrages et centrales. Il avait sous ses ordres une cinquantaine d'ingénieurs en toutes disciplines, et de toutes nationalités.

A la différence d'Escalante, de Da Silva et d'Ung Seng qui ce jour-là demeurèrent sur place, il monta dans le 707, en compagnie de Del Hathaway, Nord-Américain responsable de l'exploitation des ressources du sous-sol (il coopérait avec Jean Coltzesco, ce dernier plus spécialement attaché à la prospection), et d'un autre homme, un géographe également Nord-Américain, du nom de Maurice Everett, qui avait coordonné tout le travail des cartographes depuis neuf ans et assuré l'étanchéité des diverses équipes, en sorte que rien n'apparût du plan d'ensemble.

A bord de l'appareil se trouvait également Marnie Oakes, une femme d'à peu près quarante-cinq ans, blonde et calme, pas très jolie mais formidablement efficace, qui avait la haute main sur la logistique, les transports, les déplacements de chacun, y compris ceux de Reb lui-même, du moins à l'intérieur du périmètre amazonien. Son service contrôlait également les transmissions. C'était elle qui avait dépêché le Sikorski à l'heure exactement prévue, sur une clairière inconnue au milieu de la jungle.

Le 707 décolla en fin de matinée. Il fut à Rio à trois heures de l'après-midi, se posa sur l'aéroport Santos-Dumont. Il était aux couleurs de Panama et officiellement affrété par une organisation de tourisme dirigée par une Ethel Court, millionnaire londonienne.

A Rio était Diego Haas.

Pas seul.

Jorge Socrates était également présent, mais comme d'habitude l'accueil fait à Reb Klimrod fut des plus anonymes. Ç'avait toujours été l'une de ses exigences absolues, qu'on lui évitât les attroupements dans les aéroports et autres lieux publics. A sa descente d'avion, en réalité, tout l'état-major se dispersa discrètement, au lieu de lui faire cortège.

— A croire qu'ils ne te connaissent même pas, plaisanta Diego.

Il conduisit Reb jusqu'à la voiture et Socrates se trouvait déjà dans celle-ci, sa mallette bourrée de documents sur les genoux. C'était un pur carioca, né au pied du Corcovado. Au physique un peu plus grand que Reb, il avait quelque chose d'un Santana dans sa précision nonchalante, voire élégante. Il travaillait pour Reb depuis 1952. Sa fortune, d'origine familiale, avait été déjà considérable avant sa rencontre avec le Roi, elle avait depuis décuplé. Il parlait quatre langues outre le portugais : anglais, français, espagnol et italien. Diego le considérait comme aussi intelligent que Paul Soubise et presque autant que Georges Tarras, Tarras représentant pour Diego la quintessence de l'intelligence humaine, Reb étant évidemment hors concours.

— De gros problèmes avec De Andrade, dit Socrates sitôt que la voiture fut partie. Il est revenu à la charge, comme vous l'aviez prévu. Il veut cinq cent mille dollars, versés en Suisse.

Au sortir de l'aéroport, Diego prit à gauche. Il fit passer la vieille Chevrolet devant le musée d'Art moderne où l'on annonçait une exposition Miró, l'engagea dans l'avenue Beira Mar, longeant la plage et l'anse du Flamengo. Derrière lui, Reb lisait les dossiers présentés par Socrates.

— Votre opinion ? demanda Reb.

— Je ne paierai évidemment pas, dit Socrates. Il ne les vaut pas, et le principe même est inacceptable. Je peux poser une question ?

— Oui.

— Vous avez les moyens de le faire exploser ?

Reb sourit tout en poursuivant sa lecture :

— Oui. Que menace-t-il de faire ?

— Un de ses oncles est un gros bonnet du Service de Protection des Indiens. De Andrade pense être en mesure de mobiliser tout le S.P.I. contre vous, ou du moins, puisqu'il ignore évidemment votre existence, contre ceux de vos représentants qu'il connaît en tant que propriétaires officiels. Il menace de leur, de nous faire les pires ennuis, pour ce motif de cruauté et de génocide organisé.

Le regard gris quitta les documents et fixa Socrates. Qui leva aussitôt les mains, dans un geste d'apaisement :

— Du calme, Reb. Je sais combien le sujet vous tient à cœur. Je ne fais que vous informer, simplement. Ne m'en tenez pas pour responsable.

En vue directe du Pain de Sucre et du morro [1] d'Urca, Diego prit à gauche par le Largo de Machado, abandonnant le front de mer et commençant sa montée vers Laranjeiras et Cosme Velho. Le Corcovado se montrait parfois entre les immeubles, projetant dans le ciel bleu son monumental Christ blanc de trente mètres de haut. Reb demanda :

— Le nom de l'oncle ?

— Joao Gomes de Oliveira.

Reb avait interrompu sa lecture et semblait s'intéresser au décor de la longue rue Laranjeiras, qui est aussi un quartier où les Barons du Café avaient établi de somptueux hôtels particuliers, les *palacetes*. Mais à cet instant, Diego put croiser le regard de Reb, voilé par le rêve, et ne s'y trompa pas : « Il est absolument fou de rage. »

1 Colline.

— L'oncle en question a entre autres propriétés un petit... pied-à-terre par ici, justement. Celui-là, là-bas, avec les hibuscus et la grande terrasse. Il a également une propriété du côté de São Paulo, je crois. Je peux me renseigner un peu plus, si vous le souhaitez.

— Non merci, Jorge dit Reb avec le plus grand calme, ce ne sera pas nécessaire. Je m'occuperai de cela. Autre chose ?

— Un milliard de choses.

Diego roulait sur les flancs même du Corcovado, non loin de l'amusant petit train à crémaillère. Il entra dans la superbe propriété ancestrale des Socrates (dont le vrai patronyme était nettement plus long que cela), dans un parc tropical peuplé de singes et de merveilleux papillons géants, bleu et noir, de vingt centimètres. Il stoppa devant le porche blanc, laissa descendre les deux hommes. Lui-même confia la voiture aux soins d'un domestique et gagna le salon de cinéma, où il avait ses habitudes. Il se sentait apaisé et heureux, maintenant que Reb était revenu. Il se fit passer *Rivière sans retour* puis *Certains l'aiment chaud* et il était à mi-parcours de *Niagara,* en plein milieu de sa cure semestrielle de Marylin, quand Reb réapparut.

Cette fois, Reb monta à l'avant de la Chevrolet.

— A la maison ? interrogea Diego.

— A la maison.

Ils redescendirent sur Botafogo et la nuit venue sur Rio faisait étinceler la ville, que Diego chérissait entre toutes.

— Fatigué ?

— Oui, dit Reb.

« Mais il n'a pas digéré sa rage de tout à l'heure. Elle monte, au contraire. Le volcan s'éveille », pensa Diego. Il espéra, sans trop y croire, qu'il pourrait assister dans le détail à la prochaine exécution de De Andrade et de son Tonton. Il dit :

— J'ai beaucoup hésité, pour ce soir : Gina, Sandra ou Melissa ?

— Tu as choisi Melissa.

— Tu pourrais au moins faire semblant d'être surpris, merde.

Ils passèrent sous le *Tunel Novo,* débouchèrent sur Leme et Copacabana, suivant l'avenue Atlantica. La maison de Diego était sur la plage suivante, Ipanema, quartier où les maisons n'étaient pas de grands immeubles, et qui commençait déjà de détrôner Copacabana Elle se trouvait, cette maison, dans une petite rue tranquille, villa d'une douzaine de pièces, en vue de la lagune Rodrigo de Freitas, la masse verte du Corcovado emplissant les baies vitrées.

Trois mulâtresses admirables et fort enjouées y assuraient le service sur des rythmes de samba. Diego en faisait son ordinaire, sans pour autant dédaigner les extras.

Reb et lui passèrent une nuit paisible, Melissa était une autre mulâtresse, chanteuse de son état, qui attendit longtemps au lit (mais elle en avait l'habitude) tandis que depuis le bureau insonorisé du rez-de-chaussée Reb Klimrod tirait une nouvelle salve de coups de téléphone.

Le lendemain matin, les deux hommes repartirent ensemble, encore pour l'aéroport.

Reb voulant en personne accueillir David Settiniaz pour sa première visite au Brésil.

41

— Je suis Jethro, dit l'homme à David Settiniaz. Je suppose que vous connaissez au moins mon nom.

— Pas « au moins », répliqua Settiniaz. Au plus.

Il dévisageait son interlocuteur avec une curiosité qu'il ne cherchait même pas à dissimuler. C'était donc celui-là qui, pendant plus de quinze ans, presque seize, l'avait nuit et jour pisté sans jamais faire sentir le poids ou même l'ombre de sa surveillance. D'une certaine façon, Settiniaz était déçu, il s'était attendu à une physionomie particulière et justement, la principale caractéristique de Jethro semblait bien de n'en avoir aucune.

Même la tenue de Jethro n'avait rien pour attirer l'œil.

— Il y a une question que je voudrais vous poser, dit Settiniaz.

Les yeux marron derrière les lunettes se firent plus inexpressifs encore :

— Laquelle ?

— Voici deux ans, j'ai appris que vous aviez cessé votre surveillance de mes faits et gestes...

Il laissa volontairement sa phrase en suspens mais le petit piège, si naïf, fut un fiasco parfait : Jethro continuait à le fixer de cet œil distraitement attentif du maître d'hôtel attendant qu'on ait choisi son menu. Settiniaz dut donc reprendre :

— Reb... M. Klimrod m'a appris que vous n'aviez rien trouvé sur mon compte. Il a dit : « Rien d'important. » C'est donc que vous avez trouvé quelque chose.

Jethro sourit aimablement :

— Monsieur Klimrod... Reb m'a prévenu que vous me poseriez cette question et m'a autorisé à vous répondre. Je vous répondrai par un prénom double : Elizabeth-Mary, et une date : le 28 juillet 1941.

Interloqué, Settiniaz fouilla énergiquement sa mémoire et d'un coup, le souvenir revint : c'était à Boston, à Black Bay Fens, il avait dix-huit ans. La lampe du policier s'était soudain braquée sur l'intérieur de la voiture, où il était à batifoler, en bafouillant pas mal d'ailleurs ! avec Elizabeth-Mary... « Seigneur, je ne me rappelle même plus son nom ! »... et lui affolé n'avait rien trouvé de plus intelligent à faire que de flanquer un coup de pied par la vitre ouverte (sa position alors le lui permettait), faisant voler en éclat et la torche et le policier qui était au bout. Sur quoi, terrorisé, il avait remis la voiture en marche, s'était enfui, non sans culbuter au passage la moto du représentant de l'ordre. Qui bien sûr avait relevé son numéro d'immatriculation, et bien sûr avait deux heures plus tard tiré du lit Maman Settiniaz, laquelle avait aussitôt prévenu l'oncle Arnold (il était sénateur) lequel avait arrangé les choses, qui s'étaient tassées sans incident officiel...

A plus d'un quart de siècle de distance, le si scrupuleux Settiniaz en avait encore des frissons dans le dos. Néanmoins, il demanda :

— Et c'est tout ?

— Rien d'autre, répondit Jethro. Vous êtes un homme étonnamment sans mystère, monsieur Settiniaz.

— J'ai peut-être fait bien pire, que vous n'avez pas découvert.

— Je ne crois pas, dit poliment Jethro. Je ne crois vraiment pas.

La porte capitonnée de la porte de Reb s'ouvrit et Reb lui-même dit :

— David, mille excuses, je vous demande quelques minutes encore.

Jethro se leva, entra, la porte se referma sur lui. Une mulâtresse parut, vint s'enquérir de ce que Settiniaz voulait boire. Un protocole d'accord fut établi, par le langage des gestes, sur un soda au citron vert. La fille repartit, pieds nus sur les dalles, dansante et incroyablement voluptueuse. On était dans le milieu de l'après-midi, Settiniaz se trouvait à Rio depuis un peu plus de quatre heures et en avril, l'automne brésilien se révélait très moite et très chaud, pas loin sans doute des trente-cinq degrés centigrades.

Sur Copacabana où ils avaient déjeuné, Reb, Diego Haas et lui, Settiniaz émoustillé avait vu d'innombrables baigneuses fort alléchantes dans leurs petits maillots noirs leur laissant les hanches tout à fait nues jusqu'à la taille. Il avait noté aussi, avec moins d'émotion tout de même, de merveilleux joueurs de football pieds nus dans le sable qui lui avaient rappelé son enfance française, quand il tapait lui-même dans un ballon, avec ses condisciples de Janson-de-Sailly.

A une petite différence près : entre ces artistes ébouriffants et lui-même, il y avait la même différence qu'entre la Pavlova et une strip-teaseuse d'Henin-Liétard.

Il se leva et passa sur la terrasse, d'où l'on voyait une lagune et un cône vert surmonté d'un gigantesque Christ les bras en croix. *Corcovado,* avait dit Diego. Diego qui n'était nulle part en vue. « Settiniaz, tu n'as pas bu assez de Martini, au déjeuner de Copacabana... »

Il se sentait nerveux, presque angoissé. Un an et demi plus tôt, dans la maison de brique rouge de Brooklyn Heights, chez cette femme-peintre ressemblant à Charmian, Reb avait commencé de lui raconter l'inracontable, et de lui tracer le fabuleux projet qu'il caressait. Dix-huit mois avaient passé depuis, au cours desquels Reb avait été à peu près invisible.

Au cours de cette période, il l'avait vu deux ou trois fois, et seulement quelques heures à chaque fois. L'activité des Chiens Noirs, énorme, surtout jusqu'en 1966, avait subitement décru.

A la fin de 1969, David Settiniaz se livra aux mêmes évaluations sur la fortune et les activités du Roi qui, quatorze ans plus tôt, l'avaient conduit à estimer sa valeur aux alentours du milliard de dollars. Voici ses notes, dont il ne se servit pas, finalement, pour dresser le gigantesque état final de l'économie klimrodienne que, secrètement, il projetait.

Mille six cents sociétés.
Jaua Food (hors sociétés rattachées). Valeur : un milliard et demi de dollars.
Presse, radio, télévision (Roger Dunn) : un milliard.
Casinos (Nevada, Bahamas, Porto Rico, Atlantic City). Administration : Henry C. [1]
Chaîne d'hôtels : trois. Chaînes de motels : six.
Compagnies ferroviaires et aériennes.
Flotte : six millions et demi de tonnes.
Construction navale : intérêts dans des entreprises de neuf pays + sociétés d'affrètement et d'aconage.
Raffineries de pétrole (Ecosse, Venezuela). Participations dans sociétés californienne et golfe du Mexique.
Intérêts Proche et Moyen-Orient : Nessim Shahadze
Secteur bancaire et financier.
Compagnies d'assurances (Philip Vandenbergh)
Immobilier (U.S.A., Europe, Afrique du Sud)
Mines (Afrique du Sud). Charbon (Australie, Canada, Argentine, Bolivie)
Mines d'or, argent (Rocheuses).

David Settiniaz était chargé de la gestion de cet ensemble — pour autant qu'il lui fût nécessaire de gérer, la solidité de l'organisation étant telle qu'un simple contrôle était nécessaire.

Settiniaz estime la fortune du Roi à la fin de 1969 aux alentours de dix, voire onze milliards de dollars.

La machine était loin de son rendement optimal. Reb Klimrod aurait-il continué de lui donner ses impulsions puissantes, au lieu de commencer à vivre sur son acquis, des sommes pharamineuses auraient été atteintes . vingt, vingt-cinq, voire trente milliards de dollars... Soit, à titre d'exemple, pour 1967, le budget de l'état français, tel que prévu par la loi de finances..

Chacune, la moins spectaculaire et la plus discrète de toutes les

1 La cohabitation etrangement paisible entre Chance (donc Klimrod) et des hommes comme Mayer Lansky, Lou Chester, Mike Coppola et Wallace Groves choquait Settiniaz. Elle avait longtemps été assurée par les bons offices d'Abie Levin, partiellement relayé à cette date par des « financiers » sur lesquels le F.B.I et la C.I.A. avaient beaucoup à dire

entreprises du Roi, de ces mille six cents sociétés suffisait largement à faire la fortune d'un homme ordinaire et à le faire tenir pour riche par ses voisins et banquiers de Park Avenue ou du Seizième Arrondissement de Paris-France.

... Puisque tous les Hommes du Roi, pris séparément, étaient tous officiellement des multimillionnaires, voire milliardaires fort connus, dont les journaux étalaient les faits et gestes.

— David ? Je comprends qu'on puisse être fasciné par le Corcovado, mais je suis à vous maintenant...

La voix calme de Reb marquait de l'amusement. Settiniaz s'arracha à ses calculs et se retourna. Reb était sur le seuil, en maillot de bain, serviette sous le bras.

Jethro avait disparu, comme une ombre, et ce fut la seule et unique fois où David Settiniaz le vit.

— Excusez-moi, je rêvais, dit platement Settiniaz.

— Je vous propose un bain dans l'Atlantique, histoire de nous faire culbuter par les vagues. Et mieux vaut ne rien emporter de précieux sur la plage, on vous le volerait.

— Et nous allons traverser les rues en tenue de bain ?

— Nous sommes à Rio, dit Reb en souriant. Sans maillot, ils nous arrêteraient. Et inutile de mettre une cravate, avec votre slip.

Une heure plus tard, il étala la carte sur la table. C'était une surprenante mosaïque où était comme affadi, semi-effacé, le tracé précédent des fleuves, des frontières provinciales (mais le Brésil était en réalité un état confédéré) ou internationales, des villes, agglomérations et villages, des routes officielles.

On y avait superposé des rhodoïds de couleurs différentes qui se juxtaposaient à la façon des pièces d'un puzzle.

En tout, peut-être quatre cents pièces.

— La carte est à quelle échelle ? demanda Settiniaz.

— Quinze cents millièmes. Mais j'en ai de plus détaillées, bien sûr.

— Ces cartes existent-elles dans le commerce ?

— Elles n'existent pas officiellement, David. Même le gouvernement de ces pays les ignore. Je peux poursuivre ?

La grande main bronzée se déplaça :

— Ici, le Pérou... A cet endroit se trouve un gros village appelé Benjamin-Constant. Ne me demandez pas ce que l'auteur d'*Adolphe* vient faire au milieu de la jungle sur l'Amazone, je n'en sais rien. Mais voici les trois frontières : Pérou-Colombie-Brésil. On remonte au nord... Venezuela. Ceci est le rio Negro, et là le Branco... Nous y sommes, David, juste sur l'équateur, qui est cette ligne grise. A droite, la république de Guyane, anciennement britannique, indépendante depuis l'an dernier... On entre dans les monts Tumuc Humac, nous les survolerons, ils sont superbes. Je les ai parcourus à pied... Le Surinam, ex-colonie néerlandaise, actuellement sous statut d'autonomie interne, tôt ou tard promise à l'indépendance... Et enfin la Guyane française où paraît-il, vos cousins de France vont établir une base de lancement de fusées, sans doute l'année prochaine, ici à Kourou...

Les morceaux de rhodoïd étaient de cinq couleurs : rouges, bleus, violets, jaunes et verts.

— David, c'est extrêmement simple : tout ce qui est en vert indique que les titres de propriété ont été acquis et qu'ils ne sont en principe discutés par personne ; les jaunes marquent l'acquisition mais celle-ci ne peut pas être considérée comme tout à fait définitive en raison de divers problèmes ; les violets sont les achats en cours et qui ne devraient pas présenter de difficultés insurmontables ; les bleus sont également des achats en cours mais qui s'annoncent plus ou moins bien et nécessiteront du temps et de l'argent ; les rouges enfin sont des territoires dans le principe incassibles, inachetables si vous préférez, là encore pour des motifs variables. Ce qui d'ailleurs ne signifie pas que nous avons renoncé à nous en rendre acquéreurs.

Les mots exacts étaient dans la mémoire de David Settiniaz. Dans le petit bureau blanc donnant sur Bast River et Manhattan, Reb avait dit, dix-huit mois plus tôt : « J'ai depuis quelque temps acheté quelques terres, là-bas. »

Quelques terres !

— Reb, vous voulez vraiment dire que vous avez acheté tout cela ?

— Oui.

Les prunelles grises étaient insondables. Aucune trace d'ironie ou même pas le plus léger sourire.

— Acheté tout cela par vos moyens habituels, en usant de prête-noms ?

— Oui.

— Et personne, en dehors de ceux à qui vous avez accordé votre confiance, ne sait qu'un seul et même homme est derrière tous ces achats ?

— Personne.

— Même pas dans les gouvernements concernés ?

— Même pas.

— Vous avez utilisé des mandataires ?

— Cent onze.

— Eux-mêmes contrôlés par des trustees ?

— Ils sont trois, ou l'étaient : Emerson Coëlho, Jorge Socrates, brésiliens, et Jaime Rochas, argentin. Emerson est mort récemment et son fils l'a remplacé. Jorge est le plus important des trois et celui qui dirige l'ensemble des opérations.

« L'Homme du Roi s'appelle donc ici Jorge Socrates, pensa Settiniaz, sauf que je n'ai aucun dossier sur lui. »

— Vous recevrez bientôt, en fait vous trouverez à votre retour à New York, un messager de Jethro qui vous remettra un dossier sur ces hommes, Jorge en particulier. Dossiers d'ailleurs à peu près vides, presque autant que le vôtre.

Le ton était comme toujours paisible et courtois mais le doute n'était plus permis : il n'y avait plus chez Reb cette espèce de retenue, de détachement presque narquois avec lesquels, depuis 1950, il avait conduit ses affaires et annoncé ses créations.

Cette première découverte, à elle seule, aurait suffi à fasciner Settiniaz, à la lumière de ce qu'il savait — plus que quiconque excepté Georges Tarras et Haas —, de cet homme en face de lui. Mais il y avait encore autre chose : ce bizarre assemblage de morceaux multicolores, où le vert dominait très nettement, plus fréquent que toutes les autres couleurs réunies.

Et bien sûr, Settiniaz demanda :

— Reb, quelle est la superficie de tout ceci ?

— L'ensemble ?

Settiniaz secoua la tête :

— Je me perds dans toutes ces couleurs...

— Vert, dit Reb, vert seulement : quarante-sept mille kilomètres carrés. A quoi il faut ajouter les jaunes : vingt-sept mille. Pour les violets, considérant un pourcentage de réussite fixé à quarante pour cent, ce qui est peu vraisemblable : quatorze mille kilomètres carrés supplémentaires. Sept mille cinq cents sont très probables dans les bleus. Et parce que je crois à l'impossible, David, je dirai encore deux à trois mille dans les zones rouges. Soit au total quatre-vingt-dix-huit mille kilomètres carrés.

Déshabitué des mesures françaises, Settiniaz tenta alors de convertir tout cela en square miles, en miles carrés, voire, plus follement encore en acres.

Reb sourit :

— David, je pense que vous avez peut-être besoin d'un ordre de grandeur. Plutôt que de vous livrer à ces calculs que sans doute vous faites en ce moment, sachez que le territoire sera à peu près égal, en superficie, à un regroupement des états du Massachusetts, Vermont, New Hampshire, Rhode Island et New Jersey. Avec un peu de chance, je pourrais sans doute y adjoindre l'équivalent du Delaware, et peut-être d'Hawaï. A l'échelle européenne ou mondiale, ce serait plus grand que le Portugal ou l'Autriche, du même ordre que la Tunisie. Ou bien, si vous voulez une dernière image, ce serait sensiblement équivalent, et ce sera probablement plus grand d'ici à deux ans que la Suisse, la Belgique et les Pays-Bas mis ensemble.

42

Lors de la conversation qu'il avait surprise entre Reb et Jorge Socrates, Diego Haas avait entendu les noms de De Andrade et de l'oncle de celui-ci, Gomes de Oliveira. Diego avait souhaité être le témoin de ce qu'il avait appelé « l'exécution » des deux hommes, prenant le mot exécution en son sens figuré. En fait, les choses se passèrent de telle façon qu'il ne sut à peu près rien, quant à lui, et qu'outre Socrates, le témoin principal de l'affaire se trouva être David Settiniaz.

Il y eut pour commencer ces photographies que quatre jours après son arrivée à Rio, David Settiniaz vit un matin sur le bureau de Reb. Que ce dernier les eût laissées traîner était déjà un signe, mais il dit, de surcroît :

— Regardez-les, je vous prie, David.

Soixante clichés au moins, tirages au format d'à peu près trente sur quarante, tous représentant des Indiens et presque tous ces Indiens — hommes, femmes et enfants — étant morts ou horriblement mutilés, avec une sauvagerie inouïe et un raffinement dans la cruauté qui fit blêmir le New-Yorkais.

— Epouvantable.

— Il y en a d'autres derrière vous. Je sais, David, ce n'est pas très agréable mais je voudrais que vous y jetiez un coup d'œil.

Les photographies suivantes étaient, toutes proportions gardées, moins insoutenables. Quoique. Plusieurs vues représentaient des charniers, différents, où des cadavres par dizaines étaient entassés, là encore hommes, femmes et enfants mêlés dans la mort. Ce n'était pas le pire : les clichés suivants montraient les mêmes charniers, cette fois entourés de plusieurs hommes, certains de fort joyeuse humeur, qui déversaient de l'essence par bidons...

... et ensuite y jetaient des torches, prenant des poses avantageuses.

— Troisième série, dit Reb. Le rayon de droite dans l'armoire métallique. David, je vous en prie, je ne vous montre pas ceci sans raison...

La « troisième série » représentait d'autres Indiens, rongés jusqu'à l'épouvante par la lèpre.

— David ? Cela n'évoque-t-il aucun souvenir ?

— Mauthausen.

— A la lèpre près, oui. David, cela s'appelle depuis 1906 le Service de Protection des Indiens. Je ne prétends évidemment pas que tous les hommes et les femmes travaillant ou ayant travaillé pour le Service de Protection des Indiens sont des salauds et des tortionnaires au même titre que ceux qui ont fait ce que vous venez de voir. Je dis simplement qu'il existe dans ce Service un nombre anormalement élevé de salauds et de tortionnaires, un nombre très au-dessus de la moyenne que l'on peut relever dans n'importe quelle collectivité humaine, quelle que soit la couleur de la peau, la langue qu'elle parle, la religion qu'elle pratique ou ne pratique pas, le système politique auquel elle adhère ou qu'elle subit. J'utilise ces mots de salauds et de tortionnaires parce que je suis incapable, malgré toutes les langues que je connais, de trouver les mots qui conviendraient mieux à ma colère...

Il sourit, yeux dans le rêve...

— Je n'aime guère parler, David. Hors des choses concrètes, quand il s'agit de dire à quelqu'un ce qu'il doit m'acheter ou me vendre. Non, je n'aime pas parler...

Il s'interrompit, puis sourit à nouveau : « Excusez-moi, je ne veux surtout pas vous blesser. Vous êtes anormalement normal. Même Jethro est parvenu à s'en convaincre. Je vous ai confié une tâche et pas une minute, je ne l'ai regretté. Vous avez accompli un travail exceptionnel et depuis plus d'un an, en prenant en charge la direction financière de presque toutes mes affaires, vous avez encore augmenté la reconnaissance que je vous dois. Mais il y a également autre chose en quoi je me sers de vous, David. Je me sers de... votre normalité pour étalonner mes rêves, ou ma folie. Je ne suis pas en train de philosopher. L'un des deux hommes s'appelle De Andrade. Il a tenté très naïvement de nous faire chanter. Je me serais normalement débarrassé de lui comme je l'ai fait pour d'autres. Mais il a usé du seul argument qui pouvait vraiment me mettre en rage. Il a menacé Jorge Socrates d'une intervention d'un de ses oncles, qui est le second homme et se nomme De Oliveira. De Oliveira occupe des fonctions importantes au Service de Protection des Indiens. J'ai demandé des renseignements à son sujet et je viens de les obtenir.

— Par Jethro.

— En quelque sorte. Ces renseignements sont en partie sous vos yeux, David. Ces hommes que vous avez vus incendiant des cadavres sont des *garimpeiros,* des chercheurs de diamants. J'ai eu à me plaindre d'eux, dans le temps, mais je n'en ai pas tiré vengeance : il s'agissait de pauvres diables. Cette fois, je ne suis pas touché personnellement, dans ma chair. Mais je suis néanmoins en rage, très en rage, David...

Le contraste entre les mots et la douceur tranquille de la voix et du sourire...

« Nous avons identifié ces hommes sur les photos. Nous connaissons leur nom, leur âge, leur ville de naissance et surtout nous savons qui les a fournis en équipement, qui a financé leur voyage de Belém jusqu'au rio Tapajos. Nous avons retrouvé jusqu'aux factures. Ils ont été recrutés par un autre homme qui travaille lui-même pour une compagnie de Rio. Et l'un des actionnaires principaux de cette compagnie est Joao Gomes De Oliveira, haut fonctionnaire du Service de Protection des Indiens, qui a, voilà huit mois, transféré huit cent soixante-quinze mille dollars sur un compte d'une banque de Nassau aux Bahamas. Dont nous savons le numéro. Tout comme nous savons tout de ce monsieur De Oliveira. Et il est très loin d'avoir votre transparence, David. Vraiment très loin.

— Qu'allez-vous lui faire ?

— Le Service de Protection des Indiens a été créé au début du siècle par un homme appelé Mariano Da Silva Rondon, qui était un idéaliste pur et généreux. Il a aujourd'hui des héritiers, certains admirables, dans ce même Service. Mais je ne suis pas un idéaliste Du moins pas en ce sens. Les garimpeiros étaient trente-huit, organisés en colonne infernale. Ils ont d'abord tué en offrant de la farine et du sucre empoisonnés. Puis une équipe médicale — médicale, David, il y avait deux médecins dans ses rangs — a procédé à des vaccinations et a inoculé la lèpre à neuf cents Indiens. Les survivants ont été massacrés à la mitrailleuse, au napalm et aux gaz. Je n'invente rien, j'ai toutes les preuves et vous pourrez les peser. En fait, je souhaiterais que vous le fassiez. Je vous ai dit que vous me permettiez d'étalonner mes propres sentiments.

— Ne faites pas de moi un juge.

— Je ne vous le demande pas : je ne vous demande rien d'autre que d'assister à ce qui va se passer, en tant que témoin impartial.

Jorge Socrates parle, lui, d'une danse de mort.

Settiniaz en suivit les différentes phases. Le premier voyage qu'il fit au Brésil en avril 1969, fut en effet suivi de nombreux autres, jusqu'à quatre et cinq par an, au cours des années qui suivirent.

En réalité jusqu'à la fin.

Pendant plus de seize ans, il n'avait été qu'une sorte de « caisse enregistreuse », fichant les informations qui lui parvenaient. Ne voyant Reb Klimrod que lors de brèves entrevues. Demeurant parfois des semaines sans en avoir la moindre nouvelle, au point qu'à plusieurs reprises l'idée lui était venue que Klimrod aurait pu disparaître tout à fait, soit de propos délibéré, soit qu'il fût mort...

Aucun journal, aucune station de radio ou de télévision ne se serait souciée d'annoncer la mort d'un parfait inconnu nommé Klimrod. Et qui d'ailleurs aurait annoncé la nouvelle ? Haas ? Il aurait d'abord fallu qu'il survive à la mort de Reb, ce qui n'était pas évident. Le Roi ne lui ayant laissé à ce sujet aucune consigne particulière, Haas n'aurait averti personne.

Plusieurs Hommes du Roi s'inquiétaient comme Settiniaz. De passage un jour à New York, Nessim Shahadzé lui dit son souci : il n'avait pas vu Reb depuis cinq mois. Settiniaz le rassura en lui disant qu'il l'avait rencontré la semaine précédente. Et c'était faux sa dernière entrevue avec Klimrod remontait à plusieurs semaines...

Le seul à ne pas se préoccuper de ces questions était Georges Tarras. Il riait des appréhensions de Settiniaz. Pour lui, le Roi était immortel...

A partir de 1967, les choses changèrent.

Le rôle de Settiniaz avait été modifié. De « scribe » il devint administrateur plénipotentiaire. Il lui fallait gérer et surtout décider. Cela impliqua des contacts plus étroits et surtout plus réguliers avec Klimrod. Une procédure nouvelle fut déterminée, faisant sauter ce « point de passage obligé », ce filtre qu'avait toujours été Diego Haas.

Curieusement, leurs relations personnelles, au cours de cette période, furent moins bonnes que pendant la première. Peut-être à cause de cette brûlure ineffaçable de Mauthausen, de la dureté qui s'affirma alors chez lui, froide, presque haineuse. Il vouait de plus aux Indiens un amour sans limite. C'était chez ces Indiens qu'il avait cherché un refuge, après Bogota. « Solitaire il serait resté, dit Tarras, même si Charmian avait vécu. Les seuls moments de paix véritables qu'a connus Reb ont été ceux qu'il a passés auprès des Shamatari, étant devenu Shamatari lui-même. Il y est retourné chaque fois qu'il a éprouvé le besoin de " toucher terre ". »

Settiniaz en garde une blessure : « C'est le seul domaine où je ne réussis jamais à m'accorder avec Klimrod : les Indiens. Et son attitude à leur égard. Comme des centaines d'autres, j'ai été fasciné, séduit, dominé par le Roi ; il m'a souvent exaspéré et parfois même, très exceptionnellement, je n'ai pas été loin de le haïr. Il suscitait ces sentiments extrêmes, précisément parce qu'il était lui-même sans mesure. La vérité est qu'il y eut, dès le début, une contradiction tragique, peut-être inévitable, entre ce qu'il voulut faire pour les Indiens et ce qu'il fit vraiment pour eux. Même et surtout si l'on ne peut douter de son amour pour eux ; et qui explique bien sûr son implacable cruauté à l'encontre de De Oliveira. Non que je pleure sur le sort de ce dernier : l'homme était une satanée ordure, aucun doute sur ce point... Mais tout de même... »

43

L'homme qui opéra, selon Socrates et Settiniaz qui dans leur récit s'accordent sur ce point, fut un certain Prosser ; dont il n'est même pas sûr que ce soit le nom véritable. Pour Settiniaz, Prosser était le chef d'une sorte de service « Action », complétant le travail de renseignements fourni par l'équipe Jethro. Settiniaz croit fermement à l'existence d'une organisation aussi structurée. Elle expliquerait assez bien, selon lui, qu'un nombre remarquablement bas de trustees et mandataires ait tenté d'abuser de la situation.

L'agent de change s'appelait Maceio. Il fut contacté — et acheté, il n'y a pas de meilleur mot — par Prosser dans les premiers jours de mai 1969. Il conseillait pour ses investissements Joao Gomes De Oliveira depuis une quinzaine d'années. L'enquête menée par Jethro révéla qu'il opérait sur le marché financier international en collaboration avec une firme new-yorkaise, une autre de Londres et une agence de courtage de Zurich.

Cette même enquête, aussi précise qu'une radiographie, permit d'obtenir une première photographie de la fortune de De Oliveira. Celui-ci tirait l'essentiel de ses revenus de son activité de courtier en diamants ; il possédait toutefois des biens immobiliers, par héritage : un *palacete* dans le quartier de Laranjeiras à Rio, une maison de campagne aux abords de la forêt de Tijuca, une fazenda vouée à la culture du thé, sur trois cent cinquante hectares, dans l'état de São Paulo, deux grands appartements enfin, en location, dans un immeuble neuf de l'avenue Atlantica, c'est-à-dire sur la plage même de Copacabana. Il s'agissait là de possessions officielles, à son nom. Outre cela, il y avait ce presque million de dollars placé sur un compte à numéro d'une banque de Nassau, et deux petits immeubles aux Etats-Unis, sous le couvert d'une société bahamienne.

La première phase fut celle de la mise en confiance. L'agent de change Maceio prit contact avec De Oliveira et lui apprit que, grâce à des renseignements confidentiels qui venaient de lui être communiqués par ses correspondants étrangers, une très intéressantes opération spéculative pouvait être faite sur le marché boursier.

— Cela s'appelle l'International Electric, vous connaissez sûrement. Je vous ai établi le dossier habituel. L'affaire est saine, parfaitement gérée. Elle présente toutes les garanties. Mes informateurs sont convaincus qu'elle va être l'objet d'une offre publique d'achat, dans très peu de temps. Les actions vont donc monter. Je viens moi-même sur la position. Je vous offre de profiter du tuyau : une opération à court terme, de trois mois...

De Oliveira accepta. Et s'en félicita. Bien que l'O.P.A. annoncée n'ait pas eu lieu, les actions (il s'agissait de valeurs de second rang, d'une qualité inférieure à celles baptisées les « blue chips » — I.B.M., I.T.T., Exxon, Dupont, etc. — une trentaine en tout, qui font l'indice Dow Jones, indicateur principal du marché) les actions de l'International Electric avaient dans les semaines suivantes grimpé de façon spectaculaire ; sous la pression de puissants groupes financiers se portant acquéreurs.

La deuxième phase fut celle de l'engagement.

— Ecoutez, dit Maceio télécommandé par Prosser, vous avez déjà gagné près de cent cinquante mille dollars. Vous pouvez vous en tenir là. Je ne le ferais pas à votre place. Personnellement, je repique. Tous mes informateurs de New York, Londres et Zurich sont formels : l'affaire n'est pas terminée, ça va monter encore et diablement, ces groupes financiers n'ont pas dit leur dernier mot. Et je crois que le moment est venu de tenter un gros coup. Vous voulez mon avis ? Vous pouvez ramasser deux, peut-être trois millions de dollars en six mois. Oui, six mois. La condition nécessaire et suffisante étant de se porter acquéreur, dans six mois, d'une quantité considérable de titres de l'International Electric, de s'engager à les payer à cette date.

— Les risques ?

— Les risques sont classiques, commenta Maceio. Ce sont ceux des appels de marge, puisqu'en fin de parcours le danger est nul, vous pouvez m'en croire. Je vous ai déjà expliqué ce que sont les appels de marge, les *margin calls :* quand vous passez un contrat à terme de, par exemple dix millions de dollars, pour que le *broker,* le courtier, prenne votre offre, il suffit que vous lui versiez un dépôt de garantie. Je pense vous obtenir que ce dépôt de garantie, ce *deposit,* soit simplement de dix pour cent du montant réel de votre transaction. Vous n'aurez donc à verser réellement qu'un million, grâce auquel vous aurez droit d'acheter, dans les six mois, pour dix millions, des valeurs qui en réalité vaudront alors douze ou treize, voire quatorze millions. Et dans six mois, un simple jeu d'écriture vous permettra, pratiquement dans la même journée de vendre pour douze, treize, voire quatorze millions ces valeurs que vous aurez achetées. Et vous paierez votre achat avec le produit de votre vente. Bénéfice : deux, trois, voire quatre millions. C'est très simple.

— Mais les appels de marge ?

— La possibilité en existe, dit Maceio rassurant. Théoriquement. Si les fluctuations du marché, dans cet intervalle de six mois, étaient telles que les risques dépassent le montant de votre deposit, le broker pourrait vous demander de vous ajuster. Mais en toute franchise, Joao, je n'y crois pas. C'est un coup comme il ne s'en présente que tous les vingt ans. Je connais personnellement ce Nessim Shahadzé qui, avec l'Américain Vandenbergh et notre compatriote Socrates, va lancer son O.P.A. sur l'International Electric. C'est un Libanais et c'est surtout un financier de très haute volée, capable de vous aligner cinq ou six cents millions de dollars sur la table, sinon plus : il a derrière lui tous les émirs du pétrole. Faites ce que vous voulez mais moi je saute sur l'occasion.

— Je n'ai pas un million.

— Dommage. Voyez vous-même, j'ai misé tout ce que j'avais. J'ai même pris une hypothèque, regardez, sur ma maison de Niteroi. Pourquoi n'en feriez-vous pas autant ? Vous avez cette plantation de thé près de São Paulo. Et vos appartements. Sans compter ce que vous avez dû planquer quelque part, petit cachottier. Joao, le temps presse, voulez-vous que je vous trouve une banque qui acceptera d'intervenir ? Chaque jour compte. Premier arrivé, premier servi.

La banque qui prit l'hypothèque avait son siège à São Paulo. Elle fut représentée dans la transaction par l'un des plus gros cabinets d'affaires « paulistas » : celui de feu Emerson Coëlho.

Poussé par Maceio, De Oliveira prit un contrat d'un million et soixante mille dollars avec une agence new-yorkaise de courtage qui, de près ou de loin, n'avait rien à voir avec Reb Klimrod.

La phase trois se développa sur un tout autre terrain. David Settiniaz et Jorge Socrates ne peuvent dire dans quelle mesure le Roi y joua un rôle, si même il exerça sa puissance. Le Brésilien, quoique brésilien, penche pour l'affirmative, sans toutefois apporter de preuves : « Cela faisait plus de dix ans que des ethnologues, des scientifiques en tous domaines et des religieux sonnaient l'alarme, quant à l'action du Service de Protection des Indiens. Jusque-là, ces protestations n'avaient guère trouvé d'écho dans les milieux gouvernementaux. C'est un fait avéré que le gouvernement de Brasilia formait une commission d'enquête, qui allait aboutir à la dissolution du S.P.I. et à son remplacement par la Fondation Nationale de l'Indien, la F.U.N.A.I. »

Fait avéré également que, dans les hiérarchies subalternes, une centaine de fonctionnaires furent destitués et jugés, tandis que des centaines d'autres étaient rétrogradés ou déplacés.

Joao Gomes De Oliveira démissionna, sans attendre que le S.P.I. cessât d'exister. Il crut même bon d'expliquer son retrait par une déclaration à la presse, parlant de son « indignation, sa colère, sa honte d'avoir de son nom — respectable et porté par une famille qui s'était depuis toujours illustrée dans l'histoire de ce pays — couvert, même involontairement, des agissements ignobles dont je n'ai évidemment jamais eu connaissance. Sans quoi je serais intervenu avec fureur... »

Settiniaz avait entre-temps regagné New York. Il reçut cet été-là, sans le moindre mot de commentaire, des traductions et des photocopies des coupures de presse reproduisant la vertueuse indignation de De Oliveira. Settiniaz se souvient de sa propre surprise : tout se passait comme si le même De Oliveira allait finalement s'en tirer avec élégance.

La quatrième phase eut Londres pour théâtre. C'est à Londres que la Central Selling Organization, organe commercial de la compagnie De Beers, procède à ses ventes de diamants bruts. Pour la mise dans le commerce de ceux-ci, la C.S.O. contrôle soixante-dix pour cent du marché mondial. Les diamants bruts qu'elle vend proviennent soit d'Afrique du Sud, soit de pays étrangers producteurs, U.R.S.S. et Afrique centrale, le chiffre d'affaires dépassant les deux milliards de dollars par an, à l'époque. Le rituel des ventes est immuable et solennel : les courtiers viennent du monde entier ; ils sont peu nombreux et sélectionnés par la C.S.O. elle-même qui est seule habilitée à les admettre ; leur réputation doit être sans tâche. Ils se tiennent devant une table tournante, un peu à la façon de celles équipant certains restaurants chinois, et on leur présente les diamants bruts par lots de cent ou deux cent mille dollars. Aucune discussion n'est possible, seul le choix des lots est libre. Chaque courtier est tenu d'acheter au moins un lot.

De Oliveira était de ces courtiers.

Le dossier fut déposé en six endroits différents, chaque fois par des messagers anonymes. Ils portaient tous une mention que Settiniaz connaissait bien : *Strictement confidentiel — A remettre en main propre.* Ils avaient le même contenu : trois photos choisies parmi celles que Reb Klimrod avait montrées à David Settiniaz, plus trois autres montrant le chef des garimpeiros en compagnie de De Oliveira. Un certain nombre de photocopies établissaient que le garimpeiro travaillait pour De Oliveira depuis quatorze ans ; que les deux médecins ayant procédé à la « vaccination » avaient été payés par lui, qu'il les avait lui-même mis dans un avion pour La Paz, l'opération terminée, que les billets d'avion avaient été émis par une agence de Belém et débités sur le compte de De Oliveira ; que le même garimpeiro était à l'année employé comme contremaître à la fazenda dans l'état de São Paulo, où pourtant on ne l'avait jamais vu, bien qu'il perçût le salaire assez exorbitant pour de telles fonctions de douze mille dollars par an, ou l'équivalent en monnaie brésilienne ; que le même De Oliveira s'était rendu à deux reprises, dans un petit avion de tourisme, au-dessus des lieux du massacre et les avait longuement survolés posant des questions à son homme de main sur ce qu'il appelait « l'opération » (« ci-joint le témoignage du pilote recueilli par un juge de Belém ») ; que du courrier avait été échangé entre De Oliveira et une société européenne, ayant son siège en Suisse, une des lettres du Brésilien annonçant, quatre jours après que le massacre eut pris fin : « La voie est libre désormais. »

Le premier appel de marge constitua la cinquième phase. Ce *margin-call* fut de deux cent cinquante mille dollars, exigibles immédiatement par l'agence de courtage new-yorkaise. Déjà abattu par sa glaciale exclusion du club très fermé des courtiers en diamants acceptés par la C.S.O. De Beers, De Oliveira prit ce nouveau coup du sort avec un sentiment d'écrasement. Il fallut à Maceio beaucoup insister pour que son client consentît à brader, en quelques heures, une première partie de son patrimoine immobilier, afin de réunir la somme

Le premier appel de marge fut du 14 novembre 1969, le deuxième — de dix pour cent soit cent mille dollars —, fut du 24 du même mois. Le troisième fut lancé la veille de Noël, le quatrième — à nouveau vingt-cinq pour cent — survint le 19 janvier 1970. Tout l'argent entreposé aux Bahamas y passa, Maceio disant : « Joao, vous payez ou bien vous sautez, perdant tout ce que vous avez misé jusqu'ici. Vous avez dû commettre quelque imprudence, sinon comment expliquer autrement que ces courtiers new-yorkais aient pu connaître l'existence de vos biens immobiliers en territoire américain ? Quoi qu'il en soit, je ne suis pas mieux loti que vous. Sans mon oncle de Manaos qui consent à m'aider, il y a longtemps que j'aurais explosé. Mais je commence à voir le début du tunnel, nous nous en sortirons, ce Nessim Shahadzé est le diable, il fait volontairement baisser les cours pour mieux racheter ensuite. Il nous faut tenir, et nous allons néanmoins gagner...

Un établissement financier de Hong Kong représenté par un Chinois milliardaire du nom de Hang vendit sur ces entrefaites tout ce qu'il détenait comme actions de l'International Electric. Un groupe européen dirigé par un Français du nom de Soubise fit de même Suivi en cela par de gros porteurs mexicains réunis par un certain Francisco Santana...

— Joao, il faut tenir. Regardez : ce groupe américain est en train de racheter, celui de Vandenbergh. Il rachète à bas prix mais il rachète. Lui aussi a confiance dans la General Electric Ce n'est qu'une question de temps...

Le cinquième appel de marge fut du 30 janvier, et de trente pour cent.

Pour la sixième phase, la presse intervint. Elle se fit un plaisir de reproduire, dans la même page et en parallèle, les déclarations si vertueuses faites par De Oliveira lors de sa démission du S.P.I., et « les résultats de l'enquête de nos reporters ». A peu de choses près, les reporters brésiliens — mais toutes les agences de presse du monde s'emparèrent de l'affaire — publièrent les mêmes documents que ceux adressés à la De Beers et à son organe commercial.

Le droit international vint en renfort pour la septième phase . un concours de circonstances fit que tous les Indiens rescapés du massacre furent pris en charge par une organisation humanitaire américaine présidée par un ancien professeur d'Harvard du nom de Georges Tarras Malgré les soins que reçurent les malheureux, nombre d'entre eux succombèrent à leurs terribles blessures. Les avions sanitaires qui les avaient évacués étaient allés se poser non seulement au Brésil mais dans d'autres pays, aux Etats-Unis notamment. Ces décès enregistrés hors du Brésil, suite à des sévices systématiquement pratiqués sur le sol brésilien, firent de Joao Gomes De Oliveira un criminel coupable, aux termes des lois internationales, de « crimes contre l'humanité ». Son passeport lui fut retiré, dans l'attente d'un jugement.

Ce n'était même plus nécessaire. Il avait du jour au lendemain acquis une célébrité qui valait presque celle d'un Mengele. A supposer qu'il ait eu encore l'argent pour le payer, même un chauffeur de taxi aurait refusé sa clientèle.

La huitième et dernière phase fut celle qui horrifia le plus David Settiniaz, par son implacable et glaciale férocité.

Les premiers Indiens apparurent en avril 1970. Ils ne furent d'abord qu'une vingtaine, ne faisant rien d'autre que se tenir immobiles, totalement muets, devant la maison où De Oliveira avait trouvé un refuge : celle de son neveu De Andrade, qui avait lui-même perdu tout l'argent prêté à son oncle, pour sa spéculation malheureuse. Nuit et jour ils étaient là, se relayant pour assurer une sorte de garde, hallucinante.

Puis leur nombre augmenta peu à peu. Bientôt, ils furent une centaine, et les deux fois où la police intervint pour les obliger à circuler, ils se laissèrent docilement appréhender et mettre en prison. Mais d'autres vinrent aussitôt prendre leur place. Et chaque fois que De Oliveira tenta de les dépister, allant pour finir échouer dans un village au sud de Curitiba, à mille kilomètres de Rio, ils le suivirent, certains d'entre eux disposant à l'évidence de tout l'argent nécessaire.

De Oliveira se tua d'une balle de onze millimètres dans la bouche.

Alors seulement, les Indiens se retirèrent.

44

L'année 1969 fut déterminante à plusieurs égards.

Ce fut d'abord celle où Reb Klimrod acheta une affaire en son propre nom.

La nouvelle avait de quoi surprendre. David Settiniaz, quand il l'apprit, en demeura tout éberlué :

— Je n'en crois pas mes yeux et mes oreilles, dit-il. Vous voulez dire que pour la première fois de votre vie, vous êtes officiellement propriétaire de quelque chose ?

— En quelque sorte, dit Reb.

Lui et Settiniaz avaient déjeuné dans une « charruscaria », sorte de rôtisserie, de la Rua Republica do Peru, d'une côte de bœuf « bien mal passée », selon l'expression brésilienne, c'est-à-dire presque saignante. La surprise était venue au dessert. Reb avait dit : « Nous prendrons un dessert et le *cafezinho* ailleurs, si cela ne vous fait rien. » Il avait emmené le New-Yorkais deux rues plus loin, dans Hilario Gouveia, et Settiniaz avait eu un coup au cœur en lisant l'enseigne de la pâtisserie, rédigée en dix langues : *Chez Reb — Pâtisseries viennoises et tyroliennes.*

Le salon de thé était plein à craquer mais une table avait apparemment été réservée. Reb avait nonchalamment pris une carte, ne s'était pourtant pas soucié d'y lire le menu, avait nonobstant récité : « Voyons, voyons : *Apfelstrudel ?* C'est un chausson aux pommes. *Milchrahmstrudel ?* C'est un chausson fourré de caillebotte sucrée, autrement dit de lait caillé, de crème et de raisins de Corinthe. Tarte *Sacher ?* C'est un gâteau au chocolat avec des abricots en gelée. *Quetschen-Knödeln ?* Ce sont des roulés fourrés de sucre candi et d'amandes pilées. Excellent. Ou bien un Capucin Ivrogne ? Qui est un petit pain en pâte d'amande avec des raisins secs cuits dans du vin ? A moins que vous ne préfériez, et la maison vous le recommande, les *Ischler Törtchen,* les célèbres Tartelettes d'Ischl, qui sont, comme chacun sait, les meilleurs gâteaux du monde ? »

Et de considérer Settiniaz avec l'attention courtoise d'un serveur ; un éclat amusé toutefois dans le grand fond des prunelles claires.

Sur quoi, une espèce de famille Trapp, avec au moins six filles en tresses blondes et des sourires radieux, était venue entourer la table des deux hommes. Les plus jeunes avaient embrassé Klimrod sur les joues et, tant qu'à faire, avaient bizouté Settiniaz de même.

— Mes associées, avait dit Reb. Nous envisageons de nous étendre. Nous avons déjà une succursale à Ipanema et une autre dans le centre. Nous pensons à São Paulo et Petropolis, qui est une station touristique dans le Nord de Rio. Et Teresopolis est aussi en projet, on y fait de l'alpinisme, c'est tout à fait le cadre, Zita, Maria, Regina et deux ou trois autres envisagent même de créer une chaîne. Mais j'hésite, je ne suis pas actionnaire majoritaire, je n'ai que quarante-neuf pour cent des parts et les risques financiers seraient considérables. Il faudrait peut-être même emprunter à une banque. Qu'en pensez-vous, David ? Vous qui êtes un homme d'affaires ?

Le Roi s'amusait, pas de doute.

Et ce fut, à la connaissance de Settiniaz le premier signe de ce que l'élan formidable qui l'avait porté depuis dix-neuf ans, depuis son entrée dans New York marquait une pause.

Car ce fut également l'époque où il commença à parler de son passé. A en parler sans respecter un quelconque ordre chronologique, mais par de subits et très inattendus retours en arrière. Et cela à n'importe quel moment, en général dans un avion, lors d'un vol de nuit et il partait d'un coup, évoquant telle scène qui s'était déroulée vingt ou vingt-cinq ans plus tôt, au cours de sa jeunesse ou de ce qui en avait tenu lieu, sans rien dire de ce qui s'était passé avant, ou après. Il n'eut véritablement que deux confidents : Georges Tarras et David Settiniaz. Auxquels d'ailleurs, il fallut quelques années encore pour que, rompant avec la discrétion à laquelle le Roi les avait formés, ils se décident enfin à échanger leurs propres expériences. Et mettant bout à bout les récits que Reb leur avait faits, ils purent à peu près reconstituer, s'aidant d'autres témoins retrouvés, la vie de ce dernier.

1969 fut ainsi l'année où, à bord du gros hélicoptère Sikorski, David Settiniaz survola trois jours durant l'Amazonie, poussant même une pointe par-dessus le Llano de Colombie et le territoire vénézuélien, suivant à basse altitude les cours du Guaviare et de l'Orénoque, jusqu'au petit bourg de San Fernando de Atabopo. Et Reb Klimrod alors, de sa voix lente, jeta avec indifférence quelques souvenirs de sa folle randonnée de 1947-1948, de sa remontée du cours supérieur de l'Orénoque, de sa traversée de la sierra Parima et de sa rencontre avec les Guaharibos.

L'affaire de Bogota, où Reb tua deux hommes, fut racontée à Georges Tarras par Diego Haas.

Mais 1969 reste pour Settiniaz, avant tout, l'année où il prit pleine conscience de ce que Reb était en train de créer en Amazonie. Il avait déjà eu un peu de mal à se remettre de sa stupeur devant le gigantisme de ce qui n'était même plus un projet. Stupeur encore accrue par le fait que Reb avait pu entreprendre et réaliser tout cela alors que lui, Settiniaz qui savait à peu près tout des affaires du Roi, n'en avait même pas soupçonné l'existence.

Reb, seul, avait acquis cette propriété privée, et cela sans donner l'éveil à quiconque, sans que personne dans aucun des gouvernements intéressés ait jamais élevé une protestation. Settiniaz n'était pas naïf : il devinait bien que la prévarication avait dû jouer son rôle. Mais l'explication n'était pas suffisante. « Je suis en train de créer un pays », avait dit Reb. Jorge Socrates avait commencé d'acheter des terres pour Klimrod à partir de 1954 et selon lui, Emerson Coëlho l'avait précédé dans le temps. Le territoire comprenait déjà 700 000 hectares à l'époque.

Les actes que détient Settiniaz prouvent que les premiers achats de terre amazonienne par Klimrod sont de 1950, c'est-à-dire de l'époque où Reb ressortit de la forêt pour gagner les Etats-Unis Les toutes premières transactions furent opérées par Ubaldo Rocha et l'argent provint de la vente de diamants. Ubaldo Rocha se tait. Si la caractéristique commune des Hommes du Roi fut toujours la discrétion, Rocha le métis de Moura établit en ce domaine des records imbattables.

Mais en 1950, Reb Klimrod n'en était pas à rêver d'un royaume Ses premières acquisitions n'eurent sans doute pas d'autre but que d'assurer, pour « lui et les autres Shamatari » la propriété officielle et indiscutable d'une partie du territoire où ils vivaient.

Emerson Coëlho — le lapin, en portugais — servit d'agent à la deuxième vague d'achats. A la base de celle-ci, un personnage quasi légendaire, un certain colonel de la Garde brésilienne, ancien ouvrier du caoutchouc qui était même devenu sénateur : José Julio De Oliveira, sans rapport avec Gomes De Oliveira. Le « coronel Zé Julio », entre la fin du XIXe et les trente premières années du XXe siècle, s'était taillé avec une belle énergie, par la violence, la corruption, et un indéniable courage physique, un véritable petit empire par-delà la rive nord de l'Amazone. La lèpre avait eu raison de lui, il avait tout revendu en 1948 à un consortium de négociants brésiliens et portugais. Auxquels Coëlho (décédé en 1966) avait donc racheté, pour deux millions deux cent mille dollars, un domaine estimé à trois millions d'hectares. Si cette acquisition, étalée dans le temps (ce qui explique qu'à l'entrée en scène de Socrates, celui-ci n'ait connu que sept cent mille hectares) avait été la plus importante, elle n'avait pas été la seule : le juriste de São Paulo avait de même acheté, pour d'autres sociétés — il en utilisera trente-huit en tout — des domaines et des fazendas dans toute l'immense zone qui chevauche le nord du Brésil pour l'essentiel.

Jaime Rochas, l'Argentin de Buenos Aires, avait procédé à des opérations du même type, à partir de 1956, dans les deux pays voisins de langue espagnole : la Colombie et le Venezuela.

Jorge Socrates était à ce moment-là déjà en action. Même si, pour ce qui le concerne, il opéra surtout après 1956, soit à l'époque où Reb Klimrod ressortit de la jungle et lança sa « Deuxième Offensive ». Socrates fut par exemple l'homme qui négocia l'énorme domaine de Sarmacora, entre les rios Negro et Branco, dont les titres de propriété remontaient à 1893, d'une superficie de deux millions six cent mille hectares.

Rochas mettant à son actif, en plusieurs phases, près d'un million huit cent mille hectares.

Entamée donc en 1950, la manœuvre en 1969 approchait de son terme. C'était au plus l'affaire de deux nouvelles années, qui concluraient dès lors une très patiente conquête étalée sur vingt et un ans. Les transactions continuaient d'être menées par les cabinets Socrates et Rochas, et, dans une moindre mesure, par l'équipe de São Paulo quelque peu diminuée par la mort de son chef.

Cent onze sociétés dont les deux tiers au moins brésiliennes (du moins en apparence), utilisant toutes les ressources du droit brésilien, vénézuélien, colombien voire international, avaient été employées. Avec évidemment ce résultat que pour un observateur étranger — tout le monde autrement dit — il ne s'agissait nullement d'un domaine unique mais bien de cent onze propriétés différentes, sans aucun lien entre elles. Sinon des relations de voisinage d'une très exceptionnelle qualité...

L'entente était vraiment parfaite, entre tous ces propriétaires. Mais aucune loi ne l'interdisait.

En 1969 et pendant encore quelque temps, Settiniaz croyait sincèrement que Reb Klimrod, tout comme le « coronel Zé Julio », n'avait pas d'autre but que de se tailler un royaume personnel. Toutes les apparences venant d'ailleurs à l'appui de cette conviction, y compris les réflexions faites par Reb lui-même.

45

Le Sikorski se posa au centre d'une aire dont Settiniaz crut d'abord qu'elle était couverte de gazon. Même à vingt mètres de hauteur, elle avait encore ressemblé à une banale clairière dans la forêt. Ce n'était plus guère qu'un souvenir du temps où l'établissement en pleine jungle tentait, non sans succès d'ailleurs, de se camoufler dans la jungle. Mais ce temps était passé. On était en 1974, c'était la cinquième visite de Settiniaz au royaume. Et à en juger par les bâtiments qu'on pouvait voir tout à l'entour, on travaillait désormais au grand jour.

D'ailleurs, il y avait à présent une route asphaltée, qui n'existait pas lors de sa venue précédente. Et quantité de voitures, dont un groupe d'hommes et de femmes se détacha, venant accueillir Reb. Settiniaz connaissait la plupart de ces gens. Il identifia Escalante, Sobieski, Trajano Da Silva et naturellement Marnie Oakes, avec son éternel bloc-notes.

Mais un couple en particulier s'approcha de lui.

— J'espère que vous vous souvenez de nous, dit la femme...

— Ethel et Elias Weizmann. Je me souviens très bien de vous. Il les avait rencontrés pour la première fois cinq ans plus tôt, lors de sa propre découverte du projet. Ils n'étaient pas très grands, ni l'un ni l'autre, et pas très jeunes. Ils pouvaient avoir cinquante-cinq ou soixante ans. A eux deux, ils parlaient au moins vingt langues. Pendant des années, depuis 1946, ils avaient travaillé, d'abord pour le Fonds International de secours à l'Enfance puis pour l'U.N.I.C.E.F , avant d'œuvrer au sein du Centre des Affaires Sociales des Nations Unies, à New York.

— Comme c'est gentil de ne pas nous avoir oubliés ! dit Ethel. C'est que nous sommes importants, savez-vous ? Nous sommes en quelque sorte les ministres de la Population de Reb.

Elle sourit, avec ses airs d'oiseau timide, si trompeurs. Ce petit bout de femme de quarante et quelques kilos possédait une énergie et un dynamisme absolument phénoménaux, et une résistance physique et morale hors du commun (elle avait survécu à Bergen-Belsen et trois autres camps où elle était passée). Weizmann, de nationalité américaine, et elle s'étaient connus au lendemain de la Deuxième Guerre mondiale. Jusqu'à sa mort en septembre 1980, il ne la connut jamais que d'une humeur enjouée, capable de travailler vingt heures de rang ou bien d'aller courir jusqu'au fin fond de la serra de Pacaraïma. Elle dit :

— Reb nous a demandé de vous prendre en charge. C'est le mot « ministre » qui vous surprend ?

— Un peu, dit Settiniaz. Je ne savais pas que les choses en étaient à ce point. De quelle population s'agit-il ?

— Les Indiens et les *caboclos,* bien sûr. Les caboclos sont des métis travaillant dans la forêt, en général comme agriculteurs. Mais ils ne sont pas seuls en cause, nous nous occupons aussi de l'immigration.

Elle se remit à rire d'un petit rire flûté tout à fait charmant : « Il semble que vous alliez de surprise en surprise, David. Bien entendu, nous vous appelons David et appelez-nous Elias et Ethel. Elias ne parle pas beaucoup. Je ne lui en laisse pas le temps, il est vrai. Il parle pourtant. De temps à autre, quand je ne suis pas là. Savez-vous qu'il connaît treize langues ? En ce moment, il apprend le vietnamien. Et le yanomami aussi, bien sûr. Pour le yanomami, il le sait presque complètement, bien mieux que moi... »

Ce fut elle qui prit le volant, donnant l'impression ce faisant de tenir la roue du gouvernail d'un bateau. Reb et le reste du détachement d'accueil avaient déjà pris la route. On avança vers la ville. Ilha Dourada, capitale officieuse du royaume, avait au cours des cinq dernières années, connu un essor spectaculaire. Settiniaz n'y était pas venu depuis trois ans et c'était à peine s'il reconnaissait les lieux : il compta plusieurs centaines de bâtiments divers, les plus hauts d'entre eux ne dépassant pas quatre étages. Mais pour en avoir visité un, il savait qu'il fallait compter ajouter à chaque fois deux, voire trois niveaux souterrains.

— Combien de gens vivent ici, maintenant ?

— A Ilha Dourada même ? Hommes, femmes et enfants regroupés, environ sept mille huit cents. Vous voulez le chiffre exact ?

— Non, merci. Et les autres centres ?

— Six mille neuf cents à Verdinho, cinq mille six cent cinquante à San Joao de Beirasal, dix-huit cents à Diamantina. Plus quelques postes et centres d'exploitation un peu partout. Plus évidemment les *silvivilas*, les villages forestiers. Noùs comptons une moyenne de deux mille habitants par village et un village pour vingt mille hectares de forêt. Nous avons soixante villages en projet et vingt-quatre sont actuellement totalement achevés, dix-neuf presque terminés. Vous en avez déjà visité ?

— Une fois.

Cela s'était passé en 1971. L'hélicoptère avait atterri sur un terrain de football. Settiniaz avait découvert une agglomération toute en maisons individuelles alignées, hormis trois immeubles collectifs, le tout uniquement en béton. Rien de très exaltant. C'était propre, fonctionnel, mais assez triste. Ethel Weizmann sourit :

— C'est l'une des raisons qui nous ont fait accepter les propositions de Reb, David. Ces ingénieurs et architectes sont souvent trop systématiques, ils vont au plus rapide et au moins coûteux. Pendant presque trente ans, nous avons couru le monde et continuons de le faire, Elias et moi, en essayant d'endiguer la marée de la misère. Au moins ici notre action est-elle ponctuelle, nous pouvons en voir les résultats, c'est moins désespérant. Et puis on ne résiste pas à Reb quand il veut vous séduire. Je ne parle pas d'argent, bien sûr...

Settiniaz s'efforçait à un calcul. Elias Weizmann dut le comprendre, et put glisser une phrase de son cru :

— Ne cherchez pas, David . soixante-neuf mille six cent vingt-quatre à ce jour. Plus les équipes de prospection de Jean Coltzesco, celles de Trajano Da Silva et d'Uwe Sobieski, et les divers services. Au total, soixante-quatorze mille trois cents personnes.

— Ne l'écoutez pas, commenta Ethel gaiement. Il a toujours été nul en arithmétique. Il est médecin, pas calculateur. Le chiffre exact, à cette heure-ci, est de soixante-quinze mille cent dix-huit. D'ici à quelque temps, dans un an, avec les développements prévus à San Joao et surtout à Diamantina, plus le nouveau centre qui n'a pas encore de nom, nous serons bien plus de cent mille. Le Projet Général prévoit deux cent soixante-quinze mille habitants dans cinq ans. Personnellement, je pense que nous dépasserons ce chiffre, assez aisément.

Settiniaz la dévisageait ahuri. Elle le prit par le bras .

— Venez, je vais vous faire du café. Vous me semblez en avoir besoin.

Le « Projet Général » — et il fut appliqué à la lettre, révélant d'ailleurs la justesse du pronostic d'Ethel Weizmann, puisqu'en 1980 trois cent seize mille personnes vivaient dans le Royaume, non compris les Indiens et les deux ou trois mille caboclos irréductibles qui n'avaient pas voulu s'intégrer —, le Projet Général prévoyait un investissement global de quatre milliards quatre cents millions de dollars.

Montant qui fut naturellement dépassé, et de beaucoup.

En mai 1980, voici comment vivait le Royaume :

— Les villes furent toutes créées sur une terre vierge, jamais habitée par qui que ce fût depuis le commencement des temps. Il y en eut six. Aucune ne dépassait douze mille habitants pour éviter une urbanisation excessive, inhumaine. La plus importante de ces villes, surtout parce qu'elle était née la première, fut Ilha Dourada, sur les bords presque immédiats du rio Negro. Les cinq autres étant San Joao de Beirasal, Verdinho, Diamantina, Monte Grosso et Quarenta (du nom d'une des bornes déca-kilométriques plantées par les équipes de traçage des routes animées par Trajano Da Silva.

— Chaque ville possédait une usine thermoélectrique alimentant en électricité un réseau d'une longueur variant entre sept et onze cents kilomètres, un réseau de distribution d'eau potable, des égoûts et une voierie. Toutes comportaient au moins un hôpital de cent cinquante à deux cent cinquante lits, possédant des équipements chirurgicaux complets et servi par un personnel hospitalier constitué de cent soixante médecins et dentistes, et de huit cents infirmiers et infirmières. Un dispensaire dirigé par deux médecins assistés d'une demi-douzaine de personnes fut installé dans chaque village forestier, dont le nombre atteignit soixante-douze en 1980, ainsi que dans tous les centres d'exploitation minière, agricole ou industrielle d'importance. Un service d'évacuation d'urgence utilisant deux avions et quatre hélicoptères intervenait le cas échéant, pour un transport vers les hôpitaux d'Ilha Dourada et Verdinho, les mieux équipés puisque disposant de centres de réanimation, avec de surcroît la possibilité d'un vol sanitaire spécial à destination de Belém, ou Rio, voire les Etats-Unis.

— Le système d'enseignement était constitué de soixante-six écoles primaires, prolongées par douze écoles secondaires. L'enseignement y était prodigué en portugais mais l'anglais y était introduit dès la première année de cours. Cinquante-deux jardins d'enfants existaient au 30 avril 1980. Vingt-six services d'alphabétisation ouverts aux adultes étaient en fonctionnement. En outre, à Ilha Dourada et Diamantina se trouvaient deux écoles internationales en anglais uniquement, dont l'enseignement était celui du programme suivi aux Etats-Unis, le niveau terminal étant celui des *senior high schools* américaines. Les enseignants recevaient un salaire égal au triple de la moyenne brésilienne. L'enseignement était totalement gratuit. Nombre total d'élèves en avril 1980 : trente-neuf mille.

— Chaque ville ou centre de quelque importance s'alimentait à un supermarché. Le seul fait d'être salarié de l'une quelconque des cent onze sociétés se partageant officiellement le territoire entraînait l'octroi d'une carte d'achat autorisant à utiliser ces supermarchés où les produits étaient vendus à leur valeur de prix de revient augmentée de dix pour cent. En 1980, le système était en voie de développement, de par l'implantation de centres commerciaux, du même type mais de moindre envergure, dans les villages forestiers.

— Chaque ville était équipée d'un bureau de poste, d'une banque, d'une église œcuménique, d'une bibliothèque, d'au moins deux salles de cinéma, d'un hôtel (assez petit et seulement après 1975, les visiteurs étant assez rares — ou pas admis du tout), d'un poste de police. Jusqu'en 1970, les liaisons téléphoniques, si elles étaient faciles à l'intérieur du Royaume, furent assez difficiles avec l'extérieur ; quelques lignes seulement existaient pour Belém, Manaos ou Rio. La situation s'améliora considérablement par la pose d'un premier câble rejoignant Georgetown, capitale de l'ancienne Guyane britannique, puis par un second câble, celui-ci ayant pour tête de ligne Paramaribo, au Surinam. Un accord avec la compagnie brésilienne Embratel, en 1976, compléta le dispositif.

— Les transports étaient collectifs à de rares exceptions près — ces dernières accordées par les services de la terrible Marnie Oakes. Un assez curieux système de pavillons avait été créé : quiconque souhaitait se rendre quelque part devait ficher devant sa porte, ou l'endroit où il se trouvait, un fanion d'une couleur particulière. Vert pour le supermarché, jaune pour le centre-ville (poste, banque, bibliothèque, etc.), bleu pour les installations sportives, fanion quadrillé pour réclamer les systèmes d'entretien et de dépannage... jusqu'au fanion noir qui commandait de la tenue : on allait à l'église... ou au cimetière. Des minibus survenaient alors, en rotation permanente et gratuite.

— Les salaires étaient, pour les *peoes* (péons) de base calculés sur la moyenne brésilienne augmentée de quarante pour cent. Un ingénieur touchait — en 1980 — aux alentours de trois mille dollars par mois. Les loyers imposés était d'un dollar à cinquante dollars, selon les catégories. Les restaurants étaient ouverts aux porteurs de cartes d'achats, quel que fût leur rang. Changeait simplement le tarif : six dollars par mois pour les *peoes,* soixante pour les cadres ; et cela pour trois repas par jour.

— Si le nombre des véhicules personnels était extrêmement faible, celui des véhicules communautaires était en revanche élevé. La circulation se faisait sur un réseau de cinq mille quatre cents kilomètres de routes carrossables en toutes saisons, et de neuf mille kilomètres de pistes. L'ensemble comportait dix-sept cent cinquante ponts et ouvrages.

— Les loisirs : en avril 1980, sur un programme de cent vingt-cinq piscines, quatre-vingt-onze avaient été ouvertes. Courts de tennis, salles de squash et de gymnastique, pistes d'athlétisme synthétiques constituaient l'essentiel des centres de détente. Avec évidemment le réseau des terrains de volley-ball, de basket et surtout de football.

Chaque village forestier et *a fortiori* chaque ville présentait au moins une équipe, parfois plusieurs, dans ces trois disciplines. A partir de 1969, sur une idée de Trajano Da Silva qui avait dans sa jeunesse joué au célèbre club Fluminense, un championnat de football à trois divisions fut organisé et le jour de gloire de Da Silva fut celui où une sélection établie par ses soins rencontra et tint en échec, deux buts à deux, le grand Santos Futball Club, club de Pelé en personne. Son seul regret fut que le Roi, qui assista à la rencontre amicale perdu dans les tribunes, refusa de venir remettre une coupe aux deux équipes, laissant ce soin à l'un des directeurs brésiliens de l'une des cent onze entreprises.

— Trente-neuf nationalités différentes étaient représentées dans le royaume. Si les Brésiliens étaient massivement majoritaires, les Américains des Etats-Unis étaient la colonie étrangère la plus importante. Settiniaz fixe à neuf mille six cents le nombre de ses compatriotes.

— Deux stations de télévision, l'une en anglais, l'autre en portugais, émettaient vingt heures sur vingt-quatre, complétées par quatre stations de radio. Deux quotidiens et un hebdomadaire bilingue furent publiés entre juin 1968, date de la première parution du premier journal, et le 30 avril 1980.

— Jusqu'au 5 mai 1980, les réactions des gouvernements brésilien. vénézuélien et colombien furent caractérisées par leur totale absence.

46

— Nous avons pas mal de problèmes à résoudre, dit Ethel Weizmann. Mais ceux qui nous tracassent le plus sont ceux posés par les *gatos,* et ceux que soulève cette prétendue ville de Porto Negro.

Settiniaz n'avait pas la moindre idée de ce qu'étaient les *gatos* Quant à Porto Negro...

— Les *gatos* sont des chats. C'est un surnom. Pas aimable. Il s'agit de trafiquants de main-d'œuvre, pour ne pas dire des trafiquants de chair humaine. David, avant notre arrivée à Elias et moi, les Sociétés passaient par des agences de recrutement privées. Elles avaient d'autres problèmes et ne se souciaient pas d'exercer un contrôle. Résultat : les *peoes* se faisaient et se font encore un peu exploiter. Certains gatos prélèvent jusqu'à cinquante pour cent des salaires pour accorder le droit d'entrée à ceux qu'ils font venir, à crédit, depuis le Nord-Est.

— Vous en avez parlé à Reb ?

— Oui. Il nous a donné carte blanche. Il ne s'y est pas trompé : nous serions repartis sans cela. Nous sommes en train de court-circuiter les *gatos.* Nous avons mis en place une agence de recrutement à Belém, une autre à São Luis, dans la province du Maranhao — c'est dans le sud de Belém. Deux autres vont s'ouvrir à Rio et São Paulo pour les techniciens que nous formons. Nous y mettrons des gens dont nous sommes sûrs, et que nous garderons à l'œil, je vous prie de me croire...

En revanche, le problème de Porto Negro semblait insoluble. Il tenait à la présence d'un bidonville qui comptait déjà quinze mille habitants et dont la population s'accroissait sans cesse.

— David, là encore, nous en avons parlé à Reb. Mais il ne veut rien faire. Il dit, et il a ma foi raison de dire que Porto Negro est hors-limite, géographiquement et... politiquement si j'ose dire, et même économiquement, de toute façon ; que cela n'a rien à voir avec son projet. Nous n'avons pas réussi à le convaincre...

Le bidonville s'était anarchiquement constitué de migrants misérables accourus de tout le Brésil du Nord-Est, et que les agences de recrutement n'avaient pas pu accepter, pour qualification insuffisante ou toute autre raison. Ces gens s'étaient entassés dans des habitations bâties à la diable, sur pilotis — des palafittes — presque en face de Ilha Dourada mais de l'autre côté du Negro, à une quinzaine de kilomètres, dans l'espoir de pouvoir un jour s'infiltrer dans le nouvel Eldorado où l'on trouvait du travail, ou au moins d'en reccueillir quelques éclaboussures.

— David c'est une lèpre qui va très vite devenir hideuse, qui l'est déjà. Nous en avons vu beaucoup dans le monde, nous savons comment les choses se passent et se développent. Dans trois ans, ce sera innommable. Mais rien à faire, Reb ne veut rien entendre. Selon lui, Porto Negro se trouve non seulement sous la responsabilité de la marine brésilienne puisque la zone est dans la bande côtière, mais sous celle du gouvernement brésilien. Il dit que s'il fait quoi que ce soit, demain ils seront cent mille et un million et plus, attirés par le fait même de sa générosité. Il ne peut pas prendre en charge tous les misérables de la planète, dit-il aussi. David, Reb est en train de changer, quelque chose se passe en lui, il s'éloigne de plus en plus, il nous devient presque inaccessible. Son rêve personnel est en train de prendre le pas sur tout le reste. Vous voulez notre avis ? Nous pensons qu'il n'est pas si mécontent de voir grandir et grossir sans cesse ce cancer en vue de son propre territoire. Parce qu'ainsi le monde entier pourra comparer, juger de la différence, entre ce qu'il a fait et ce que les autres ont refusé ou n'ont pas les moyens de faire...

David Settiniaz revit très souvent, après 1974, le couple Weizmann. Parfois même à New York où ils avaient un petit appartement empli de photographies d'enfants de toutes couleurs (ils avaient eux-mêmes deux fils et trois filles et une quantité assez surprenante de petits-enfants). A sa connaissance Ethel et Elias Weizmann étaient les seuls personnes au monde qui, sachant qui était Reb Klimrod et connaissant l'absolue immensité de sa fortune et de son génie, n'en conservaient pas moins leur libre arbitre à son égard, allant jusqu'à remettre en cause le principe de son infaillibilité permanente, sur des points précis.

Tous les autres Hommes du Roi avaient peur de lui, au fond d'eux-mêmes ; avant tout ils lui étaient fanatiquement attachés.

On ne peut expliquer autrement leur acharnement incroyable entre les années 1967 et 1980, celles de la construction et du presque achèvement du Royaume, dont David Settiniaz fut le témoin privilégié.

Neuf milliards cent cinquante millions de dollars investis au total entre 1950 et 1980 en Amazonie. C'est donc le chiffre avancé par David Settiniaz. Il est d'ailleurs le seul (il n'est pas certain que Klimrod ait tenu des comptes aussi précis) à pouvoir procéder à une telle évaluation. Six milliards proviennent de Reb lui-même, et le reste fut de l'autofinancement, le Royaume s'alimentant de ses ressources propres, à mesure de leur apparition.

C'est à tout le moins vraisemblable.

Le Roi dit un jour à Settiniaz et Tarras que son idée première, celle qui entraîna les autres aménagements, fut cette constatation que l'explosion des moyens de communication dans le monde entier devait immanquablement entraîner une pénurie de papier dans les années quatre-vingts, sinon avant. Et que donc l'exploitation forestière, permettant la production de cellulose, était la solution unique, à condition de la pratiquer sur une grande échelle.

La suite lui donna raison et justifia sa prescience.

Dès les années cinquante, son souci de conquérir le monde et celui d'aider les Indiens à survivre se sont affrontés. Il poursuivra tout du long ces deux objectifs antagonistes : pour trouver ces forêts dont il a besoin, puis une terre où créer son propre monde, il s'attaque aux forêts et à la terre qui sont l'habitat naturel de ces Indiens qu'il veut protéger. Comment il peut vivre avec cette contradiction ? Mystère. Chez lui la rage de créer l'emporte sur le sentiment humanitaire.

Enrique Escalante, ingénieur en sylviculture, commença dès 1953 à rechercher des arbres à croissance rapide. La théorie était simple : la forêt amazonienne se compose de plusieurs centaines d'essences en général peu propices à la fabrication de la cellulose, avec quoi on fait la pâte à papier. Outre cela, ces arbres de la forêt primitive mettaient un demi-siècle et plus à se développer. Au terme des recherches qu'ils firent, Escalante et son équipe sélectionnèrent le pin caraïbe qu'on trouve au Honduras, l'eucalyptus (*eucalyptus deglupta*) et surtout la *Gmelina arborea,* arbre d'Asie avec lequel ils procédèrent à des essais très concluants au Nigeria et à Panama. Les rythmes de croissance étaient plus que satisfaisants : vingt ans pour l'eucalyptus, seize pour le pin caraïbe et surtout six à sept pour la gmelina. Débutant dès 1954 avec le défrichement de cent mille hectares (sur les terrains achetés par Ubaldo Rocha avec des diamants), l'exploitation finit par atteindre près d'un million d'hectares un bon quart de siècle plus tard, la gmelina en occupant les deux tiers à elle seule.

Les fabriques de pâte à papier et les centrales thermoélectriques (au bois) les alimentant en énergie furent, dans un premier temps, créées selon le principe de l'émiettement. Il y en eut jusqu'à quatorze. Mais 1978 fut l'année où Uwe Sobieski les compléta et même les remplaça partiellement par l'énorme dispositif qui allait pour la première fois attirer l'attention de l'opinion publique et, dans une moindre mesure, celle de la presse internationale : il s'agissait de quatre unités monstrueuses, usine de cellulose et centrale intégrées, dont les dimensions avoisinaient deux cent quarante mètres de long, quarante-cinq de large et jusqu'à cinquante-sept de haut — l'équivalent d'un immeuble de douze étages établi sur la longueur de deux terrains de football et demi.

Leur construction avait été financée par trois sociétés dirigées par Paul Soubise, Hang et Thadeus Töpfler ; elle avait eu lieu au Japon, dans un chantier naval de Kuré, celui-là même avec lequel Georges Tarras avait en 1951 noué des accords. Les Japonais édifièrent directement les monstres sur des plates-formes flottantes...

... Et faute de pouvoir faire transiter ces dernières par le canal de Panama, préférant éviter les Quarantièmes Rugissants du Horn, Nick Petridis chargé de leur acheminement jusqu'à l'embouchure de l'Amazone, choisit de leur faire effectuer un trajet de trois mois, sur vingt-six mille kilomètres, à travers la Mer Intérieure du Japon, le chenal de Kii, les océans Pacifique puis Indien, le cap de Bonne-Espérance et enfin l'Atlantique Sud.

Elles furent finalement fixées en vue du Rio Negro, dans des bassins spécialement creusés par les équipes de Da Silva, et juchées sur plus de sept mille cinq cents piliers en *maçarenduba,* bois amazonien extrêmement dur et à peu près imputrescible. Des écluses furent mises en place qui permettaient de vider ou d'emplir ces bassins artificiels, et offraient donc la possibilité de remettre les usines à flot, le cas échéant, de les déménager et de les expédier vers n'importe quel autre endroit du monde.

Les voies ferrées pour le transport des grumes furent mises en place dès 1967, prenant le relais des camions. Longueur du réseau au

1er mai 1980 : quatre cent quatre-vingts kilomètres, le Projet Général en prévoyant mille.

Evidemment embarqués sur des bateaux appartenant à des compagnies gérées par les Petridis, les ballots de cellulose étaient exportés vers l'Europe, les Etats-Unis, le Japon et le Venezuela. Capacité de production des usines : deux mille deux cents tonnes par jour, soit huit cent mille tonnes par an.

Les premières scieries furent implantées dès 1954. Mais la plus moderne, utilisant la coupe au laser, fut achevée en février 1979, à elle seule produisant quarante mille tonnes de planches et agglomérés de bois.

La fabrique de papier d'imprimerie — deux cent cinquante mille tonnes — fut de 1976.

En ce qui concerne l'exploitation du sous-sol, l'usine prévue pour le traitement du kaolin (argile réfractaire utilisée pour les revêtements, dans les industries des cosmétiques et pharmaceutiques), entra en service en 1972, avec une production de deux cent cinquante mille tonnes par an, à partir d'un gisement évalué à soixante millions de tonnes, et avec des réserves d'environ cent millions.

La fabrique de briquettes de bauxite fut de la même année — il s'agissait de produits destinés aux hauts fourneaux.

Et l'année suivante vit le démarrage du complexe d'aluminium laminé, installé hors du Royaume, près de Belém au prix d'un investissement de trois milliards de dollars. Auquel prirent part, outre neuf sociétés du Roi regroupées en un holding, une compagnie nord-américaine, une autre canadienne et une autre enfin, brésilienne, de São Paulo. Installé hors du Royaume donc, mais dans tous les cas œuvrant à partir des réserves de ce dernier, estimées à deux cent soixante millions de tonnes.

A ces ressources s'ajoutèrent, à mesure des prospections des patrouilles lancées par Jean Coltzesco, les premières exploitations de phosphate, fluorine, nickel, thorium, zirconium, terres rares et uranium. Et naturellement l'or, les diamants, les émeraudes et les pierres semi-précieuses. Mais c'était là le domaine secret du Roi et Coltzesco n'en communiqua les chiffres qu'au seul Reb Klimrod. Lequel dut en garnir ce que Settiniaz appelle sa « cassette personnelle ».

Dans le domaine agricole, les dix-huit sociétés gérées par Escalante et Ung Seng, toutes ayant à leur tête des mandataires brésiliens (eux-mêmes subordonnés par des actes de trustee à Jorge Socrates et Sebastiao Coëlho, fils d'Emerson), ces sociétés firent un travail remarquable. Le riz, dans les débuts prévu pour le seul approvisionnement du Royaume, devint rapidement le produit de base. L'exportation en commença dès 1965, sur le marché brésilien qui était et reste déficitaire. Le Projet Général prévoyait la mise en culture des deux cent vingt mille hectares inondés ou inondables, avec un rendement de cinq tonnes à l'hectare, deux fois l'an, selon les chiffres d'Ung, qui se révélèrent exacts. En mai 1980, plus de la moitié de ce programme ahurissant avait été mené à bien ; cent quarante silos de vingt mille tonnes chacun et deux usines de décorticage capables de traiter trente tonnes à l'heure étant venus, à partir de 1969, compléter le dispositif.

L'élevage — cent vingt mille têtes en 1980 — fut pratiqué sur toutes les zones où avait lieu le reboisement en pins caraïbes, pour le bétail ; et plus au sud, en bordure de l'Amazone, pour les porcs et la volaille. En 1972, la production fut suffisante pour couvrir les besoins intérieurs, l'exportation débutant dès l'année suivante.

Le centre agricole expérimental fut créé en 1966 par Escalante, et un remarquable expert brésilien du nom de Madeira. Ses objectifs principaux étaient le cacao — dont on vérifia qu'il était possible de le cultiver au milieu des plantations de gmelina, les traditionnels hévéas, les châtaignes du Para, les agrumes, l'huile de palme, la canne à sucre, le manioc et le soja.

Un établissement de recherche apparut en 1974. A partir de 1975, il y fut procédé à l'étude d'un pool carbochimique à base de bois, de la production de combustible pour véhicules à partir d'un mélange de canne à sucre et de manioc, de l'obtention enfin de méthanol et de méthane. Le principe général étant celui d'une autosuffisance parfaite, y compris en matière de pétrole, et surtout d'un développement très rationnel.

Le premier plan quinquennal fut établi et appliqué à la lettre en 1962. Et en mai 1980, le cinquième de ces plans était en cours, soixante pour cent de ses objectifs ayant été atteints.

Et, à cette même date du 1er mai 1980, hormis Tarras, Settiniaz et les Hommes du Roi et peut-être — mais c'est bien le maximum — cinq douzaines d'hommes et de femmes, techniciens de très haut rang, pilotes et radios, nul ne connaissait Reb Michael Klimrod pour ce qu'il était vraiment.

Aucun journal, aucune publication quelle qu'elle fût n'avait jamais cité son nom, et à plus forte raison publié la photo de son visage.

47

Tudor Anghel, l'avocat de Los Angeles d'origine roumaine, qui avait été l'Homme du Roi pour beaucoup de choses mais surtout les mines d'or, mourut en juin 1976, d'une crise cardiaque, alors qu'il se trouvait au volant de sa voiture sur Cahuenga Boulevard à Santa Monica Californie.

Shirley Tarras succomba neuf jours plus tard, le 28 du même mois, après avoir lutté plus de dix ans contre le cancer qui la rongeait.

David Settiniaz apprit la nouvelle par le Roi.

Il demanda, bouleversé :

— Quand est-ce arrivé ?

— Il y a trois heures.

La voix de Reb Klimrod avait une tonalité bizarre et il fallut un moment à Settiniaz pour en comprendre la raison :

— Vous êtes en avion ?

— Oui. Nous avons quitté Rio voilà deux heures. David, je me rends directement à Boston. Vous voulez venir m'y rejoindre ?

Ce fut peut-être ce qui toucha le plus David Settiniaz. La mort de Shirley Tarras, qu'il connaissait et aimait presque comme une mère, depuis plus de trente ans, l'affectait énormément — bien que la nouvelle ne pût lui être tout à fait une surprise : depuis plus de quatre ans, il la savait condamnée par les médecins.

Mais autre chose était cette nouvelle surprenante : le Roi en personne se déplaçait.

« A l'époque, je ne l'avais pas vu depuis plus de quinze mois. Conformément aux consignes que Reb m'avait expressément données, j'avais remis à Marnie Oakes les documents que je voulais lui montrer (j'y exposais les principales difficultés d'ordre financier que j'avais, en matière de trésorerie générale, du fait des ponctions de plus en plus énormes qu'il effectuait). Les documents m'avaient été retournés trois jours plus tard, en-main-propre-strictement-confidentiel, par l'un des anonymes messagers de Jethro. Une courte note disait : *Je sais. Faites pour le mieux.* Et je me souviens de l'avoir imaginé alors, nu avec son bandeau en peau de serpent vert autour du front, cheveux sur les épaules, au fin fond de cette jungle inhospitalière au dernier point, s'y trouvant pourtant comme chez lui parmi des Indiens analphabètes, mangeant Dieu seul sait quoi et pourtant capable de me rappeler à l'ordre : « *L'Udruzena Poljobanka* de Zagreb, compte 583452 LM 67 n'a pas fait suivre ces 112 600 dollars.

Pourquoi ? — RMK. » Ou bien : « Ai déjà demandé retrait tous capitaux de la *Tossee Kechavarzi Iran* de Téhéran ; demande non satisfaite complètement. Exécution, s'il vous plaît — RMK. »

« ... Et voici que j'apprenais qu'il avait soudain ressurgi, sans autre motif que de venir assister un ami lors de l'enterrement de sa femme, dans un tout petit cimetière de campagne, au fond du Maine... »

Georges Tarras aussi se souvient.

La mort de Shirley était intervenue vers neuf heures du matin. D'une certaine façon, ç'avait été un soulagement. Depuis six semaines déjà, elle était à peu près inconsciente, assommée par les quantités de morphine qu'on ne cessait de lui injecter en doses phénoménales. Les derniers temps, elle ne devait plus guère peser qu'une trentaine de kilos et par un étrange détour de sa mémoire, Tarras avait vu remonter sous ses paupières les fantômes de Dachau et de Mauthausen.

Quand tout fut terminé, il ne pleura pas ou ne manifesta son émotion d'aucune manière, il était au-delà des larmes. Ses intentions étaient nettes et depuis longtemps précisées dans son esprit : il ne communiquerait la nouvelle à personne. Il savait trop ce qui se serait passé : ses anciens étudiants et collègues de Harvard se seraient tous précipités, sans compter les innombrables amis de Shirl elle-même, dans la presse et l'édition. Certains auteurs aujourd'hui célèbres, qu'elle avait tour à tour soutenus passionnément ou joyeusement massacrés dans ses chroniques, se seraient fait un devoir de courir jusqu'en Nouvelle-Angleterre.

Il n'y eut qu'un nom pour lequel il hésita : David Settiniaz. « Shirl le considérait comme notre fils. » Il alla même jusqu'à décrocher le téléphone afin d'appeler New York, mais se ravisa à la toute dernière seconde. En dépit de son accablement, de l'écrasant sentiment de solitude qu'il éprouvait — « Pourquoi diable, Grand Dieu, je savais bien qu'elle allait mourir et d'ailleurs elle était morte, depuis des mois » — en dépit donc de son état, il en arrivait encore à se moquer de lui-même et, sarcastique même en un tel moment, ne put décidément s'imaginer au téléphone : « Tu serais capable de te mettre à sangloter d'un coup, Tarras, en te couvrant de ridicule. »

Par réaction, il s'immergea dans les choses immédiates et pratiques, loua un avion et un fourgon mortuaire pour son arrivée à Bangor, s'occupa lui-même des formalités nécessaires au transfert d'un corps d'un Etat à un autre. Il fut dans le Maine à même pas deux heures de l'après-midi, consacra deux autres heures à mettre au point les détails de l'inhumation, qui devait avoir lieu le lendemain. Il parvint vers cinq heures à la maison solitaire, plus que jamais solitaire, sur le promontoire entre les baies de Blue Bay Hill et de Penobscot. Et là, il craqua un peu, tandis qu'il se faisait du thé. Il eut vingt minutes assez difficiles, ne parvenant pas à écarter complètement de son esprit les comprimés qui se trouvaient dans l'armoire de la salle de bains, tournant et retournant dans la maison vide. En fin de compte, ce fut pour l'essentiel son sens aigu du ridicule qui l'emporta : Mme Cavanaugh allait le lendemain lui porter ses muffins tri-hebdomadaires et la brave femme risquait d'avoir un choc en le découvrant passé dans l'autre monde, un mercredi précisément, jour où les muffins étaient les meilleurs, pour une raison demeurée inexplicable.

Il sortit. Les deux cormorans Adolf et Benito étaient là, ces deux imbéciles, perchés sur leur ponton en ruine, aussi tristement dénués d'humour qu'une créature vivante pouvait l'être. Ils venaient chaque année, estivaient là immuables. Ce n'étaient peut-être plus, probablement plus les Adolf et Benito des années quarante, mais à coup sûr leurs descendants directs. Quels autres cormorans d'une autre ascendance auraient pu avoir l'air aussi bête ?

— Pour ma part, dit la voix lente et calme, je ne me souviens pas d'avoir jamais vu des animaux d'une apparence aussi stupide.

— Je leur ai consenti un bail emphytéotique de quatre-vingt-dix-neuf ans, répondit Tarras. Renouvelable par tacite reconduction.

Il eut, à côté de celle de Reb Michael Klimrod, le sentiment d'une autre présence. Se retournant, il reconnut David, quelques mètres en arrière. Et dès lors rien à faire, il se mit à pleurer vraiment.

Le lendemain, après la mise en terre, à laquelle ils ne furent donc que trois à assister, Reb dit qu'il aimerait assez passer un jour ou deux dans la maison rouge.

— Rouge étant façon de dire, bien sûr. Mais je m'impose, en quelque sorte.

— Je ronfle, je vous préviens, dit Tarras.

— Moins qu'un jaguar de mes amis. Et vos moustaches sont moins longues.

David Settiniaz s'en alla pour regagner New York. Restés seuls, les deux hommes marchèrent un long moment à l'entour de la maison. Bien qu'on fût en juin, l'air était frais et s'il ne pleuvait pas encore, ce n'était visiblement qu'une question de minutes. Reb frissonnait, sous son tee-shirt de coton blanc.

— Froid ?

— Le changement de climat. Cela va passer.

— Ou un peu de paludisme.

— Nous autres Shamatari ignorons le paludisme.

Mais ils rentrèrent dans la maison et même y firent du feu. Ils parlèrent de Montaigne, de Styron, de Pa Kin, de Naipaul, de peinture et quantité d'autres choses mais Tarras nota évidemment que Reb abordait à peu près tous les sujets, sauf ceux le concernant directement. Le mot même d'Amazonie semblait être effacé de sa mémoire. Mme Cavanaugh arriva vers trois heures trente, au volant de sa voiture, apportant ses muffins tout frais. Elle leur fit du thé et les traita de fous, eux qui restaient devant un feu par un si beau temps, un peu humide peut-être (il pleuvait à verse à ce moment-là) mais qui lui rappelait son Irlande natale. Elle proposa de rester pour le dîner mais Reb la remercia et dit que c'était inutile, qu'il s'occuperait de tout. L'Irlandaise partit.

— M'occuper de tout ! s'exclama Tarras. Dirait-on pas que j'ai cent ans !

— Vous en avez soixante-quinze.

Le bureau aux murs écarlates n'avait pas d'autre lumière que celle arrivant par la fenêtre, plus la lueur du feu. Cette semi-pénombre donnait un relief saisissant au maigre visage de Reb Klimrod. « Il n'a pratiquement pas changé depuis Mauthausen. Il mourra inchangé. Shirl me disait souvent qu'il était l'homme le plus fascinant et le plus lointain que la terre eût jamais porté, et que peut-être il était d'une autre planète. » Il dit à voix haute :

— Comment avez-vous appris qu'elle venait de mourir, Reb ? Par Jethro ?

— Peu importe. Sauf si vous voulez vraiment en parler.

— Vous avez raison : peu importe.

— Parlez-moi de ce livre que vous écrivez.

— Parlez-moi d'Amazonie.

— Je ne suis pas venu pour cela.

— Je sais bien pourquoi vous êtes venu. Et justement, à ce propos, je voulais vous…

— Ttttttt, dit Reb en souriant.

Il reposa la tasse de thé, se leva, alla cueillir quelque part son sac de toile, revint avec et en tira trois ou quatre bouteilles :

— Vous avez vraiment envie de ce thé de Chine ?

— Je n'ai plus bu de vodka depuis plus de quinze ans.

— Et moi j'ai dû en boire trois fois dans ma vie.

Ils s'attaquèrent à la première bouteille, Reb se mettant à parler et cette fois de lui-même, de son passé enfoui, de la Sicile, quand il s'y était rendu avec Dov Lazarus qui, sous ses yeux, avait abattu deux hommes, Langen et De Groot. Et ce fut ce jour-là qu'il raconta également la scène où Dov tirait au vol sur les mouettes, au phare de la pointe de Malabata à Tanger, et l'exhortait à tuer, par vengeance. Il n'était certainement pas ivre, en réalité il avait à peine trempé ses lèvres dans la vodka de Géorgie et ce ne pouvait être l'alcool qui le faisait ainsi ressusciter ses souvenirs. Pour Tarras, la chose est claire . « Il ne fut jamais tellement habile à dire l'amour ou l'amitié ; une sorte de pudeur, très grande et comme paralysante existait chez lui, en ce domaine. Mais je suis sûr que c'était ce qu'il essaya de faire, en me livrant toutes ces confidences : m'exprimer l'amitié qu'il avait pour moi... »

— N'essayez pas de me saouler, dit Tarras ayant à cet instant-là bu à lui seul près des trois quarts d'une bouteille. Je suis géorgien d'origine, c'est-à-dire presque russe ou du moins soviétique. J'ai du sang du Caucase et de l'Ukraine, quoique américain en diable. Ce n'est pas votre vodka précisément géorgienne, si bonne soit-elle...

— Nessim l'a ramenée de Tbilissi.

— Elle est excellente.

— Je ne voudrais pas vous ennuyer avec mes histoires.

— Ne faites donc pas l'âne, élève Klimrod. Vous savez très bien combien ces histoires m'intéressent et même me passionnent. Comment avez-vous dit que se nommait cet homme à Nuremberg, qui voulait exterminer trois ou quatre cent mille nazis ?

— Bunim Anielewitch. Il est mort. Un jour est venu dans les pays de l'Est où il n'a plus trouvé sa place, et il est parti pour Israël. Il a été tué en Cisjordanie, pendant la guerre des Six Jours. Sous un autre nom, d'ailleurs.

La nuit tomba et vers dix heures et quelques, Reb dit qu'il avait faim. Tarras essaya bien de se lever mais après quelques pas, constata que sa maison, et probablement tout le promontoire rocheux trempant dans l'Atlantique, avaient pris de la gîte. Il resta donc dans son fauteuil à oreillettes, pensant qu'il se trouvait avoir, pour l'heure, le valet de pied le plus fortuné du monde. La pluie cessa, ayant eu au moins cet effet de calmer l'océan, qu'on n'entendait presque plus, sinon comme un souffle guère plus perceptible que celui d'un chien endormi.

Reb revint avec l'omelette au lard et au basilic qu'il avait préparée. Ils la partagèrent, l'arrosant de la vodka dont Georges Tarras avait déjà attaqué une deuxième bouteille.

— D'autres histoires, Georges ?

— Inventez-les, au besoin.

— Mais je les invente, Georges, que croyez-vous que je fais d'autre ?

Suivit le récit de la chasse en Autriche, de la visite à Simon Wiesenthal, de la traque entre Salzbourg et les montagnes Mortes, jusqu'au lac de Toplitz, jusqu'à la mort de Dov Lazarus et jusqu'à la rencontre avec cet homme terrorisé qui détenait quatre passeports à quatre noms différents... « Eichmann, vous vous rendez compte ! »

Tarras commençait à s'endormir. S'endormit même tout à fait. Il s'éveilla dans l'après-midi du lendemain, langue ouatée et un grand silence dans la maison, se crut seul. Il descendit avec presque de la hâte et trouva Reb au téléphone, s'exprimant en portugais puis, au cours des communications suivantes...

— J'ai fait du café, dit Reb, paume sur l'appareil. Il est encore chaud. Dans la cuisine.

... en anglais, allemand, espagnol et français. Dehors le temps s'était remis au beau, il était superbe et le ciel sans un nuage, avec ce vent qui se levait. Ils sortirent et allèrent marcher un peu sur la grève.

— J'ai gagné mon lit tout seul ou vous m'avez porté ?

— Un peu des deux, en quelque sorte.

Adolf et Benito étaient à poste, plus crétins que jamais.

— Reb, dit soudain Tarras, je voudrais y prendre part.

Il croisa le regard gris et la même très bizarre timidité éprouvée trente et un ans plus tôt à Mauthausen, réapparut chez Tarras, qui reprit :

— Je ne suis pas si vieux. Et vous savez parfaitement à quoi je fais allusion : à cette bataille que vous allez tôt ou tard livrer, ou devoir livrer... C'est le seul point que j'ignore : si vous la déclencherez vous-même ou devrez la subir. Je penche pour la première proposition.

Reb se baissa, ramassa un galet et le lança. La pierre tomba dans l'eau, entre les deux cormorans qui l'ignorèrent avec un mépris superbe.

— Vous êtes sûr qu'ils sont vivants ?

— Tout à fait. Et je suis vivant aussi.

Reb se déchaussa, se mit pieds nus et entra dans l'eau, indifférent à celle-ci qui lui trempait le bas de son pantalon de toile. Il secoua la tête :

— Je n'ai pas encore pris de décision, dit-il. Pour l'instant, les gens de Brasilia me laissent tranquilles. Tout comme ceux de Caracas et de Bogota.

— Cela ne durera pas et vous le savez.

Silence.

Reb ôtait son tee-shirt. Il se mit torse nu et très tranquillement s'allongea dans la mer, s'immergeant jusqu'au visage, ses yeux restant grands ouverts, un peu écarquillés, avec quelque chose d'un noyé. Tarras s'assit sur son rocher personnel.

— Ne me laissez pas en dehors, Reb, je vous en prie. Je vous en prie.

Reb disparut sous l'eau, nageant cette fois et il s'écoula plus de deux minutes interminables avant qu'il ne réapparût. Il regagna les rochers, se déshabilla tout à fait, essora ses vêtements trempés et les remit.

— Vous n'êtes allé là-bas qu'une seule fois, Georges.

— J'ai horreur de la chaleur. Et ce n'est pas en tant que bûcheron que je vous offre mes services.

Silence encore. Reb relaçait ses chaussures de tennis. Mais il s'interrompit, regard comme tourné vers l'intérieur :

— Je vous ai dit que je n'ai pas encore pris de décision. Et c'est vrai. Je pourrais continuer à vivre ainsi, laisser les choses en l'état.

— Combien avez-vous utilisé de sociétés, cette fois ?

— Cent onze.

— Rien d'officiel ne les reliant entre elles ?
— Rien.
— Y a-t-il le moindre risque que quelqu'un, un jour, révèle que vous êtes le seul et vrai propriétaire ?
— Je ne crois pas.
Tarras réfléchissait. Il finit par dire :
— Vous avez raison. Vous pourriez en effet « continuer à vivre ainsi », comme vous dites. Dans le pire des cas, on pourrait reprocher telle ou telle chose à l'une de vos cent onze sociétés, mais je suppose que chacune d'entre elles possède sa propre horde d'avocats plus retors les uns que les autres. Et je crois me souvenir que quelques-uns de vos propres hommes sont au sein même des gouvernements. Il n'y en a pas un qui est même conseiller personnel du président brésilien ?
Reb sourit : « Si.
— Le seul risque véritable, dit Tarras, serait une révolution à la cubaine, au Brésil, au Venezuela et en Colombie. C'est peu vraisemblable pour les vingt années à venir, en principe. Et puis, il y a toujours des accommodements avec le ciel, fût-il rouge. Vous avez toujours ces excellents rapports avec les gens du Kremlin ?
— Toujours.
— Par les intermédiaires de Paul, de Nessim, de cet Américain collectionneur d'art et par cet autre Français à l'accent rocailleux ?
— Oui. Et d'autres.
Tarras réussit même à rire : « Reb, mon Dieu, vous êtes une multinationale à vous tout seul. Que dis-je, une multinationale ! Vous êtes plusieurs multinationales ! Vous pourriez racheter la General Motors ou Exxon, probablement. Ou les deux. Je me trompe ?
— Je n'y ai jamais pensé.
Ils se remirent en marche côte à côte, revenant vers la maison.
— Reb, c'est tout simple : c'est à vous de décider, en effet. Si vous continuez à garder le silence, à conserver votre anonymat, rien n'arrivera, rien d'essentiel.
Ils entrèrent dans la maison.
— Mais je sais que les choses ne se passeront pas ainsi, dit Tarras.
— Non ?
— Non. Vous le dites vous-même : « Je n'ai pas encore pris de décision. » C'est donc que vous y pensez. Et je crois que vous allez le faire. Je crois que vous allez déclencher la bataille. Vous avez créé un pays et nous ne sommes pas cent à le savoir. Il va nécessairement venir un moment où vous parlerez. Et je peux, je pense pouvoir vous aider, ce moment venu. J'y ai pas mal réfléchi, ces derniers temps. Vous aussi, je suppose.
Reb sourit, le regard insondable.
— Venez, dit Tarras.
Il alla jusqu'à son bureau. Livres et notes s'y accumulaient en un désordre à épouvanter un Settiniaz.

— Hier soir, dit Tarras, avant que vous ne m'enivriez si honteusement, vous m'avez posé une question, à laquelle je n'ai pas répondu. Vous m'avez demandé de vous parler du livre que je suis en train d'écrire...

Il prit une chemise et l'ouvrit.

A l'intérieur, un seul feuillet.

— Il est là tout entier, Reb. Je doute qu'il soit jamais publié. Je l'ai pourtant achevé. Tout y est. Je peux vous le lire, si vous voulez.

— Je bous littéralement d'impatience, répondit Reb en souriant.

— Le titre tout d'abord : *De la totale imbécillité de la légitimité des Etats,* par Georges Tarras. Le texte maintenant. Voici le chapitre premier. Il n'y en a d'ailleurs pas d'autre. Le chapitre premier et unique se lit ainsi :

« Le principe de la légitimité des Etats est un concept farfelu et parfaitement inepte. Il n'a aucune espèce de fondement juridique. A la base de tout état, il y a ce fait historique qu'à un moment donné, une tribu a disposé de haches de pierre plus grosses que celles des tribus voisines, grâce à quoi elle a écrabouillé les dites tribus. En conséquence, il ressort de la façon la plus claire qu'aucun des Etats actuels n'a la moindre existence juridique. »

C'est tout, Reb. Je trouve ma conclusion très satisfaisante.

— Reb, dit-il, je peux vous faire un cours, je peux...

— Je souhaiterais quelques livres sur le sujet.

— *General Principles of International Law* de sir Gerald Fitzmaurice ; *The International Society as a Legal Society,* de Mosler ; les *Principes du droit international public,* de Paul Guggenheim ; *La règle du droit de la paix,* de Cavaglieri ; le *Traité du droit des gens,* de Redslob ; les cours généraux publiés par l'Académie de Droit International de La Haye ; l'*American Journal of International Law* — nous disons l'A.J.I.L., tout comme nous disons le G.Y.B.I.L. pour le *German Yearbook,* le J.W.T.L. pour le *Journal of World Trade Law,* le R.S.A. pour le *Recueil des Sentences Arbitrales de l'O.N.U.*.. et bien entendu, je pourrais vous citer encore Westlake, Wheaton, Renault, Alvarez avec son excellent *Droit international américain...* Et le Tunkin qui était popoff, le Jimenez de Arechaga qui nous arriva de Montevideo, le Verdross & Simma qui vient tout juste de paraître et dont je n'ai encore aucun exemplaire, mais que je peux me procurer... Sans parler d'O'Connel, de Kelsen, de von der Heydte, de Schwarzenberger, de Brownlie, de...

— Reprenez votre souffle.

— Vous y passeriez des années, Reb. Même vous qui lisez à la vitesse de la lumière.

Tarras toucha une pile entre cent autres, qui s'effondra.

« Beaucoup sont ici, mais pas tous, il s'en faut. Il vous faudra vous fier à quelqu'un, Reb.

— A vous.

— Moi, par exemple. Moi et tous les juristes que l'on pourrait réunir, de toutes nationalités bien sûr. Je pourrais même vous avoir un Russe authentique, garanti bon teint rubicond, qui n'est même pas dissident, qui pourtant a de la valeur et ses entrées au Kremlin, quoiqu'il vive à Londres et en Finlande. Il entrerait dans l'équipe et se tairait, foi de Tarras.

— Et que ferait cette équipe ?

— Ce que vous voulez qu'elle fasse, Reb : tenter de prouver que ce pays que vous avez créé peut et doit exister, en a le droit, tel que vous l'avez conçu.

Les yeux gris s'écarquillèrent encore un peu plus :

— Et je serais assez fou pour cela, Georges ?

— Je crois que vous êtes bien plus fou que cela, Reb.

Et Georges Tarras pensait : « Il y a en moi, finalement, quelque chose d'un Diego Haas. Comme si nous avions l'un et l'autre été créés et mis au monde pour pousser Reb Michael Kilmrod à accomplir son destin. » ... Mais dans les secondes suivantes, il se reprit : c'était s'accorder à lui-même, et à Diego, bien trop d'importance. Il reprit doucement :

— Reb, je sais que j'ai soixante-quinze ans. Je ne vous le demande pas comme une aumône, que vous me feriez parce que je suis désormais seul, ou au nom de l'amitié que vous avez peut-être pour moi. Je peux réellement constituer cette équipe, et la tenir prête, pour le moment où vous déciderez de la faire intervenir.

Silence. Puis Reb lui dit :

— Je voudrais que vous vous rendiez sur place. Au moins une fois encore. Votre seule visite est de 1964.

— 1965.

— 1964, dit Reb en souriant, le 23 novembre 1964. Vous voulez parier avec moi ?

— Grand Dieu, non, dit Tarras. Je connais trop votre mémoire. Vous seriez capable de me dire comment j'étais habillé ce jour-là.

— Un costume blanc, cravate et pochette vertes, et un panama qui a sidéré Jaua et ses fils. Ils en rient encore. Georges, je souhaiterais que vous veniez l'an prochain. Disons en février. Il y pleuvra peut-être moins.

— Je viendrai. Si je suis encore de ce monde, bien entendu.

— Si vous mourriez, je ne vous le pardonnerais pas.

Un temps. Le regard s'approfondit : « On peut vraiment développer une argumentation solide ?

— Un Etat est une entité possédant un territoire, une population et un gouvernement. Qui en plus est souveraine et indépendante, et en tant que telle n'est pas subordonnée à un autre Etat ou à aucune autre entité, tout en dépendant directement du droit international. Rien que là, il y a matière à faire s'entrebattre des générations de juristes, pendant cinq cents ans.

— Je n'attendrai probablement pas jusque-là.

— Reb, même la dénomination « droit international » n'a aucun fondement sérieux. C'est la traduction d' « international law », expression qui fut pour la première fois utilisée par un certain Bentham, il a presque deux cents ans. Et Bentham dut l'inventer au cours d'une crise éthylique. Elle n'existait pas avant lui. Avant lui, on parlait de *jus inter gentes,* formule latine adoptée par un autre farfelu nommé Vitoria, dans les années quinze cents et quelques. Le Français d'Aguesseau, vers 1720, traduisit *jus inter gentes* par *droit entre les nations.* Ce qui était pour le moins culotté et surtout idiot, quand on sait un peu de latin. Le bon d'Aguesseau travaillait déjà pour son maître et pour la France, alors en pleine expansion impérialiste. Et les juristes anglo-saxons, tout aussi soucieux de justifier les conquêtes nationales et de leur donner un prétexte, s'empressèrent de lui emboîter le pas. Si bien que lorsque le cher vieux Kant dans son projet de paix perpétuelle..

— Georges ?

— ... de paix perpétuelle publié en 1795, remplaça le mot « Nations » par « Etats », le droit international...

— *Georges.*

Silence.

— Et je pourrais parler ainsi pendant cent quarante-trois heures, dit Tarras. Au moins.

— Un territoire, une population et un gouvernement.

— Vous avez le territoire et paraît-il la population. Mettez Jaua comme Premier ministre ou comme Président, à votre idée ou à la sienne. Nul ne pourra lui contester ses droits de premier occupant, sauf à remonter à la dérive des continents, avant la formation du détroit de Behring, au temps où les Indiens des Amériques étaient encore des Asiates. Pour le territoire bien sûr, il vous faudra révéler au monde que ces cent onze sociétés ne sont que les pièces d'un même puzzle, dessiné par vous seul. Ce qui, mais vous y avez sûrement pensé avant moi et c'est peut-être la raison de vos hésitations, ce qui impliquera la mise en lumière de tout ce que vous avez créé, Reb, pas seulement en Amazonie. Tout. Le monde entier apprendra alors — et par Dieu en tombera sur le cul — qu'il existe un Reb Michael Klimrod.

Reb lui tournait le dos.

« Foutu prix à payer, Reb. Il va vous falloir sortir de la nuit. D'une certaine façon, ce sera un suicide. Après tant et tant d'années.. »

Reb se taisait, ne bougeait pas.

« Le plus extraordinaire, Reb, c'est que je suis convaincu que vous le ferez, quel qu'en soit le prix. Pas parce que je vous en ai parlé. Je n'ai pas la prétention de croire une seule seconde que je pourrai jamais vous influencer. Il y a combien de temps que cette idée vous trotte dans la tête ?

— Des années, dit Reb très calmement. En quelque sorte.

Il fit face à Tarras :

— Vous voulez vraiment prendre en charge toute l'affaire ?

— Il n'y a sûrement rien au monde que je désire plus ardemment, répondit Georges Tarras avec une détermination presque farouche. Et il ajouta aussitôt : « Mais certainement pas parce que je me retrouve seul. Reb, je veux m'occuper de cela parce que je crois sincèrement, aussi lucidement que possible, que je suis le mieux placé. Je vous connais un peu...

— Assez bien, dit Reb avec un sourire. La preuve.

— Je peux le faire, Reb. J'ai déjà pensé à quelques noms. Cinq ou six. Au début tout au moins. Quitte à grossir l'équipe par la suite, quand nous aurons pressé nos propres cerveaux jusqu'à les assécher. Plus des documentalistes. Je connais une femme admirable qui pourrait nous former une équipe. Nous allons prendre tout ce qui existe en matière de législation internationale, et tout passer au crible. Reb, il n'y a pas au monde, depuis le commencement des temps un seul état qui soit légitime. Cela n'existe pas, la légitimité, c'est une fumisterie. *Ubi societas, ibi jus :* où existe une société naît le droit. Calembredaines. Des mots. Nous autres juristes en pareil cas peignons le vide de différentes couleurs et prétendons avoir dressé des murs. Et on fait semblant de nous croire quand comme d'Aguesseau nous chantons la chanson des rois. Tenez, juste à hauteur de votre épaule gauche, il y a Hall. Ouvrez, lisez, page 127 je crois :

« Un état peut acquérir un territoire par un acte unilatéral de sa propre initiative, par occupation, par cession découlant d'un autre état ou avec une communauté ou avec un particulier, par don, par prescription résultant de l'écoulement du temps ou par accroissement dû à l'action de la nature... »

Je cite de mémoire. Vous avez entendu, Reb : *un acte unilatéral de sa propre initiative...* Ce n'est rien d'autre que la description d'un vol, d'une conquête par la violence, d'une spoliation. Légitimité, souveraineté et cette sinistre farce du droit sacro-saint, autant de couleurs appelées à farder les guerres, les dominations, les traités imposés ou subits ou résultant de l'équilibre établi entre deux adversaires pareillement craintifs ou épuisés. La Belgique est née de l'antagonisme forcené entre France et Royaume-Uni, ces deux dernières nations étant le fruit d'invasions successives ; les pays d'Afrique sont faits de pièces découpées à la diable qui ne correspondent que par hasard aux ethnies d'origine, et que dire de l'Amérique du Sud, ou centrale ou même du Nord : que se serait-il passé si les Espagnols conquérants du Mexique n'avaient pas à Alamo pris la pâtée devant les Britanniques conquérants des actuels Etats-Unis ? Et qu'est-ce que l'U.R.S.S. sinon l'empire des Russes, ceux d'entre Baltique et Ukraine, qui ont poussé leurs grosses pattes jusqu'en pays nippon, mongol, afghan, chinois et j'en passe, sans parler de ces Kazaks que voilà trente ans ils ont si joyeusement exterminés, ou de ces Cubains basanés qui leur servent de Gurkhas ou de tirailleurs sénégalais ? Où est le droit sacro-saint des Turcs, conquérants des steppes de l'Asie centrale accourus jusqu'à la Méditerranée et qui ont notamment réglé le problème des Arméniens à peu près de la même façon que nous avons résolu celui de nos propres Indiens ? A partir de combien de temps d'occupation devient-on un indigène ? J'ai rencontré au Mexique, en Algérie, au Vietnam, des gens qui s'indignaient d'avoir été colonisés, mais le Gonzalès de Mexico venait tout droit par ses ancêtres de Castille ou d'Aragon, le Mohammed de Tizi-Ouzou était venu d'Arabie afin de convertir à grands coups de baton les Berbères qui l'avaient précédé, eux-mêmes d'ailleurs un tantinet wisigoths ou Allah sait quoi, et le Nguyen Quelque Chose était dans le delta du Mekong gaiement passé sur le ventre des Chams et autres Khmers, locataires antérieurs. On n'en finirait pas de les énumérer. Droit sacro-saint ! Je hurle de rire. Il y a des milliards de choses à dire sur le sujet.

— N'en jetez plus, la cour est pleine, dit en français Reb Klimrod.

— Reb, aucune théorie n'existe et n'existera jamais, aucune règle. On va refuser cette année, par exemple, de reconnaître le Transkeï, non sans quelques raisons d'ailleurs, parce qu'on a des doutes sur sa réelle indépendance vis-à-vis de l'Afrique du Sud, mais qui a jamais discuté ce fait qu'aux Nations unies l'Union soviétique dispose de trois voix : en tant qu'U.R.S.S., en tant qu'Ukraine et en tant que Biélorussie ? Qui diable oserait soutenir que la Biélorussie est indépendante ?

— Cela dit ?

— Cela dit et un milliard de choses étant encore à dire, le cas peut se plaider, Reb. A condition de trouver une tribune et de vous faire hara-kiri, ou du moins de sacrifier cet incognito absolu qui vous est comme une seconde peau. Reb ?

— Oui.

— Pourriez-vous faire fabriquer une ou plusieurs bombes atomiques ?

— Oui.

— Vous en avez vraiment les moyens ?

— Oui.

— Vous y avez pensé ?

— Je ne le ferai évidemment pas mais j'y ai pensé. Disons par jeu intellectuel, spéculation pure.

— C'est l'autre solution, vous le savez sûrement. Déclarez la guerre au Brésil, à la Colombie et au Venezuela ; arrangez-vous pour que les deux Parrains actuels de la Grande Pègre mondiale — j'entends les Etats-Unis et l'U.R.S.S. — y trouvent leur compte et gardent l'arme et...

— Un autre Katanga.

— La comparaison ne vous avantage pas du tout. Les prétendus Katangais défendaient un acquis colonial, et vous, vous avez créé à partir de rien. Outre cela, vous êtes infiniment plus fûté que ceux qui ont imaginé Tschombé. Mais vous ne le ferez pas non plus.

— Non.

— C'est bien ce que je craignais, dit Tarras, sarcastique comme en ses plus beaux jours. Dommage : rien de tel qu'une bonne guerre, un joli massacre et un grand bain de sang pour fonder un nouvel Etat indubitable, « juridique » — notez les guillemets.

Il vit Reb ramasser son sac, et s'apprêter à repartir. Mais l'imminence de ce départ ne l'affecta guère, qui l'eût pourtant écrasé, la veille, en lui donnant la conscience la plus aiguë de sa nouvelle solitude. « Il va me dire oui, il a déjà dit oui, et je vais livrer cette bataille... »

— Vous savez bien évidemment, dit Reb de sa voix douce, quelle sorte de dossier je souhaiterais vous voir préparer.

— La liberté d'entreprendre et de créer, la priorité de l'individu sur l'Etat, l'inadéquation de tous les systèmes actuels, tous, la nécessité d'un autre essai ayant valeur d'exemple, la dénonciation de tous les cynismes, de tous les « ismes ». Il n'y a pas dans ce monde, sur deux cents ou presque, vingt pays à peu près libres. Mais on n'est pas « à peu près libres », pas plus qu'une femme n'est « à peu près enceinte ». Autre chose, Reb ?

— Cela ira pour le moment.

Reb alla vers la porte. Tarras sachant que quelque part, invisible mais indéfectiblement présent, Diego Haas devait attendre.

— Je vais m'y mettre tout de suite, dit Tarras. Non, ne me parlez pas d'argent, s'il vous plaît. Avec ce que vous m'avez donné depuis tant d'années, j'ai de quoi embaucher six cents juristes de haut vol, mon banquier croit que je me livre au trafic de drogue. Et pour les séminaires, je pourrais louer Versailles. Reb ? Vous ne m'avez pas demandé quelles sont vos chances d'être entendu, le jour venu...

— Je connais la réponse. Et vous aussi.

— Elles sont nulles, dit Tarras. Absolument et irrémédiablement nulles. Mais des moulins à vent de cette taille, qui les a jamais attaqués ?

48

— J'étais à Kuala-Lumpur en Malaisie, dit Elias Weizmann. Georges, je n'arrive pas à m'y faire. Le quota qu'il nous a fixé était de cinq mille. Un million n'aurait pas suffi.

— Il en est toujours ainsi, dit Tarras.

— Le grand armateur Nick Petridis a mis trois de ses bateaux à ma disposition pendant trois mois. C'est énorme et c'est dérisoire. Golfe du Siam et mer de Chine pullulent de ces malheureux fuyant le delta du Mékong, il faut voir dans quelles conditions : nous avons abordé des barques où tous étaient morts de faim, à force d'errer ; quand ils n'avaient pas été massacrés par les pirates locaux — et nous sommes en 1977 !

— Il y aura toujours des pirates.

— Quant à devoir trier ces gens, les sélectionner pour n'en retenir que cinq mille, c'est l'une des pires choses que l'on m'ait jamais demandé de faire. J'ai plusieurs fois tenté de le joindre, pour qu'il nous accorde une augmentation du quota. Je ne suis pas parvenu à le convaincre et je n'arrive même pas à lui en vouloir. Il est extrêmement riche, je le sais, ou en tous les cas dispose de sommes considérables, d'où qu'elles lui viennent, mais on ne peut évidemment pas exiger de lui qu'il prenne en charge tous les désespérés de la terre. Je suppose qu'il a lui-même affrété ces bateaux à ce Grec ?

— Nick Petridis est américain. Oui, je suppose qu'on peut parler d'affrètement. Etes-vous également allé en Thaïlande ?

En Thaïlande aussi, dit Weizmann. Il avait passé deux mois dans les camps au long de la frontière du Cambodge, là aussi afin de prélever un contingent de cinq mille Khmers acceptant de partir pour l'Amazonie :

- On m'y a même accusé de trafic de chair humaine et avec ces invraisemblables consignes de silence que Reb m'a données, je ne pouvais guère me défendre. Heureusement qu'il y a eu ces fondations que vous m'avez signalées ; elles m'ont cautionné. Et ce milliardaire de la presse et de la télévision, ce Dunn, a fait intervenir en ma faveur le Département d'Etat et le ministère français des Affaires étrangères. Ce Dunn a-t-il quelque chose à voir avec Reb ?

— Pas que je sache, dit Tarras, assez honteux de son mensonge.

— Je n'ai parlé de Reb à personne, rassurez-vous.

— Je ne pense pas que citer son nom aurait servi à grand-chose.

— En effet. Ethel a une théorie au sujet de Reb. Il est vrai qu'elle a des théories sur tout : elle croit qu'il est plus important encore qu'il n'y paraît et n'est pas seulement une sorte de maître d'œuvre. Elle pense qu'il est le fondé de pouvoir d'un consortium géant, regroupant peut-être deux cents sociétés américaines ou brésiliennes.

— Je connais moi-même assez peu Reb, dit Tarras de plus en plus mal à l'aise.

Il se trouvait à New York depuis une semaine et avait connu Weizmann en sa qualité de président de l'une des fondations dont l'ancien de l'U.N.I.C.E.F. venait d'évoquer le rôle en Asie du Sud-Est. Au cours de cet été 77, Georges Tarras avait point par point mis en œuvre son projet d'un commando de juristes internationaux. L'opération avait été conduite dans le secret absolu. Il avait loué des bureaux sur Madison Avenue, toujours sous couvert de sa fondation, et y avait installé une trentaine de spécialistes, dont trois seulement connaissaient l'objectif ultime de la manœuvre : créer un nouvel état.

Comme Reb le lui avait demandé, passant outre à sa sainte horreur des tropiques, il s'était rendu une seconde fois en Amazonie. Il avait survolé Amazone, Negro et Branco mais n'avait prêté qu'une oreille distraite à, par exemple, un Sobieski lui présentant son nouveau projet : une monstrueuse centrale hydro-électrique comparable, par ses dimensions, au chantier québécois de la baie James. L'indifférence de Tarras pour la chose technique était totale : remplacer une ampoule grillée représentait le maximum de ses possibilités en ce domaine. En revanche, il avait noté les difficultés des avocats de la compagnie dirigée par Sobieski : une loi nationale, brandie énergiquement par le Conseil de Sécurité nationale du Brésil, interdisait à une société étrangère de posséder une source d'énergie dans une zone frontalière. Par ailleurs la centrale surpuissante projetée (mais le nombre de mégawatts n'était pas en cause), mettait en question le monopole de la Compagnie d'Etat, l'Electrobras. On pérorait fort sur le sujet, à Brasilia, malgré tous les appuis que Klimrod pouvait y avoir et même si une formule d'accord semblait en vue, Tarras avait vu, dans ce genre de difficultés, les signes avant-coureurs de ce que Reb, tôt ou tard, allait devoir affronter l'Etat brésilien, si indifférent jusque-là.

Et donc que le temps pressait, pour lui-même et son équipe.

Faire parler Elias Weizmann entrait précisément dans le cadre de sa préparation du dossier. Les Weizmann étaient en train, avec une foi à soulever les montagnes, de parcourir le monde en prélevant des quotas dans la misère et l'horreur. Si Elias rentrait d'Asie, y ayant recruté Sud-Vietnamiens et Cambodgiens chassés par l'annexion tonkinoise, si avant cela il avait opéré en Inde, Afghanistan, Pakistan et autres Philippines, Ethel de son côté parcourait l'Afrique, y puisant de même dans l'abominable réservoir des personnes déplacées, massacrées ou martyrisées, « que ce fût en Ruanda, Ethiopie, Guinée-Bissau, Ouganda, Angola et je ne sais trop quels autres pays. Le choix était vaste, hélas. »

Avec ce résultat que, dans une discrétion tout à fait extraordinaire, grâce aux navires et aux avions de Reb, l'Amazonie où il avait dessiné son Royaume prenait les allures d'un gigantesque refuge international.

Et puisqu'il fallait considérer les choses avec une froideur, une lucidité sans émotion de juriste, c'était pour le dossier un argument de poids que ce pays dont on voulait établir la naissance fût celui, et le seul vraiment, où toutes les races, les cultures et les haines de quelque sorte étaient effacées sitôt qu'on y entrait.

C'était bien entendu un rêve, mais certains jours, il y croyait...

— Vous connaissez Ethel, dit Elias Weizmann. Je ne sais comment le dire, ni même à qui le dire mais Ethel et moi sommes préoccupés par quelque chose, une idée que nous avons eue...

— Oui ? dit Tarras, ayant déjà compris ce que son interlocuteur allait dire et horriblement gêné par avance.

— Nous nous sommes demandé, reprit Weizmann non sans hésitation, si l'on ne se servait pas de nous, et surtout de tous ces gens que nous recueillons et envoyons en Amazonie, comme d'un prétexte...

Il eut un sourire timide :

« Excusez-moi mais l'expérience nous a appris que la générosité va rarement sans contrepartie. Et dans le cas de l'Amazonie, c'est tellement énorme que l'on peut se poser des questions.

— Avez-vous fait part de vos scrupules à David Settiniaz ?

— Il y a de cela cinq mois, juste avant que je reparte pour l'Asie. Ethel était là aussi.

— Et qu'a-t-il répondu ?

Weizmann sourit, assez gaiement cette fois :

— J'ai toujours considéré David Settiniaz comme l'homme le plus droit que je connaisse... A ce sujet, avez-vous remarqué qu'on a volontiers tendance à prendre pour un imbécile quelqu'un qui est dénué de toute agressivité ? Georges, David nous a laissé aller jusqu'au bout de nos remarques. Après quoi, il a éclaté de rage. C'est-à-dire qu'il a haussé un sourcil, qu'il s'est levé et a fait le tour de son bureau avant de revenir s'y asseoir. Et puis il nous a dit que nos craintes n'étaient pas fondées, en aucune manière, il y a engagé sa parole.

— Et vous attendez de moi que je vous donne une assurance semblable, dit Tarras, sachant déjà que tout ce qu'il pourrait dire ne suffirait pas.

— Georges, Ethel et moi dirigeons une espèce d'organisation quasi secrète par laquelle nous avons, au fil des années, adressé à Ilha Dourada, Verdinho et autres Diamantina plus de cent cinquante mille hommes, femmes et enfants. Provenant de tous les endroits de la terre. Et chaque année, nous sommes responsables de vingt-cinq à trente mille nouveaux migrants. Nous sommes en 1977 et dans trois ans, il y aura sur le territoire nettement plus de trois cent mille êtres humains qui, d'une façon ou d'une autre dépendront de l'une de ces cent et quelques sociétés qui administrent conjointement... comment appeler ça ? la zone en question. Et ces sociétés opèrent dans une concertation, une harmonie qui sont tout à fait surprenantes et prouvent qu'il y a dans tout cela une coordination générale remarquable. Et dans un but précis... Non, attendez, laissez-moi finir... Ethel et moi avons d'abord pensé qu'il s'agissait de trouver de la main-d'œuvre à bon marché. Mais cela n'avait pas de sens : il aurait suffi de puiser dans l'immense réservoir brésilien, des dizaines de millions d'hommes cherchent un bon travail, ou simplement un travail. Et puis nous nous en sommes assurés : ces gens que nous avons pris la responsabilité de recruter sont, à leur arrivée, merveilleusement accueillis : logement, travail, environnement culturel. D'une certaine façon, c'est la Terre Promise.

— Et c'est trop beau pour être vrai.

— Il y a de cela. Georges, c'est à croire que quelqu'un — ou plutôt quelques-uns, on voit mal comment un homme seul aurait pu avoir les moyens financiers et même intellectuels de concevoir un projet aussi monumental — que quelques-uns essaient de créer un pays. En y implantant des réfugiés. Et en mettant le Brésil, et l'opinion mondiale, devant le fait accompli, les réfugiés servant presque d'otages... Il ne s'agit d'ailleurs pas que du Brésil : certaines des sociétés qui nous emploient possèdent des terrains en Colombie, au Venezuela et dans les Guyanes. Ce n'est pas tout : nous avons découvert que nos migrants ne reçoivent aucun autre document que cette fameuse carte verte de travail qui leur permet de bénéficier de tous les avantages du territoirc. Rien d'autre. Ni passeport ni carte d'identité. Vous savez ce que cela veut dire : aux yeux des autorités brésiliennes, vénézuéliennes, colombiennes et guyanaises, nos gens sont des immigrés clandestins.

— Israël ne s'est pas créé autrement.

— Je m'appelle Weizmann, je sais comment Israël est né. Mais les clandestins d'Israël étaient des israélites, ils avaient une religion pour lien, sans parler d'une langue commune, de traditions millénaires et d'un grand rêve partagé. Nos migrants n'ont rien d'autre en commun que d'avoir été chassés de leurs pays d'origine.

— Ce n'est déjà pas si mal.

— Georges, des journalistes américains, brésiliens et français, entre autres, sont venus nous voir, Ethel et moi. Ils flairent quelque chose. Ils nous ont posé des questions que nous avons esquivées du mieux possible. Puisque nous nous étions engagés à la discrétion avec Reb. Mais je ne garantis pas que nous tiendrons longtemps encore. Toute l'affaire prend des proportions bien trop gigantesques. Bonté divine, rendez-vous compte : l'un de mes adjoints, un Danois du nom de Nielssen, se trouve actuellement à Beyrouth et il rayonne sur le Liban et la Syrie ; il n'est ni plus ni moins qu'en train d'y recruter cinq mille Palestiniens, tout comme j'ai moi-même recruté ces temps-ci des Sud-Vietnamiens ou des Cambodgiens. Vous imaginez l'effet que produirait dans un journal le titre : *Un Juif américain expédie cinq mille Palestiniens en Amazonie ?* Vous l'imaginez ?

— Il faudrait d'abord établir un rapport entre Nielssen et vous.

— J'ai exécuté les consignes de la terrible Marnie Oakes : en principe le secret sera préservé. Mais justement, Georges, nous nous trouvons tous contraints d'agir comme des espions. Les vingt ou trente fondations qui nous financent, les quarante compagnies maritimes qui nous prêtent leurs navires, les compagnies aériennes qui mettent leurs avions à notre disposition, telle société de Singapour, de Hong Kong ou de Bangkok, ou du Libéria, des Caïmans, des Bahamas ou du Liechtenstein qui interviennent toujours au bon moment, ces chaînes d'hôtels qui nous hébergent, ces banques qui nous débloquent des crédits sur-le-champ, tout cela est trop énorme... Pourquoi des hommes aussi différents que ce richissime Chinois de Hong Kong, ce Roger Dunn, ce Libanais du nom de Nessim Shahadzé, ces Petridis qui semblent plus riches que Niarchos, ce Soubise qui a été ministre dans son pays, ces banquiers suisses de Zurich, ce milliardaire argentin du nom de Rochas, et j'en passe, pourquoi nous aident-ils avec tant d'abnégation, avec une aussi prodigieuse coordination ? De quelle sorte de complot international s'agit-il ? C'est à n'y pas croire : j'étais à Hanoï voici trois semaines et j'y ai été contacté par un Soviétique de l'ambassade là-bas. Le gouvernement vietnamien me faisait des difficultés, s'agissant de m'autoriser à me rendre à Saïgon, je veux dire Hô-Chi-Minh-Ville, eh bien ! mon haut fonctionnaire soviétique m'a, en un clin d'œil, tout réglé. Ethel, de son côté, m'apprend que Del Hathaway, qui dirige à lui seul sept ou huit sociétés minières, est un ami personnel du gouverneur de la Californie qui sera peut-être président des Etats-Unis. Ethel dit aussi qu'Hathaway reçoit régulièrement de pleins avions de sénateurs de mon pays...

Le petit et frêle Elias Weizmann secoua la tête :

« Et vous voudriez que nous ne nous posions pas de questions ? »

Tarras réfléchissait. Et pensait : « Il fallait bien que ça arrive tôt ou tard. » Il murmura :

— En somme, David ne vous a pas convaincus ?

— Nous ne doutons pas une seconde de son honnêteté. Mais peut-être est-il manipulé, comme nous le sommes.

— Et comme je le serais moi-même, n'est-ce pas ?

Weizmann eut l'air désolé :

— Georges, navré mais cela va trop loin. Une simple assurance, même donnée par David et vous, ne suffira plus. J'ai préféré vous en parler moi-même avant qu'Ethel le fasse. Elle est parfois excessive dans ses propos.

Tarras prit le temps de compter jusqu'à dix, façon de se convaincre lui-même qu'il avait longuement mûri sa décision :

— Accordez-moi deux jours.

— Ethel sera demain matin à New York. Elle m'a appelé hier de Nairobi. N'en doutez pas : elle va débarquer les poings faits, prête à la bagarre. Elle est capable d'exploser devant des journalistes. Une fois, elle a giflé un secrétaire général des Nations unies qui lui répondait « argent » et « souveraineté nationale » alors qu'elle parlait d'enfants en train de mourir.

— Deux jours, dit Tarras. Vous pouvez la calmer jusqu'à après-demain ?

Il eut la glaciale mais très efficace Marnie Oakes en ligne et lui dit :

— Je voudrais lui parler. C'est urgent.

— Je transmets, dit Marnie. Il vous contactera demain au plus tard.

— C'est une question d'heures.

Court silence. Puis :

— Où êtes-vous ?

— New York, hôtel Algonquin.

— Allez Cinquante-Huitième Rue Est. Pas de nom au téléphone mais vous savez de qui je veux parler.

« David Settiniaz ».

— Oui, dit Tarras. Merci.

Il raccrocha. En dépit de la sorte de fièvre qu'il éprouvait, devinant que quelque chose d'essentiel était en train d'arriver, il s'amusait, comme le vieux gamin qu'il était. Il se rendit à pied dans la Cinquante-Huitième Est. Dans le bureau de Settiniaz se trouvait par hasard, ce jour-là, l'un des Chiens Noirs, Lerner. Tarras attendit dehors. Les bureaux installés vingt-six ans plus tôt s'étaient extraordinairement agrandis et modifiés ; ils s'étalaient sur plus de deux mille mètres carrés. Plus le saint des saints, le service informatique, mieux protégé que la Maison-Blanche (ici, on ne visitait pas), dont Tarras savait tout juste qu'à l'abri d'une formidable batterie de codes d'accès, il contenait la liste complète et exhaustive des quinze ou seize cents sociétés du Roi. « Et probablement aussi un curriculum vitae minutieux, mentionnant jusqu'à la date d'apparition de mes dents de sagesse », Lerner s'en alla, ignorant Tarras.

— Je ne vous savais même pas à New York, remarqua David Settiniaz qui semblait, chose très étonnante chez lui, de mauvaise humeur.

A Reb, Tarras avait posé la question de savoir s'il devait ou non mettre Settiniaz au courant de l'existence du commando spécial de

Madison Avenue. Reb n'avait pas hésité : « Pas encore, Georges, s'il vous plaît. Je vous ai dit que je n'étais pas encore décidé. J'ignore donc moi-même si votre projet aura ou non une suite. Inutile de préoccuper David par un événement qui n'aura peut-être jamais lieu ».

— Je vieillis un peu trop vite, dans le Maine, répondit Tarras, à nouveau terriblement gêné par ces autres mensonges que Reb l'obligeait à faire. Et à David qui plus était.

Le téléphone sonna au même instant. Settiniaz décrocha, écouta, parut surpris. Il reposa le récepteur :

— A croire que le mystérieux Jethro a recommencé d'épier nos faits et gestes, dit-il avec amertume. Georges, on vient de me prévenir qu'une communication radio va être établie dans exactement quatre minutes. Et c'est à vous qu'il veut parler. Vous seul.

Tarras chercha désespérément une réponse appropriée, n'en trouva pas. « Venez », lui dit Settiniaz. Du bureau même de celui-ci, dissimulé par une porte en apparence ordinaire, fermée par une clé spéciale, partait un petit ascenseur. Les deux hommes y entrèrent. L'appareil n'avait que deux destinations hors le bureau : une pièce qui devait se trouver dans le service informatique, deux étages normaux au-dessus, et une autre qui se révéla être, tout en haut de l'immeuble, une sorte d'appartement. Désert.

— Ici, dit Settiniaz.

Il désigna une salle visiblement insonorisée et encombrée d'appareils, y fit entrer Tarras :

« Quand ce voyant rouge s'allumera, abaissez cette manette. Il sera en ligne. Parlez dans ce micro. La communication terminée, actionnez la manette dans l'autre sens. Pour ressortir d'ici, vous pouvez réutiliser l'ascenseur : tout y est codé, vous ne pourrez que vous retrouver dans mon bureau. Toutefois, si vous souhaitiez vous en aller sans me revoir, utilisez la porte palière. Ne vous préoccupez pas de la refermer en partant, elle se refermera d'elle-même, les poignées et serrures extérieures sont factices. On ne peut l'ouvrir que de l'intérieur, ou alors par des signaux électroniques dont je suppose qu'ils vous indiffèrent. Je vous laisse, puisque c'est à vous seul qu'il veut parler.

— David, ça n'a pas l'air d'aller.

— Il vous reste soixante-dix secondes avant qu'il appelle.

Settiniaz s'en alla, visage bizarrement fermé. Le bruit du petit ascenseur parvint à Tarras, puis le silence.

Le bouton rouge s'alluma.

— Reb ?

— Oui, Georges. Je vous écoute.

« Il est dans son hélicoptère géant, quelque part dans la jungle ou au-dessus de celle-ci », pensa Tarras. Il entreprit de résumer son entretien avec Elias Weizmann, et de souligner le danger que l'effervescente Ethel, épouse du précédent, pouvait représenter.

Silence.

— Reb ?

— J'ai entendu ce que vous disiez, Georges, dit la voix si calme et si lointaine, dans tous les sens de ce dernier adjectif.

« D'accord, je vais m'occuper d'Ethel et d'Elias.

— Le temps presse.

— Je sais. Merci d'avoir appelé.

Tarras hésita puis dit :

— Quelque chose ne va pas non plus avec David. Vous vous êtes disputés, vous et lui ?

— En quelque sorte. Cela n'a rien à voir avec vous, Georges, vous n'êtes pas en cause. Ni vous ni rien de ce que vous pouvez faire. Où en êtes-vous ?

— Ça avance.

— Quand pensez-vous être prêt ?

Le cœur de Georges Tarras effectua un double saut périlleux . c'était la première fois, depuis juin de l'année précédente, que Reb parlait du travail du commando de Madison Avenue comme d'un projet appelé à voir vraiment le jour.

— Quelques mois, dit Tarras. Six ou huit.

— Vous disposez de davantage de temps. Au moins deux ans. Bien évidemment, vous prenez en compte dans votre dossier l'aspect « refuge international » sans considération de race, de religion ou d'engagement politique ?

— C'était la raison même de ma rencontre avec Elias. Comme vous me l'avez demandé, je suis de très près son travail et celui d'Ethel, et celui de leurs équipes. C'est énorme, Reb.

Tarras hésita : « Et je sais, moi, que ce n'est pas une sorte d'alibi... »

Silence. Après lequel Reb Klimrod eut cette phrase étonnante, sidérante, qui était inouïe dans la mesure où elle laissait deviner, dans le formidable cerveau du Roi, une inconcevable faille :

— Dans ce cas, dit Reb, vous en savez plus que moi...

Là-dessus, le silence se prolongea, quoique meublé du grondement presque indistinct des rotors du grand Sikorsky, à huit mille kilomètres de là. Et sans le voyant rouge resté allumé, qui indiquait que la communication se poursuivait, Tarras aurait pu croire le contact coupé. Mais Reb dit :

— Autre élément, dont je souhaiterais qu'il figure dans le dossier . la survie de l'Amazonie. Ce n'est pas simplement un problème brésilien, ou des pays limitrophes. L'Amazonie est le poumon de la planète Terre, Georges, pratiquement le seul qui lui reste. Mettez une partie de votre équipe à travailler sur le sujet, dans cette direction, s'il vous plaît. Qu'ils pensent à quelque chose du genre de ce qui se fait pour les pôles, à propos desquels on est à peu près arrivé à une coopération internationale.

— Mais sans faire le procès des Brésiliens.

— Evidemment non. Ils font leur possible et aucun autre pays dans les mêmes conditions ne ferait mieux. Mais étudiez toutes les possibilités d'une... indépendance internationale, dans l'intérêt des générations à venir. Quitte à dédommager les nations que les hasards de l'histoire ou de la colonisation ont rendu officiellement — légitimement, au sens où vous l'entendez — propriétaires de ces territoires.

— Je comprends, dit Tarras.

L'espèce de lassitude qui transparaissait dans la voix de Reb Klimrod le troublait. Il dit :

— Vous avez parlé de deux ans.

— Probablement un peu plus.

— Vous avez pris votre décision, n'est-ce pas ?

— Presque.

— Et vous pensez déjà à une date.

— Oui.

Cette fois ce fut Tarras qui, de lui-même, marqua un temps d'arrêt. Avant de demander :

— Voulez-vous que je m'occupe de quelque chose d'autre ? Par exemple de la façon dont cela pourrait se passer, le jour venu ?

— C'est inutile. Merci, Georges.

— Il vous faudra un retentissement maximal.

— Je crois avoir déjà trouvé, répondit Reb.

49

Settiniaz :

« A la lumière de ce qui arriva par la suite, je m'en veux, bien sûr. Mais tels sont les faits : 1977 et 1978 furent les années où ce que l'on pourrait appeler mon opposition à Reb fut la plus vive. Je fis en janvier 1977 un voyage en Amazonie, qui se trouva précéder d'un mois celui de Georges Tarras. Mais j'ignorai longtemps le déplacement de Georges, il ne m'en parla que plus tard. Je n'avais pas, à cette époque, la moindre idée de ce qui se tramait dans l'immeuble de Madison Avenue et je pensais Tarras plus ou moins retiré des affaires. Son nom n'apparaissait plus dans aucune des opérations conduites par Nick et Tony Petridis, et les seules mentions le concernant avaient trait à ces fondations dans lesquelles Roger Dunn et d'autres comme le Californien Jubal Wynn, successeur de Tudor Anghel, déversaient la quasi-totalité des bénéfices de leurs sociétés respectives .

« Pour Ethel et Elias Weizmann, je me souviens évidemment de la visite qu'ils me rendirent. Leurs questions me mirent hors de moi. Mais pour une raison assez différente de celle qu'ils donnèrent à mon éclat. Eux pensèrent que c'était l'indignation qui me faisait bondir, à la nouvelle de ce qu'ils doutaient de la sincérité de Reb. (Soit dit en passant, ils revinrent me voir environ cinq mois plus tard et m'apprirent qu'ils avaient rencontré Reb et que ce dernier avait " tout arrangé ". Je ne leur posai pas de questions mais par leur seule façon de me regarder, et de regarder mes bureaux, je compris que Reb leur avait probablement tout dit, sur lui-même et mon organisation. En tout cas, ils ne nous firent plus de difficultés, jusqu'à la fin et en somme, devinrent à cette époque des Hommes du Roi, mis presque autant dans le secret que Tarras et moi.)

« Mais en réalité, ils se méprirent sur les raisons de ma colère, j'avais d'autres raisons d'être furieux, plus sérieuses qu'une simple indignation.

« Mon voyage de janvier 1977 n'eut pas d'autre but réel que de tenter de mettre les choses au point, entre Reb et moi... »

— J'ai tous les chiffres, Reb. Ces ponctions que vous faites depuis des années mettent la plupart de vos entreprises en péril. Mes assistants et moi, nous nous livrons à d'extravagantes acrobaties.

— Le travail que vous accomplissez est en tous points remarquable, David.

— Je ne suis pas venu chercher des compliments. Nick était dans mon bureau il y a trois jours. Il n'a plus un dollar de liquidités dans les caisses des sociétés libériennes et panaméennes, qui sont endettées jusqu'aux cheminées. Roger Dunn m'avait dit exactement la même chose la semaine précédente. Et Wynn qui ne vaut pas tout à fait Tudor Anghel a de très gros problèmes en Californie. Nessim n'est pas homme à se plaindre mais il suffit de suivre le cours de ses transactions sur les marchés financiers pour s'en rendre compte : il est à cours de munitions. Sans ses opérations avec les Soviétiques et les pays de l'Est, il serait pratiquement au chômage. Idem pour Paul Soubise et Santana, celui-ci affolé par les risques que vous lui avez fait prendre à Dallas. Même Hang s'en est mêlé : sa dernière opération avec les Chinois de Pékin a été faite à perte et comme Hang n'est pas précisément idiot, j'en ai conclu qu'il avait agi sur ordre de vous, à seule fin de vous fournir en argent frais. Je me trompe ?

— Non.

— S'il n'y avait pas ces capitaux qui nous viennent des casinos, vos deux cents et quelques hôtels seraient depuis deux ans au moins presque tous en faillite : vous avez trop tiré dessus, sans leur laisser le temps d'être amortis ; Ethel Court non plus n'est pas du genre à pleurnicher mais elle se fait un souci de tous les diables et se demande à quoi vous jouez. De toute façon, même l'argent du jeu finira par ne plus suffire. D'ici à un an, il ne suffira plus du tout, sans doute même avant. Vous n'avez pas emprunté qu'à vos propres banques, il y a neuf cent douze opérations de crédit en cours et les établissements concernés ne vous feront pas de cadeaux.

Une heure plus tôt, l'énorme Sikorski avait déposé David Settiniaz au bord d'une assez grosse rivière aux eaux presque noires. Le gigantesque engin n'avait même pas fait tourner la tête aux Shamatari entre lesquels Reb surgissait comme un géant. Les Indiens étaient alors occupés à établir un campement et Settiniaz que toute cette forêt angoissait jusqu'à le rendre physiquement malade, s'était demandé comment, dans cet océan vert, Ubaldo Rocha avait pu à coup sûr retrouver Klimrod.

— Nous allons déjeuner, dit Reb.

Son regard fouilla littéralement les yeux et le visage de Settiniaz :

— Vous mangez avec nous, David ? Vous n'y êtes pas obligé. Mes amis ne seraient pas choqués si vous préfériez partager les sandwiches des pilotes.

— Ce qui est bon pour vous est bon pour moi, répliqua Settiniaz avec une sombre fureur. Et je peux vous donner ma démission quand vous voulez.

— Nous en reparlerons, David.

La voix était empreinte de ce calme courtois parfois si exaspérant, et exaspérant en ce moment même. Au point que Settiniaz avait suivi sans y prêter vraiment attention les préparatifs du repas. Les Indiens avaient secoué quelques arbres, en avaient fait tomber ou y avaient cueilli des chenilles de papillons, les avaient épilées, ouvertes d'un coup d'ongle ou de dent, mises à bouillir dans des feuilles.

— David, je vous ai trop demandé et j'espère que vous accepterez de me le pardonner. Ces dernières années, je ne vous ai certainement pas facilité la tâche. Réglons les problèmes immédiats : prenez toutes les dispositions pour que la Jaua soit mise sur le marché boursier. C'est une opération qui devrait faire rentrer à peu près deux milliards de dollars. Ces vers s'appellent des *mana*. Goûtez, vous verrez : c'est sucré et très nourrissant...

La stupeur faillit laisser Settiniaz sans voix. Mais il se reprit assez vite, pensant : « C'est de la démence, je suis en pleine forêt vierge, à discuter de milliards de dollars avec un homme nu qui me fait manger des chenilles ! »

— Vendre tout ?

— Si vous voulez, David. Ou bien ne mettez qu'un certain nombre de sociétés en cotation. Ce qu'il faudra pour équilibrer les comptes.

— Il y a plus de trois cents sociétés liées à la Jaua.

— Je peux vous en réciter la liste, dit paisiblement Reb.

Settiniaz sentait la colère le prendre peu à peu et il n'avait guère l'habitude de sentiments aussi violents. Sur le moment, il mit cela sur le compte de l'environnement, qui lui était si peu familier.

— Reb, vous avez dépensé plus de six milliards de dollars... pour ça...

Son geste du bras incluait les Indiens, la clairière, le Sikorsky et le monde entier créé en pleine Amazonie.

— Continuez, David.

— Où pensez-vous aller ? Vous m'avez dit un jour que vous aviez fait acheter les premiers terrains par Ubaldo Rocha à seule fin d'en rendre les Indiens légalement propriétaires. Vous vous en souvenez ?

— Je n'oublie rien et vous le savez, dit la voix douce.

— Je sais : vous êtes infaillible. Mais sur ce terrain que vous avez prétendument acheté pour vos amis indiens, vous avez fait dévaster la forêt, abattre les arbres, vous avez détruit l'habitat naturel de ces gens que vous affirmez vouloir protéger.

Le regard gris était sur lui, strictement impénétrable. Mais une sorte d'ivresse rageuse tenait Settiniaz. Qui poursuivit :

— Le président de la F.U.N.A.I., La Fondation de l'Indien, est un certain général Bandeira de Melo, ou était, je ne sais plus. En tous les cas, c'est ou c'était l'homme chargé officiellement de « respecter le peuple indien et ses institutions », et de lui garantir, je cite toujours, « la possession exclusive de ses terres et de leurs ressources naturelles ». Je me trompe ?

— Vous ne vous trompez pas.

— On m'a traduit l'une de ses déclarations et je cite exactement : « On ne saurait tolérer que l'assistance aux Indiens fasse obstacle au développement national. » Vous vous souvenez de cette phrase, Reb ?

— Oui.

— Vous auriez tout aussi bien pu la prononcer vous-même. Dans votre bouche, quelques mots auraient sans doute changé. Vous auriez pu dire par exemple : « Je ne saurais tolérer que mon amitié ou mon amour pour les Indiens fassent obstacle au développement du pays que je suis en train de créer, ou que j'ai déjà créé.

Aucune espèce de réaction. Reb ne bougeait tout simplement pas, assis sur ses talons, ses grandes mains pendant dans le vide, détendues, et il continuait d'observer Settiniaz, sans paraître vraiment le voir. Autour des deux hommes, les Indiens parlaient dans leur langue et riaient. Des femmes partirent se baigner dans la rivière, s'allongèrent dans l'eau avec de petits rires flûtés. Certaines d'entre elles étaient très jeunes et, même aux yeux de Settiniaz, leurs corps étaient superbes, nus et lisses, exposant très visiblement les lèvres roses de leur ventre. Au même Settiniaz, Trajano Da Silva avait raconté que dans leurs accouplements aussi, les Indiens se singularisaient : ayant pénétré la femme, l'homme s'en tenait là, ne bougeant plus, s'abstenant du moindre coup de rein ou mouvement de va-et-vient ; c'était à la femme qu'il appartenait de faire le reste, par de lents mouvements internes, enseignés avant la puberté aux jeunes filles, des mouvements invisibles ; si bien que l'acte d'amour, débutant au crépuscule, devait dans l'idéal ne s'achever qu'à l'aube...

— Je ne retire rien de ce que je viens de dire, reprit Settiniaz d'une voix sourde.

— Puisque vous le pensez.

— Je le pense.

— C'est votre droit, David.

— Tout comme je pense que ce que vous faites ici en Amazonie n'a pas le sens commun. Seigneur, j'ai commencé à travailler pour vous en 1951, il y a vingt-six ans, sans avoir eu vraiment conscience, à un moment, d'avoir décidé de le faire. J'ai été emporté et depuis plus d'un quart de siècle, je ne fais rien d'autre que d'essayer de surnager. Vous êtes sans doute un génie, peut-être voyez-vous des choses que je ne vois pas. Moi, je ne suis qu'un homme ordinaire. Je suis fatigué. J'ai cinquante-quatre ans. Pour vous suivre en toutes choses, il faudrait la foi aveugle du charbonnier. Georges Tarras y parvient. Pas moi. J'en suis incapable. J'ai besoin de comprendre. Vous avez bâti une fortune inimaginable, sans jamais apparaître et je vous y ai aidé, autant que je l'ai pu. Je suis plus riche aujourd'hui, grâce à vous, que je n'ai à aucun moment de ma vie ambitionné de l'être. Mais je ne comprends pas ce qui se passe aujourd'hui, ni où vous voulez aller. J'ai tenté d'avoir de l'amitié pour vous et parfois j'ai cru y être arrivé. A présent, je ne sais plus. Je ne sais même pas si j'ai envie de démissionner ou non.

— Je préférerais que vous ne le fassiez pas, dit Reb avec une grande douceur.

— Si je le faisais, tout serait en ordre. J'ai pris toutes les dispositions pour que mon relais soit pris le cas échéant dans des conditions qui vous satisfassent. Que je meure ou m'en aille, vos affaires n'en souffriraient pas. Cette espèce de machine monstrueuse que vous avez montée...

— Nous l'avons montée ensemble, David.

— Peut-être, oui. Dans une minuscule mesure j'ai peut-être joué un rôle. Mais quoi qu'il en soit, elle continuerait de tourner en toutes circonstances. Je suis même convaincu qu'elle continuerait de le faire sans vous.

Pas de réponse. Et ce fut ce silence, que dans l'instant il s'expliqua par de l'indifférence, ce qui blessa le plus Settiniaz. « A quoi d'autre pouvais-je m'attendre ? Il est incapable de sentiments humains et il devient un peu plus fou au fil des années. »

C'était tout à fait vrai qu'en 1977, et cela depuis longtemps, il avait organisé son propre état-major de la Cinquante-Huitième Rue Est de façon que tout pût fonctionner sans lui. Sa prudence naturelle, sa minutie, sa droiture et, quoi qu'il en pensât lui-même, ses très exceptionnelles qualités d'organisateur, l'avaient conduit presque dès les débuts, dans les années cinquante, à prendre de telles précautions. Il avait même poussé le scrupule jusqu'à prolonger dans ses bureaux le système des sociétés-étanches si bien développé par Klimrod ; il avait divisé les affaires du Roi en huit départements, indépendants les uns des autres, et seules les mémoires des ordinateurs faisaient le lien. C'était lui qui avait proposé à Reb, en 1952, d'entreposer dans un endroit sûr, tous les documents d'importance — et notamment les innombrables actes de trust ; Reb avait acheté une petite banque du Colorado qui présentait cet avantage de posséder des caves presque aussi bien gardées par la nature que le poste de commandement du Strategic Air Command. Et mieux que cela, il avait également suggéré à Reb de doubler cette première sécurité par une autre — « dont même moi je ne dois rien savoir, Reb » — si bien qu'il devait exister quelque part dans le monde, peut-être en Suisse chez les Zurichois de Töpfler, ou à Londres sous la surveillance de Nessim, ou bien encore à Hong Kong chez Hang, voire chez tous à la fois, une ou plusieurs copies parfaites des documents stockés dans les Rocheuses, quatre cents mètres sous terre.

Settiniaz eut sur les lèvres, lors de sa rencontre de janvier 1977 avec Klimrod, l'annonce de sa démission.

Il n'alla pas au bout de sa colère, ou de son ressentiment. Il se tut.

Rentré à New York, il s'employa même, avec son efficacité coutumière à exécuter les ordres de Reb concernant la Jaua et son incompréhensible réseau (incompréhensible à tout autre que lui-même et Reb Klimrod) des sociétés rattachées.

En accord parfait avec Ernie Gozchiniak, que Reb avait entre-temps contacté, il constitua l'ensemble des sociétés en un holding et ceci fait, en demanda la consignation par un *audit*, un commissaire aux comptes. Il fit en l'occurrence appel à l'une des firmes les plus réputées et les plus fiables, la Price-Waterhouse qui, son estimation faite, fixa un prix pour les actions de l'immense société anonyme ainsi créée. La Security Exchange Commission accorda le feu vert, la banque Lazard Brothers mena pour l'essentiel la mise en bourse. Qui fut l'un des grands événements de l'année financière. Et qui, bien que Settiniaz eût pris soin de conserver à Reb Klimrod, par Gozchiniak interposé, cinquante et un pour cent des parts, n'en rapporta pas moins un milliard neuf cent quarante-trois millions de dollars.

Assez pour rééquilibrer à peu près les comptes d'ensemble des affaires du Roi.

Plus justement, ce fut un répit. Les ponctions que continuait d'effectuer Klimrod, les énormes remboursements des prêts bancaires en cours annonçant d'ores et déjà que ce répit ne serait que de courte durée. Ce n'était pas pour apaiser David Settiniaz, dont les soucis d'ailleurs étaient autres que financiers. A ses yeux, rien n'était réglé, dans le conflit qui existait entre Reb et lui. L'affaire amazonienne continuait de lui apparaître comme un gouffre sans fond, par où tout allait tôt ou tard disparaître, à moins que le Brésil et autres pays concernés ne mettent le holà et condamnent ces investissements, sans même cette excuse de servir les Indiens dont Reb se prétendait le défenseur. Pour Settiniaz, il y avait de la mégalomanie dans tout cela, et une mégalomanie d'autant plus insupportable que le Roi ne faisait même pas l'effort de s'expliquer.

« Même pas à moi qui gérais ses affaires depuis tant de temps J'appris seulement, en 1978, par la presse, l'affaire des plates-formes géantes acheminées depuis le Japon jusqu'à l'embouchure de l'Amazone au prix d'un invraisemblable détour. Et c'était moi qui devais ensuite affronter les banques pour payer ces folies !

« En réalité, je crus que c'était la seule raison qui me faisait demeurer à mon poste : la situation devenait de mois en mois tellement complexe et difficile que je jugeai, à tort ou à raison, que les hommes que j'avais préparés à ma succession s'y seraient perdus. Beau prétexte... »

David Settiniaz demeurerait dans cette incertitude, quant à lui-même et à ses sentiments vis-à-vis du Roi, jusqu'au printemps de 1980.

50

Ce que Diego Haas appelle « la tournée d'adieux du Roi », et dont il raconta ensuite les péripéties à Georges Tarras, prit place en 1979. Venant en complément des confidences que le Roi fit à Tarras lui-même et à Settiniaz, elle eut cet avantage de permettre à ces deux hommes de reconstituer par la suite l'itinéraire de Reb Michael Klimrod, quasi depuis sa naissance à Vienne jusqu'en avril 1980 Avec les trous inévitables, au demeurant compréhensibles.

Cela bien que Klimrod n'ait suivi aucun ordre chronologique. Il ne remonta pas vraiment le temps. Il semble simplement qu'il ait éprouvé le besoin de revenir — en cette période de sa vie où, selon Georges Tarras il prit vraiment sa décision quant à la fin de son aventure — de revenir sur quelques épisodes de son passé, au hasard de ses souvenirs ou de ses déplacements purement géographiques.

En 1979, Henri Haardt vivait encore, et exploitait aux Antilles françaises une petite compagnie louant voiliers et équipages à des touristes désireux d'effectuer des croisières dans les Caraïbes.

Il sourit à Diego :

— Ça a été l'un des grands regrets de ma vie. Si ce sinistre individu (il désignait Reb) avait voulu rester à travailler avec moi, nous aurions fait une fortune colossale, ensemble.

— Dans le trafic de cigarettes ? dit Reb, souriant aussi. La conversation avait lieu en français, que Diego suivait mieux qu'avant, mais moins bien qu'il ne l'aurait souhaité.

— Parfaitement : dans la cigarette. Il y avait un fric fou à faire. Et d'ailleurs, je l'ai fait. A un moment, j'ai gagné jusqu'à un milliard de francs de l'époque. Que je me suis empressé de reperdre, d'ailleurs.

— Et ma présence aurait changé quelque chose ?

— J'en suis irrémédiablement convaincu, répondit Haardt, qui prit Diego à témoin : « Il avait ce qui m'a toujours manqué : de la tête, tout gamin qu'il était. Et quelle tête, bon sang !

— *Que sorpresa !* dit Diego. Vous m'étonnez mucho mucho.

Le regard du Français passa sur le vieux pantalon de toile et le tee-shirt usagé de Reb Klimrod :

— C'est bizarre, dit-il. A propos de tête, j'aurais donné la mienne à couper que tu deviendrais un type connu, de quelque façon.

— Moi, je le connais, dit Diego en anglais. Et je connais quelqu'un qui le connaît aussi. Un vendeur de hamburgers, à Greenwich Village. C'est un fan de Reb, il ne nous fait jamais payer.

Haardt se mit à rire. Ce n'était pas à ce genre de célébrité qu'il pensait, dit-il. Il invita à dîner ses deux visiteurs. Il était marié et déjà cinq fois grand-père, et ses affaires n'allaient pas trop mal, si elles n'allaient pas à merveille. Les banques le haïssaient, pour d'obscures raisons d'hypothèques et de prêts, mais il aimait sa vie, telle qu'il la menait, telle qu'il l'avait toujours menée ; il aimait à vivre sur la mer et mon Dieu, les banques mises à part, il se regardait vieillir sans trop de mélancolie. Il leva son verre de punch créole :

— Buvons à la santé des ratés que nous sommes, et qui n'en sont pas tristes pour autant !

A quelque temps de là, Henri Haardt eut pour client un riche touriste français du nom de Paul Soubise, à qui l'on donnait du « monsieur le président » pour cette raison qu'il avait été ministre à Paris. Le hasard fit que ce Soubise-là avait quelques intérêts dans la banque qui haïssait le plus l'ancien contrebandier en cigarettes de Tanger...

— Et vous allez rire, monsieur, dit un peu plus tard Haardt à Georges Tarras dont la fondation venait de passer un contrat très juteux, pour emmener des enfants en croisière, avec la compagnie du Français. « Vous allez rire, mais je suis allé jusqu'à penser qu'il y avait un rapport entre Reb Klimrod, que vous me dites connaître un peu, et ce Soubise, qui a été si extraordinairement généreux à mon égard.

— Il y a effectivement de quoi rire, répliqua Tarras imperturbable.

A Jérusalem, ils passèrent trois ou quatre jours dans l'assez modeste appartement de Yoël Bainish, lequel, bien qu'il ne portât pas de cravate, n'en était pas moins député à la Knesseth et s'apprêtait à devenir secrétaire d'Etat. Bainish demanda à Reb :

— Tu étais à Tanger ces derniers jours ?

— Il m'a traîné dans ces souks qui sentent la menthe, dit Diego. Nous avons même visité son ancien palace de trois mètres sur trois, rue Riad Sultan dans la Casbah. Je sais à présent où il a appris son espagnol, rue es-Siaghin, avec un hidalgo de Haute-Castille, qui est mort aujourd'hui, et j'ai même posé mes miches potelées dans le fauteuil du Café de Paris où il a jadis bu un thé. J'en étais tout ému, *Madre de Dios*. Nous sommes même allés au phare de Malabata.

Diego connaissait bien Bainish, ou du moins l'affirme, avant d'aller à Jérusalem en 1979. Mais il refusa toujours d'indiquer à Tarras la date et le lieu et les circonstances de l'hypothétique rencontre. Sur Bainish, Tarras sait peu de choses et Settiniaz à peine plus. Le New-Yorkais est pour sa part convaincu que Bainish sut toujours ce que faisait Klimrod, pourquoi, où et comment il le faisait ; il croit à des relations suivies entre les deux hommes, par exemple en ce qui concerne le « réseau Jethro » que Bainish en expert qu'il était a très bien pu aider à créer. Et dans le mystérieux message de 1956, qui alerta Reb de l'imminence d'une attaque sur le canal de Suez, il voit une preuve irréfutable de ces relations et de leur permanence.

En Israël, Reb retrouva quelques-unes de ses anciennes traces de 1945/1946 et, de façon plus surprenante, un Irlandais d'Ulster appelé Parnell, James Parnell, qui avait trente-trois ans plus tôt servi dans l'armée britannique en Palestine. Ce fut Parnell qui conta à Diego, devant un Reb amusé, les péripéties de l'attaque du poste de police de Yagur, le 1er mars 1946. Pour quelque raison que nul ne prit la peine de donner à Diego, Parnell et Bainish étaient restés en contact toutes ces années, Parnell étant à présent journaliste.

— Je vous aurais reconnu même sans Yoël, dit Parnell.

Il dressa index et majeur et les pointa sur son propre visage : « Les yeux. Je crois bien qu'ils me terrifiaient plus encore que ces explosifs que vous étiez supposé transporter. Vous nous avez bluffés ou bien il y avait réellement vingt kilos de T.N.T. dans les sacoches ?

— Trente kilos, dit Reb. Très authentiques.

— Vous étiez vraiment prêt à nous faire tous sauter ?

— A votre avis ?

Parnell soutint pendant quelques secondes l'étrange regard gris :
— A mon avis, oui, dit-il.

Ils allèrent tous déjeuner à Saint-Jean-d'Acre, sur la place Han-el-Amdan. Dans l'après-midi du même jour, Reb et Diego prirent à Tel-Aviv un avion pour Rome.

Ils suivirent en Italie l'ancienne route des monastères franciscains, par laquelle avait notamment transité Erich Steyr, entre autres nazis fuyant l'Europe. A Rome, ils ne passèrent qu'une nuit. Il fallut deux jours à la voiture de location conduite par Haas pour atteindre le Reschen Pass, Reb racontant durant le trajet l'histoire abracadabrante de la Quatre-Cent-Douzième Compagnie Royale de Transports, et Diego rit...

... Mais à partir du moment où l'on fut en Autriche, l'humeur de Reb changea. Il s'enferma dans un quasi-mutisme, n'en sortant guère que pour indiquer la route à suivre.

— Et tu n'es jamais revenu en Autriche, en trente-quatre années ?

— Non.

— Merde, c'était pourtant ton pays !

Pas de réponse. Et Diego pensait : « Un pays qui lui a tout de même assassiné sa mère et ses sœurs, et par-dessus tout son père, et a manqué de peu de le tuer lui-même. Des patries pareilles, on s'en passe. Et puis, pour Reb Klimrod, qu'est-ce que c'est, un pays ? Mais tout de même, trente-quatre ans... »

Ils déambulèrent dans Salzbourg pendant toute une journée et à nouveau Reb se mit à parler, sur les lieux mêmes, d'une voix encore plus lointaine qu'à l'ordinaire, comme s'il ne s'adressait qu'à lui. Il raconta toute la scène, de sa propre arrivée dans la ville à la mort d'Epke et de Lothar le photographe du château de Hartheim.

Pour ce dernier, Diego n'y fit pas halte, pas plus d'ailleurs qu'à Linz ou Mauthausen.

En réalité, tout ce qu'avait accompli Reb Klimrod entre son premier départ du camp de personnes déplacées de Leonding jusqu'à son autre départ avec Yoël Bainish pour la Palestine, tout ce qui fut la recherche ardente de son père et la découverte de ce qu'il était advenu de ce dernier, toute cette partie de l'histoire n'est connue que par les trois témoignages conjugués de Settiniaz, Tarras et Diego. L'épisode de Salzbourg constitue essentiellement l'apport de Diego, celui du château de Hartheim provient de David Settiniaz (tout comme la visite à l'aube du 19 juin 1945 de l'hôtel particulier de Johann Klimrod) ; et Tarras quant à lui a recueilli les confidences de Reb s'agissant de la traque de Steyr en Autriche...

De Salzbourg, ils se rendirent directement à Vienne, dans l'Inner Stadt, devant un bel hôtel particulier. Diego stoppa.

— Et qu'est-ce qu'on fait maintenant ?

— Rien.

Diego coupa le moteur, attendit. Reb ne bougeait pas. Il regardait la luxueuse porte d'entrée avec ses atlantes mais ne faisait pas le moindre geste, figé. Diego demanda :

— Maison natale ?

— Oui.

Des enfants sortirent au même instant, s'éloignèrent, transistor collé contre l'oreille. Cent mètres avant de s'arrêter, Diego avait entraperçu la grande roue du Prater.

— Tu n'entres pas ?

— Non.

Reb avait pourtant légèrement pivoté sur son siège, pour suivre des yeux les adolescents qui s'éloignaient en direction de la Chancellerie de Bohême. Ils étaient deux, garçon et fille, entre douze et quinze ans. « Ils pourraient être les enfants de Reb », pensa soudain Diego par un éclair d'intuition, et il fut brutalement bouleversé.

Silence. Reb revint face au pare-brise.

— Démarre, on s'en va, dit-il à voix très basse, rauque.

L'étape suivante fut un endroit appelé Reichenau après que Reb dans Vienne même, les eut fait passer dans la Schenkengasse — « il y avait une librairie ici, autrefois ». Reichenau n'était pas grand-chose, à peine un village. Reb voulut aller jusqu'à une ferme isolée. Il y demanda des nouvelles d'une femme. Le couple qui habitait là ne se souvenait que très vaguement d'elle. « Emma Donin », dit Reb. Ils dirent qu'elle était morte depuis longtemps. Reb insista :

— Elle avait trois enfants avec elle, trois petits garçons blonds, aux yeux bleus, qui aujourd'hui auraient trente-cinq ou quarante ans.

Le couple secoua deux têtes synchrones : ils ignoraient tout d'Emma Donin et des enfants de 1945.

Les mêmes questions à travers le village amenèrent les mêmes réponses. Feu Emma Donin n'y avait pas été très populaire. Et quantité d'enfants avaient défilé chez elle, pendant et après la guerre. Reb revint s'asseoir dans la voiture, étalant ses grandes mains osseuses sur ses genoux, tête baissée.

— En route, Diego.

Ils firent une courte halte un peu plus bas, à Payerbach. Il s'y trouvait une famille Doppler. Reb parla d'un vieil homme avec une charrette, qui avait été son ami, autrefois, et l'avait même invité à dîner chez lui...

Non, on ne se souvenait pas, chez les Doppler Du grand-père si, bien sûr, mais pas de lui, Reb Klimrod.

— Il aurait fallu que vous rencontriez Gunther et sa sœur, qui étaient là à cette époque. Mais ils ne vivent plus en Autriche. Ils sont au Brésil, à Rio, ils y font fortune en tenant toute une chaîne de pâtisseries autrichiennes. Si vous allez à Rio un jour...

Et puis la dernière étape autrichienne.

L'homme avait une quarantaine d'années et il dirigeait l'équivalent autrichien d'une étude de notaire. Il s'appelait Keller et, comme convenu au téléphone, il les avait attendus à Bad-Ischl. Il était monté dans la voiture pilotée par Diego et ce dernier avait aussitôt pris la route.

Keller dévisageait Reb avec curiosité :

— Mon père m'a dit qu'il ne vous avait vu qu'une seule fois, en 1947 ou 1948...

— 1947, dit Reb. Le 24 mars 1947.

Keller sourit : « C'est ma mémoire qui est défaillante, ou celle de mon père. Je n'avais que quatre ans, à l'époque. Mais pourtant mon père se souvenait très bien de vous. Quand il est mort, il y a six ans, il m'a tout particulièrement recommandé de satisfaire scrupuleusement toutes les demandes émanant de vous. Vous m'intriguiez, je dois le reconnaître. Trente-deux ans d'assiduité, ce n'est pas vraiment commun. »

Reb lui sourit pour toute réponse. La voiture entra dans Altaussee. Elle stoppa devant le Parkhotel. Keller descendit.

— Nous en avons pour deux heures à peu près, lui dit Reb. Bien entendu, vous êtes mon invité pour le déjeuner. J'y tiens beaucoup, s'il vous plaît.

— Prenez le temps nécessaire sans vous soucier de moi, répondit Keller.

La voiture repartit, cette fois en direction du petit village de Grundlsee. Elle arriva finalement en vue d'un lac entre des sommets sombres qui portaient le nom peu riant de montagnes Mortes...

— On marche, Diego.

— Mon rêve.

Ils firent plus que marcher, ils escaladèrent et vint un moment où le petit Argentin, qui n'abominait rien tant que l'exercice physique et à plus forte raison l'alpinisme, dut s'écrouler, à bout de souffle et de forces. Il vit Reb continuer de grimper, avec ses façons d'Indien, par moments s'arrêtant figé, comme recherchant une piste très ancienne, et puis repartant, renseigné par son inhumaine mémoire. Jusqu'au moment où il parvint à une espèce de surplomb rocheux. Là, il s'agenouilla, pour fouiller les anfractuosités. Il fini par se redresser et s'immobiliser, contemplant le lac noir sous lui, presque à la verticale.

Une dizaine de minutes plus tard, il rejoignit Diego. Il semblait tenir quelque chose dans sa main et bien sûr, devina la curiosité de son compagnon. Il ouvrit ses doigts, révéla sa paume : des douilles de Colt 45 rouillées.

— Et ce charmant endroit s'appelle comment ? demanda Diego.

— Toplitz.

Ils furent à Altaussee à temps pour déjeuner avec Keller. Lequel était à temps perdu collectionneur de pendules et en parla tout au long du repas. Ce ne fut qu'ensuite qu'ils se rendirent au cimetière. La tombe s'y trouvait à l'écart, en marbre noir, sans croix ni aucun signe, abondamment garnie de fleurs fraîches, et ne portant d'autre inscription que les lettres « D. L. »

— Je suppose, dit assez timidement Keller, qu'il ne servirait à rien de vous demander le nom de cet inconnu sur qui vous veillez à distance depuis trente-deux ans ?

Il était de taille moyenne. Le regard gris descendit sur lui, yeux écarquillés et emplis d'une poignante tristesse.

— A quoi bon ? répondit Klimrod. Je suis le seul à me souvenir de lui.

Avant de regagner l'Amérique du Sud, ils passèrent par Aix-en-Provence, où Reb alla sur une autre tombe, celle de Suzanne Settiniaz ; puis par Paris, où l'on rencontra un Français du nom de Jacques Mayziel qui, crut comprendre Diego, avait connu Reb à Lyon, autrefois. Reb et Mayziel évoquèrent un certain Bunim Anielewitch, en qui Diego Haas reconnut le mystérieux personnage aux yeux tristes à qui il avait demandé s'il parlait le lapon, dans un café de la place de la Nation, en 1951, juste avant que Reb allât partager les zakouskis avec Joseph Staline.

Ensuite seulement, ils prirent l'avion pour l'autre hémisphère. Ils allèrent en Argentine, à Buenos Aires, où Mamita de son vrai nom Maria-Ignacia Haas de Carbajal, était morte depuis dix ans, désespérée de n'avoir jamais pu avoir de petits-enfants officiels, « la pauvre Mamita ne voulut jamais admettre l'existence de mes neuf enfants naturels, issus de mes épouses pour ainsi dire morganatiques. Quand je voulus lui en présenter trois ou quatre, histoire de lui faire plaisir, elle nous claqua la porte au nez. »

A Buenos Aires, ils allèrent calle Florida, à la galerie Almeiras. Le vieil Arcadio était mort aussi, depuis longtemps, mais sa petite-fille considéra le Kandinsky avec le plus complet des abasourdissements :

— Vous voulez quoi ?

— Vous en faire cadeau, dit Diego avec son plus charmant sourire. Et je ne suis qu'un messager, ne me remerciez pas. Figurez-vous que votre grand-père, il y a trente et quelques années, s'est conduit comme un véritable hidalgo. Et la personne que je représente est de celles, si rares señorita, qui n'oublient jamais rien. A propos, est-ce que vous êtes libre, pour dîner ?

Elle l'était.

Il demanda à Reb :

— Et maintenant ?

— Zbi en Floride, quelques autres à New York, Chicago ou Montréal, les Anghel en Californie et ce sera tout.

Un frisson glacé parcourut Diego :

— Et ensuite, Reb ?

— La fin, Diego.

On était en novembre 1979.

51

— Je m'appelle Arnold Balm, dit l'homme à Georges Tarras. C'est moi qui vous ai téléphoné ce matin de New York et il y a deux heures de Bangor.

Il regarda autour de lui et remarqua : « Vous aimez le rouge, n'est-ce pas ?

— Les toilettes sont blanches, répondit Tarras qui pensait : « Nous avons l'air de deux espions échangeant d'imbéciles phrases-codes. »

Il demanda à son visiteur :

— Puis-je vous offrir du thé ? J'ai également des muffins, tout frais, puisque nous sommes un vendredi. On me livre mes muffins le lundi, le mercredi et le vendredi.

— Avec joie, dit Balm. Pour être franc, je suis complètement gelé.

Par la fenêtre étroite du bureau, il jeta un coup d'œil sur l'Atlantique au-delà de Blue Hill Bay et en frissonna :

« Par chez nous, dit-il, nous aurions une mer de cette couleur, nous nous mettrions tous au lit jusqu'au printemps.

— Par chez vous ?

— Caïman Brac. Mais en réalité, je suis de Petit Caïman. »

L'atlas que Georges Tarras avait consulté dans la précipitation, sitôt reçu le coup de téléphone de Balm, avait été désagréablement laconique.

— A mon tour d'être franc, dit Tarras, je sais remarquablement peu de choses sur les Caïmans, braques ou pas.

— Ne vous excusez pas, c'est normal. Nous avons été Colonie de la

Couronne depuis 1670 mais quand je me suis présenté au Foreign Office de Londres, la première fois, le haut fonctionnaire m'a dévisagé d'un œil suspicieux et m'a demandé : « Vous êtes sûr que ça existe et que c'est à nous ? » Soit dit en passant, nous avons été découverts par Christophe Colomb en personne, en 1503.

— C'est snob en diable, dit Tarras.

Balm sourit : « N'est-ce pas ? Pour nous trouver, c'est assez simple : vous placez Cuba au nord, le Yucatán à l'ouest, le Honduras au sud et la Jamaïque à l'est. Au centre, vous délimitez un grand morceau de mer caraïbe en apparence désertique. Ne vous y fiez pas : nous sommes là, en plein milieu. Nous avons trois îles : Grand Caïman, Caïman Brac et Petit Caïman. Notre capitale est Georgetown sur Grand Caïman. Sept mille six cent soixante-dix-sept habitants au recensement de l'an dernier pour Georgetown même, et seize mille six cent soixante-dix-sept en tout pour les trois îles. Le problème est que Grand Caïman est à cent quarante-trois kilomètres de Petit Caïman, qui se trouve elle-même à huit kilomètres de Caïman Brac. Excellent, ces muffins, vraiment extraordinaires. Mais cela nous interdit évidemment de prendre l'autobus pour aller faire nos courses en ville. Heureusement, j'ai mon avion personnel, comme beaucoup. Dans le civil, je suis banquier. Comme presque tout le monde : nous avons sur notre territoire cinq cent quarante-deux banques. Soit à peu près une banque pour trente habitants, enfants en bas âge compris. Nos principales ressources sont la banque et la tortue, fraîche ou séchée, que nous exportons pour en faire de la soupe. Y a-t-il autre chose que vous désirez savoir ?

— Voilà qui me semble assez complet, dit Tarras un peu ébahi.

— Ah si ! le drapeau. Francisco Santana qui m'a donné votre nom et votre adresse m'a dit qu'il nous fallait absolument un drapeau national. Il nous a posé là un fichu problème. Nous n'avons pas réellement de drapeau national, hors l'Union Jack — ou du moins nous n'en avions pas la semaine dernière. Très opportunément ma sœur, qui est si vous voulez notre ministre des Affaires étrangères, a eu une idée : elle a pensé à décrocher le truc que nous avions mis au fronton de notre parlement. La cuisinière de ma sœur en a fait une copie sur sa machine à coudre. La voici.

Il déposa sur le bureau de Tarras une mallette dont il sortit une pièce de tissu. Qu'il étala.

— Au nom du Ciel ! s'exclama Tarras, qu'est-ce que c'est que ça ?

« Ça » représentait une tortue en costume de pirate, bandeau noir sur l'œil, avec une jambe de bois.

— Notre emblème national, dit Balm.

Il sourit aimablement : « Oui, je sais, cela paraît un peu farfelu mais ma sœur a posé la question à l'Assemblée législative et tout le monde a été d'accord pour reconnaître que cet emblème national-là en valait bien un autre. Tout le monde sauf Chip Fitzsimmons. Mais

Chip vote toujours contre, de toute façon, quel que soit le projet. Et en plus, c'est mon beau-frère et il est fâché avec ma sœur. Ils vont divorcer, je crois bien. »

Tarras s'assit. Il était partagé entre le péril imminent d'un fou rire et le pressentiment, infiniment plus grave, que son visiteur, si sympathique et drôle qu'il fût, allait mettre en marche un événement capital, qui pourrait même se révéler tragique. Pour la question suivante, il conserva néanmoins le ton très britannique d'une conversation mondaine :

— Du lait dans votre thé ?

— Un nuage.

... Mais la question que fit un peu plus tard Georges Tarras avait un tout autre caractère. Il demanda :

— Et de quoi au juste êtes-vous convenu avec Francisco Santana ?

— M. Santana qui est un vieil ami, nous a convaincus et assurés de ce que vous-même, monsieur Tarras, nous aideriez en toutes choses, s'agissant de nous faire admettre, en tant qu'Etat libre et indépendant, au sein de l'Organisation des Nations unies. Tous les problèmes financiers ont été réglés et nous n'avons aucun souci en ce domaine, vraiment aucun. Une société dont M. Santana est le conseiller juridique, et qui a précisément son siège social chez nous, met gracieusement à notre disposition tout un étage de bureaux dans Manhattan. Ce n'est pas que nous ayons besoin de tant de place, en réalité : je serai chef de la délégation mais cette délégation ne comporte pas d'autre membre que moi. Mon emploi du temps ne sera guère affecté par cette charge, je me rends régulièrement à New York pour mes affaires. Vous pouvez vous occuper de toutes les démarches, monsieur Tarras ?

— Certainement.

— Nous sommes le 9 novembre 1979. Pensez-vous qu'il serait possible que toute cette procédure soit terminée pour le mois de mai prochain ?

La fièvre toucha Georges Tarras.

— Oui, dit-il. C'est tout à fait possible. Santana vous a-t-il suggéré une date particulière ?

— Il tient énormément au 5 mai 1980, dit Balm.

Il buvait son thé très paisiblement, regardant avec curiosité autour de lui, son œil passant sur l'impressionnant entassement des livres. Les mains de Tarras, en revanche, tremblaient, et ce fut au point qu'il dut reposer sa propre tasse. « 5 mai 1980 : trente-sept ans après, jour pour jour. » Il demanda encore :

— Et que se passera-t-il le 5 mai 1980 ?

— L'Assemblée générale sera réunie, ce jour-là. Il y aura sans aucun doute là les représentants de cent soixante et quelques nations, outre les observateurs des vingt pays, comme la Suisse, la Rhodésie et les deux Corées, pour ne citer que les plus importants. En tant que représentant d'un nouvel Etat membre, j'aurai droit à un temps de parole, et droit aussi de proposer une motion à toutes les délégations qui me feront l'honneur de m'écouter. Je proposerai cette motion et ensuite, je rétrocéderai partie de mon temps de parole à un homme dont, en toute franchise, je ne sais à peu près rien.

— Mais vous savez tout de même son nom, remarqua Tarras, le cœur battant la chamade.

— Tout de même, oui.

52

A la sortie de l'hiver 1979-1980, Paul Soubise eut une première alerte. Depuis quelque temps, il avait réussi à cesser de fumer et s'adonnait à quelque exercice physique. Sans cependant aller jusqu'à grotesquement s'affubler d'un survêtement et de chaussures adéquates pour trottiner dans les allées du bois de Boulogne. Mais il s'était remis à la marche, qu'il n'avait plus pratiquée depuis les temps lointains où il était scout de France, sous l'absurde pseudonyme de « Tatou Trique-Madame », qu'il avait au reste choisi lui-même, non sans d'âpres discussions avec sa cheftaine, qu'il avait fini par persuader que le « trique-madame » n'était qu'un autre nom pour l'orpin blanc, autant dire une crassulacée, en bref une plante fort banale décorant d'ordinaire les pissotières de campagne.

Cela lui arriva quand, décidé à se forger dorénavant un corps d'athlète, il escalada en courant (presque) les escaliers de son hôtel particulier avenue Franchet d'Esperey, dans le seizième arrondissement de Paris. D'emblée la douleur fut brutale et paroxystique. Elle surgit sous le sternum, au tiers supérieur de celui-ci ; elle s'irradia vers l'épaule gauche, vers l'intérieur du bras gauche, jusque dans les deux derniers doigts de sa main gauche. A la seconde, le sentiment d'angoisse se fit intense, il crut qu'il allait mourir, là comme un con dans cet escalier, simplement pour avoir dédaigné un ascenseur qui lui avait coûté une fortune.

Son médecin personnel, qui bien sûr était de l'Académie, diagnostiqua sans peine une angine de poitrine. Il crut de bon escient de prendre une mine grave :

— Vous auriez pu en mourir, Paul. C'est une première crise, d'évidence. Elle a cessé comme elle a commencé et la sensation de bien-être que vous avez ensuite éprouvée ne se renouvellera pas la prochaine fois. Car il y en aura d'autres. Ne vous séparez plus de votre trinitrine. Et surtout du repos, absolu.

— Puis-je voyager ?

— Vous pouvez vous engager pour le marathon de New York mais vous mourrez au premier tiers du pont de Verrazzano. Oui, vous pouvez voyager. Cela dépend où et comment.

Soubise s'alita quelques jours et s'ennuya ferme. Il en vint à soulever les draps de son lit, par surprise, avec l'espoir d'y découvrir un corps de femme qu'on eût placé là par erreur. Dès les premières heures, il avait, outre son propre état-major, joint David Settiniaz à New York pour le prévenir de ce qu'il quittait momentanément le champ de bataille. Il avait également appelé Nick Petridis à New York et Nessim à Londres.

... En sorte que, lorsque sonna sa ligne privée, secrète, près de son lit, dont seuls David, Nick et Nessim savaient le numéro, il crut que c'était l'un de ces trois hommes qui le rappelait.

— Paul ?

Mais la voix qu'en avril 1980 il n'avait pas entendue depuis près de trois ans, la voix calme et douce lui fut instantanément familière :

« Paul, dit Reb, j'ai appris bien sûr ce qui vous était arrivé. J'en suis très sincèrement désolé. On me dit qu'il ne s'agit que d'une alerte, heureusement, et que vous êtes en de bonnes mains. On me dit aussi que vous pouvez voyager, bien qu'avec des précautions. Je ne vous demanderai donc pas de parcourir le monde et puisque vous êtes en France, c'est donc en France que nous nous verrons. Cela aura lieu dans dix jours et je souhaiterais votre présence. Pourrez-vous venir ?

— Où vous voulez et quand vous voulez.

— L'avion vous attendra à Toussus-le-Noble, le 21 de ce mois, à huit heures trente du matin. Venez seul, s'il vous plaît et sans trop ébruiter la chose.

Soubise était français à n'y pas croire. S'il n'était pas sans légèreté, s'il n'eût pas hésité à mettre en péril une amitié ancienne pour un bon mot, il avait l'intelligence éruptive et le don des enchaînements fulgurants.

Il affirme qu'il sut bientôt qu'un monde allait basculer.

Thadeus Töpfler était à Zurich quand l'appel lui parvint. Mieux encore, il était assis dans ce même bureau où, vingt ans plus tôt à quelques jours près, il était entré pour affronter Aloïs Knapp, après avoir dit dans un fou rire nerveux à Brockman : « Il y a là en bas un homme en espadrilles qui nous présente un chèque d'un milliard de dollars. » De l'épisode, il conservait un souvenir teinté d'une amère et triste tendresse. Mais il n'en doutait pas : les conséquences pour lui-même avaient été des plus heureuses. Son ascension personnelle dans la hiérarchie de la banque, s'il y avait travaillé avec un rare acharnement, avait débuté à cette époque. Et quand il s'était agi de succéder à Aloïs Knapp, l'ordre était comme tombé du ciel, et avait entraîné sa nomination.

Trois hommes dont son vieil ennemi (mais à présent son subalterne) Othmar Brockman se trouvaient présents dans son bureau quand clignota le voyant de la ligne ultra-privée. Il attendit d'être parfaitement seul pour dire simplement, après avoir décroché : « J'écoute. Je n'étais pas seul. »

Il écouta.

Il décida qu'il ferait le voyage par la route. Les avions lui faisaient de plus en plus peur. Et le train n'était pas suffisamment discret.

Le 11 avril, David Settiniaz quitta son bureau pour aller dîner, avec l'intention d'y revenir très vite, sans doute pour y passer une partie de la nuit. La fabuleuse opération sur l'or s'achevait, certes, mais les fantastiques retombées financières avaient à être très précisément évaluées et, surtout, ventilées dans les quelque six cents sociétés ayant besoin de liquidités.

L'ordre — en tous points semblable à celui ayant déclenché la mise en bourse de la Jaua Food et de ses entreprises annexes — l'ordre était arrivé presque sept mois plus tôt. Reb avait établi un contact radio : « David, je sais que vous avez à nouveau de graves problèmes financiers. Je n'ai pas attendu sans raison. Mettez tout en place, s'il vous plaît, pour être opérationnel aux premiers jours de janvier 1980. Même dispositif que précédemment : groupez toutes les sociétés de mines d'or en un holding et préparez-vous à la mise en bourse. »

A plusieurs reprises auparavant, Settiniaz s'était attendu à voir Reb liquider, ou mettre en bourse en une offre d'achat ouverte au public, les actions de ses mines d'or des Rocheuses, ou simplement à accorder à Nessim l'autorisation de vendre les énormes stocks d'or que le Libanais détenait au nom du Roi. En septembre 1969, par exemple, quand de 35 dollars, l'once d'or était passée à 41. Interrogé, Reb avait dit non. Il avait encore dit non en décembre 1974 quand, sur le marché de Londres, l'or avait atteint le prix pharamineux pour l'époque de 197,50. « Non, David. On attend. » Non sans raison puisque quatre ans plus tard, en octobre 1978, le prix était passé à 254 dollars. « On ne fait rien, David. — Nous avons besoin d'argent frais. — On ne fait rien. » La montée vertigineuse s'était poursuivie : 317,75 en août 1979, 437 le 2 octobre de la même année, 508,75 le 27 décembre !

Et à cette date, tout était prêt depuis deux mois pour le holding qu'on avait constitué. « Reb, on y va quand vous voulez. — On ne fait rien, David. — Quelque difficulté que j'aie ? Elles sont énormes, Reb ! — Désolé, David. Il vous faut tenir encore quelque temps. Plus très longtemps... »

Et le 18 janvier 1980... Contact radio . « David ? Le moment est venu. Allez-y. » Settiniaz avait voulu s'entendre confirmer les consignes déjà reçues et qui lui avaient paru stupéfiantes, dans la mesure où c'était la première fois que le Roi abandonnait partie de ses biens propres : « Reb, il est bien clair que je mets absolument *tous* les titres sur le marché ? Vous ne gardez rien ? — Rien, David. Nous sommes d'accord. On vend tout l'or, où qu'il soit. Transmettez à Nessim, Hang, Paul, Thadeus, Jubal à San Francisco, Jaime à Buenos Aires. Dans l'heure, s'il vous plaît. »

Settiniaz commente : « Depuis presque trente ans que je travaillais pour lui, c'était la première fois qu'il se débarrassait totalement, sans y conserver la moindre participation, d'une entreprise qu'il avait créée. Rien que cela aurait dû m'alerter. Mais j'étais submergé par les problèmes... »

Les inextricables problèmes financiers de Settiniaz furent miraculeusement résolus, le 21 janvier quand l'once d'or atteignit le niveau historique, invraisemblable, de *huit cent cinquante* dollars l'once.

L'opération laissa un bénéfice net de quatre milliards trois cent quarante-cinq millions de dollars. La fortune du Roi atteignit ainsi sa cote maximale : à la fin du mois de janvier 1980. Prenant en compte les investissements amazoniens déjà largement producteurs d'intérêts (eux-mêmes réinvestis d'ailleurs), Settiniaz avance le chiffre de dix-sept milliards trois cent cinquante millions de dollars.

Quittant son bureau, il s'arrêta quelques secondes dans le hall du rez-de-chaussée pour échanger quelques mots avec l'un de ses assistants. Il eut ensuite le temps de faire trois pas :

— Settiniaz.

On lui touchait le bras. Il reconnut Diego Haas.

— Il voudrait vous parler, dit Diego. Maintenant.

Leurs regards s'affrontèrent. Diego sourit :

— Les ordres, Settiniaz.

Dehors, en contravention avec les règlements de la circulation new-yorkaise, une voiture attendait. Diego lança en espagnol quelques mots à l'intention d'un agent tout proche, qui éclata de rire. Diego se mit au volant et démarra, lui-même souriant mais le regard froid.

— Où est-il ?

— Je vous amène à lui.

La voiture descendit vers Manhattan *downtown,* finit par déboucher en vue de Washington Square. « Vous descendez », dit Diego, ses yeux jaunes teintés de l'ordinaire ironie sarcastique.

— Où est-il ?

L'Argentin hocha la tête, et se contenta de pointer un index vers l'arc de triomphe. Il démarra et repartit, disparut rapidement dans la circulation. Settiniaz se mit à marcher dans une allée. Il découvrit Reb un peu plus loin, assis sur un banc, partageant son sandwich avec les curieux écureuils noirs. Reb portait un jean et une chemise de grosse toile écrue. Son blouson et son sac de toile etaient poses a ses côtés. Ses cheveux étaient plus longs qu'ils ne l'avaient jamais été lors d'aucun de ses retours précédents à New York, mais n'atteignaient pas tout à fait ses épaules. Settiniaz le découvrait de trois quarts arrière et une bizarre émotion le prit, très soudainement. « Il donnait une telle impression de solitude... Et il fixait le sol, quelques mètres devant lui, avec cet œil empli de rêve... Je ne sais pas ce qui s'est passé en moi... »

Settiniaz s'approcha, s'immobilisa. Après plusieurs secondes seulement, Reb Klimrod constata sa présence, et sourit :

— Je n'ai pas voulu aller jusqu'à la Cinquante-Huitième Rue, dit il. Excusez, j'avais mes raisons. Sérieuses. Etes-vous attendu quelqu part ?

— Je rentrais chez moi pour dîner.

— Et ensuite vous alliez regagner votre bureau.

— Oui.

Reb déplaça le sac et le blouson, et Settiniaz s'assit. Les écureuils qui s'étaient un peu écartés à l'arrivée de cet intrus, revinrent. Reb leur lança ce qui lui restait de pain. Il dit très doucement :

— Vous m'avez offert votre démission, David, voici plus de trois ans.

— Mon offre tient toujours, répondit Settiniaz et dans le même temps il se reprochait sa réponse, qu'il devinait inappropriée.

Reb sourit, secouant la tête : « Il ne s'agit pas de cela, ou du moins pas de ce genre de démission. David, les choses vont changer, de façon... spectaculaire. Tout ce que vous avez fait pendant trente ans en sera affecté. Vous êtes le premier à qui j'en parle. Et c'est justice.

Le pouls de Settiniaz s'accéléra soudain. Et, posant la question suivante, il éprouva la même impression que ce n'était pas ce qu'il aurait dû dire, l'important étant ailleurs. Il demanda :

— Même pas à Georges Tarras ?

— Georges sait ce qui va arriver mais j'avais besoin de lui. Je n'aurais pu faire autrement. David, il y a une ombre entre vous et moi et je souhaiterais qu'elle disparaisse. Tous ces derniers temps, j'avais une décision difficile à prendre et je me suis reposé sur vous pour beaucoup, pour trop de choses. Pardonnez-moi.

Une incompréhensible émotion affecta Settiniaz. Il observait le visage maigre et n'était plus très loin de s'avouer qu'il avait pour cet homme, en dépit de tout, une amitié insoupçonnée.

— Et cette décision difficile est prise, maintenant.

— Oui. Tout est en route. C'est à ce sujet que je voulais vous parler, David.

Il dit alors ce qui allait se passer, et comment et surtout pourquoi il se pensait tenu de faire une telle chose Il s'exprimait de son ordinaire voix lente et calme, jamais un mot n'en dépassant un autre, dans cet anglais châtié et presque précieux dont il avait toujours usé.

— C'est un suicide, dit Settiniaz sourdement après un interminable silence.

— La question n'est pas là. Il s'agit de vous.

— Vous détruisez tout ce que nous avons construit pendant trente ans, dit Settiniaz en plein désarroi.

— Il s'agit de vous. Je vous ai bien trop demandé pour accepter l'idée que vous puissiez être encore dans l'embarras, dans le plus grand embarras par ma faute. Vous pouvez vous retirer maintenant, partir en voyage, disparaître quelque temps pendant que les choses se calment. Je pense que vous devriez le faire. Après le 5 mai, vous serez assiégé, on ne vous laissera pas une seconde de répit, vous allez vous retrouver en pleine lumière, avec tous les désagréments que cela implique. Et des désagréments très réels, David. Vous m'avez protégé trop longtemps ; on peut ne pas vous le pardonner, dans votre pays.

Settiniaz ferma les yeux :

— Quitter le navire avant le sabordage.

— En quelque sorte.

Reb se remit à parler, de toutes les choses que lui Settiniaz pouvait faire, pour éviter au mieux d'être atteint. Settiniaz écoutait à peine. Il se sentait assommé. Et puis soudain, sa décision prise sans qu'il ait eu conscience de l'avoir prise, pour une fois dans sa vie assuré de lui-même, il dit :

— Je voudrais aller en France, Reb.

Reb le considéra :

— Vous n'êtes pas homme à vous déterminer à la légère.

— En effet.

Silence. Reb Klimrod secoua doucement la tête :

— La folie serait-elle contagieuse ?

Ses yeux riaient. Settiniaz s'abandonna tout à fait. Il sourit à son tour :

— D'après Tarras, c'est la seule chose raisonnable.

Ils partirent pour la France le 20 et atterrirent directement à Marseille-Marignane. La grosse bastide qui avait appartenu à Suzanne Settiniaz se trouvait à une vingtaine de kilomètres d'Aix-en-Provence, sur six hectares. Il y avait même une petite rivière, riche en truites.

— Je ne savais pas que vous l'aviez rachetée à la mort de ma grand-mère. En fait, je me suis reproché de l'avoir laissé mettre en vente.

— Elle n'est pas à mon nom mais à celui de la cadette de vos filles, Susan.

Un instant interdit, Settiniaz ne trouva rien à dire. Le souvenir lui revint soudain de cette lettre que Suzanne Settiniaz lui avait écrite, trente et quelques années plus tôt : « J'ai rencontré le garçon le plus étrange, le plus extraordinairement intelligent... S'il y a quoi que ce soit que tu puisses faire pour lui, David... »

— Ma grand-mère était infiniment plus perspicace que moi. Elle vous aimait beaucoup, sans pratiquement vous connaître. Souvent elle m'a posé des questions sur vous...

Ils marchaient sur une allée de platanes bicentenaires, géants et, d'un coup, à la façon dont on prend soudainement conscience de choses tellement évidentes, à côté desquelles pourtant on est longtemps passé sans les voir, David Settiniaz réalisa l'épouvantable solitude de Klimrod, depuis toujours. Une émotion puissante l'étreignit et presque le déchira, dans ce parc où lui-même avait tant de réminiscences d'une enfance et d'une adolescence heureuses, qui lui semblait l'illustration même de sa propre vie, si ordonnée et si paisible.

— Reb, s'il y a quoi que ce soit que je puisse faire pour vous...

— Vous avez fait énormément.

— Je voudrais faire davantage. Si vous le souhaitez, je continuerai à m'occuper de vos affaires — peu importe si j'en ai quelques ennuis — à m'en occuper aussi longtemps que je le pourrai.

Il aurait voulu dire plus, et surtout autre chose. Par exemple offrir la quiétude de son propre cercle familial, où Klimrod n'était jamais entré, à offrir finalement son amitié dont il voyait bien à présent que pendant toutes ces années, il l'avait chichement mesurée, quand il ne l'avait pas tout simplement refusée. « Je n'ai jamais été pour lui qu'un comptable, par ma faute, alors qu'il aurait peut-être suffi d'un seul mot, à un moment... C'est le regret le plus douloureux que j'éprouve : n'avoir pas tenté d'aller au-delà de la courtoisie. A son égard, si stupidement, je me suis toujours tenu sur mes gardes, par étroitesse d'esprit et un refus instinctif de la grandeur, par un amour-propre imbécile, peut-être aussi crainte du ridicule de peur d'être écrasé par sa seule personnalité. J'envie Georges Tarras, qui se contenta de l'aimer sans s'interroger davantage et qui, le rencontrant bien moins souvent, le connut mieux que moi. »

Dans la soirée du 20, ils allèrent dîner à Aix, sur cette grande place décorée d'une grande fontaine, dans une nuit d'avril qui avait déjà des tiédeurs estivales. Et ce fut ce soir-là que Reb Klimrod raconta sa visite de la maison de son père, sa découverte de l'hôtel particulier qu'on avait entièrement vidé, à la seule exception du fauteuil d'infirme, oublié dans le petit ascenseur dissimulé derrière un volet de tabernacle du Tyrol ou de Bohême.

... Et le lendemain, arrivant un à un d'à peu près tous les points du monde, répondant à l'appel qui leur avait été lancé par Reb, ils apparurent tous, étonnés d'être ensemble, stupéfaits de se découvrir si nombreux, abasourdis de la formidable puissance que, groupés pour la première fois en trente années, ils représentaient, eux, les Hommes du Roi.

A Hang et Nessim Shahadzé, à Paul Soubise, Jorge Socrates, Ethel Court, Nelson Coëlho, Thadeus Töpfler, Nick et Tony Petridis, Jubal Wynn qui avait renplacé Tudor Anghel, Francisco Santana, Philip Vandenbergh, Ernie Gozchiniak, Jaime Rochas, Henry Chance l'homme des casinos, Roger Dunn, Kim Foysie responsable des crédits bancaires — le moins important d'entre eux gérant pour le compte du Roi une fortune de cent millions de dollars et plus — à tous Reb Klimrod annonça ce qu'il allait faire.

Il leur précisa d'emblée que rien ne serait changé à leurs propres intérêts et que, sauf à partir sur-le-champ et mettre fin à leur collaboration avec lui, ils pourraient continuer à administrer leurs fiefs respectifs.

A ceci près que désormais on saurait qu'ils travaillaient en son nom.

Il leur dit, en effet, qu'il allait révéler son visage, révéler qui il était et le degré de sa fabuleuse fortune. Certes pas par orgueil de l'accomplissement, dont il n'avait que faire, mais bien parce qu'il lui faudrait expliquer comment il avait créé ce royaume au cœur de l'Amazonie, dont il voulait maintenant proclamer l'existence, en exigeant que cette existence fût reconnue par ce qu'il est convenu d'appeler le concert des nations, en vérité si cacophonique.

Il leur dit qu'il n'entretenait pas la moindre illusion sur ses chances d'être écouté et suivi, quand il demanderait la naissance officielle du nouvel Etat, dans la plus complète indifférence pour les lois et les usages prétendus, que justement il remettait en cause et niait par sa seule démarche. Il ne doutait même pas de ce que l'on rirait de sa folie, et de lui qui prétendait rejeter toute notion de légitimité, de souveraineté et de droit sacro-saint et autres balivernes ayant pour conséquence première de justifier l'écrasement de l'individu et de sa liberté.

Et enfin, souriant, et les dévisageant un à un, il fit remarquer que s'il s'en trouvait parmi eux qui ne comprenaient pas tout à fait ses raisons, ils pouvaient toujours considérer le geste qu'il allait faire comme un défi au monde entier

53

Vers deux heures du matin, dans la nuit du 4 au 5 mai 1980, Georges Tarras acquit la définitive certitude qu'il ne pourrait pas fermer l'œil. Il ralluma pour la sixième fois depuis qu'il s'était couché et, fourrageant dans l'empilement des livres dont il avait submergé son appartement du Plaza, y retrouva le cher et vieux Michel de Montaigne, dans l'exemplaire même qu'il avait naguère prêté à un jeune miraculé du camp de Mauthausen en Autriche.

« Le cercle se referme. »

Il jeta un coup d'œil par l'une des fenêtres et découvrit Central Park noir sous la lune, ses fourrés et ses allées pour l'heure assez nettement moins sûrs que la jungle amazonienne. Il ouvrit Montaigne au hasard. Livre III, chapitre Deux :

« Je propose une vie basse et sans lustre, c'est tout un… On attache aussi bien toute la philosophie morale à une vie populaire et privée qu'à une vie de plus riche étoffe ; chaque homme porte la forme entière de l'humaine condition… »

Il revint quelques lignes plus haut :

« … Le monde n'est qu'une branloire pérenne. Toutes choses y branlent sans cesse : la terre, les rochers du Caucase, les pyramides d'Egypte, et du branle public et du leur. La constance même n'est autre chose qu'un branle un peu plus languissant. Je ne puis assurer mon objet. Il va trouble et chancelant d'une ivresse naturelle… »

— Combien de temps a-t-il lu ce livre, pendant tant d'années où il l'a conservé sur lui, avant de revenir me le rendre ?

Revenant vers le centre de sa chambre, Tarras constata que sur son récepteur téléphonique, le voyant rouge était allumé, indiquant qu'un appel avait été enregistré à son intention, tandis qu'on le croyait endormi. Il décrocha et alla aux nouvelles. On lui apprit qu'un monsieur David Settiniaz avait appelé, quelques minutes plus tôt mais que, apprenant que Tarras pouvait être endormi, il avait simplement laissé notification de son appel.

— Joignez-le, je vous prie, dit Tarras à la standardiste.

Settiniaz vint en ligne.

— Je ne peux pas dormir, Georges. Je tourne en rond.

— Par une très surprenante coïncidence, élève Settiniaz, je suis dans le même cas. C'est peut-être le printemps. J'ai des glaçons et des verres, et pour peu que vous apportiez la bouteille…

— Vingt minutes.

Il en mit quinze à peine. Ils burent, à la vérité sans excès, rassurés par leur compagnonnage, au cœur de la nuit. Mais n'en finissant pas moins la bouteille, au fil des heures, et ils virent le jour se lever sur les frondaisons printanières du parc. Ils parlèrent assez peu, n'ayant à se dire que ce qu'ils savaient déjà, et d'eux-mêmes et de Reb, n'en étant plus au temps où ils se cachaient des choses, obnubilés par le secret du Roi.

Pour celui-ci, ils ne se demandèrent pas où il pouvait bien être. Ils l'ignoraient. Tarras, lui, avait une semaine plus tôt fait porter une exégèse exhaustive de son propre travail de compilation juridique, avec l'aide du commando de Madison Avenue. Depuis, pas de nouvelles. Et Settiniaz n'était pas mieux loti, qui ne l'avait pas vu depuis Aix-en-Provence.

Mais ils n'en étaient surpris ni l'un ni l'autre, et moins encore affectés. A faire le calcul, ils découvraient qu'en trente-cinq années, exactement à douze heures près, additionnant le temps de toutes leurs rencontres avec lui, ils n'avaient au mieux croisé son regard que cent, à la rigueur cent-vingt heures, en comptant large. S'ils pouvaient encore s'étonner de quelque chose, s'agissant de lui, c'était de cela, et de l'influence qu'il avait eue néanmoins sur leurs deux vies. Pas seulement sur leurs vies : sur celle aussi de centaines de milliers d'hommes et de femmes, pour le moins, dont il avait modifié le destin. Ils en convinrent.

... Et autre chose sur quoi ils s'accordèrent : en admettant qu'il disparût tout à fait, peut-être même dans les dix ou douze heures à venir, la machine monstrueuse qu'il avait créée n'en continuerait pas moins à tourner, produisant des richesses parfaitement inutiles, puisqu'il ne s'en souciait pas.

Au vrai, il n'était pas du tout exclu, la mécanique étant si merveilleusement perfectionnée, que les dix-sept milliards de dollars de cette année 1980 ne devinssent dans une décennie trente ou quarante ; et plus encore à la fin du siècle. C'était dément, mais très vraisemblable, sinon même probable.

Pour autant que le système qui avait permis une telle éclosion survécût jusque-là.

— Et nous voilà partis à philosopher, dit Tarras. Ce qui n'est guère le moment. Il est temps d'aller faire toilette, élève Settiniaz. Ou bien nous serons dans un bel état le moment venu...

— Nous sommes dans un bel état, dit Tarras. Si vous êtes seulement moitié aussi nerveux que moi, je vous plains bien sincèrement.

Lui au moins avait cette ressource de pouvoir se réfugier dans le sarcasme et l'ironie. Ce n'était pas le cas de Settiniaz qui était blême.

Le taxi les laissa vers neuf heures non loin de l'accès à l'ensemble religieux interconfessionnel. La plaza des Nations Unies était certes animée mais ni plus ni moins qu'en temps ordinaire. Des voitures arborant fanion se succédaient sur l'aire circulaire, amenant les délégations.

Le premier que vit Settiniaz fut Diego Haas.

Le petit Argentin se tenait aux abords de la bibliothèque Dag Hammarskjöld et il était seul, adossé à un mur, contemplant la foule qui commençait d'arriver de ses yeux jaunes étincelants, emplis par une dérision méprisante. Settiniaz faillit aller jusqu'à lui et, passant sur son antipathie à l'encontre de Diego, tenter d'obtenir les informations qu'il devait détenir. « Mais il ne m'aurait rien dit. S'il avait eu un message pour moi ou pour Georges, il l'aurait déjà délivré. Il nous avait certainement vus arriver, et faisait mine pourtant de ne pas nous remarquer... »

Le 5 mai s'annonçait comme une journée d'été, en dépit de la brume légère qui montait d'East River. Tarras et Settiniaz s'avancèrent, allant droit vers le pied de la tour de verre et d'acier de trente-neuf étages imaginée par Le Corbusier.

Mais ils ne pénétrèrent pas dans les bâtiments et, faisant face à la plaza, commencèrent à attendre devant la Cloche de la Liberté.

— Quand cet Arnold Balm doit-il arriver ?

— Il devrait être là dans vingt minutes. Mon Dieu, David, regardez...

Le regard de Settiniaz courut parmi la foule qui s'épaississait, dans la direction indiquée. La silhouette mince et élégante de Paul Soubise se dessina, dans le chatoiement des délégations africaines. Soubise souriait, mais sans gaieté, presque avec gêne, ce qui était chez lui très surprenant.

Et il n'était pas seul : Nessim Shahadzé et les frères Petridis avançaient de conserve. Dans la minute suivante tous les Hommes du Roi se montrèrent de même, se groupant, comme pour faire front, tous ayant sur le visage une expression de fausse indifférence courtoise et tendue. Settiniaz remarqua la gorge serrée :

— Je ne savais pas que vous deviez venir...

Soubise hocha la tête :

— Nous ne le savions pas nous-mêmes, David.

Il sourit, l'éclat d'intelligence de ses yeux pour une fois voilé par une sorte de timidité.

— Au diable le ridicule.

Et là-dessus, émergeant de la foule à leur tour, ceux-là s'ignorant presque unanimement les uns les autres, connus par le seul Settiniaz, les Chiens Noirs apparurent aussi, Lerner et Bercovici en tête, traits impassibles et yeux sombres, étrangement identiques avec leurs façons fanatiques et secrètes, comme hésitant à s'aventurer au grand jour. L'émotion qui brisait Settiniaz se fit plus forte encore : « Il les a prévenus, eux aussi, pour leur signifier la fin de l'histoire. Il les a peut-être réunis, ou plus certainement les a touchés un par un. » Cette deuxième explication étant sans doute la bonne car, en dehors de Bercovici et de Lerner, tous ces hommes ou femmes, que Settiniaz avait vu des années durant défiler dans ses bureaux, se croisant sans se connaître, tous demeuraient épars. Ils ne s'assemblèrent pas, coulant autour d'eux des regards furtifs mais se trouvant en tout une trentaine, certains venus d'Europe, d'Asie ou d'Afrique.

— Voici Balm, dit Tarras. A l'heure dite.

Il était exactement neuf heures trente et sur la droite les délégués de quelque cent-soixante nations commençaient à prendre place dans le grand et beau bâtiment à coupole où se tiennent les assemblées générales.

— J'accompagne Balm et je vous attends là-bas, dit Tarras.

Settiniaz acquiesça, absolument incapable de prononcer un mot, parvenant à peine à contrôler le tremblement de ses mains. Tarras s'éloigna et avec lui l'homme venu des Caraïbes, portant tel un représentant de commerce son drapeau extravagant serré dans un long étui noir. Presque au même moment, un mouvement se dessina sur la gauche, à l'angle de la bibliothèque Hammarskjöld. Settiniaz s'étonna de n'avoir pas pensé plus tôt à eux : la délégation était emmenée par Marnie Oakes et Trajano Da Silva, suivis de Mac Kenzie, Coltzesco, Escalante, Ung Seng et Uwe Sobieski, Del Hathaway, Ethel et Elias Weizmann, Maurice Everett et beaucoup d'autres encore dont Settiniaz se rappelait plus ou moins les noms mais qui, sans aucun doute, arrivaient tous d'Amazonie.

La plaza était pleine à présent qu'approchait l'heure d'ouverture de la séance. Par une intuition subite, Settiniaz rechercha Diego Haas, mais le petit Argentin avait disparu, en tout cas n'était plus à la même place. Sa fièvre et presque son angoisse montèrent aussitôt d'un nouveau degré : « Cela ne va plus tarder maintenant. » A sa droite, Soubise parlait, en français, non sans fébrilité, par pur réflexe.

La voiture apparut.

Puis une autre.

Toutes deux portant un fanion vert et le laissez-passer bleu ciel des Nations Unies.

Quatre Yanomami descendirent de la première, deux autres Indiens et Reb Klimrod de la seconde. Settiniaz reconnut Jaua. Tout le groupe se mit en marche, Reb en tête et il était le seul chaussé, ses compagnons étant demeurés pieds nus, s'ils avaient revêtu des pantalons et des chemises de toile.

Quelque chose alors se produisit, sans explication véritable : une double haie se forma spontanément, dans un silence absolu, double haie au milieu de laquelle Reb et les Indiens passèrent visages impassibles. Le petit détachement se dirigea vers le bâtiment de l'Assemblée générale et, ayant présenté aux gardes les documents nécessaires, y pénétra.

— Allons-y, dit Soubise.

Il partit et tous les autres le suivirent.

Settiniaz demeura seul, figé, s'interrogeant désespérément sur ce qu'il éprouvait, avec son éternel besoin de comprendre. Il découvrit qu'en fin de compte, c'était la fierté, une fierté extraordinaire, qui l'emportait sur tout le reste.

La plaza s'était d'un seul coup vidée.

Settiniaz attendit plusieurs minutes encore, incertain. Il n'était pas très sûr de vouloir assister à ce qui allait être — il le savait en toute certitude — amer et douloureux, à s'en souvenir jusqu'à la fin de ses jours. Il manquait de courage. Il se résolut enfin. Reb avait dit : « Je ne sais ni le russe ni le chinois, et vraiment trop peu d'arabe. Mais je m'exprimerai tantôt en anglais, tantôt en français, tantôt en espagnol, qui sont les trois autres langues officielles. Peut-être est-ce puéril, David, ça l'est probablement, mais s'il existait une langue n'indiquant aucune nationalité, c'est celle-là que j'emploierais. »

Settiniaz gagna aux étages les pièces réservées aux traductions simultanées. La porte de la loge lui fut ouverte par Tarras. Qui dit :

— Je désespérais de vous voir. Il était temps. Arnold Balm a presque fini de réciter son compliment et ensuite, ce sera à lui.

— Je ne vais pas rester, dit Settiniaz, sa décision enfin prise.

Derrière les lunettes, les yeux acérés de Tarras le scrutèrent, très amicalement.

— Je ne vous savais pas sentimental à ce point, David.

— Je ne le savais pas moi-même, répondit Settiniaz le ton rauque.

Il demeura sur le seuil de la petite loge des traducteurs. Lesquels étaient deux, un homme et une femme et devant eux, par-delà la vitre, l'immense salle apparaissait en pleine lumière vaguement teintée de jaune. Settiniaz avait en vue directe la tribune qu'éclairaient les projecteurs multiples, et qui était encadrée par les tableaux lumineux électroniques où s'inscrivaient les noms des pays représentés.

— *Maintenant,* dit Tarras...

... à la seconde où dans la salle Arnold Balm concluait sa brève intervention.

Georges Tarras se pencha, avec une nouvelle et supplémentaire tension de tout le corps et, dans son regard, quelque chose de l'avide férocité d'un Diego Haas. Quelques applaudissements saluèrent le départ de Balm.

Et puis, dans le silence soudain tombé mais très frémissant et très perceptible quoique parvenant par les microphones, Settiniaz vit paraître la haute et maigre silhouette de Reb, qui monta à la tribune, en pleine lumière. Il portait son bandeau vert autour du front et durant un interminable laps de temps, ses yeux si clairs, rêveurs, parcoururent les rangées de fauteuils en arc de cercle. Sa voix fut plus calme et plus lente que jamais :

— Je m'appelle Reb Michael Klimrod...

Settimaz fit un pas en arrière et referma la porte de la loge. Il marcha un peu dans le couloir, s'immobilisa épaule contre un mur. Un garde le vit blême et s'inquiéta :

— Ça ne va pas ?

— Si.

Il se remit en marche. Il descendit jusqu'à la cafétéria et s'y fit servir un verre d'eau. Auquel il toucha à peine, pris d'une envie de vomir. Après un moment, il sortit.

Libéré de l'obstacle que lui avait jusque-là opposé le grand immeuble-tour d'acier et de verre, le soleil de mai illuminait la plaza. Le 5 mai.

Il y a trente ans à six heures près, il entrait dans Mauthausen. La coïncidence était trop grande pour devoir quelque chose au hasard.

Il s'assit sur une marche, indifférent à l'image que les autres pouvaient avoir de lui-même.

Il eut l'impression d'un regard posé sur lui.

Il tourna la tête : Diego Haas était à trente mètres, yeux jaunes agrandis, un vague sourire moqueur sur les lèvres, les deux hommes presque seuls sur l'esplanade.

Mais l'Argentin n'esquissa aucun geste de rapprochement, Settimaz ne bougea pas davantage, se contentant de revenir par instants sur Haas, qui continuait à sourire.

Il ne sert bien sûr à rien de rapporter ce que dit Reb Michael Klimrod ce jour-là. Il est des apothéoses qui ont un goût de cendres, des paroles trop belles et courtes qui n'appartiennent même plus à celui qui les prononce et finissent par lui être ennemies, et il ne se trouvera personne pour les répéter, personne pour en garder le souvenir, et ces paroles disparaîtront comme qui les a dites, cela fera une brève interruption dans le discours des siècles, paroles faites silence, Roi à jamais sans pays.

Il y eut de l'affolement dans les cabines de traduction, on en avait assez de ces trois hommes en un seul, de ses incessants changements de langue. Oui, peut-être, le premier résultat de l'intervention du Roi fut un très léger agacement dans les services de traduction, un trouble, une gêne, un tic nerveux qui se transmirent à tous les délégués, comme un fourmillement général, un peu d'ennui et une crainte trop lointaine pour être réelle.

Quand il eut terminé, son regard erra quelques secondes, cherchant dans la salle des yeux pour rencontrer les siens. Des yeux gris, comme les siens, ou noirs ou bleus, des yeux qui acceptent la question et ne fuient pas. En vain.

Le vote fut le plus rapide de l'histoire de l'Assemblée. Cent cinquante-quatre voix contre la motion d'Arnold Balm, proposant la création d'un nouvel Etat. Pour : zéro. Abstentions : zéro.

Georges Tarras pleurait.

Une vingtaine de minutes s'étaient écoulées, dans l'affrontement muet entre Settiniaz et Diego Haas.

Diego agit le premier, après avoir consulté sa montre. Il s'écarta du mur où il était adossé et s'éloigna en direction de l'un des parcs de stationnement souterrains. Il disparut.

Cinq à six minutes encore.

Un mouvement se fit à droite. Jaua et ses congénères sortirent. Une voiture surgit immédiatement, les embarqua tous. Le véhicule démarra sitôt qu'ils furent à bord, en direction de la Quarante-Huitième Rue Est et, Settiniaz en était convaincu, de l'aéroport J. F. Kennedy.

... Et il en était encore à la suivre des yeux quand Reb apparut, seul. Settiniaz se dressa mais à part cela, ne fit aucun autre mouvement. Et n'appela pas davantage. Reb marcha assez vivement sur l'esplanade. Il parvint à l'autre voiture, celle au volant de laquelle était Diego Haas, avant que les premiers photographes lancés en meute ne surgissent à leur tour de la salle, sur ses talons.

Seuls les premiers de la horde eurent le temps d'actionner leurs appareils et encore les seuls clichés qu'ils obtinrent furent-ils pris de dos ou de trois quarts arrière. Diego avait déjà jeté sa voiture en avant, faisant hurler les pneus dans une brutale accélération.

Quelqu'un parla à côté de Settiniaz. Il ne tourna même pas la tête, déchiré par un chagrin dont l'intensité le sidérait lui-même. Mais il put conserver ses yeux secs.

Settiniaz :

« Jamais je n'ai revu les Chiens Noirs. Du jour au lendemain, ils ne se montrèrent plus dans mes bureaux de la Cinquante-Huitième Rue.

« J'ai assuré ma succession pour le jour où je me retirerai, d'une façon ou d'une autre. Et bien sûr, tous les Hommes du Roi ont fait de même, prenant les précautions nécessaires. La machine continuera de tourner, dans le vide, peut-être pour l'éternité .

« Rien n'a été touché en Amazonie. Mais le Royaume y est sans roi, et survit pour l'instant.

« J'ignore où est Reb. Il s'est écoulé dix-neuf mois et vingt-cinq jours depuis le 5 mai 1980. A aucun moment, il n'a rétabli le contact, pas plus avec moi qu'avec Georges Tarras. Je suis même allé voir cette femme peintre de Washington Heights qui ressemblait tant à Charmian Page, mais elle en savait moins encore que moi. Et en tous les cas, ne l'avait pas revu davantage.

« Je ne crois pas qu'il soit retourné quelque part dans la forêt amazonienne, entre Rio Negro et Branco ou plus au nord encore, chez les Guaharibos de sa jeunesse. Diego ne l'aurait pas accompagné et Diego n'est nulle part ; pas dans sa maison d'Ipanema, sur les plages de Rio, qui est aujourd'hui occupée par d'autres, auxquels les noms de Klimrod et de Haas sont étrangers.

« Ubaldo Rocha a été difficile à joindre. Il m'a fallu me rendre jusqu'aux chutes de Caracaraï. Lui et Jaua ne savaient rien et je ne crois pas qu'ils m'aient menti. Ils manifestaient bien trop de tristesse.

« Au vrai, je ne sais même pas s'il est toujours vivant. Tarras en est convaincu, mais Georges Tarras croit ce qu'il a envie de croire. Pour moi, cela dépend des jours. Je n'ai rien dit d'autre que cette incertitude où je suis, avant-hier, trois jours après Noël, quand il m'a bien fallu accepter de parler publiquement. Je ne suis guère porté au romantisme, on me l'a assez reproché...

« ... J'ai dit ce que je pensais.

« Tandis que je parlais face aux caméras, il me semblait très vraisemblable que le Roi dont si peu de gens connaissent le visage, pût se trouver en train de m'écouter et de me regarder, de ses yeux gris emplis de rêve, quelque part dans le monde, parmi nous. »

Aubin Imprimeur
LIGUGÉ, POITIERS

Achevé d'imprimer en février 1988
N° d'édition 8312 / N° d'impression L 25985
Dépôt légal, février 1988
Imprimé en France
ISBN 2-73-8200-61-3
33-12-5061-01/8